Ueberreuter Großdruck

John Grisham

Der Klient

Aus dem Amerikanischen
von Christel Wiemken

UEBERREUTER

ISBN 978-3-8000-9276-5

Titel der Originalausgabe: »The Client«
Originalverlag: Doubleday & Co., Inc., New York

Aus dem Amerikanischen von Christel Wiemken

Umschlaggestaltung von Agentur C21 unter Verwendung eines Fotos von Picture Desk
Druck: Druckerei Theiss, A-9431 St. Stefan i. L.
Gedruckt auf Salzer EOS 1,3 x Vol., naturweiß, 70g
1 3 5 7 6 4 2

www.ueberreuter-grossdruck.com
www.ueberreuter.at

Für Ty und Shea

1

Mark war elf und hatte schon seit zwei Jahren hin und wieder geraucht. Er hatte nie versucht, das Rauchen wieder aufzugeben; aber er hatte darauf geachtet, es nicht zur Gewohnheit werden zu lassen. Am liebsten rauchte er Kools, die Marke seines Ex-Vaters, aber seine Mutter rauchte Virginia Slims, zwei Schachteln am Tag, und in einer durchschnittlichen Woche konnte er zehn oder zwölf davon abzweigen. Sie war eine vielbeschäftigte Frau mit einer Menge Problemen und vielleicht ein wenig naiv, wenn es um ihre Söhne ging; ihr wäre nicht einmal im Traum eingefallen, daß ihr Ältester mit elf Jahren schon rauchen könnte.

Gelegentlich verkaufte Kevin, der junge Gangster von der nächsten Straßenecke, Mark für einen Dollar eine gestohlene Schachtel Marlboros. Aber in der Regel war er auf die dünnen Zigaretten seiner Mutter angewiesen.

Vier davon steckten in seiner Tasche, als er an diesem Nachmittag mit seinem achtjährigen Bruder Ricky den Pfad entlangging, der hinter ihrer Wohnwagensiedlung in den Wald führte. Ricky war nervös, weil es das erste Mal sein würde. Er hatte Mark dabei ertappt, wie er gestern die Zigaretten in einem Schuhkarton unter seinem Bett versteckte, und gedroht, es zu verraten, wenn sein großer Bruder ihm nicht beibrachte, wie man rauchte. Sie schlichen den Waldpfad entlang, unterwegs zu einem von Marks Geheimverstecken, an denen er viele einsame Stunden mit dem Versuch verbracht hatte, zu inhalieren und Rauchringe zu blasen.

Die meisten anderen Jungen in der Nachbarschaft standen auf Bier und Pot, zwei Laster, vor denen Mark sich zu hüten gedachte. Ihr Ex-Vater war Alkoholiker; er hatte beide Jungen und ihre Mutter geschlagen, und das war immer nach seinen widerlichen Sauftouren geschehen. Mark hatte die Auswirkungen des Alkohols gesehen und gespürt. Und Drogen machten ihm angst.

»Hast du dich verlaufen?« fragte Ricky, ganz der kleine Bruder, als sie den Pfad verließen und durch brusthohes Unkraut wateten.

»Halt den Mund«, sagte Mark, ohne langsamer zu werden. Ihr Vater war nur zu Hause gewesen, um zu trinken, zu schlafen und sie zu mißhandeln. Jetzt war er fort, Gott sei Dank. Seit fünf

Jahren war Mark für Ricky verantwortlich. Er kam sich vor wie ein elfjähriger Vater. Er hatte ihm beigebracht, wie man einen Football wirft und Rad fährt. Er hatte ihm erklärt, was er über Sex wußte. Er hatte ihn vor Drogen gewarnt und vor Rowdies beschützt. Und er fühlte sich miserabel, weil er ihn nun in ein Laster einführte. Aber es war nur eine Zigarette. Es hätte schlimmer kommen können.

Das Unkraut hörte auf, und sie standen unter einem großen Baum; von einem dicken Ast hing ein Seil herab. Eine Reihe von Sträuchern begrenzte eine kleine Lichtung, und hinter ihr führte ein fast zugewachsener Feldweg zu einer Anhöhe hinauf. In der Ferne war der Verkehr auf dem Highway zu hören.

Mark blieb stehen und deutete auf einen Baumstamm in der Nähe des Seils. »Setz dich hin«, sagte er, und Ricky ließ sich brav auf dem Stamm nieder und schaute sich ängstlich um, als fürchtete er, die Polizei könnte in der Nähe sein. Mark musterte ihn wie ein Stabsfeldwebel und holte eine Zigarette aus seiner Hemdtasche. Er hielt sie zwischen Daumen und Zeigefinger seiner rechten Hand und versuchte, sich ganz gelassen zu geben.

»Du kennst die Regeln«, sagte er, auf Ricky herabschauend. Es gab nur zwei, und sie hatten sie im

Laufe des Tages immer wieder diskutiert. Ricky hatte es satt, wie ein Kind behandelt zu werden. Er verdrehte die Augen und sagte: »Ja, wenn ich es jemandem verrate, dann verhaust du mich.«

»So ist es.« Mark verschränkte die Arme.

»Und ich darf nur eine am Tag rauchen.«

»So ist es. Wenn ich dich dabei erwische, daß du mehr rauchst, dann geht es dir schlecht. Und wenn ich herausfinde, daß du Bier trinkst oder irgendwelche Drogen nimmst, dann …«

»Ich weiß, ich weiß. Dann verhaust du mich wieder.«

»Richtig.«

»Wie viele am Tag rauchst du?«

»Nur eine«, log Mark. An manchen Tagen nur eine. An anderen drei oder vier, je nachdem, wie viele er sich beschaffen konnte. Er steckte den Filter zwischen die Lippen wie ein Gangster.

»Wird eine am Tag mich umbringen?« fragte Ricky.

Mark nahm die Zigarette aus dem Mund. »Nicht in absehbarer Zeit. Eine am Tag ist ziemlich sicher. Mehr als das, und du könntest Probleme bekommen.«

»Wie viele raucht Mom am Tag?«

»Zwei Schachteln.«

»Wie viele sind das?«

»Vierzig.«

»Wow. Dann hat sie ein großes Problem.«

»Mom hat alle möglichen Probleme. Ich glaube nicht, daß sie sich der Zigaretten wegen Sorgen macht.«

»Wie viele raucht Dad?«

»Vier oder fünf Schachteln. Hundert am Tag.«

Ricky grinste ein wenig. »Dann wird er bald sterben, stimmt's?«

»Hoffentlich. Er ist ständig betrunken und außerdem Kettenraucher. Da wird er wohl in ein paar Jahren sterben.«

»Was ist ein Kettenraucher?«

»Jemand, der sich eine neue Zigarette an der alten anzündet. Ich wünschte, er würde zehn Schachteln am Tag rauchen.«

»Ich auch.« Ricky warf einen Blick auf die kleine Lichtung und den Feldweg. Unter dem Baum war es kühl und schattig, aber in der prallen Sonne war es erstickend heiß. Mark drückte den Filter zwischen Daumen und Zeigefinger zusammen und schwenkte die Zigarette vor seinem Mund. »Hast du Angst?« fragte er so herablassend, wie nur große Brüder es sein können.

»Nein.«

»Ich glaube doch. Paß auf, so mußt du sie halten, okay?« Er schwenkte sie näher heran, dann steckte er sie mit einer großen Geste zwischen die Lippen. Ricky sah aufmerksam zu.

Mark zündete die Zigarette an, paffte eine winzige Rauchwolke, dann hielt er sie vor sich und bewunderte sie. »Versuch nicht, den Rauch zu schlucken. So weit bist du noch nicht. Zieh nur ein bißchen, und dann blas den Rauch aus. Bist du soweit?«

»Wird mir schlecht werden?«

»Ja, aber nur, wenn du den Rauch einatmest.« Er tat zwei schnelle Züge und paffte demonstrativ. »Siehst du? Es ist ganz leicht. Wie man inhaliert, zeige ich dir später.«

»Okay.« Ricky streckte nervös Daumen und Zeigefinger aus, und Mark legte die Zigarette sorgfältig dazwischen. »Also los.«

Ricky schob den nassen Filter zwischen die Lippen. Seine Hand zitterte, und er tat einen kurzen Zug und blies Rauch aus. Ein weiterer kurzer Zug. Der Rauch gelangte nie weiter als bis zu seinen Schneidezähnen. Noch ein Zug. Mark beobachtete ihn aufmerksam und hoffte, er würde würgen und husten und blau anlaufen und sich dann übergeben und nie wieder rauchen.

»Es ist ganz einfach«, sagte Ricky stolz, hielt die Zigarette ein Stück von sich und bewunderte sie. Seine Hand zitterte.

»Keine große Sache.«
»Schmeckt irgendwie komisch.«
»Stimmt.« Mark setzte sich neben ihn auf den Baumstamm und zog eine weitere Zigarette aus der Tasche. Ricky paffte hastig. Mark zündete seine an, und dann saßen sie schweigend unter dem Baum und genossen in aller Ruhe ihre Zigaretten.

»Das macht Spaß«, sagte Ricky, am Filter nukkelnd. »Fein. Und weshalb zittern dann deine Hände?«

»Tun sie nicht.«

»Doch.«

Ricky ignorierte das. Er lehnte sich vor, die Ellenbogen auf den Knien, und tat einen längeren Zug. Dann spuckte er auf die Erde, wie Kevin und die anderen großen Jungen es hinter der Wohnwagensiedlung taten. Es war ganz einfach.

Mark öffnete den Mund zu einem vollkommenen Kreis und versuchte, einen Rauchring zu blasen. Er dachte, das würde seinen kleinen Bruder mächtig beeindrucken; aber es bildete sich kein Ring, und der graue Rauch löste sich einfach auf.

»Ich glaube, du bist zu jung zum Rauchen.«

Ricky paffte und spuckte eifrig und genoß voll und ganz seinen ersten gewaltigen Schritt zur

Männlichkeit. »Wie alt warst du, als du angefangen hast?« fragte er.

»Neun. Aber ich war reifer als du.«

»Das sagst du immer.«

»Weil es stimmt.«

Sie saßen nebeneinander auf dem Stamm unter dem Baum, rauchten schweigend und betrachteten die grasbewachsene Lichtung außerhalb des Schattens. Mark war tatsächlich als Achtjähriger wesentlich reifer gewesen, als Ricky es jetzt war. Er war auch reifer als alle anderen Kinder seines Alters. Er war immer reif gewesen. Als er erst sieben Jahre alt war, war er mit einem Baseballschläger über seinen Vater hergefallen. Das Nachspiel war nicht schön gewesen, aber der betrunkene Idiot hatte wenigstens aufgehört, ihre Mutter zu schlagen. Es hatte viele Prügel und Schlägereien gegeben, und Dianne Sway hatte bei ihrem ältesten Sohn Zuflucht und Rat gesucht. Sie hatten sich gegenseitig getröstet und sich geschworen, zu überleben. Wenn er sie geschlagen hatte, hatten sie gemeinsam geweint. Sie hatten sich Tricks ausgedacht, um Ricky zu schützen. Als Mark neun war, überredete er sie dazu, die Scheidung einzureichen. Als sein Vater betrunken bei ihnen auftauchte, nachdem ihm die Scheidungspapiere zugestellt worden waren, rief er die Polizei. Vor Gericht hatte er dann über die Mißhandlungen und die Vernachlässigung und das Schlagen als Zeuge ausgesagt. Er war sehr reif.

Ricky hörte den Wagen als erster. Es war ein leises, surrendes Geräusch, das vom Feldweg herkam. Dann wurde auch Mark aufmerksam, und sie hörten auf zu rauchen. »Bleib ganz still sitzen«, sagte Mark leise. Sie rührten sich nicht.

Ein langer, schwarzer, glänzender Lincoln kam über die leichte Anhöhe und fuhr auf sie zu. Das Unkraut auf dem Feldweg reichte bis an die vordere Stoßstange. Mark ließ seine Zigarette fallen und trat sie aus. Ricky folgte seinem Beispiel.

Als sich der Wagen der Lichtung näherte, kam er fast zum Stillstand, dann beschrieb er einen langsamen Kreis, wobei er die Baumäste berührte. Schließlich hielt er an, mit dem Kühler zum Weg. Die Jungen saßen direkt dahinter, außer Sichtweite. Mark glitt von dem Baumstamm herunter und kroch durch das Unkraut zu einer Reihe von Sträuchern am Rande der Lichtung. Ricky folgte ihm. Das Heck des Lincoln war zehn Meter entfernt. Sie behielten ihn genau im Auge. Er hatte Nummernschilder von Louisiana.

»Was macht er?« flüsterte Ricky.

Mark lugte durch das Unkraut. »Pst!« In der Wohnwagensiedlung hatte er Geschichten gehört von Teenagern, die sich in diesem Wald mit Mädchen trafen und Pot rauchten, aber dieser Wagen gehörte keinem Teenager. Der Motor verstummte, und der Wagen stand eine Minute lang einfach im Wald. Dann ging die Tür auf, und der Fahrer stieg aus und schaute sich um. Es war ein dicklicher Mann in einem schwarzen Anzug. Sein Kopf war groß und rund und haarlos bis auf säuberliche Strähnen über den Ohren und einen schwarz- und graumelierten Bart. Der Mann stolperte zum Heck des Wagens, hantierte mit den Schlüsseln und öffnete schließlich den Kofferraum. Er holte einen Gartenschlauch heraus, schob das eine Ende in das Auspuffrohr und steckte das andere durch einen Spalt am rechten Heckfenster. Dann machte er den Kofferraum zu, schaute sich wieder um, als rechnete er damit, daß ihn jemand beobachtete, und verschwand im Wagen.

Der Motor wurde angelassen.

»Wow«, sagte Mark leise, ohne den Blick von dem Wagen abzuwenden.

»Was macht er?«

»Er versucht, sich umzubringen.«

Ricky hob den Kopf ein paar Zentimeter, um besser sehen zu können. »Das verstehe ich nicht, Mark.«

»Halt den Kopf unten. Siehst du den Schlauch?

Die Abgase aus dem Auspuff gehen in den Wagen, und die bringen ihn um.«

»Du meinst Selbstmord?«

»Ja. Das habe ich einmal in einem Film gesehen.«

Sie drückten sich tiefer ins Unkraut und starrten auf den Schlauch, der vom Auspuff zu dem Fenster führte. Der Motor schnurrte im Leerlauf.

»Warum will er sich denn umbringen?«

»Woher soll ich das wissen? Aber wir müssen etwas tun.«

»Ja, so schnell wie möglich von hier verschwinden.«

»Nein. Halt endlich den Mund.«

»Ich verschwinde, Mark. Du kannst zusehen, wie er stirbt, wenn du willst, aber ich haue ab.«

Mark packte seinen Bruder bei der Schulter und drückte ihn wieder hinunter. Rickys Atem ging schwer, und sie schwitzten beide. Die Sonne versteckte sich hinter einer Wolke.

»Wie lange dauert es?« fragte Ricky mit bebender Stimme.

»Nicht sehr lange.« Mark gab seinen Bruder frei und ließ sich auf alle viere nieder. »Du bleibst hier, okay? Wenn du dich von der Stelle rührst, bekommst du einen Tritt in den Hintern.«

»Was hast du vor, Mark?«

»Du bleibst hier. Verstanden?« Mark senkte seinen schmalen Körper fast auf den Boden und kroch auf Händen und Knien durch das Unkraut auf den Wagen zu. Das Gras war trocken und mindestens einen halben Meter hoch. Er wußte, daß der Mann ihn nicht hören konnte, aber er machte sich Sorgen, weil sich die Halme bewegten. Er hielt sich direkt hinter dem Wagen und glitt wie eine Schlange auf dem Bauch voran, bis er sich im Schatten des Kofferraums befand. Er streckte die Hand aus, zog vorsichtig den Schlauch aus dem Auspuffrohr und ließ ihn zu Boden fallen. Den Rückweg legte er etwas schneller zurück, und Sekunden später war er wieder neben Ricky. Sie hockten in dem dichteren Gras und Gestrüpp unter den äußeren Ästen des Baumes, warteten und beobachteten. Mark wußte, wenn sie entdeckt wurden, konnten sie an dem Baum vorbeischießen und auf ihrem Pfad verschwunden sein, bevor der dickliche Mann sie erwischen konnte.

Sie warteten. Fünf Minuten vergingen, aber ihnen kam es vor wie eine Stunde.

»Was meinst du? Ob er tot ist?« flüsterte Ricky. Seine Stimme war trocken und schwach.

»Ich weiß es nicht.«

Plötzlich ging die Tür auf, und der Mann kam heraus. Er weinte und murmelte vor sich hin und taumelte zum Heck des Wagens, wo er den Schlauch im Gras liegen sah, und fluchte, als er ihn wieder in den Auspuff schob. Er hatte eine Whiskeyflasche in der Hand und warf einen verstörten Blick auf die Bäume, dann kehrte er stolpernd und immer noch vor sich hinmurmelnd in den Wagen zurück.

Die Jungen beobachteten ihn voller Grausen.

»Er ist total übergeschnappt«, sagte Mark leise.

»Laß uns von hier verschwinden«, sagte Ricky.

»Das können wir nicht. Wenn er sich umbringt, und wir haben es gesehen, dann können wir eine Menge Ärger bekommen.«

Ricky hob den Kopf, als wollte er den Rückzug antreten. »Dann verraten wir es eben niemandem. Komm schon, Mark!«

Mark packte ihn wieder bei der Schulter und drückte ihn nieder. »Bleib unten! Wir verschwinden erst, wenn ich sage, daß wir verschwinden!«

Ricky schloß die Augen und begann zu weinen. Mark schüttelte angewidert den Kopf, wendete den Blick aber nicht von dem Wagen ab. Kleine Brüder machten mehr Probleme, als sie wert waren. »Hör auf«, knurrte er zwischen zusammengebissenen Zähnen.

»Ich habe Angst.«

»Gut. Aber rühr dich nicht von der Stelle, okay!

Hast du gehört? Rühr dich nicht von der Stelle. Und hör auf zu heulen.« Mark war wieder auf Händen und Knien, tief im Unkraut, und bereitete sich darauf vor, abermals durch das hohe Gras zu kriechen.

»Laß ihn doch einfach sterben, Mark«, flüsterte Ricky schluchzend.

Mark funkelte ihn über die Schulter hinweg an und machte sich auf den Weg zu dem Wagen, dessen Motor nach wie vor lief. Er kroch so langsam und behutsam durch den bereits entstandenen Pfad aus leicht niedergedrücktem Gras, daß sogar Ricky, jetzt mit trockenen Augen, ihn kaum sehen konnte. Ricky beobachtete die Fahrertür, wartete darauf, daß der Verrückte herauskam und Mark umbrachte. Er hockte in Sprinterhaltung auf den Zehenspitzen, um notfalls blitzschnell in den Wald flüchten zu können. Er sah, wie Mark unter der hinteren Stoßstange zum Vorschein kam, sich mit einer Hand an der Heckleuchte abstützte und mit der anderen langsam den Schlauch aus dem Auspuff zog. Das Gras knisterte leise und bebte ein wenig, und dann war Mark wieder neben ihm, keuchend und schwitzend und seltsamerweise vor sich hinlächelnd.

Sie saßen wie zwei Insekten im Gestrüpp und beobachteten den Wagen.

»Was ist, wenn er wieder herauskommt?« fragte Ricky. »Und was ist, wenn er uns sieht?«

»Er kann uns nicht sehen. Aber wenn er in diese Richtung kommt, lauf einfach hinter mir her. Wir sind weg, bevor er auch nur ein paar Schritte getan hat.«

»Warum verschwinden wir nicht jetzt gleich?«

Mark starrte ihn wütend an. »Ich versuche, ihm das Leben zu retten, okay? Vielleicht, aber nur vielleicht, stellt er fest, daß es nicht funktioniert, und vielleicht entschließt er sich dann, es vorerst zu lassen oder sonst etwas. Warum ist das so schwer zu begreifen?«

»Weil er verrückt ist. Wenn er sich selbst umbringen will, dann kann er auch uns umbringen. Warum ist das so schwer zu begreifen?«

Mark schüttelte frustriert den Kopf, und plötzlich ging die Tür wieder auf. Der Mann torkelte aus dem Wagen, knurrend und Selbstgespräche führend, und stapfte durch das Gras zum Heck. Er ergriff den Schlauch, starrte ihn an, als wäre er ein ungezogenes Gör, und ließ den Blick langsam auf der kleinen Lichtung herumwandern. Dann schaute er nach unten und erstarrte, als er plötzlich begriff. Um das Heck des Wagens herum war das Gras leicht zu Boden gedrückt, und er kniete nieder, als wollte er es inspizieren; doch dann rammte er statt dessen den Schlauch wieder in den Auspuff und eilte zu seiner Tür zurück. Es schien ihn nicht zu kümmern, ob jemand ihn von den Bäumen aus beobachtete. Er wollte nur sterben, und das möglichst schnell.

Die beiden Köpfe erhoben sich gleichzeitig über das Gestrüpp, nur ein paar Zentimeter. Eine unendliche Minute lang lugten sie durch das Gras hindurch. Ricky war bereit, loszurennen, aber Mark dachte nach.

»Mark, bitte, wir wollen fort von hier«, flehte Ricky. »Er hätte uns beinahe gesehen. Was ist, wenn er einen Revolver hat oder so etwas Ähnliches?«

»Wenn er einen Revolver hätte, würde er ihn für sich selbst benutzen.«

Ricky biß sich auf die Lippen, und seine Augen wurden wieder feucht. Er hatte in einer Diskussion mit seinem Bruder noch nie die Oberhand behalten, und es würde auch diesmal nicht anders sein.

Eine weitere Minute verstrich, und Mark begann zu zappeln. »Ich versuche es noch ein letztes Mal, okay? Und wenn er dann immer noch nicht aufgibt, verschwinden wir. Ich verspreche es. Okay?«

Ricky nickte widerstrebend. Sein Bruder ließ

sich auf den Bauch nieder und kroch durch das Unkraut in das hohe Gras. Ricky wischte sich mit seinen schmutzigen Fingern die Tränen vom Gesicht.

Die Nüstern des Anwalts weiteten sich, als er tief einatmete. Dann atmete er langsam aus und starrte durch die Windschutzscheibe, während er sich darüber klarzuwerden versuchte, ob schon etwas von dem tödlichen Gas in sein Blut gelangt war und begonnen hatte, sein Werk zu tun. Auf dem Sitz neben ihm lag eine geladene Pistole, und in der Hand hielt er eine halbgeleerte Flasche Jack Daniels. Er nahm einen Schluck, schraubte die Kappe wieder auf und legte die Flasche auf den Sitz. Er atmete langsam ein und schloß die Augen, um das Gas zu genießen. Würde er einfach hinüberdriften? Würde es schmerzen oder brennen, oder würde er sich vielleicht übergeben müssen, bevor es ihm den Rest gab? Der Abschiedsbrief lag auf dem Armaturenbrett, neben einem Glas mit Tabletten.

Er weinte und redete mit sich selbst, während er darauf wartete, daß das Gas sich beeilte, verdammt noch mal!, bevor er aufgeben und die Pistole benutzen mußte. Er war ein Feigling, aber ein sehr entschlossener, und dieses Einatmen und Davonschweben war ihm wesentlich lieber, als sich eine Waffe in den Mund zu stecken.

Er trank wieder einen Schluck Whiskey und zog die Luft ein, als der Alkohol in seiner Kehle brannte. Ja, es tat endlich seine Wirkung. Bald würde alles vorbei sein, und er lächelte sich selbst im Spiegel zu, weil es wirkte und er starb und er schließlich doch kein Feigling war. Es gehörte Mut dazu, das hier zu tun.

Er weinte und murmelte, als er für einen letzten Schluck abermals die Kappe von der Whiskeyflasche abschraubte. Er verschluckte sich, und der Whiskey floß über seine Lippen und sickerte in den Bart.

Niemand würde ihn vermissen. Und obwohl dieser Gedanke eigentlich schmerzlich hätte sein müssen, beruhigte ihn das Wissen, daß niemand um ihn trauern würde. Seine Mutter war auf der ganzen Welt die einzige Person, die ihn je geliebt hatte. Aber sie war seit vier Jahren tot, also würde es ihr nichts ausmachen. Da war ein Kind aus seiner ersten, katastrophalen Ehe, eine Tochter, die er seit elf Jahren nicht gesehen hatte, aber er hatte gehört, daß sie sich einer Sekte angeschlossen hatte und ebenso verrückt war wie ihre Mutter.

Es würde eine kleine Beerdigung sein. Ein paar Anwaltskollegen und vielleicht ein Richter oder zwei würden erscheinen, alle in schwarzen Anzügen und wichtigtuerisch flüsternd, während die Musik der mechanischen Orgel durch die fast leere Kapelle wehte. Die Anwälte würden dasitzen und auf die Uhr schauen, während der Geistliche, ein Fremder, die üblichen Standardfloskeln für seine teuren Dahingeschiedenen herunterleierte, die nie zur Kirche gingen.

Es würde ein Zehn-Minuten-Job ohne Schnörkel sein. Der Abschiedsbrief auf dem Armaturenbrett besagte, daß sein Leichnam verbrannt werden sollte.

»Wow«, sagte er leise und nahm noch einen Schluck. Er kippte die Flasche hoch, und beim Schlucken schaute er in den Rückspiegel und sah, wie sich das Gras hinter dem Wagen bewegte.

Ricky sah noch vor Mark, wie die Tür aufging. Sie flog auf, als hätte jemand dagegengetreten, und plötzlich rannte der große schwere Mann mit dem roten Gesicht durch das Gras, hielt sich am Wagen fest und knurrte. Ricky stand da, starr vor Angst und Entsetzen, und machte sich in die Hose.

Mark hatte gerade die Stoßstange berührt, als er die Tür hörte. Er erstarrte für eine Sekunde, dachte kurz darüber nach, ob er unter den Wagen kriechen sollte, und das Zögern, wurde ihm zum Verhängnis. Sein Fuß glitt aus, als er versuchte, aufzustehen und davonzulaufen, und der Mann packte ihn. »Du! Du kleiner Mistkerl!« knurrte er, während er in Marks Haare griff und ihn auf den Kofferraum des Wagens warf. »Du kleiner Mistkerl!« Mark trat nach ihm und wand sich, und eine dikke Hand schlug ihm ins Gesicht. Er trat noch einmal, nicht so heftig, und wurde abermals geschlagen.

Mark starrte in das irre, wütende, nur Zentimeter von ihm entfernte Gesicht. Die Augen waren rot und feucht. Flüssigkeit tropfte von der Nase und vom Kinn. »Du kleiner Mistkerl!« zischte der Mann durch zusammengebissene, gelbliche Zähne.

Als er ihn festgenagelt hatte und Mark sich nicht mehr wehrte, schob der Anwalt den Schlauch wieder in das Auspuffrohr, dann riß er Mark beim Kragen vom Kofferraum herunter und zerrte ihn durch das Gras zur offenstehenden Fahrertür. Er warf den Jungen durch die Tür und schob ihn über den schwarzen Ledersitz hinweg auf die Beifahrerseite.

Mark rüttelte am Türgriff und suchte nach der Verriegelung, als der Mann sich hinter das Lenkrad fallen ließ. Er knallte die Tür hinter sich zu, deutete auf den Türgriff und zischte: »Rühr den nicht an!« Dann versetzte er Mark mit dem Handrücken einen gemeinen Schlag aufs linke Auge.

Mark schrie vor Schmerz auf und beugte sich vornüber, benommen, jetzt weinend. Seine Nase tat fürchterlich weh, sein Mund noch mehr. Ihm war schwindlig. Er schmeckte Blut. Er konnte hören, wie der Mann weinte und murmelte. Er konnte den Whiskey riechen und mit dem rechten Auge die Knie seiner schmutzigen Jeans sehen. Das linke begann anzuschwellen. Alles war verschwommen.

Der Anwalt kippte seinen Whiskey und starrte Mark an, der vornübergebeugt dasaß und an allen Gliedern zitterte. »Hör auf zu heulen«, fuhr er ihn an.

Mark leckte sich die Lippen und schluckte Blut. Er rieb sich die Beule über seinem Auge und versuchte, immer noch seine Jeans anstarrend, tief Luft zu holen. Wieder sagte der Mann: »Hör auf zu heulen.« Also versuchte er, damit aufzuhören.

Der Motor lief. Es war ein großer, schwerer, ruhiger Wagen, aber Mark konnte den Motor hören, der irgendwo weit weg ganz leise schnurrte. Er drehte sich langsam um und warf einen Blick auf den Schlauch, der sich durch das Rückfenster hinter dem Fahrer wand wie eine wütende Schlange, die sich anschleicht, um zu töten. Der dicke Mann lachte.

»Ich finde, wir sollten zusammen sterben«, verkündete er, ganz plötzlich sehr gefaßt.

Marks linkes Auge schwoll schnell zu. Er drehte sich halb zur Seite und musterte den Mann, der ihm jetzt noch größer vorkam. Sein Gesicht war dicklich, der Bart war buschig, die Augen waren immer noch rot und funkelten ihn an wie die eines Dämons im Dunkeln. Mark weinte. »Bitte, lassen Sie mich raus«, sagte er, mit bebenden Lippen und brechender Stimme.

Der Fahrer steckte sich die Whiskeyflasche in den Mund und kippte sie an. Er verzog das Gesicht und schmatzte. »Tut mir leid, Junge. Du mußtest ja unbedingt ein Schlauberger sein und deine kleine Rotznase in meine Angelegenheiten stecken, stimmt's? Also finde ich, wir sollten zusammen sterben. Okay? Nur du und ich, mein Junge. Ab ins La-La-Land. Ab zum großen Zauberer. Träume süß, Junge.«

Mark schnupperte die Luft, dann entdeckte er die Pistole zwischen ihnen. Er schaute weg und dann wieder hin, als der Mann einen weiteren Schluck aus der Flasche nahm.

»Willst du die Pistole?« fragte der Mann.

»Nein, Sir.«

»Weshalb siehst du sie dann so genau an?«

»Das habe ich nicht getan.«

»Lüg mich nicht an, Junge, denn wenn du es tust, dann bringe ich dich um. Ich bin total übergeschnappt, okay, und ich könnte dich umbringen.« Obwohl ihm die Tränen übers Gesicht rannen, war seine Stimme ganz ruhig. Er atmete tief ein, während er sprach. »Und außerdem, Junge, wenn wir Freunde sein wollen, mußt du ganz aufrichtig sein. Aufrichtigkeit ist sehr wichtig, weißt du das? Also, willst du die Pistole?«

»Nein, Sir.«

»Ich habe keine Angst vorm Sterben, Junge, verstehst du das?«

»Ja, Sir, aber ich will nicht sterben. Ich muß mich um meine Mutter kümmern und um meinen kleinen Bruder.«

»Ach, wie reizend. Ein richtiggehender Herr im Hause.«

Er schraubte den Verschluß auf die Whiskeyflasche, dann ergriff er plötzlich die Pistole, steckte sie tief in seinen Mund, preßte die Lippen darum und sah Mark an, der jeder seiner Bewegungen folgte, hoffte, er würde auf den Abzug drükken, hoffte, er würde es nicht tun. Langsam zog er den Lauf wieder aus dem Mund, küßte die Mündung. Dann richtete er sie auf Mark.

»Ich habe dieses Ding noch nie abgefeuert«, sagte er, fast flüsternd. »Habe sie erst vor einer Stunde in einer Pfandleihe in Memphis gekauft. Was meinst du, ob sie funktioniert?«

»Bitte lassen Sie mich raus.«

»Du kannst es dir aussuchen, Junge«, sagte er und inhalierte die unsichtbaren Abgase. »Entweder blas ich dir das Gehirn raus, und dann ist es gleich vorbei, oder das Gas gibt dir den Rest. Du kannst es dir aussuchen.«

Mark sah die Pistole nicht an. Er schnupperte die Luft und dachte einen Moment, daß er vielleicht etwas riechen konnte. Die Waffe war dicht an seinem Kopf. »Weshalb tun Sie das?« fragte er.

»Das geht dich einen Scheißdreck an, Junge. Ich bin verrückt. Völlig hinüber. Ich hatte einen hübschen, ruhigen Selbstmord geplant, nur ich und mein Schlauch und vielleicht ein paar Pillen und ein bißchen Whiskey. Ohne daß mir jemand in die Quere kommt. Aber nein, du mußtest dich ja unbedingt einmischen. Du kleiner Dreckskerl!« Er senkte die Pistole und legte sie behutsam auf den Sitz. Mark rieb sich die Beule auf seiner Stirn und biß sich auf die Lippen. Seine Hände zitterten, und er klemmte sie zwischen die Knie.

»In fünf Minuten sind wir tot«, verkündete der Anwalt und hob wieder die Flasche an die Lippen.

»Nur du und ich, Junge. Ab zum großen Zauberer.«

Endlich bewegte sich Ricky. Seine Zähne klapperten, und seine Jeans waren naß, aber jetzt dachte er wieder nach, ließ sich aus der Hocke auf Händen und Knien ins Gras sinken.

Er kroch auf den Wagen zu, weinend und mit den Zähnen knirschend, während er auf dem Bauch vorwärtsrobbte. Gleich würde die Tür auffliegen. Der Verrückte, der zwar dick war, aber schnell, würde aus dem Nirgendwo hervorspringen und ihn beim Hals packen, genau wie Mark, und dann würden sie alle sterben in dem langen schwarzen Wagen. Langsam, Zentimeter um Zentimeter, bahnte er sich seinen Weg durch das Gras.

Mark hob langsam mit beiden Händen die Pistole. Sie war so schwer wie ein Ziegelstein und zitterte, als er sie auf den dicken Mann richtete, der sich ihr entgegenlehnte, bis der Lauf nur noch zwei Zentimeter von seiner Nase entfernt war.

»So, und jetzt drück ab, Junge«, sagte er mit einem Lächeln, und sein feuchtes Gesicht strahlte und funkelte vor freudiger Erwartung. »Drück ab, und ich bin tot, und du kannst abhauen.« Mark krümmte den Finger um den Abzug. Der Mann nickte, dann lehnte er sich sogar noch weiter vor und biß mit aufblitzenden Zähnen auf das Ende des Laufs. »Drück ab!« brüllte er.

Mark schloß die Augen und preßte die Handflächen gegen den Kolben der Waffe. Er hielt den Atem an und war im Begriff, auf den Abzug zu drücken, als der Mann ihm die Waffe entriß. Er schwenkte sie wie ein Irrer vor Marks Gesicht und drückte ab. Mark schrie, als das Fenster hinter seinem Kopf in tausend Stücke zersplitterte, aber nicht in Scherben ging. »Sie funktioniert! Sie funktioniert!« brüllte er, als Mark sich duckte und sich die Ohren zuhielt.

Ricky vergrub das Gesicht im Gras, als er den Schuß hörte. Er war drei Meter von dem Wagen entfernt, als etwas knallte und Mark schrie. Der dicke Mann brüllte, und Ricky machte sich abermals in die Hose. Er schloß die Augen und krallte sich im Gras fest. Sein Magen verkrampfte sich, und sein Herz hämmerte, und nach dem Schuß rührte er sich eine Minute lang nicht von der Stelle. Er weinte um seinen Bruder, der jetzt tot war, erschossen von einem Verrückten.

»Hör auf zu heulen, verdammt noch mal! Ich habe deine Heulerei satt!«

Mark umklammerte seine Knie und versuchte, mit dem Weinen aufzuhören. Sein Kopf pochte, und sein Mund war trocken. Er klemmte die Hände zwischen die Knie und beugte sich vornüber. Er mußte mit dem Weinen aufhören und sich etwas ausdenken. In einem Fernsehfilm war einmal ein Spinner im Begriff gewesen, von einem Gebäude herunterzuspringen, und dieser coole Bulle hatte auf ihn eingeredet, einfach pausenlos auf ihn eingeredet, und schließlich hatte der Spinner geantwortet und war natürlich nicht gesprungen. Mark schnupperte schnell nach Gas, dann fragte er: »Warum tun Sie das?«

»Weil ich sterben will«, sagte der Mann ruhig.

»Warum?« fragte er noch einmal und betrachtete das säuberliche kleine Loch in der Scheibe.

»Warum stellen kleine Jungen so viele Fragen?«

»Weil sie kleine Jungen sind. Weshalb wollen Sie sterben?«

»In fünf Minuten sind wir tot. Nur du und ich, Junge, ab zum großen Zauberer.« Er tat einen langen Zug aus der Flasche, die jetzt fast leer war. »Ich spüre das Gas, Junge. Spürst du es auch? Endlich.«

Durch die Risse im Fenster sah Mark im Außenspiegel, daß sich das Gras bewegte, und erhaschte einen Blick auf Ricky, wie er durch das Unkraut robbte und in dem Gestrüpp in der Nähe des Baums in Deckung ging. Er schloß die Augen und betete.

»Eins muß ich dir sagen, Junge, es ist hübsch, dich hier zu haben. Niemand stirbt gern allein. Wie heißt du?«

»Mark.«

»Mark. Und weiter?«

»Mark Sway.« Immer weiterreden, dann springt der Spinner vielleicht nicht. »Und wie heißen Sie?«

»Jerome. Aber du kannst Romey zu mir sagen. So nennen mich meine Freunde, und weil wir beide jetzt im selben Boot sitzen, darfst du mich Romey nennen. Und keine weiteren Fragen, okay, Junge?«

»Warum wollen Sie sterben, Romey?«

»Ich habe doch gesagt, keine weiteren Fragen. Spürst du das Gas, Mark?«

»Ich weiß es nicht.«

»Du wirst es bald genug spüren. Sprich lieber deine Gebete.« Romey ließ sich in seinen Sitz sinken, lehnte den fleischigen Kopf zurück und schloß die Augen, völlig mit sich im reinen. »Wir haben noch ungefähr fünf Minuten, Mark. Irgendwelche letzten Worte?« In der rechten Hand hielt er die Whiskeyflasche, in der linken die Pistole.

»Ja. Warum tun Sie das?« fragte Mark und hielt im Spiegel Ausschau nach seinem Bruder. Er atmete kurz und schnell durch die Nase und roch und spürte nicht das geringste. Bestimmt hatte Ricky den Schlauch herausgezogen.

»Weil ich verrückt bin, ein verrückter Anwalt mehr auf der Welt. Man hat mich in den Wahnsinn getrieben, Mark. Wie alt bist du?«

»Elf.«

»Schon mal Whiskey probiert?«

»Nein«, erwiderte Mark wahrheitsgemäß.

Plötzlich war die Whiskeyflasche vor seinem Gesicht, und er ergriff sie.

»Nimm einen Schluck«, sagte Romey, ohne die Augen zu öffnen.

Mark versuchte, das Etikett zu lesen, aber sein linkes Auge war praktisch zugeschwollen, seine Ohren dröhnten von dem Pistolenschuß, und er konnte sich nicht konzentrieren. Er stellte die Flasche auf den Sitz, und Romey nahm sie wortlos wieder an sich.

»Wir sterben, Mark«, sagte er fast zu sich selbst. »Das ist vermutlich hart, wenn man erst elf ist, aber so ist es nun einmal. Daran läßt sich nichts ändern. Irgendwelche letzten Worte, großer Junge?«

Mark sagte sich, daß Ricky es geschafft hatte,

daß der Schlauch jetzt harmlos war, daß sein neuer Freund Romey hier betrunken und verrückt war und daß er nur dann heil hier wieder herauskommen würde, wenn er sich etwas einfallen ließ und redete. Die Luft war sauber. Er atmete tief ein und sagte sich, daß er es schaffen würde. »Was hat Sie verrückt gemacht?«

Romey dachte eine Sekunde lang nach und kam zu dem Schluß, daß die Sache eigentlich auch etwas Komisches hatte. Er schnaubte und kicherte sogar ein wenig. »Oh, das ist großartig. Perfekt. Seit Wochen weiß ich etwas, das sonst niemand auf der ganzen Welt weiß, ausgenommen mein Klient, der übrigens der letzte Dreck ist. Du weißt vielleicht, Mark, daß wir Anwälte alle möglichen Dinge erfahren, die wir nie jemandem weitersagen dürfen. Streng vertraulich, verstehst du? Auf gar keinen Fall dürfen wir jemals verraten, was mit dem Geld passiert ist oder wer mit wem schläft oder wo die Leiche vergraben ist, verstehst du?« Er atmete tief ein und stieß den Atem ungeheuer genußvoll wieder aus. Dann ließ er sich mit geschlossenen Augen noch tiefer in seinen Sitz sinken. »Tut mir leid, daß ich dich schlagen mußte.« Er krümmte seinen Finger um den Abzug.

Mark machte die Augen zu und spürte nichts.

»Wie alt bist du, Mark?«

»Elf.«

»Ach ja, das hast du ja schon gesagt. Elf. Und ich bin vierundvierzig. Wir sind beide zu jung zum Sterben, stimmt's, Mark?«

»Ja, Sir.«

»Aber es passiert, Junge. Spürst du es?«

»Ja, Sir.«

»Mein Klient hat einen Mann umgebracht und die Leiche versteckt, und jetzt will er mich umbringen. Das ist die ganze Story. Sie haben mich verrückt gemacht. Ha! Ha! Das ist großartig, Mark. Das ist wundervoll. Ich, der vertrauenswürdige Anwalt, kann dir jetzt, buchstäblich Sekunden bevor wir davonschweben, verraten, wo die Leiche ist. Die Leiche, Mark, die meistgesuchte und bisher unentdeckte Leiche unserer Zeit. Unglaublich. Endlich kann ich es sagen!« Seine Augen waren offen und funkelten auf Mark herunter. »Das ist ein Riesenspaß, Mark.«

Mark begriff nicht, worin der Spaß lag. Er warf einen Blick in den Spiegel, dann auf die dreißig Zentimeter entfernte Türverriegelung. Der Griff war sogar noch näher.

Romey entspannte sich wieder und schloß abermals die Augen, als versuchte er verzweifelt, ein Nickerchen zu machen. »Tut mir leid, Junge, tut mir wirklich leid, aber wie ich schon sagte, es ist hübsch, dich hier zu haben.« Er legte langsam die Flasche neben den Brief auf das Armaturenbrett und beförderte die Pistole von der linken in die rechte Hand, streichelte sie sanft und strich mit dem Zeigefinger über den Abzug. Mark versuchte, nicht hinzusehen. »Tut mir wirklich leid, Junge. Wie alt bist du?«

»Elf. Das fragen Sie mich jetzt schon zum drittenmal.«

»Halt den Mund! Ich spüre das Gas, du nicht? Hör auf zu schnüffeln, verdammt noch mal! Es ist geruchlos, du kleiner Blödmann. Man kann es nicht riechen. Wenn du dich nicht eingemischt hättest, wäre ich jetzt schon tot, und du könntest irgendwo Räuber und Gendarm spielen. Du bist ganz schön blöd.«

Nicht so blöd wie du, dachte Mark. »Wen hat Ihr Klient umgebracht?«

Romey grinste, machte die Augen aber nicht auf. »Einen Senator der Vereinigten Staaten. Ich verrate es, ich verrate es. Ich packe aus. Liest du Zeitungen?«

»Nein.«

»Das überrascht mich nicht. Senator Boyette aus New Orleans. Da komme ich auch her.«

»Weshalb sind Sie nach Memphis gekommen?«

»Verdammter Bengel! Du willst wohl alles ganz genau wissen?«

»Ja. Warum hat Ihr Klient Senator Boyette umgebracht?«

»Warum, warum, warum, wer, wer, wer. Du bist eine verdammte Nervensäge, Mark.«

»Ich weiß. Weshalb lassen Sie mich nicht einfach laufen?« Mark warf einen Blick in den Spiegel, dann auf das Ende des Schlauchs auf dem Rücksitz.

»Ich könnte dir einen Schuß in den Kopf verpassen, wenn du nicht endlich den Mund hältst.« Sein bärtiges Kinn sackte herunter und berührte fast seine Brust. »Mein Klient hat eine Menge Leute umgebracht. Er verdient sein Geld, indem er Leute umbringt. Er gehört zur Mafia in New Orleans, und jetzt versucht er, mich umzubringen. So ein Pech, findest du nicht auch, Junge? Wir sind ihm zuvorgekommen. Und er ist der Dumme.«

Romey nahm einen großen Schluck aus der Flasche und starrte Mark an.

»Stell dir das vor, Junge, stell dir das vor. Barry – oder Barry das Messer, wie er genannt wird, diese Mafia-Typen haben alle tolle Spitznamen – wartet jetzt auf mich in einem schmutzigen Restaurant in New Orleans. Wahrscheinlich lauern ein paar von seinen Kumpanen in der Nähe, und nach einem friedlichen Essen wird er mich auffordern, in den Wagen zu steigen und ein bißchen herumzufahren, damit wir über seinen Fall und all das reden können, und dann zieht er ein Messer, das ist der Grund, weshalb er das Messer genannt wird, und es ist vorbei mit mir. Dann schaffen sie meine rundliche kleine Leiche beiseite, genau wie sie es mit Senator Boyette gemacht haben, und New Orleans hat einen weiteren unaufgeklärten Mord. Aber wir haben ihm ein Schnippchen geschlagen, stimmt's, Junge? Wir haben es ihm gezeigt.«

Er redete jetzt langsamer und mit schwererer Zunge. Während des Sprechens bewegte er die Pistole auf seinem Oberschenkel auf und ab. Sein Finger blieb am Abzug.

Halt ihn am Reden. »Warum will dieser Barry Sie umbringen?«

»Noch eine Frage. Ich schwebe. Schwebst du auch?«

»Ja. Fühlt sich gut an.«

»Aus einem ganzen Haufen von Gründen. Mach die Augen zu, Junge. Sprich deine Gebete.« Mark behielt die Pistole im Auge und warf zwischendurch einen schnellen Blick auf die Türverriegelung. Er brachte langsam den Daumen mit jeder Fingerspitze in Berührung, wie beim Zählen im Kindergarten, und die Koordination war perfekt.

»Und wo ist die Leiche?«

Romey schnaubte und sein Kopf nickte. Die Stimme war fast ein Flüstern. »Die Leiche von Boyd Boyette. Was für ein Frage. Der erste US-Senator, der im Amt ermordet worden ist, hast du das gewußt? Ermordet von meinem lieben Klienten Barry Muldanno, der ihm viermal in den Kopf geschossen und dann die Leiche versteckt hat. Keine Leiche, kein Fall. Verstehst du das, Junge?«

»Nicht ganz.«

»Weshalb heulst du nicht, Junge? Vor ein paar Minuten hast du noch geheult. Hast du keine Angst?«

»Doch, ich habe Angst. Und ich möchte hier raus. Tut mir leid, daß Sie sterben wollen und all das, aber ich muß mich um meine Mutter kümmern.«

»Rührend, wirklich rührend. Und nun halt den Mund. Du mußt wissen, Junge, die Leute vom FBI brauchen eine Leiche, um beweisen zu können, daß ein Mord geschehen ist. Sie verdächtigen Barry, er ist ihr einziger Verdächtiger, weil er es tatsächlich getan hat, verstehst du? Sie wissen sogar, daß er es getan hat. Aber sie brauchen die Leiche.«

»Wo ist sie?«

Eine dunkle Wolke schob sich vor die Sonne, und auf der Lichtung war es plötzlich viel dunkler. Romey bewegte die Waffe sanft auf seinem Bein auf und ab, als wollte er Mark vor jeder plötzlichen Bewegung warnen. »Barry ist nicht gerade der intelligenteste Gangster, den ich kenne. Er hält sich für ein Genie, aber er ist ein ziemlicher Blödmann.«

Du bist der Blödmann, dachte Mark. Sitzt in einem Wagen mit einem Schlauch im Auspuff. Er wartete so still wie möglich.

»Die Leiche ist unter meinem Boot.«

»Ihrem Boot?«

»Ja, meinem Boot. Er hatte es eilig. Ich war nicht in der Stadt, also brachte mein geliebter Klient die Leiche zu meinem Haus und begrub sie in frischem Beton in meiner Garage. Und da ist sie immer noch, kannst du dir das vorstellen? Das FBI hat halb New Orleans umgegraben, um sie zu finden, aber an mein Haus hat niemand gedacht. Vielleicht ist Barry doch nicht so blöde.«

»Wann hat er Ihnen das erzählt?«

»Ich habe deine Fragerei satt, Junge.«

»Ich würde jetzt wirklich gern hier raus.«

»Halt die Klappe. Das Gas wirkt. Wir sind hinüber, Junge. Hinüber.« Er ließ die Pistole auf den Sitz fallen.

Der Motor schnurrte leise. Mark warf einen Blick auf das Einschußloch in der Scheibe, auf die Millionen kleiner gezackter Risse, die von ihm ausstrahlten, dann auf das rote Gesicht und die schweren Lider. Ein kurzes Schnauben, fast ein Schnarchen, und der Kopf kippte abwärts.

Er sackte weg! Mark beobachtete, wie sich sein dicker Brustkorb bewegte. Das hatte er bei seinem Ex-Vater Hunderte von Malen gesehen.

Mark holte tief Luft. Die Türverriegelung würde ein Geräusch machen. Die Pistole lag zu nahe bei Romeys Hand. Marks Magen verkrampfte sich, und seine Füße waren taub.

Das rote Gesicht gab ein lautes, träges Geräusch von sich, und Mark wußte, daß er keine weitere Chance bekommen würde. Langsam, ganz langsam bewegte er seinen zitternden Finger auf die Türverriegelung zu.

Rickys Augen waren fast so trocken wie sein Mund, aber seine Jeans waren klatschnaß. Er hockte unter dem Baum, in der Dunkelheit, weit weg von den Sträuchern und dem hohen Gras und dem Wagen. Fünf Minuten waren vergangen, seit er den Schlauch herausgezogen hatte. Fünf Minuten seit dem Schuß. Aber er wußte, daß sein Bruder am Leben war, weil er hinter den Bäumen fünfzehn

Meter weit gerannt war, bis er den blonden Kopf entdeckt und gesehen hatte, daß er sich in dem riesigen Wagen bewegte. Daraufhin hatte er aufgehört zu weinen und angefangen zu beten.

Er kroch hinter den Baumstamm und begann sehnsuchtsvoll zu dem Auto hinüberzustarren, das seinen Bruder von ihm fernhielt, als die Beifahrertür plötzlich aufflog und Mark daraus hervorschoß.

Romeys Kinn sackte auf seine Brust, und in dem Moment, in dein er seinen nächsten Schnarcher begann, hieb Mark mit der linken Hand die Pistole auf den Boden und entriegelte gleichzeitig mit der rechten die Tür. Er zerrte am Griff und rammte die Schulter gegen die Tür, und das letzte, was er hörte, als er sich herausrollte, war ein weiterer lauter Schnarcher des Anwalts.

Er landete auf den Knien und hielt sich an Grashalmen fest, während er sich seinen Weg von dem Wagen weg kratzte und krallte. Dann sprintete er tief geduckt durch das Gras und erreichte Sekunden später den Baum, wo Ricky in stummem Entsetzen wartete. Er hielt am Stamm an und drehte sich um, erwartete, den Anwalt zu sehen, der mit der Pistole hinter ihm herstolperte. Aber der Wagen wirkte harmlos. Die Beifahrertür stand offen.

Der Motor lief. Das Auspuffrohr war völlig frei. Er atmete zum erstenmal seit einer Minute, dann sah er langsam Ricky an.

»Ich habe den Schlauch rausgezogen«, sagte Ricky mit schriller Stimme zwischen hastigen Atemzügen. Mark nickte, sagte aber nichts. Er war plötzlich viel ruhiger. Der Wagen war fünfzehn Meter entfernt, und wenn Romey herauskam, konnten sie blitzschnell im Wald verschwinden. Und weil sie hinter dem Baum standen und durch das Gestrüpp gedeckt waren, würde Romey sie auf keinen Fall sehen können, falls er sich entschloß, herauszuspringen und mit der Pistole um sich zu schießen.

»Ich habe Angst, Mark. Laß uns abhauen«, sagte Ricky. Seine Stimme war schrill, seine Hände zitterten.

»Nur noch eine Minute.« Mark beobachtete unverwandt den Wagen.

»Komm schon, Mark. Wir wollen weg hier.«

»Nur noch eine Minute, habe ich gesagt.«

Ricky schaute zum Wagen. »Ist er tot?«

»Ich glaube nicht.«

Also war der Mann am Leben, und er hatte die Waffe, und es war offensichtlich, daß sein großer Bruder keine Angst mehr hatte und über irgend etwas nachdachte. Ricky tat einen Schritt rückwärts. »Ich hau ab«, murmelte er. »Ich will nach Hause.«

Mark rührte sich nicht. Er atmete tief aus und betrachtete den Wagen. »Nur noch eine Sekunde«, sagte er, ohne Ricky anzusehen. In seiner Stimme lag wieder die alte Autorität.

Ricky verstummte und beugte sich vor, legte die Hände auf die nassen Knie. Er beobachtete seinen Bruder und schüttelte langsam den Kopf, als Mark eine Zigarette aus seiner Hemdtasche holte, ohne den Blick von dem Wagen abzuwenden. Er zündete sie an, tat einen tiefen Zug und blies den Rauch zu den Ästen hinauf. In diesem Moment bemerkte Ricky zum erstenmal die Schwellung.

»Was ist mit deinem Auge los?«

Mark fiel es plötzlich wieder ein. Er rieb sanft darüber, dann über die Beule auf seiner Stirn. »Er hat mich ein paarmal geschlagen.«

»Sieht schlimm aus.«

»Kein Grund zur Aufregung. Weißt du, was ich tun werde?« sagte er, ohne eine Antwort zu erwarten. »Ich schleich mich rüber und steck den Schlauch wieder in den Auspuff. Soll der Bastard doch draufgehen!«

»Du bist ja noch verrückter als er. Du machst doch nur Spaß, oder?«

Mark paffte geruhsam. Plötzlich flog die Fahrertür auf, und Romey torkelte mit der Pistole heraus. Er redete laut vor sich hin, während er zum Heck des Wagens stolperte und abermals feststellte, daß der Schlauch harmlos im Gras lag. Er schrie Obszönitäten zum Himmel hinauf.

Mark duckte sich tief und drückte auch Rikky herunter. Romey wirbelte herum und ließ den Blick über die Lichtung schweifen. Er fluchte weiter und fing an, laut zu weinen. Schweiß tropfte ihm vom Haar, sein schwarzes Jackett war durchweicht und klebte ihm am Körper. Er stapfte um das Heck des Wagens herum, schluchzend und vor sich hinredend und die Bäume anschreiend.

Plötzlich blieb er stehen, hievte seinen massigen Körper auf den Kofferraum und rutschte rückwärts hinauf wie ein betrunkener Elefant, bis er gegen das Heckfenster stieß. Seine stämmigen Beine waren ausgestreckt. Ein Schuh fehlte. Er nahm die Waffe, weder langsam noch schnell, und steckte sie sich tief in den Mund. Seine irren roten Augen jagten herum und blieben eine Sekunde lang auf dem Baumstamm über den Jungen hängen.

Er öffnete die Lippen und biß mit seinen großen schmutzigen Zähnen auf den Lauf. Dann schloß er die Augen und drückte mit dem rechten Daumen ab.

2

Die Schuhe waren aus Haifischleder, und die vanillefarbenen Seidensocken reichten bis zu den Kniescheiben, wo sie schließlich aufhörten und die ziemlich haarigen Waden von Barry Muldanno liebkosten, gewöhnlich Barry das Messer genannt oder, was ihm am liebsten war, einfach das Messer. Der dunkelgrüne Anzug glänzte und sah auf den ersten Blick aus wie Echse oder Leguan oder irgendein anderes schleimiges Reptil, aber wenn man genauer hinschaute, sah man, daß es kein tierisches Material, sondern Polyester war. Zweireihig mit einer Menge Knöpfen auf dem Vorderteil. Er saß gut an seinem wohlgebauten Körper. Und er kräuselte sich hübsch, als Muldanno mit selbstbewußten Bewegungen zum Münzfernsprecher im Hintergrund des Restaurants ging. Der Anzug war nicht protzig, er war nur auffallend. Man konnte ihn für einen gutgekleideten Drogenimporteur halten oder vielleicht für einen gerissenen Buchmacher aus Vegas, und das war in Ordnung, weil er das Messer war und erwartete, daß die Leute ihn bemerkten, und wenn sie ihn anschauten, sollten sie Erfolg sehen. Sie sollten vor Angst erstarren und ihm aus dem Wege gehen.

Das Haar war schwarz und dicht, gefärbt, um einen Anflug von Grau zu verdecken, angeklatscht, voll von Pomade, straff zurückgekämmt und zu einem perfekten kleinen Pferdeschwanz zusammengerafft, der sich abwärts bog und exakt bis zum Kragen des dunkelgrünen Polyesterjacketts reichte. Die Pflege kostete Stunden. Der obligatorische Diamantohrring funkelte, wie es sich gehörte, am linken Ohrläppchen. Ein geschmackvolles goldenes Armband umgab das linke Handgelenk gleich unterhalb der diamantenbesetzten Rolex, und am rechten Handgelenk klirrte, während er lässig den Raum durchquerte, ein weiteres geschmackvolles Goldkettchen.

Sein Auftritt endete vor dem Münzfernsprecher, der sich in der Nähe der Toiletten in einem schmalen Flur im hinteren Teil des Restaurants befand. Er stand vor dem Apparat und ließ die Augen in alle Richtungen schweifen. Jeder Durchschnittsmensch, der sah, wie die Augen von Barry dem Messer herumschweiften und Gewalttätigkeit suchten, würde sich vor Angst in die Hose machen. Die Augen waren tief dunkelbraun und standen so eng beieinander, daß jemand, der es fertigbrachte, mehr als zwei Sekunden lang hineinzuschauen, schwören würde, daß Barry schielte. Aber das tat er nicht. Ein säuberlicher Streifen schwarzen Haars verlief von einer Schläfe zur anderen, ohne jede Unterbrechung über der ziemlich langen und spitzen Nase. Eine massige Braue. Gedunsene braune Haut bildete Halbkreise unter den Augen und verriet ohne jeden Zweifel, daß dieser Mann Alkohol und das flotte Leben liebte. Die verschatteten Augen gestanden zahlreiche Kater, unter anderem. Barry das Messer liebte seine Augen. Sie waren legendär.

Er tippte die Nummer des Büros seines Anwalts ein und sprach schnell, ohne eine Antwort abzuwarten: »Hier ist Barry! Wo ist Jerome? Er hat sich verspätet. Er hätte schon vor vierzig Minuten hier sein sollen. Wo ist er? Haben Sie ihn gesehen?«

Auch die Stimme des Messers war nicht erfreulich. Sie hatte den bedrohlichen Unterton eines erfolgreichen Straßengangsters in New Orleans, der schon viele Arme gebrochen hat und mit Vergnügen einen weiteren brechen würde, wenn man sich zu lange auf seinem Pfad aufhielt oder nicht schnell genug mit den Antworten herausrückte. Die Stimme war grob, arrogant und einschüchternd, und die arme Sekretärin am anderen Ende hatte sie schon viele Male gehört, und sie hatte die Augen und die glänzenden Anzüge und den Pferdeschwanz schon oft gesehen. Sie schluckte hart, kam wieder zu Atem, dankte Gott, daß er am Telefon war und nicht vor ihrem Schreibtisch stand und seine Knöchel knacken ließ, und teilte Mr. Muldanno mit, daß Mr. Clifford das Büro gegen neun Uhr morgens verlassen und sich seither noch nicht wieder gemeldet hätte.

Das Messer knallte den Hörer auf die Gabel und stürmte durch den Flur; dann fing er sich, und als er sich den Tischen und den Gesichtern näherte, verfiel er wieder in seinen betont lässigen Gang. Das Restaurant begann sich zu füllen. Es war fast fünf Uhr.

Er hatte lediglich vorgehabt, mit seinem Anwalt ein paar Drinks zu nehmen und dann mit ihm zu essen, damit sie über seine Bredouille reden konnten. Nur Drinks und Essen, sonst nichts. Die Typen vom FBI beobachteten und belauschten ihn. Jerome hatte Barry erst vorige Woche erzählt, er glaubte, sie hätten seine Kanzlei verdrahtet. Also wollten sie sich hier treffen und in aller Ruhe essen, ohne sich Sorgen um Lauscher und Wanzen machen zu müssen.

Sie mußten miteinander reden. Jerome Clifford hatte in New Orleans fünfzehn Jahre lang prominente Ganoven verteidigt – Gangster, Drogenhändler, Politiker – und seine Erfolgsquote war beeindruckend. Er war gerissen und korrupt, jederzeit bereit, Leute zu kaufen, die sich kaufen ließen. Er trank mit den Richtern und schlief mit ihren Freundinnen. Er bestach die Polizisten und bedrohte die Geschworenen. Er plauderte mit den Politikern und war mit Spenden nicht kleinlich, wenn er dazu aufgefordert wurde. Jerome wußte, wie das System funktionierte, und wenn in New Orleans ein angeklagter Ganove, der über genügend Geld verfügte, Hilfe brauchte, dann fand er unfehlbar seinen Weg zur Kanzlei von Rechtsanwalt W. Jerome Clifford. Und in dieser Kanzlei fand er einen Freund, der von Schmutz lebte und loyal blieb, bis der Fall ausgestanden war.

Doch Barrys Fall lag etwas anders. Er war riesig und wuchs von Minute zu Minute. Die Verhandlung sollte in einem Monat stattfinden und ragte drohend vor ihm auf wie eine Hinrichtung. Es würde sein zweiter Mordprozeß sein. Den ersten hatte er im zarten Alter von achtzehn durchgestanden; ein Staatsanwalt mit nur einem höchst unzuverlässigen Zeugen hatte zu beweisen versucht, daß Barry einem rivalisierenden Ganoven die Finger abgeschnitten und die Kehle aufgeschlitzt hatte. Barrys Onkel, ein hochgeachteter und erfahrener Mafioso, hatte hier und da ein bißchen Geld springen lassen. Die Jury des jungen Barry konnte sich nicht auf einen Spruch einigen, und die Sache verlief im Sande.

Später verbrachte Barry wegen Schutzgelderpressung zwei Jahre in einem gemütlichen Bundesgefängnis. Sein Onkel hätte ihn abermals retten können, aber zu der Zeit war er fünfundzwanzig und reif für eine kurze Zeit im Knast. Sie machte sich gut in seinem Lebenslauf. Die Familie war stolz auf ihn. Jerome Clifford hatte eine milde Strafe ausgehandelt, und seither waren sie Freunde gewesen.

Ein frisches Club Soda und eine Limone erwarteten Barry, als er zur Bar stolzierte und seinen Platz wieder einnahm. Der Alkohol konnte ein paar Stunden warten. Er brauchte ruhige Hände.

Er quetschte die Limone aus und betrachtete sich im Spiegel. Er merkte, daß ein paar Leute ihn anstarrten; schließlich war er in diesem Moment der vielleicht berühmteste wegen Mordes angeklagte Mann im ganzen Land. Vier Wochen bis zum Prozeß, und die Leute starrten ihn an. Sein Gesicht war in sämtlichen Zeitungen.

Dieser Prozeß war etwas völlig anderes. Das Opfer war ein Senator, der erste, behaupteten sie, der je im Amt ermordet worden war. *Die Verei-*

nigten Staaten von Amerika gegen Barry Muldanno. Natürlich, sie hatten keine Leiche, und das stellte die Vereinigten Staaten von Amerika vor gewaltige Probleme. Keine Leiche, kein Obduktionsbericht, keine ballistische Untersuchung, keine bluttriefenden Fotos, die man im Gerichtssaal schwenken und der Jury unter die Nase halten konnte.

Aber Jerome Clifford war dem Zusammenbruch nahe. Er benahm sich seltsam – verschwand einfach, wie jetzt, blieb der Kanzlei fern, beantwortete keine Anrufe, kam immer zu spät ins Gericht, murmelte ständig vor sich hin und trank zuviel. Er war immer niederträchtig und beharrlich gewesen, aber jetzt schien ihn nichts mehr zu interessieren, und die Leute redeten. Offengestanden brauchte Barry einen neuen Anwalt.

Nur vier kurze Wochen, und Barry mußte Zeit gewinnen. Einen Aufschub, eine Vertagung, irgend etwas in der Art. Weshalb reagierte die Justiz so schnell, wenn alles andere als Eile angesagt war? Er hatte sein Leben in den Randzonen von Recht und Gesetz verbracht und erlebt, wie sich Prozesse jahrelang hinzogen. Sein Onkel war einmal angeklagt worden, aber nach drei Jahren aufreibender Kriegführung hatte die Regierung schließlich aufgegeben. Barry war sechs Monate zuvor angeklagt worden, und peng!, schon findet der Prozeß statt.

Das war nicht fair. Romey funktionierte nicht. Ein anderer mußte an seine Stelle treten.

Natürlich hatte der Fall für das FBI eine Menge Löcher. Niemand hatte den Mord gesehen. Es würde ein ordentlicher Indizienprozeß gegen ihn geführt werden, vielleicht sogar mit einem Motiv. Aber niemand hatte tatsächlich gesehen, wie er es getan hatte. Es gab einen Informanten, der leicht zu beirren und unzuverlässig war und vermutlich beim Kreuzverhör in der Luft zerfetzt werden würde, wenn er überhaupt vor Gericht erschien. Die Typen vom FBI hielten ihn versteckt. Und Barry hatte diesen einen, wundervollen Vorteil – die Leiche, den kleinen drahtigen Körper von Boyd Boyette, der, in Beton eingebettet, langsam verrottete. Ohne ihn würde Reverend Roy keinen Schuldspruch erreichen. Das veranlaßte Barry zu einem Lächeln, und er zwinkerte zwei Wasserstoffblondinen an einem Tisch in der Nähe der Tür zu. Frauen gab es massenhaft seit der Anklageerhebung. Er war berühmt.

Reverend Roys Fall stand tatsächlich auf schwachen Füßen, aber das hatte weder seinen lautstarken Predigten vor laufenden Kameras Abbruch getan noch seinen vollmundigen Andeutungen, daß der Gerechtigkeit sehr bald Genüge getan sein würde, noch seinen prahlerischen Interviews mit jedem Journalisten, der sich hinreichend langweilte, um ihn zu befragen. Er war ein frommer Bundesanwalt mit öliger Stimme und ledrigen Lungen, widerlichen politischen Ambitionen und mit donnernder Stimme vorgetragenen Ansichten zu allem und jedem. Er hatte seinen eigenen Presseagenten, einen total überarbeiteten Mann, der dafür zu sorgen hatte, daß der Reverend ständig im Rampenlicht stand, damit eines nicht allzu fernen Tages die Öffentlichkeit darauf bestehen würde, daß er ihr im Senat der Vereinigten Staaten diente. Wohin ihn Gott von dort aus vielleicht führen würde, wußte nur der Reverend.

Barry zermalmte sein Eis bei der widerwärtigen Vorstellung, wie Roy Foltrigg seine Anklageschrift vor den Kameras schwenkte und alle möglichen Prophezeiungen über den Triumph des Guten über das Böse heraustrompetete. Aber seit der Anklageerhebung waren sechs Monate vergangen, und weder Reverend Roy noch seine Verbündeten, die Leute vom FBI, hatten die Leiche von Boyd Boyette gefunden. Sie folgten Barry Tag und Nacht – wahrscheinlich warteten sie gerade jetzt direkt vor der Tür, als wäre er so dämlich, hier zu essen und anschließend nur so zum Spaß einen Blick auf die Leiche zu werfen. Sie hatten jeden Säufer und Gammler bestochen, der vorgegeben hatte, Informationen liefern zu können. Sie hatten Seen und Teiche abgelassen; sie hatten Flüsse durchkämmt. Sie hatten sich Durchsuchungsbefehle für Dutzende von Gebäuden in der Stadt verschafft. Sie hatten ein kleines Vermögen ausgegeben für Bagger und Bulldozer.

Aber Barry hatte sie. Die Leiche von Boyd Boyette. Er hätte sie gern woanders hingebracht, aber das konnte er nicht. Der Reverend und seine Engelsscharen beobachteten ihn.

Clifford war jetzt eine Stunde überfällig. Barry zahlte für zwei Club Sodas, zwinkerte den Wasserstoffblondinen in ihren Lederröcken zu und verließ, Anwälte im allgemeinen und den seinen im besonderen verfluchend, das Lokal.

Er brauchte einen neuen Anwalt, einen, der auf seine Anrufe reagierte und sich mit ihm auf ein paar Drinks traf und ein paar Geschworene ausfindig machte, die sich kaufen ließen. Einen wirklichen Anwalt!

Er brauchte einen neuen Anwalt, und er brauchte eine Vertagung oder einen Aufschub oder eine Verschleppung, irgend etwas, das diese Sache so verlangsamte, daß er Zeit zum Nachdenken fand.

Er zündete sich eine Zigarette an und wanderte gemächlich die Magazine Street zwischen Canal und Poydras entlang. Die Luft war dick. Cliffords

Kanzlei war vier Blocks entfernt. Sein Anwalt wollte eine schnelle Verhandlung! So ein Idiot! Niemand in diesem Rechtsstaat wollte eine schnelle Verhandlung, aber dann kam W. Jerome Clifford und drängte darauf. Noch keine drei Wochen zuvor hatte Clifford erklärt, sie sollten zusehen, daß der Prozeß so schnell wie möglich stattfände, weil sie keine Leiche hatten und damit keinen Fall, und so weiter und so weiter. Und wenn sie abwarteten, würde die Leiche vielleicht gefunden werden, und weil Barry so ein hübscher Tatverdächtiger war und es sich um einen Sensationsprozeß handelte, bei dem die Anklagevertretung tonnenschwer unter Druck stand, und da Barry den Mord tatsächlich begangen hatte und ganz eindeutig schuldig war, sollten sie unverzüglich vor Gericht gehen. Das hatte Barry schockiert. Sie hatten hitzig diskutiert in Romeys Büro, und seither war es nicht mehr so wie früher gewesen.

Im Verlauf dieser Diskussion vor drei Wochen war ein ruhiger Moment eingetreten, und Barry hatte sich seinem Anwalt gegenüber damit gebrüstet, daß die Leiche nie gefunden werden würde. Er war schon eine Menge Leichen losgeworden und wußte, wie man sie versteckte. Boyette war ziemlich schnell versteckt worden, und obwohl Barry den kleinen Kerl gern irgendwoanders hingebracht hätte, war er dennoch guter Dinge und hegte nicht die geringsten Befürchtungen, daß Roy und die Fibbies ihm in die Quere kommen könnten.

Barry kicherte leise vor sich hin, während er die Poydras entlangschlenderte.

»Und wo ist die Leiche?« hatte Clifford gefragt.

»Das wollen Sie bestimmt nicht wissen«, hatte Barry erwidert.

»Doch, ich will es wissen. Die ganze Welt will es wissen. Also los, verraten Sie es mir, wenn Sie den Mumm dazu haben.«

»Das wollen Sie nicht wissen.«

»Doch. Los, sagen Sie es mir.«

»Es wird Ihnen nicht gefallen.«

»Sagen Sie es mir.«

Barry warf seinen Zigarettenstummel auf den Gehsteig und hätte beinahe laut herausgelacht. Er hätte es Jerome Clifford nicht sagen sollen. Es war kindisch gewesen, es zu tun, aber er war harmlos. Dem Mann konnte man Geheimnisse anvertrauen, anwaltliche Schweigepflicht und dieser ganze Kram, und er war verletzt gewesen, als Barry anfangs nicht mit sämtlichen blutigen Details herausrücken wollte. Jerome Clifford war ein ebenso niederträchtiger Gauner wie seine Klienten, und wenn sie Blut an den Händen hatten, wollte er es sehen.

»Erinnern Sie sich, an welchem Tag Boyette verschwand?«

»Natürlich. Am 16. Januar.«

»Wissen Sie noch, wo Sie am 16. Januar waren?«

Daraufhin war Romey zur Wand hinter seinem Schreibtisch gegangen und hatte nachgesehen, was er auf seinen Monats-Terminkalender gekritzelt hatte. »In Colorado. Ski laufen.«

»Und ich hatte mir Ihr Haus ausgeliehen?«

»Ja, Sie wollten sich dort mit der Frau irgendeines Arztes treffen.«

»Stimmt. Aber sie konnte nicht kommen. Dafür habe ich den Senator zu Ihrem Haus gebracht.«

Daraufhin war Romey erstarrt und hatte seinen Klienten fassungslos und mit offenem Mund angesehen.

Barry hatte weitergeredet. »Er kam im Kofferraum an, und ich habe ihn bei Ihnen deponiert.«

»Wo?« hatte Romey ungläubig gefragt.

»In der Garage.«

»Sie lügen.«

»Unter dem Boot, das seit zehn Jahren nicht mehr von der Stelle bewegt worden ist.«

»Sie lügen.«

Die Eingangstür zu Cliffords Kanzlei war verschlossen. Barry rüttelte daran und fluchte durch die Fenster. Er zündete sich eine weitere Zigarette an und suchte auf den üblichen Parkplätzen nach dem schwarzen Lincoln. Er würde das fette Schwein finden, und wenn es ihn die ganze Nacht kostete.

Barry hatte einen Freund in Miami, der einmal wegen einer Reihe von Drogenvergehen angeklagt worden war. Sein Anwalt war ziemlich gut gewesen und hatte es fertiggebracht, die Sache zweieinhalb Jahre hinauszuzögern, bis schließlich der Richter die Geduld verlor und eine Verhandlung ansetzte. Am Tag vor der Auswahl der Geschworenen hatte sein Freund seinen tüchtigen Anwalt umgebracht, und der Richter war gezwungen gewesen, eine weitere Vertagung zu verfügen. Der Prozeß hatte nie stattgefunden.

Wenn Romey jetzt plötzlich starb, würden bis zum Prozeß Monate, vielleicht sogar Jahre vergehen.

3

Ricky wich von dem Baum zurück, bis er ins tiefe Unkraut geriet, dann fand er den schmalen Pfad und begann zu rennen. »Ricky«, rief Mark. »He, Ricky, warte auf mich.« Aber es half nichts. Er warf noch einen letzten Blick auf den Mann auf dem Wagen, dem immer noch die Waffe im Mund steckte. Die Augen standen halb offen, und seine Füße zuckten.

Mark hatte genug gesehen. »Ricky«, rief er wieder, während er auf den Pfad zutrabte. Sein Bruder war vor ihm, rannte langsam auf eine ganz seltsame Weise, mit beiden Armen steif an den Beinen und aus der Hüfte heraus vorgebeugt. Das Unterholz schlug ihm ins Gesicht. Er stolperte, fiel aber nicht. Mark packte ihn bei den Schultern und drehte ihn herum. »Ricky, hör mir zu! Es ist alles okay.« Ricky glich einem Zombie mit bleicher Haut und glasigen Augen. Er atmete schwer und hastig und gab ein dumpfes, schmerzliches Stöhnen von sich. Reden konnte er nicht. Er riß sich los und nahm seinen Trab wieder auf, immer noch stöhnend. Mark war dicht hinter ihm, als sie ein trockenes Bachbett durchquerten und ihrer Behausung zustrebten.

Die Bäume lichteten sich unmittelbar vor dem zerfallenden Bretterzaun, der den größten Teil der Wohnwagensiedlung umgab. Zwei kleine Kinder warfen mit Steinen nach einer Reihe von Dosen, die sie auf der Haube eines Schrottwagens aufgestellt hatten. Ricky rannte schneller und kroch durch eine Lücke im Zaun. Er übersprang einen Graben, schoß zwischen zwei Wohnwagen hindurch und rannte auf die Straße. Mark war zwei Schritte hinter ihm. Ricky fiel das Atmen immer schwerer und das Stöhnen wurde lauter.

Der Wohnwagen der Sways war drei Meter sechzig breit und vierzehn Meter lang und stand zusammen mit vierzig anderen auf einem schmalen Streifen an der East Street. Zu den Tucker Wheel Estates gehörten auch die North, South und West Street, und alle vier Straßen verliefen kurvenförmig und kreuzten sich mehrmals in allen Richtungen. Es war eine respektable Wohnwagensiedlung mit halbwegs sauberen Straßen, ein paar Bäumen, einer Menge Fahrrädern und ein paar aufgegebenen Autos. Buckelschwellen verlangsamten den Verkehr. Laute Musik oder Lärm zogen einen

Polizeibesuch nach sich, sobald Mr. Tucker informiert worden war. Seiner Familie gehörten das gesamte Land und der größte Teil der Wohnwagen einschließlich Nummer 17 an der East Street, den Dianne Sway für zweihundertachtzig Dollar im Monat gemietet hatte.

Ricky rannte durch die unverschlossene Tür und fiel auf die Couch im Wohnzimmer. Er schien zu weinen, aber es kamen keine Tränen. Er zog die Knie bis zum Bauch hoch, als wäre ihm kalt, dann steckte er ganz langsam den rechten Daumen in den Mund. Mark ließ sich keine seiner Bewegungen entgehen. »Ricky, rede mit mir«, sagte er und schüttelte sanft seine Schultern. »Du mußt mit mir reden, Mann, okay, Ricky? Es ist alles okay.«

Ricky lutschte heftiger am Daumen. Er schloß die Augen, und sein Körper bebte.

Mark schaute sich im Wohnzimmer und in der Küche um und begriff, daß alles noch genauso war wie vor einer Stunde. Vor einer Stunde! Es kam ihm vor wie Tage. Die Sonne wurde schwächer, und die Zimmer waren ein wenig dunkler. Ihre Bücher und Schultaschen lagen wie immer auf dem Küchentisch. Die tägliche Notiz von Mom lag auf dem Bord neben dem Telefon. Er ging zum Ausguß und ließ Wasser in eine saubere Kaffeetasse laufen. Er hatte fürchterlichen Durst. Er trank das kalte Wasser und starrte durch das Fenster auf den Wohnwagen nebenan. Dann hörte er schmatzende Geräusche und sah seinen Bruder an. Der Daumen. Im Fernsehen hatte es eine Sendung gegeben, in der ein paar Kinder in Kalifornien nach einem Erdbeben an ihren Daumen gelutscht hatten. Alle möglichen Ärzte waren zu Rate gezogen worden. Ein Jahr nach dem Beben lutschten die armen Kinder immer noch.

Die Tasse berührte eine empfindliche Stelle an seiner Lippe, und er erinnerte sich an das Blut. Er lief ins Badezimmer und betrachtete sein Gesicht im Spiegel. Unmittelbar unter dem Haaransatz war eine kleine, kaum sichtbare Beule. Sein linkes Auge war zugeschwollen und sah fürchterlich aus. Er ließ Wasser ins Becken laufen und wusch sich ein bißchen Blut von der Unterlippe. Sie war nicht geschwollen, fing aber plötzlich an zu pochen. Er hatte schon schlimmer ausgesehen nach Prügeleien in der Schule. Er war zäh.

Er holte einen Eiswürfel aus dem Kühlschrank und drückte ihn fest gegen die untere Augenpartie. Dann ging er zur Couch und betrachtete seinen Bruder und mit besonderer Aufmerksamkeit den Daumen. Ricky schlief. Es war fast halb sechs, Zeit für ihre Mutter, nach Hause zu kommen, nach neun langen Stunden in der Lampenfabrik. Seine Ohren dröhnten noch immer von den Schüssen, aber er fing wieder an zu denken. Er setzte sich neben Rickys Füße und fuhr mit dem Eiswürfel langsam um sein Auge herum.

Wenn er nicht 911 anrief, konnten Tage vergehen, bis jemand die Leiche fand. Der tödliche Schuß war stark gedämpft gewesen, und Mark war sicher, daß niemand außer ihnen ihn gehört hatte. Er war schon oft auf der Lichtung gewesen, aber plötzlich wurde ihm bewußt, daß er dort noch nie einen anderen Menschen gesehen hatte. Die Stelle war völlig abgelegen. Weshalb hatte Romey sich für sie entschieden? Schließlich war er aus New Orleans gekommen, richtig?

Mark sah sich im Fernsehen alle möglichen Reality Shows an und wußte, daß jeder 911-Anruf aufgezeichnet wurde. Er wollte nicht aufgezeichnet werden. Er würde nie jemandem erzählen, nicht einmal seiner Mutter, was er gerade erlebt hatte, und was er in diesem kritischen Moment am dringendsten brauchte, war eine Unterhaltung mit seinem kleinen Bruder, damit sie ihre Lügen aufeinander abstimmen konnten. »Ricky«, sagte er und rüttelte seinen Bruder am Bein. Ricky stöhnte, öffnete aber nicht die Augen. Statt dessen krümmte er sich noch stärker zusammen. »Ricky, wach auf!«

Es erfolgte keine Reaktion, nur ein plötzliches Schaudern, als fröre er. Mark fand eine Steppdecke im Schrank und breitete sie über seinen Bruder, dann wickelte er eine Handvoll Eiswürfel in ein Geschirrtuch und drückte die Packung behutsam auf sein linkes Auge. Ihm war nicht danach zumute, Fragen über sein Auge zu beantworten.

Er starrte auf das Telefon und dachte an Westernfilme mit herumliegenden Leichen und darüber kreisenden Bussarden, in denen alle darauf bedacht waren, die Toten zu begraben, bevor die verdammten Vögel über sie herfielen. In ungefähr einer Stunde würde es dunkel sein. Schlagen Bussarde auch nachts zu? In einem Film hatte er das nie gesehen.

Der Gedanke an den dicklichen Anwalt, der da draußen lag, mit der Pistole im Mund und nur einem Schuh und vermutlich immer noch blutend, war schon gräßlich genug, aber dazu noch die Bussarde, die ihm das Fleisch von den Knochen rissen, und Mark griff zum Hörer. Er tippte 911 und räusperte sich.

»Ja, da liegt ein toter Mann im Wald, und jemand muß hin und ihn holen.« Er sprach mit so tiefer Stimme wie möglich und wußte von der ersten Silbe an, daß es ein erbärmlicher Verstellungsversuch war. Er atmete schwer, und die Beule auf seiner Stirn pochte.

»Wer spricht da, bitte?« Es war eine Frauenstimme, fast wie ein Roboter.

»Äh, das möchte ich nicht sagen, okay?«

»Wir brauchen deinen Namen, Junge.« Großartig, sie wußte, daß er ein Kind war. Er hoffte, daß er sich wenigstens anhörte wie ein Teenager.

»Wollen Sie etwas über den Toten erfahren oder nicht?« fragte Mark.

»Wo befindet sich der Tote?«

Das ist einfach grandios, dachte er, schon jetzt erzählte er jemandem davon. Und nicht jemandem, dem man vertrauen konnte, sondern jemandem, der eine Uniform trug und bei der Polizei arbeitete. Er konnte regelrecht hören, wie die Aufzeichnung dieses Gesprächs immer wieder vor der Jury abgespielt wurde, genau wie im Fernsehen. Sie würden all diese Stimmtests machen, und jedermann würde wissen, daß es Mark Sway gewesen war, der am Telefon etwas über einen Toten gesagt hatte, von dem sonst niemand in der Welt etwas wußte. Er versuchte, seine Stimme noch tiefer klingen zu lassen.

»In der Nähe der Tucker Wheel Estates, und …«

»Das ist an der Whipple Road …«

»Ja, das stimmt. Er liegt im Wald zwischen den Tucker Wheel Estates und dem Highway 17.«

»Der Tote liegt im Wald?«

»Sozusagen. Genaugenommen liegt er auf einem Wagen im Wald.«

»Und der Mann ist tot?«

»Der Mann hat sich erschossen. Mit einer Pistole, in den Mund, und ich bin sicher, daß er tot ist.«

»Hast du die Leiche gesehen?« Die Stimme der Frau verlor ihre professionelle Zurückhaltung. Jetzt lag eine gewisse Schärfe darin.

Was für eine blöde Frage, dachte Mark. Ob ich sie gesehen habe? Sie versuchte, Zeit zu gewinnen, ihn am Telefon festzuhalten, damit sie dem Anruf nachgehen konnten.

»Hast du die Leiche gesehen, Junge?« fragte sie noch einmal.

»Natürlich habe ich sie gesehen.«

»Ich brauche deinen Namen, Junge.«

»Hören Sie, da ist ein kleiner Feldweg, der vom Highway 17 abzweigt und zu einer Lichtung im Wald führt. Der Wagen ist groß und schwarz, und der Mann liegt darauf. Ihr Pech, wenn Sie ihn nicht finden. Ende.«

Er legte den Hörer auf und starrte das Telefon an. Im Wohnwagen herrschte absolute Stille. Er ging zur Tür und lugte durch die schmutzigen Vorhänge hinaus, fast damit rechnend, daß Streifenwagen aus sämtlichen Richtungen herangebraust kamen – Lautsprecher, SWAT-Teams, kugelsichere Westen.

Nimm dich zusammen. Er schüttelte Ricky abermals, berührte seinen Arm, registrierte, wie klamm er war. Aber Ricky schlief nach wie vor und lutschte an seinem Daumen. Mark packte ihn sanft um die Taille und schleppte ihn über den Fußboden den schmalen Flur entlang zu ihrem Schlafzimmer, wo er ihn ins Bett packte. Unterwegs murmelte Ricky etwas und wand sich ein wenig, rollte sich im Bett aber sofort wieder zusammen. Mark breitete eine Decke über ihn und machte die Tür zu.

Er schrieb eine Notiz für seine Mutter, teilte ihr mit, daß es Ricky nicht gut ginge und daß er schliefe, und er selbst wäre in ungefähr einer Stunde zurück. Von den Jungen wurde nicht verlangt, daß sie zu Hause waren, wenn sie von der Arbeit kam, aber wenn sie unterwegs waren, sollte zumindest ein Zettel da sein.

Das ferne Dröhnen eines Hubschraubers entging Mark.

Auf dem Pfad zündete er sich eine Zigarette an. Vor zwei Jahren war ein neues Fahrrad aus einem der Vororte verschwunden, nicht weit von der Wohnwagensiedlung entfernt. Es gab Gerüchte, daß es hinter einem der Mobilheime gesehen worden war, und den gleichen Gerüchten nach war es von ein paar Jungen aus der Siedlung auseinandergenommen und umlackiert worden. Den Jungen aus den Vororten machte es Spaß, ihre weniger gutsituierten Nachbarn als »Trailer Park Kids« abzuqualifizieren. Sie besuchten dieselbe Schule, und es gab täglich Schlägereien zwischen den beiden Gesellschaftsschichten. Sämtliche Verbrechen und Missetaten in den Vororten wurden automatisch den Wohnwagen-Leuten angelastet.

Kevin, der Junge von der North Street, hatte das neue Fahrrad gehabt und es etlichen seiner Kumpane gezeigt, bevor es umlackiert wurde. Mark hatte es gesehen. Die Gerüchte schwirrten, die Polizei schnüffelte herum, und eines Abends klopfte es an der Tür. Bei den Nachforschungen war Marks Name erwähnt worden, und der Polizist hatte ein paar Fragen. Er hatte am Küchentisch gesessen und Mark eine Stunde lang verhört. Es war ganz anders gewesen als im Fernsehen, wo der Angeklagte immer cool bleibt und sich über den Polizisten lustig macht.

Mark gab nichts zu, konnte drei Nächte lang nicht schlafen und schwor sich, ein sauberes Leben zu führen und sämtlichen Problemen aus dem Wege zu gehen.

Aber jetzt hatte er ein Problem. Ein echtes Problem, viel schwerwiegender als ein gestohlenes Fahrrad. Ein toter Mann, der Geheimnisse preisgegeben hatte, bevor er starb. Hatte er die Wahrheit gesagt? Er war betrunken und total verrückt, hatte vom großen Zauberer geredet und solches Zeug. Aber weshalb hätte er lügen sollen?

Mark wußte, daß Romey eine Waffe hatte, er hatte sie sogar in der Hand gehalten und den Finger an den Abzug gelegt. Und die Waffe hatte den Mann getötet. Es war bestimmt ein Verbrechen, zuzusehen, wie ein Mann Selbstmord beging, und ihn nicht daran zu hindern.

Er würde es nie einer Menschenseele erzählen! Romey redete nicht mehr. Um Ricky würde er sich kümmern müssen. Mark hatte bei der Sache mit dem Fahrrad den Mund gehalten, und er konnte es abermals tun. Niemand würde je erfahren, daß er in dem Wagen gesessen hatte.

In der Ferne ertönte eine Sirene, dann das stetige Dröhnen eines Hubschraubers. Mark duckte sich unter einen Baum, als der Hubschrauber ganz nahe vorüberschwebte. Er schlich zwischen Bäumen und Gestrüpp hindurch, geduckt und ohne jede Eile, bis er Stimmen hörte.

Überall flackerten Lichter. Blau für die Bullen und rot für die Ambulanz. Die weißen Streifenwagen der Polizei von Memphis umstanden den schwarzen Lincoln. Die orange und weiß lackierte Ambulanz traf gerade ein, als Mark durchs Gestrüpp lugte. Niemand schien nervös oder aufgeregt zu sein.

Romey war nicht bewegt worden. Ein Polizist machte Fotos, während die anderen lachten. Funkgeräte quakten, genau wie im Fernsehen. Blut kam unter dem Toten hervor und rann über die rot-weißen Schlußlichter. Die Pistole steckte nach wie vor in seinem Mund, aber seine rechte Hand lag jetzt auf seinem hervorquellenden Bauch. Sein Kopf war nach rechts gesackt, die Augen waren geschlossen. Die Sanitäter kamen und betrachteten ihn, dann machten sie miese Witze, und die Polizisten lachten. Alle vier Türen standen offen, und der Wagen wurde sorgfältig unter die Lupe genommen. Niemand dachte daran, den Toten herunterzuholen. Der Hubschrauber überflog noch einmal die Lichtung, dann verschwand er.

Mark hockte tief im Gestrüpp, vielleicht zehn Meter von dem Baum entfernt, unter dem sie ihre ersten Zigaretten geraucht hatten. Er hatte einen ungehinderten Blick auf die Lichtung und den dicken Anwalt, der auf dem Wagen lag wie eine tote Kuh mitten auf der Straße. Ein weiterer Streifenwagen traf ein, dann eine weitere Ambulanz. Leute in Uniform kamen sich ins Gehege. Kleine weiße Beutel mit irgendwelchen Dingen darin wurden mit größter Behutsamkeit aus dem Wagen herausgeholt. Zwei Polizisten mit Gummihandschuhen rollten den Schlauch auf. Der Fotograf hockte sich vor jede der Türen und machte Blitzlichtaufnahmen. Hin und wieder hielt jemand inne und betrachtete Romey, aber die meisten von ihnen tranken Kaffee aus Pappbechern und unterhielten sich. Ein Polizist legte Romeys Schuh neben der Leiche auf den Wagen, dann steckte er ihn in einen weißen Beutel und schrieb etwas darauf. Ein weiterer Polizist kniete vor den Zulassungsschildern und wartete mit seinem Funkgerät auf das Eintreffen einer Meldung.

Endlich kam aus der ersten Ambulanz eine Tragbahre zum Vorschein. Sie wurde zur hinteren Stoßstange getragen und im hohen Gras abgesetzt. Zwei Sanitäter ergriffen Romeys Füße und zogen vorsichtig an ihm, bis zwei weitere Sanitäter seine Arme ergreifen konnten. Die Polizisten sahen zu und machten Witze darüber, wie dick Mr. Clifford war, denn inzwischen wußten sie seinen Namen. Sie fragten, ob noch mehr Sanitäter erforderlich wären, um seinen dicken Arsch zu tragen, ob die Tragbahre verstärkt wäre oder so etwas, ob er in die Ambulanz passen würde. Eine Menge Gelächter, als sie sich damit abmühten, ihn herunterzuholen.

Ein Polizist steckte die Pistole in einen Beutel. Die Tragbahre wurde in die Ambulanz gehievt, die Türen aber nicht geschlossen. Ein Abschleppwagen mit gelben Lichtern erschien und setzte rückwärts vor die vordere Stoßstange des Lincoln.

Mark dachte an Ricky und das Daumenlutschen. Was war, wenn er Hilfe brauchte? Mom würde bald heimkommen. Was war, wenn sie versuchte, ihn zu wecken, und es mit der Angst zu tun bekam? Er würde in einer Minute von hier verschwinden und seine letzte Zigarette auf dem Heimweg rauchen.

Er hörte etwas hinter sich, dachte sich aber nichts dabei. Nur das Brechen eines Zweigs. Doch dann packte ihn plötzlich eine kräftige Hand beim Genick, und eine Stimme sagte: »Was machst du hier, Junge?«

Mark fuhr herum und schaute ins Gesicht eines Polizisten. Er erstarrte und konnte nicht atmen.

»Was machst du hier, Junge?« fragte der Polizist abermals und hob Mark beim Genick hoch. Der Griff tat nicht weh, aber der Polizist erwartete eindeutig, daß man ihm gehorchte. »Steh auf, Junge. Du brauchst keine Angst zu haben.«

Mark stand auf, und der Polizist ließ ihn los. Die Polizisten auf der Lichtung hatten ihn gehört und schauten herüber.

»Was hast du hier zu suchen?«

»Ich hab nur zugesehen«, sagte Mark.

Der Polizist deutete mit seiner Taschenlampe auf die Lichtung. Die Sonne war untergegangen, in zwanzig Minuten würde es dunkel sein. »Komm mit«, sagte er.

»Ich muß nach Hause«, sagte Mark.

Der Polizist legte Mark einen Arm um die Schultern und führte ihn durch das Unkraut. »Wie heißt du?«

»Mark.«

»Nachname?«

»Sway. Wie heißen Sie?«

»Hardy. Mark Sway, ja?« wiederholte der Polizist nachdenklich. »Du wohnst in den Tucker Wheel Estates, stimmt's?«

Das konnte er nicht leugnen, aber aus irgendeinem Grund zögerte er. »Ja, Sir.«

Sie erreichten den Kreis der Polizisten, die jetzt verstummt waren und darauf warteten, den Jungen zu sehen.

»Also, Leute, das ist Mark Sway, der Junge, der

bei uns angerufen hat«, verkündete Hardy. »Du hast doch bei uns angerufen, Mark?«

Er wollte lügen, bezweifelte aber, daß man ihm die Lüge abnehmen würde. »Äh – ja, Sir.«

»Wie hast du den Toten gefunden?«

»Mein Bruder und ich haben hier gespielt.«

»Wo gespielt?«

»Hier herum. Wir wohnen da drüben«, sagte er und deutete zwischen den Bäumen hindurch.

»Habt ihr Pot geraucht?«

»Nein, Sir.«

»Bist du sicher?«

»Ja, Sir.«

»Laß die Finger von Drogen, Junge.« Der Kreis bestand aus mindestens sechs Polizisten, und die Fragen kamen aus allen Richtungen.

»Wie hast du den Wagen gefunden?«

»Nun, wir sind irgendwie auf ihn gestoßen.«

»Wann war das?«

»Das weiß ich nicht mehr so genau. Wir stromerten gerade durch den Wald. Das tun wir oft.«

»Wie heißt dein Bruder?«

»Ricky.«

»Derselbe Nachname?«

»Ja, Sir.«

»Wo wart ihr, du und Ricky, als ihr den Wagen zuerst gesehen habt?«

Mark deutete auf den Baum hinter sich. »Unter dem Baum da.«

Ein Sanitäter näherte sich der Gruppe und verkündete, sie führen jetzt ab und brächten den Toten ins Leichenschauhaus. Der Abschleppwagen zerrte an dem Lincoln.

»Wo ist Ricky jetzt?«

»Zu Hause.«

»Was ist mit deinem Gesicht passiert?«

Mark tastete instinktiv nach seinem Auge. »Ach, nichts. Bin nur in der Schule in eine Schlägerei geraten.«

»Weshalb hast du dich da drüben in den Büschen versteckt?«

»Weiß ich nicht.«

»Na hör mal, Mark, du mußt doch einen Grund gehabt haben.«

»Ich weiß es nicht. Es ist irgendwie schrecklich, wissen Sie. Einen toten Mann zu sehen und so.«

»Du hast noch nie zuvor einen Toten gesehen?«

»Nur im Fernsehen.«

Das brachte einen der Polizisten tatsächlich zum Lächeln. »Hast du diesen Mann gesehen, bevor er sich umbrachte?«

»Nein, Sir.«

»Du hast ihn also so vorgefunden?«

»Ja, Sir. Wir kamen hinter diesem Baum da vor

und sahen den Wagen, dann – dann sahen wir den Mann.«

»Wo warst du, als du den Schuß gehört hast?«

Er wollte wieder auf den Baum zeigen, hielt sich aber gerade noch rechtzeitig zurück. »Ich verstehe nicht, was Sie meinen.«

»Wir wissen, daß du den Schuß gehört hast. Wo warst du, als du ihn hörtest?«

»Ich hab den Schuß nicht gehört.«

»Bist du sicher?«

»Ganz sicher. Wir kamen her und fanden ihn genau hier, und wir rannten nach Hause, und ich rief 911 an.«

»Weshalb hast du bei dem Anruf deinen Namen nicht genannt?«

»Ich weiß nicht.«

»Dafür muß es doch einen Grund geben, Mark.«

»Ich weiß nicht. Hatte wohl Angst.«

Die Polizisten tauschten Blicke, als wäre dies ein Spiel. Mark versuchte, normal zu atmen und möglichst erbärmlich zu tun. Schließlich war er ein Kind.

»Ich muß jetzt wirklich nach Hause. Meine Mom sucht wahrscheinlich schon nach mir.«

»Okay. Letzte Frage«, sagte Hardy. »Lief der Motor, als du den Wagen entdeckt hast?«

Mark dachte angestrengt nach, konnte sich aber nicht erinnern, ob Romey ihn ausgeschaltet hatte, bevor er sich erschoß. Er antwortete sehr langsam. »Ich bin mir nicht sicher, aber ich glaube, er lief.«

Hardy deutete auf einen Streifenwagen. »Steig ein. Ich bring dich nach Hause.«

»Das brauchen Sie nicht. Ich kann laufen.«

»Nein, es ist schon zu dunkel. Wir fahren. Komm.« Er nahm seinen Arm und führte ihn zu dem Wagen.

4

Dianne Sway hatte in der Kinderklinik angerufen; jetzt saß sie auf der Kante von Rickys Bett, kaute auf den Nägeln und wartete auf den Anruf des Arztes. Die Schwester hatte gesagt, er würde sich in weniger als zehn Minuten melden. Die Schwester hatte außerdem gesagt, daß in den Schulen ein sehr ansteckendes Virus grassierte und daß sie in dieser Woche Dutzende von Kindern behandelt hätten. Er hätte die Symptome, sie sollte sich also keine Sorgen machen. Dianne legte ihm die Hand auf die Stirn, um festzustellen, ob er Fieber hatte. Wieder schüttelte sie ihn sanft, aber er reagierte nicht. Er lag immer noch zusammengerollt da, atmete normal und lutschte am Daumen. Sie hörte, wie eine Autotür zugeschlagen wurde, und eilte ins Wohnzimmer.

Mark kam hereingestürmt. »Hi, Mom.«

»Wo warst du?« fuhr sie ihn an. »Was ist mit Ricky?« Sergeant Hardy erschien in der Tür, und sie erstarrte. »Guten Abend, Madam«, sagte er.

Sie sah Mark an. »Was hast du angestellt?«

»Nichts.«

Hardy kam herein. »Nichts Ernstes, Madam.«

»Wieso sind Sie dann hier?«

»Ich kann alles erklären, Mom. Es ist eine ziemlich lange Geschichte.«

Hardy machte die Tür hinter sich zu; und sie standen in dem kleinen Zimmer und sahen sich verlegen an.

»Ich höre.«

»Also, Ricky und ich waren heute nachmittag drüben im Wald und haben gespielt, und da sahen wir diesen großen schwarzen Wagen auf einer Lichtung, mit laufendem Motor, und als wir näher kamen, da lag ein Mann auf dem Kofferraum mit einer Pistole im Mund. Er war tot.«

»Tot!«

»Selbstmord, Madam«, warf Hardy ein.

»Und da sind wir ganz schnell nach Hause gerannt, und ich habe 911 angerufen.«

Dianne legte ihre Finger über den Mund.

»Der Name des Mannes ist Jerome Clifford«, berichtete Hardy in amtlichem Ton. »Er kam aus New Orleans, und wir haben keine Ahnung, weshalb er hierhergekommen ist. Dürfte jetzt seit ungefähr zwei Stunden tot sein, also noch nicht lange. Er hat einen Abschiedsbrief hinterlassen.«

»Was hat Ricky getan?« fragte Dianne.

»Also, wir sind heimgerannt, und er fiel auf die Couch und fing an, an seinem Daumen zu lutschen, und wollte nicht reden. Ich habe ihn ins Bett gebracht und zugedeckt.«

»Wie alt ist er?« fragte Hardy stirnrunzelnd.

»Acht.«

»Darf ich ihn sehen?«

»Weshalb?« fragte Dianne.

»Ich mache mir Sorgen. Er hat irgendwas gesehen, und er könnte einen Schock erlitten haben.«

»Einen Schock?«

»Ja, Madam.«

Dianne ging schnell durch die Küche und den Flur entlang, dicht gefolgt von Hardy und Mark, der den Kopf schüttelte und die Zähne zusammenbiß.

Hardy zog die Decke von Rickys Schultern und berührte seinen Arm. Der Daumen war im Mund. Er schüttelte ihn, rief seinen Namen, und die Augen öffneten sich für eine Sekunde. Ricky murmelte etwas.

»Seine Haut ist kalt und feucht. Ist er krank gewesen?« fragte Hardy.

»Nein.«

Das Telefon läutete, und Dianne rannte zum Apparat. Vom Schlafzimmer aus hörten Hardy und Mark zu, wie sie den Arzt über die Symptome informierte und den Toten, den die Jungen gefunden hatten.

»Hat er etwas gesagt, als ihr den Toten gesehen habt?« fragte Hardy leise.

»Ich glaube nicht. Es ging alles ziemlich schnell. Wir – äh – wir sind einfach losgerannt, als wir ihn sahen. Er hat nur die ganze Zeit gestöhnt und gegrunzt und ist irgendwie komisch gelaufen, mit den Armen steif nach unten. Ich habe ihn noch nie so laufen sehen, und dann, sowie wir zu Hause waren, hat er sich zusammengerollt und kein Wort mehr geredet.«

»Wir müssen ihn in ein Krankenhaus schaffen«, sagte Hardy.

Marks Knie wurden weich, und er lehnte sich an die Wand. Dianne legte auf, und Hardy ging ihr bis in die Küche entgegen. »Der Arzt will ihn im Krankenhaus haben«, sagte sie in Panik.

»Ich rufe eine Ambulanz«, sagte Hardy, schon unterwegs zu seinem Wagen. »Packen Sie ein paar Sachen für ihn zusammen.« Er verschwand und ließ die Tür offenstehen.

Dianne funkelte Mark an, der sich schwach fühlte und sich hinsetzen mußte. Er sank auf einen Stuhl am Küchentisch.

»Sagst du die Wahrheit?« fragte sie.

»Ja, Mom. Wir sahen den Toten, und Ricky ist ausgerastet, und wir sind nach Hause gerannt.« Es würde Stunden dauern, zu berichten, wie es wirklich gewesen war. Sobald sie miteinander allein waren, würde er es sich vielleicht anders überlegen und die ganze Geschichte erzählen, aber jetzt war der Polizist hier, und es würde zu kompliziert sein. Er hatte keine Angst vor seiner Mutter und machte in der Regel reinen Tisch, wenn sie ihm zusetzte. Sie war erst dreißig, jünger als die Mütter seiner Freunde, und sie hatten eine Menge zusammen durchgemacht. Ihr gemeinsamer Kampf gegen den brutalen Vater hatte zwischen ihnen ein Band geschmiedet, das wesentlich stärker war als eine normale Mutter-Sohn-Beziehung. Es schmerzte, diese Sache vor ihr geheimhalten zu müssen. Sie war verängstigt und verzweifelt, aber die Dinge, die Romey ihm erzählt hatte, hatten mit Rickys Zustand nichts zu tun. Ein heftiger Schmerz zuckte durch seinen Magen, und das Zimmer drehte sich langsam.

»Was ist mit deinem Auge passiert?«

»Eine Prügelei in der Schule. Es war nicht meine Schuld.«

»Das ist es nie. Bist du okay?«

»Ich denke schon.«

Hardy stapfte über die Schwelle. »Die Ambulanz ist in fünf Minuten hier. Welches Krankenhaus?«

»Der Arzt hat gesagt, wir sollen zum St. Peter's fahren.«

»Wer ist Ihr Arzt?«

»Shelby Pediatric Group. Sie sagten, sie würden veranlassen, daß ein Kinderpsychiater in das Krankenhaus kommt.« Sie zündete sich nervös eine Zigarette an. »Was meinen Sie, ist er okay?«

»Er muß in ärztliche Behandlung, vielleicht längere Zeit im Krankenhaus bleiben. Ich habe so etwas schon mehrfach erlebt bei Kindern, die Augenzeuge von Schießereien oder Messerstechereien waren. Es ist ein schweres Trauma, und es kann eine Weile dauern, bis er es überwunden hat. Im vorigen Jahr war da ein Kind, das mit angesehen hat, wie seine Mutter von einem Crack-Dealer erschossen wurde, in einer der Siedlungen mit Sozialwohnungen, und der arme kleine Kerl liegt noch immer im Krankenhaus.«

»Wie alt war er?«

»Acht. Inzwischen ist er neun. Will nicht reden. Will nicht essen. Lutscht am Daumen und spielt mit Puppen. Wirklich tragisch.«

Dianne hatte genug gehört. »Ich packe ein paar Sachen zusammen.«

»Sie sollten auch ein paar von Ihren Sachen zusammenpacken, Madam. Es kann sein, daß Sie bei ihm bleiben müssen.«

»Was ist mit Mark?«

»Wann kommt Ihr Mann nach Hause?«

»Ich habe keinen.«

»Dann packen Sie auch Sachen für Mark zusammen. Kann sein, daß Sie über Nacht bleiben müssen.«

Dianne stand in der Küche, die Zigarette ein paar Zentimeter von den Lippen entfernt, und versuchte zu überlegen. Sie war verängstigt und unsicher. »Ich habe keine Krankenversicherung«, murmelte sie zum Fenster hin.

»St. Peter's nimmt auch Bedürftige auf. Sie müssen packen.«

Eine Menge scharte sich um die vor Nummer 17 East Street anhaltende Ambulanz. Die Leute warteten und schauten zu, flüsterten miteinander und zeigten auf die Sanitäter, die in den Wohnwagen gingen.

Hardy legte Ricky auf die Tragbahre, und sie schnallten ihn unter einer Decke fest. Ricky versuchte, sich wieder zusammenzurollen, aber die kräftigen Klettbänder hielten ihn fest. Er stöhnte zweimal, öffnete aber kein einziges Mal die Augen. Dianne machte sanft seinen rechten Arm frei, damit er wenigstens an den Daumen kommen konnte. Ihre Augen waren feucht, aber sie weigerte sich zu weinen.

Als die Sanitäter mit der Tragbahre erschienen, wich die Menge vom Heck der Ambulanz zurück. Sie schoben Ricky in den Wagen, und Dianne stieg zu ihm ein. Ein paar Nachbarn stellten besorgte Fragen, aber der Fahrer schlug die Tür zu, bevor sie antworten konnte. Mark saß auf dem Beifahrersitz des Streifenwagens neben Hardy, der einen Schalter betätigte, und plötzlich flackerte Blaulicht auf und wurde von den benachbarten Wohnwagen reflektiert. Die Menge wich zurück, und Hardy startete den Motor. Die Ambulanz folgte.

Mark war zu besorgt und verängstigt, um sich für den Funkverkehr, die Mikrofone, die Waffen und all das andere Zeug zu interessieren. Er saß still und hielt den Mund.

»Hast du die Wahrheit gesagt, Junge?« fragte Hardy, jetzt wieder ganz der Polizist, aus heiterem Himmel heraus.

»Ja, Sir. Worüber?«

»Über das, was du gesehen hast.«

»Ja, Sir. Sie glauben mir nicht?«

»Das habe ich nicht gesagt. Es ist nur ein bißchen merkwürdig, das ist alles.«

Mark schwieg ein paar Sekunden, und als offensichtlich war, daß Hardy wartete, fragte er: »Was ist merkwürdig?«

»Mehrere Dinge. Erstens, du hast angerufen, wolltest aber deinen Namen nicht nennen. Weshalb nicht? Wenn ihr beide, du und Ricky, einfach über den Toten gestolpert seid, weshalb wolltest du dann deinen Namen nicht nennen? Zweitens, weshalb bist du in den Wald zurückgekehrt und hast dich hinter den Bäumen versteckt? Leute, die sich verstecken, haben Angst. Weshalb bist du nicht einfach dort aufgetaucht und hast uns erzählt, was du gesehen hast? Und drittens, wenn ihr beide dasselbe gesehen habt, weshalb ist dein Bruder dann ausgerastet, während du in ziemlich guter Verfassung bist? Du verstehst, was ich meine?«

Mark dachte eine Weile nach, dann wurde ihm klar, daß ihm dazu nichts einfiel. Also sagte er nichts. Sie waren jetzt auf der Interstate in Richtung Innenstadt. Es machte Spaß, zu sehen, wie die anderen Autos Platz machten. Die roten Lichter der Ambulanz waren dicht hinter ihnen.

»Du hast meine Frage nicht beantwortet«, sagte Hardy schließlich.

»Welche Frage?«

»Weshalb hast du nicht gesagt, wie du heißt, als du angerufen hast?«

»Ich hatte Angst. Das war der erste Tote, den ich je gesehen habe, und er hat mir Angst eingejagt. Ich habe immer noch Angst.«

»Weshalb bist du dann zurückgekommen und hast versucht, dich vor uns zu verstecken?«

»Ich hatte Angst, aber ich wollte auch sehen, was passiert. Das ist doch kein Verbrechen, oder?«

»Vielleicht nicht.«

Sie verließen die Schnellstraße und kurvten jetzt durch dichten Verkehr. Die hohen Gebäude der Innenstadt von Memphis waren in Sicht.

»Ich hoffe, du hast die Wahrheit gesagt«, erklärte Hardy.

»Sie glauben mir nicht?«

»Ich habe da so meine Zweifel.«

Mark schluckte hart und schaute in den Außenspiegel. »Weshalb haben Sie Zweifel?«

»Ich werde dir sagen, was ich denke, Junge. Willst du es hören?«

»Klar doch«, sagte Mark langsam.

»Nun, ich glaube, ihr beide wart im Wald und habt geraucht. Ich habe unter dem Baum mit dem Seil frische Zigarettenstummel gefunden. Ich kann mir gut vorstellen, daß ihr dort unter dem Baum gesessen und geraucht und die ganze Sache mit angesehen habt.«

Marks Herz setzte aus, und sein Blut schien zu

gerinnen, aber er wußte, wie wichtig es war, einen gelassenen Eindruck zu machen. Es einfach beiseite zu wischen. Hardy war nicht dabeigewesen. Er hatte überhaupt nichts gesehen. Mark spürte, daß seine Hände zitterten, also schob er sie unters Gesäß. Hardy beobachtete ihn.

»Verhaften Sie Kinder, weil sie Zigaretten rauchen?« fragte Mark. Seine Stimme war etwas schwächer als gewöhnlich.

»Nein. Aber Kinder, die Polizisten anlügen, können allen möglichen Ärger bekommen.«

»Ich lüge Sie nicht an, okay? Ich habe früher dort geraucht, aber nicht heute. Wir sind einfach durch den Wald gelaufen, haben daran gedacht, vielleicht eine zu rauchen, und da haben wir den Wagen und Romey entdeckt.«

Hardy zögerte ganz kurz, dann fragte er: »Wer ist Romey?«

Mark versteifte sich und holte tief Luft. In Sekundenschnelle wurde ihm klar, daß alles vorbei war. Er hatte es verpatzt. Zuviel gelogen. Er war nicht einmal eine Stunde lang mit seiner Geschichte durchgekommen. Nicht aufhören zu denken, befahl er sich.

»So heißt der Mann doch, oder etwa nicht?«

»Romey?«

»Ja. Haben Sie nicht gesagt, daß er so heißt?«

»Nein. Ich habe deiner Mutter gesagt, daß er Jerome Clifford heißt und aus New Orleans kommt.«

»Ich dachte, Sie hätten gesagt, er hieße Romey Clifford und käme aus New Orleans.«

»Wer hat je den Namen Romey gehört?«

»Keine Ahnung.«

Der Wagen bog nach rechts ab, und Mark schaute geradeaus. »Ist das St. Peter's?«

»So steht es jedenfalls auf dem Schild.«

Hardy hielt an der Seite des Krankenhauses an, und sie sahen zu, wie die Ambulanz rückwärts an die Rampe der Notaufnahme heransetzte.

5

Der Ehrenwerte J. Roy Foltrigg, Bundesanwalt für den Southern District von Louisiana in New Orleans und Republikaner, trank Tomatensaft aus einer Dose und streckte im Heck des nach seinen eigenen Wünschen umgebauten Chevrolet-Transporters die Beine aus. Der Wagen schnurrte die Schnellstraße entlang. Memphis lag fünf Stunden von New Orleans entfernt im Norden, auf der Interstate 55 immer geradeaus, und er hätte ebensogut in ein Flugzeug steigen können, aber es gab zwei Gründe, weshalb er es nicht getan hatte. Da war erstens der Papierkram. Er konnte zwar erklären, es handle sich um Amtsgeschäfte im Zusammenhang mit dem Boyd-Boyette-Fall, aber es würde Monate dauern, bis die Ausgaben erstattet wurden, und er würde achtzehn verschiedene Formulare ausfüllen müssen. Zweitens, und das spielte eine wesentlich gewichtigere Rolle, flog er nicht gern. In New Orleans hätte er drei Stunden auf einen Flug warten müssen, der nur eine Stunde dauerte und ihn gegen elf Uhr abends nach Memphis gebracht hätte; aber mit dem Transporter würde er es auch bis Mitternacht schaffen. Er gestand seine Angst vorm Fliegen nicht ein, und er wußte, daß er eines Tages gezwungen sein würde, einen Psychiater aufzusuchen, um sie zu überwinden. Bis dahin hatte er seinen Luxustransporter, den er mit seinem eigenen Geld gekauft und mit allen erdenklichen Finessen hatte ausstatten lassen, zwei Telefonen, einem Fernseher, sogar einem Faxgerät. In ihm fuhr er im Southern District von Louisiana herum, immer mit Wally Boxx am Steuer. Der Transporter war besser und komfortabler als eine Limousine.

Er streifte langsam seine Slipper ab und schaute in die vorbeifliegende Nacht hinaus, während Special Agent Trumann in den an sein Ohr geklemmten Telefonhörer lauschte. Am anderen Ende der dick gepolsterten Bank saß der Stellvertretende Bundesanwalt Thomas Fink, Foltriggs loyaler Untergebener, der achtzig Stunden pro Woche an dem Boyette-Fall arbeitete und den größten Teil des Verfahrens bewältigen würde – in erster Linie die triste Knochenarbeit; die einfachen und publikumswirksamen Teile blieben natürlich seinem Boß vorbehalten. Fink las in einer Akte, wie gewöhnlich, und versuchte, das Gemurmel von Agent Trumann mitzubekommen, der ihm gegenüber in einem schweren Drehstuhl saß. Trumann hatte das FBI in Memphis am Apparat.

Neben Trumann, in einem ebensolchen Drehstuhl, saß Special Agent Skipper Scherff, ein Anfänger, der bisher kaum an dem Fall gearbeitet hatte, aber für diesen Ausflug nach Memphis zufällig gerade zur Stelle gewesen war. Er machte sich Notizen auf einem Block, und das würde er auch die nächsten fünf Stunden tun, weil er in diesem straffen Machtzirkel nicht das geringste zu sagen hatte und niemand daran dachte, ihm zuzuhören. Er würde brav die Nase auf seinen Block gesenkt halten und alle Anweisungen notieren, die ihm sein Vorgesetzter Larry Trumann erteilte und natürlich der Chef selbst, Reverend Roy. Scherff schaute unverwandt auf seinen Block, ständig bemüht, selbst den geringsten Blickkontakt mit Foltrigg zu vermeiden, und versuchte vergeblich mitzubekommen, was Memphis Trumann zu sagen hatte. Die Nachricht von Cliffords Tod hatte erst eine Stunde zuvor ihr Büro in Hektik versetzt, und Scherff wußte immer noch nicht, wieso er in Roys auf der Schnellstraße dahinjagendem Transporter saß. Trumann hatte ihn angewiesen, nach Hause zu rennen, ein paar Sachen einzupacken und sich dann sofort in Foltriggs Büro zu begeben.

Und hier saß er nun, machte Notizen und hörte zu.

Der Fahrer, Wally Boxx, war ein zugelassener Rechtsanwalt, wußte aber mit seiner Lizenz nichts anzufangen. Offiziell war er Stellvertretender Bundesanwalt, genau wie Fink, in der Praxis jedoch Foltriggs Mädchen für alles. Er fuhr seinen Wagen, trug seinen Aktenkoffer, schrieb seine Reden und kümmerte sich um die Medien, was ihn fünfzig Prozent seiner Zeit kostete, weil sein Chef allergrößten Wert auf sein öffentliches Image legte. Boxx war nicht dumm. Er war ein Meister im politischen Manövrieren, immer bereit, seinen Boß zu verteidigen, und dem Mann und seiner Mission treu ergeben. Foltrigg hatte eine große Zukunft, und Boxx war sicher, daß er eines Tages mit dem großen Mann flüsternd wichtige Dinge besprechen würde, während sie beide allein auf dem Capitol Hill herumschlenderten.

Boxx wußte, wie wichtig der Boyette-Fall war. Es würde der größte Prozeß in Foltriggs illustrer Karriere werden, der Prozeß, von dem er schon immer geträumt hatte, der Prozeß, der ihn ins nationale Rampenlicht beförderte. Er wußte, daß Barry Muldanno Foltrigg schlaflose Nächte bereitete.

Larry Trumann beendete das Gespräch und legte den Hörer auf. Er war ein erfahrener Agent,

Anfang Vierzig, mit noch zehn Jahren vor sich bis zur Pensionierung. Foltrigg wartete darauf, daß er ihn informierte.

»Sie versuchen, die Polizei von Memphis zu veranlassen, daß sie den Wagen freigibt, damit wir ihn uns vornehmen können. Das wird wahrscheinlich ein oder zwei Stunden dauern. Es ist harte Arbeit, den Leuten dort zu erklären, was es mit Clifford und Boyette und alledem auf sich hat, aber sie machen Fortschritte. Leiter unseres Büros in Memphis ist ein Typ namens Jason McThune, sehr zäh und überzeugend; er ist gerade beim Polizeichef von Memphis. McThune hat Washington angerufen, und Washington hat Memphis angerufen, und wir müßten den Wagen eigentlich innerhalb der nächsten zwei Stunden haben. Nur eine Schußwunde am Kopf, offensichtlich selbst beigebracht. Anscheinend hat er zuerst versucht, es mit einem Schlauch am Auspuffrohr zu tun, aber aus irgendeinem Grund hat das nicht funktioniert. Er hat Schlaftabletten, Dalmane, und Kodein genommen und alles mit Jack Daniels runtergespült. Kein Hinweis auf die Waffe, aber dafür ist es auch noch zu früh. Memphis geht der Sache nach. Eine billige .38er. Dachte, er könnte eine Kugel schlucken.«

»Kein Zweifel daran, daß es Selbstmord war?« fragte Foltrigg.

»Nicht der geringste.«

»Wo hat er es getan?«

»Irgendwo im Norden von Memphis. Fuhr mit seinem großen schwarzen Lincoln in den Wald und gab sich den Rest.«

»Und vermutlich gibt es keine Augenzeugen.«

»Offenbar nicht. Zwei Jungen haben die Leiche gefunden.«

»Wie lange war er da schon tot?«

»Nicht lange. In ein paar Stunden soll eine Autopsie stattfinden, danach wissen wir, wann der Tod eingetreten ist.«

»Weshalb Memphis?«

»Keine Ahnung. Wenn es einen Grund dafür gibt, dann kennen wir ihn noch nicht.«

Foltrigg dachte über diese Dinge nach und trank seinen Tomatensaft. Fink machte sich Notizen. Scherff kritzelte hektisch. Wally Boxx ließ sich kein Wort entgehen.

»Was ist mit dem Abschiedsbrief?« fragte Foltrigg und schaute dabei aus dem Fenster.

»Nun, der könnte interessant sein. Unsere Leute in Memphis haben eine Kopie davon, keine sonderlich gute, und wollen versuchen, sie uns in ein paar Minuten zuzufaxen. Offenbar handelt es sich um eine handschriftliche Notiz, geschrieben mit schwarzer Tinte, und die Schrift ist halbwegs lesbar. Es sind ein paar Absätze mit Anweisungen an seine Sekretärin bezüglich der Beerdigung – er will verbrannt werden – und darüber, was mit dem Mobiliar seines Büros geschehen soll. Außerdem steht darin, wo die Sekretärin sein Testament finden kann. Natürlich nichts über Boyette. Nichts über Muldanno. Dann hat er offenbar versucht, noch einen Zusatz zu machen – mit einem blauen Kugelschreiber, aber der war leer, bevor er die Nachricht beenden konnte. Sie ist fürchterlich gekritzelt und kaum zu entziffern.«

»Um was geht es?«

»Das wissen wir nicht. Der Abschiedsbrief, die Waffe, die Tabletten, sämtliches Beweismaterial, das sie aus dem Wagen geholt haben, befinden sich immer noch bei der Polizei von Memphis. McThune versucht gerade, alles zu bekommen. Sie haben einen leeren Kugelschreiber im Wagen gefunden, und es scheint der zu sein, mit dem er versucht hat, einen Zusatz zu seinem Abschiedsbrief zu schreiben.«

»Er wird es haben, wenn wir ankommen?« fragte Foltrigg in einem Ton, der keinerlei Zweifel daran ließ, daß er selbstverständlich erwartete, alles bereit zu finden, sobald er in Memphis eingetroffen war.

»Unsere Leute arbeiten daran«, erwiderte Trumann. Genaugenommen war Foltrigg nicht sein Chef, aber dies war jetzt ein Fall, in dem Anklage erhoben worden war, keine Sache der Ermittlungen mehr, und der Reverend hatte das Sagen.

»Jerome Clifford ist also nach Memphis gefahren und hat sich das Gehirn ausgepustet«, sagte Foltrigg zum Fenster. »Vier Wochen vor der Verhandlung. Mann o Mann. Mit was für Verrücktheiten müssen wir in diesem Fall sonst noch rechnen?«

Eine Antwort wurde nicht erwartet. Sie fuhren schweigend weiter und warteten darauf, daß Roy weitersprach. »Wo ist Muldanno?«

»In New Orleans. Wir observieren ihn.«

»Bis Mitternacht wird er einen neuen Anwalt haben, und bis morgen mittag wird er ein Dutzend Anträge auf Vertagung stellen mit der Begründung, daß der tragische Tod von Jerome Clifford seine verfassungsmäßigen Rechte auf eine faire Verhandlung mit Unterstützung durch einen Anwalt erheblich beeinträchtigt. Wir werden natürlich Widerspruch dagegen einlegen, und nächste Woche wird der Richter eine Anhörung ansetzen; die Anhörung wird stattfinden, und wir werden verlieren, und es wird sechs Monate dauern, bis der Fall zur Verhandlung kommt. Sechs Monate! Könnt Ihr euch das vorstellen?«

Trumann schüttelte angewidert den Kopf. »Zumindest gibt uns das mehr Zeit, die Leiche zu finden.«

Das stimmte, und natürlich hatte Roy auch daran gedacht. In Wirklichkeit brauchte er selbst mehr Zeit, aber er konnte es nicht zugeben, weil er der Ankläger war, der Anwalt des Volkes, die gegen Verbrechen und Korruption kämpfende Staatsgewalt. Er war im Recht, die Justiz stand auf seiner Seite, und er mußte ständig, jederzeit und an jedem Ort, bereit sein, das Böse zu attackieren. Er hatte nichts unversucht gelassen, um einen schnellen Prozeß zu erreichen, weil er im Recht war und einen Schuldspruch bekommen würde. Die Vereinigten Staaten von Amerika würden gewinnen! Und Roy Foltrigg würde den Sieg verkünden. Er konnte die Schlagzeilen sehen. Er konnte die Druckerschwärze riechen.

Außerdem mußte er die verdammte Leiche von Boyd Boyette finden, sonst gab es womöglich keine Verurteilung, keine Fotos auf den Titelseiten, keine Interviews von CNN, keinen schnellen Aufstieg zum Capitol Hill. Er hatte die Leute in seiner Umgebung davon überzeugt, daß ein Schuldspruch auch ohne Leiche möglich war, und das stimmte. Aber er wollte das Risiko nicht eingehen. Er wollte die Leiche.

Fink sah Agent Trumann an. »Wir glauben, daß Clifford wußte, wo die Leiche ist. Haben Sie das gewußt?«

Es war offensichtlich, daß Trumann das nicht gewußt hatte. »Weshalb glauben Sie das?«

Fink legte seine Akten neben sich auf die Bank. »Romey und ich kannten uns schon lange. Wir haben vor zwanzig Jahren zusammen in Tulane studiert. Damals war er ein bißchen verrückt, aber sehr schlau. Vor ungefähr einer Woche hat er mich zu Hause angerufen und wollte über den Muldanno-Fall reden. Er war betrunken, völlig hinüber, redete mit schwerer Zunge und sagte immer wieder, er könnte den Prozeß nicht durchstehen, was immerhin verblüffen mußte, wenn man weiß, wie sehr ihm an diesen großen Fällen gelegen war. Wir redeten eine Stunde lang. Er schweifte immer wieder ab und stotterte …«

»Er hat sogar geweint«, unterbrach Foltrigg.

»Ja, er weinte wie ein kleines Kind. Zuerst hat mich das alles ziemlich überrascht, aber danach konnte nichts, was Jerome Clifford tat, mich wirklich überraschen. Nicht einmal sein Selbstmord. Endlich legte er auf. Am nächsten Morgen um neun rief er mich im Büro an; er hatte eine Heidenangst, daß er sich am Abend zuvor etwas hatte entschlüpfen lassen. Er war in Panik, deutete immer wieder an, daß er wissen könnte, wo die Leiche ist, und versuchte herauszubekommen, ob er mir bei seinem betrunkenen Geschwafel vielleicht irgendwelche Hinweise gegeben hatte. Nun, ich spielte mit und dankte ihm für das, was er mir am Abend mitgeteilt hatte; und das war gar nichts. Ich dankte ihm noch einmal und dann ein drittes Mal, und ich spürte regelrecht, wie Romey am anderen Ende der Leitung schwitzte. An diesem Tag rief er mich noch zweimal im Büro an und dann am selben Abend zu Hause, wieder betrunken. Es war fast komisch, aber ich dachte, ich könnte ihn aufs Glatteis führen, und er würde sich vielleicht verplappern. Ich sagte ihm, ich hätte Roy informieren müssen, und Roy hätte es dem FBI gesagt, und das FBI würde ihn jetzt rund um die Uhr überwachen.«

»Und daraufhin ist er völlig ausgerastet«, setzte Foltrigg hilfreich hinzu.

»Ja, er hat mich ganz schön verflucht, aber am nächsten Tag hat er mich im Büro angerufen. Wir haben zusammen gegessen, und der Mann war ein nervöses Wrack. Er war viel zu verängstigt, um mich geradeheraus zu fragen, ob wir über die Leiche Bescheid wüßten, und ich gab mich ganz cool. Ich erklärte ihm, wir wären ganz sicher, daß wir lange vor der Verhandlung die Leiche haben würden, und dankte ihm abermals. Er ging vor meinen Augen in die Brüche. Er hatte weder geschlafen noch gebadet. Seine Augen waren rot und verschwollen. Er betrank sich beim Lunch und fing an, mir üble Tricks und alle Arten von niederträchtigem, standeswidrigem Verhalten vorzuwerfen. Es war eine häßliche Szene. Ich bezahlte die Rechnung und ging, und am gleichen Abend rief er wieder bei mir zu Hause an, bemerkenswert nüchtern. Er entschuldigte sich. Ich sagte, okay. Ich teilte ihm mit, daß Roy ernstlich daran dächte, ihn wegen Behinderung der Justiz anzuklagen, und da ging er in die Luft. Er sagte, wir könnten ihm nichts beweisen. Ich sagte, vielleicht nicht, aber er würde angeklagt, verhaftet und vor Gericht gestellt werden, und dann wäre es aus mit seinem Mandat zur Verteidigung von Barry Muldanno. Er schrie und tobte eine Viertelstunde, dann legte er auf. Seither habe ich nichts mehr von ihm gehört.«

»Er weiß, beziehungsweise er wußte, wo Muldanno die Leiche verscharrt hat«, setzte Foltrigg im Brustton der Überzeugung hinzu.

»Weshalb sind wir nicht informiert worden?« fragte Trumann.

»Wir waren im Begriff, es Ihnen zu sagen. Thomas und ich haben gerade heute nachmittag darüber gesprochen, kurz bevor wir den Anruf bekamen.« Foltrigg sagte das auf irgendwie wegwerfende Art, als sollte Trumann ihn mit dergleichen nicht behelligen. Trumann warf einen Blick auf Scherff, der an seinem Notizblock klebte und Bilder von Handfeuerwaffen zeichnete.

Foltrigg trank seinen Tomatensaft aus und warf die Dose in den Müllbeutel. Dann schlug er die Füße übereinander. »Ihr müßt Cliffords Spur von New Orleans nach Memphis verfolgen. Welche Route hat er genommen? Hat er Freunde an der Strecke? Wo hat er haltgemacht? Wen hat er in Memphis aufgesucht? Er hat doch bestimmt mit jemandem gesprochen in der Zeit zwischen dem Verlassen von New Orleans und seinem Selbstmord. Meinen Sie nicht auch?«

Trumann nickte. »Es ist eine lange Fahrt. Ich bin sicher, daß er unterwegs anhalten mußte.«

»Er wußte, wo die Leiche ist, und er hatte offensichtlich vor, Selbstmord zu begehen. Es besteht durchaus die Möglichkeit, daß er es jemandem erzählt hat. Sind Sie nicht auch dieser Ansicht?«

»Vielleicht.«

»Denken Sie darüber nach, Larry. Nehmen wir an, Sie sind der Anwalt, Gott behüte. Und Sie vertreten einen Killer, der einen Senator der Vereinigten Staaten ermordet hat. Nehmen wir an, der Killer sagt Ihnen, seinem Anwalt, wo er die Leiche versteckt hat. Also kennen zwei, und nur zwei Leute auf der ganzen Welt, das Geheimnis. Und Sie, der Anwalt, drehen durch und beschließen, sich selbst umzubringen. Sie planen es. Sie wissen, daß Sie sterben werden. Sie besorgen sich Tabletten und Whiskey und eine Waffe und einen Gartenschlauch, und Sie fahren fünf Stunden von zu Hause fort und bringen sich um. Also – würden Sie Ihr kleines Geheimnis mit jemandem teilen?«

»Vielleicht. Ich weiß es nicht.«

»Aber die Chance besteht, stimmt's?«

»Eine minimale Chance.«

»Gut. Wenn wir eine minimale Chance haben, müssen wir ihr gründlich nachgehen. Ich würde mit seinem Büropersonal anfangen. Finden Sie heraus, wann er New Orleans verlassen hat. Überprüfen Sie seine Kreditkarten. Wo hat er getankt? Wo hat er gegessen? Wo hat er die Waffe und die Tabletten und den Whiskey gekauft? Hat er Angehörige zwischen hier und dort? Alte Anwaltsfreunde an der Strecke? Es gibt tausend Dinge, die überprüft werden müssen.«

Trumann streckte Scherff das Telefon hin. »Rufen Sie unser Büro an. Holen Sie Hightower an den Apparat.«

Foltrigg genoß es, daß das FBI sprang, wenn er bellte. Er lächelte Fink selbstgefällig zu. Zwischen ihnen auf dem Boden stand ein Karton, der bis zum Rand gefüllt war mit Akten und Dokumenten, die alle mit *Die Vereinigten Staaten gegen Barry Muldanno* zu tun hatten. Vier weitere Kartons standen im Büro. Fink kannte ihren Inhalt auswendig, nicht aber Roy. Er zog eine Akte heraus und blätterte sie durch. Es war ein Antrag, den Jerome Clifford vor zwei Monaten gestellt hatte und der immer noch nicht zur Verhandlung gekommen war. Er legte ihn zurück und schaute durch das Fenster hinaus auf die an ihnen vorbeifliegende dunkle Mississippi-Landschaft. Die Bogue-Chitto-Ausfahrt lag direkt vor ihnen. Wie kamen die nur auf solche Namen?

Dies würde ein kurzer Ausflug werden. Er mußte sich vergewissern, daß Clifford tatsächlich tot und tatsächlich von eigener Hand gestorben war. Er mußte wissen, ob er auf seiner Fahrt irgendwelche Hinweise hinterlassen hatte, Geständnisse gegenüber Freunden oder unbedachte Worte zu Fremden, vielleicht irgendwelche Notizen mit letzten Worten, die nützlich sein konnten. Zugegeben, die Chancen waren minimal. Aber bei der Suche nach Boyd Boyette und seinem Mörder hatte es schon viele Sackgassen gegeben, und dies würde nicht die letzte sein.

6

Ein Arzt in einem gelben Jogginganzug rannte durch die Schwingtür am Ende des Flurs zur Notaufnahme und sagte etwas zu der Frau, die am Empfang hinter einem fleckigen Schiebefenster saß. Sie zeigte mit dem Finger, und er steuerte auf Dianne und Mark und Hardy zu, die in einer Ecke der Aufnahmestation des St. Peter's Charity Hospital vor einem Cola-Automaten standen. Er stellte sich Dianne als Dr. Simon Greenway vor; den Polizisten und Mark ignorierte er. Er wäre Psychiater, sagte er, und vor ein paar Minuten von Dr. Sage, dem Kinderarzt der Familie, angerufen worden. Sie sollte mitkommen. Hardy sagte, er bliebe bei Mark.

Sie eilten davon, den engen Flur entlang, wichen Schwestern und Pflegern und Transportbetten aus und verschwanden durch die Schwingtür. Die Aufnahmestation war überfüllt mit Dutzenden von kranken und stöhnenden künftigen Patienten. Es war kein Stuhl mehr frei. Familienangehörige füllten Formulare aus. Niemand hatte es eilig. Irgendwo über ihnen quäkte ununterbrochen eine unsichtbare Gegensprechanlage und rief nach hundert Ärzten pro Minute.

Es war kurz nach sieben. »Hast du Hunger, Mark?« fragte Hardy.

Er hatte keinen Hunger, aber er wollte fort von hier. »Vielleicht ein bißchen.«

»Gehen wir in die Cafeteria. Ich spendiere dir einen Cheeseburger.«

Sie gingen einen belebten Korridor entlang und stiegen eine Treppe in den Keller hinunter, wo Massen von besorgten Leuten umherstreiften. Ein weiterer Korridor führte zu einem großen offenen Areal, und plötzlich waren sie in der Cafeteria, die noch lauter und überfüllter war als die Schulkantine. Hardy deutete auf den einzigen freien Tisch in Sichtweite, und Mark wartete dort.

Was Mark in diesem Moment in erster Linie beschäftigte, war natürlich sein kleiner Bruder. Er machte sich Sorgen um Rickys körperliche Verfassung, obwohl Hardy ihm erklärt hatte, es bestände keine Gefahr, daß er sterben würde. Er sagte, die Ärzte würden mit ihm reden und versuchen, ihn wieder zu sich zu bringen. Aber das könnte eine Weile dauern. Er sagte, es wäre für die Ärzte von allergrößter Wichtigkeit, genau zu wissen, was passiert war, die Wahrheit und nichts als die Wahrheit, und wenn die Ärzte nicht die Wahrheit erfuhren, dann konnte sich das auf Ricky und seine seelische Verfassung überaus nachteilig auswirken. Hardy sagte, wenn die Ärzte nicht die Wahrheit erführen über das, was die Jungen gesehen hatten, dann könnte es durchaus sein, daß Ricky Monate, vielleicht sogar Jahre in einer Nervenheilanstalt verbringen mußte.

Hardy war okay, nicht übermäßig intelligent, und er beging den Fehler, mit Mark zu reden, als wäre er nicht elf, sondern erst fünf Jahre alt. Er beschrieb die gepolsterten Wände und verdrehte maßlos übertreibend die Augen. Er erzählte von an ihr Bett angeketteten Patienten, als dächte er sich Horrorgeschichten an einem Lagerfeuer aus. Mark hatte es gründlich satt.

Mark konnte an kaum etwas anderes denken als an Ricky und ob er seinen Daumen aus dem Mund nehmen und wieder reden würde. Er wünschte sich verzweifelt, daß das passieren würde; aber wenn er aus dem Schock herauskam, mußte er der erste sein, der mit Ricky sprach. Sie mußten miteinander reden.

Was war, wenn die Ärzte oder, Gott behüte, die Polizisten die ersten waren und Ricky die ganze Geschichte erzählte und alle wußten, daß Mark log? Was würden sie tun, wenn sie ihn beim Lügen ertappten? Vielleicht würden sie Ricky nicht glauben. Da er abgeschaltet und die Welt für eine Weile verlassen hatte, würden sie vielleicht statt dessen Mark glauben. Diese einander widersprechenden Stories waren zu gräßlich, um darüber nachzudenken.

Es ist verblüffend, wie Lügen wachsen. Du fängst an mit einer kleinen, die scheinbar ganz einfach ist, dann gerätst du in die Enge und erzählst eine weitere. Und dann noch eine. Anfangs glauben dir die Leute, und sie handeln deinen Lügen entsprechend, und du ertappst dich dabei, wie du dir wünschst, du hättest von Anfang an die Wahrheit gesagt. Er hätte den Polizisten und seiner Mutter gegenüber die Wahrheit sagen können. Er hätte in aller Ausführlichkeit über alles berichten können, was Ricky gesehen hatte. Und das Geheimnis würde trotzdem sicher sein, weil Ricky es nicht kannte.

Alles ging so schnell, daß er nicht planen konnte. Er wollte seine Mutter in einem Zimmer mit verschlossener Tür haben und sich alles von der Seele reden, einfach aufhören, bevor alles noch schlimmer wurde. Wenn er nichts unternahm, würde man ihn vielleicht ins Gefängnis stecken und Ricky in eine Irrenanstalt für Kinder.

Hardy erschien mit einem Tablett voller Pommes frites und Cheeseburgern, zwei für ihn und einen für Mark. Er stellte das Essen auf den Tisch und brachte das Tablett zurück.

Mark knabberte an einem Kartoffelstreifen. Hardy biß in einen Cheeseburger.

»Also, was ist mit deinem Gesicht passiert?« fragte Hardy zwischen zwei Bissen.

Mark rieb über die Beule und erinnerte sich, daß er bei dem Gefecht verwundet worden war. »Ach, nichts Besonderes. Nur eine Prügelei in der Schule.«

»Wer war der andere Junge?«

Verdammt. Polizisten sind unerbittlich. Eine Lüge erzählen, um eine weitere zu vertuschen. Er hatte das Lügen satt. »Sie kennen ihn nicht«, erwiderte er, dann biß er in seinen Cheeseburger.

»Es könnte sein, daß ich mit ihm reden will.«

»Weshalb?«

»Hat es Ärger gegeben wegen dieser Prügelei? Ich meine, ist euer Lehrer mit euch zum Schulleiter gegangen oder etwas dergleichen?«

»Nein. Es ist nach der Schule passiert.«

»Hast du nicht gesagt, es wäre eine Prügelei in der Schule gewesen?«

»Nun, es hat in der Schule angefangen. Dieser Junge und ich sind beim Essen aneinandergeraten, und wir haben beschlossen, es nach der Schule auszutragen.«

Hardy sog heftig an dem winzigen Strohhalm in seinem Milk Shake. Er schluckte, leerte seinen Mund und sagte: »Wie heißt der andere Junge?«

»Wozu wollen Sie das wissen?«

Das machte Hardy wütend, und er hörte auf zu kauen. Mark weigerte sich, ihm in die Augen zu sehen, und beugte sich statt dessen über sein Essen und starrte auf den Ketchup.

»Ich bin Polizist. Es ist mein Job, Fragen zu stellen.«

»Muß ich sie beantworten?«

»Natürlich mußt du das. Es sei denn, du hast etwas zu verbergen und Angst davor, sie zu beantworten. Wenn das der Fall ist, muß ich mit deiner Mutter sprechen und vielleicht euch beide für weitere Fragen aufs Revier mitnehmen.«

»Was für Fragen? Was genau wollen Sie wissen?«

»Wie heißt der Junge, mit dem du dich heute geprügelt hast?«

Mark knabberte eine Ewigkeit am Ende eines langen Kartoffelstreifens. Hardy griff nach dem zweiten Cheeseburger. An seinem Mundwinkel hing ein Tropfen Mayonnaise.

»Ich will nicht, daß er Ärger bekommt.«

»Er wird keinen Ärger bekommen.«

»Weshalb wollen Sie dann seinen Namen wissen?«

»Ich will ihn einfach wissen. Das ist mein Job, okay?«

»Sie glauben, ich lüge, stimmt's?« fragte Mark und schaute dabei kläglich in das vollbackige Gesicht.

Das Kauen brach ab. »Ich weiß es nicht, Junge. Deine Geschichte ist voller Löcher.«

Mark schaute sogar noch kläglicher drein. »Ich kann mich nicht an alles erinnern. Es ist so schnell passiert. Sie wollen, daß ich Ihnen alles bis in die kleinste Einzelheit berichte, und an Einzelheiten kann ich mich einfach nicht erinnern.«

Hardy stopfte sich einen Packen Pommes frites in den Mund. »Iß auf. Wir sollten wieder hinaufgehen.«

»Danke für das Essen.«

Ricky lag in einem Einzelzimmer im neunten Stock. Ein großes Schild über dem Fahrstuhl kennzeichnete ihn als PSYCHIATRISCHE ABTEILUNG, und hier war es wesentlich stiller. Die Beleuchtung war schwächer, die Stimmen waren leiser, die Bewegungen der Leute langsamer. Das Schwesternzimmer lag neben dem Fahrstuhl, und alle, die ihn verließen, wurden gemustert. Ein

Wachmann flüsterte mit den Schwestern und beobachtete den Flur. An dem den Fahrstühlen entgegengesetzten Ende des Ganges, fern von den Krankenzimmern, gab es eine kleine dunkle Sitzecke mit einem Fernseher, Getränkeautomaten, Zeitschriften und Gideon-Bibeln.

Mark und Hardy waren in dem Warteraum allein. Mark trank eine Dose Sprite, seine dritte, und schaute sich eine Wiederholung von »Hill Street Blues« im Fernsehen an, während Hardy auf der viel zu kleinen Couch unruhig vor sich hindöste. Es war fast neun, und eine halbe Stunde war vergangen, seit Dianne ihn für einen Augenblick in Rickys Zimmer mitgenommen hatte. Ricky hatte sehr klein ausgesehen unter der Dekke. Der Tropf, erklärte Dianne, diente dazu, ihn zu ernähren, weil er nicht essen wollte. Sie versicherte ihm, Ricky würde bald wieder in Ordnung sein, aber Mark sah, daß sie sich Sorgen machte. Dr. Greenway würde in Kürze zurückkehren und wollte dann mit Mark sprechen.

»Hat er etwas gesagt?« hatte Mark gefragt, während er den Tropf betrachtete.

»Nein. Kein Wort.«

Sie nahm seine Hand, und sie gingen über den düsteren Flur zum Warteraum zurück. Mindestens fünfmal wäre Mark beinahe mit etwas herausgeplatzt. Sie waren an einem leeren Zimmer vorbeigekommen, nicht weit von dem von Rikky entfernt, und er hatte daran gedacht, sie hineinzuziehen und ihr alles zu sagen. Aber er hatte es nicht getan. Später, sagte er sich immer wieder. Ich erzähle es ihr später.

Hardy hatte aufgehört, Fragen zu stellen. Seine Schicht endete um zehn, und es war offensichtlich, daß er genug hatte von Mark und Ricky und dem Krankenhaus. Er wollte wieder zurück auf die Straße.

Eine hübsche Schwester in einem kurzen Rock erschien und winkte Mark, ihr zu folgen. Er stand mit der Sprite-Dose von seinem Stuhl auf. Sie ergriff seine Hand, und das war irgendwie aufregend. Ihre Fingernägel waren lang und rot. Ihre Haut war glatt und gebräunt. Sie hatte blondes Haar und ein wunderschönes Lächeln. Ihr Name war Karen, und sie drückte seine Hand etwas fester als erforderlich. Sein Herz setzte einen Schlag aus.

»Dr. Greenway möchte mit dir reden«, sagte sie und beugte sich im Gehen nieder. Er roch ihr Parfum, und es war der herrlichste Duft, den Mark sich vorstellen konnte.

Sie brachte ihn zu Rickys Zimmer, Nummer 943, und gab seine Hand frei. Die Tür war zu, also klopfte sie leise an und öffnete sie dann. Mark trat langsam ein, und Karen klopfte ihm leicht auf die Schulter. Er beobachtete, wie sie durch die halboffene Tür verschwand.

Dr. Greenway trug jetzt ein weißes Hemd und eine Krawatte und darüber einen weißen Arztkittel, an dessen linker Brusttasche ein Namensschild hing. Er war ein dünner Mann mit einer runden Brille und einem schwarzen Bart und schien für diese Art von Arbeit zu jung zu sein.

»Komm herein, Mark«, sagte er, obwohl Mark bereits im Zimmer war und am Fuß von Rickys Bett stand. »Setz dich hierher.« Er deutete auf einen Plastikstuhl neben einem Klappbett unter dem Fenster. Seine Stimme war leise, fast ein Flüstern. Dianne saß mit untergeschlagenen Beinen auf dem Bett. Ihre Schuhe standen auf dem Boden. Sie trug Jeans und einen Pullover und betrachtete Ricky unter der Decke mit einer Kanüle im Arm. Eine Lampe auf einem Tisch neben der Badezimmertür war die einzige Beleuchtung. Die Vorhänge waren zugezogen.

Mark ließ sich auf dem Plastikstuhl nieder, und Dr. Greenway setzte sich auf die Kante des Klappbetts, kaum einen halben Meter von ihm entfernt. Er kniff die Augen zusammen, runzelte die Stirn und strahlte eine derartige Düsterkeit aus, daß

Mark eine Sekunde lang glaubte, sie müßten alle sterben.

»Ich muß mit dir reden über das, was passiert ist«, sagte er. Jetzt flüsterte er nicht mehr. Es war offensichtlich, daß Ricky sich in einer anderen Welt befand und sie keine Angst zu haben brauchten, daß sie ihn aufweckten. Dianne saß hinter Greenway und starrte nach wie vor auf Rickys Bett. Mark wollte sie für sich allein haben, damit er reden und aus dieser Bredouille herauskommen konnte, aber sie saß hinter dem Doktor in der Dunkelheit und ignorierte ihn.

»Hat er etwas gesagt?« fragte Mark als erstes. Die letzten drei Stunden mit Hardy waren angefüllt gewesen mit schnellen Fragen, und die Gewohnheit war schwer abzulegen.

»Nein.«

»Wie krank ist er?«

»Sehr krank«, erwiderte Greenway und funkelte Mark mit seinen dunklen Augen an. »Was hat er heute nachmittag gesehen?«

»Bleibt das geheim?«

»Ja. Alles, was du mir erzählst, ist streng vertraulich.«

»Was ist, wenn die Polizei wissen will, was ich Ihnen erzählt habe?«

»Ich darf es ihr nicht mitteilen. Das kann ich

dir versichern. Das ist alles ganz geheim und vertraulich. Nur du und ich und deine Mutter. Wir alle versuchen, Ricky zu helfen, und dazu muß ich wissen, was passiert ist.«

Vielleicht würde eine gute Dosis Wahrheit allen helfen, ganz besonders Ricky. Mark betrachtete den kleinen blonden Kopf mit dem auf dem Kissen in alle Richtungen verwuschelten Haar. Warum in aller Welt waren sie nicht einfach weggelaufen, als der schwarze Wagen erschien und auf der Lichtung anhielt? Das alles war seine Schuld. Er hätte es besser wissen müssen und sich nicht mit einem Irren einlassen dürfen.

Seine Lippen bebten, und seine Augen wurden feucht. Ihm war kalt. Es wurde Zeit, daß er alles erzählte. Ihm gingen die Lügen aus, und Ricky brauchte Hilfe. Greenway ließ sich keine Bewegung entgehen.

Und dann ging Hardy langsam an der Tür vorbei. Er blieb eine Sekunde auf dem Flur stehen, seine und Marks Augen trafen sich, dann verschwand er. Mark wußte, daß er nicht weit fort war. Greenway hatte ihn nicht gesehen.

Mark fing mit den Zigaretten an. Seine Mutter musterte ihn eindringlich, aber wenn sie wütend war, ließ sie es sich nicht anmerken. Sie schüttelte ein- oder zweimal den Kopf, sagte aber kein einziges Wort. Er sprach langsam, den Blick in rascher Folge abwechselnd auf Greenway und die Tür gerichtet, und beschrieb den Baum mit dem Seil und den Wald und die Lichtung. Dann den Wagen. Er ließ aus der Geschichte einen großen Brocken aus, gab aber Greenway gegenüber mit leiser Stimme und in allergrößter Vertraulichkeit zu, daß er sich einmal zu dem Wagen hingeschlichen und den Schlauch herausgezogen hatte. Und als er das tat, hatte Ricky geweint und sich in die Hose gemacht, ihn angefleht, es nicht zu tun. Er konnte spüren, daß Greenway dieser Teil der Geschichte gefiel. Dianne hörte mit starrer Miene zu.

Hardy ging abermals vorbei, und Mark tat so, als sähe er ihn nicht. Er hielt in seinem Bericht ein paar Sekunden inne, dann erzählte er, wie der Mann aus dem Wagen herausstürmte, den Schlauch im Gras liegen sah, auf den Kofferraum kletterte und sich erschoß.

»Wie weit war Ricky entfernt?« fragte Greenway.

Mark sah sich im Zimmer um. »Sehen Sie die Tür auf der anderen Seite des Flurs?« fragte er und deutete darauf. »Von hier bis dorthin.«

Greenway schaute hin und rieb sich den Bart. »Ungefähr zwölf Meter. Das ist nicht sehr weit.«

»Es war sehr nahe.«

»Was genau hat Ricky getan, als der Schuß abgefeuert wurde?« Jetzt hörte Dianne zu. Offenbar war ihr erst jetzt aufgegangen, daß sich diese Version von der früheren unterschied. Sie runzelte die Stirn und musterte ihren ältesten Sohn streng.

»Tut mir leid, Mom. Ich hatte zuviel Angst, um klar denken zu können. Sei nicht böse auf mich.«

»Ihr habt tatsächlich gesehen, wie der Mann sich erschossen hat?« fragte sie ungläubig.

»Ja.«

Sie betrachtete Ricky. »Kein Wunder.«

»Was tat Ricky, als der Schuß abgefeuert wurde?«

»Ich habe Ricky nicht angesehen. Ich habe den Mann mit der Pistole beobachtet.«

»Armer Junge«, murmelte Dianne im Hintergrund. Greenway hob eine Hand, um sie zum Schweigen zu bringen. »War Ricky dicht neben dir?«

Mark warf einen Blick auf die Tür und berichtete leise, wie Ricky zuerst erstarrt und dann in einen merkwürdigen Trab verfallen war, mit den Armen steif nach unten, und daß er dabei dumpf gestöhnt hatte. Er berichtete alles haargenau, von dem Moment an, in dem der Schuß gefallen war, bis zum Eintreffen der Ambulanz, und er ließ nichts aus. Er schloß die Augen und durchlebte noch einmal jeden Schritt, jede Bewegung. Es war ein wunderbares Gefühl, so wahrheitsgemäß berichten zu können.

»Warum hast du mir nicht gesagt, daß ihr gesehen habt, wie der Mann sich umbrachte?« fragte Dianne.

Das irritierte Greenway. »Bitte, Ms. Sway, darüber können Sie sich später mit ihm unterhalten«, sagte er, ohne den Blick von Mark abzuwenden.

»Welches war das letzte Wort, das Ricky gesprochen hat?« fragte Greenway.

Er überlegte und beobachtete die Tür. Der Flur war leer. »Das weiß ich wirklich nicht mehr.«

Sergeant Hardy saß mit seinem Lieutenant und Special Agent Jason McThune vom FBI zusammen. Sie unterhielten sich in dem Warteraum neben den Getränkeautomaten. Ein weiterer FBI-Agent stand in der Nähe des Fahrstuhls. Der Wachmann des Krankenhauses musterte ihn verärgert.

Der Lieutenant teilte Hardy in aller Eile mit, daß dies jetzt eine FBI-Angelegenheit war, daß die Polizei von Memphis den Wagen des Toten und sämtliches Beweismaterial dem FBI übergeben hätte, daß die Experten von der Spurensuche mit ihrer Arbeit im Wagen fertig waren und Unmengen von Fingerabdrücken gefunden hatten, die zu klein waren für einen Erwachsenen, und sie müßten wissen, ob Mark ihm gegenüber irgendwelche Andeutungen gemacht oder seine Geschichte geändert hätte.

»Nein, aber ich bin nicht davon überzeugt, daß er die Wahrheit sagt«, erklärte Hardy.

»Hat er irgend etwas angefaßt, das wir mitnehmen können?« fragte McThune rasch, nicht im mindesten an Hardys Theorien oder Ansichten interessiert.

»Wie meinen Sie das?«

»Wir haben den starken Verdacht, daß der Junge irgendwann in dem Wagen war – und zwar vor Cliffords Tod. Wir müssen die Fingerabdrücke des Jungen von irgendeinem Gegenstand abnehmen und feststellen, ob sie identisch sind.«

»Wie kommen Sie auf die Idee, er wäre in dem Wagen gewesen?« fragte Hardy interessiert.

»Das erkläre ich Ihnen später«, sagte der Lieutenant.

Hardy sah sich in dem Warteraum um, dann deutete er plötzlich auf einen Abfallbehälter neben dem Stuhl, auf dem Mark gesessen hatte. »Dort. Die Sprite-Dose. Er hat eine Sprite getrunken, während er dort saß.« McThune ließ den Blick in beiden Richtungen den Flur entlangschweifen, dann faßte er die Sprite-Dose mit einem Taschentuch und steckte sie in die Manteltasche.

»Sie stammt eindeutig von ihm«, sagte Hardy. »Das ist der einzige Abfallbehälter und die einzige Sprite-Dose.«

»Ich gebe sie an unsere Fingerabdruckleute weiter«, sagte McThune. »Bleibt der Junge über Nacht hier?«

»Ich nehme es an«, sagte Hardy. »Sie haben ein Klappbett ins Zimmer seines Bruders gestellt. Sieht so aus, als wollten sie alle da drin schlafen. Weshalb interessiert sich das FBI für Clifford?«

»Das erkläre ich Ihnen später«, sagte der Lieutenant. »Bleiben Sie noch eine Stunde hier.«

»Eigentlich hätte ich in zehn Minuten Feierabend.«

»Heute nicht. Sie machen Überstunden.«

Dr. Greenway saß auf dem Plastikstuhl neben dem Bett und sah seine Notizen durch. »In einer Minute verschwinde ich, aber ich komme morgen früh wieder. Sein Zustand ist stabil, und ich rechne nicht mit Veränderungen im Laufe der Nacht. Die Schwestern werden häufig nach ihm sehen. Rufen Sie sie, falls er aufwachen sollte.« Er blätterte eine Seite seines Notizblocks um und las das Gekritzel, dann sah er Dianne an. »Es ist ein schwerer Fall von akuter post-traumatischer Streßverstörung.«

»Was bedeutet das?« fragte Mark. Dianne rieb sich die Schläfen und hielt die Augen geschlossen.

»Es kommt vor, daß ein Mensch etwas Entsetzliches sieht und nicht damit fertig wird. Rikky war sehr verängstigt, als du den Schlauch aus dem Auspuffrohr gezogen hast, und als er sah, wie der Mann sich erschoß, war er plötzlich einem grauenhaften Erlebnis ausgesetzt, das er nicht verkraften konnte. Das löste eine Reaktion in ihm aus. Er rastete sozusagen aus. Er erlitt einen körperlichen und seelischen Schock. Er war imstande, nach Hause zu laufen, was recht bemerkenswert ist, denn normalerweise ist ein Mensch, der einem solchen Trauma ausgesetzt war wie Rikky, sofort starr und gelähmt.« Er verstummte und legte seine Notizen auf das Bett. »Im Augenblick können wir nicht viel tun. Ich rechne damit, daß er morgen oder spätestens übermorgen wieder zu sich kommt, und dann können wir mit der Arbeit anfangen. Es könnte einige Zeit dauern. Er wird Alpträume von dem Schuß haben, die Szene immer wieder durchleben. Er wird bestreiten, daß es passiert ist, dann wird er sich selbst die Schuld daran geben. Er wird sich isoliert fühlen, verraten, verstört; vielleicht wird er sogar in Depressionen verfallen. Man kann nie wissen.«

»Wie wollen Sie ihn behandeln?« fragte Dianne.

»Wir müssen dafür sorgen, daß er sich sicher fühlt. Sie müssen ständig hier sein. Sie sagten, der Vater wäre zu nichts nütze?«

»Halten Sie ihn von Ricky fern«, sagte Mark entschieden. Dianne nickte.

»In Ordnung. Und es gibt keine Großeltern oder Verwandte in der Nähe?«

»Nein.«

»Also gut. Es ist unerläßlich, daß Sie beide sich während der nächsten paar Tage soviel wie möglich in diesem Zimmer aufhalten. Ricky muß sich sicher und gut aufgehoben fühlen. Er braucht Ihre seelische und körperliche Unterstützung. Ich werde mich mehrmals am Tag mit ihm unterhalten. Wichtig ist auch, daß Mark und Ricky über die Sache sprechen. Sie müssen ihre Reaktionen miteinander teilen und vergleichen.«

»Was meinen Sie – wann können wir wieder nach Hause?« fragte Dianne.

»Ich weiß es nicht, aber so bald wie möglich. Er braucht die Sicherheit und Vertrautheit seines eigenen Schlafzimmers und seiner Umgebung. Vielleicht in einer Woche. Vielleicht auch zwei. Das hängt davon ab, wie rasch er reagiert.«

Dianne zog ihre Füße hoch. »Ich – äh, ich habe einen Job. Ich weiß nicht, was ich tun soll.«

»Ich werde veranlassen, daß mein Büro sich gleich morgen früh mit Ihrem Arbeitgeber in Verbindung setzt.«

»Mein Arbeitgeber ist ein Sklaventreiber. Ich arbeite nicht in einer hübschen sauberen Firma mit Sozialleistungen und verständnisvollem Mitgefühl. Er wird keine Blumen schicken. Ich fürchte, er wird es nicht verstehen.«

»Ich werde tun, was ich kann.«

»Was ist mit der Schule?« fragte Mark.

»Deine Mutter hat mir den Namen des Schulleiters gegeben. Ich rufe gleich morgen früh an und rede mit deinen Lehrern.«

Dianne rieb sich wieder die Schläfen. Eine Schwester, nicht die hübsche, klopfte an und trat gleichzeitig ein. Sie reichte Dianne zwei Tabletten und ein Glas Wasser.

»Das ist nur ein Schlafmittel«, sagte Greenway. »Es sollte Ihnen helfen, zur Ruhe zu kommen. Wenn nicht, rufen Sie im Schwesternzimmer an, dann bringt man Ihnen etwas Stärkeres.«

Die Schwester ging, und Greenway stand auf und fühlte Rickys Stirn. »Wir sehen uns morgen früh. Sehen Sie zu, daß Sie etwas Schlaf bekommen.« Er lächelte zum ersten Mal, dann machte er die Tür hinter sich zu.

Sie waren allein, die kleine Familie Sway, oder das, was von ihr noch übrig war. Mark rückte näher an seine Mutter heran und lehnte sich an ihre Schulter. Sie betrachteten den kleinen Kopf auf dem großen, kaum einen Meter entfernten Kissen.

Sie tätschelte seinen Arm. »Es wird alles wieder gut, Mark. Wir haben schon Schlimmeres durchgemacht.« Sie nahm ihn in die Arme, und er schloß die Augen.

»Es tut mir leid, Mom.« Seine Augen wurden feucht, und ein Weinen war fällig. »Das alles tut mir so leid.« Sie drückte ihn an sich und hielt ihn eine lange Minute ganz fest. Er schluchzte leise und vergrub das Gesicht in ihrem Pullover.

Sie legte sich sanft nieder, mit Mark in den Armen, und sie rollten sich gemeinsam auf der billigen Schaumstoffmatratze zusammen. Rickys Bett war einen halben Meter höher. Das Fenster befand sich über ihnen. Das Licht war gedämpft. Mark hörte auf zu weinen. Es war ohnehin etwas, das ihm ganz und gar nicht lag.

Das Schlafmittel wirkte, und sie war erschöpft. Neun Stunden Plastiklampen in Kartons verpakken, fünf Stunden schwere Krise und jetzt das Schlafmittel. Sie war reif für einen tiefen Schlaf.

»Wirst du entlassen werden, Mom?« fragte Mark. Er machte sich über die Familienfinanzen ebensoviel Sorgen wie sie.

»Ich glaube nicht. Darüber können wir uns morgen den Kopf zerbrechen.«

»Wir müssen miteinander reden, Mom.«

»Das weiß ich. Aber laß uns das bis morgen früh aufschieben.«

»Weshalb nicht jetzt gleich?«

Sie lockerte ihren Griff und holte tief Luft mit bereits geschlossenen Augen. »Ich bin sehr müde und am Einschlafen, Mark. Ich verspreche es dir – wir werden uns gleich morgen früh als erstes ausgiebig unterhalten. Du hast ein paar Fragen zu beantworten, stimmt's? Und jetzt geh und putz dir die Zähne und laß uns schlafen.«

Auch Mark war plötzlich müde. Unter der dünnen Matratze war die harte Metallstrebe des Bettgestells zu spüren, und er rückte näher an die Wand und zog die Decke über sich. Seine Mutter rieb seinen Arm. Er starrte die Wand an und kam zu dem Schluß, daß er unmöglich eine Woche lang so schlafen konnte.

Ihr Atem ging jetzt viel schwerer, und sie lag völlig still. Er dachte an Romey. Wo war er jetzt?

Wo war der rundliche kleine Mann mit dem kahlen Kopf? Er erinnerte sich daran, wie der Schweiß von seinem glänzenden Skalp in alle Richtungen heruntergelaufen war; ein Teil davon war von seinen Brauen herabgetropft, ein anderer hatte seinen Kragen durchweicht. Sogar seine Ohren waren naß gewesen. Wer würde seinen Wagen bekommen? Wer würde ihn saubermachen und das Blut abwaschen? Wer würde die Pistole bekommen? Erst jetzt wurde Mark bewußt, daß seine Ohren nicht mehr von dem Schuß im Wagen dröhnten. Saß Hardy immer noch draußen im Wartezimmer und versuchte zu schlafen? Würden die Polizisten morgen wiederkommen mit noch mehr Fragen? Was war, wenn sie ihn wegen des Gartenschlauchs befragten? Was war, wenn sie ihm tausend Fragen stellten?

Er war jetzt hellwach und starrte die Wand an. Durch die Gardinen sickerte Licht von draußen herein. Das Schlafmittel wirkte gut – seine Mutter atmete sehr langsam und schwer. Ricky hatte sich nicht gerührt. Mark schaute in das schwache Licht über dem Tisch und dachte an Hardy und die Polizei. Ob sie ihn beobachteten? Stand er unter ständiger Überwachung, wie im Fernsehen? Bestimmt nicht.

Er sah zehn Minuten lang zu, wie sie schliefen, dann wurde es ihm langweilig. Es war Zeit für eine Erkundungstour. Als er ein Erstkläßler war, war sein Vater eines Abends betrunken nach Hause gekommen und über Dianne hergefallen. Sie kämpften miteinander, daß der Wohnwagen bebte, und Mark hatte das billige Fenster in seinem Zimmer hochgeschoben und war hinausgeschlüpft. Er hatte einen langen Spaziergang durch die Nachbarschaft und dann durch den Wald gemacht. Es war eine heiße, stickige Nacht gewesen mit Unmengen von Sternen, und er hatte auf einer Anhöhe mit Aussicht auf die Wohnwagensiedlung ausgeruht. Er hatte für die Sicherheit seiner Mutter gebetet. Er hatte Gott um eine Familie angefleht, in der jeder schlafen konnte, ohne die Angst, mißhandelt zu werden. Weshalb konnten sie nicht einfach ganz normal sein? Er streifte zwei Stunden lang umher. Als er nach Hause zurückkehrte, war alles ruhig, und so hatte er sich diese nächtlichen Exkursionen zur Gewohnheit gemacht, einer Gewohnheit, der er viel Freude und Frieden verdankte.

Mark war ein Denker, jemand, der sich leicht Sorgen machte, und wenn er nachts immer wieder aufwachte oder gar nicht erst einschlafen konnte, unternahm er lange, heimliche Spaziergänge. Er lernte viel. Er trug dunkle Kleidung und bewegte sich wie ein Dieb durch die Schatten der Tukker Wheel Estates. Er wurde Zeuge kleinerer Verbrechen wie Diebstahl und Vandalismus, zeigte sie aber nie an. Er sah Liebhaber, die sich durch Fenster davonstahlen. Er liebte es, in klaren Nächten auf der Anhöhe oberhalb der Siedlung zu sitzen und in aller Ruhe zu rauchen. Die Angst, von seiner Mutter erwischt zu werden, war schon vor Jahren verschwunden. Sie arbeitete schwer und schlief fest.

Er hatte keine Angst vor einer fremden Umgebung. Er zog die Decke über die Schulter seiner Mutter, tat bei Ricky dasselbe, dann machte er leise die Tür hinter sich zu. Der Flur war leer und dunkel. Karen die Schöne arbeitete am Schreibtisch im Schwesternzimmer. Sie lächelte ihn an und hörte auf zu schreiben. Er wollte sich aus der Cafeteria einen Orangensaft holen, sagte er, und er wüßte den Weg. Er würde in einer Minute zurück sein. Karen lächelte abermals, als er davonging, und Mark war verliebt.

Hardy war verschwunden. Der Warteraum war leer, aber der Fernseher lief. »Hogan's Heroes«. Er fuhr mit dem Fahrstuhl ins Kellergeschoß.

Die Cafeteria war fast leer. An einem der Tische saß ein Mann mit beiden Beinen in Gips steif in einem Rollstuhl. Der Gips glänzte und war völlig sauber. Ein Arm lag in einer Schlinge. Ein dikker Gazeverband bedeckte seinen Schädel, und es sah aus, als hätte man ihm die Haare abrasiert. Er schien sich fürchterlich elend zu fühlen.

Mark zahlte für ein Glas Saft und setzte sich an einen Tisch in der Nähe des Mannes, der schmerzgequält das Gesicht verzog und frustriert seine Suppe von sich schob. Er trank Saft durch einen Strohhalm, und dann bemerkte er Mark.

»Wie geht's?« fragte Mark mit einem Lächeln. Er konnte mit jedem reden, und der Mann tat ihm leid.

Der Mann starrte ihn an, dann schaute er weg. Er verzog wieder das Gesicht und versuchte, seine Beine zu verlagern. Mark gab sich Mühe, nicht hinzuschauen.

Ein Mann mit weißem Hemd und Krawatte erschien aus dem Nirgendwo mit einem Tablett mit Essen und Kaffee und setzte sich an einen Tisch auf der anderen Seite des Verletzten. Mark schien er nicht zu bemerken. »Schlimme Verletzungen«, sagte er mit breitem Lächeln. »Wie ist das passiert?«

»Verkehrsunfall«, lautete die ziemlich gequälte Antwort. »Bin von einem Exxon-Laster angefahren worden. Der Blödmann hatte ein Stoppschild überfahren.«

Das Lächeln wurde noch breiter, und das Essen und der Kaffee waren vergessen. »Wann war das?«

»Vor drei Tagen.«

»Sagten Sie ein Exxon-Laster?« Der Mann stand auf und bewegte sich schnell zum Tisch des Verletzten hinüber, wobei er etwas aus seiner Tasche holte. Er zog sich einen Stuhl heran und saß plötzlich nur Zentimeter von den Gipsverbänden entfernt.

»Ja«, sagte der Eingegipste verdrossen.

Der Mann reichte ihm eine weiße Karte. »Mein Name ist Gill Teal. Ich bin Anwalt und Spezialist für Verkehrsunfälle, besonders solche, in die große Lastwagen verwickelt sind.« Gill Teal redete sehr schnell, als hätte er einen großen Fisch an der Angel und müßte sich beeilen, damit er ihm nicht davonschwamm. »Das ist meine Spezialität. Unfälle mit großen Fahrzeugen. Sattelschlepper. Müllfahrzeuge. Tanklaster. Ganz gleich, um was es sich handelt – ich klemme mich dahinter.« Er streckte die Hand über den Tisch. »Ich heiße Gill Teal.«

Zum Glück für den Mann im Rollstuhl war sein rechter Arm unverletzt, und er schwenkte ihn mühsam über den Tisch, um die Hand dieses aufdringlichen Typs zu ergreifen. »Joe Farris.«

Gill pumpte heftig seine Hand und stürzte sich

auf sein Opfer. »Was haben Sie – zwei gebrochene Beine, Gehirnerschütterung, ein paar Schürfwunden?«

»Und ein gebrochenes Schlüsselbein.«

»Großartig. Also plädieren wir auf dauernde Arbeitsunfähigkeit. Womit verdienen Sie Ihr Geld?« fragte Gill und rieb sich sorgfältig analysierend das Kinn. Die Karte lag auf dem Tisch, Joe hatte sie nicht angerührt. Mark nahmen sie nicht zur Kenntnis.

»Kranführer.«

»Gewerkschaft?«

»Ja.«

»Wow. Und der Exxon-Laster hat ein Stoppschild überfahren. Es besteht also kein Zweifel daran, wer Schuld an dem Unfall hatte?« Joe runzelte die Stirn und versuchte wieder, seine Beine zu verlagern; sogar Mark konnte erkennen, daß ihm Gill und seine Aufdringlichkeit zusehends lästig wurden. Er schüttelte den Kopf. Nein.

Gill machte sich hastig Notizen auf einer Papierserviette, dann lächelte er Joe an und verkündete: »Ich kann mindestens sechshunderttausend für Sie rausschlagen. Ich nehme nur ein Drittel, und Sie marschieren mit vierhunderttausend davon. Minimum. Vierhundert Riesen, steuerfrei natürlich. Wir reichen morgen die Klage ein.«

Joe reagierte, als hätte er das schon früher gehört. Gill hing in der Luft, mit offenem Mund, stolz auf sich, voller Zuversicht.

»Ich habe schon mit ein paar anderen Anwälten gesprochen«, sagte Joe.

»Ich kann mehr für Sie rausholen als sonst jemand. Damit verdiene ich mein Geld, ausschließlich mit Laster-Unfällen. Ich habe Exxon schon früher verklagt, kenne all ihre Anwälte und die hiesige Firmenleitung, und sie haben eine Heidenangst vor mir, weil ich ihnen an die Kehle gehe. Es ist ein Krieg, Joe, und ich weiß, wie man ihre schmutzigen Spiele spielt. Ich habe gerade in einem Lastwagen-Fall eine halbe Million rausgeholt. Nachdem mein Klient mich engagiert hatte, haben sie ihm das Geld förmlich nachgeworfen. Ich will nicht prahlen, Joe, aber wenn es um solche Fälle geht, bin ich der Beste hier in der Stadt.«

»Heute morgen hat mich ein Anwalt angerufen und gesagt, er könnte eine Million für mich rausholen.«

»Er lügt. Wer war es? McFay? Ragland? Snodgrass? Ich kenne diese Kerle. Ich versetze ihnen ständig Tritte in den Hintern, Joe; außerdem habe ich gesagt, sechshunderttausend sind das Minimum. Könnte wesentlich mehr werden. Wenn die Sache vor Gericht kommt, Joe – wer weiß, wieviel eine Jury uns zusprechen wird? Ich bin jeden Tag vor Gericht, Joe, trete Leute in ganz Memphis in den Hintern. Sechshundert sind das Minimum. Haben Sie schon jemanden engagiert? Einen Vertrag unterschrieben?«

Joe schüttelte den Kopf. »Noch nicht.«

»Wunderbar. Sagen Sie, Joe, Sie haben doch eine Frau und Kinder, oder?«

»Ex-Frau, drei Kinder.«

»Also müssen Sie Alimente zahlen. Hören Sie mir zu, Mann. Wieviel Alimente?«

»Fünfhundert im Monat.«

»Das geht ja. Aber Sie müssen Rechnungen bezahlen. Ich werde folgendes tun. Ich schieße Ihnen tausend Mäuse monatlich vor, die dann mit Ihrer Abfindung verrechnet werden. Wenn wir uns in drei Monaten geeinigt haben, behalte ich dreitausend ein. Wenn es zwei Jahre dauern sollte, aber das wird es nicht, aber wenn es so lange dauern sollte, behalte ich vierundzwanzigtausend ein. Haben Sie mich verstanden, Joe? Geld gleich auf die Hand.«

Joe regte sich wieder und starrte auf den Tisch. »Dieser andere Anwalt ist gestern in mein Zimmer gekommen und hat gesagt, er würde mir gleich zweitausend geben und danach zweitausend monatlich.«

»Wer war das? Scottie Moss? Rob LaMoke? Ich kenne diese Kerle, Joe, und sie sind der letzte Dreck. Zu dämlich, um den Weg ins Gericht zu finden. Denen können Sie nicht trauen. Die sind völlig inkompetent. Ich ziehe mit – zweitausend gleich und zweitausend monatlich.«

»Dieser andere Typ aus einer großen Kanzlei hat mir zehntausend im voraus angeboten und Kredit für alles, was ich brauche.«

Gill war am Boden zerstört, und es dauerte mindestens zehn Sekunden, bis er wieder reden konnte. »Hören Sie mir zu, Joe. Es geht nicht darum, wieviel Vorschuß Sie bekommen. Es geht darum, wieviel Geld ich für Sie bei Exxon rausquetschen kann. Und niemand, ich wiederhole, niemand wird mehr rausholen als ich. Niemand. Hören Sie, ich schieße Ihnen fünftausend vor, und Sie können über alles verfügen, was Sie brauchen, um Ihre Rechnungen zu bezahlen. Ist das fair genug?«

»Ich denke darüber nach.«

»Es kommt auf jede Minute an, Joe. Wir müssen schnell handeln. Beweise verschwinden. Erinnerungen verblassen. Große Firmen bewegen sich langsam.«

»Ich habe gesagt, ich denke darüber nach.«

»Kann ich Sie morgen anrufen?«

»Nein.«

»Warum nicht?«

»Verdammt noch mal, ich kann nicht schlafen, weil dauernd irgendwelche Anwälte anrufen. Ich kann nicht einmal essen, ohne daß sich einer von euch Anwälten auf mich stürzt. In diesem Bau laufen mehr Anwälte herum als Ärzte.«

Gill war nicht aus der Fassung zu bringen. »Da draußen gibt es Unmengen von Haien, Joe. Unmengen von lausigen Anwälten, die Ihren Fall versauen würden. Traurig, aber wahr. Der Beruf ist überlaufen, also versuchen Anwälte überall, mit Leuten ins Geschäft zu kommen. Aber machen Sie keinen Fehler, Joe. Stellen Sie Nachforschungen über mich an. Schauen Sie ins Branchenverzeichnis. Da finden Sie eine ganzseitige, dreifarbige Anzeige von mir, Joe. Sehen Sie nach unter Gill Teal, er bringt Sie ans Ziel.«

»Ich denke darüber nach.«

Gill zog eine weitere Karte aus der Tasche und händigte sie Joe aus. Er verabschiedete sich und ging, ohne das Essen und den Kaffee auf seinem Tablett auch nur angerührt zu haben.

Joe hatte Schmerzen. Er ergriff das Rad und rollte sich langsam davon. Mark hätte ihm gern geholfen, traute sich aber nicht, seine Hilfe anzubieten. Beide Karten von Gill Teal lagen auf dem

Tisch. Er trank seinen Saft aus, schaute sich um und steckte eine der Karten ein.

Mark sagte Karen, seinem Sweetheart, er könnte nicht schlafen und würde fernsehen, falls ihn jemand brauchen sollte. Er saß auf der Couch im Wartezimmer, blätterte das Telefonbuch durch und sah sich eine Wiederholung von »Cheers« an. Er trank noch eine weitere Dose Sprite. Hardy, Gott segne sein gutes Herz, hatte ihm nach dem Essen acht Vierteldollar geschenkt.

Karen kam mit einer Decke und legte sie über seine Beine. Sie tätschelte ihm mit ihren langen, schmalen Händen den Arm und entschwand wieder. Er ließ sich keine ihrer Bewegungen entgehen.

Mr. Gill Teal hatte tatsächlich eine ganzseitige Anzeige im Branchenverzeichnis von Memphis, ebenso wie ein Dutzend weiterer Rechtsanwälte. Da war ein hübsches Bild von ihm, auf dem er im Hemd und mit aufgekrempelten Ärmeln vor einem Gerichtsgebäude stand. ICH KÄMPFE FÜR IHR RECHT! hieß es unter dem Foto. Am oberen Rand stellten große rote Buchstaben die Frage: HABEN SIE EINEN SCHADEN ERLITTEN? Dicke grüne Schrift unmittelbar darunter lieferte die Antwort: WENN JA, KOMMEN SIE ZU GILL TEAL – ER BRINGT SIE ANS ZIEL.

Weiter unten listete Teal in blauer Schrift sämtliche Arten von Fällen auf, die er bearbeitet hatte, und es waren Hunderte. Rasenmäher, Stromschlag, mißgebildete Kinder, Verkehrsunfälle, explodierende Wassererhitzer. Achtzehn Jahre Erfahrung an sämtlichen Gerichten. Ein kleiner Straßenplan in einer Ecke der Anzeige dirigierte die Welt zu seiner Kanzlei, nur ein paar Schritte vom Gerichtsgebäude entfernt auf der anderen Straßenseite.

Mark hörte eine vertraute Stimme, und plötzlich war er da, Mr. Gill Teal höchstpersönlich im Fernsehen. Er stand vor der Notaufnahme eines Krankenhauses und redete über verletzte Angehörige und gewiefte Versicherungsgesellschaften. Im Hintergrund flackerten rote Lichter. Sanitäter eilten hinter ihm vorbei. Aber Mr. Teal hatte die Situation unter Kontrolle, und er würde Ihren Fall übernehmen, ohne einen Dollar Vorschuß zu verlangen. Keine Gebühren bis nach einem erfolgreichen Abschluß.

Die Welt war klein! Im Laufe der letzten beiden Stunden hatte Mark ihn in Person gesehen, eine seiner Karten eingesteckt, ihm im Branchenverzeichnis buchstäblich ins Gesicht geschaut, und nun war er hier und redete über den Fernseher auf ihn ein.

Er klappte das Telefonbuch zu und legte es auf den Tisch zurück. Dann zog er die Decke über sich und beschloß zu schlafen.

Morgen würde er vielleicht Gill Teal anrufen.

7

Foltrigg trat gern mit Gefolge auf. Ganz besonders genoß er diese unschätzbaren Augenblicke, in denen die Kameras surrend auf ihn warteten und er dann genau im richtigen Moment majestätisch durch die Halle schlenderte oder die Gerichtstreppe herunterkam, vor sich Wally Boxx wie einen Bullterrier und neben sich Thomas Fink oder einen anderen Assistenten, der idiotische Fragen abwehrte. Er verbrachte viele ruhige Momente damit, sich Videos von sich selbst anzusehen, auf denen er mit seiner kleinen Eskorte das Gerichtsgebäude betrat oder verließ. Sein Timing war in der Regel perfekt. Er hatte seinen Gang sorgfältig einstudiert. Er hielt die Hände geduldig hoch, als würde er gern Fragen beantworten, hätte aber als überaus bedeutender Mann einfach nicht die Zeit dazu, leider. Kurze Zeit später rief Wally dann gewöhnlich die Reporter zu einer präzis vorbereiteten Pressekonferenz zusammen, in der Roy sich von seiner brutalen Arbeitsüberlastung losreißen und ein paar Momente im Scheinwerferlicht stehen würde. Eine kleine Bibliothek im Büro des Bundesanwalts war in ein Pressezimmer umgewandelt worden. Flutlicht, Lautsprecheranlage, es war alles da. In einem verschlossenen Schrank verwahrte Roy ein Make-up-Set.

Als er ein paar Minuten nach Mitternacht das Federal Building an der Main Street von Memphis betrat, bestand seine Eskorte aus Wally, Fink und den Agenten Trumann und Scherff, aber wißbegierige Reporter waren nicht da. Nicht eine Menschenseele wartete auf ihn, bis er die Räume des FBI betrat, wo Jason McThune mit zwei weiteren müden Agenten schalen Kaffee trank. Soviel zu großen Auftritten.

Die Vorstellungen wurden rasch abgehandelt, auf dem Weg zu McThunes engem Büro. Foltrigg ließ sich auf dem einzigen verfügbaren Sitzplatz nieder. McThune war ein Mann mit zwanzigjähriger Dienstzeit, der vier Jahre zuvor entgegen seinen Wünschen nach Memphis versetzt worden war und die Monate zählte, bis er sich an die Pazifikküste im Nordwesten zurückziehen konnte. Er war müde und gereizt, weil es schon spät war. Er hatte von Foltrigg gehört, war ihm aber noch nie begegnet. Gerüchten zufolge war er ein aufgeblasenes Arschloch.

Ein Agent, namenlos und nicht vorgestellt, machte die Tür zu, und McThune ließ sich auf seinen Schreibtischstuhl sinken. Er referierte die Tatbestände: das Auffinden des Wagens, seinen Inhalt, die Waffe, die Wunde, die Todeszeit und so weiter und so weiter. »Der Junge heißt Mark Sway. Er hat der Polizei von Memphis erzählt, er und sein jüngerer Bruder wären zufällig auf den Toten gestoßen und nach Hause gelaufen, um die Polizei zu informieren. Sie wohnen ungefähr achthundert Meter entfernt in einer Wohnwagensiedlung. Der kleinere Junge liegt jetzt im Krankenhaus. Leidet wahrscheinlich unter einem traumatischen Schock. Mark Sway und seine Mutter Dianne, geschieden, befinden sich gleichfalls im Krankenhaus. Der Vater lebt hier in der Stadt und hat etliche Vorstrafen. Alles mindere Delikte. Trunkenheit am Steuer, Schlägereien und dergleichen. Kleiner Gewohnheitsverbrecher. Weiße aus der unteren Mittelschicht. Auf jeden Fall lügt der Junge.«

»Ich konnte den Abschiedsbrief nicht lesen«, unterbrach ihn Foltrigg, den es drängte, etwas zu sagen. »Das Fax war schlecht.« Er sagte das so, als wären McThune und das FBI von Memphis unfähig, weil er, Roy Foltrigg, in seinem Transporter ein schlechtes Fax erhalten hatte.

McThune warf einen Blick zu Larry Trumann und Skipper Scherff, die an der Wand standen, und fuhr fort: »Dazu komme ich gleich. Wir wissen, daß der Junge lügt, weil er behauptet, sie wären erst dort angekommen, nachdem Clifford sich erschossen hatte. Erscheint mir höchst zweifelhaft. Erstens wimmelt der Wagen von den Fingerabdrücken des Jungen, sowohl drinnen wie draußen. Auf dem Armaturenbrett, an der Tür, auf der Whiskeyflasche, auf der Pistole, überall. Wir haben vor ungefähr zwei Stunden ein paar Abdrükke von ihm sichergestellt, und unsere Leute sind dabei, den ganzen Wagen unter die Lupe zu nehmen. Sie werden morgen damit fertig, aber es ist eindeutig, daß der Junge drin war. Was er dort getan hat, wissen wir noch nicht. Außerdem haben wir Abdrücke rings um die Heckleuchten herum gefunden, direkt oberhalb des Auspuffrohrs. Und schließlich waren da drei frische Zigarettenstummel unter einem Baum in der Nähe des Wagens. Virginia Slims, die Marke, die Dianne Sway raucht. Wir nehmen an, die Jungen hatten ihrer Mutter die Zigaretten geklaut und wollten sie in aller Ruhe rauchen. Sie sind vollauf mit sich selber beschäftigt, als Clifford aus dem Nirgendwo auftaucht. Sie verstecken sich und beobachten ihn – es ist eine dicht bewachsene Gegend, und Verstecken ist kein Problem. Vielleicht schleichen sie sich an und ziehen den Schlauch raus, aber da sind wir nicht sicher, und die Jungen sagen es uns nicht. Der Kleine kann gegenwärtig nicht reden, und Mark lügt ganz offensichtlich. Jedenfalls hat der Schlauch nicht funktioniert. Wir versuchen, Abdrücke darauf zu finden, aber das ist schwierig. Vielleicht sogar unmöglich. Morgen früh werde ich Fotos haben, auf denen zu sehen ist, wo sich der Schlauch befand, als die Polizei eintraf.«

McThune griff nach einem gelben Notizblock in dem Chaos auf seinem Schreibtisch. Er sprach zu ihm, nicht zu Foltrigg. »Clifford hat mindestens einen Schuß im Wageninnern abgegeben. Die Kugel trat fast genau durch die Mitte des Fensters an der Beifahrerseite aus, die zersplitterte, aber nicht kaputtging. Keine Ahnung, weshalb er das getan hat, und keine Ahnung, wann das passiert ist. Die Autopsie wurde vor einer Stunde beendet, und Clifford steckte voller Dalmane, Kodein und Percodan. Außerdem hatte er 2,2 Promille Alkohol im Blut, war also stockbetrunken. Was ich damit sagen will, ist, daß er nicht nur verrückt genug war, sich umzubringen, er war außerdem betrunken und völlig hinüber von den Tabletten. Also haben wir keine Möglichkeit, uns ein eindeutiges Bild zu machen. Wir spüren keinem klaren Kopf nach.«

»Ich verstehe.« Roy nickte ungeduldig. Wally Boxx lauerte hinter ihm wie ein gut abgerichteter Terrier.

McThune ignorierte den Einwurf. »Die Waffe ist eine billige .38er, die er illegal in einer Pfandleihe hier in Memphis gekauft hat. Wir haben den Besitzer befragt, aber er will nur in Gegenwart seines Anwalts reden, also werden wir das morgen früh tun, oder richtiger, heute früh. Eine Texaco-Quittung belegt, daß er in Vaiden, Mississippi, ungefähr anderthalb Stunden von hier entfernt, getankt hat. Der Tankwart ist ein Mädchen; ihrer Aussage nach hat er wohl gegen 13 Uhr dort angehalten. Keine Beweise für weitere Fahrtunterbrechungen. Seine Sekretärin sagt aus, er hätte das Büro gegen 9 Uhr verlassen, angeblich, um etwas zu erledigen, und sie hat kein Wort von ihm gehört, bis wir erschienen sind. Die Nachricht von seinem Tod scheint sie nicht sonderlich getroffen zu haben. Allem Anschein nach hat er New Orleans kurz nach neun verlassen, ist in fünf oder sechs Stunden nach Memphis gefahren, hat einmal zum Tanken angehalten und ein weiteres Mal, um die Waffe zu kaufen, und ist dann weitergefahren und hat sich erschossen. Vielleicht hat er außerdem zum Essen angehalten, vielleicht, um sich den Whiskey zu kaufen, vielleicht noch dieses oder jenes. Wir forschen weiter.«

»Weshalb Memphis?« fragte Wally Boxx. Foltrigg nickte, offensichtlich einverstanden mit der Frage.

»Weil er hier geboren ist«, erklärte McThune feierlich und starrte dabei Foltrigg an, als zöge jedermann es vor, am Ort seiner Geburt zu sterben. Es war eine mit ernster Miene vorgebrachte scherzhafte Antwort, aber Foltrigg begriff das offenbar nicht. McThune hatte gehört, daß er nicht sonderlich intelligent war.

»Die Familie ist anscheinend weggezogen, als er noch ein Kind war«, erklärte er nach einer Pause. »Er hat in Rice das College besucht und anschließend in Tulane Jura studiert.«

»Wir waren Kommilitonen«, sagte Fink stolz.

»Großartig. Der Abschiedsbrief war mit der Hand geschrieben und auf heute datiert – nein, gestern. Handgeschrieben mit einem schwarzen Filzstift – der Stift wurde weder bei ihm noch im Wagen gefunden.« McThune ergriff ein Blatt Papier und lehnte sich über den Schreibtisch. »Hier. Das ist das Original. Gehen Sie vorsichtig damit um.«

Wally Boxx stürzte sich darauf, um es sofort an

Foltrigg weiterzugeben, der es gründlich studierte. McThune rieb sich die Ohren und fuhr fort: »Nur Begräbnis-Arrangements und Anweisungen an seine Sekretärin. Schauen Sie unten hin. Sieht so aus, als hätte er versucht, mit einem blauen Kugelschreiber noch etwas hinzuzufügen, aber der Kugelschreiber war leer.«

Foltriggs Nase bewegte sich näher an den Brief heran. »Da steht ›Mark, Mark wo sind‹, den Rest kann ich nicht entziffern.«

»Richtig. Die Schrift ist fürchterlich, und der Kugelschreiber war leer, aber unsere Experten sagen dasselbe. ›Mark, Mark wo sind‹. Wir haben den Kugelschreiber im Wagen gefunden. Billiger Bic. Kein Zweifel, daß er damit zu schreiben versucht hat. Er hat keine Kinder, Neffen, Brüder, Onkel oder Vettern, die Mark heißen. Wir überprüfen seine engeren Freunde – seine Sekretärin hat gesagt, er hätte keine –, aber bisher haben wir noch keinen Mark gefunden.«

»Und, was bedeutet das?«

»Da ist noch etwas. Vor ein paar Stunden ist Mark Sway mit einem Polizisten namens Hardy ins Krankenhaus gefahren. Unterwegs ist ihm entschlüpft, daß Romey etwas gesagt oder getan hat. Romey. Die Kurzform von Jerome, Cliffords Sekretärin zufolge. Tatsächlich redeten mehr Leute ihm mit Romey an als mit Jerome. Woher weiß der Junge den Namen, es sei denn, er hat ihn von Mr. Clifford selbst erfahren?«

Foltrigg hörte mit offenem Mund zu. »Was meinen Sie?« fragte er. »Nun, meine Theorie ist, daß der Junge in dem Wagen war, bevor Clifford sich erschoß, und zwar eine ganze Weile, wegen der vielen Fingerabdrücke, und daß er und Clifford sich über irgend etwas unterhalten haben. Dann verschwindet der Junge aus dem Wagen. Clifford versucht, seinem Brief noch etwas hinzuzufügen, und erschießt sich. Der Junge hat Angst. Sein kleiner Bruder verfällt in einen Schock, und wir sitzen hier.«

»Weshalb sollte der Junge lügen?«

»Erstens, er hat Angst. Zweitens, er ist noch ein Kind. Drittens, vielleicht hat Clifford ihm etwas erzählt, wovon er besser nichts wüßte.«

McThunes Vortrag war perfekt, und der dramatische Schlußsatz hinterließ eine lastende Stille im Raum. Boxx und Fink starrten fassungslos und mit offenen Mündern auf den Schreibtisch.

Weil sein Chef im Augenblick sprachlos war, kam ihm Wally Boxx zu Hilfe und stellte eine dumme Frage. »Weshalb glauben Sie das?« McThunes Geduld mit Bundesanwälten und ihren Lakaien war schon vor zwanzig Jahren erschöpft gewesen. Er hatte gesehen, wie sie kamen und gingen. Er hatte gelernt, ihr Spiel zu spielen und ihre Egos geschickt zu handhaben. Er wußte, daß die beste Methode, mit ihren Banalitäten fertig zu werden, darin bestand, einfach zu antworten. »Wegen des Abschiedsbriefs, der Fingerabdrücke und der Lügen. Der arme Junge weiß nicht, was er tun soll.«

Foltrigg legte den Brief auf den Schreibtisch und räusperte sich. »Haben Sie mit dem Jungen geredet?«

»Nein. Ich war vor zwei Stunden im Krankenhaus, habe ihn aber nicht gesehen. Sergeant Hardy von der Polizei von Memphis hat mit ihm gesprochen.«

»Haben Sie es vor?«

»Ja, in ein paar Stunden. Trumann und ich werden gegen neun ins Krankenhaus fahren und mit dem Jungen und vielleicht auch mit seiner Mutter reden. Außerdem würde ich gern mit seinem kleinen Bruder reden, aber das hängt von seinem Arzt ab.«

»Ich möchte dabeisein«, sagte Foltrigg. Damit hatte jeder gerechnet.

McThune schüttelte den Kopf »Keine gute Idee. Wir erledigen das.« Er war kurz angebunden und ließ keinen Zweifel daran, wer hier das Sagen hatte. Sie waren in Memphis, nicht in New Orleans.

»Was ist mit dem Arzt des Jungen? Haben Sie mit ihm gesprochen?«

»Nein, noch nicht. Wir werden es heute vormittag versuchen. Ich bezweifle, daß er viel sagen wird.«

»Glauben Sie, die Jungen würden sich dem Arzt anvertrauen?« sagte Fink naiv.

McThune verdrehte in Richtung Trumann die Augen, als wollte er sagen: Was für Schafsköpfe haben Sie nur da angeschleppt? »Diese Frage kann ich nicht beantworten, Sir. Ich weiß nicht, was die Jungen wissen. Ich weiß nicht, wie der Arzt heißt. Ich weiß nicht, ob er mit den Jungen gesprochen hat. Ich weiß nicht, ob die Jungen ihm irgend etwas erzählen werden.«

Foltrigg bedachte Fink mit einem Stirnrunzeln, woraufhin dieser vor Verlegenheit zusammenschrumpfte. McThune sah auf die Uhr und stand auf. »Meine Herren, es ist spät. Unsere Leute werden gegen Mittag mit dem Wagen fertig sein, und ich schlage vor, daß wir dann wieder zusammenkommen.«

»Wir müssen alles wissen, was Mark Sway weiß«, sagte Roy, ohne sich zu rühren. »Er war in dem Wagen, und Clifford hat mit ihm gesprochen.«

»Das weiß ich.«

»Ja, Mr. McThune, aber es gibt noch ein paar Dinge, die Sie nicht wissen. Clifford wußte, wo die Leiche liegt, und er hat darüber gesprochen.«

»Es gibt eine Menge Dinge, die ich nicht weiß, Mr. Foltrigg, weil dieser Fall nach New Orleans gehört. Ich bin für Memphis zuständig. Mir liegt nicht das geringste daran, mehr über den armen Mr. Boyette und den armen Mr. Clifford zu erfahren. Ich stecke hier bis über beide Ohren in Leichen. Es ist fast ein Uhr, und ich sitze hier in meinem Büro und arbeite an einem Fall, der mich nichts angeht, rede mit euch Leuten und beantworte eure Fragen. Und ich werde bis morgen mittag an dem Fall arbeiten, danach kann mein Kollege Larry ihn haben. Für mich ist die Sache dann erledigt.«

»Es sei denn, natürlich, Sie bekommen einen Anruf aus Washington.«

»Ja, es sei denn, natürlich, ich bekomme einen Anruf aus Washington. Dann werde ich tun, was immer Mr. Voyles mir aufträgt.«

»Ich spreche jede Woche mit Mr. Voyles.«

»Herzlichen Glückwunsch.«

»Seiner Ansicht nach genießt der Boyette-Fall für das FBI im Augenblick höchste Priorität.«

»Das habe ich gehört.«

»Und ich bin sicher, Mr. Voyles wird Ihre Bemühungen zu schätzen wissen.«

»Das bezweifle ich.«

Roy stand langsam auf und starrte auf McThune herunter. »Wir müssen unbedingt alles wissen, was Mark Sway weiß. Haben Sie mich verstanden?«

McThune erwiderte seinen Blick und sagte nichts.

8

Karen schaute im Laufe der Nacht mehrfach nach Mark, und gegen acht brachte sie ihm Orangensaft. Er war allein in dem kleinen Wartezimmer. Sie weckte ihn sanft auf.

Ungeachtet seiner vielen Probleme hatte er sich hoffnungslos in die hübsche Schwester verliebt. Er trank den Saft und blickte in die funkelnden braunen Augen. Sie tätschelte die Decke über seinen Knien.

»Wie alt sind Sie?« fragte er.

Sie lächelte noch breiter. »Vierundzwanzig. Dreizehn Jahre älter als du. Warum fragst du?«

»Reine Gewohnheit. Sind Sie verheiratet?«

»Nein.« Sie zog ihm sanft die Decke weg und begann, sie zusammenzulegen. »Wie war die Couch?«

Mark stand auf, streckte sich und sah ihr zu. »Besser als das Bett, auf dem Mom schlafen mußte. Haben Sie die ganze Nacht hindurch gearbeitet?«

»Von acht bis acht. Wir arbeiten in Zwölf-Stunden-Schichten, vier Tage pro Woche. Komm mit. Dr. Greenway ist bei deinem Bruder und möchte dich sehen.« Sie ergriff seine Hand, was eine gewaltige Hilfe war, und sie gingen zusammen zu Rickys Zimmer. Karen verschwand und machte die Tür hinter sich zu.

Dianne sah müde aus. Sie stand am Fuß von Rickys Bett mit einer unangezündeten Zigarette in der zitternden Hand. Mark trat neben sie und legte ihr die Hand auf die Schulter. Sie sahen zu, wie Greenway Rickys Stirn rieb und auf ihn einredete. Seine Augen waren geschlossen, und er reagierte nicht.

»Er hört Sie nicht, Doktor«, sagte Dianne schließlich. Es war schwer, mit anhören zu müssen, wie Greenway in Kindersprache drauflosredete. Er ignorierte sie. Sie wischte sich eine Träne von der Wange. Mark roch frische Seife und bemerkte, daß ihr Haar feucht war. Sie hatte sich umgezogen. Aber sie trug kein Make-up, und ihr Gesicht war verändert.

Greenway richtete sich auf. »Ein sehr ernster Fall«, sagte er, fast zu sich selbst, während er die geschlossenen Augen betrachtete.

»Wie geht es weiter?« fragte sie.

»Wir warten. Seine körperlichen Funktionen

sind stabil, es besteht also keine Lebensgefahr. Er wird zu sich kommen, und wenn er das tut, müssen Sie unbedingt hier im Zimmer sein.« Jetzt sah Greenway sie an und rieb sich, tief in Gedanken versunken, den Bart. »Er muß seine Mutter sehen, wenn er die Augen öffnet, ist Ihnen das klar?«

»Ich bleibe hier.«

»Du, Mark, kannst ein bißchen kommen und gehen, aber es wäre besser, wenn auch du dich soviel wie möglich hier drinnen aufhalten würdest.«

Mark nickte. Der Gedanke, eine weitere Minute in diesem Zimmer verbringen zu müssen, widerstrebte ihm.

»Die ersten Momente können entscheidend sein. Er wird Angst haben, wenn er sich umsieht. Er muß seine Mutter sehen und fühlen. Nehmen Sie ihn in die Arme und beruhigen Sie ihn. Rufen Sie sofort die Schwester. Ich hinterlasse Anweisungen. Er wird sehr hungrig sein, also werden wir versuchen, etwas Essen in ihn hineinzubekommen. Die Schwester wird den Tropf entfernen, damit er sich im Zimmer frei bewegen kann. Aber das Allerwichtigste ist, daß Sie ihn in die Arme nehmen.«

»Wann, glauben Sie …«

»Ich weiß es nicht. Wahrscheinlich heute oder morgen. Genau läßt sich das nicht sagen.«

»Haben Sie schon früher solche Fälle gesehen?«

Greenway betrachtete Ricky und beschloß, die Wahrheit zu sagen. Er schüttelte den Kopf. »So schwer noch nicht. Er ist fast komatös, was ein bißchen ungewöhnlich ist. Normalerweise kommen sie nach einer Zeit der Ruhe wieder zu sich und essen.« Er brachte beinahe ein Lächeln zustande. »Aber ich mache mir keine Sorgen. Ricky kommt wieder in Ordnung. Es wird nur eine Weile dauern.«

Ricky schien das zu hören. Er grunzte und streckte sich, aber ohne die Augen zu öffnen. Sie beobachteten ihn genau, hofften auf ein Murmeln oder ein Wort. Obwohl es Mark am liebsten gewesen wäre, wenn er über den Schuß schweigen würde, bis sie allein darüber geredet hatten, wünschte er sich doch von ganzem Herzen, daß sein Bruder aufwachte und anfing, über andere Dinge zu reden. Er mochte nicht mehr mit ansehen, wie er zusammengerollt auf dem Kissen lag und an seinem verdammten Daumen lutschte.

Greenway griff in seine Tasche und zog eine Zeitung heraus. Es war die *Memphis Press,* die Morgenzeitung. Er legte sie aufs Bett und gab Dianne eine Karte. »Meine Praxis ist in dem Gebäude nebenan. Hier ist die Telefonnummer, für alle Fälle. Nicht vergessen, sowie er aufwacht, rufen Sie im Schwesternzimmer an, und von dort aus wird man mich sofort benachrichtigen. Okay?«

Dianne nahm die Karte und nickte. Greenway schlug die Zeitung auf Rickys Bett auf. »Haben Sie das schon gesehen?«

»Nein«, erwiderte sie.

Auf der unteren Hälfte der Titelseite war eine Schlagzeile über Romey. ANWALT AUS NEW ORLEANS BEGEHT SELBSTMORD IN NORD-MEMPHIS. Rechts unter der Schlagzeile stand ein großes Foto von W. Jerome Clifford, und links davon eine kleinere Schlagzeile – BRILLANTER STRAFVERTEIDIGER MIT VERMUTLICH ENGEN BEZIEHUNGEN ZUR MAFIA. Das Wort »Mafia« sprang Mark entgegen. Er starrte auf Romeys Gesicht, und plötzlich hatte er das Gefühl, sich übergeben zu müssen.

Greenway beugte sich vor und senkte die Stimme. »Allem Anschein nach war Mr. Clifford ein in New Orleans recht bekannter Anwalt. Er hatte mit dem Fall um die Ermordung von Senator Boyette zu tun. Offenbar war er der Anwalt des Mannes, den man des Mordes angeklagt hat. Wissen Sie etwas über die Sache?«

Dianne steckte die unangezündete Zigarette in den Mund und schüttelte den Kopf.

»Nun, es ist ein großer Fall. Der erste US-Senator, der im Amt ermordet wurde. Sie können das hier lesen, wenn ich fort bin. Unten sind Polizisten und Leute vom FBI. Sie warteten schon, als ich vor einer Stunde kam.« Mark umklammerte das Gitter am Fuß des Bettes. »Sie möchten mit Mark reden, und natürlich wollen sie Sie dabeihaben.«

»Warum?« fragte sie.

Greenway schaute auf die Uhr. »Der Boyette-Fall ist kompliziert. Ich nehme an, Sie verstehen mehr, wenn Sie die Story hier gelesen haben. Ich habe ihnen gesagt, Sie und Mark könnten erst mit ihnen sprechen, wenn ich es erlaube. Sind Sie damit einverstanden?«

»Ja«, platzte Mark heraus. »Ich will nicht mit ihnen reden.« Dianne und Greenway sahen ihn an. »Wenn diese Polizisten ständig auf mir rumhacken, liege ich vielleicht bald genau so da wie Ricky.« Aus irgendeinem Grund hatte Mark gewußt, daß die Polizei wiederkommen würde, mit einer Menge Fragen. Sie war noch nicht fertig mit ihm. Aber das Foto auf der Titelseite der Zeitung und die Erwähnung des FBI jagten ihm plötzlich einen Schauder über den Rücken, und er mußte sich hinsetzen.

»Halten Sie sie vorerst von uns fern«, sagte Dianne zu Greenway. »Sie haben gefragt, ob sie Sie um neun sehen könnten, und ich habe nein gesagt. Aber sie werden nicht verschwinden.« Er schaute abermals auf die Uhr. »Ich komme um zwölf wieder. Vielleicht sollten wir dann mit ihnen reden.«

»Wie Sie meinen«, sagte sie.

»Also gut. Ich halte sie hin bis zwölf. Meine Helferin hat bei Ihrem Arbeitgeber und in der Schule angerufen. Versuchen Sie, sich deshalb keine Sorgen zu machen. Bleiben Sie einfach hier an diesem Bett, bis ich wiederkomme.« Er lächelte fast, als er die Tür hinter sich zumachte.

Dianne lief ins Badezimmer und zündete ihre Zigarette an. Mark betätigte die Fernbedienung neben Rickys Bett, bis der Fernseher an war und er die Lokalnachrichten gefunden hatte. Nichts als Wetterbericht und Sport.

Dianne las die Story über Mr. Clifford zu Ende und legte dann die Zeitung auf den Fußboden unter dem Klappbett. Mark schaute besorgt zu.

»Sein Mandant hat einen Senator der Vereinigten Staaten ermordet«, sagte sie beeindruckt.

Die Sache war ernst. Sie würden ihm etliche harte Fragen stellen, und Mark war plötzlich hungrig. Es war nach neun. Ricky hatte sich nicht bewegt. Die Schwestern hatten sie vergessen. Greenway schien fernste Vergangenheit zu sein. Irgendwo im Dunkeln wartete das FBI. Das Zimmer wurde von Minute zu Minute kleiner, und das billige Bett, auf dem er saß, ruinierte seinen Rücken.

»Ich möchte nur wissen, warum er es getan hat«, sagte er, weil ihm sonst nichts einfiel.

»Hier steht, Jerome Clifford hätte Beziehungen zur Mafia von New Orleans gehabt, und es würde vermutet, daß sein Mandant auch dazu gehört.«

Er hatte im Fernsehen »Der Pate« gesehen. Er hatte sogar die erste Fortsetzung des Films gesehen und wußte alles über die Mafia. Szenen aus den Filmen tauchten vor seinem geistigen Auge auf, und die Schmerzen in seinem Bauch wurden heftiger. Sein Herz hämmerte. »Ich habe Hunger, Mom. Hast du auch Hunger?«

»Warum hast du mir nicht die Wahrheit gesagt, Mark?«

»Weil der Polizist im Wohnwagen war, und da war nicht die richtige Zeit zum Reden. Es tut mir leid, Mom. Es tut mir wirklich leid. Ich wollte dir alles erzählen, sobald wir allein waren. Ehrenwort.«

Sie rieb sich die Schläfen und sah so betrübt aus. »Du lügst mich nie an, Mark.«

Sag niemals nie. »Können wir später darüber reden, Mom? Jetzt habe ich wirklich Hunger. Gib mir ein bißchen Geld, und ich laufe hinunter in die Cafeteria und hole ein paar Doughnuts. Ein Doughnut wäre jetzt genau das Richtige. Ich bringe dir Kaffee mit.« Er war auf den Beinen und wartete auf das Geld.

Glücklicherweise war sie nicht in der rechten Stimmung für ein ernsthaftes Gespräch über Aufrichtigkeit und dergleichen. Das Schlafmittel wirkte nach, und das Denken fiel ihr schwer. Ihr Kopf dröhnte. Sie öffnete ihr Portemonnaie und gab ihm einen Fünfdollarschein. »Wo ist die Cafeteria?«

»Im Keller. Madison-Flügel. Ich war schon zweimal dort.«

»Weshalb bin ich nicht überrascht? Vermutlich bist du schon durch den ganzen Bau gestromert.«

Er nahm den Schein und stopfte ihn in die Tasche seiner Jeans. »Ja, Mom. Das hier ist die stillste Etage. Die Babies sind im Keller, und da unten herrscht das reinste Chaos.«

»Sei vorsichtig.«

Er machte die Tür hinter sich zu. Sie wartete, dann holte sie das Röhrchen mit Valium aus ihrer Handtasche. Greenway hatte es geschickt.

Mark verspeiste vier Doughnuts, während er sich »Donahue« ansah und gleichzeitig beobachtete, wie seine Mutter auf dem Bett zu schlafen versuchte. Er küßte sie auf die Stirn und erklärte, er müßte mal ein bißchen rumlaufen. Sie sagte, er sollte das Krankenhaus nicht verlassen.

Er benutzte wieder die Treppe, weil er überzeugt war, daß Hardy und das FBI und der Rest der Bande irgendwo unten nur darauf warteten, daß er zufällig vorbeikam.

Wie die meisten großen städtischen Krankenhäuser war auch St. Peter's immer dann weiter ausgebaut worden, wenn irgendwo Geld lockergemacht werden konnte, ohne sonderliche Rücksicht auf architektonische Symmetrie. Es war eine ausgedehnte und verwirrende Ansammlung von Anbauten und Flügeln, mit einem Labyrinth aus Fluren und Korridoren und Zwischengeschossen, die verzweifelt versuchten, alles miteinander zu verbinden. Wo immer sie hineinpaßten, waren Fahrstühle und Rolltreppen eingebaut worden. Irgendwann im Laufe der Geschichte hatte jemand begriffen, wie schwierig es war, sich von einem Punkt zum anderen zu bewegen, ohne sich hoffnungslos zu verirren, und um einen geordneten Verkehrsfluß zu gewährleisten, hatte man eine Fülle von farbig markierten Wegweisern angebracht. Dann waren weitere Flügel angebaut worden. Die Wegweiser waren überholt, wurden aber nicht beseitigt. Jetzt trugen sie nur zur Verwirrung bei.

Mark, der das Gebäude inzwischen halbwegs

kannte, verließ das Krankenhaus durch eine kleine Vorhalle, die auf die Monroe Avenue führte. Er hatte sich eine Karte der Innenstadt auf dem Umschlag des Telefonbuchs angesehen und wußte, daß Gill Teals Kanzlei ganz in der Nähe war. Sie lag im dritten Stock eines vier Blocks entfernten Gebäudes. Er ging schnell. Es war Dienstag, ein Schultag, und er wollte nicht, daß ihn jemand von der Schulbehörde beim Schwänzen erwischte. Er war der einzige Schuljunge auf der Straße und wußte, daß er fehl am Platze war.

Eine neue Strategie war im Entstehen. Was sprach dagegen, fragte er sich, während er auf den Gehsteig schaute und Blickkontakt mit den ihm entgegenkommenden Fußgängern vermied, einen anonymen Anruf bei der Polizei oder beim FBI zu machen und ihnen mitzuteilen, wo die Leiche lag? Dann wäre er nicht länger der einzige, der das Geheimnis kannte. Wenn Romey nicht gelogen hatte, würde die Leiche bald gefunden werden, und der Mörder kam ins Gefängnis.

Ohne Risiko war das nicht. Sein gestriger Anruf unter 911 war eine Katastrophe gewesen. Jedermann am anderen Ende der Leitung würde sofort wissen, daß er nur ein Kind war. Das FBI würde das Gespräch aufzeichnen und seine Stimme analysieren. Und die Mafia war auch nicht blöde.

Vielleicht war es doch keine so gute Idee.

Er bog in die Third Street ein und eilte in das Sterick Building. Es war alt und sehr hoch. Das Foyer bestand aus Fliesen und Marmor. Er betrat zusammen mit einem Haufen anderer Leute den Fahrstuhl und drückte auf den Knopf für den dritten Stock. Vier weitere Knöpfe wurden gedrückt von Leuten, die gut gekleidet waren und Aktenkoffer trugen. Sie unterhielten sich, leise und mit gedämpften Stimmen, wie man es gewöhnlich in Fahrstühlen tut.

Sein Halt war der erste. Er trat auf eine kleine Diele hinaus, von der nach links, rechts und geradeaus Korridore abzweigten. Er ging nach links und streifte herum, wobei er versuchte, einen gelassenen Eindruck zu machen, als wäre das Aufsuchen von Anwälten etwas, das er schon viele Male getan hatte. Es gab eine Menge Anwälte in diesem Gebäude. Ihre Namen waren in elegante, an die Türen geschraubte Messingschilder eingraviert, und an einigen der Türen standen ziemlich lange und einschüchternde Namen: J. Winston Buckner. F. MacDonald Durston. I. Hampstead Crawford. Je mehr Namen Mark las, desto mehr verlangte ihn nach dem einfachen Gill Teal.

Er fand Mr. Teals Tür am Ende des Korridors, und dort war kein Messingschild. Die Worte GILL

TEAL – DER ANWALT DER KLEINEN LEUTE zogen sich in großen schwarzen Buchstaben von der Ober- bis zur Unterkante der Tür. Drei Leute warteten vor ihr auf dem Korridor.

Mark schluckte und betrat die Kanzlei. Sie war brechend voll. Der kleine Warteraum war überfüllt mit traurigen Figuren, die unter allen möglichen Verletzungen litten. Überall waren Krükken. Zwei Leute saßen in Rollstühlen. Es war kein Stuhl mehr frei, und ein armer Mann mit einer Genickstütze saß auf dem überfüllten Tisch. Sein Kopf schwankte wie der eines Neugeborenen. Eine Frau mit einem schmutzigen Gipsverband am Fuß weinte leise. Ein kleines Mädchen mit einem gräßlich verbrannten Gesicht klammerte sich an seine Mutter. Krieg hätte nicht erbarmungswürdiger sein können. Es war schlimmer als die Notaufnahme in St. Peters.

Mr. Teal war wirklich fleißig gewesen beim Beschaffen von Klienten. Mark wollte gerade wieder gehen, als jemand grob rief: »Was willst du hier?«

Es war eine große Frau an einem Empfangsschalter. »Du, Junge, was hast du hier zu suchen?« Ihre Stimme dröhnte durch den Raum, aber niemand nahm es zur Kenntnis. Das Leiden dauerte unvermindert an. Er trat an den Schalter und schaute in das unfreundliche, häßliche Gesicht.

»Ich würde gern Mr. Teal sprechen«, sagte er leise und schaute sich um.

»Ach, wirklich? Hast du einen Termin?« Sie griff nach einem Clipboard und betrachtete es.

»Nein, Madam.«

»Wie heißt du?«

»Äh – Mark Sway. Es handelt sich um eine Privatsache.«

»Daran zweifle ich nicht.« Sie musterte ihn von Kopf bis Fuß. »Um was für eine Verletzung geht es?«

Er dachte an den Exxon-Laster und wie begeistert Mr. Teal davon gewesen war, aber er wußte, daß er jetzt keinen Rückzieher machen konnte. »Ich – äh – ich habe keine Verletzung.«

»Dann bist du hier am falschen Ort. Wozu brauchst du einen Anwalt?«

»Das ist eine lange Geschichte.«

»Siehst du all diese Leute hier, Junge? Sie haben alle einen Termin bei Mr. Teal. Er ist ein vielbeschäftigter Mann und nimmt nur Fälle an, bei denen es um Tod oder Verletzungen geht.«

»Okay.« Mark wich bereits zurück und dachte an den Drahtverhau von Stöcken und Krücken hinter sich.

»Und nun verschwinde und belästige jemand anderen.«

»Gut. Und wenn ich von einem Lastwagen überfahren werde, dann komme ich wieder.« Er drängte sich durch das Gemetzel hindurch und verließ schleunigst den Raum.

Er ging eine Treppe tiefer und erkundete den zweiten Stock. Noch mehr Anwälte. An einer Tür zählte er zweiundzwanzig Messingnamen. Anwälte über Anwälte. Bestimmt würde einer von diesen Typen ihm helfen. Er begegnete einigen von ihnen auf dem Flur. Sie waren zu beschäftigt, um von ihm Notiz zu nehmen.

Plötzlich tauchte ein Wachmann auf und kam langsam auf ihn zu. Mark warf einen Blick auf die nächste Tür. Auf ihr waren in kleinen Buchstaben die Worte ANWALTSKANZLEI REGGIE LOVE aufgemalt, und er drehte schnell den Knopf und trat ein. Der kleine Empfangsraum war still und leer. Nicht ein einziger Klient wartete. Zwei Stühle und eine Couch umgaben einen Glastisch. Die Zeitschriften waren ordentlich ausgelegt. Von oben kam leise Musik. Auf dem Dielenfußboden lag eine hübsche Brücke. Ein junger Mann mit Krawatte, aber ohne Jackett, erhob sich von seinem Schreibtisch hinter ein paar großen Topfpflanzen und kam auf ihn zu. »Kann ich dir helfen?« fragte er freundlich.

»Ja. Ich muß mit einem Anwalt sprechen.«

»Du bist ein bißchen zu jung, um schon einen Anwalt zu brauchen, findest du nicht?«

»Das schon, aber ich habe ein paar Probleme. Sind Sie Reggie Love?«

»Nein, Reggie ist hinten. Ich bin ihr Sekretär. Wie heißt du?«

Er war ihr Sekretär. Reggie war eine Sie. »Äh – Mark Sway. Sie sind ein Sekretär?«

»Und Anwaltsgehilfe, unter anderem. Weshalb bist du nicht in der Schule?« Ein Namensschild auf dem Schreibtisch identifizierte ihn als Clint Van Hooser.

»Sie sind also kein Anwalt?«

»Nein. Reggie ist der Anwalt.«

»Dann muß ich mit Reggie sprechen.«

»Im Augenblick ist sie beschäftigt. Du kannst dich setzen.« Er deutete auf die Couch.

»Wie lange wird es dauern?« fragte Mark.

»Das weiß ich nicht.« Der Gedanke, daß dieser Junge einen Anwalt brauchte, amüsierte Clint. »Ich sage ihr, daß du hier bist. Vielleicht hat sie eine Minute Zeit für dich.«

»Es ist sehr wichtig.«

Der Junge war nervös und meinte es ernst. Sein Blick schweifte zur Tür, als wäre ihm jemand hierher gefolgt. »Bist du in Schwierigkeiten, Mark?« fragte Clint.

»Ja.«

»Was für welchen? Du mußt mir ein bißchen erzählen, sonst wird Reggie nicht mit dir reden wollen.«

»Ich soll um zwölf mit dem FBI sprechen, und ich glaube, ich brauche einen Anwalt.«

Das war gut genug. »Setz dich. Ich bin gleich wieder da.«

Mark ließ sich auf einem Stuhl nieder, und sobald Clint verschwunden war, griff er zum Branchenverzeichnis und blätterte so lange, bis er die Rechtsanwälte gefunden hatte. Da war Gill Teal mit seiner ganzseitigen Reklame. Seite um Seite mit großen Anzeigen, die alle nach verletzten Leuten schrien. Fotos von vielbeschäftigten und bedeutenden Männern und Frauen, die dicke Gesetzbücher in der Hand hielten oder hinter großen Schreibtischen saßen oder aufmerksam in Telefonhörer lauschten, die sie ans Ohr geklemmt hatten. Dann halbseitige Anzeigen, danach viertelseitige. Reggie Love war nicht dabei. Was für eine Art von Anwältin war sie?

Reggie Love war eine von Tausenden im Branchenbuch von Memphis. Es konnte nicht weit her sein mit ihr, wenn das Branchenbuch so wenig von ihr hielt, und ihm schoß der Gedanke durch den Kopf, einfach wieder zu verschwinden. Aber da war

Gill Teal, der Anwalt, der alle ans Ziel brachte, der Anwalt der kleinen Leute, der Star des Branchenbuchs, so berühmt, daß er im Fernsehen auftreten konnte, und er erinnerte sich an sein Wartezimmer eine Etage höher. Nein, beschloß er schnell, er würde es mit Reggie Love versuchen. Vielleicht brauchte sie Klienten. Vielleicht hatte sie mehr Zeit, ihm zu helfen. Der Gedanke, mit einer Anwältin zu reden, gefiel ihm plötzlich, weil er einmal eine in »L. A. Law« gesehen hatte, und die hatte ein paar Polizisten die Hölle heiß gemacht. Er schlug das Branchenbuch zu und legte es wieder in den Zeitschriftenständer neben dem Stuhl. Das Büro war kühl und hübsch. Stimmen waren nicht zu hören.

Clint schloß die Tür hinter sich und steuerte über den Perserteppich auf ihren Schreibtisch zu. Reggie Love war am Telefon und hörte mehr zu, als daß sie redete. Clint legte drei Telefonnachrichten vor sie hin und gab ihr mit einer Handbewegung zu verstehen, daß im Empfangsraum jemand auf sie wartete. Er setzte sich auf eine Ecke des Schreibtischs, bog eine Büroklammer auf und beobachtete sie.

In dem Büro gab es kein Leder. Die Wände waren mit einem hellen Blumenmuster tapeziert.

Auf einer Ecke des Teppichs stand ein makelloser Schreibtisch aus Glas und Chrom. Die Stühle waren poliert, die Sitze mit burgunderfarbenem Stoff bezogen. Dies war ganz offensichtlich das Büro einer Frau. Einer Frau mit sehr viel Geschmack.

Reggie Love war zweiundfünfzig Jahre alt und praktizierte erst seit knapp fünf Jahren. Sie war mittelgroß, mit sehr kurzem, sehr grauem Haar, das in einem Pony bis fast an die Oberkante ihrer runden schwarzen Brille reichte. Die Augen waren grün, und sie funkelten Clint an, als hätte sie gerade etwas Lustiges gehört. Dann verdrehte sie sie und schüttelte den Kopf. »Bis später, Sam«, sagte sie schließlich und legte den Hörer auf.

»Ich habe einen neuen Mandanten für dich«, sagte Clint mit einem Lächeln.

»Ich brauche keine neuen Mandanten, Clint. Ich brauche Mandanten, die zahlen können. Wie heißt er?«

»Mark Sway. Er ist noch ein Kind, zehn, vielleicht zwölf Jahre alt. Und er sagt, er soll um zwölf mit dem FBI reden. Sagt, er brauche einen Anwalt.«

»Ist er allein?«

»Ja.«

»Wie ist er auf uns gekommen?«

»Keine Ahnung. Ich bin schließlich nur der Sekretär, vergiß das nicht. Ein paar Fragen mußt du schon selber stellen.«

Reggie stand auf und ging um den Schreibtisch herum. »Bring ihn herein. Und erlöse mich in einer Viertelstunde, okay? Ich habe heute vormittag eine Menge zu tun.«

»Komm mit, Mark«, sagte Clint, und Mark folgte ihm durch eine schmale Tür und einen Flur entlang. Die Tür zu ihrem Büro hatte ein Buntglasfenster und auf einer kleinen Messingtafel stand gleichfalls ANWALTSKANZLEI REGGIE LOVE. Clint öffnete die Tür und bedeutete Mark, er solle eintreten.

Das erste, was ihm an ihr auffiel, war ihr Haar. Es war grau und noch kürzer als seines; sehr kurz über den Ohren und hinten, ein bißchen dichter auf dem Scheitel, und vorn ein langer Pony. Er hatte noch nie eine Frau gesehen, die ihr graues Haar so kurz trug. Sie war nicht alt, und sie war auch nicht jung.

Sie lächelte freundlich, als sie ihn an der Tür in Empfang nahm. »Mark, ich bin Reggie Love.« Sie reichte ihm die Hand, er ergriff sie zögernd, und sie drückte fest zu und schüttelte sie kräftig. Es kam nicht oft vor, daß er einer Frau die Hand gab. Sie war weder groß noch klein, weder dick noch mager. Ihr Kleid war schlicht und schwarz, und an beiden Handgelenken trug sie schwarze und goldene Armreifen. Sie klirrten.

»Nett, Sie kennenzulernen«, sagte er schwächlich. Sie führte ihn in eine Ecke des Büros, wo zwei Sessel an einem Tisch mit Bildbänden darauf standen.

»Setz dich«, sagte sie. »Ich kann nur ein paar Minuten erübrigen.« Mark setzte sich auf die Kante seines Sessels und war plötzlich total verängstigt. Er hatte seine Mutter angelogen. Er hatte die Polizei angelogen. Er hatte Dr. Greenway angelogen. Er war im Begriff, das FBI anzulügen. Romey war noch nicht einmal vierundzwanzig Stunden tot, und er log nach links und rechts jeden an, der ihn etwas fragte. Morgen würde er bestimmt irgendeinen anderen Menschen anlügen. Vielleicht war es an der Zeit, zur Abwechslung einmal reinen Tisch zu machen. Es war manchmal unangenehm, die Wahrheit zu sagen, aber gewöhnlich war ihm hinterher wohler zumute. Aber der Gedanke, diese ganze Last bei einer Fremden abzuladen, ließ ihm das Blut in den Adern gefrieren.

»Möchtest du etwas zu trinken?«

»Nein, Madam.«

Sie schlug die Beine übereinander. »Mark Sway, richtig? Bitte nenn mich nicht Madam, okay? Ich heiße nicht Ms. Love oder so etwas, ich heiße Reggie. Ich bin alt genug, um deine Großmutter zu sein, aber du nennst mich Reggie. Okay?«

»Okay.«

»Wie alt bist du, Mark. Erzähl mir etwas von dir.«

»Ich bin elf. Ich gehe in die fünfte Klasse der Schule an der Willow Road.«

»Weshalb bist du heute morgen nicht in der Schule?«

»Das ist eine lange Geschichte.«

»Ich verstehe. Und wegen dieser langen Geschichte bist du hier?«

»Ja.«

»Willst du mir diese lange Geschichte erzählen?«

»Ich glaube, ja.«

»Clint sagte, du solltest dich um zwölf mit dem FBI treffen. Stimmt das?«

»Ja. Sie wollen mir im Krankenhaus ein paar Fragen stellen.«

Sie griff sich einen der Blöcke, die auf dem Tisch lagen, und schrieb etwas darauf. »Im Krankenhaus?«

»Das gehört zu der langen Geschichte. Darf ich Sie etwas fragen, Reggie?« Es war ein merkwürdiges Gefühl, diese Dame mit einem Baseballnamen anzureden. Er hatte einmal einen Fernsehfilm über das Leben von Reggie Jackson gesehen und erinnerte sich, wie die Menge einstimmig Reggie! Reggie! gebrüllt hatte. Und dann gab es auch noch den Reggie-Schokoriegel.

»Natürlich.« Sie lächelte viel, und es war offensichtlich, daß sie diese Szene mit einem Jungen, der einen Anwalt brauchte, genoß. Mark wußte, daß das Lächeln verschwinden würde, wenn er es schaffte, seine Geschichte zu erzählen. Sie hatte hübsche Augen, und sie funkelten ihn an.

»Wenn ich Ihnen etwas erzähle, werden Sie es dann jemandem weitersagen?« fragte er.

»Natürlich nicht. Das ist vertraulich und unterliegt der Schweigepflicht.«

»Was bedeutet das?«

»Es bedeutet, daß ich niemandem sagen darf, was du mir erzählst, es sei denn, du sagst mir, daß ich es weitersagen darf.«

»Niemandem?«

»Niemandem. Das ist genau so, als würdest du mit deinem Arzt oder Pastor sprechen. Die Unterhaltungen sind geheim und vertraulich. Verstehst du das?«

»Ich glaube, ja. Unter gar keinen Umständen?«

»Unter gar keinen Umständen darf ich jemandem sagen, was du mir erzählst.«

»Was ist, wenn ich Ihnen etwas erzähle, was sonst niemand weiß?«

»Ich darf es nicht sagen.«

»Etwas, das die Polizei unbedingt wissen möchte?«

»Ich darf es nicht sagen.« Anfangs amüsierten sie seine Fragen, aber seine Hartnäckigkeit gab ihr zu denken.

»Etwas, das Ihnen eine Menge Ärger einbringen könnte?«

»Ich darf es nicht sagen.«

Mark schaute sie eine lange Weile unverwandt an. Er hatte das Gefühl, daß er ihr vertrauen konnte. Ihr Gesicht war freundlich und ihre Augen beruhigend. Sie war entspannt, und man konnte gut mit ihr reden.

»Weitere Fragen?« erkundigte sie sich.

»Ja. Wie sind Sie an den Namen Reggie gekommen?«

»Ich habe meinen Namen vor ein paar Jahren geändert. Ich hieß damals Regina und war mit einem Arzt verheiratet, und dann sind eine Menge schlimmer Dinge passiert, deshalb habe ich meinen Namen in Reggie geändert.«

»Sie sind geschieden?«

»Ja.«

»Meine Eltern sind auch geschieden.«

»Das tut mir leid.«

»Das braucht Ihnen nicht leid zu tun. Mein Bruder und ich waren selig, als die Scheidung durchkam. Mein Vater hat eine Menge getrunken und uns geschlagen. Mom hat er auch geschlagen. Ich und Ricky haben ihn immer gehaßt.«

»Ricky ist dein Bruder?«

»Ja. Er ist der, der im Krankenhaus liegt.«

»Was fehlt ihm?«

»Das gehört zu der langen Geschichte.«

»Wann willst du mir diese lange Geschichte erzählen?«

Mark zögerte ein paar Sekunden und dachte über einige Dinge nach. Er war noch nicht ganz bereit, alles zu erzählen.

»Wieviel Honorar wollen Sie?«

»Ich weiß es nicht. Was für eine Art von Fall ist es?«

»Welche Art von Fällen übernehmen Sie?«

»Meistens Fälle, bei denen es um mißbrauchte oder vernachlässigte Kinder geht. Einige mit ausgesetzten Kindern. Massenhaft Adoptionen. Ein paar Fälle von ärztlicher Pfuscherei bei Säuglingen. Aber meistens Fälle von Kindesmißbrauch. Manche davon sind ziemlich übel.«

»Gut. Das ist nämlich ein ganz übler Fall. Eine Person ist tot. Eine weitere liegt im Krankenhaus. Die Polizei und das FBI wollen mit mir reden.«

»Mark, ich nehme an, du hast nicht viel Geld, um mich zu engagieren, oder?«

»Nein.«

»Technisch gesehen genügt es, wenn du mir etwas als Vorschuß zahlst, und sobald das geschehen ist, bin ich dein Anwalt, und wir können zur Sache kommen. Hast du einen Dollar?«

»Ja.«

»Wie wär's, wenn du mir den als Vorschuß geben würdest?«

Mark zog einen Ein-Dollar-Schein aus seiner Tasche und gab ihn ihr. »Das ist alles, was ich habe.«

Reggie wollte den Dollar des Jungen nicht, aber sie nahm ihn, weil Standesethik nun einmal Standesethik war und weil es vermutlich zugleich seine letzte Zahlung sein würde. Und er war stolz auf sich, weil er einen Anwalt engagierte. Sie würde ihm das Geld irgendwie wieder zukommen lassen.

Sie legte den Schein auf den Tisch und sagte: »Okay, jetzt bin ich der Anwalt, und du bist der Klient. Und nun laß mich deine Geschichte hören.«

Er griff abermals in seine Tasche und zog den

zusammengefalteten Ausschnitt aus der Zeitung heraus, die Greenway ihnen dagelassen hatte. Er reichte ihn ihr. »Haben Sie das schon gesehen?« fragte er. »Es stand in der heutigen Morgenzeitung.« Seine Hand zitterte, und das Papier bebte.

»Hast du Angst, Mark?«

»Ein bißchen.«

»Versuch dich zu entspannen, okay?«

»Okay. Ich werde es versuchen. Haben Sie das schon gesehen?«

»Nein, ich bin noch nicht zum Zeitunglesen gekommen.« Sie nahm den Ausschnitt und las. Mark beobachtete ihre Augen ganz genau.

»Okay«, sagte sie, als sie fertig war.

»Da steht, die Leiche wäre von zwei Jungen gefunden worden. Das waren ich und Ricky.«

»Nun, ich bin sicher, das war furchtbar, aber es ist kein Verbrechen, eine Leiche zu finden.«

»Gut. Aber die Geschichte ist noch nicht zu Ende.«

Ihr Lächeln war verschwunden. Der Stift war bereit. »Und die möchte ich jetzt hören.«

Mark atmete tief und hastig. Die vier Doughnuts rumorten in seinem Magen. Er hatte Angst, aber er wußte auch, daß er sich viel besser fühlen würde, wenn es vorbei war. Er ließ sich in den Sessel sinken, holte tief Luft und schaute auf den Fußboden.

Er fing an mit seinem Rauchen, und wie Rikky ihn dabei erwischt hatte und sie zusammen in den Wald gegangen waren. Dann der Wagen, der Gartenschlauch, der dicke Mann, der, wie sich herausstellte, Jerome Clifford war. Er sprach langsam, weil er sich an alles erinnern wollte und weil er wollte, daß seine neue Anwältin alles mitschrieb.

Nach einer Viertelstunde versuchte Clint zu unterbrechen, aber Reggie verscheuchte ihn mit einem Stirnrunzeln. Er machte schnell die Tür wieder zu und verschwand.

Der erste Bericht dauerte zwanzig Minuten. Reggie unterbrach ihn nur selten. Es gab Lücken und Löcher, die nicht Marks Schuld waren, sondern lediglich Schwachstellen, die sie im zweiten Durchlauf ausräumte, der weitere zwanzig Minuten dauerte. Sie unterbrachen für Kaffee und Eiswasser, alles von Clint herbeigeschafft, und Reggie verlegte das Gespräch an ihren Schreibtisch, wo sie ihre Aufzeichnungen ausbreitete und sich auf den dritten Durchlauf dieser bemerkenswerten Geschichte vorbereitete. Sie füllte einen Notizblock und fing einen zweiten an. Ihr Lächeln war längst verschwunden. An die Stelle des freundlichen, herablassenden Geplauders der Großmutter mit ihrem Enkel waren gezielte Fragen getreten, die jedes Detail klären wollten.

Die einzigen Details, die Mark nicht preisgab, waren diejenigen, die sich auf das Versteck der Leiche von Senator Boyd Boyette bezogen – also alles, was Romey über die Leiche gesagt hatte. Während das geheime und vertrauliche Gespräch seinen Lauf nahm, wurde Reggie immer klarer, daß Mark wußte, wo die Leiche angeblich vergraben war, und sie wich dieser Information geschickt und besorgt aus. Vielleicht würde sie ihn danach fragen, vielleicht auch nicht. Aber es würde das letzte sein, worüber sie redeten.

Eine Stunde, nachdem sie angefangen hatten, machte sie eine Pause und las noch zweimal den Zeitungsartikel. Dann ein weiteres Mal. Es schien zu passen. Er hatte zu viele Einzelheiten geliefert, um zu lügen. Dies war keine Geschichte, die eine blühende Fantasie sich ausdenken konnte. Und der arme Junge hatte eine Heidenangst.

Clint unterbrach abermals um halb zwölf, um Reggie mitzuteilen, daß ihr nächster Mandant bereits seit einer Stunde wartete. Wegschicken, sagte Reggie, ohne von ihren Notizen aufzuschauen, und Clint war verschwunden. Während sie las, wanderte Mark im Büro herum. Er stand am Fenster und beobachtete den Verkehr auf der Third Street. Dann kehrte er zu seinem Sessel zurück und wartete.

Seine Anwältin war zutiefst beunruhigt, und sie tat ihm fast leid. All diese Namen und Gesichter im Branchenbuch, und er mußte diese Bombe ausgerechnet auf Reggie Love abwerfen.

»Wovor hast du Angst, Mark?« fragte sie und rieb sich die Augen.

»Vor einer Menge Dinge. Ich habe die Polizei angelogen, und ich glaube, sie weiß, daß ich lüge. Das macht mir angst. Mein kleiner Bruder liegt im Koma, meinetwegen. Es ist alles meine Schuld. Ich habe seinen Doktor angelogen. Und das macht mir angst. Ich weiß nicht, was ich tun soll, und das ist vermutlich der Grund dafür, daß ich hier bin. Was soll ich tun?«

»Hast du mir alles erzählt?«

»Nein, aber fast alles.«

»Hast du mich angelogen?«

»Nein.«

»Weißt du, wo die Leiche vergraben ist?«

»Ich glaube, ja. Ich weiß, was Mr. Clifford mir erzählt hat.«

Für den Bruchteil einer Sekunde befürchtete Reggie, er würde damit herausplatzen. Aber er tat es nicht, und sie sahen sich eine kleine Ewigkeit lang an.

»Willst du mir sagen, wo sie ist?« fragte sie schließlich.

»Wollen Sie es wissen?«

»Ich bin mir nicht sicher. Was hält dich davon ab, es mir zu sagen?«

»Ich habe Angst. Ich will nicht, daß jemand weiß, was ich weiß, weil Mr. Clifford mir erzählt hat, sein Klient hätte schon eine Menge Leute umgebracht und vorgehabt, auch ihn umzubringen. Wenn er schon eine Menge Leute umgebracht hat und wenn er weiß, daß ich sein Geheimnis kenne, dann wird er hinter mir her sein. Und wenn ich diese Sache der Polizei erzähle, dann ist er bestimmt hinter mir her. Er gehört zur Mafia, und das macht mir erst recht angst. Würden Sie nicht auch Angst haben?«

»Vermutlich.«

»Und die Polizisten haben mir gedroht, falls ich nicht die Wahrheit sage. Sie glauben ohnehin, daß ich lüge, und ich weiß einfach nicht, was ich tun soll. Meinen Sie, ich sollte es der Polizei und dem FBI erzählen?«

Reggie stand auf und ging langsam zum Fenster. Diesmal hatte sie keinen perfekten Rat zu bieten. Wenn sie ihrem neuen Klienten riet, dem FBI gegenüber auszupacken, und er ihren Rat befolgte, dann konnte sein Leben in der Tat gefährdet sein. Es gab kein Gesetz, das ihn dazu zwingen konnte. Behinderung der Justiz vielleicht, aber er war schließlich noch ein Kind. Sie wußten nicht, was er wußte, und wenn sie es nicht beweisen konnten, konnte ihm nichts passieren.

»Machen wir es so, Mark. Du sagst mir nicht, wo die Leiche ist, okay? Jedenfalls vorerst nicht. Vielleicht später, aber nicht jetzt. Und wir treffen uns mit den Leuten vom FBI und hören uns an, was sie zu sagen haben. Du brauchst kein Wort zu sagen. Das Reden übernehme ich, und wir beide hören zu. Und wenn es vorbei ist, überlegen wir gemeinsam, wie es weitergeht.«

»Hört sich gut an.«

»Weiß deine Mutter, daß du hier bist?«

»Nein. Ich muß sie anrufen.«

Reggie suchte die Nummer des Krankenhauses aus dem Telefonbuch und wählte. Mark erklärte Dianne, er hätte einen Spaziergang gemacht und würde gleich bei ihr sein. Er war ein gewandter Lügner, stellte Reggie fest. Er hörte eine Weile zu und wirkte betroffen. »Wie geht es ihm?« fragte er. »Ich komme sofort.«

Er legte auf und schaute Reggie an. »Mom ist nervös. Ricky wacht langsam aus dem Koma auf, und sie kann Dr. Greenway nicht finden.«

»Ich komme mit ins Krankenhaus.«

»Das wäre nett.«

»Wo will das FBI dich sprechen?«

»Ich glaube, im Krankenhaus.«

Sie sah auf die Uhr und warf zwei frische Notizblöcke in ihren Aktenkoffer. Sie war plötzlich nervös. Mark wartete an der Tür.

9

Der zweite Anwalt, den Barry Muldanno zu seiner Verteidigung in dieser lästigen Mordsache engagiert hatte, war vom gleichen Kaliber wie sein Vorgänger; er hieß Willis Upchurch, ein aufgehender Stern in dem Rudel lärmender Großmäuler, die durchs ganze Land zogen und für Ganoven und Kameras agierten. Upchurch unterhielt Kanzleien in Chicago und Washington und in jeder anderen Stadt, in der er einen spektakulären Fall an sich reißen und Räume mieten konnte. Sobald er nach dem Frühstück mit Muldanno gesprochen hatte, saß er auch schon in einer Maschine nach New Orleans, um erstens eine Pressekonferenz abzuhalten und zweitens seinen berühmten neuen Mandanten zu treffen und eine lautstarke Verteidigung zu planen. Er war ziemlich reich geworden und hatte sich in Chicago mit leidenschaftlichen Verteidigungen von Mafia-Killern und Drogenhändlern einen Namen gemacht, und im Laufe des letzten Jahrzehnts war er von den Mafia-

Bossen überall im Lande für alle möglichen Arten von Vertretung herangezogen worden. Seine Erfolge waren durchschnittlich, aber es war nicht das Verhältnis zwischen gewonnenen und verlorenen Fällen, das ihm Klienten einbrachte. Es waren sein zorniges Gesicht, sein buschiges Haar und seine dröhnende Stimme. Upchurch war ein Anwalt, der gehört und gesehen werden wollte – in Zeitschriftenartikeln, Fernsehnachrichten, Ratgeberkolumnen, Broschüren und Talkshows. Er vertrat seine Meinung. Er hatte keine Angst vor Unkenrufen. Er war radikal und scheute sich nicht, alles zu sagen, und das machte ihn zu einem Lieblingsgast bei jeder noch so abartigen Tages-Talkshow im Fernsehen.

Er übernahm nur Sensationsfälle mit massenhaft Schlagzeilen und Kameras. Nichts war ihm zu widerwärtig. Er bevorzugte Klienten, die zahlen konnten, und wenn ein Massenmörder Hilfe brauchte, dann erschien Upchurch mit einem Vertrag, der ihm die exklusiven Buch- und Filmrechte garantierte.

Obwohl er seine Berühmtheit über alle Maßen genoß und die äußerste Linke ihn wegen seiner hitzigen Verteidigung mittelloser Mörder pries, war Upchurch im Grunde kaum mehr als ein Mafia-Anwalt. Er gehörte der Unterwelt, wurde an ihren

Schnüren herumgezerrt und bezahlt, wenn man es für angebracht hielt. Er durfte ein bißchen herumstromern und große Töne spucken, aber wenn die Familie rief, hatte er zu springen.

Willis Upchurch sprang auch, als Johnny Sulari, Barrys Onkel, ihn um vier Uhr morgens anrief. Der Onkel teilte ihm die mageren Fakten über das allzu frühe Dahinscheiden von Jerome Clifford mit. Upchurch sabberte in den Hörer, als Sulari ihn anwies, sofort nach New Orleans zu fliegen. Er wurde hellwach bei dem Gedanken, Barry das Messer Muldanno vor all diesen Kameras zu verteidigen. Er pfiff unter der Dusche, als er an all die Druckerschwärze dachte, die auf diesen Fall bereits verschwendet worden war, und daran, daß jetzt er der Star sein würde. Er grinste sich selbst im Spiegel an, als er sich seine Neunzig-Dollar-Krawatte umband, und stellte sich vor, wie er die nächsten sechs Monate in New Orleans verbringen würde, mit einer Presse, die ihm auf das kleinste Fingerschnippen hin zur Verfügung stand.

Das war es, weshalb er Jura studiert hatte!

Die Szene war anfangs beängstigend. Der Tropf war entfernt worden, weil Dianne im Bett lag und Ricky in den Armen hielt. Sie drückte ihn fest an sich und umschlang ihn mit den Beinen. Er stöhnte und grunzte, wand sich und zuckte. Seine Augen waren offen, dann wieder zu. Dianne drückte ihren Kopf an seinen und redete unter Tränen leise auf ihn ein. »Es ist okay, Baby. Es ist alles okay. Mommy ist bei dir. Mommy ist ja bei dir.«

Greenway stand mit verschränkten Armen neben dem Bett. Er wirkte unsicher, als hätte er so etwas noch nie gesehen. Auf der anderen Seite des Bettes hatte eine Schwester Posten bezogen.

Mark trat vorsichtig ein, und niemand bemerkte es. Reggie war im Schwesternzimmer geblieben. Es war fast zwölf, Zeit für das FBI und das alles, aber Mark wußte sofort, daß niemand im Zimmer sich auch nur im mindesten für die Polizisten und ihre Fragen interessierte.

»Es ist okay, Baby. Es ist okay. Mommy ist bei dir.«

Mark schob sich ans Fußende des Bettes, um besser sehen zu können. Dianne brachte ein schnelles, gequältes Lächeln zustande, dann schloß sie die Augen und flüsterte weiter auf Ricky ein.

Nach ein paar schier endlosen Minuten schlug Ricky die Augen auf, schien seine Mutter zu erkennen und wurde ruhig. Sie küßte ihn ein dutzendmal auf die Stirn. Die Schwester lächelte und tätschelte seine Schulter und gurrte ihm etwas zu.

Greenway sah Mark an und deutete mit einem

Kopfnicken auf die Tür. Mark folgte ihm nach draußen auf den stillen Flur. Sie gingen langsam bis zum Ende, in der dem Schwesternzimmer entgegengesetzten Richtung.

»Er ist vor ungefähr zwei Stunden aufgewacht«, sagte der Arzt. »Es sieht so aus, als käme er langsam wieder zu sich.«

»Hat er schon etwas gesagt?«

»Was zum Beispiel?«

»Nun, Sie wissen schon, über das, was gestern passiert ist.«

»Nein. Er hat eine Menge gemurmelt, was ein gutes Zeichen ist, aber richtige Worte hat er dabei bisher nicht gesagt.«

Das war beruhigend, in einer Hinsicht. Mark würde sich in der Nähe des Zimmers aufhalten müssen, für alle Fälle. »Er kommt also wieder in Ordnung?«

»Das habe ich nicht gesagt.« Der Wagen mit dem Mittagessen hielt in der Mitte des Flurs an, und sie gingen um ihn herum. »Ich nehme an, er wird es schaffen, aber es kann eine Weile dauern.« Es trat eine lange Pause ein, in der Mark sich fragte, ob Greenway erwartete, daß er etwas sagte.

»Wie stark ist deine Mutter?«

»Ziemlich stark, nehme ich an. Wir haben eine Menge durchgemacht.«

»Wo leben eure Angehörigen? Sie wird viel Hilfe brauchen.«

»Wir haben keine Angehörigen. Sie hat eine Schwester in Texas, aber die beiden verstehen sich nicht. Und ihre Schwester hat ihre eigenen Probleme.«

»Großeltern?«

»Nein. Mein Ex-Vater war Waise. Wahrscheinlich haben seine Eltern ihn irgendwo ausgesetzt, nachdem sie ihn richtig kennengelernt hatten. Der Vater meiner Mutter ist tot, und ihre Mutter lebt auch in Texas. Sie ist ständig krank.«

»Das tut mir leid.«

Sie blieben am Ende des Flurs stehen und schauten durch ein schmutziges Fenster auf die Innenstadt von Memphis. Das Sterick Building ragte hoch auf.

»Die Leute vom FBI bedrängen mich.«

Willkommen im Club, dachte Mark. »Wo sind sie?«

»In Zimmer 28. Das ist ein kleiner Konferenzraum im zweiten Stock, der selten benutzt wird. Sie haben gesagt, sie erwarten mich, dich und deine Mutter um genau zwölf Uhr, und es hörte sich an, als meinten sie es ernst.« Greenway sah auf die Uhr und fing an, sich auf den Rückweg zu Rickys Zimmer zu machen. »Sie wollen unbedingt mit dir reden.«

»Ich bin bereit für sie«, sagte Mark. Es war ein schwacher Versuch, Kühnheit vorzutäuschen.

Greenway sah ihn überrascht an. »Auf einmal?«

»Ich habe für uns eine Anwältin engagiert.«

»Wann?«

»Heute vormittag. Sie ist jetzt hier, am anderen Ende des Flurs.« Greenway schaute nach vorn, aber das Schwesternzimmer lag hinter einer Biegung des Ganges. »Die Anwältin ist hier?« fragte er ungläubig.

»Ja.«

»Wie hast du eine Anwältin gefunden?«

»Das ist eine lange Geschichte. Aber ich habe sie selbst bezahlt.«

Greenway dachte im Gehen darüber nach. »Nun, deine Mutter kann Ricky im Moment nicht allein lassen, unter gar keinen Umständen. Und ich muß auch in der Nähe bleiben.«

»Kein Problem. Ich und meine Anwältin erledigen das.«

Sie blieben vor Rickys Tür stehen, und Greenway zögerte, bevor er sie aufstieß. »Ich könnte sie bis morgen hinhalten. Ich kann sie sogar aus dem Krankenhaus verweisen.« Er versuchte, sich zäh zu geben, aber Mark wußte es besser.

»Nein, vielen Dank. Sie werden nicht verschwinden. Sie kümmern sich um Ricky und Mom, und wir, ich und meine Anwältin, kümmern uns um das FBI.«

Reggie hatte einen leeren Raum im achten Stock gefunden, und sie eilten die Treppe hinunter, um ihn zu benutzen. Sie hatten zehn Minuten Verspätung. Sie machte schnell die Tür zu und sagte: »Zieh deinen Pullover hoch.«

Er erstarrte und sah sie fassungslos an.

»Zieh deinen Pullover hoch!« wiederholte sie, und er begann, an seinem dicken Memphis-State-Tigers-Sweatshirt zu zerren. Sie öffnete ihren Aktenkoffer und holte einen kleinen schwarzen Recorder und einen Plastikriemen mit Klettband heraus. Sie überprüfte die Mikrokassette, dann drückte sie die Knöpfe. Mark beobachtete jede ihrer Bewegungen. Es war offensichtlich, daß sie das Gerät schon oft benutzt hatte. Sie drückte es auf seinen Bauch und sagte: »Halt es hier fest.« Dann zog sie den Plastikriemen durch einen Clip am Recorder, wickelte ihn um seinen Körper und befestigte ihn sicher mit den Klettband-Enden. »Tief atmen«, sagte sie, und er tat es.

Er stopfte das Sweatshirt wieder in die Jeans. Reggie trat einen Schritt zurück und betrachtete seinen Bauch. »Perfekt«, sagte sie.

»Was ist, wenn sie mich durchsuchen?«

»Das werden sie nicht. Laß uns gehen.«

Sie ergriff ihren Aktenkoffer und dann waren sie draußen.

»Woher wissen Sie, daß sie mich nicht durchsuchen werden?« fragte er abermals, sehr nervös. Er ging schnell, um mit ihr Schritt zu halten. Eine Schwester musterte sie argwöhnisch.

»Weil sie hier sind, um mit dir zu reden, nicht, um dich zu verhaften. Vertrau mir einfach.«

»Ich vertraue Ihnen, aber ich habe wirklich Angst.«

»Du wirst deine Sache schon gut machen, Mark. Denk nur an das, was ich dir gesagt habe.«

»Und Sie sind sicher, daß sie dieses Ding nicht sehen können?«

»Ganz sicher.« Sie stieß eine Tür auf, und sie befanden sich wieder im Treppenhaus und eilten die grünen Betonstufen hinab. Mark war einen Schritt hinter ihr. »Was ist, wenn der Pieper losgeht oder sonst etwas, und sie drehen durch und ziehen ihre Pistolen? Was dann?«

»Es gibt keinen Pieper.« Sie ergriff seine Hand, drückte sie kraftvoll und eilte weiter in Richtung zweiter Stock. »Und sie schießen nicht auf Kinder.«

»In einem Film haben sie es mal getan.«

Der zweite Stock von St. Peter's war viele Jahre vor dem neunten erbaut worden. Er war grau und schmutzig, und auf den engen Fluren wimmelte es von der üblichen hektischen Menge von Schwestern, Ärzten, Laboranten und Tragen schiebenden Pflegern, Patienten, die sich in Rollstühlen vorwärtsbewegten, und benommenen Familienangehörigen, die ziellos umherwanderten und versuchten, wach zu bleiben. Flure stießen, aus allen Richtungen kommend, an chaotischen kleinen Kreuzungen zusammen, nur um sich dann wieder zu einem hoffnungslosen Labyrinth zu verzweigen. Reggie fragte drei Schwestern nach Zimmer 28, und die dritte deutete mit dem Finger die Richtung an und redete, aber ohne stehenzubleiben. Sie fanden einen vernachlässigten Flur mit einem uralten Teppich und schlechter Beleuchtung, und die sechste Tür auf der rechten Seite führte in ihr Zimmer. Es war eine schäbige Holztür, ohne Fenster.

»Ich habe Angst, Reggie«, sagte Mark und starrte auf die Tür.

Sie hielt seine Hand mit festem Griff. Wenn sie nervös war, ließ sie es sich nicht anmerken. Ihr Gesicht war gelassen. Ihre Stimme war warm und beruhigend. »Tu nur, was ich dir gesagt habe, Mark. Ich weiß, was ich tue.«

Sie traten ein oder zwei Schritte zurück, und Reggie öffnete eine identische Tür, die in Zimmer 24 führte. Es war ein ehemaliges Büro, das jetzt als Abstellraum für alle möglichen Dinge diente. »Ich warte hier drinnen. So, und jetzt geh und klopf an.«

»Ich habe Angst, Reggie.«

Sie tastete behutsam nach dem Recorder und führte die Finger darum herum, bevor sie den Startknopf drückte. »Nun geh«, wies sie ihn an und deutete auf den Flur.

Mark holte tief Luft und klopfte an. Er konnte hören, wie drinnen Stühle bewegt wurden. »Herein«, sagte jemand, und die Stimme klang nicht freundlich. Er öffnete langsam die Tür, trat ein und machte sie hinter sich wieder zu. Der Raum war lang und schmal, genau wie der Tisch in seiner Mitte. Keine Fenster. Kein Lächeln von den zwei Männern, die zu beiden Seiten des Tisches standen, nahe seinem Ende. Man hätte sie für Zwillinge halten können – weiße Hemden mit angeknöpftem Kragen, blaurote Krawatten, dunkle Hosen, kurzes Haar.

»Du mußt Mark sein«, sagte der eine, während der andere zur Tür schaute.

Mark nickte, er konnte nicht sprechen.

»Wo ist deine Mutter?«

»Äh – wer sind Sie?« Mark brachte die Worte mühsam heraus. Der an der rechten Seite sagte: »Ich bin Jason McThune, FBI Memphis.« Er streckte die Hand aus, und Mark schüttelte sie schlaff. »Ich freue mich, dich kennenzulernen, Mark.«

»Ganz meinerseits.«

»Und ich bin Larry Trumann«, sagte der andere. »FBI New Orleans.« Mark gestattete Trumann denselben schwachen Händedruck. Die Agenten wechselten nervöse Blicke, und eine peinliche Sekunde lang wußte keiner, was er sagen sollte.

Schließlich deutete Trumann auf den Stuhl am Ende des Tisches. »Setz dich, Mark.« McThune nickte sein Einverständnis und lächelte beinahe. Mark setzte sich vorsichtig hin, weil er fürchtete, das Klettband könnte sich lösen und das verdammte Ding irgendwie herunterfallen. Sie würden ihm blitzschnell Handschellen anlegen und ihn in ihren Wagen stoßen, und er würde seine Mutter nie wiedersehen. Was würde Reggie dann tun? Sie rückten mit ihren Stühlen dicht an ihn heran und schoben ihre Notizblöcke auf dem Tisch auf ihn zu.

Sie atmeten auf ihn herab, und Mark war überzeugt, daß das zu ihrer Taktik gehörte. Dann hätte er fast gelächelt. Wenn sie so dicht bei ihm sitzen wollten – er hatte nichts dagegen. Der schwarze Recorder würde alles festhalten. Keine verschwommenen Stimmen.

»Wir – äh – haben eigentlich damit gerechnet, daß deine Mutter und Dr. Greenway mitkommen würden«, sagte Trumann und warf einen Blick auf McThune.

»Sie sind bei meinem Bruder.«

»Wie geht es ihm?« fragte McThune ernst.

»Nicht sehr gut. Mom kann ihn im Moment nicht alleinlassen.«

»Wir dachten, sie würde hier sein«, sagte Trumann noch einmal und sah McThune an, als wüßte er nicht recht, ob er fortfahren sollte.

»Nun, wir können ein oder zwei Tage warten, bis sie kommen kann«, schlug Mark vor.

»Nein, Mark, wir müssen uns unbedingt jetzt unterhalten.«

»Vielleicht sollte ich hinaufgehen und sie holen.«

Trumann zog seinen Stift aus der Hemdtasche und lächelte Mark an. »Nein, laß uns ein paar Minuten reden. Nur wir drei. Bist du nervös?«

»Ein bißchen. Was wollen Sie?« Er war immer noch steif vor Angst, aber das Atmen war jetzt leichter. Der Recorder hatte nicht gepiept oder ihm einen Schrecken eingejagt.

»Nun, wir möchten dir ein paar Fragen wegen gestern stellen.«

»Brauche ich einen Anwalt?«

Sie schauten einander mit offenen Mündern an, und es vergingen mindestens fünf Sekunden, bevor McThune den Kopf in Marks Richtung neigte und sagte: »Natürlich nicht.«

»Warum nicht?«

»Nun, weißt du, wir wollen dir bloß ein paar Fragen stellen. Das ist alles. Wenn du willst, daß deine Mutter dabei ist, dann holen wir sie. Aber einen Anwalt brauchst du nicht. Nur ein paar Fragen, das ist alles.«

»Ich habe aber schon mit der Polizei gesprochen, gestern abend. Ziemlich ausführlich sogar.«

»Wir sind nicht die Polizei. Wir sind FBI-Agenten.«

»Das ist es ja, was mir angst macht. Vielleicht brauche ich doch einen Anwalt, Sie wissen schon, damit er meine Rechte wahrnimmt und das alles.«

»Du hast zuviel ferngesehen, Junge.«

»Ich heiße Mark, okay? Können Sie mich wenigstens mit Mark anreden?«

»Natürlich. Entschuldige. Aber du brauchst keinen Anwalt.«

»Stimmt«, kam ihm Trumann zu Hilfe. »Anwälte kommen einem nur in die Quere. Man muß ihnen Geld bezahlen, und sie erheben gegen alles Einspruch.«

»Meinen Sie nicht, daß wir warten sollten, bis meine Mutter hier sein kann?«

Sie lächelten sich kurz an, und dann sagte McThune: »Eigentlich nicht, Mark. Ich meine, wir können warten, wenn du unbedingt willst, aber du bist ein intelligenter Junge, und wir haben es wirklich sehr eilig. Wir wollen dir nur ein paar kurze Fragen stellen.«

»Okay. Wenn es unbedingt sein muß.«

Trumann schaute auf seinen Notizblock und machte den Anfang. »Gut. Du hast der Polizei von Memphis erzählt, daß Jerome Clifford schon tot war, als ihr beide, du und Ricky, gestern den Wagen gefunden habt. Also, Mark, ist das wirklich die Wahrheit?« Die Frage klang ein wenig höhnisch, als wüßte er verdammt gut, daß es nicht die Wahrheit war.

Mark schaute starr geradeaus. »Muß ich die Frage beantworten?«

»Natürlich mußt du das.«

»Warum?«

»Weil wir die Wahrheit wissen müssen, Mark. Wir sind das FBI, wir untersuchen diese Sache, und wir müssen die Wahrheit wissen.«

»Was passiert, wenn ich sie nicht beantworte?«

»Oh, eine Menge Dinge. Wir könnten gezwungen sein, dich in unser Büro mitzunehmen, natürlich auf dem Rücksitz des Wagens, ohne Handschellen, und dir ein paar wirklich harte Fragen zu stellen. Möglicherweise müßten wir auch deine Mutter holen.«

»Was passiert mit meiner Mutter? Kann sie Ärger bekommen?«

»Vielleicht.«

»Welche Art von Ärger?«

Sie hielten eine Sekunde inne und wechselten nervöse Blicke. Sie hatten auf unsicherem Boden begonnen, und die Lage wurde von Minute zu Minute heikler. Kinder dürfen nicht befragt werden ohne das Einverständnis ihrer Eltern.

Aber zum Teufel. Seine Mutter war nicht erschienen. Er hatte keinen Vater. Er war ein armer Junge, und hier war er, ganz allein. Im Grunde war das ideal. Eine bessere Situation hätten sie sich gar nicht wünschen können. Nur ein paar rasche Fragen.

McThune räusperte sich und runzelte dann die Stirn. »Mark, hast du schon einmal etwas von Behinderung der Justiz gehört?«

»Ich glaube nicht.«

»Nun, das ist ein Verbrechen. Ein Verstoß gegen Bundesrecht. Eine Person, die etwas über ein Verbrechen weiß und dieses Wissen der Polizei oder dem FBI vorenthält, kann wegen Behinderung der Justiz schuldig gesprochen werden.«

»Und was passiert dann?«

»Nun, wenn eine solche Person schuldig gesprochen worden ist, kann sie bestraft werden. Du weißt schon, ins Gefängnis gesteckt werden oder so etwas.«

»Also, wenn ich Ihre Fragen nicht beantworte, müßten Mom und ich vielleicht ins Gefängnis?«

McThune wich ein Stück zurück und sah Trumann an. Das Eis wurde dünner. »Weshalb willst du die Frage nicht beantworten, Mark?« fragte Trumann. »Hast du etwas zu verheimlichen?«

»Ich habe einfach Angst. Und irgendwie kommt mir das nicht fair vor, weil ich erst elf bin, und Sie sind vom FBI, und meine Mutter ist nicht hier. Ich weiß wirklich nicht, was ich tun soll.«

»Kannst du nicht einfach die Fragen beantworten, Mark, ohne deine Mutter? Du hast gestern etwas gesehen, und da war deine Mutter auch nicht dabei. Wir wollen nur wissen, was du gesehen hast.«

»Wenn Sie an meiner Stelle wären, würden Sie dann einen Anwalt dabei haben wollen?«

»Bestimmt nicht«, sagte McThune. »Ich würde nie einen Anwalt haben wollen. Anwälte sind eine Pest. Eine wahre Pest. Wenn du nichts zu verbergen hast, brauchst du keinen Anwalt. Du brauchst nur unsere Fragen wahrheitsgemäß zu beantworten, dann ist alles in bester Ordnung.« Er wurde langsam wütend, und das überraschte Mark nicht. Einer von ihnen mußte wütend sein. Es war die Guter-Mann-Böser-Mann-Routine, die Mark Tausende von Malen im Fernsehen beobachtet hatte. McThune würde gemein werden, und Trumann würde oft lächeln und Mark zuliebe seinem Partner manchmal sogar einen mißbilligenden Blick zuwerfen, und das würde Trumann Mark sympathisch machen. Schließlich würde McThune aufgebracht das Zimmer verlassen, und dann wurde von Mark erwartet, daß er Trumann sein Herz ausschüttete.

Trumann neigte sich mit der Andeutung eines Lächelns zu ihm. »Mark, war Jerome Clifford schon tot, als ihr ihn gefunden habt?«

»Ich berufe mich auf den Fünften Verfassungszusatz.«

Das angedeutete Lächeln verschwand. McThunes Gesicht rötete sich, und er schüttelte frustriert den Kopf. Es gab eine lange Pause, während der die Agenten sich gegenseitig anstarrten. Mark beobachtete, wie eine Ameise über den Tisch kroch und unter einem Notizblock verschwand.

Trumann, der gute Mann, ergriff schließlich das Wort. »Mark, ich glaube, du hast wirklich zuviel ferngesehen.«

»Sie meinen, ich kann mich nicht auf den Fünften Verfassungszusatz berufen?«

»Laß mich raten«, knurrte McThune. »Du siehst dir ›L. A. Law‹ an, stimmt's?«

»Jede Woche.«

»Das habe ich mir gedacht. Willst du überhaupt irgendwelche Fragen beantworten, Mark? Wenn du es nicht tust, müssen wir andere Schritte unternehmen.«

»Welche zum Beispiel?«

»Vor Gericht gehen. Mit dem Richter sprechen. Ihn überzeugen, daß er dich zwingen muß, mit uns zu reden. Alles ziemlich unerfreulich.«

»Ich muß auf die Toilette«, sagte Mark, schob seinen Stuhl vom Tisch zurück und stand auf.

»Aber natürlich, Mark«, sagte Trumann, plötzlich besorgt, ihm wäre ihretwegen schlecht geworden. »Ich glaube, sie ist ein Stück den Flur hinunter.« Mark war an der Tür.

»Du kannst dir ruhig fünf Minuten Zeit lassen, Mark. Wir warten. Es hat keine Eile.«

Er verließ das Zimmer und machte die Tür hinter sich zu.

Siebzehn Minuten lang redeten die Agenten über Belanglosigkeiten und spielten mit ihren Kugelschreibern. Sie machten sich keine Sorgen. Sie waren erfahrene Agenten mit Unmengen von Tricks. Sie waren keine Anfänger. Er würde reden.

Ein Klopfen, und McThune sagte »Herein«. Die Tür ging auf, und eine attraktive Dame von etwa Fünfzig trat ein und machte die Tür hinter sich zu, als wäre dies ihr Büro. Sie sprangen eilig auf, und im gleichen Moment sagte sie: »Behalten Sie ruhig Platz.«

»Wir sind in einer Besprechung«, sagte Trumann in amtlichem Ton. »Sie sind im falschen Zimmer«, erklärte McThune grob.

Sie legte ihren Aktenkoffer auf den Tisch und händigte beiden Agenten eine weiße Karte aus. »Ich glaube nicht«, sagte sie. »Mein Name ist Reggie Love. Ich bin Anwältin, und ich vertrete Mark Sway.«

Sie nahmen es halbwegs gut hin. McThune studierte die Karte, während Trumann nur mit baumelnden Händen dastand und versuchte, etwas zu sagen.

»Wann hat er Sie engagiert?« fragte McThune mit einem hektischen Blick auf Trumann.

»Geht Sie das etwas an? Und er hat mich nicht nur engagiert, sondern durch Zahlung eines Vorschusses verpflichtet. Setzen Sie sich.«

Sie ließ sich anmutig auf einem Stuhl nieder und rückte an den Tisch heran. Die beiden Agenten sanken verunsichert auf ihre Stühle und hielten Abstand.

»Wo – äh – wo ist Mark?« fragte Trumann.

»Er ist irgendwohin verschwunden und beruft sich auf den Fünften Verfassungszusatz. Würden Sie mir bitte Ihre Ausweise zeigen?«

Sie griffen in ihre Jacketts, tasteten hektisch darin herum und brachten gleichzeitig ihre Ausweise zum Vorschein. Sie nahm beide, las sie sorgfältig, dann schrieb sie etwas auf einen Notizblock.

Als sie fertig war, schob sie die Ausweise über den Tisch und fragte: »Haben Sie tatsächlich versucht, dieses Kind zu verhören, ohne daß seine Mutter zugegen war?«

»Nein«, sagte Trumann.

»Natürlich nicht«, sagte McThune, empört über diese Frage.

»Er sagt, Sie hätten es getan.«

»Er ist verwirrt«, sagte McThune. »Wir haben zuerst mit Dr. Greenway gesprochen, und er war mit dieser Zusammenkunft einverstanden, an der Mark, Dianne Sway und der Arzt teilnehmen sollten.«

»Aber der Junge ist allein hier aufgekreuzt«, setzte Trumann schnell hinzu, begierig, die Lage zu erklären. »Und wir haben ihn gefragt, wo seine Mutter ist, und er hat gesagt, sie könnte jetzt nicht kommen, und da haben wir gedacht, sie wäre unterwegs oder so etwas, deshalb haben wir einfach mit dem Jungen geplaudert.«

»Ja, während wir auf Ms. Sway und den Arzt warteten«, setzte McThune, Hilfestellung leistend, hinzu. »Wo waren Sie währenddessen?«

»Stellen Sie keine irrelevanten Fragen. Haben Sie Mark geraten, mit einem Anwalt zu sprechen?«

Die Agenten sahen sich an, und jeder suchte Hilfe beim anderen. »Darüber wurde nicht gesprochen«, sagte Trumann mit unschuldigem Achselzucken.

Das Lügen war einfacher, weil der Junge nicht dabei war. Er war nur ein verängstigtes Kind, das etwas durcheinandergebracht hatte, und sie waren schließlich FBI-Agenten, also würde sie schließlich ihnen glauben.

McThune räusperte sich und sagte: »Doch, einmal, Larry. Erinnern Sie sich, daß Mark, oder vielleicht war ich es auch, etwas über ›L. A. Law‹ gesagt hat, und dann hat Mark gesagt, vielleicht würde er einen Anwalt brauchen, aber er hat nur Spaß gemacht, und wir, oder zumindest ich, hielten es für einen Scherz. Erinnern Sie sich, Larry?«

Larry erinnerte sich. »Ach ja, irgend etwas über ›L. A. Law‹. Nur ein Scherz.«

»Sind Sie sicher?« fragte Reggie.

»Natürlich bin ich sicher«, protestierte Trumann. McThune runzelte die Stirn und nickte wie sein Partner.

»Er hat Sie nicht gefragt, ob er einen Anwalt braucht?«

Sie schüttelten den Kopf und versuchten scheinbar, darüber nachzudenken. »Daran kann ich mich nicht erinnern. Er ist schließlich ein Kind und sehr verängstigt, und ich bin überzeugt, daß er verwirrt ist«, sagte McThune.

»Haben Sie ihn auf seine Rechte hingewiesen?«

Daraufhin lächelte Trumann; hier war er auf sichererem Boden. »Natürlich nicht. Er ist kein Tatverdächtiger. Er ist nur ein Kind. Wir müssen ihm ein paar Fragen stellen.«

»Und Sie haben nicht versucht, ihn ohne Anwesenheit oder Zustimmung seiner Mutter zu verhören?«

»Nein.«

»Natürlich nicht.«

»Und Sie haben ihm nicht gesagt, Anwälte kämen einem nur in die Quere, als er Sie um Rat fragte?«

»Nein, Madam.«

»Keineswegs. Wenn der Junge das behauptet, dann lügt er.«

Reggie öffnete langsam ihren Aktenkoffer und holte den schwarzen Recorder und die Mikrokassette heraus. Sie legte sie vor ihnen auf den Tisch und stellte den Koffer auf den Boden. Special Agents McThune und Trumann starrten das Gerät an und schienen auf ihren Stühlen zusammenzuschrumpfen.

Reggie bedachte beide mit einem bissigen Lächeln und sagte: »Ich glaube, wir wissen, wer hier lügt.«

McThune ließ zwei Finger über den Nasenrücken gleiten. Trumann rieb sich die Augen. Sie ließ sie einen Moment leiden. Im Zimmer war es still.

»Es ist alles hier auf dem Band, meine Herren. Ihr habt versucht, den Jungen ohne Gegenwart und Zustimmung seiner Mutter zu verhören. Er hat Sie ausdrücklich gefragt, ob Sie nicht warten sollten, bis sie verfügbar wäre, und Sie haben nein gesagt. Sie haben versucht, das Kind einzuschüchtern, indem Sie mit strafrechtlicher Verfolgung nicht nur des Kindes, sondern auch seiner Mutter drohten. Er hat Ihnen gesagt, daß er Angst hat, und er hat Sie zweimal ausdrücklich gefragt, ob er einen Anwalt brauchte. Sie haben ihm geraten, sich keinen Anwalt zu beschaffen, und eine Ihrer Begründungen dafür war, daß Anwälte eine Pest wären. Meine Herren – die Pest ist hier.«

Sie sackten noch tiefer zusammen. McThune drückte vier Finger gegen seine Stirn und rieb bedächtig darauf herum. Trumann starrte fassungslos auf das Tonband, hütete sich aber, die Frau anzusehen. Er dachte daran, es zu nehmen und in Fetzen zu reißen und darauf herumzutrampeln, weil es ihn seine Stellung kosten konnte, aber gleichzeitig war er in seiner zutiefst erschütterten Seele überzeugt, daß diese Frau eine Kopie davon gemacht hatte.

Beim Lügen ertappt zu werden war schon schlimm genug, aber ihre Probleme reichten wesentlich tiefer. Es konnte zu einem schwerwiegenden Disziplinarverfahren kommen. Verweise. Versetzungen. Schwarze Flecken in der Personalakte. Außerdem war Trumann davon überzeugt, daß diese Frau alles wußte, was es über die Bestrafung vom rechten Wege abgekommener FBI-Agenten zu wissen gab.

»Sie haben den Jungen verdrahtet«, sagte Trumann fassungslos zu niemand im besonderen.

»Warum auch nicht? Das ist kein Verbrechen. Ihr seid das FBI, vergeßt das nicht. Ihr verlegt mehr Drähte als sämtliche Telefongesellschaften zusammen.«

So ein Biest! Aber schließlich war sie Anwältin, oder etwa nicht? McThune lehnte sich vor, ließ seine Knöchel knacken und beschloß, wenigstens versuchsweise Widerstand zu leisten. »Hören Sie, Ms. Love, wir …«

»Nennen Sie mich Reggie.«

»Okay, okay, Reggie, äh, sehen Sie, es tut uns leid. Wir – äh – haben uns ein wenig hinreißen lassen, und – äh – wir bitten um Entschuldigung.«

»Ein wenig hinreißen lassen? Das kann Sie Ihren Job kosten.«

Sie hatten nicht vor, darüber mit ihr zu diskutieren. Vermutlich hatte sie recht, und selbst wenn da Raum für Gegenargumente gewesen wäre, so waren sie doch nicht imstande, welche vorzubringen.

»Nehmen Sie das auf?« fragte Trumann.

»Nein.«

»Okay, wir haben falsch gehandelt. Es tut uns leid.« Er konnte sie nicht ansehen.

Reggie steckte die Kassette langsam in ihre

Manteltasche. »Sehen Sie mich an, meine Herren.« Sie hoben langsam den Blick zu ihr, aber es tat weh. »Sie haben mir bereits bewiesen, daß Sie lügen können und daß Ihnen das Lügen leichtfällt. Weshalb sollte ich Ihnen trauen?«

Trumann hieb plötzlich auf den Tisch, zischte und machte eine geräuschvolle Schau daraus, aufzustehen und ans Ende des Tisches zu marschieren. Dann warf er die Hände hoch. »Das ist doch unglaublich. Wir sind nur hergekommen, um dem Jungen ein paar Fragen zu stellen, einfach unsere Arbeit zu tun, und jetzt müssen wir uns nur mit Ihnen anlegen. Der Junge hat uns nicht gesagt, daß er einen Anwalt hat. Wenn er es uns gesagt hätte, dann hätten wir abgewartet. Weshalb tun Sie das? Weshalb haben Sie absichtlich diese Situation heraufbeschworen? Das ist doch sinnlos.«

»Was wollen Sie von dem Jungen?«

»Die Wahrheit. Er lügt über das, was er gestern gesehen hat. Wir wissen, daß er lügt. Wir wissen, daß er mit Jerome Clifford gesprochen hat, bevor Clifford sich umbrachte. Wir wissen, daß der Junge in dem Wagen war. Vielleicht kann ich ihm keinen Vorwurf daraus machen, daß er lügt. Er ist nur ein Kind. Er hat Angst. Aber, verdammt noch mal, wir müssen wissen, was er gesehen und gehört hat.«

»Was könnte er Ihrer Meinung nach gesehen und gehört haben?« Der Gedanke, dies alles Foltrigg erklären zu müssen, traf Trumann wie ein Schlag, und er lehnte sich gegen die Wand. Genau deshalb haßte er Anwälte – Foltrigg, Reggie, den nächsten, der ihm begegnete. Sie machten das Leben so kompliziert.

»Hat er Ihnen alles erzählt?« fragte McThune.

»Unsere Unterhaltung ist streng vertraulich.«

»Das ist mir klar. Aber wissen Sie Bescheid über Clifford und Muldanno und Boyd Boyette? Kennen Sie den Fall?«

»Ich habe die Morgenzeitung gelesen. Ich bin über die Sache in New Orleans informiert. Sie brauchen die Leiche, nicht wahr?«

»Das kann man wohl sagen«, erklärte Trumann vom Ende des Tisches. »Aber im Moment brauchen wir vor allem ein Gespräch mit Ihrem Mandanten.«

»Ich werde darüber nachdenken.«

»Wann werden Sie zu einer Entscheidung gelangen?«

»Das weiß ich noch nicht. Hätten Sie heute nachmittag Zeit?«

»Wozu?«

»Ich muß noch einiges mit meinem Mandanten besprechen. Ich schlage vor, daß wir uns um drei in meinem Büro treffen.« Sie nahm ihren Aktenkoffer und steckte den Recorder hinein. Es war offensichtlich, daß diese Unterredung beendet war. »Ich behalte das Band für mich. Es soll unser kleines Geheimnis bleiben, okay?«

McThune nickte sein Einverständnis, wußte aber, daß da noch mehr kommen würde.

»Wenn ich etwas von Ihnen brauche, zum Beispiel die Wahrheit oder eine eindeutige Antwort, dann erwarte ich, daß ich es auch bekomme. Wenn ich Sie noch einmal beim Lügen ertappe, mache ich von dem Band Gebrauch.«

»Das ist Erpressung«, sagte Trumann.

»Genau das ist es. Verklagen Sie mich.« Sie stand auf und ergriff den Türknauf. »Wir sehen uns um drei.«

McThune folgte ihr. »Äh, hören Sie, Reggie, da ist noch jemand, der vermutlich auch dabeisein möchte. Sein Name ist Roy Foltrigg, und er ist ...«

»Mr. Foltrigg ist in der Stadt?«

»Ja. Er ist letzte Nacht angekommen, und er wird darauf bestehen, an dem Treffen in Ihrem Büro teilzunehmen.«

»Nun denn. Ich fühle mich geehrt. Laden Sie ihn bitte ein.«

10

Der Artikel über den Tod von Jerome Clifford auf der Titelseite der *Memphis Press* stammte von Anfang bis Ende aus der Feder von Slick Moeller, einem alten Polizeireporter, der seit dreißig Jahren über Verbrechen und Polizei in Memphis berichtete. Er hieß in Wirklichkeit Alfred, aber das wußte niemand. Seine Mutter hatte ihm den Spitznamen Slick gegeben, aber nicht einmal sie konnte sich noch erinnern, wie er entstanden war. Drei Ehefrauen und an die hundert Freundinnen hatten ihn Slick genannt. Er zog sich nicht sonderlich gut an, hatte die High School nicht beendet, hatte kein Geld, war mit durchschnittlichem Aussehen und Körperbau gesegnet, fuhr einen Mustang, konnte keine Frau halten, und deshalb wußte niemand, weshalb er Slick genannt wurde.

Verbrechen war sein Leben. Er kannte die Drogenhändler und die Zuhälter. Er trank Bier in den Oben-ohne-Bars und plauderte mit den Rausschmeißern. Er besaß eine Kartei über die Mitglieder der Motorradbanden, die die Stadt mit Drogen und Stripperinnen belieferten. Er konnte sich in den rauhesten Vierteln von Memphis bewegen, ohne einen Kratzer abzubekommen. Er kannte sämtliche Angehörige der Straßengangs. Er hatte nicht weniger als ein Dutzend Autoschieberringe hochgehen lassen, indem er der Polizei die entsprechenden Tips gab. Er kannte die ehemaligen Sträflinge, insbesondere diejenigen, die rückfällig geworden waren. Er kam Hehlern auf die Spur, indem er lediglich die Pfandleihen beobachtete. Seine vollgestopfte Wohnung in der Innenstadt war völlig uninteressant, abgesehen von einer ganzen Wand voll von Notruf-Scannern und Polizeifunk-Empfängern. In seinem Mustang waren mehr Geräte als in einem Streifenwagen, ausgenommen ein Radar-Meßgerät, und das wollte er nicht haben.

Slick Moeller lebte in den dunklen Schatten von Memphis. Oft war er noch vor der Polizei am Schauplatz eines Verbrechens. Er bewegte sich ungehindert durch die Leichenhallen, Krankenhäuser und Bestattungsunternehmen für Schwarze. Er verfügte über Tausende von Kontaktpersonen und Quellen, und sie redeten mit Slick, weil man ihm vertrauen konnte. Wenn etwas vertraulich war, dann blieb es auch vertraulich. Hintergrund war

Hintergrund. Ein Informant wurde niemals bloßgestellt, Tips streng geheimgehalten. Slick war ein Mann, der Wort hielt, und das wußten sogar die Anführer der Straßengangs.

Außerdem kannte er praktisch jeden Polizisten in der Stadt beim Vornamen, und viele von ihnen sprachen von ihm mit großer Hochachtung und nannten ihn Maulwurf. Maulwurf Moeller hat dies getan. Maulwurf Moeller hat jenes gesagt. Da Slick zu seinem eigentlichen Namen geworden war, machte ihm auch der Spitzname nichts aus. Es gab nichts, was Slick viel ausmachte. Er trank Kaffee mit Polizisten in einem der hundert Lokale in der Stadt, die die ganze Nacht geöffnet hatten. Er sah zu, wie sie Softball spielten, wußte Bescheid, wenn ihre Frauen die Scheidung eingereicht hatten, wußte, ob einer von ihnen sich einen Verweis eingehandelt hatte. Er schien sich mindestens zwanzig Stunden pro Tag im Polizeipräsidium aufzuhalten, und es war nicht ungewöhnlich, daß Polizisten ihn ansprachen und ihn fragten, was gerade so los war. Wer wurde erschossen? Wo war der Überfall? War der Fahrer betrunken? Wie viele Tote hat es gegeben? Slick sagte ihnen soviel, wie er konnte. Er half ihnen, wann immer es möglich war. Im Unterricht an der Polizeiakademie von Memphis fiel oft sein Name.

Und deshalb war es für niemanden eine Überraschung, daß Slick auf der Suche nach Informationen den ganzen Vormittag im Polizeipräsidium verbrachte. Er hatte seine Anrufe in New Orleans gemacht und war über die grundlegenden Fakten informiert. Er wußte, daß Roy Foltrigg und das FBI von New Orleans in der Stadt waren und daß alles jetzt in ihren Händen lag. Das gab ihm zu denken. Es war kein simpler Selbstmord; dazu gab es zu viele ausdruckslose Gesichter und »Kein Kommentar«-Reaktionen. Es gab einen Abschiedsbrief, doch auf alle Fragen danach erhielt er nur abschlägige Antworten. Er wußte Bescheid über die Jungen und darüber, daß es dem jüngeren sehr schlecht ging. Es gab ein paar Fingerabdrücke, ein paar Zigarettenstummel.

Er verließ den Fahrstuhl im neunten Stock und ging in die dem Schwesternzimmer entgegengesetzte Richtung. Er kannte die Nummer von Rikkys Zimmer, aber dies war die Psychiatrische Abteilung, und er hatte nicht vor, mit seinen Fragen hineinzustürmen. Er wollte niemandem Angst einjagen, schon gar nicht einem Achtjährigen, der einen Schock erlitten hatte. Er steckte zwei Vierteldollar in den Getränkeautomaten und trank langsam eine Diätcola, als wäre er die ganze Nacht im Gebäude herumgewandert. Ein Mann in einer hellblauen Jacke schob einen Wagen mit Reinigungsmaterialien auf den Fahrstuhl zu. Er war ungefähr fünfundzwanzig, hatte lange Haare und war offensichtlich unzufrieden mit seiner niederen Arbeit.

Slick trat vor die Fahrstühle, und als die Tür aufging, folgte er dem Mann hinein. Oberhalb der Brusttasche war der Name Fred auf die Jacke genäht. Sie waren allein.

»Sie arbeiten im neunten Stock?« fragte Slick, gelangweilt, aber mit einem Lächeln.

»Ja.« Fred sah ihn nicht an.

»Ich bin Slick Moeller von der *Memphis Press* und arbeite an einer Story über Ricky Sway in Zimmer 943. Sie wissen schon, die Sache mit dem Mann, der sich erschossen hat.« Er hatte schon frühzeitig gelernt, daß es am besten war, wenn man von Anfang an mit dem Wer und Was herausrückte.

Fred war plötzlich interessiert. Er richtete sich auf und sah Slick an, als wollte er sagen: »Ja, ich weiß eine Menge, aber von mir erfahren Sie nichts.« Der Wagen zwischen ihnen war vollgepackt mit Ajax, Comet und zwanzig Flaschen mit speziellen Krankenhaus-Reinigungsmitteln. Auf dem unteren Bord stand ein Eimer mit schmutzigen Lappen und Schwämmen. Fred war ein Toilettenschrubber, wurde aber in Sekundenschnelle zu einem Mann mit Insiderwissen. »Ja«, sagte er gelassen.

»Haben Sie den Jungen gesehen?« fragte Slick beiläufig, während er das Aufleuchten der Nummern über der Tür verfolgte.

»Ja, ich komme gerade von dort.«

»Ich habe gehört, es wäre ein schwerer traumatischer Schock.«

»Kann schon sein«, sagte Fred selbstgefällig, als wären seine Geheimnisse weltbewegend. Aber er wollte reden, und das hörte nie auf, Slick in Staunen zu versetzen. Man nehme einen Durchschnittsmenschen, sage ihm, man wäre ein Reporter, und in neun von zehn Fällen fühlt er sich verpflichtet zu reden. Will unbedingt reden. Einem seine tiefsten Geheimnisse anvertrauen.

»Armer Junge«, murmelte Slick zum Fußboden hin, als läge Ricky im Sterben. Weiter sagte er ein paar Sekunden lang gar nichts, und das war zuviel für Fred. Was für ein Reporter war das? Wo blieben die Fragen? Er, Fred, kannte den Jungen, hatte gerade sein Zimmer verlassen, hatte mit seiner Mutter gesprochen. Er, Fred, war ein Akteur in diesem Spiel.

»Ja, er ist in schlechter Verfassung«, sagte Fred, gleichfalls zum Fußboden.

»Immer noch im Koma?«

»Er kippt immer wieder weg. So was kann lange dauern.«

»Ja. Das habe ich auch gehört.«

Der Fahrstuhl hielt im fünften Stock, aber Freds Wagen blockierte die Tür, und niemand trat ein. Die Tür schloß sich wieder.

»Man kann nicht viel tun für ein Kind in diesem Zustand«, erklärte Slick. »Ich erlebe es immer wieder. So ein Junge sieht irgend etwas Schreckliches, im Bruchteil einer Sekunde, und verfällt in Schock, und es dauert Monate, ihn wieder herauszuholen. Haufenweise Psychiater. Wirklich traurig. Aber so schlimm steht es nicht mit dem kleinen Sway, oder?«

»Ich glaube nicht. Dr. Greenway meint, daß er in ein oder zwei Tagen wieder zu sich kommen wird. Er wird eine Therapie brauchen, aber er wird es schaffen. Das habe ich schon oft erlebt. Denke selbst daran, Medizin zu studieren.«

»Haben Polizisten hier herumgeschnüffelt?«

Fred ließ den Blick herumwandern, als wäre der Fahrstuhl voller Abhörgeräte. »Ja. Das FBI war den ganzen Tag hier. Die Familie hat sich schon einen Anwalt genommen.«

»Was Sie nicht sagen.«

»Ja, die Leute vom FBI interessieren sich mächtig für diesen Fall, und sie reden mit dem Bruder des Jungen. Irgendwie ist ein Anwalt in die Sache hineingeraten.«

»Wer ist der Anwalt?« fragte Slick.

Die Tür ging auf, und Fred schob seinen Wagen vorwärts. »Reggie Soundso. Hab ihn noch nicht gesehen.«

»Danke«, sagte Slick, als Fred verschwand und der Fahrstuhl sich füllte. Er fuhr wieder in den neunten Stock, auf der Suche nach einem weiteren Fisch.

Bis Mittag waren Roy Foltrigg und seine ständigen Begleiter Wally Boxx und Thomas Fink im Büro des Bundesanwalts für den Western District von Tennessee zu einem kollektiven Ärgernis geworden. George Ord bekleidete dieses Amt seit sieben Jahren. Er konnte Roy Foltrigg nicht ausstehen. Er hatte ihn nicht aufgefordert, nach Memphis zu kommen. Ord kannte Foltrigg von zahlreichen Konferenzen und Seminaren her, bei denen die Bundesanwälte zusammenkommen und über Mittel und Wege beraten, die Regierung zu schützen. Bei diesen Zusammenkünften hielt Foltrigg gewöhnlich eine Rede, immer darauf bedacht, jeden, der zuhören wollte, über seine Ansichten und Strategien und großen Siege aufzuklären.

Nachdem McThune und Trumann aus dem

Krankenhaus zurückgekehrt waren und ihm die frustrierenden Neuigkeiten über Mark und seine neue Anwältin mitgeteilt hatten, hatte sich Foltrigg zusammen mit Boxx und Fink abermals in Ords Büro eingenistet, um den jüngsten Stand der Dinge zu rekapitulieren. Ord saß in dem schweren Ledersessel hinter seinem Schreibtisch und hörte zu, wie Foltrigg die Agenten verhörte und gelegentlich Boxx eine Anweisung zubellte.

»Was wissen Sie von dieser Anwältin?« fragte er Ord.

»Nie von ihr gehört.«

»Hat jemand in Ihrem Büro schon einmal mit ihr zu tun gehabt?« fragte Foltrigg. Die Frage war praktisch eine Anweisung an Ord, jemanden ausfindig zu machen, der über Reggie Love informiert war. Er verließ sein Büro und sprach mit einem Assistenten. Die Suche begann.

Trumann und McThune saßen sehr still in einer Ecke von Ords Büro. Sie hatten beschlossen, niemandem etwas von dem Tonband zu erzählen, zumindest vorläufig nicht. Vielleicht später. Vielleicht, so hofften sie, nie.

Eine Sekretärin brachte Sandwiches, und der Lunch wurde begleitet von Spekulationen und ziellosem Gerede. Foltrigg war begierig, nach New Orleans zurückzukehren, aber noch begieriger war er, etwas über Mark Sway zu erfahren. Die Tatsache, daß der Junge es irgendwie geschafft hatte, sich eine Anwältin zu besorgen, war höchst beunruhigend. Er hatte Angst davor, zu reden. Foltrigg war sicher, daß Clifford ihm irgend etwas mitgeteilt hatte, und je weiter der Tag fortschritt, desto fester wurde seine Überzeugung, daß der Junge über die Leiche Bescheid wußte. Er war kein Mann, der zögerte, bevor er Schlußfolgerungen zog. Als die Sandwiches verzehrt waren, hatte er sich selbst und allen anderen Anwesenden eingeredet, daß Mark Sway genau wußte, wo Boyette begraben war.

David Sharpinski, einer von Ords zahlreichen Assistenten, erschien im Büro und erklärte, er hätte mit Reggie Love zusammen an der Memphis State University Jura studiert. Er ließ sich neben Foltrigg auf Wallys Platz nieder und beantwortete Fragen. Er hatte viel zu tun und hätte lieber an einem seiner Fälle gearbeitet.

»Wir haben beide vor vier Jahren unser Examen gemacht«, sagte Sharpinski.

»Also praktiziert sie erst seit vier Jahren«, war Foltriggs schnelle Schlußfolgerung. »Welche Art von Arbeit tut sie? Strafrecht? Wieviel Strafrecht? Kennt sie sich aus?«

McThune sah Trumann an. Sie hatten sich von

einer Anwältin mit nur vierjähriger Praxis festnageln lassen.

»Ein bißchen Strafrecht«, erwiderte Sharpinski. »Wir sind recht gute Freunde. Ich besuche sie von Zeit zu Zeit. Der größte Teil ihrer Arbeit betrifft mißhandelte und mißbrauchte Kinder. Sie ist – nun ja, sie hat eine ziemlich harte Zeit hinter sich.«

»Was meinen Sie damit?«

»Das ist eine lange Geschichte, Mr. Foltrigg. Sie ist eine ziemlich vielschichtige Person. Dies ist ihr zweites Leben.«

»Sie kennen sie gut, nicht wahr?«

»Ja. Wir haben drei Jahre lang zusammen studiert, mit Unterbrechungen.«

»Wie meinen Sie das – mit Unterbrechungen?«

»Nun, sie mußte zeitweise aussteigen. Wegen emotionaler Probleme. In ihrem ersten Leben war sie die Frau eines prominenten Arztes, eines Gynäkologen. Sie waren wohlhabend und erfolgreich, in allen Gesellschaftsspalten, Wohlfahrtseinrichtungen, Country Clubs und so weiter. Großes Haus in Germantown. Sein Jaguar und ihr Jaguar. Sie war im Vorstand von jedem Garden Club und jeder sozialen Einrichtung in Memphis. Sie hatte als Lehrerin gearbeitet, um ihm das Medizinstudium zu ermöglichen, und nach fünfzehn Jahren Ehe beschloß er, sie gegen ein neues Modell einzutauschen. Er begann hinter Frauen herzulaufen und fing eine Affäre mit einer jüngeren Krankenschwester an, die schließlich seine Ehefrau Nummer zwei wurde. Reggie hieß damals Regina Cardoni. Sie nahm es schwer, reichte die Scheidung ein, und dann wurde es ausgesprochen unschön. Dr. Cardoni kämpfte mit harten Bandagen, und sie klappte langsam zusammen. Er quälte sie. Die Scheidung schleppte sich hin. Sie fühlte sich öffentlich gedemütigt. Ihre Freundinnen waren alle Arztfrauen, Country-Club-Typen, und suchten fluchtartig das Weite. Sie unternahm sogar einen Selbstmordversuch. Das steht alles in den Scheidungsunterlagen. Er hatte massenhaft Anwälte, und die zogen an allen möglichen Drähten und veranlaßten ihre Einweisung in eine Anstalt. Dann zog er ihr auch den letzten Pfennig aus der Tasche.«

»Kinder?«

»Zwei, ein Junge und ein Mädchen. Sie waren damals noch Teenager, und natürlich bekam er das Sorgerecht. Er gab ihnen ihre Freiheit und genügend Geld, und sie kehrten ihrer Mutter den Rükken. Er und seine Anwälte sorgten dafür, daß sie zwei Jahre in verschiedenen Anstalten verbrachte, und danach war alles vorbei. Er hatte das Haus, die Kinder, die neue Ehefrau, alles.«

Die tragische Geschichte einer Freundin erzählen zu müssen fiel Sharpinski schwer, und es war offensichtlich, daß er es Foltrigg gegenüber besonders ungern tat. Aber das meiste davon stand ohnehin in den Akten.

»Und wie ist sie dann Anwältin geworden?«

»Es war nicht einfach. Der Gerichtsbeschluß verbot ihr, die Kinder zu sehen. Sie lebte bei ihrer Mutter, die ihr, wie ich glaube, vermutlich das Leben gerettet hat. Ich bin nicht sicher, aber ich habe gehört, die Mutter hätte eine Hypothek auf ihr Haus aufgenommen, um eine ziemlich kostspielige Therapie zu finanzieren. Es dauerte Jahre, aber dann bekam sie ihr Leben wieder in den Griff. Sie kam darüber hinweg. Die Kinder wuchsen heran und verließen Memphis. Der Junge kam ins Gefängnis, wegen Drogenhandels. Die Tochter lebt in Kalifornien.«

»Was für eine Art von Studentin war sie?«

»Zuzeiten sehr scharfsinnig. Sie war entschlossen, sich selbst zu beweisen, daß sie eine gute Anwältin werden könnte. Aber sie hatte immer noch mit Depressionen zu tun. Sie versuchte es mit Alkohol und Tabletten, und ungefähr auf halbem Wege mußte sie aussteigen. Dann kam sie wieder, trocken und sauber, und machte einen glänzenden Abschluß.«

Wie gewöhnlich machten sich Fink und Boxx

hektisch Notizen und versuchten jedes Wort festzuhalten, als wäre damit zu rechnen, daß Foltrigg später Rückfragen stellte. Ord hörte zu, war aber in Gedanken bei dem Stapel längst überfälliger Arbeit auf seinem Schreibtisch. Mit jeder Minute gingen ihm Foltrigg und sein Eindringen in sein Büro mehr auf die Nerven. Schließlich war er genauso beschäftigt wie Foltrigg. Und genauso wichtig war er auch.

»Was für eine Art von Anwältin ist sie?«

Hundsgemein, dachte McThune. Verdammt gerissen, dachte Trumann. Ziemlich geschickt im Umgang mit elektronischen Geräten.

»Sie arbeitet schwer, verdient nicht sonderlich viel, aber meiner Meinung nach spielt Geld für sie auch keine große Rolle.«

»Wie in aller Welt ist sie bloß auf den Namen Reggie gekommen?« fragte Foltrigg, anscheinend ehrlich verunsichert durch dieses ungelöste Rätsel. Wahrscheinlich von Regina abgeleitet, dachte Ord, sprach es aber nicht aus.

Sharpinski setzte zum Reden an, dann dachte er kurz nach. »Es würde Stunden dauern, wenn ich Ihnen alles erzählen wollte, was ich über sie weiß, und das möchte ich nicht. Schließlich ist es nicht wichtig, oder?«

»Vielleicht doch«, fuhr Boxx dazwischen.

Sharpinski warf ihm einen Blick zu, dann wandte er sich an Foltrigg. »Als sie mit dem Studium anfing, versuchte sie, so viel wie möglich von ihrer Vergangenheit auszulöschen, vor allem die schweren Jahre. Sie nahm wieder ihren Mädchennamen Love an. Ich nehme an, Reggie kommt von Regina, aber ich habe sie nie gefragt. Aber sie tat es ganz legal, mit Gerichtsbeschluß und allem was dazugehört. Regina Cardoni existiert nicht mehr, zumindest nicht auf dem Papier. Sie hat nie über ihre Vergangenheit gesprochen an der Universität, aber sie war Thema vieler Unterhaltungen. Doch das hat sie nicht gekümmert.«

»Ist sie immer noch trocken?«

Foltrigg wollte den Schmutz, und das ärgerte Sharpinski. McThune und Trumann war sie bemerkenswert trocken vorgekommen.

»Das müssen Sie sie schon selbst fragen, Mr. Foltrigg.«

»Wie oft sehen Sie sie?«

»Ein- oder zweimal im Monat. Gelegentlich telefonieren wir miteinander.«

»Wie alt ist sie?« Foltrigg stellte die Frage voller Argwohn, als hätten Sharpinski und Reggie vielleicht ein Verhältnis miteinander.

»Auch danach müssen Sie sie selbst fragen. Anfang Fünfzig, schätze ich.«

»Weshalb rufen Sie sie nicht jetzt gleich an, fragen sie, wie's so geht? Nur ein bißchen freundschaftliches Geplauder, Sie wissen schon. Vielleicht erwähnt sie ja Mark Sway.«

Sharpinski bedachte Foltrigg mit einem Blick, bei dem Butter ranzig geworden wäre. Dann sah er seinen Boß Ord an, als wollte er sagen: Ist Ihnen schon einmal so ein Idiot untergekommen? Ord verdrehte die Augen und begann, seine Heftmaschine nachzufüllen.

»Weil sie nicht dumm ist, Mr. Foltrigg. Im Gegenteil, sie ist ausgesprochen klug, und wenn ich sie anrufen würde, wüßte sie sofort, weshalb ich es tue.«

»Vielleicht haben Sie recht.«

»Ich habe recht.«

»Ich möchte, daß Sie uns um drei in ihr Büro begleiten, falls Sie es einrichten können.«

Sharpinski schaute hilfesuchend zu Ord, doch der war vollauf mit der Heftmaschine beschäftigt. »Das kann ich nicht. Ich habe sehr viel zu tun. Sonst noch etwas?«

»Nein. Sie können jetzt gehen«, sagte Ord plötzlich. »Danke, David.« Sharpinski verließ das Büro.

»Mir liegt sehr viel daran, daß er mitkommt«, sagte Foltrigg zu Ord.

»Er hat gesagt, er hat zu tun, Roy. Meine Leute arbeiten«, sagte er mit einem Blick auf Boxx und Fink. Eine Sekretärin klopfte an und trat ein. Sie händigte Foltrigg ein zweiseitiges Fax aus, der es zusammen mit Boxx las. »Das kommt aus meinem Büro«, erklärte er Ord, als stünde nur ihm allein eine solche Technologie zur Verfügung. Sie lasen weiter, und Foltrigg war schließlich fertig. »Haben Sie je von Willis Upchurch gehört?«

»Ja. Ein großkotziger Verteidiger aus Chicago, der viel für die Mafia arbeitet. Was hat er getan?«

»Hier steht, er hätte gerade in New Orleans vor Unmengen von Kameras eine Pressekonferenz abgehalten und gesagt, daß Muldanno ihn engagiert hätte, daß der Fall vertagt werden würde, daß sein Mandant freigesprochen werden würde, und so weiter und so weiter.«

»Das klingt ganz nach Willis Upchurch. Ich kann einfach nicht glauben, daß Sie noch nie von ihm gehört haben.«

»Er war noch nie in New Orleans«, sagte Foltrigg mit Nachdruck, als erinnerte er sich an jeden Anwalt, der es je gewagt hatte, in sein Revier einzudringen.

»Ihr Fall ist gerade zu einem Alptraum geworden.«

»Wunderbar. Einfach wunderbar.«

11

Das Zimmer war dunkel, weil die Vorhänge zugezogen waren. Dianne lag zusammengerollt am Fußende von Rickys Bett und schlief. Nach einem Vormittag, an dem er gemurmelt und sich herumgeworfen und jedermanns Hoffnungen erweckt hatte, war er nach dem Lunch wieder weggedriftet und zu der inzwischen vertrauten Haltung – Knie zur Brust hochgezogen, Tropf im Arm und Daumen im Mund – zurückgekehrt. Greenway versicherte ihr immer wieder, daß er keine Schmerzen hätte. Aber nachdem sie ihn vier Stunden lang an sich gedrückt und geküßt hatte, war sie überzeugt, daß ihr Sohn litt. Sie war erschöpft.

Mark saß gegen die Wand unter dem Fenster gelehnt auf dem Klappbett und betrachtete seinen Bruder und seine Mutter in dem anderen Bett. Auch er war erschöpft, aber schlafen konnte er nicht. Die Ereignisse wirbelten in seinem überanstrengten Gehirn herum, und er versuchte, seine Gedanken zu ordnen. Welches war der nächste

Schritt? Konnte er Reggie vertrauen? Er hatte all diese Anwaltsserien und -filme im Fernsehen gesehen und hatte das Gefühl, daß man der Hälfte der Anwälte trauen konnte und der anderen Hälfte nicht. Wann sollte er es Dianne und Dr. Greenway sagen? Wenn er ihnen alles erzählte – würde das Ricky helfen? Er dachte lange Zeit darüber nach. Er saß auf dem Bett, lauschte den gedämpften Stimmen auf dem Flur, wo die Schwestern ihrer Arbeit nachgingen, und versuchte sich darüber klarzuwerden, wieviel er erzählen sollte.

Der Digitaluhr neben dem Bett zufolge war es vierzehn Uhr zweiunddreißig. Es war unmöglich, sich vorzustellen, daß all dieser Mist in weniger als vierundzwanzig Stunden passiert war. Er kratzte sich am Knie und kam zu dem Entschluß, Greenway alles zu erzählen, was Ricky gesehen und gehört haben konnte. Er betrachtete das unter der Decke herausragende blonde Haar und fühlte sich besser. Er würde mit der Sprache herausrücken, Schluß machen mit dem Lügen und alles tun, was er konnte, um Ricky zu helfen. Das, was Romey ihm in dem Wagen erzählt hatte, wußte niemand außer ihm, und das würde er, wenn seine Anwältin ihm keinen anderen Rat gab, eine Zeitlang für sich behalten.

Aber nicht lange. Die Last wurde zu schwer.

Das war kein Versteckspiel wie mit den Jungen aus der Wohnwagensiedlung in den Wäldern und Schluchten der Umgebung von Tucker Wheel Estates. Das war kein harmloser nächtlicher Ausflug zu einem Mondscheinspaziergang durch die Nachbarschaft. Romey hatte sich eine echte Waffe in den Mund gesteckt. Das hier waren echte FBI-Agenten mit echten Ausweisen, genau wie in den Fernsehberichten über wahre Verbrechen. Er hatte eine echte Anwältin engagiert, die ihm ein echtes Bandgerät an den Bauch geklebt hatte, um damit das FBI aufs Kreuz zu legen. Der Mann, der den Senator umgebracht hatte, war ein Profikiller, der schon viele Leute ermordet hatte und der Mafia angehörte. Und diesen Leuten würde es nichts ausmachen, auch einen elfjährigen Jungen umzubringen.

Das alles war einfach zu viel, als daß er allein damit fertig werden konnte. Eigentlich sollte er jetzt in der Schule sein, fünfte Stunde, Mathematik, die er haßte, aber plötzlich vermißte. Er würde sich ausgiebig mit Reggie unterhalten müssen. Sie würde ein Treffen mit den Leuten vom FBI arrangieren, und er würde ihnen bis ins letzte Detail alles erzählen, was Romey ihm anvertraut hatte. Danach würden sie ihn beschützen. Vielleicht würden sie Leibwächter schicken, bis der Killer im Gefängnis saß; vielleicht würden sie ihn auch sofort verhaften, und dann wäre er in Sicherheit. Vielleicht.

Dann erinnerte er sich an einen Film, in dem ein Mann gegen die Mafia ausgesagt und geglaubt hatte, das FBI würde ihn beschützen, aber plötzlich war er auf der Flucht, Kugeln flogen ihm um den Kopf, und Bomben gingen hoch. Das FBI reagierte nicht auf seine Anrufe, weil er vor Gericht irgend etwas nicht richtig gesagt hatte. Mindestens zwanzigmal in dem Film sagte jemand: »Die Mafia vergißt nie.« In der Schlußszene flog der Wagen des Mannes in die Luft, als er den Zündschlüssel drehte, und er landete eine halbe Meile entfernt, ohne Beine. Als er den letzten Atemzug tat, stand eine dunkle Gestalt über ihm und sagte: »Die Mafia vergißt nie.« Es war kein sonderlich guter Film, aber er hatte eine klare Botschaft. Unmißverständlich für Mark.

Er brauchte eine Sprite. Die Tasche seiner Mutter lag auf dem Fußboden unter dem Bett, und er zog langsam den Reißverschluß auf. Drei Röhrchen mit Tabletten waren darin und außerdem zwei Schachteln Zigaretten, und für den Bruchteil einer Sekunde geriet er in Versuchung. Er fand die Vierteldollar-Münzen und verließ das Zimmer.

Im Warteraum flüsterte eine Schwester mit einem alten Mann. Mark öffnete seine Sprite-Dose und wanderte zu den Fahrstühlen. Greenway hatte ihn gebeten, sich soviel wie möglich in Rickys Zimmer aufzuhalten, aber er hatte das Zimmer satt und Greenway auch, und es war kaum damit zu rechnen, daß Ricky in nächster Zeit aufwachen würde. Er betrat den Fahrstuhl und drückte den Knopf für das Kellergeschoß. Er würde einen Blick in die Cafeteria werfen und sehen, was die Anwälte taten.

Kurz bevor die Tür zuglitt, trat ein Mann ein. Er schien ihn ein bißchen zu lange anzusehen. »Bist du Mark Sway?« fragte er.

Allmählich reichte es. Angefangen mit Romey hatte er in den letzten vierundzwanzig Stunden mit so vielen Fremden zu tun gehabt, daß es für Monate reichte.

Er war sicher, daß er den Mann noch nie zuvor gesehen hatte. »Wer sind Sie?« fragte er argwöhnisch.

»Slick Moeller von der *Memphis Post,* du weißt schon, der Zeitung. Du bist doch Mark Sway, oder?«

»Woher wissen Sie das?«

»Ich bin Reporter. Da weiß man solche Dinge. Wie geht es deinem Bruder?«

»Großartig. Warum wollen Sie das wissen?«

»Ich arbeite an einer Story über den Selbstmord und so, und dein Name taucht immer wieder auf. Die Polizisten behaupten, du weißt mehr, als du sagst.«

»Wann soll sie in der Zeitung stehen?«

»Das weiß ich noch nicht. Vielleicht morgen.«

Mark fühlte sich wieder schwach. »Ich beantworte keine Fragen.«

»In Ordnung.« Plötzlich glitt die Fahrstuhltür auf, und ein Schwarm von Leuten trat ein und drängte sich zwischen Mark und den Reporter. Sekunden später hielt der Fahrstuhl im fünften Stock an, und Mark schoß blitzschnell hinaus. Er rannte zur Treppe und machte sich schnell auf den Weg in den sechsten Stock.

Er hatte den Reporter abgehängt. Er setzte sich in dem leeren Treppenhaus auf eine Stufe und begann zu weinen.

Foltrigg, McThune und Trumann trafen um Punkt drei Uhr, der vereinbarten Zeit, in dem kleinen, aber geschmackvollen Empfangszimmer von Reggie Love, Anwältin, ein. Sie wurden von Clint empfangen, der sie aufforderte, Platz zu nehmen, und ihnen dann Kaffee oder Tee anbot, was alle steif ablehnten. Foltrigg teilte Clint unverzüglich mit, er sei der Bundesanwalt für den Southern

District of Louisiana aus New Orleans, und jetzt befinde er sich in diesem Büro, und er war es nicht gewohnt, daß man ihn warten ließ. Das war ein Fehler.

Er mußte eine Dreiviertelstunde warten. Während die Agenten auf der Couch in Zeitschriften blätterten, wanderte Foltrigg herum, schaute immer wieder auf die Uhr, warf Clint wütende Blicke zu, bellte ihn sogar zweimal an und wurde jedesmal informiert, daß Reggie in einer wichtigen Angelegenheit telefoniere. Als ob Foltrigg nicht wegen einer wichtigen Angelegenheit hier wäre. Er wäre nur zu gern wieder gegangen. Aber er konnte es nicht. Dies war einer der seltenen Fälle in seinem Leben, wo er kampflos einen subtilen Tritt in den Hintern einstecken mußte.

Endlich forderte Clint sie auf, ihm in einen kleinen Konferenzraum zu folgen, an dessen Wänden Regale voller dicker juristischer Bücher standen. Clint wies sie an, Platz zu nehmen, und erklärte, Reggie würde gleich kommen.

»Sie hat sich um eine Dreiviertelstunde verspätet«, protestierte Foltrigg.

»Das ist wenig für Reggie, Sir«, sagte Clint mit einem Lächeln, als er die Tür schloß. Foltrigg setzte sich an das eine Ende des Tisches, flankiert von den beiden Agenten. Sie warteten.

»Übrigens, Roy«, sagte Trumann widerstrebend, »bei dieser Frau müssen Sie vorsichtig sein. Es kann sein, daß sie das Gespräch aufzeichnet.«

»Wie kommen Sie auf die Idee?«

»Nun, man kann nie sicher sein ...«

»Die Anwälte hier in Memphis arbeiten viel mit Bandgeräten«, setzte McThune hilfreich hinzu. »Ich weiß nicht, wie es in New Orleans ist, aber hier ist es ziemlich schlimm.«

»Sie muß uns doch vorher Bescheid sagen, wenn sie das Gespräch aufzeichnen will, oder etwa nicht?« fragte Foltrigg, offensichtlich völlig arglos.

»Darauf würde ich mich nicht verlassen«, sagte Trumann. »Seien Sie auf alle Fälle vorsichtig.«

Die Tür ging auf, und Reggie trat ein, mit achtundvierzig Minuten Verspätung. »Behalten Sie Platz«, sagte sie, als Clint die Tür hinter ihr zumachte. Sie reichte Foltrigg die Hand, der halb aufgestanden war. »Reggie Love. Sie müssen Roy Foltrigg sein.«

»Der bin ich. Erfreut, Sie kennenzulernen.«

»Bitte, bleiben Sie sitzen.« Sie lächelte McThune und Trumann an, und eine kurze Sekunde lang dachten alle drei an das Tonband. »Tut mir leid, daß ich mich verspätet habe«, sagte sie, nachdem sie sich allein an ihrem Ende des Konferenztisches niedergelassen hatte. Sie saßen zweieinhalb Meter von ihr entfernt, zusammengedrängt wie nasse Enten.

»Kein Problem«, sagte Foltrigg laut, als wäre es ein ganz beträchtliches Problem.

Sie holte ein großes Bandgerät aus einer Schublade des Konferenztisches und stellte es vor sich auf. »Haben Sie etwas dagegen, wenn ich diese kleine Konferenz aufnehme?« fragte sie, als sie das Mikrofon einstöpselte. Die kleine Konferenz würde aufgenommen werden, ob es ihnen nun paßte oder nicht. »Ich stelle Ihnen gern eine Kopie des Bandes zur Verfügung.«

»Keine Einwände«, sagte Foltrigg, als hätte er eine Alternative.

McThune und Trumann starrten auf das Bandgerät. Wie nett von ihr, zu fragen! Sie lächelte die beiden an, und sie erwiderten das Lächeln, dann lächelten alle drei das Bandgerät an. Sie war so feinfühlig wie ein Stein, der durch eine Fensterscheibe fliegt. Die verdammte Mikrokassette konnte nicht weit weg sein.

Sie drückte auf einen Knopf. »Also, um was geht es?«

»Wo ist Ihr Mandant?« fragte Foltrigg. Er lehnte sich vor, und es war klar, daß er das gesamte Reden zu übernehmen gedachte.

»Im Krankenhaus. Der Arzt will, daß er sich in der Nähe seines Bruders aufhält.«

»Wann können wir mit ihm reden?«

»Sie setzen voraus, daß Sie tatsächlich mit ihm reden werden.« Sie musterte Foltrigg mit sehr selbstsicheren Augen. Ihr Haar war grau und kurzgeschnitten wie das eines Jungen. Ein ausdrucksvolles, kontrastreiches Gesicht. Die Augenbrauen dunkel. Die Lippen sorgfältig in einem sanften Rot geschminkt. Die Haut war glatt und ohne dickes Makeup. Es war ein hübsches Gesicht mit einem Pony und Augen, die ruhige Entschlossenheit ausstrahlten. Foltrigg sah sie an und dachte an all das Elend und die Qualen, die sie durchgemacht hatte. Es war ihr nicht anzumerken.

McThune öffnete eine Akte und blätterte darin. In den vorangegangenen zwei Stunden hatte er ein fünf Zentimeter dickes Dossier über Reggie Love alias Regina Cardoni zusammengestellt. Sie hatten die Scheidungsunterlagen und die Einweisungsbeschlüsse in der Gerichtsregistratur kopiert. Die Akte enthielt auch die Hypothekenunterlagen und Grundbuchauszüge für das Haus ihrer Mutter. Zwei in Memphis stationierte Agenten hatten versucht, an ihre Studienpapiere heranzukommen.

Foltrigg liebte schmutzige Wäsche. Wie der

Fall auch beschaffen sein mochte und wer sein Gegner war, Foltrigg wollte sämtliche dreckigen Einzelheiten wissen. McThune las die ganze unerquickliche juristische Geschichte der Scheidung mit all ihren Anschuldigungen von Ehebruch, Alkohol, Drogen und Unzurechnungsfähigkeit und schließlich dem Selbstmordversuch. Aber er las sie vorsichtig, sorgfältig darauf bedacht, nicht dabei gesehen zu werden. Er wollte diese Frau unter keinen Umständen gegen sich aufbringen.

»Wir müssen mit Ihrem Mandanten reden, Ms. Love.«

»Nennen Sie mich Reggie. Okay, Roy?«

»Von mir aus. Wir glauben, daß er etwas weiß, darum geht es.«

»Was zum Beispiel?«

»Nun, wir sind überzeugt, daß der kleine Mark vor Jerome Cliffords Tod in seinem Wagen war. Wir glauben, daß er mehr als nur ein paar Sekunden mit ihm verbracht hat. Clifford hatte ganz offensichtlich vor, Selbstmord zu begehen, und wir haben Gründe zu der Annahme, daß er jemandem erzählen wollte, wo sein Mandant, Mr. Muldanno, die Leiche von Senator Boyette versteckt hat.«

»Wie kommen Sie darauf, daß er das erzählen wollte?«

»Das ist eine lange Geschichte. Er hat zweimal

mit einem meiner Assistenten Kontakt aufgenommen und angedeutet, daß er vielleicht bereit sein würde, einen Handel abzuschließen und auszusteigen. Er hatte Angst. Und er trank sehr viel. Er war völlig unberechenbar geworden. Es ging steil bergab mit ihm, und er wollte reden.«

»Weshalb glauben Sie, er könnte meinem Mandanten etwas anvertraut haben?«

»Zugegeben, es ist nur eine Möglichkeit. Aber wir müssen unter jedem Stein nachsehen. Das verstehen Sie doch sicher.«

»Höre ich da ein wenig Verzweiflung heraus?«

»Eine Menge Verzweiflung, Reggie. Ich will ganz offen zu Ihnen sein. Wir wissen, wer den Senator umgebracht hat, aber ohne die Leiche wird es sehr schwierig sein, ihn vor Gericht zu bringen.« Er hielt inne und lächelte sie warmherzig an. Ungeachtet seiner vielen widerwärtigen Unzulänglichkeiten hatte Roy viele Stunden vor Geschworenen verbracht und wußte, wie und wann er sich ehrlich und aufrichtig zu geben hatte.

Und sie hatte viele Stunden in Therapien verbracht und konnte eine Vortäuschung erkennen. »Ich habe nicht gesagt, daß Sie nicht mit Mark Sway reden können. Sie können heute nicht mit ihm reden, aber vielleicht morgen. Vielleicht auch übermorgen. Das geht alles ein bißchen zu schnell.

Mr. Cliffords Leiche ist noch warm. Machen wir ein bißchen langsamer und tun wir einen Schritt nach dem andern. Okay?«

»Okay.«

»So, und nun überzeugen Sie mich, daß Mark Sway in dem Wagen war, bevor Clifford sich erschossen hat.«

Kein Problem. Foltrigg schaute auf einen Notizblock und spulte die vielen Stellen ab, von denen Fingerabdrücke abgenommen worden waren. Heckleuchten, Kofferraum, Griff und Verriegelung der Beifahrertür, Armaturenbrett, Waffe, Jack-Daniels-Flasche. Es gab einen verschmierten Abdruck auf dem Schlauch, aber da waren sie noch nicht sicher. Sie arbeiteten daran. Jetzt war Foltrigg der Ankläger, trug einen Fall mit unwiderlegbaren Beweisen vor.

Reggie machte sich seitenweise Notizen. Sie wußte, daß Mark in dem Wagen gewesen war, aber nicht, daß er eine so breite Spur hinterlassen hatte.

»Dic Whiskeyflasche?« fragte sie.

Foltrigg schlug eine Seite um und las die Details nach. »Ja, drei eindeutige Abdrücke. Ganz offensichtlich.«

Mark hatte ihr von der Waffe erzählt, aber nicht von der Flasche. »Das ist etwas merkwürdig, oder?«

»An diesem Punkt ist alles merkwürdig. Die Polizeibeamten, die mit ihm gesprochen haben, können sich nicht erinnern, daß er nach Alkohol roch, also glaube ich nicht, daß er etwas getrunken hat. Ich bin sicher, er könnte es uns erklären, wenn wir nur mit ihm reden könnten.«

»Ich werde ihn fragen.«

»Also hat er Ihnen nichts von der Flasche erzählt?«

»Nein.«

»Hat er die Waffe erwähnt?«

»Ich kann nicht preisgeben, was mein Mandant erwähnt hat.« Foltrigg wartete verzweifelt auf einen Hinweis, und das machte ihn jetzt wirklich wütend. Auch Trumann wartete atemlos. McThune hörte auf, in dem Bericht eines gerichtlich bestellten psychiatrischen Gutachters zu lesen.

»Also hat er Ihnen nicht alles erzählt?« fragte Foltrigg.

»Er hat mir eine Menge erzählt, aber es ist möglich, daß er das eine oder andere Detail ausgelassen hat.«

»Die Details könnten ausschlaggebend sein.«

»Ich werde darüber entscheiden, was ausschlaggebend ist und was nicht. Was haben Sie sonst noch?«

»Geben Sie ihr den Abschiedsbrief«, wies Foltrigg Trumann an, der ihn aus einer Akte zog und ihr hinüberreichte. Sie las ihn langsam, dann ein zweites Mal. Mark hatte den Brief nicht erwähnt.

»Offensichtlich zwei verschiedene Stifte«, erklärte Foltrigg. »Den blauen haben wir im Wagen gefunden, einen billigen Kugelschreiber, der leer war. Es ist nur eine Vermutung, aber es sieht so aus, als hätte Clifford versucht, noch etwas hinzuzusetzen, nachdem Mark den Wagen verlassen hatte. Das Wort ›wo‹ scheint darauf hinzudeuten, daß der Junge nicht mehr da war. Es ist offensichtlich, daß sie miteinander geredet und ihre Namen genannt haben, und daß der Junge lange genug in dem Wagen war, um alles anzufassen.«

»Keine Fingerabdrücke hier drauf?« fragte sie und schwenkte den Brief.

»Nein. Wir haben ihn gründlich untersucht. Der Junge hat ihn nicht angerührt.«

Sie legte ihn gelassen neben ihren Block und verschränkte die Hände. »Nun, Roy, ich glaube, die große Frage ist folgende: Wie haben Sie sich seine Fingerabdrücke beschafft, um sie mit denen im Wagen zu vergleichen?« Sie fragte das mit derselben zuversichtlichen Herablassung, die auch Trumann und McThune erlebt hatten, als sie ihnen vor weniger als vier Stunden das Tonband präsentierte.

»Ganz einfach. Wir haben sie gestern abend im Krankenhaus von einer Sprite-Dose abgenommen.«

»Haben Sie Mark Sway oder seine Mutter gefragt, bevor Sie das taten?«

»Nein.«

»Also sind Sie in die Privatsphäre eines elfjährigen Jungen eingedrungen.«

»Nein. Wir versuchen, Beweismaterial zu sammeln.«

»Beweismaterial? Beweismaterial wofür? Nicht für ein Verbrechen, würde ich sagen. Das Verbrechen ist bereits begangen worden, und die Leiche wurde versteckt. Sie können sie nur nicht finden. Und um was für ein Verbrechen soll es hier gehen? Selbstmord? Beobachten eines Selbstmords?«

»Hat er den Selbstmord beobachtet?«

»Ich kann Ihnen nicht sagen, was er getan oder gesehen hat, weil er sich mir als seiner Anwältin anvertraut hat. Unsere Unterredungen sind vertraulich, das wissen Sie doch, Roy. Was sonst haben Sie von diesem Jungen genommen?«

»Nichts.«

Sie schnaubte, als glaubte sie ihm nicht. »Was haben Sie sonst noch?«

»Reicht das nicht?«

»Ich will alles hören.«

Foltrigg blätterte vor und zurück und wurde langsam rot. »Sie haben das geschwollene linke Auge und die Beule auf seiner Stirn gesehen. Die Polizisten haben gesagt, er hätte etwas Blut auf der Lippe gehabt, als sie ihn am Schauplatz des Selbstmordes fanden. Bei Cliffords Autopsie wurde etwas Blut auf dem Rücken seiner rechten Hand festgestellt, und es ist nicht sein Blut.«

»Lassen Sie mich raten. Es stammt von Mark.«

»Höchstwahrscheinlich. Dieselbe Blutgruppe.«

»Woher kennen Sie seine Blutgruppe?«

Foltrigg ließ den Block fallen und rieb sich das Gesicht. Die erfolgreichsten Verteidiger sind diejenigen, die die Diskussion von den eigentlichen Themen fernhalten. Sie machen Schwierigkeiten und werfen Steine auf die winzigen Nebenaspekte eines Falles und hoffen, daß Ankläger und Geschworene auf diese Weise von der offensichtlichen Schuld ihrer Mandanten abgelenkt werden. Wenn es etwas zu verbergen gibt, werfen sie ihrem Gegner technische Verstöße vor. Gerade jetzt sollte es vor allem um das gehen, was Clifford möglicherweise zu Mark gesagt hatte. Es hätte so einfach sein können. Aber jetzt hatte der Junge eine Anwältin, und sie saßen hier und versuchten zu erklären, wie sie sich bestimmte wichtige Informationen beschafft hatten. Es war durchaus statthaft,

Fingerabdrücke von einer Dose abzunehmen, ohne vorher um Erlaubnis zu fragen. Das war gute Polizeiarbeit. Aber aus dem Mund einer Verteidigerin war es plötzlich ein bösartiges Eindringen in die Privatsphäre. Als nächstes würde sie mit einem Prozeß drohen. Und jetzt die Blutgruppe.

Sie war gut. Es fiel ihm schwer, sich vorzustellen, daß sie erst seit vier Jahren praktizierte.

»Aus den Aufnahmepapieren seines Bruders im Krankenhaus.«

»Und wie sind Sie an die Krankenhausunterlagen gekommen?«

»Wir haben Mittel und Wege.«

Trumann machte sich auf Vorwürfe gefaßt. McThune versteckte sich hinter der Akte. Sie waren gebrannte Kinder. Sie hatte bewirkt, daß sie stotterten und stammelten und Blut schwitzten, und nun war es der alte Roy, der ein paar Hiebe einstecken mußte. Es war fast komisch.

Aber sie blieb gelassen. Sie streckte langsam einen schlanken Finger mit weißem Nagellack aus und zeigte damit auf Roy. »Wenn Sie noch einmal in die Nähe meines Mandanten kommen und versuchen, ohne meine Zustimmung irgendwas von ihm zu bekommen, dann verklage ich Sie und das FBI. Ich bringe bei den Anwaltskammern von Louisiana und Tennessee eine Beschwerde wegen standeswidrigen Verhaltens ein, und ich zerre Sie hier vor das Jugendgericht und bitte den Richter, Sie in eine Zelle zu sperren.« Die Worte wurden mit einer ganz ruhigen Stimme gesprochen, emotionslos, aber so sachlich und nüchtern, daß jeder Anwesende, Roy Foltrigg nicht ausgenommen, wußte, daß sie genau das tun würde, was sie angekündigt hatte.

Er lächelte und nickte. »Gut. Tut mir leid, wenn wir ein bißchen vom Pfad der Tugend abgewichen sind. Aber die Sache brennt uns auf den Nägeln, und wir müssen mit Ihrem Mandanten reden.«

»Haben Sie mir alles gesagt, was Sie über Mark wissen?« Foltrigg und Trumann konsultierten ihre Notizen. »Ja, ich denke schon.«

»Was ist das?« fragte sie und deutete auf die Akte, in die McThune vertieft war. Er las gerade den Bericht über ihren Selbstmordversuch, und in den Plädoyers wurde unter Berufung auf eidlich beschworene Aussagen behauptet, daß sie vier Tage im Koma gelegen hatte, bevor sie wieder zu sich kam. Offensichtlich war ihr Ex-Gatte, Dr. Cardoni, dem Plädoyer zufolge der letzte Abschaum, ein hundsgemeiner Mensch mit einer Menge Geld und einer Schar von Anwälten, und sobald Regina /Reggie die Tabletten genommen hatte, war er mit einem Stapel von Anträgen zum Gericht gerannt, um das Sorgerecht für die Kinder zu bekommen. Angesichts der auf die Papiere aufgestempelten Eingangsdaten konnte nicht der geringste Zweifel daran bestehen, daß der gute Doktor Anträge stellte und um Anhörungen nachsuchte, während sie im Koma lag und um ihr Leben rang.

McThune geriet nicht in Panik. Er sah sie unschuldig an und sagte: »Nur internes Zeug.« Das war keine Lüge – er getraute sich nicht, sie anzulügen. Sie hatte das Tonband, und sie hatte sie zur Wahrhaftigkeit verpflichtet.

»Über meinen Mandanten?«

»O nein.«

Sie studierte ihre Notizen. »Wir sollten morgen wieder zusammenkommen«, sagte sie. Es war kein Vorschlag, sondern eine Anweisung.

»Es eilt uns wirklich sehr, Reggie«, erklärte Foltrigg.

»Aber mir nicht. Und ich denke, ich bestimme, wo's langgeht, oder?«

»Ja, das tun Sie wohl.«

»Ich brauche Zeit, um das zu verdauen und mit meinem Mandanten zu reden.«

Das war nicht gerade das, was sie wollten, aber ihnen war schmerzlich bewußt, daß es alles war, was sie bekommen würden. Foltrigg schraubte mit großer Geste die Kappe auf seinen Federhalter und verstaute seine Notizen in seinem Aktenkoffer. Trumann und McThune folgten seinem Beispiel, und eine Minute lang bebte der Tisch, während sie mit Papieren und Akten hantierten und alles wieder einpackten.

»Um welche Zeit morgen?« fragte Foltrigg, knallte seinen Aktenkoffer zu und schob seinen Stuhl zurück.

»Um zehn. In diesem Büro.«

»Wird Mark Sway hier sein?«

»Das weiß ich nicht.«

Sie standen auf und verließen im Gänsemarsch das Zimmer.

12

Wally Boxx rief mindestens viermal pro Stunde das Büro in New Orleans an. Foltrigg hatte siebenundvierzig stellvertretende Bundesanwälte, die alle möglichen Verbrechen verfolgten und die Interessen der Regierung wahrnahmen, und Wallys Aufgabe war es, ihnen die Anweisungen ihres in Memphis weilenden Chefs zu übermitteln. Außer Thomas Fink arbeiteten noch drei weitere Anwälte an dem Fall Muldanno, und es war Wally ein Bedürfnis, sie jede Viertelstunde mit Instruktionen und den letzten Neuigkeiten über Clifford zu versorgen. Am Mittag wußte das ganze Büro über Mark Sway und seinen kleinen Bruder Bescheid. Klatsch und Spekulationen schwirrten durch die Luft. Was wußte der Junge? Würde er sie zu der Leiche führen? Anfangs wurden diese Fragen nur von den drei Muldanno-Anklägern erörtert, aber schon am frühen Nachmittag ergingen sich die Sekretärinnen im Kaffeezimmer in wilden Theorien über den Abschiedsbrief und das, was der Junge erfahren haben mochte, bevor Clifford sich die Kugel in den Kopf schoß. Sämtliche andere Arbeit kam praktisch zum Erliegen, während man in Foltriggs Büro auf Wallys nächsten Anruf wartete.

Foltrigg hatte schon öfter schlechte Erfahrungen mit Indiskretionen gemacht. Er hatte Mitarbeiter gefeuert, von denen er argwöhnte, daß sie zuviel redeten. Er hatte von allen Anwälten, Anwaltsgehilfen, Rechercheuren und Sekretärinnen, die für ihn arbeiteten, verlangt, daß sie sich einem Test mit dem Lügendetektor unterzogen. Heikle Informationen hielt er streng unter Verschluß, weil er fürchtete, seine eigenen Leute könnten sie preisgeben. Er hielt Vorträge und stieß Drohungen aus.

Aber Roy Foltrigg war nicht der Mann, der andere zu tiefer Loyalität inspirierte. Viele seiner Assistenten mochten ihn nicht. Er spielte das Politikspiel. Er benutzte Fälle für seine eigenen krassen Ambitionen. Er vereinnahmte das Rampenlicht, kassierte sämtliches Lob für gute Arbeit und machte für schlechte seine Untergebenen verantwortlich. Um einiger billiger Schlagzeilen willen bemühte er sich um die Verurteilung von gewählten Beamten wegen Marginaldelikten. Er forschte seine Gegner aus und zerrte ihre Namen durch die

Presse. Er war eine politische Hure, und sein einziges Talent auf juristischem Gebiet äußerte sich im Gerichtssaal, wo er den Geschworenen predigte und aus der Bibel zitierte. Er war unter Reagan ernannt worden und hatte noch ein Jahr vor sich, und die meisten seiner Assistenten zählten die Tage. Sie ermutigten ihn, für ein öffentliches Amt zu kandidieren. Egal für welches.

Um acht Uhr morgens kamen die ersten Anrufe der Reporter in New Orleans. Sie verlangten einen offiziellen Kommentar aus Foltriggs Büro über Clifford. Sie bekamen keinen. Um vierzehn Uhr zog Willis Upchurch mit einem finster dreinblikkenden Muldanno an seiner Seite seine Schau ab, und weitere Reporter schnüffelten im Büro herum. Zwischen Memphis und New Orleans wurden Hunderte von Telefongesprächen geführt.

Die Leute redeten.

Sie standen vor dem schmutzigen Fenster am Ende des Flurs im neunten Stock und beobachteten den Feierabendverkehr in der Innenstadt. Dianne zündete sich nervös eine Virginia Slim an und stieß eine dicke Rauchwolke aus. »Wer ist diese Anwältin?«

»Sie heißt Reggie Love.«

»Wie hast du sie gefunden?«

Er deutete auf das vier Blocks entfernte Sterick Building. »Ich bin einfach in ihr Büro in dem Gebäude da drüben gegangen und habe mit ihr gesprochen.«

»Warum, Mark?«

»Diese Polizisten machen mir Angst, Mom. Hier im Haus wimmelt es von Polizisten und FBI-Leuten. Und Reportern. Einer von ihnen hat mich heute nachmittag im Fahrstuhl abgepaßt. Ich finde, wir brauchen juristischen Rat.«

»Anwälte arbeiten nicht umsonst, Mark. Du weißt genau, daß wir uns keinen Anwalt leisten können.«

»Ich habe sie schon bezahlt«, sagte er wie ein Großindustrieller.

»Was? Wie kannst du einen Anwalt bezahlen?«

»Sie wollte einen kleinen Vorschuß, und sie hat einen bekommen. Ich habe ihr einen Dollar gegeben von den fünf, die ich mir heute morgen für die Doughnuts genommen habe.«

»Sie arbeitet für einen Dollar? Das muß ja eine tolle Anwältin sein.«

»Sie ist ziemlich gut. Bis jetzt bin ich sehr beeindruckt von ihr.«

Dianne schüttelte verwundert den Kopf. Im Verlauf ihrer widerlichen Scheidung hatte Mark, damals neun Jahre alt, ständig ihren Anwalt kritisiert. Er hatte sich stundenlang Wiederholungen von »Perry Mason« angesehen und keine Folge von »L. A. Law« versäumt. Es war Jahre her, seit sie in einer Diskussion mit ihm die Oberhand behalten hatte.

»Was hat sie bisher unternommen?« fragte Dianne, als träte sie aus einer dunklen Höhle heraus und sähe zum ersten Mal seit einem Monat wieder die Sonne.

»Um zwölf hat sie sich mit zwei FBI-Agenten getroffen und sie ganz schön in der Luft zerrissen. Und später ist sie wieder mit ihnen zusammengekommen, in ihrem Büro. Seither habe ich noch nicht wieder mit ihr gesprochen.«

»Wann kommt sie hierher?«

»Gegen sechs. Sie will dich kennenlernen und mit Dr. Greenway sprechen. Sie wird dir bestimmt gefallen, Mom.«

Dianne füllte ihre Lungen mit Rauch und exhalierte. »Aber wozu brauchen wir sie, Mark? Ich verstehe einfach nicht, weshalb sie überhaupt auf der Bildfläche erscheinen mußte. Du hast nichts Unrechtes getan. Du und Ricky, ihr habt den Wagen gesehen, du hast versucht, dem Mann zu helfen, aber er hat sich trotzdem erschossen. Und ihr beide habt es gesehen. Wozu brauchst du einen Anwalt?«

»Nun, zu Anfang habe ich die Polizisten angeschwindelt, und deswegen habe ich Angst. Und außerdem habe ich Angst, daß ich in Schwierigkeiten geraten könnte, weil wir den Mann nicht daran gehindert haben, sich zu erschießen. Das ist alles ziemlich beängstigend, Mom.«

Sie beobachtete ihn genau, während er seine Erklärung vorbrachte, und er wich ihrem Blick aus. Es trat eine lange Pause ein. »Hast du mir alles erzählt?« fragte sie langsam, als wüßte sie genau Bescheid.

Zuerst hatte er sie im Wohnwagen angelogen, während sie auf die Ambulanz warteten und Hardy bei ihnen war und zuhörte. Erst gestern abend in Rickys Zimmer, unter Greenways Kreuzverhör, hatte er die erste Version der Wahrheit von sich gegeben. Er erinnerte sich, wie betrübt sie gewesen war, als sie die revidierte Geschichte hörte, und wie sie später gesagt hatte: »Du hast mich noch nie angelogen, Mark.«

Sie hatten so viel zusammen durchgemacht, und hier war er nun und tänzelte um die Wahrheit herum, wich Fragen aus, erzählte Reggie mehr, als er seiner Mutter erzählt hatte. Ihm war gar nicht wohl in seiner Haut.

»Mom, das ist gestern alles so schnell passiert. Gestern abend war in meinen Gedanken alles verschwommen, aber heute habe ich in Ruhe darüber nachgedacht. Gründlich nachgedacht. Ich hab die Sache schrittweise ablaufen lassen, Minute für Minute, und jetzt erinnere ich mich wieder an vieles.«

»Woran zum Beispiel?«

»Nun, du weißt, wie das auf Ricky gewirkt hat. Ich glaube, auch für mich war es eine Art Schock. Nicht so schlimm, aber ich erinnere mich jetzt an Dinge, an die ich mich schon gestern abend hätte erinnern müssen, als ich mit Dr. Greenway sprach. Leuchtet dir das ein?«

Es leuchtete ihr in der Tat ein. Sie war plötzlich besorgt. Die beiden Jungen waren Zeugen desselben Ereignisses gewesen. Der eine hatte einen Schock erlitten. Da lag es nahe, daß auch der andere gelitten hatte. Daran hatte sie nicht gedacht. Sie beugte sich zu ihm hinunter. »Mark, bist du in Ordnung?«

Er wußte, daß er sie hatte. »Ich denke schon«, sagte er mit einem Stirnrunzeln, als hätte er einen Migräneanfall.

»An was kannst du dich erinnern?« fragte sie vorsichtig.

Er holte tief Luft. »Nun, ich weiß jetzt …«

Greenway räusperte sich und tauchte aus dem Nirgendwo auf. Mark wirbelte herum. »Ich muß jetzt gehen«, sagte Greenway, fast als Entschuldigung. »Ich sehe in ein paar Stunden wieder nach ihm.«

Dianne nickte, sagte aber nichts.

Mark beschloß, es hinter sich zu bringen. »Hören Sie, Doktor, ich erzähle Mom gerade ein paar Dinge, an die ich mich jetzt zum ersten Mal wieder erinnern kann.«

»An den Selbstmord?«

»Ja, Sir. Den ganzen Tag über ist mir die Sache durch den Kopf gegangen, und ein paar Einzelheiten sind mir wieder eingefallen. Ich glaube, einige davon könnten wichtig sein.«

Greenway sah Dianne an. »Lassen Sie uns ins Zimmer gehen und darüber sprechen«, sagte er.

Sie gingen in das Zimmer, machten die Tür hinter sich zu und hörten dann zu, wie Mark versuchte, die Lücken auszufüllen. Es war eine Erleichterung, diese Last loszuwerden, obwohl er die meiste Zeit redete, ohne Dianne und den Doktor anzusehen. Es war eine Schau, dieses schmerzliche Hervorzerren von Szenen aus einem geschockten und schwer in Mitleidenschaft gezogenen Bewußtsein, und er zog sie mit Bravour ab. Er brach oft ab, legte lange Pausen ein, in denen er nach Worten suchte, um etwas zu beschreiben, das längst in seinem Gedächtnis verankert war. Gelegentlich warf er einen Blick auf Greenway, und die Miene des Arztes blieb unbewegt. Von Zeit zu Zeit sah er auch seine Mutter an, und sie schien nicht enttäuscht zu sein. Sie behielt die ganze Zeit einen Ausdruck mütterlicher Anteilnahme bei.

Doch als er zu der Stelle kam, wie Clifford ihn gepackt hatte, konnte er sehen, daß sie unruhig wurden. Er hielt die Augen unverwandt auf den Boden gerichtet. Dianne seufzte, als er von der Pistole erzählte. Greenway schüttelte den Kopf, als er den Schuß durchs Fenster erwähnte. Gelegentlich fürchtete er, sie würde ihn anschreien wegen seiner Lügen am Vorabend, aber er mühte sich weiter voran, allem Anschein nach verstört und tief in Gedanken versunken.

Er berichtete sorgfältig über jede Einzelheit, die Ricky gesehen oder gehört haben konnte. Die einzigen Details, die er für sich behielt, waren Cliffords Geständnisse. Er erinnerte sich lebhaft an die Verrücktheiten: »La-La-Land« und »Ab zum großen Zauberer«.

Als er fertig war, saß Dianne auf dem Klappbett, rieb sich die Stirn und redete von Valium. Greenway saß auf einem Stuhl und ließ sich kein Wort entgehen. »Ist das die ganze Geschichte, Mark?«

»Ich weiß es nicht. Es ist jedenfalls alles, woran ich mich im Moment erinnern kann«, murmelte er, als hätte er Zahnschmerzen.

»Du warst tatsächlich in dem Wagen?« sagte Dianne, ohne die Augen zu öffnen.

Er deutete auf sein leicht geschwollenes linkes Auge. »Schau her. Das ist die Stelle, wo er mich geschlagen hat, als ich versuchte, aus dem Wagen herauszukommen. Mir war ziemlich lange schwindlig. Vielleicht war ich sogar bewußtlos. Ich weiß es nicht.«

»Du hast gesagt, du wärst in der Schule in eine Prügelei geraten.«

»Daran kann ich mich nicht erinnern, Mom, und wenn ich das gesagt habe, dann lag es vielleicht daran, daß ich einen Schock hatte.« Verdammt. Schon wieder bei einer Lüge ertappt.

Greenway strich sich den Bart. »Ricky hat gesehen, wie er dich gepackt und in den Wagen gezerrt hat. Und er hat den Schuß gehört. Wow.«

»Ja. Jetzt sehe ich alles wieder vor mir, ganz deutlich. Tut mir leid, daß ich mich nicht früher erinnert habe, aber mein Kopf war irgendwie leer. Ungefähr so wie der von Ricky.«

Eine weitere lange Pause.

»Offengestanden, Mark, mir fällt es schwer, zu glauben, daß du dich nicht wenigstens an einiges von alldem schon gestern abend erinnern konntest«, sagte Greenway.

»Das verstehe ich nicht. Sehen Sie sich Ricky

an. Er hat gesehen, was mit mir passiert ist, und ihn hat es in diesen Zustand getrieben. Haben wir gestern abend miteinander gesprochen?«

»Na, hör mal, Mark«, sagte Dianne.

»Natürlich haben wir miteinander gesprochen«, sagte Greenway mit mindestens vier neuen Falten auf der Stirn.

»Ja, mir ist auch so. Ich weiß es nur nicht mehr so genau.«

Greenway sah stirnrunzelnd Dianne an, und ihre Blicke trafen sich. Mark ging ins Badezimmer und trank Wasser aus einem Pappbecher.

»Okay«, sagte Dianne. »Hast du es schon der Polizei erzählt?«

»Nein. Es ist mir doch gerade erst wieder eingefallen. Hast du das vergessen?«

Dianne nickte langsam und brachte ein schwaches Lächeln zustande. Ihre Augen waren schmal, und seine richteten sich rasch wieder auf den Fußboden. Sie glaubte die ganze Geschichte über den Selbstmord, aber auf dieses plötzliche Wiederauftauchen klarer Erinnerungen war sie nicht hereingefallen. Sie würde ihn sich später vornehmen.

Auch Greenway hatte seine Zweifel, aber ihm ging es mehr darum, seinem Patienten zu helfen, als Mark Vorwürfe zu machen. Er strich sich sanft den Bart und betrachtete die Wand. Es trat eine lange Pause ein.

»Ich hab Hunger«, sagte Mark schließlich.

Reggie traf mit einer Stunde Verspätung ein und entschuldigte sich. Greenway war für diesen Tag gegangen. Mark übernahm stotternd die Vorstellungszeremonie. Sie lächelte Dianne an, als sie sich die Hand gaben, dann setzte sie sich neben sie aufs Bett. Sie stellte ihr ein Dutzend Fragen über Ricky. Sie war sofort eine Freundin der Familie, besorgt und voller Anteilnahme. Was war mit ihrem Job? Schule? Geld? Kleidung?

Dianne war erschöpft und verletzlich, und es war schön, mit einer Frau zu reden. Sie ging aus sich heraus, und eine Weile unterhielten sie sich darüber, was Greenway zu diesem und jenem gesagt hatte, über alle möglichen Dinge, die mit Mark und seiner Geschichte und dem FBI, dem einzigen Grund für Reggies Anwesenheit, nichts zu tun hatten.

Reggie hatte eine Tüte mit Sandwiches und Chips mitgebracht, und Mark packte sie aus und legte alles auf einen Tisch neben Rickys Bett. Er verließ das Zimmer, um Getränke zu holen. Sie bemerkten es kaum.

Er holte im Wartezimmer zwei Dr. Peppers

aus dem Automaten und kehrte in das Zimmer zurück, ohne von Polizisten, Reportern oder Revolvermännern der Mafia aufgehalten worden zu sein. Die Frauen waren in ein Gespräch darüber vertieft, wie McThune und Trumann versucht hatten, Mark zu verhören. Reggie erzählte die Geschichte so, daß Dianne gar nichts anderes übrigblieb, als dem FBI zu mißtrauen. Sie waren beide empört. Dianne war zum ersten Mal seit vielen Stunden angeregt und lebendig.

Jack Nance Associates war eine stille Firma, die als Sicherheitsspezialisten inserierte, in Wirklichkeit aber nur aus zwei Privatdetektiven bestand. Ihre Anzeige im Branchenbuch war eine der kleinsten in der ganzen Stadt. Ihnen lag nichts an den alltäglichen Scheidungsfällen, bei denen ein Partner fremdging und der andere Fotos wollte. Sie besaßen keinen Lügendetektor. Sie entführten keine Kinder. Sie machten nicht Jagd auf diebische Angestellte.

Jack Nance selbst war ein ehemaliger Sträfling mit einem eindrucksvollen Vorstrafenregister, dem es zehn Jahre lang gelungen war, nicht mit dem Gesetz in Konflikt zu kommen. Sein Partner war Cal Sisson, gleichfalls ein überführter Verbrecher, der mit einer Schwindelfirma für Bedachungen einen großen Coup gelandet hatte. Zusammen verdienten sie ein hübsches Sümmchen, indem sie für reiche Leute die Schmutzarbeit erledigten. Sie hatten einmal einem Teenager, dem Freund der Tochter eines reichen Kunden, beide Hände gebrochen, weil der Junge dem Mädchen eine Ohrfeige gegeben hatte. Ein andermal hatten sie die Kinder eines anderen reichen Kunden dazu gebracht, der Moon-Sekte den Rücken zu kehren. Sie scheuten nicht vor Gewalttätigkeiten zurück. Mehr als einmal hatten sie einen Geschäftsrivalen zusammengeschlagen, der Geld von einem ihrer Kunden angenommen hatte. Einmal hatten sie das Liebesnest der Frau eines Kunden und ihres Liebhabers in Brand gesteckt.

Es gab einen Markt für ihre Art von Detektivarbeit, und man kannte sie in einem kleinen Kreis als zwei sehr gemeine und tüchtige Männer, die ihr Geld kassierten, die schmutzige Arbeit erledigten und keine Spur hinterließen. Sie erzielten erstaunliche Erfolge. Jeder Kunde kam auf Empfehlung.

Jack Nance saß nach Einbruch der Dunkelheit in seinem engen Büro, als jemand an die Tür klopfte. Die Sekretärin hatte bereits Feierabend gemacht. Cal Sisson war unterwegs auf der Suche nach einem Crack-Dealer, der den Sohn eines

Kunden süchtig gemacht hatte. Nance war ungefähr vierzig, kein großer Mann, aber kräftig und überaus behende. Er ging durch das Büro der Sekretärin und öffnete die Vordertür. Das Gesicht war ihm unbekannt.

»Ich suche Jack Nance«, sagte der Mann.

»Das bin ich.«

Der Mann streckte ihm die Hand hin, und Nance ergriff sie. »Ich heiße Paul Gronke. Darf ich hereinkommen?«

Nance öffnete die Tür weiter und bedeutete Gronke, einzutreten. Sie standen vor dem Schreibtisch der Sekretärin. Gronke sah sich in dem vollgestopften, unordentlichen Raum um.

»Es ist schon spät«, sagte Nance. »Was wollen Sie?«

»Ich brauche ein bißchen schnelle Arbeit.«

»Wer hat mich empfohlen?«

»Ich habe von Ihnen gehört. Es spricht sich herum.«

»Nennen Sie mir einen Namen.«

»Okay. J. L. Grainger. Ich glaube, Sie haben ihm bei einem Geschäft geholfen. Er hat auch einen Mr. Schwartz erwähnt, der gleichfalls mit Ihrer Arbeit recht zufrieden war.«

Nance dachte eine Sekunde lang darüber nach, während er Gronke musterte. Er war ein dicklicher Mann mit einem massigen Brustkorb, Ende Dreißig, schlecht gekleidet, aber ohne es zu wissen. Seine Sprechweise verriet Nance sofort, daß er aus New Orleans kam. »Ich bekomme zweitausend Dollar Vorschuß, nicht rückzahlbar, alles in bar, bevor ich einen Finger rühre.« Gronke zog einen Packen Geldscheine aus seiner linken Brusttasche und zählte zwanzig Hunderter ab. Nance entspannte sich. Es war sein schnellster Vorschuß seit zehn Jahren. »Setzen Sie sich«, sagte er, nahm das Geld und deutete auf ein Sofa. »Ich höre.«

Gronke holte einen zusammengefalteten Zeitungsausschnitt aus der Tasche und gab ihn Nance. »Haben Sie das gesehen? Es stand in der heutigen Morgenzeitung.«

Nance warf einen Blick darauf. »Ja. Hab ich gelesen. Was haben Sie damit zu tun?«

»Ich komme aus New Orleans. Mr. Muldanno ist ein alter Freund von mir, und es gefällt ihm gar nicht, daß sein Name hier in Memphis in der Zeitung auftaucht. Es heißt da, er hätte Verbindung zur Mafia und so weiter. Man darf kein Wort von dem glauben, was in den Zeitungen steht. Die Presse treibt dieses Land noch in den Untergang.«

»War Clifford sein Anwalt?«

»Ja. Aber jetzt hat er einen neuen. Aber das ist unwichtig. Lassen Sie mich Ihnen erzählen, was ihm zu schaffen macht. Er weiß aus zuverlässiger Quelle, daß diese beiden Jungen etwas wissen.«

»Wer sind diese Jungen?«

»Einer liegt im Krankenhaus, im Koma oder so etwas. Er ist ausgeflippt, als Clifford sich erschoß. Sein Bruder war in Cliffords Wagen, bevor er sich erschoß, und wir fürchten, der Junge könnte etwas wissen. Er hat eine Anwältin engagiert und weigert sich, mit dem FBI zu reden. Ziemlich verdächtig.«

»Und was soll ich tun?«

»Wir brauchen jemanden, der sich in Memphis auskennt. Wir müssen mit dem Jungen reden. Wir müssen ständig wissen, wo er sich aufhält.«

»Wie heißt er?«

»Mark Sway. Wir glauben, er ist im Krankenhaus, zusammen mit seiner Mutter. Die letzte Nacht haben sie in dem Krankenzimmer verbracht, bei dem jüngeren Bruder. Er heißt Rikky Sway. St. Peter's, neunter Stock, Zimmer 943. Wir möchten, daß Sie den Jungen finden, feststellen, wo er sich im Moment aufhält, und ihm dann auf den Fersen bleiben.«

»Ziemlich einfach.«

»Vielleicht auch nicht. Er wird von der Polizei und wahrscheinlich auch von FBI-Agenten überwacht. Der Junge zieht einen ganzen Rattenschwanz hinter sich her.«

»Ich bekomme hundert Dollar pro Stunde, bar.«

»Das weiß ich.«

Sie nannte sich Amber, neben Alexis der Name, den sich die Stripperinnen und Prostituierten im French Quarter am liebsten zulegten. Sie nahm den Anruf entgegen, dann trug sie das Telefon ein paar Schritte in das winzige Badezimmer, wo Barry Muldanno sich gerade die Zähne putzte. »Es ist Gronke«, sagte sie und reichte ihm den Apparat. Er nahm ihn, drehte den Wasserhahn zu und bewunderte ihren nackten Körper, als sie unter die Decke kroch. Er blieb auf der Schwelle stehen. »Ja?« sagte er ins Telefon.

Eine Minute später stellte er den Apparat auf den Tisch neben dem Bett und trocknete sich rasch ab. Amber war irgendwo unter der Decke.

»Wann gehst du zur Arbeit?« fragte er, während er seine Krawatte band.

»Um zehn. Wie spät ist es?« Ihr Kopf tauchte zwischen den Kissen auf.

»Gleich neun. Ich muß was erledigen. Ich komme wieder.«

»Wozu? Du hast doch gekriegt, was du wolltest.«

»Vielleicht will ich noch mehr. Schließlich bezahle ich die Miete, Süße.«

»Das bißchen Miete. Kannst du mich nicht aus diesem Loch herausholen? Mir eine hübsche Wohnung beschaffen?«

Er zupfte die Manschetten unter dem Jackett hervor und bewunderte sich selbst im Spiegel. Perfekt. Einfach perfekt. »Mir gefällt es hier.«

»Es ist ein Loch. Wenn dir etwas an mir läge, würdest du mir eine hübsche Wohnung beschaffen.«

»Ja, ja. Bis später, Süße.« Er knallte die Tür zu. Stripperinnen. Gib ihnen einen Job, dann eine Wohnung, kauf ihnen ein paar Klamotten, geh mit ihnen essen, dann können sie den Hals nicht voll kriegen und stellen Ansprüche. Sie waren eine kostspielige Angewohnheit, aber eine, von der er nicht loskam.

Er eilte in seinen Alligatorschuhen die Treppe hinunter und öffnete die auf die Dumaine Street hinausgehende Tür. Er schaute nach rechts und links, in dem sicheren Gefühl, daß er beobachtet wurde, dann bog er um die Ecke in die Bourbon Street ein. Er bewegte sich im Schatten, überquerte mehrfach die Straße, dann bog er um weitere Ecken und legte einen Teil der Strecke ein zweites Mal zurück. Er brachte im Zickzackkurs acht

Häuserblocks hinter sich, dann verschwand er in Randy's Oyster an der Decatur Street. Wenn er sie nicht abgeschüttelt hatte, dann waren sie Supermänner.

Randy's war eine sichere Zuflucht. Es war ein altmodisches Speiselokal, lang und schmal, dunkel und immer überfüllt. Touristen hatten hier keinen Zutritt. Es gehörte der Familie und wurde von ihr betrieben. Er eilte die schmale Treppe zum zweiten Stock hinauf, wo Tische im voraus reserviert werden mußten und nur wenige Auserwählte eine Reservierung bekamen. Er nickte einem Kellner zu, grinste einen massigen Ganoven an und betrat ein Privatzimmer mit vier Tischen. Drei davon waren leer, und am vierten saß eine einsame Gestalt praktisch im Dunkeln und las beim Licht einer echten Kerze. Barry blieb stehen und wartete darauf, zum Nähertreten aufgefordert zu werden. Der Mann sah ihn und deutete auf einen Stuhl. Barry setzte sich folgsam.

Johnny Sulari war der Bruder von Barrys Mutter und das unangefochtene Oberhaupt der Familie. Ihm gehörte Randy's, zusammen mit hundert anderen Unternehmen verschiedener Art. Wie gewöhnlich arbeitete er auch an diesem Abend, las bei Kerzenlicht Abrechnungen und wartete auf sein Essen. Heute war Dienstag, ein Abend wie jeder andere im Büro. Am Freitag würde Johnny mit einer Amber oder einer Alexis oder einer Sabrina hier sein und am Samstag mit seiner Frau.

Er war nicht erfreut über die Störung. »Was ist los?« fragte er.

Barry lehnte sich vor, wohl wissend, daß er in diesem Moment hier unerwünscht war. »Ich hab gerade mit Gronke in Memphis gesprochen. Der Junge hat sich eine Anwältin genommen und weigert sich, mit dem FBI zu reden.«

»Ich kann einfach nicht glauben, daß du dermaßen dämlich bist, Barry, weißt du das?«

»Das hast du mir schon öfter gesagt.«

»Ich weiß. Und ich sage es dir wieder. Du bist ein Blödmann, und ich will nur, daß du weißt, daß du ein ausgemachter Blödmann bist.«

»Okay. Ich bin ein Blödmann. Aber wir müssen etwas unternehmen.«

»Was?«

»Wir müssen Bono losschicken und noch jemanden, vielleicht Pirini, vielleicht auch den Bullen, das ist mir egal, aber wir brauchen zwei Leute in Memphis. Und wir brauchen sie sofort.«

»Du willst den Jungen beseitigen?«

»Vielleicht. Das findet sich. Wir müssen herausfinden, was er weiß, okay? Wenn er zuviel weiß, dann werden wir ihn vielleicht erledigen.«

»Es ist mir peinlich, daß wir Blutsverwandte sind, Barry. Du bist ein ausgemachter Idiot, weißt du das?«

»Okay. Aber wir müssen schnell handeln.«

Johnny griff nach einem Stapel Papiere und begann zu lesen. »Schick Bono und Pirini, aber keine weiteren Blödheiten. Du bist ein Idiot, Barry, ein Schwachkopf, und ich will nicht, daß dort irgend etwas unternommen wird, bevor ich es sage. Verstanden?«

»Ja, Sir.«

»Und nun verschwinde.« Johnny schwenkte die Hand, und Barry sprang auf.

13

Bis Dienstagabend war es George Ord und seinen Mitarbeitern endlich gelungen, die Aktivitäten von Foltrigg, Boxx und Fink auf die geräumige Bibliothek im Zentrum seines Büros zu beschränken. Dort hatten sie ihr Lager aufgeschlagen. Sie hatten zwei Telefone. Ord hatte ihnen eine Sekretärin und einen Assistenten zur Verfügung gestellt. Die anderen stellvertretenden Bundesanwälte hatten Anweisung, sich von der Bibliothek fernzuhalten. Foltrigg hielt die Tür geschlossen und breitete seine Papiere und sein ganzes Chaos auf dem fünf Meter langen Konferenztisch in der Mitte des Raumes aus. Trumann durfte kommen und gehen. Die Sekretärin holte Kaffee und Sandwiches, wann immer der Reverend es befahl.

Foltrigg war ein mittelmäßiger Jurastudent gewesen und hatte es in den letzten fünfzehn Jahren gründlich geschafft, der Knochenarbeit juristischer Recherchen aus dem Wege zu gehen. Schon an der Universität hatte er gelernt, Bibliotheken zu hassen. Recherchen waren eine Sache für gelehrte Eierköpfe; das war seine Theorie. In der Praxis aber durften nur richtige Anwälte das Gesetz vertreten, die imstande waren, vor einer Jury zu stehen und zu predigen.

Aber jetzt saß er, zu Tode gelangweilt, mit Boxx und Fink in George Ords Bibliothek und konnte nur darauf warten, daß eine gewisse Reggie Love mit dem Finger schnippte. Und deshalb steckte er, der große Roy Foltrigg, Superanwalt, seine Nase in ein dickes juristisches Buch, während ein Dutzend weitere rings um ihn herum auf dem Tisch lagen. Fink, der gelehrte Eierkopf, saß zwischen zwei Bücherregalen auf dem Fußboden, in Socken, und umgeben von Recherchematerial. Boxx, was juristischen Sachverstand anging, gleichfalls ein Leichtgewicht, tat so, als arbeitete er am anderen Ende von Foltriggs Tisch. Boxx hatte seit Jahren kein juristisches Buch mehr aufgeschlagen, aber im Augenblick gab es schlicht nichts anderes zu tun. Er trug seine letzten sauberen Boxershorts und hoffte von ganzem Herzen, daß sie Memphis morgen wieder verlassen würden.

Im Mittelpunkt ihrer Recherchen stand die Frage, wie man Mark Sway dazu bringen konnte, Informationen preiszugeben, auch wenn er es nicht wollte. Wenn jemand über Informationen verfügt, die für ein Strafverfahren von entscheidender Bedeutung sind, und dieser jemand nicht reden will, wie kann man sich diese Informationen dann beschaffen? Außerdem wollte Foltrigg wissen, ob Reggie Love gezwungen werden konnte, preiszugeben, was immer Mark Sway ihr erzählt hatte. Die Vertraulichkeit von Gesprächen zwischen Anwalt und Mandant ist beinahe heilig, aber Roy wollte trotzdem, daß in dieser Richtung recherchiert wurde.

Die Debatte darüber, ob Mark Sway etwas wußte oder nicht, hatte schon vor Stunden mit einem eindeutigen Sieg Foltriggs geendet. Der Junge war in dem Wagen gewesen. Clifford war verrückt und wollte reden. Der Junge hatte die Polizei angelogen. Und nun hatte Mark eine Anwältin, weil er etwas wußte und Angst hatte, damit herauszurükken. Weshalb machte er nicht einfach reinen Tisch und erzählte alles? Weil er Angst hatte vor dem Mörder von Boyd Boyette. So einfach war das.

Fink hatte nach wie vor Zweifel, aber er hatte das Argumentieren satt. Sein Boß war nicht sonderlich intelligent und überaus starrköpfig, und wenn er zu einer Schlußfolgerung gelangt war, dann saß sie unverrückbar fest. Und Foltriggs Argumente hatten etwas für sich. Der Junge benahm sich seltsam, insbesondere für einen Jungen.

Boxx stand natürlich felsenfest hinter seinem Boß und glaubte alles, was er sagte. Wenn Roy sagte, der Junge weiß, wo die Leiche ist, dann war es das Evangelium. Auf einen seiner vielen Anrufe hin stellte in New Orleans ein halbes Dutzend stellvertretender Bundesanwälte genau dieselben Recherchen an.

Gegen zehn am Dienstagabend klopfte Larry Trumann an die Tür zur Bibliothek und trat ein. Er hatte den größten Teil des Abends in McThunes Büro verbracht. Auf Foltriggs Anweisung hin hatten sie alle nötigen Formalitäten in die Wege geleitet, um Mark Sway Sicherheit im Rahmen eines Zeugenschutzprogramms anbieten zu können. Sie hatten ein Dutzend Telefongespräche mit Washington geführt und zweimal mit F. Denton Voyles, dem Direktor des FBI, gesprochen. Falls Mark Sway am Morgen Foltrigg nicht die Antworten lieferte, die er haben wollte, würden sie bereit sein, ihm ein überaus attraktives Angebot zu machen.

Foltrigg sagte, sie würden leichtes Spiel haben. Der Junge hatte nichts zu verlieren. Sie würden seiner Mutter eine gute Stellung in einer anderen Stadt ihrer Wahl anbieten. Sie würde mehr verdienen als nur die jämmerlichen sechs Dollar pro Stunde, die sie in der Lampenfabrik bekam. Die

Familie würde in einem Haus mit Fundament leben, nicht in einem billigen Wohnwagen. Sie würden ihr die Sache mit Bargeld schmackhaft machen, vielleicht auch einem neuen Wagen.

Mark saß im Dunkeln auf der dünnen Matratze und betrachtete seine Mutter, die mit Ricky in dem hohen Krankenbett lag. Er hatte dieses Zimmer und das Krankenhaus satt. Das Klappbett ruinierte seinen Rücken. Leider war die hübsche Karen nicht im Schwesternzimmer. Die Flure waren leer. Niemand wartete auf den Fahrstuhl.

Im Wartezimmer saß ein einsamer Mann. Er blätterte in einer Zeitschrift und ignorierte die Wiederholung von »M.A.S.H« im Fernsehen. Er saß auf der Couch – genau da, wo Mark zu schlafen gedachte. Mark steckte zwei Vierteldollar in den Automaten und holte eine Sprite heraus. Er setzte sich auf einen Stuhl und schaute auf den Bildschirm. Der Mann war um die Vierzig und sah müde und besorgt aus. Zehn Minuten vergingen, und »M.A.S.H« war zu Ende. Plötzlich war Gill Teal da, der Anwalt der kleinen Leute; er stand seelenruhig am Schauplatz eines Verkehrsunfalls und redete über das Wahrnehmen von Rechten und den Kampf mit den Versicherungsgesellschaften. Gill Teal bringt Sie ans Ziel.

Jack Nance klappte die Zeitschrift zu und griff zu einer anderen. Er schaute Mark zum ersten Mal an und lächelte. »Hi, Junge«, sagte er freundlich und richtete dann den Blick auf irgendein Herz-und-Krone-Blatt.

Mark nickte. Was er in seinem Leben am allerwenigsten brauchte, war ein weiterer Fremder. Er nippte an seiner Sprite und betete um Ruhe.

»Was machst du hier?« fragte der Mann.

»Fernsehen«, erwiderte Mark kaum hörbar.

Der Mann hörte auf zu lächeln und begann, einen Artikel zu lesen. Die Mitternachtsnachrichten kamen und mit ihnen ein großer Bericht über einen Taifun in Pakistan, mit Liveaufnahmen von toten Menschen und toten Tieren, die an der Küste herumlagen wie Treibholz. Es war die Art von Filmmaterial, bei dem man nicht wegschauen konnte.

»Das ist ja furchtbar«, sagte Jack Nance zum Fernseher hin, als ein Hubschrauber über einem Haufen menschlicher Überreste schwebte.

»Ja«, sagte Mark, bemüht, nicht zugänglich zu werden. Wer weiß – dieser Mann konnte durchaus ein weiterer hungriger Anwalt sein, der nur darauf wartete, sich auf ein verletztes Opfer zu stürzen.

»Wirklich furchtbar«, sagte der Mann und schüttelte den Kopf. »Ich meine, es gibt vieles, wofür wir dankbar sein müssen. Aber es ist schwer, in einem Krankenhaus dankbar zu sein, wenn du weißt, wie ich das meine.« Er sah plötzlich wieder traurig aus und warf Mark einen schmerzlichen Blick zu.

»Was ist los?« Mark konnte nicht anders, er mußte fragen.

»Mein Sohn. Er ist in sehr schlechter Verfassung.« Der Mann warf die Zeitschrift auf den Tisch und rieb sich die Augen.

»Was ist passiert?« fragte Mark. Der Mann tat ihm leid. »Verkehrsunfall. Trunkenheit am Steuer. Mein Junge wurde aus dem Wagen herausgeschleudert.«

»Wo ist er?«

»Auf der Intensivstation im ersten Stock. Ich mußte einfach von dort weg. Da unten ist es nicht auszuhalten, massenhaft Leute, die ständig schreien und weinen.«

»Es tut mir sehr leid.«

»Er ist erst acht Jahre alt.« Er schien zu weinen, aber Mark wußte es nicht genau.

»Mein kleiner Bruder ist auch acht. Er liegt in einem Zimmer gleich um die Ecke.«

»Was fehlt ihm?« fragte der Mann, ohne aufzuschauen.

»Er hat einen Schock.«

»Was ist passiert?«

»Das ist eine lange Geschichte. Und sie wird immer länger. Aber er wird es überstehen. Ich hoffe, Ihr Sohn kommt auch durch.«

Jack Nance schaute auf die Uhr und stand plötzlich auf. »Das hoffe ich auch. Alles Gute für dich, äh, wie heißt du?«

»Mark Sway.«

»Alles Gute, Mark. Ich muß wieder hinunter.« Er ging zu den Fahrstühlen und verschwand.

Mark nahm seinen Platz auf der Couch ein, und Minuten später war er eingeschlafen.

14

Die Fotos auf der Titelseite der Mittwochsausgabe der *Memphis Press* stammten aus dem Jahrbuch der Willow Street Elementare School. Sie waren ein Jahr alt – Mark war in der vierten Klasse gewesen und Ricky in der ersten. Die Bilder standen nebeneinander auf dem unteren Drittel der Seite, und unter den vergnügten, lächelnden Gesichtern waren die Namen zu lesen. Mark Sway. Ricky Sway. Links davon stand eine Story über Jerome Cliffords Selbstmord und das bizarre Nachspiel, in das die Jungen verwickelt waren. Ihr Verfasser war Slick Moeller. Er hatte sich seine eigene kleine Geschichte zusammengereimt. Das FBI war in die Sache verwickelt; Ricky hatte einen Schock erlitten; Mark hatte 911 angerufen, aber ohne seinen Namen zu nennen; die Familie hatte eine Anwältin engagiert, eine gewisse Reggie Love, Marks Fingerabdrücke waren überall im Innern des Wagens, auch auf der Waffe. Die Story erweckte den Eindruck, daß Mark ein kaltblütiger Killer war.

Karen brachte ihm die Zeitung, als er in einem leeren, halb privaten Zimmer saß, das dem von Ricky direkt gegenüberlag. Mark schaute sich Cartoons an und versuchte noch ein wenig zu schlafen. Greenway wollte niemanden im Zimmer haben außer Ricky und Dianne. Eine Stunde zuvor hatte Ricky die Augen aufgeschlagen und auf die Toilette gewollt. Jetzt lag er wieder im Bett, murmelte etwas über Alpträume und aß Eiskrem.

»Du machst Schlagzeilen«, sagte Karen, als sie ihm die Zeitung gab und seinen Orangensaft auf den Tisch stellte.

»Was ist das?« fragte er, als er plötzlich sein Gesicht in Schwarzweiß vor sich sah. »Verdammt!«

»Nur eine kleine Story. Wenn du Zeit hast, hätte ich gern ein Autogramm von dir.«

Sehr komisch. Sie verließ das Zimmer, und er las langsam den Artikel. Reggie hatte ihm von den Fingerabdrücken und dem Abschiedsbrief erzählt. Er hatte von der Waffe geträumt; aber er hatte völlig vergessen, daß er auch die Whiskeyflasche angefaßt hatte.

Irgendwas war hier unfair. Er war nur ein Junge, der mit seinen eigenen Angelegenheiten genug zu tun hatte, und jetzt stand plötzlich sein Foto auf der Titelseite, und man zeigte mit Fingern auf ihn. Wieso kann eine Zeitung Fotos aus einem alten Jahrbuch ausgraben und sie abdrucken, wann immer sie will? Hatte er denn kein Recht auf ein wenig Privatleben?

Er warf die Zeitung auf den Boden und trat ans Fenster. Der Tag brach gerade an, es nieselte, und die Innenstadt von Memphis erwachte allmählich zum Leben. Wie er da in dem leeren Zimmer am Fenster stand und auf die hohen Gebäude hinausschaute, fühlte er sich völlig allein. Binnen einer Stunde würde eine halbe Million Menschen wach sein und über Mark und Ricky Sway lesen, während sie ihren Kaffee tranken und ihren Toast verspeisten. Die dunklen Gebäude würden sich bald mit geschäftigen Leuten füllen, die sich um ihre Schreibtische und Kaffeemaschinen versammelten, und sie würden sich unterhalten und wilde Vermutungen anstellen – über ihn und über das, was es mit dem toten Anwalt auf sich hatte. Natürlich war der Junge in dem Wagen gewesen. Schließlich hatte man überall seine Fingerabdrücke gefunden. Wie war der Junge in den Wagen gekommen? Und wie wieder heraus? Sie würden Slick Moellers Story lesen, als wäre jedes Wort wahr, als wüßte Slick ganz genau, was Sache war.

Es war nicht fair, daß ein Kind eine Story über sich selbst auf der Titelseite lesen mußte und keine Eltern hatte, hinter denen es sich verstecken konnte. Jedes Kind, dem es so erging, brauchte den Schutz eines Vaters und die ungeteilte Zuneigung einer Mutter. Es brauchte einen Schild gegen Polizisten und FBI-Agenten und Reporter und, Gott behüte, die Mafia. Hier war er nun, elf Jahre alt, allein, mal lügend, dann die Wahrheit sagend, dann noch mehr lügend, nie sicher, was er tun sollte. Die Wahrheit kann einen das Leben kosten – das hatte er einmal in einem Film gesehen, und es fiel ihm immer dann wieder ein, wenn er den Drang verspürte, irgendwelche Amtspersonen anzulügen. Wie sollte er je aus diesem Schlamassel wieder herauskommen?

Er hob die Zeitung vom Fußboden auf und trat auf den Flur hinaus. Greenway hatte eine Notiz an Rickys Tür geheftet, die jedermann, einschließlich den Schwestern, den Zutritt verbot. Dianne hatte Rückenschmerzen vom Sitzen in Rickys Bett, und Greenway hatte eine weitere Ladung Tabletten gegen ihre Beschwerden bringen lassen.

Mark machte am Schwesternzimmer halt und gab Karen die Zeitung zurück. »Hübsche Story, nicht?« sagte er mit einem Lächeln. Die Verliebtheit war verflogen. Sie war immer noch hübsch, spielte aber jetzt die Spröde, und er hatte einfach nicht die nötige Energie.

»Ich hole mir ein Stück Kuchen«, sagte er. »Wollen Sie auch eins?«

»Nein, danke.«

Er ging zu den Fahrstühlen und drückte auf den Knopf. Die mittlere Tür ging auf, und er trat ein.

In der gleichen Sekunde flüsterte Jack Nance im dunklen Wartezimmer in sein Sprechfunkgerät.

Der Fahrstuhl war leer. Es war erst kurz nach sechs, eine gute halbe Stunde, bevor der Betrieb richtig losging. Der Fahrstuhl hielt im achten Stock. Die Tür ging auf, und ein Mann trat ein. Er trug einen weißen Kittel, Jeans, Turnschuhe und eine Baseballmütze. Mark schaute ihm nicht ins Gesicht. Er hatte es satt, fremde Leute kennenzulernen.

Die Tür glitt zu, und plötzlich packte der Mann Mark und drängte ihn in eine Ecke. Er klammerte die Finger um Marks Kehle. Dann ließ er sich auf ein Knie sinken und zog etwas aus der Tasche. Sein Gesicht war nur ein paar Zentimeter von Marks Augen entfernt, und es war ein gräßliches Gesicht. Er atmete schwer. »Hör mir zu, Mark Sway«, knurrte er. Etwas klickte in seiner rechten Hand, und plötzlich kam die funkelnde Klinge eines Schnappmessers ins Bild. Eine sehr lange Klinge. »Ich weiß nicht, was Jerome Clifford dir erzählt hat«, sagte er eindringlich. »Aber wenn du nur ein einziges Wort davon irgend jemandem gegenüber wiederholst, einschließlich deiner Anwältin, dann bringe ich dich um. Und deine Mutter und deinen kleinen Bruder auch. Hast du mich verstanden? Er ist in Zimmer 943. Ich kenne den Wohnwagen, in dem ihr lebt. Verstanden? Ich kenne auch deine Schule an der Willow Road.« Sein Atem war warm und roch nach Milchkaffee, und er zielte mit der Klinge auf Marks Augen. »Hast du mich verstanden?« fragte er mit einem gemeinen Lächeln.

Der Fahrstuhl hielt, und der Mann stand aufgerichtet neben der Tür; sein Bein verdeckte das Messer. Obwohl völlig gelähmt, war Mark doch imstande zu hoffen, daß irgend jemand zu ihnen in den Fahrstuhl treten würde. Es war offensichtlich, daß er keine Möglichkeit hatte, bei diesem Halt herauszukommen. Sie warteten zehn Sekunden im sechsten Stock, und niemand trat ein. Die Tür glitt zu, und sie fuhren weiter.

Der Mann stürzte sich wieder auf ihn, und diesmal war das Messer nur zwei oder drei Zentimeter von Marks Nase entfernt. Er hielt ihn mit einem kräftigen Unterarm in der Ecke fest und stieß plötzlich mit der funkelnden Klinge auf Marks Taille zu. Schnell und gekonnt schnitt er eine

Gürtelschlaufe durch. Dann noch eine. Seine Botschaft hatte er an den Mann gebracht, ohne Störung, und jetzt war die Zeit für ein bißchen Nachdruck gekommen.

»Ich schlitz dir den Bauch auf, hast du verstanden?« fragte er, dann gab er Mark frei.

Mark nickte. Ein Klumpen von der Größe eines Golfballs verstopfte ihm die trockene Kehle, und plötzlich waren seine Augen feucht. Er nickte. Ja, ja, ja.

»Ich bringe dich um. Ist dir das klar?«

Mark starrte das Messer an und nickte noch ein paarmal. »Und wenn du irgend jemandem von mir erzählst, dann erwische ich dich. Verstanden?« Mark nickte weiter, aber jetzt schneller.

Der Mann schob das Messer in eine Tasche und zog ein zusammengefaltetes, zwanzig mal fünfundzwanzig Zentimeter großes Farbfoto aus dem Kittel. Er hielt es Mark vors Gesicht. »Hast du das schon einmal gesehen?« fragte er, jetzt lächelnd.

Es war ein Familienfoto, in einem Kaufhaus aufgenommen, als Mark in der zweiten Klasse gewesen war, und es hatte seit Jahren in ihrem Wohnzimmer über dem Fernseher gehangen. Mark starrte es an.

»Erkennst du es?« fuhr der Mann ihn an.

Mark nickte. Es gab nur ein solches Foto auf der Welt.

Der Fahrstuhl hielt im fünften Stock, und der Mann bewegte sich schnell und stellte sich wieder neben die Tür. In letzter Sekunde traten zwei Schwestern ein, und Mark konnte endlich wieder atmen. Er blieb in der Ecke, hielt sich am Griff fest und betete um ein Wunder. Die Klinge war bei jeder Attacke nähergekommen, und noch einmal würde er das nicht durchstehen. Im dritten Stock stiegen drei weitere Personen ein und traten zwischen Mark und den Mann mit dem Messer. Blitzschnell war Marks Angreifer verschwunden; durch die bereits zugleitende Tür.

»Bist du okay?« Eine Schwester musterte ihn, stirnrunzelnd und sehr besorgt. Der Fahrstuhl ruckte an und fuhr abwärts. Sie berührte seine Stirn und spürte eine Schicht Schweiß unter den Fingern. Seine Augen waren feucht. »Du siehst blaß aus«, sagte sie.

»Ich bin okay«, murmelte er schwach und hielt sich haltsuchend am Griff fest.

Die andere Schwester schaute auf ihn in seiner Ecke herab. Sie musterten voller Besorgnis sein Gesicht. »Bist du sicher?«

Er nickte, und plötzlich hielt der Fahrstuhl im zweiten Stock an. Er schoß zwischen Körpern hindurch, rannte einen schmalen Flur entlang und wich Krankenbetten und Rollstühlen aus. Seine abgetragenen Nike-Laufschuhe quietschten auf dem sauberen Linoleum, als er auf eine Tür mit dem EXIT-Schild darüber zurannte. Er hielt sich am Geländer fest und rannte, immer zwei Stufen auf einmal nehmend, nach oben, ohne auch nur eine Sekunde innezuhalten. Die Schmerzen in seinen Oberschenkeln kamen im sechsten Stock, aber er rannte noch schneller. Im achten Stock begegnete er einem Arzt, hielt aber trotzdem nicht an. Er rannte, erklomm den Berg in Rekordzeit, bis die Treppe im fünfzehnten Stock endete. Er sackte auf einem Absatz unter einem Wasserschlauch zusammen und blieb im Halbdunkel sitzen, bis durch ein winziges Buntglasfenster über ihm die Sonne hereinfiel.

Gemäß seiner Vereinbarung mit Reggie schloß Clint das Büro um genau acht Uhr auf, schaltete das Licht ein und machte Kaffee. Es war Mittwoch, also gab es Southern Pekan. Er suchte unter den zahllosen Ein-Pfund-Paketen mit Kaffeebohnen im Kühlschrank, bis er Southern Pecan gefunden hatte. Dann maß er sorgfältig vier Löffel davon ab und tat sie in die Mühle. Sie merkte sofort, wenn er das Maß auch nur um einen halben Löffel verfehlt hatte. Den ersten Schluck trank sie immer wie ein Weinkenner, schmatzte mit den Lippen wie ein Kaninchen und fällte dann ihr Urteil über den Kaffee. Er fügte die abgemessene Menge Wasser hinzu, legte den Schalter um und wartete darauf, daß die ersten schwarzen Tropfen in die Kanne fielen. Das Aroma war köstlich.

Clint genoß den Kaffee fast ebenso wie seine Chefin, und die sorgfältige Routine seiner Zubereitung wurde nur zur Hälfte ernst genommen. Sie begannen jeden Tag mit einer ruhigen Tasse, wobei sie den Tag planten und über die Post sprachen. Sie hatten sich elf Jahre zuvor bei einer Entziehungskur kennengelernt, als sie vierzig war und er siebzehn. Sie hatten gleichzeitig mit dem Jurastudium begonnen, aber er war ausgestiegen, nachdem er einen bösen Abstecher zu Kokain gemacht hatte. Jetzt war er seit fünf Jahren clean, sie seit sechs. Sie hatten sich viele Male gegenseitig Halt gegeben.

Er sortierte die Post und legte sie sorgfältig auf ihrem leeren Schreibtisch zurecht. Dann goß er sich seine erste Tasse Kaffee ein und las mit großem Interesse die Titelgeschichte über ihren neuesten Mandanten. Wie gewöhnlich hatte Slick Moeller seine Fakten. Und gleichfalls wie gewöhnlich gab es zwischen den Fakten eine Menge Andeutungen. Die beiden Jungen sahen einander sehr ähnlich, aber Rickys Haar war etwas heller. Er lächelte und präsentierte dabei eine Menge Zahnlücken.

Clint legte die Zeitung mit der Titelseite nach oben auf Reggies Schreibtisch.

Wenn sie keinen Gerichtstermin hatte, erschien Reggie nur selten vor neun Uhr im Büro. Sie kam nur langsam in Gang, lief erst gegen vier Uhr nachmittags zu ihrer vollen Form auf und arbeitete dann bis in den Abend hinein.

Ihre Aufgabe als Anwältin sah sie darin, mißbrauchte und vernachlässigte Kinder zu schützen, und das tat sie mit großem Geschick und voll Leidenschaft. Das Jugendgericht berief sie routinemäßig als Vertreterin mittelloser Kinder, die Anwälte brauchten, es aber nicht wußten. Sie war eine beredte Advokatin kleiner Klienten, die sich nicht bedanken konnten. Sie hatte Väter wegen Belästigung ihrer Töchter verklagt. Sie hatte Onkel wegen Vergewaltigung ihrer Nichten verklagt. Sie hatte Mütter wegen Mißhandlung ihrer Säuglinge verklagt. Sie hatte Nachforschungen bei Eltern angestellt, die ihren Kindern Drogen zugänglich gemacht hatten. Sie war gesetzlicher Vormund von mehr als zwanzig Kindern. Das Jugendgericht hatte sie zur Beraterin für straffällig gewordene Kinder bestellt, und sie arbeitete unentgeltlich für Kinder, die in Nervenheilanstalten eingewiesen werden mußten. Ihr Einkommen war adäquat, aber unwichtig. Sie hatte früher einmal Geld gehabt, jede Menge Geld, und es hatte ihr nichts als Elend gebracht.

Sie trank einen Schluck Southern Pecan, erklärte ihn für gut und plante mit Clint den Tag. Das war ein Ritual, das sie befolgten, wann immer es möglich war.

Als sie nach der Zeitung griff, ertönte der Summer und zeigte an, daß die Tür geöffnet worden war. Clint sprang auf, um nachzusehen. Er fand Mark Sway, der an der Tür zum Empfangszimmer stand, naß von dem Sprühregen und völlig außer Atem.

»Guten Morgen, Mark. Du bist ja klatschnaß.«

»Ich muß mit Reggie sprechen.« Die Haare klebten ihm an der Stirn, und Wasser tropfte von seiner Nase. Er war wie betäubt.

»Okay.« Clint verschwand und kehrte mit einem Handtuch aus der Toilette zurück. Er wischte Mark das Gesicht ab, dann sagte er: »Komm mit.«

Reggie wartete in der Mitte ihres Büros. Clint machte die Tür zu und ließ sie allein.

»Was ist los?« fragte sie.

»Ich glaube, wir müssen miteinander reden.« Sie deutete auf einen Lehnstuhl, und er setzte sich. Sie selbst ließ sich auf der Couch nieder.

»Was ist passiert, Mark?« Seine Augen waren rot und erschöpft. Er starrte auf die Blumen auf dem Tisch.

»Ricky ist heute früh zu sich gekommen.«

»Das ist wundervoll. Wann?«

»Vor ein paar Stunden.«

»Du siehst müde aus. Möchtest du einen Becher heißen Kakao?«

»Nein. Haben Sie die Morgenzeitung gesehen?«

»Ja, ich habe sie gesehen. Hast du deswegen Angst?«

»Natürlich habe ich deswegen Angst.« Clint klopfte an, dann öffnete er die Tür und brachte trotzdem heißen Kakao. Mark dankte ihm und umfaßte den Becher mit beiden Händen. Ihm war kalt und der warme Becher half. Clint machte die Tür wieder zu und verschwand.

»Wann treffen wir uns mit dem FBI?« fragte er.

»In einer Stunde. Warum?«

Er nippte an dem Kakao und verbrannte sich die Zunge. »Ich glaube, ich will nicht mit ihnen reden.«

»Okay. Du brauchst es auch nicht, das weißt du. Ich habe dir das alles erklärt.«

»Ich weiß. Darf ich Sie etwas fragen?«

»Natürlich, Mark. Du siehst ziemlich mitgenommen aus.«

»Es war kein schöner Morgen.« Er nahm einen weiteren winzigen Schluck, dann noch einen. »Was würde mir passieren, wenn ich nie jemandem erzähle, was ich weiß?«

»Du hast es mir erzählt.«

»Ja, aber Sie dürfen es nicht weitersagen. Und ich habe Ihnen nicht alles erzählt, richtig?«

»Richtig.«

»Ich habe Ihnen erzählt, daß ich weiß, wo die Leiche ist, aber ich habe Ihnen nicht erzählt ...«

»Ich weiß, Mark. Ich weiß nicht, wo sie ist. Das ist ein großer Unterschied, und das ist mir völlig klar.«

»Wollen Sie es wissen?«

»Willst du es mir sagen?«

»Eigentlich nicht. Nicht jetzt.«

Sie war erleichtert, ließ es sich aber nicht anmerken. »Okay, dann will ich es nicht wissen.«

»Also was passiert, wenn ich es nie verrate?«

Darüber hatte sie stundenlang nachgedacht, und sie hatte immer noch keine Antwort. Aber sie hatte Foltrigg kennengelernt, und sie war überzeugt, daß er alle legalen Mittel einsetzen würde, um ihren Mandanten zur Preisgabe der Information zu zwingen. So gern sie es getan hätte – sie konnte ihm nicht raten, zu lügen.

Eine Lüge wäre die einfachste Lösung. Eine simple Lüge, und Mark Sway konnte den Rest seines Lebens leben, weit weg von allem, was in New Orleans passiert war. Und weshalb sollte er sich über Muldanno und Foltrigg und den verstorbenen Boyd Boyette den Kopf zerbrechen? Er war nur ein Kind, weder eines Verbrechens noch einer schwerwiegenden Sünde schuldig.

»Ich nehme an, daß man versuchen wird, dich zum Reden zu zwingen.«

»Wie geht das?«

»Das weiß ich nicht. Es kommt überaus selten vor, aber ich glaube, es kann ein Gerichtsbeschluß erwirkt werden, der dich zwingt, auszusagen, was du weißt. Clint und ich, wir haben uns mit dieser Frage beschäftigt.«

»Ich weiß, was Clifford mir erzählt hat, aber ich weiß nicht, ob es die Wahrheit war.«

»Aber du glaubst, daß es die Wahrheit war, stimmt's, Mark?«

»Ja, ich denke schon. Ich weiß nicht, was ich tun soll.« Er murmelte leise, gelegentlich fast unhörbar, nicht willens, sie anzusehen. »Können sie mich zum Reden zwingen?« fragte er.

Sie antwortete mit Bedacht. »Es könnte passieren. Ich meine, eine Menge Dinge könnten passieren. Aber es kann durchaus sein, daß ein Richter in einem Gerichtssaal dir schon sehr bald befiehlt, zu reden.«

»Und wenn ich mich weigere?«

»Gute Frage, Mark. Das ist eine Grauzone. Wenn sich ein Erwachsener einer Anordnung des Gerichts widersetzt, dann macht er sich der Mißachtung des Gerichts schuldig und riskiert, daß er ins Gefängnis kommt. Ich weiß nicht, was mit einem Kind passieren würde. Davon habe ich noch nie etwas gehört.«

»Was ist mit einem Lügendetektor?«

»Wie meinst du das?«

»Nun, sagen wir, sie schleppen mich vor Gericht, und der Richter befiehlt mir, mit der Sprache herauszurücken, und ich erzähle die Geschichte, lasse aber den wichtigsten Teil aus. Und sie werden denken, daß ich lüge. Was dann? Können sie mich auf den Stuhl schnallen und anfangen, mir Fragen zu stellen. Das habe ich einmal in einem Film gesehen.«

»Du hast gesehen, wie ein Kind mit einem Lügendetektor verhört wurde?«

»Nein. Es war ein Polizist, den man beim Lügen ertappt hatte. Aber, ich meine, können sie das mit mir tun?«

»Ich glaube nicht. Ich habe nie davon gehört, und ich würde mit allen Mitteln versuchen, es zu verhindern.«

»Aber es könnte passieren?«

»Ich bin mir nicht sicher. Ich bezweifle es.« Das waren harte Fragen, die wie Geschosse auf sie einprasselten, und sie mußte vorsichtig sein. Klienten hörten oft nur das, was sie hören wollten, und nahmen den Rest nicht zur Kenntnis. »Aber ich muß dich warnen, Mark. Wenn du vor Gericht lügst, könntest du große Probleme bekommen.«

Er dachte eine Sekunde lang darüber nach, dann sagte er: »Wenn ich die Wahrheit sage, bekomme ich noch größere Probleme.«

»Warum?«

Sie wartete lange auf eine Erwiderung. Ungefähr alle zwanzig Sekunden trank er einen kleinen Schluck Kakao; er schien nicht die Absicht zu haben, ihre Frage zu beantworten. Das Schweigen störte ihn nicht. Er starrte auf den Tisch, aber seine Gedanken wirbelten irgendwo anders herum.

»Mark, gestern abend hast du angedeutet, du wärst bereit, mit den Leuten vom FBI zu reden und ihnen deine Geschichte zu erzählen. Jetzt hast du offensichtlich deine Meinung geändert. Warum? Was ist passiert?«

Wortlos stellte er den Becher auf den Tisch und bedeckte seine Augen mit den Fäusten. Sein Kinn sackte auf die Brust, und er fing an zu weinen.

Die Tür zum Empfangszimmer wurde geöffnet, und ein Mädchen von Federal Express erschien mit einem acht Zentimeter dicken Päckchen. Ganz Lächeln und Tüchtigkeit, händigte sie es Clint aus und zeigte ihm, wo er unterschreiben mußte. Sie dankte ihm, wünschte ihm einen schönen Tag und verschwand.

Das Päckchen wurde erwartet. Es kam von Print Research, einer beachtlichen kleinen Firma in Washington, die nichts anderes tat, als zweihundert Tageszeitungen aus dem ganzen Land durchzusehen und die Artikel zu katalogisieren. Die Meldungen wurden ausgeschnitten, kopiert, in Computern erfaßt und standen binnen vierundzwanzig Stunden jedem zur Verfügung, der bereit war, dafür zu bezahlen. Reggie wollte nicht bezahlen, aber sie brauchte schnell Hintergrundmaterial über Senator Boyette und alles, was mit ihm zusammenhing. Clint hatte den Auftrag gestern erteilt, nachdem Mark gegangen war und

Reggie einen neuen Mandanten hatte. Die Anforderung war auf die Zeitungen von New Orleans und Washington beschränkt.

Er nahm den Inhalt heraus, einen sauberen Stapel Fotokopien, einundzwanzig mal achtundzwanzig Zentimeter groß; von Zeitungsartikeln, Schlagzeilen und Fotos, alle in perfekter chronologischer Reihenfolge und mit gerade verlaufenden Spalten, die Bilder unverschmiert.

Boyette war ein gestandener Demokrat aus New Orleans gewesen und hatte bereits mehrere Amtszeiten als Hinterbänkler im Repräsentantenhaus hinter sich, als eines Tages Senator Dauvin, ein Relikt aus Vorkriegszeiten, aber immer noch im Amt, im Alter von einundneunzig Jahren plötzlich starb. Boyette setzte seine Beziehungen ein, machte ganz im Einklang mit der großen alten Tradition der Politik in Louisiana einen Haufen Bargeld flüssig und fand einen Empfänger dafür. Er wurde vom Gouverneur für den Rest von Dauvins Amtszeit zu dessen Nachfolger bestellt. Die Theorie war simpel: Wenn ein Mann genügend Verstand besaß, um einen Haufen Geld anzusammeln, dann war er bestimmt auch ein würdiger Senator der Vereinigten Staaten.

Boyette wurde Mitglied des exklusivsten Clubs der Welt und erwies sich mit der Zeit als recht fähig. Im Laufe der Jahre entging er nur knapp ein paar Anklagen, dann hatte er offensichtlich seine Lektion gelernt. Er überstand mit knapper Mehrheit zwei Wiederwahlen und gelangte schließlich an den Punkt, an den die meisten Senatoren aus dem Süden gelangen – man ließ ihn einfach in Ruhe. Als dies passierte, wurde Boyette langsam reifer und verwandelte sich vom lautstarken Verfechter der Rassentrennung in einen relativ liberalen und vorurteilslosen Staatsmann. Er fiel bei drei kompromißlosen Gouverneuren von Louisiana in Ungnade, und folglich wurde er bei den Erdöl- und Chemiefirmen, die die Ökologie des Staates ruiniert hatten, zum Outcast.

So wurde Boyd Boyette zu einem radikalen Umweltschützer, was bei einem Südstaaten-Politiker völlig unerhört war. Er wetterte gegen die Öl- und Gasindustrie, und deren Bosse schworen sich, ihn zugrunde zu richten. Er hielt in kleinen, vom Ölboom verheerten Bayou-Städten Anhörungen ab und schuf sich Feinde in den Bürohochhäusern von New Orleans. Senator Boyette machte die zerbröckelnde Ökologie seines geliebten Staates zu seiner ureigensten Sache und ging ihr mit Leidenschaft nach.

Sechs Jahre zuvor hatte jemand den Plan ausgeheckt, in Lafourche Parish, ungefähr hundertzwanzig Kilometer südwestlich von New Orleans, eine Giftmülldeponie anzulegen. Beim ersten Mal wurde dieser Plan schnell von den örtlichen Behörden abgeschmettert. Aber wie die meisten von reichen Körperschaften lancierten Ideen verschwand er nicht von der Bildfläche, sondern tauchte ein Jahr später wieder auf, unter anderem Namen, mit einer anderen Gruppe von Gutachtern, neuen Versprechen von Arbeitsplätzen und einem neuen Wortführer. Er wurde ein zweites Mal von den örtlichen Behörden abgelehnt, aber die Gegenstimmen waren erheblich weniger geworden. Ein Jahr verging, einiges Geld wechselte den Besitzer, an den Vorschlägen wurden ein paar kosmetische Veränderungen vorgenommen, und plötzlich stand die Sache wieder auf der Tagesordnung. Die Leute, die in der Umgebung der geplanten Deponie wohnten, waren in heller Aufregung. Gerüchte schwirrten herum, darunter ein besonders hartnäckiges, demzufolge die Mafia von New Orleans hinter der Deponie steckte und keine Ruhe geben würde, bis sie endlich gebaut wäre. Natürlich standen Millionen auf dem Spiel.

Die Zeitungen von New Orleans wiesen glaubhaft nach, daß zwischen der Mafia und der Giftmülldeponie eine Verbindung bestand. Ein Dutzend Firmen waren beteiligt, und Namen und

Adressen führten zu mehreren bekannten Personen, die eindeutig Kriminelle waren.

Die Bühne stand, der Handel war abgeschlossen, die Deponie sollte genehmigt werden, doch dann trat Senator Boyd Boyette mit einem Heer von Bundesbeamten auf. Er drohte mit Untersuchungen durch ein Dutzend Aufsichtsbehörden. Er hielt allwöchentliche Pressekonferenzen ab. Er hielt Reden im gesamten Süden von Louisiana. Die Befürworter der Deponie gingen eiligst in Deckung. Die Firmen gaben knappe Statements heraus, in denen sie sich jeden Kommentars enthielten. Aber Boyette hatte bewirkt, daß sie vorerst aufgeben mußten, und das bereitete ihm eine diebische Freude.

Am Abend seines Verschwindens hatte der Senator an einer Protestversammlung der Bürger von Houma in einer überfüllten Turnhalle teilgenommen. Er ging spät und trat, wie üblich allein, die einstündige Rückfahrt nach New Orleans an. Schon Jahre zuvor hatte Boyette die Nase vollgehabt von dem ununterbrochenen Gerede und der ständigen Lobhudelei seiner Assistenten; er zog es deshalb vor, selbst zu fahren, wann immer es möglich war. Er lernte Russisch, seine vierte Sprache, und genoß das Alleinsein in seinem Cadillac und das Abhören der Sprachkassetten.

Am Mittag des nächsten Tages war man zu dem Schluß gelangt, daß der Senator verschwunden war. Die sensationellen Schlagzeilen in New Orleans verkündeten die Geschichte. Große Schlagzeilen in der *Washington Post* vermuteten ein Verbrechen. Die Tage vergingen, und es gab kaum etwas Neues. Es wurde keine Leiche gefunden. An die hundert alte Fotos des Senators wurden ausgegraben und von den Zeitungen veröffentlicht. Die Story hatte bereits jeden Neuigkeitswert verloren, als plötzlich der Name Barry Muldanno mit dem Verschwinden des Senators in Verbindung gebracht wurde, und das löste hektische Spekulationen über die schmutzigen Machenschaften der Mafia aus. Ein ziemlich furchterregendes erkennungsdienstliches Foto eines jungen Muldanno erschien in New Orleans auf der Titelseite. Die Zeitung wärmte die alten Stories über die Giftmülldeponie und die Mafia wieder auf. Das Messer war ein bekannter Killer mit einem Vorstrafenregister. Und so weiter und so weiter.

Roy Foltrigg hatte seinen grandiosen Einstieg in die Story, als er vor die Kameras trat und verkündete, daß Barry Muldanno wegen des Mordes an Senator Boyd Boyette angeklagt worden war. Auch er erschien auf den Titelseiten, sowohl in New Orleans als auch in Washington, und Clint erinnerte sich an ein ähnliches Foto in der Zeitung von Memphis. Eine große Neuigkeit, aber keine Leiche. Doch das kümmerte Mr. Foltrigg wenig. Er wetterte gegen das organisierte Verbrechen. Er verkündete einen sicheren Sieg. Er trug seine sorgsam vorbereiteten Predigten mit der Verve eines erfahrenen Bühnenschauspielers vor, brüllte immer genau im richtigen Moment, zeigte mit dem Finger, schwenkte die Anklageschrift. Er gab keinen Kommentar, was die fehlende Leiche anging, deutete aber an, daß er etwas wüßte, worüber er nicht sprechen konnte, und erklärte, er hätte keinerlei Zweifel daran, daß die Überreste des Senators gefunden werden würden.

Es gab weitere Fotos und Stories, als Barry Muldanno verhaftet wurde oder, richtiger, sich selbst dem FBI stellte. Er verbrachte drei Tage im Gefängnis, bis über eine Kaution verhandelt worden war, und es gab weitere Fotos, die ihn beim Verlassen des Gefängnisses zeigten. Er trug einen dunklen Anzug und lächelte in die Kameras. Er war unschuldig, erklärte er. Es war ein Rachefeldzug.

Es gab Fotos von Schaufelbaggern, aus einiger Entfernung aufgenommen, mit denen sich das FBI auf der Suche nach der Leiche durch den schlammigen Boden von New Orleans schaufelte. Es gab weitere Fotos von Foltriggs Auftritten vor der Presse. Es gab Serien von Untersuchungsberichten über die äußerst ergiebige Geschichte des organisierten Verbrechens in New Orleans. Aber die Suche dauerte an, und schließlich schien der Story die Luft auszugehen.

Der Gouverneur, ein Demokrat, ernannte einen Parteifreund für die restlichen anderthalb Jahre von Boyettes Amtszeit. Die Zeitung von New Orleans brachte eine Analyse der zahlreichen Politiker, die es kaum abwarten konnten, für den Senat zu kandidieren. Einer der beiden Republikaner, die Gerüchten zufolge interessiert waren, war Foltrigg.

Er saß neben ihr auf der Couch und rieb sich die Augen. Er war wütend auf sich selbst, weil er geweint hatte, aber daran ließ sich nun nichts mehr ändern. Sie hatte ihm den Arm um die Schultern gelegt und tätschelte ihn sanft.

»Du brauchst kein Wort zu sagen«, wiederholte sie ruhig.

»Ich will es auch nicht. Vielleicht später, wenn ich unbedingt muß, aber nicht jetzt. Okay?«

»Okay, Mark.«

Es klopfte an der Tür. »Herein«, sagte Reggie, gerade laut genug, um gehört zu werden. Clint erschien mit einem Stapel Papiere und sah auf die Uhr.

»Tut mir leid, wenn ich störe. Aber es ist fast zehn, und Mr. Foltrigg wird gleich hier sein.« Er legte die Papiere auf den Tisch. »Das wolltest du sehen, bevor er kommt.«

»Sag Mr. Foltrigg, es gäbe nichts zu besprechen«, sagte Reggie.

Clint runzelte die Stirn und sah Mark an. Er saß so nahe bei ihr, als brauchte er Schutz. »Du willst ihn nicht sehen?«

»Nein. Sag ihm, das Treffen fällt aus, weil wir nichts zu sagen haben«, sagte sie und nickte Mark zu.

Clint schaute abermals auf die Uhr und wich betreten bis zur Tür zurück. »Wird gemacht«, sagte er dann lächelnd, als genösse er plötzlich die Idee, Foltrigg sagen zu können, er sollte verschwinden. Er machte die Tür hinter sich zu.

»Bist du okay?« fragte sie.

»Nicht besonders.«

Sie beugte sich vor und begann, sich die Kopien der Zeitungsausschnitte anzusehen. Mark saß wie benommen da, müde und erschöpft, immer noch verängstigt, selbst nachdem er sich mit seiner Anwältin beraten hatte. Sie überflog die Seiten, las die Schlagzeilen und die Überschriften und zog die Fotos näher zu sich heran. Nach ungefähr einem Drittel hielt sie plötzlich inne und lehnte sich auf der Couch zurück. Sie zeigte Mark eine Nahaufnahme von Barry Muldanno, wie er in die Kamera lächelte. Es stammte aus der Zeitung von New Orleans. »Ist das der Mann?«

Mark betrachtete das Foto, ohne es anzufassen. »Nein. Wer ist es?«

»Das ist Barry Muldanno.«

»Das ist nicht der Mann, der mich im Lift gepackt hat. Aber wahrscheinlich hat er massenhaft Freunde.«

Sie steckte das Foto wieder in den Stapel auf dem Tisch und klopfte ihm aufs Bein.

»Was werden Sie jetzt tun?« fragte er.

»Ein paar Anrufe machen. Ich rede mit dem Verwaltungsdirektor des Krankenhauses und veranlasse, daß Rickys Zimmer bewacht wird.«

»Sie dürfen ihm nichts von diesem Mann sagen, Reggie. Sie bringen uns um. Wir dürfen es niemandem sagen.«

»Das tue ich auch nicht. Ich sage den Leuten im Krankenhaus, daß es ein paar Drohungen gegeben hat. Das ist Routine in Kriminalfällen. Sie werden ein paar Wachmänner in der Nähe seines Zimmers im neunten Stock postieren.«

»Mom will ich es auch nicht sagen. Sie hat mit Ricky genug um die Ohren, und sie nimmt Tabletten zum Schlafen und Tabletten für dieses und jenes, und ich glaube einfach nicht, daß sie damit auch noch fertig werden könnte.«

»Du hast recht.« Er war ein zäher kleiner Bursche, auf den Straßen großgeworden und über sein Alter hinaus vernünftig. Sie bewunderte seinen Mut.

»Glauben Sie, daß Mom und Ricky in Sicherheit sind?«

»Natürlich. Diese Männer sind Profis, Mark. Sie begehen keine Dummheiten. Sie bleiben in Deckung und halten die Ohren offen. Kann sein, daß sie nur bluffen.« Es hörte sich nicht aufrichtig an.

»Nein, die bluffen nicht. Ich habe das Messer gesehen, Reggie. Sie sind nur aus einem Grund in Memphis, und der ist, mir eine Heidenangst einzujagen. Und sie haben es geschafft. Ich sage kein Wort.«

15

Foltrigg brüllte nur einmal, dann stürmte er, wilde Drohungen ausstoßend, aus dem Büro und knallte die Tür hinter sich zu. McThune und Trumann waren frustriert, aber auch peinlich berührt von seiner Unbeherrschtheit. Als sie gingen, verdrehte McThune in Richtung Clint die Augen, als wollte er sich für diesen aufgeblasenen Schreihals entschuldigen. Clint genoß den Moment, und als der Staub sich gelegt hatte, ging er in Reggies Büro.

Mark hatte sich einen Stuhl zum Fenster gezogen und beobachtete, wie es auf die Straße und den Gehsteig unter ihm regnete. Reggie hatte den Verwaltungsdirektor des Krankenhauses am Telefon und erörterte mit ihm die Sicherheitsmaßnahmen im neunten Stock. Sie deckte die Sprechmuschel mit der Hand ab, und Clint flüsterte ihr zu, daß sie fort waren. Er ging, um weiteren Kakao für Mark zu holen, der reglos dasaß.

Nur Minuten später nahm Clint einen Anruf von George Ord entgegen und informierte Reggie über die Gegensprechanlage. Sie war dem Bundesanwalt von Memphis noch nie begegnet, aber es überraschte sie nicht, daß er sie anrief. Sie ließ ihn eine volle Minute warten, dann nahm sie den Hörer ab. »Hallo?«

»Ms. Love, hier ist …«

»Ich heiße Reggie, okay? Einfach Reggie. Und Sie sind George, nicht wahr?« Sie nannte jedermann beim Vornamen, sogar pedantische Richter in ihren ordentlichen kleinen Gerichtssälen.

»Also gut, Reggie. Hier spricht George Ord. Roy Foltrigg ist in meinem Büro, und …«

»Was für ein Zufall. Er hat meines gerade verlassen.«

»Ja, und das ist der Grund für meinen Anruf. Er bekam keine Gelegenheit, mit Ihnen und Ihrem Mandanten zu reden.«

»Sagen Sie ihm, es täte mir leid. Mein Mandant hat ihm nichts zu sagen.« Beim Reden betrachtete sie Marks Hinterkopf. Wenn er zuhörte, so war es ihm nicht anzumerken. Er saß wie erstarrt auf dem Stuhl am Fenster.

»Reggie, ich meine, es wäre klüger, wenn Sie sich zumindest mit Mr. Foltrigg treffen würden.«

»Ich habe nicht den Wunsch, mich mit Mr. Foltrigg zu treffen, und mein Mandant auch nicht.« Sie konnte sich gut vorstellen, wie Ord ernst ins

Telefon sprach, während Foltrigg armeschwenkend in seinem Büro herumwanderte.

»Nun, das dürfte nicht das Ende der Geschichte sein, wissen Sie?«

»Ist das eine Drohung, George?«

»Eher ein Versprechen.«

»Gut. Sagen Sie Roy und seinen Mannen, falls irgend jemand versuchen sollte, sich an meinen Mandanten oder seine Angehörigen heranzumachen, dann kriege ich sie am Arsch. Okay, George?«

»Ich werde die Botschaft weitergeben.«

Es war im Grunde ein Spaß – schließlich war es nicht sein Fall –, aber Ord konnte nicht darüber lachen. Er legte den Hörer wieder auf, lächelte vor sich hin und sagte dann: »Sie sagt, sie redet nicht, der Junge redet nicht, und wenn Sie oder sonst jemand sich an den Jungen oder seine Angehörigen heranmachen, dann – äh – kriegt sie Sie am Arsch. So hat sie es jedenfalls ausgedrückt.«

Foltrigg biß sich auf die Lippe und nickte bei jedem Wort, als wäre das völlig in Ordnung, weil er selbst mit den Besten Schlitten fahren konnte. Er hatte seine Fassung zurückgewonnen und war bereits dabei, Plan B in die Tat umzusetzen. Er wanderte tief in Gedanken versunken im Büro umher.

McThune und Trumann standen an der Tür wie Wachtposten. Gelangweilte Wachtposten.

»Ich will, daß der Junge überwacht wird, okay?« fauchte Foltrigg schließlich McThune an. »Wir fahren nach New Orleans zurück, und ich will, daß ihr euch vierundzwanzig Stunden am Tag an ihn hängt. Ich will wissen, was er tut, und, was noch wichtiger ist, er muß vor Muldanno und seinen Gangstern beschützt werden.«

McThune nahm keine Befehle von einem Bundesanwalt entgegen, und in diesem Moment hatte er die Nase voll von Foltrigg. Der Gedanke, drei oder vier überarbeitete Agenten zur Überwachung eines elfjährigen Jungen einzusetzen, war ziemlich absurd. Aber es hatte keinen Sinn, dagegen aufzubegehren. Foltrigg hatte einen heißen Draht zu Direktor Voyles in Washington, und Direktor Voyles wollte die Leiche und eine Verurteilung fast ebenso unbedingt wie Foltrigg.

»Okay«, sagte er. »Wir werden uns drum kümmern.«

»Paul Gronke ist bereits in der Stadt«, sagte Foltrigg, als hätte er es eben erst erfahren. Sie hatten die Flugnummer und die Zeit seiner Ankunft schon elf Stunden zuvor gewußt. Allerdings hatten sie es irgendwie geschafft, ihn nach dem Verlassen des Flughafens von Memphis aus den

Augen zu verlieren. Darüber hatten sie mit Ord, Foltrigg und einem Dutzend weiterer FBI-Agenten am Morgen zwei Stunden lang diskutiert. In genau diesem Augenblick versuchten nicht weniger als acht Agenten, Gronke in Memphis aufzuspüren.

»Wir werden ihn finden«, sagte McThune. »Und wir überwachen den Jungen. Sie können unbesorgt nach New Orleans zurückfahren.«

»Ich mache den Transporter bereit«, sagte Trumann geschäftig, als wäre der Transporter in Wirklichkeit die *Air Force One.*

Foltrigg unterbrach seine Wanderung vor Ords Schreibtisch. »Wir fahren ab, George. Tut mir leid, daß wir Sie belästigen mußten. Ich bin vermutlich in ein paar Tagen wieder hier.«

Welch frohe Botschaft, dachte Ord. Er stand auf, und sie reichten sich die Hand. »Jederzeit«, sagte er. »Wenn ich etwas für Sie tun kam, rufen Sie an.«

»Ich treffe mich gleich morgen früh mit Richter Lamond. Ich halte Sie auf dem laufenden.«

Ord streckte ihm noch einmal die Hand hin. Foltrigg ergriff sie, dann ging er auf die Tür zu. »Halten Sie Ausschau nach diesen Gangstern«, wies er McThune an. »Ich glaube nicht, daß sie so dämlich sind, dem Jungen etwas anzutun, aber man kann nie wissen.« McThune öffnete die Tür und trat höflich zurück. Ord folgte.

»Muldanno hat etwas gehört«, fuhr Foltrigg fort, »und jetzt schnüffeln sie einfach hier herum.« Im äußeren Büro warteten Wally Boxx und Thomas Fink auf ihn. »Aber behalten Sie sie im Auge, okay, George? Diese Burschen sind wirklich gefährlich. Und überwachen Sie den Jungen und passen Sie auf seine Anwältin auf. Und vielen Dank. Ich ruf Sie morgen an. Wo ist der Transporter, Wally?«

Nachdem Mark eine Stunde lang den Gehsteig betrachtet, heißen Kakao getrunken und zugehört hatte, wie seine Anwältin ihres Amtes waltete, war er bereit, sich wieder zu bewegen. Reggie hatte Dianne angerufen und ihr gesagt, Mark sei in ihrem Büro, schlüge die Zeit tot und hülfe bei der Papierarbeit. Ricky ging es viel besser, jetzt schlief er wieder. Er hatte zwei Liter Eiskrem verspeist, während Greenway ihm hundert Fragen stellte.

Um elf ließ Mark sich an Clints Schreibtisch nieder und inspizierte das Diktiergerät. Reggie hatte eine Mandantin, eine Frau, die verzweifelt um eine Scheidung kämpfte, und sie mußten eine Stunde lang die Strategie planen. Clint tippte ein langes Papier voll und griff alle fünf Minuten nach dem Telefon.

»Wie kommt es, daß Sie Sekretär geworden sind?« fragte Mark, sehr gelangweilt von diesem unverhüllten Einblick in den juristischen Alltag.

Clint drehte sich um und lächelte ihn an. »Aus purem Zufall.«

»Wollten Sie Sekretär werden, als Sie noch klein waren?«

»Nein. Ich wollte Swimmingpools bauen.«

»Was ist passiert?«

»Ich weiß es nicht. Ich habe mich auf Drogen eingelassen und wäre beinahe aus der High School rausgeflogen. Dann ging ich aufs College, und schließlich habe ich Jura studiert.«

»Muß man Jura studieren, um Sekretär in einer Anwaltskanzlei zu werden?«

»Nein. Mit dem Jurastudium ist es auch schiefgegangen. Aber Reggie gab mir einen Job. Er gefällt mir, meistens.«

»Wo haben Sie Reggie kennengelernt?«

»Das ist eine lange Geschichte. Wir haben uns während des Studiums angefreundet. Wir sind schon sehr lange miteinander befreundet. Sie wird dir wahrscheinlich davon erzählen, wenn du Momma Love kennenlernst.«

»Momma Love?«

»Momma Love. Sie hat dir noch nicht von Momma Love erzählt?«

»Nein.«

»Momma Love ist Reggies Mutter. Sie wohnen zusammen, und sie kocht für die Kinder, die Reggie vertritt. Sie macht herrliche Ravioli und Spinat-Lasagne und alle möglichen italienischen Gerichte. Alle mögen sie.«

Nach zwei Tagen mit Doughnuts und grüner Götterspeise war der Gedanke an handfeste, mit Käse überbackene, hausgemachte Gerichte unwiderstehlich. »Wann, glauben Sie, werde ich Momma Love kennenlernen?«

»Ich weiß es nicht. Reggie nimmt die meisten ihrer Klienten mit nach Hause, vor allem die jüngeren.«

»Hat sie selbst Kinder?«

»Zwei, aber sie sind erwachsen und leben woanders.«

»Wo wohnt Momma Love?«

»Nicht weit von hier. In einem alten Haus, das ihr schon lange gehört. Reggie ist in dem Haus aufgewachsen.«

Das Telefon läutete. Clint nahm die Nachricht entgegen und kehrte zu seiner Schreibmaschine zurück. Mark beobachtete ihn interessiert.

»Wo haben Sie gelernt, so schnell zu tippen?«

Das Tippen brach ab, und er drehte sich langsam um und sah Mark an. Er lächelte und sagte: »Auf der High School. Ich hatte da eine Lehrerin, die war der reinste Feldwebel. Wir haßten sie, aber sie hat uns eine Menge beigebracht. Kannst du tippen?«

»Ein bißchen. Ich habe drei Jahre Computerunterricht gehabt.« Clint deutete auf den Apple neben der Schreibmaschine. »Wir haben hier alle möglichen Computer.«

Mark warf einen Blick darauf, war aber nicht beeindruckt. Jeder hatte Computer. »Also, wie kam es, daß Sie Sekretär wurden?«

»Das war nicht geplant. Als Reggie mit dem Studium fertig war, wollte sie nicht für andere Leute arbeiten, also eröffnete sie ihre eigene Kanzlei. Das war vor ungefähr vier Jahren. Sie brauchte Hilfe, und ich habe mich angeboten. Ist dir schon einmal ein Sekretär begegnet?«

»Nein. Ich habe nicht gewußt, daß Männer Sekretäre sein können. Wie steht es mit dem Geld?«

Das brachte Clint zum Lachen. »Das ist okay. Wenn Reggie einen guten Monat hat, dann habe ich auch einen guten Monat. Wir sind so eine Art Partner.«

»Verdient sie viel Geld?«

»Nein, eigentlich nicht. Sie will nicht viel Geld. Sie war einmal mit einem Arzt verheiratet, und sie hatten ein großes Haus und eine Masse Geld. Alles ging zum Teufel, und sie gibt dafür in erster Linie dem Geld die Schuld. Sie wird dir vermutlich davon erzählen. Sie ist sehr aufrichtig, was ihr Leben angeht.«

»Sie ist Anwältin, und sie will kein Geld?«

»Ungewöhnlich, nicht wahr?«

»Kann man wohl sagen. Ich meine, ich habe Unmengen von Anwaltsserien im Fernsehen gesehen, und da wurde fast nur von Geld geredet. Von Geld und Sex.«

Das Telefon läutete. Es war ein Richter, und Clint wurde richtig nett und plauderte fünf Minuten lang mit ihm. Dann legte er auf und wendete sich wieder seiner Tipperei zu. Als er seine Höchstgeschwindigkeit erreicht hatte, fragte Mark: »Wer ist die Frau da drinnen?«

Clint brach ab, starrte auf die Tasten, dann drehte er sich langsam um. »Drinnen bei Reggie?«

»Ja.«

»Norma Thrash.«

»Was ist ihr Problem?«

»Sie hat eine Menge Probleme. Sie steckt mitten in einer üblen Scheidung. Ihr Mann ist ein Mistkerl.«

Mark wollte wissen, wieviel Clint wußte. »Schlägt er sie?«

»Ich glaube nicht«, antwortete er langsam.

»Haben sie Kinder?«

»Zwei. Aber ich kann dazu nicht viel sagen. Es ist vertraulich, das weißt du doch.«

»Ja, das weiß ich. Aber Sie wissen doch bestimmt alles, oder? Schließlich tippen Sie es ja.«

»Ich weiß das meiste von dem, was hier vorgeht. Natürlich. Aber Reggie sagt mir nicht alles. So habe ich zum Beispiel keine Ahnung, was du ihr erzählt hast. Ich nehme an, es ist ziemlich ernst, aber sie wird es für sich behalten. Ich habe die Zeitung gelesen. Ich habe die Leute vom FBI und Mr. Foltrigg gesehen, aber die Details kenne ich nicht.«

Das war genau das, was Mark hören wollte. »Kennen Sie Robert Hackstraw? Man nennt ihn Hack.«

»Er ist ein Anwalt, stimmt's?«

»Ja, er hat vor ein paar Jahren meine Mutter bei ihrer Scheidung vertreten. Ein ausgemachter Trottel.«

»Ihr Anwalt hat dir nicht gefallen?«

»Ich habe Hack gehaßt. Er hat uns behandelt wie Dreck. Wir kamen in sein Büro und mußten zwei Stunden warten. Dann redete er zehn Minuten mit uns und sagte, er hätte es sehr eilig, er müßte ins Gericht, weil er so ein wichtiger Mann sei. Ich versuchte, Mom dazu zu bringen, daß sie sich einen anderen Anwalt nahm, aber dazu war sie zu kaputt.«

»Ist es zum Prozeß gekommen?«

»Ja. Mein Ex-Vater meinte, er sollte einen von uns bekommen. Wen, war ihm ziemlich egal, aber weil er wußte, daß ich ihn haßte, wollte er Rikky. Also engagierte er einen Anwalt, und zwei Tage lang sind meine Mutter und mein Vater vor Gericht aufeinander losgegangen. Jeder versuchte dem anderen zu beweisen, daß er ungeeignet war. Hack benahm sich wie ein ausgemachter Idiot, aber der Anwalt meines Ex-Vaters war noch schlimmer. Der Richter konnte beide Anwälte nicht ausstehen und sagte, er dächte nicht daran, mich und Ricky zu trennen. Ich fragte ihn, ob ich aussagen dürfte. Er dachte in der Mittagspause des zweiten Tages darüber nach und fand schließlich, daß er hören wollte, was ich zu sagen hatte. Dieselbe Frage hatte ich Hack gestellt, und der hatte irgendeine Frechheit von sich gegeben, ungefähr in der Art, ich wäre zu jung und zu dämlich, um auszusagen.«

»Aber du hast ausgesagt.«

»Ja, drei Stunden lang.«

»Und wie ist es gelaufen?«

»Ich war ziemlich gut, glaube ich. Ich erzählte nur von den Schlägen, den blauen Flecken, den Wunden, die genäht werden mußten. Ich erzählte, wie sehr ich meinen Vater haßte. Der Richter hat fast geweint.«

»Und es hat funktioniert?«

»Ja. Mein Vater verlangte Besuchsrechte, und ich verbrachte eine Menge Zeit damit, dem Richter zu erklären, daß ich ihn, wenn der Prozeß vorbei wäre, nie wiedersehen wollte. Und daß Ricky Angst vor ihm hatte. Daraufhin versagte ihm der Richter nicht nur sämtliche Besuchsrechte, sondern wies ihn sogar an, sich von uns fernzuhalten.«

»Hast du ihn seither wiedergesehen?«

»Nein. Aber eines Tages werde ich es tun. Wenn ich erwachsen bin, werden wir ihm irgendwo auflauern, ich und Ricky, und ihm eine gehörige Abreibung verpassen. Beule für Beule. Naht für Naht. Wir reden ständig darüber.«

Clint war nicht mehr gelangweilt von dieser kleinen Unterhaltung – er ließ sich kein Wort entgehen. Der Junge redete mit einer solchen Selbstverständlichkeit davon, seinen Vater zusammenzuschlagen. »Du könntest ins Gefängnis kommen.«

»Er kam auch nicht ins Gefängnis, als er uns

geschlagen hat. Er kam nicht ins Gefängnis, als er meiner Mutter die Kleider vom Leibe riß und sie nackt und blutig auf die Straße hinausjagte. Das war, als ich mit dem Baseballschläger auf ihn eingehauen habe.«

»Was hast du getan?«

»Eines Abends hat er zu Hause getrunken, und wir merkten, daß er nahe am Ausflippen war. Das haben wir immer gemerkt. Dann ging er, um mehr Bier zu holen. Ich lief die Straße hinunter und lieh mir von Michael Moss einen seiner Aluminiumschläger. Ich versteckte ihn unter dem Bett, und ich weiß noch, daß ich um einen richtig guten Verkehrsunfall betete, damit er nicht nach Hause käme. Aber er kam nach Hause. Mom war in ihrem Schlafzimmer und hoffte, er würde einfach wegsacken, was er meistens tat. Ricky und ich blieben in unserem Zimmer und warteten auf die Explosion.«

Das Telefon läutete abermals, und Clint nahm rasch die Nachricht entgegen, um weiter zuhören zu können.

»Ungefähr eine Stunde später ging dann das Brüllen und Fluchen los. Der Wohnwagen schwankte. Wir schlossen die Tür ab. Ricky war unter dem Bett und weinte. Dann fing Mom an, nach mir zu schreien. Ich war sieben Jahre alt, und Mom wollte, daß ich sie rettete. Er schlug auf sie ein, stieß sie herum, trat sie, riß ihr die Bluse runter, nannte sie eine Hure und eine Schlampe. Ich wußte nicht einmal, was diese Worte bedeuteten. Ich ging in die Küche. Ich glaube, ich hatte zuviel Angst, um mich zu bewegen. Er sah mich und warf eine Bierdose nach mir. Sie versuchte hinauszulaufen, aber er erwischte sie. Gott, er hat so brutal auf sie eingeschlagen. Dann riß er ihr die Unterwäsche runter. Ihre Lippe war aufgeplatzt, überall war Blut. Er warf sie hinaus, völlig nackt, und zerrte sie auf die Straße, wo natürlich die Nachbarn rumstanden und gafften. Dann lachte er über sie und ließ sie einfach liegen. Es war grauenhaft.«

Clint beugte sich vor und ließ sich kein Wort entgehen. Mark sprach mit monotoner Stimme und völlig emotionslos.

»Als er in den Wohnwagen zurückkam, die Tür stand natürlich offen, da wartete ich auf ihn. Ich hatte einen Küchenstuhl neben die Tür gestellt, und es fehlte nicht viel, daß ich ihm mit dem Baseballschläger den Kopf abgehauen hätte. Ein Volltreffer auf seine Nase. Ich weinte und hatte fürchterliche Angst. Aber ich werde dieses Geräusch nie vergessen, als der Schläger in seinem Gesicht landete. Er fiel auf die Couch, und ich versetzte ihm einen Schlag in den Bauch. Ich versuchte auch, ihn zwischen die Beine zu treffen, weil ich dachte, das würde am meisten weh tun. Sie wissen, was ich meine? Ich schwang den Schläger wie ein Verrückter. Ich traf ihn noch einmal aufs Ohr, und damit hatte es sich.«

»Was ist passiert?« fragte Clint.

»Er kam hoch, schlug mir ins Gesicht, warf mich zu Boden, beschimpfte mich, dann fing er an, nach mir zu treten. Ich weiß noch, ich hatte solche Angst, daß ich mich nicht wehren konnte. Sein Gesicht war blutüberströmt. Er stank fürchterlich. Er brüllte und schlug auf mich ein und zerrte an meinen Kleidern. Ich fing an, wie ein Wilder um mich zu treten, als er an meiner Unterwäsche zerrte, aber er bekam sie runter und warf mich hinaus. Splitterfasernackt. Ich nehme an, er wollte mich auf der Straße haben wie meine Mutter, aber inzwischen hatte sie es geschafft, bis zur Tür zu kommen, und fiel auf mich.«

Er erzählte das alles so gelassen, als hätte er es schon hundertmal erzählt. Keine Emotion, nur die Tatsachen in kurzen, knappen Sätzen. Er schaute abwechselnd auf den Schreibtisch und zur Tür und ließ kein Wort aus.

»Und wie ging's weiter?« fragte Clint fast atemlos.

»Einer der Nachbarn hatte die Polizei gerufen.

Ich meine, man kann alles hören, was im Wohnwagen nebenan vor sich geht, also hatte unser Nachbar alles mitbekommen. Und es war auch nicht das erste Mal, daß er auf uns einschlug, ganz im Gegenteil. Ich erinnere mich, daß ich auf der Straße Blaulicht sah, und er verschwand im Wohnwagen. Mom und ich standen schnell auf und zogen uns an. Aber ein paar Nachbarn haben mich nackt gesehen. Wir versuchten, das Blut abzuwaschen, bevor die Polizisten reinkamen. Mein Vater hatte sich ein bißchen beruhigt und war den Polizisten gegenüber plötzlich ganz umgänglich. Mom und ich warteten in der Küche. Seine Nase war so groß wie ein Football, und die Polizisten machten sich mehr Sorgen um sein Gesicht als um mich und Mom. Er nannte einen der Polizisten Frankie, als wären sie gute Freunde. Es waren zwei Polizisten, und sie trennten uns voneinander. Frankie nahm ihn mit ins Schlafzimmer, damit er sich abkühlen konnte. Der andere Polizist saß mit Mom am Küchentisch. So machten sie es immer. Ich ging in unser Zimmer und holte Ricky unter dem Bett hervor. Mom hat mir später erzählt, er hätte behauptet, es wäre nur eine familiäre Auseinandersetzung gewesen, nichts Ernstes, und das wäre zum größten Teil meine Schuld, weil ich ihn völlig grundlos mit einem Baseballschläger geschlagen hätte.

Die Polizisten bezeichneten es als bloßen häuslichen Streit. Das sagten sie immer. Niemand wurde angeklagt. Sie brachten ihn ins Krankenhaus, wo er die Nacht verbrachte. Eine Zeitlang mußte er diese häßliche weiße Maske tragen.«

»Was hat er mit dir gemacht?«

»Danach hat er lange Zeit nicht getrunken. Er hat sich bei uns entschuldigt und versprochen, es würde nie wieder vorkommen. Manchmal war er okay, wenn er nicht trank. Aber dann wurde es immer schlimmer. Noch mehr Schläge und all das. Schließlich hat Mom die Scheidung eingereicht.«

»Und er versuchte, das Sorgerecht zu bekommen …«

»Ja. Er log vor Gericht, und er machte seine Sache ziemlich gut. Er wußte nicht, daß ich vorhatte, auszusagen, also bestritt er das meiste und behauptete, den Rest hätte Mom auch erlogen. Er war großspurig und cool, und unser dämlicher Anwalt wußte nichts mit ihm anzufangen. Aber als ich dann aussagte und die Geschichte mit dem Baseballschläger erzählte und wie er mir die Kleider vom Leib gerissen hatte, da hatte der Richter Tränen in den Augen. Er wurde regelrecht wütend auf meinen Ex-Vater, beschuldigte ihn der Falschaussage. Sagte, er müßte ihn eigentlich ins Gefängnis stecken wegen all dieser Lügerei. Ich sagte zu ihm, das wäre genau das, was er verdient hätte.« Er hielt eine Sekunde inne.

Die Sätze kamen etwas langsamer, und Mark ging allmählich der Dampf aus. Clint war nach wie vor fasziniert.

»Natürlich heimste Hack den ganzen Ruhm für einen weiteren brillanten Sieg vor Gericht ein. Dann drohte er, Mom zu verklagen, wenn sie ihn nicht bezahlte. Sie hatte einen ganzen Haufen unbezahlte Rechnungen, und er rief jede Woche zweimal an und verlangte den Rest seines Honorars, also mußte sie offiziell ihre Zahlungsunfähigkeit feststellen lassen. Dann verlor sie ihren Job.«

»Also hast du eine Scheidung durchgemacht und danach einen Konkurs?«

»Ja. Der Konkursanwalt war auch eine totale Flasche.«

»Aber mit Reggie bist du einverstanden?«

»Ja. Reggie ist cool.«

»Freut mich zu hören.«

Das Telefon läutete, und Clint griff nach dem Hörer. Ein Anwalt vom Jugendgericht wollte ein paar Informationen über einen Mandanten, und das Gespräch zog sich in die Länge. Mark machte sich auf die Suche nach dem heißen Kakao. Er ging durch das Konferenzzimmer mit dicken Büchern an den Wänden und fand die winzige Küche neben der Toilette.

Im Kühlschrank war eine Flasche Sprite, und er schraubte den Verschluß ab. Seine Geschichte hatte Clint beeindruckt, das war nicht zu übersehen gewesen. Er hatte viele der Details ausgelassen, aber es war alles wahr. In gewisser Hinsicht war er stolz darauf, stolz, weil er seine Mutter verteidigt hatte, und die Geschichte beeindruckte die Leute immer.

Dann fiel dem zähen kleinen Jungen mit dem Baseballschläger die Messerattacke im Fahrstuhl wieder ein und das zusammengefaltete Foto der vaterlosen Familie. Er dachte an seine Mutter im Krankenhaus, ganz allein und ungeschützt. Plötzlich hatte er wieder Angst.

Er versuchte, eine Packung Cracker aufzumachen, aber seine Hände zitterten, und die Plastikfolie ließ sich nicht öffnen. Das Zittern wurde schlimmer, und er konnte nichts dagegen tun. Er sackte auf den Boden und verschüttete die Limonade.

16

Für die Sekretärinnen, die in Grüppchen von dreien und vieren den feuchten Gehsteig entlangeilten, um irgendwo ihren Lunch einzunehmen, hatte der Nieselregen rechtzeitig aufgehört. Der Himmel war grau, und die Straßen waren naß. Hinter jedem Wagen, der die Third Street entlangfuhr, waberten und zischten Nebelwolken. Reggie und ihr Klient bogen in die Madison ein. Mit der Linken trug sie ihren Aktenkoffer, mit der Rechten hatte sie seine Hand ergriffen und steuerte ihn durch die Menge. Sie hatten ein Ziel und gingen rasch.

In einem unauffälligen weißen Ford-Transporter, der fast direkt vor dem Sterick Building parkte, saß Jack Nance, beobachtete ihr Fortgehen und gab die Nachricht über Funk weiter. Als sie in die Madison eingebogen und seinem Blick entschwunden waren, lauschte er. Minuten später hatte Cal Sisson, sein Partner, sie entdeckt und folgte ihnen, als sie, wie erwartet, auf das Krankenhaus zugingen. Fünf Minuten später waren sie im Krankenhaus.

Nance verschloß den Transporter und überquerte die Third Street. Er betrat das Sterick Building, fuhr mit dem Fahrstuhl in den zweiten Stock und drehte vorsichtig den Knauf an der Tür, an der ANWALTSKANZLEI REGGIE LOVE stand. Sie war unverschlossen, eine erfreuliche Überraschung. Es war inzwischen elf Minuten nach zwölf. Zu dieser Zeit machte praktisch jeder Anwalt mit einer bescheidenen Einzelkanzlei Mittagspause und schloß sein Büro ab. Er öffnete die Tür und trat ein, und über seinem Kopf ging ein gräßlicher Summer los und verkündete seine Ankunft. Verdammt! Er hatte gehofft, sich durch eine verschlossene Tür Zutritt zu verschaffen, etwas, worin er sehr tüchtig war, um dann ungestört die Akten durchwühlen zu können. Das war ein Kinderspiel. Die meisten dieser kleinen Läden hielten nichts von Sicherheitsvorkehrungen. Bei den großen Firmen lagen die Dinge anders; trotzdem konnte Nance außerhalb der Bürozeit in jede einzelne der tausend Anwaltskanzleien in Memphis eindringen und finden, wonach er suchte. Das hatte er mindestens ein dutzendmal getan. Es gab zwei Dinge, die es in den Büros der Feld-Wald-und-Wiesen-Anwälte nicht gab – Bargeld und Wertpapiere. Sie schlossen ihre Tür ab, und damit hatte es sich.

Aus einem der hinteren Räume erschien ein junger Mann und sagte: »Ja? Kann ich Ihnen helfen?«

»Ja«, sagte Nance, ohne zu lächeln, ganz der gestreßte Journalist, der bereits einen harten Tag hinter sich hatte. »Ich arbeite für die *Times-Picayune* in New Orleans. Die kennen Sie doch sicher. Möchte Reggie Love sprechen.«

Clint blieb in drei Meter Abstand stehen. »Sie ist nicht da.«

»Wann kommt sie zurück?«

»Das weiß ich nicht. Haben Sie einen Ausweis?«

Nance war schon auf dem Weg zur Tür. »Sie meinen, so eine von diesen kleinen weißen Karten, die ihr Anwälte auf die Gehsteige werft? Nein, Freund, ich habe keine Visitenkarten bei mir. Ich bin Reporter.«

»Na schön. Wie heißen Sie?«

»Arnie Carpentier. Sagen Sie ihr, ich käme später wieder vorbei.« Er öffnete die Tür, der Summer ertönte wieder, und er war verschwunden. Kein sonderlich produktiver Besuch, aber er hatte Clint kennengelernt und den Vorraum und das Empfangszimmer gesehen. Der nächste Besuch würde länger dauern.

Die Fahrt in den neunten Stock verlief ohne Zwischenfälle. Reggie hielt seine Hand, was ihn normalerweise irritiert hätte, aber unter den gegebenen Umständen war es eher beruhigend. Während sie hinauffuhren, betrachtete er seine Füße. Er getraute sich nicht aufzuschauen, hatte Angst vor noch mehr Fremden. Er drückte ihre Hand.

Sie traten in den Flur im neunten Stock und hatten nicht mehr als zehn Schritte getan, als drei Leute aus der Richtung des Wartezimmers auf sie zugestürmt kamen. »Ms. Love! Ms. Love!« rief einer von ihnen. Reggie war zunächst erschrocken, aber dann faßte sie Marks Hand noch fester und ging weiter. Einer hatte ein Mikrofon, einer einen Notizblock und der dritte eine Kamera. Der mit dem Notizblock sagte: »Ms. Love, nur ein paar kurze Fragen.«

Sie gingen schneller auf das Schwesternzimmer zu. »Kein Kommentar.«

»Stimmt es, daß Ihr Mandant sich weigert, mit dem FBI und der Polizei zusammenzuarbeiten?«

»Kein Kommentar«, sagte sie und schaute geradeaus. Sie folgten ihr wie Bluthunde. Sie beugte sich rasch zu Mark herab und sagte: »Sieh sie nicht an und sprich kein Wort.«

»Stimmt es, daß der Bundesanwalt von New Orleans heute vormittag in Ihrer Kanzlei war?«

»Kein Kommentar.«

Ärzte, Schwestern, Patienten, alle räumten den Mittelteil des Flurs, als Reggie und ihr berühmter Klient dahineilten, verfolgt von der kläffenden Meute.

»Hat Ihr Mandant mit Jerome Clifford vor seinem Tod gesprochen?«

Sie drückte seine Hand fester und ging noch schneller. »Kein Kommentar.«

Als sie sich dem Ende des Flurs näherten, stürmte der Clown mit der Kamera plötzlich vor sie, ging rückwärts taumelnd auf die Knie und schaffte es, eine Aufnahme zu machen, bevor er auf seinem Hinterteil landete. Die Schwestern lachten. Ein Wachmann kam aus dem Schwesternzimmer und hob vor den Kläffern die Hand. Sie hatten schon vorher mit ihm zu tun gehabt.

Als Reggie und Mark eine Biegung des Flurs erreicht hatten, rief einer: »Stimmt es, daß Ihr Mandant weiß, wo Boyette vergraben ist?« Es gab ein leichtes Zögern in ihrem Schritt. Ihre Schultern zuckten und ihr Rücken wölbte sich, dann hatten sie es geschafft, und sie und ihr Mandant waren verschwunden.

Zwei übergewichtige Wachmänner in Uniform saßen auf Klappstühlen vor Rickys Tür. Sie trugen Pistolen an der Hüfte, und Mark bemerkte als allererstes die Pistolen. Einer hatte eine Zeitung, die er prompt senkte, als sie näherkamen. Der andere stand auf, um sie zu begrüßen. »Kann ich etwas für Sie tun?« fragte er Reggie.

»Ja. Ich bin die Anwältin der Familie, und das ist Mark Sway, der Bruder des Patienten.« Sie sprach in professionellem Flüsterton, als hätte sie das Recht, hier zu sein, und die Männer nicht; also galt es, schnell die Fragen hinter sich bringen, weil sie einiges zu erledigen hatte. »Dr. Greenway erwartet uns«, sagte sie, während sie zur Tür ging und anklopfte. Mark stand hinter ihr und starrte auf die Pistole. Sie hatte eine bemerkenswerte Ähnlichkeit mit der, die Clifford benutzt hatte.

Der Wachmann kehrte zu seinem Stuhl zurück und sein Partner zu seiner Zeitung. Greenway öffnete die Tür und kam heraus, gefolgt von Dianne, die geweint hatte. Sie drückte Mark an sich und legte den Arm um die Schulter.

»Er schläft«, sagte Greenway schnell zu Reggie und Mark. »Es geht ihm wesentlich besser, aber er ist sehr erschöpft.«

»Er hat nach dir gefragt«, flüsterte Dianne Mark zu.

Er betrachtete ihre feuchten Augen und fragte: »Was ist los, Mom?«

»Nichts. Wir reden später darüber.«

»Was ist passiert?«

Dianne sah Greenway an, dann Reggie, dann Mark. »Nichts«, sagte sie.

»Deine Mutter wurde heute morgen entlassen«, sagte Greenway. Er sah Reggie an. »Diese Leute haben per Kurier einen Brief geschickt und ihr mitgeteilt, daß sie entlassen ist. Können Sie sich das vorstellen? Der Brief wurde einer der Schwestern hier im neunten Stock ausgehändigt, und sie hat ihn vor ungefähr einer Stunde gebracht.«

»Zeigen Sie mir den Brief«, sagte Reggie. Dianne zog ihn aus einer Tasche. Reggie entfaltete ihn und las langsam. Dianne drückte Mark an sich und sagte: »Mach dir keine Sorgen, Mark. Bisher sind wir immer zurechtgekommen. Ich finde schon einen anderen Job.«

Mark biß sich auf die Lippe und hätte am liebsten geweint.

»Kann ich ihn behalten?« sagte Reggie, während sie den Brief bereits in ihren Aktenkoffer packte. Dianne nickte.

Greenway betrachtete seine Uhr, als könnte er sich über die genaue Uhrzeit nicht schlüssig werden. »Ich gehe schnell ein Sandwich essen und bin in zwanzig Minuten zurück. Ich möchte noch ein oder zwei Stunden mit Ricky und Mark verbringen, allein.«

Auch Reggie sah auf die Uhr. »Ich komme gegen vier wieder. Hier lungern Reporter herum, und ich möchte, daß Sie sie nicht zur Kenntnis nehmen.« Sie sprach zu allen dreien.

»Ja, sagt einfach ›kein Kommentar, kein Kommentar‹«, setzte Mark hilfsbereit hinzu. »Es macht richtig Spaß.«

Dianne empfand es nicht als Spaß. »Was wollen sie?«

»Alles. Sie haben die Zeitung gelesen. Es gibt einen Haufen Gerüchte. Sie riechen eine Story, und sie werden alles tun, um an Informationen zu kommen. Auf der Straße habe ich einen Fernsehwagen gesehen; die Leute, die dazugehören, sind vermutlich auch irgendwo in der Nähe. Ich glaube, es ist am besten, wenn Sie bei Mark bleiben.«

»Okay«, sagte Dianne.

»Wo ist hier ein Telefon?« fragte Reggie.

Greenway deutete in die Richtung des Schwesternzimmers. »Kommen Sie, ich zeige es Ihnen.«

»Also, dann bis vier«, sagte sie zu Dianne und Mark. »Und nicht vergessen, zu niemandem ein Wort. Bleiben Sie in der Nähe dieses Zimmers.«

Sie und Greenway verschwanden um die Biegung des Flurs. Die Wachmänner schliefen halb. Mark und seine Mutter betraten das dunkle Zimmer und setzten sich aufs Bett. Ein altbackener

Doughnut erregte seine Aufmerksamkeit, und er verschlang ihn mit vier Bissen.

Reggie rief in ihrem Büro an, und Clint meldete sich. »Erinnerst du dich an die Klage, die wir voriges Jahr wegen Penny Patoula eingereicht haben?« fragte sie leise und hielt dabei nach den Bluthunden Ausschau. »Es ging um sexuelle Diskriminierung, unrechtmäßige Entlassung, Schikanierung und so weiter. Ich glaube, wir haben alles aufs Tapet gebracht. Beim Bezirksgericht. Ja, das ist es. Such die Akte raus und ändere den Namen von Penny Patoula in Dianne Sway. Die Beklagte ist Ark-Lon Fixtures. Benenne den Präsidenten persönlich. Sein Name ist Chester Tanfill. Ja, mach auch ihn zum Beklagten und erhebe Anklage wegen unrechtmäßiger Entlassung, Verstoß gegen das Arbeitsrecht, sexueller Belästigung, füge noch eine Anklage wegen Verstoßes gegen die Gleichberechtigung hinzu, und verlange ein – nein, zwei Millionen Schadenersatz. Das machst du jetzt gleich, und zwar schnell. Schreib eine Vorladung aus und stell fest, wie hoch die Kosten für die Anklageerhebung sind. Lauf rüber zum Gericht und reich die Klage ein. Ich bin in ungefähr einer halben Stunde da und hol sie ab, also beeil dich. Ich werde sie Mr. Tanfill persönlich überreichen.«

Sie legte auf und bedankte sich bei der ihr am

nächsten stehenden Schwester. Die Reporter warteten neben dem Getränkeautomaten, aber sie war durch die Tür zum Treppenhaus verschwunden, bevor sie sie gesehen hatten.

Ark-Lon Fixtures bestand aus einer Reihe miteinander verbundener Blechschuppen an einer Straße voll ähnlicher Bauten in einem Billiglohn-Industriegelände in der Nähe des Flughafens. Die Farbe des vordersten Gebäudes war ein verblichenes Orange, und die Firma hatte sich in alle Richtungen mit Ausnahme der Straße ausgedehnt. Die neueren Anbauten waren alle in derselben Bauweise errichtet, aber in unterschiedlichen Schattierungen von Orange gestrichen. In der Nähe einer Laderampe im Hintergrund warteten Lastwagen. Eine Einfriedung aus Maschendraht schützte Rollen von Stahl und Aluminium.

Reggie parkte in der Nähe des Eingangs auf einem für Besucher reservierten Platz. Mit ihrem Aktenkoffer in der Hand öffnete sie die Tür. Eine vollbusige Frau mit schwarzem Haar und einer langen Zigarette ignorierte sie und lauschte in den ans Ohr geklemmten Telefonhörer. Reggie stand vor ihr und wartete ungeduldig. Der Raum war staubig, schmutzig und von blauem Zigarettenrauch erfüllt. Matte Fotos von Beagles schmückten die Wände. Die Hälfte der Leuchtstoffröhren brannte nicht.

»Kann ich Ihnen helfen?« fragte die Sekretärin, nachdem sie den Hörer vom Ohr genommen hatte.

»Ich muß Chester Tanfill sprechen.«

»Er ist in einer Sitzung.«

»Ich weiß. Er ist ein vielbeschäftigter Mann, aber ich habe etwas für ihn.«

Die Sekretärin legte den Hörer auf. »Ah ja. Und um was handelt es sich?«

»Das geht Sie nichts an. Ich muß Chester Tanfill sprechen. Es ist dringend.«

Das machte sie wütend. Dem Namensschild zufolge hieß sie Louise Chenault. »Mir ist egal, wie dringend es ist, Madam. Sie können nicht einfach hier reinkommen und verlangen, den Präsidenten dieser Firma zu sprechen.«

»Diese Firma beutet ihre Arbeitskräfte aus, und ich habe sie gerade auf zwei Millionen Dollar verklagt. Ich habe auch den lieben Chester auf zwei Millionen verklagt, und nun sehen Sie zu, daß Sie ihn auftreiben und ihn sofort herbringen.«

Louise sprang auf und wich von ihrem Schreibtisch zurück. »Sind Sie so etwas wie eine Anwältin?«

Reggie holte die Anklageschrift und die Vorladung aus ihrem Aktenkoffer. Sie betrachtete die Dokumente, ignorierte Louise und sagte: »Ich bin in der Tat Anwältin. Und ich muß Chester diese Papiere aushändigen. Also finden Sie ihn. Wenn er nicht in fünf Minuten hier ist, ändere ich sie ab und verlange fünf Millionen Schadenersatz.«

Louise schoß aus dem Zimmer und rannte durch eine Doppeltür. Reggie wartete eine Sekunde, dann folgte sie ihr. Sie ging durch einen mit engen, billigen Kabinen ausgefüllten Raum. Aus jeder Öffnung schien Zigarettenrauch herauszuquellen. Der Teppich war alter Nadelfilz und stark abgetreten. Sie erhaschte einen Blick auf Louises rundliches Hinterteil, das gerade in einer Tür an der rechten Seite verschwand, und folgte ihr.

Chester Tanfill war gerade im Begriff, hinter seinem Schreibtisch aufzustehen, als Reggie hereinplatzte. Louise war sprachlos. »Sie können jetzt gehen«, sagte Reggie barsch. »Ich bin Reggie Love, Rechtsanwältin«, sagte sie und funkelte Chester an.

»Chester Tanfill«, sagte er, ohne ihr die Hand zu reichen. Sie hätte sie auch nicht genommen. »Das ist ein bißchen unverschämt. Mrs. Love.«

»Ich heiße Reggie, okay, Chester? Und nun schicken Sie Louise raus.«

Er nickte, und Louise ging nur zu gern und machte die Tür hinter sich zu.

»Was wollen Sie?« fauchte er. Er war hager und drahtig, um die fünfzig, mit einem fleckigen Gesicht und gedunsenen, zum Teil von einer Stahlbrille verdeckten Augen. Ein Alkoholproblem, dachte sie. Der Anzug stammte von Sears oder Penney's. Sein Genick färbte sich gerade dunkelrot.

Sie warf Klageschrift und Vorladung auf seinen Schreibtisch. »Ich stelle Ihnen hiermit diese Klage zu.«

Er warf einen verächtlichen Blick darauf, ein Mann, der keinerlei Angst hatte vor Anwälten und ihren Spielchen. »Wofür?«

»Ich vertrete Dianne Sway. Sie haben sie heute morgen entlassen, und wir klagen Sie heute nachmittag an. Ist das nicht schnelle Justiz?«

Chesters Augen verengten sich, und er betrachtete abermals die Klage. »Das ist doch ein Witz.«

»Sie sind ein Narr, wenn Sie glauben, daß das ein Witz ist. Hier steht alles drin, Chester. Ungerechtfertigte Entlassung, sexuelle Belästigung und so weiter. Zwei Millionen Schadenersatz. Solche Anklagen habe ich schon dutzendweise eingereicht. Aber ich muß sagen, dies ist eine der aussichtsreichsten, die mir je begegnet ist. Die arme Frau hält sich seit zwei Tagen bei ihrem Sohn im Krankenhaus auf. Ihr Arzt sagt, sie muß ständig in seiner Nähe bleiben. Er hat sogar hier angerufen und ihre Lage erklärt, aber nein, ihr Arschlöcher werft sie auf die Straße, weil sie nicht zur Arbeit erschienen ist. Ich kann es kaum abwarten, das der Jury zu erklären.«

Es dauerte manchmal zwei Tage, bis Chesters Anwalt auf einen Anruf reagierte, und diese Frau, Dianne Sway, reichte nur ein paar Stunden nach ihrer Entlassung eine ausgewachsene Klage ein. Er griff langsam nach den Papieren und studierte die oberste Seite.

»Ich bin persönlich beklagt?« fragte er, als wären seine Gefühle verletzt.

»Sie haben sie entlassen, Chester. Aber machen Sie sich keine Sorgen, wenn die Jury Sie persönlich für schuldig befindet, können Sie einfach Bankrott anmelden.«

Chester zog seinen Stuhl unter sich und ließ sich vorsichtig darauf nieder. »Bitte, nehmen Sie Platz«, sagte er, auf einen Stuhl deutend.

»Nein, danke. Wer ist Ihr Anwalt?«

»Uh – äh – Findley and Baker. Aber warten Sie einen Moment. Lassen Sie mich nachdenken.« Er schlug die erste Seite um und überflog die Anklagepunkte. »Sexuelle Belästigung?«

»Ja, das ist heutzutage ein fruchtbares Feld. Sieht so aus, als hätte einer Ihrer Aufseher sich an meine Mandantin herangemacht. Und Dinge vorgeschlagen, die man während der Mittagspause im Waschraum tun könnte. Und schmutzige Witze erzählt, massenhaft unanständiges Gerede. Das wird alles bei der Verhandlung ans Licht kommen. An wen kann ich mich wenden bei Findley and Baker?«

»Warten Sie einen Moment.« Er blätterte die Anklageschrift durch, dann legte er sie wieder hin. Sie stand dicht neben seinem Schreibtisch und musterte ihn. Er rieb sich die Schläfen. »Ich will das nicht.«

»Meine Mandantin auch nicht.«

»Was will sie dann?«

»Ein bißchen Würde. Sie leiten hier einen Drecksladen. Sie beuten alleinstehende Mütter aus, die mit dem, was Sie ihnen zahlen, kaum ihre Kinder ernähren können. Sie können es sich nicht leisten, sich zu beschweren.«

Jetzt rieb er sich die Augen. »Sparen Sie sich die Lektion, okay? Ich will das einfach nicht. Es könnte, ja, es könnte einigen Ärger in der Firma geben.«

»Sie und der Ärger, den Sie vielleicht bekommen, kümmern mich nicht im geringsten. Eine Kopie dieser Klageschrift wird noch heute nachmittag durch Boten bei der *Memphis Press* abgeliefert, und ich bin sicher, daß sie morgen früh abgedruckt wird. Auf die Sways wird zur Zeit sehr viel Druckerschwärze verwendet.«

»Was will sie?« fragte er noch einmal.

»Versuchen Sie zu feilschen?«

»Vielleicht. Ich glaube nicht, daß Sie diesen Fall gewinnen können, Mrs. Love, aber ich will mir keine Kopfschmerzen einhandeln.«

»Sie werden sich wesentlich mehr einhandeln als nur Kopfschmerzen, das verspreche ich Ihnen. Sie verdient neunhundert Dollar im Monat und bringt rund sechshundertfünfzig nach Hause. Das sind elftausend Dollar im Jahr, und ich versichere Ihnen, daß Ihre Gerichtskosten bei diesem Prozeß ungefähr das Fünffache dieser Summe ausmachen werden. Ich werde mir Zugang zu Ihren Personalakten verschaffen. Ich werde andere weibliche Angestellte aussagen lassen. Ich werde Ihre Buchhaltung offenlegen. Ich werde die Vorlage Ihrer sämtlichen Unterlagen bei Gericht verlangen. Und wenn ich auch nur den geringsten Verstoß entdecke, dann informiere ich den Gleichstellungsausschuß, die Bundesbehörde für Arbeitsbeziehungen, die Bundessteuerbehörde, das Berufsschutz- und das Gesundheitsamt und jeden sonst, der vielleicht interessiert sein könnte. Das wird Sie eine Menge Schlaf kosten, Chester. Und Sie werden sich tausendmal wünschen, Sie hätten meine Mandantin nicht entlassen.«

Er hieb mit beiden Handflächen auf den Tisch. »Was will sie, verdammt noch mal?«

Reggie nahm ihren Aktenkoffer und ging zur Tür. »Sie will ihren Job. Eine Lohnerhöhung wäre nett, sagen wir, von sechs Dollar pro Stunde auf neun, wenn Sie das erübrigen können. Und wenn Sie es nicht können, tun Sie es trotzdem. Versetzen Sie sie in eine andere Abteilung, außer Reichweite dieses dreckigen Aufsehers.«

Chester hörte aufmerksam zu. Das war ja nicht allzu schlimm.

»Sie wird noch ein paar Wochen im Krankenhaus bleiben müssen. Sie hat Ausgaben, also will ich, daß ihr Lohn auch weiterhin gezahlt wird. Außerdem will ich, daß ihr die Lohnschecks ins Krankenhaus gebracht werden, genau so, wie ihr Clowns ihr heute morgen das Kündigungsschreiben ins Krankenhaus gebracht habt. Der Scheck wird ihr jeden Freitag ausgehändigt, okay?«

Er nickte langsam.

»Sie haben dreißig Tage Zeit, diese Klage zu erwidern. Wenn Sie sich benehmen und tun, was ich sage, werde ich sie am dreißigsten Tag zurückziehen. Darauf haben Sie mein Wort. Sie brauchen Ihre Anwälte nicht zu informieren. Abgemacht?«

»Abgemacht.«

Reggie öffnete die Tür. »Ach ja, und schicken Sie ein paar Blumen. Zimmer 943. Eine Karte wäre nett. Schicken Sie jede Woche einen Blumenstrauß. Okay, Chester?«

Er nickte immer noch.

Sie knallte die Tür zu und verließ die schäbigen Büroräume von Ark-Lon Fixtures.

Mark und Ricky saßen am Fußende des Klappbettes und schauten in das bärtige, angespannte, kaum einen halben Meter entfernte Gesicht von Dr. Greenway. Ricky hatte einen von Marks abgelegten Pyjamas an und eine Decke über die Schultern gehängt. Er fror, wie gewöhnlich, und war verängstigt und verunsichert, weil er zum ersten Mal sein Bett verlassen hatte, obwohl es nur ein paar Zentimeter weit weg war. Und er hätte gern seine Mutter bei sich gehabt, aber der Doktor hatte sanft darauf bestanden, mit den beiden Jungen allein zu sprechen. Greenway hatte jetzt fast zwölf Stunden damit verbracht, Rickys Vertrauen zu gewinnen. Er saß dicht neben seinem großen Bruder, den dieses Gespräch schon langweilte, noch bevor es begonnen hatte.

Die Gardinen waren zugezogen, die Beleuchtung trübe, der Raum dunkel bis auf eine kleine

Lampe auf einem Tisch neben der Badezimmertür. Greenway beugte sich vor, die Ellenbogen auf den Knien.

»So, Ricky, und jetzt möchte ich mit dir über den Tag sprechen, an dem ihr beide, du und Mark, in den Wald gegangen seid, um zu rauchen. Okay?«

Das ängstigte Ricky. Woher wußte Greenway, daß sie geraucht hatten? Mark beugte sich ein Stückchen näher an ihn heran und sagte: »Das ist okay, Ricky. Ich habe ihnen schon davon erzählt. Mom ist nicht böse auf uns.«

»Weißt du noch, daß ihr geraucht habt?« fragte Greenway.

Er nickte ganz langsam. »Ja, Sir.«

»Warum erzählst du mir nicht, woran du dich erinnerst, als ihr im Wald eine Zigarette geraucht habt?«

Er zog die Decke enger um sich und raffte sie mit den Händen vor dem Bauch zusammen. »Mir ist so kalt«, murmelte er mit klappernden Zähnen.

»Ricky, die Temperatur hier drinnen beträgt fast fünfundzwanzig Grad. Und du hast die Dekke und einen wollenen Pyjama. Versuch einfach, dir vorzustellen, daß dir warm ist, okay?«

Er versuchte es, aber es nützte nichts. Mark legte ihm sanft den Arm um die Schulter, und das schien zu helfen. »Erinnerst du dich, daß du eine Zigarette geraucht hast?«

»Ja, ich glaube.«

Mark warf einen Blick auf Greenway, dann auf Ricky.

»Okay. Weißt du noch, wie du den großen schwarzen Wagen gesehen hast, der auf das Gras gefahren kam?«

Ricky hörte plötzlich auf zu zittern und starrte auf den Boden. Er murmelte das Wort »ja«, und das sollte für vierundzwanzig Stunden sein letztes Wort sein.

»Und was hat der große schwarze Wagen gemacht, als du ihn gesehen hast?«

Die Erwähnung der Zigarette hatte ihn geängstigt, aber das Bild des schwarzen Wagens und das Gefühl der Angst, das er mit sich brachte, waren einfach zuviel. Er beugte sich vornüber und legte den Kopf auf Marks Knie. Seine Augen waren fest geschlossen, und er begann zu schluchzen, aber ohne Tränen.

Mark streichelte sein Haar und wiederholte: »Es ist okay, Ricky. Es ist okay. Wir müssen darüber reden.«

Greenway war ungerührt. Er schlug seine knochigen Beine übereinander und kratzte sich den

Bart. Er hatte dies erwartet und Mark und Dianne gewarnt, daß die erste Sitzung nichts bringen würde. Aber sie war sehr wichtig.

»Ricky, hör mir zu«, sagte er mit kindlicher Stimme. »Ricky, es ist okay. Ich möchte nur mit dir reden. Okay, Ricky.«

Aber Ricky hatte für einen Tag genug Therapie gehabt. Er begann, sich unter der Decke zusammenzurollen, und Mark wußte, daß der Daumen bald folgen würde. Greenway nickte ihm zu, als wäre alles in bester Ordnung. Er stand auf, hob Ricky behutsam hoch und legte ihn ins Bett.

17

Wally Boxx stoppte den Transporter im dichten Verkehr auf der Camp Street und ignorierte das Hupen und die wütenden Gesten, während sein Boß, Fink und die FBI-Agenten rasch ausstiegen und auf den Gehsteig vor dem Federal Building zueilten. Foltrigg schritt mit seinem Gefolge selbstbewußt die Treppe hinauf. Im Foyer wurde er von einigen gelangweilten Reportern erkannt; sie begannen, ihm Fragen zu stellen, aber er war ganz Geschäftigkeit und gönnte ihnen nichts außer einem Lächeln und »kein Kommentar«.

Er betrat das Büro des Bundesanwalts für den Southern District of Louisiana, und die Sekretärinnen wurden blitzschnell lebendig. Der ihm zugewiesene Teil des Gebäudes war ein gewaltiges Areal aus kleinen, durch Flure miteinander verbundenen Büros und Großraumanlagen, in denen die Sekretärinnen und Sekretäre sich emsig betätigten, sowie kleineren Räumen, in denen eingebaute Trennwände dem juristischen Fachpersonal ein halbwegs ruhiges Arbeiten erlaubten. Alles in allem schufteten hier siebenundvierzig stellvertretende Bundesanwälte unter dem Oberbefehl von Reverend Roy. Weitere achtunddreißig Untergebene wühlten sich durch die Mühsal, den Papierkram, die langweiligen Recherchen und die ermüdende Beachtung geistloser Details, alle in dem Bestreben, die juristischen Interessen von Roys Mandanten, den Vereinigten Staaten von Amerika, wahrzunehmen.

Das größte Büro gehörte natürlich Foltrigg, und es war üppig ausgestattet mit schwerem Holz und dickem Leder. Während die meisten Anwälte sich nur eine Ego-Wand zugestehen, mit Fotos und Plaketten und Auszeichnungen und Mitgliedsurkunden vom Rotary Club, hatte Roy nicht weniger als drei Wände seines Büros mit gerahmten Fotos und vorgedruckten gelben Diplomen gefüllt, die ihm die Teilnahme an rund hundert juristischen Konferenzen bescheinigten. Er warf sein Jackett auf das burgunderrote Ledersofa und machte sich dann sofort auf den Weg in die Hauptbibliothek, wo ihn eine Versammlung erwartete.

Während der fünfstündigen Fahrt von Memphis hatte er sechsmal angerufen und drei Faxe geschickt. Sechs Assistenten warteten um einen zehn Meter langen eichenen Konferenztisch herum, der mit aufgeschlagenen juristischen Werken und zahlosen Notizblöcken bedeckt war. Sämtliche Jacketts waren abgelegt und alle Hemdsärmel aufgekrempelt.

Er begrüßte die Gruppe kurz und ließ sich dann auf einem Stuhl an der Mitte des Tisches nieder. Vor jedem lag eine Zusammenfassung all dessen, was das FBI in Memphis herausgefunden hatte. Der Abschiedsbrief, die Fingerabdrücke, die Waffe, alles. Foltrigg oder Fink konnten ihnen nichts Neues berichten, abgesehen davon, daß Gronke in Memphis war, und das war für diese Gruppe belanglos.

»Was haben Sie, Bobby?« fragte Foltrigg dramatisch, als hinge die Zukunft des amerikanischen Rechtswesens von Bobby ab und dem, was seine Recherchen ergeben hatten. Bobby war der Rangälteste der Assistenten, ein Mann mit zweiunddreißig Amtsjahren, der Gerichtssäle haßte, aber Bibliotheken liebte. In Krisenzeiten, wenn knifflige Fragen beantwortet werden mußten, wendeten sich alle an Bobby.

Er rieb sich das dichte graue Haar und rückte seine schwarze Brille zurecht. Noch sechs Monate bis zur Pensionierung, dann hatte er Leute wie Roy Foltrigg hinter sich. Er hatte ein Dutzend von ihnen kommen und gehen sehen, und von den meisten hatte man nie wieder etwas gehört. »Nun, ich glaube, wir haben das Problem eingeengt«, sagte er, und die meisten von ihnen lächelten. Er begann jeden Bericht mit dieser Einleitung. Für Bobby waren juristische Recherchen ein Spiel, bei dem es darum ging, den Haufen Schutt beiseitezuräumen, der selbst auf den simpelsten Problemen lag, und das ins Zentrum zu rücken, was von Richtern und Geschworenen leicht zu erfassen ist. Wenn Bobby die Recherchen leitete, wurde alles eingeengt.

»Es gibt zwei Möglichkeiten, keine von ihnen sonderlich attraktiv, aber eine oder beide könnten funktionieren. Erstens schlage ich vor, daß wir an das Jugendgericht in Memphis herantreten. Unter dem Tennessee Youth Code kann beim Jugendgericht wegen bestimmter Vergehen Minderjähriger eine Eingabe gemacht werden. Es gibt verschiedene Kategorien von Vergehen, und in der Eingabe muß das Kind entweder als Straftäter oder als überwachungsbedürftig klassifiziert werden. Es findet eine Anhörung statt, der Richter am Jugendgericht läßt sich das Beweismaterial vorlegen und entscheidet dann, was mit dem Kind geschehen soll. Bei mißbrauchten oder vernachlässigten Kindern kann ebenso verfahren werden. Dieselbe Vorgehensweise, dasselbe Gericht.«

»Wer kann die Eingabe machen?« fragte Foltrigg.

»Nun, das Statut ist sehr weit gefaßt, und das ist meiner Meinung nach ein schwerer Makel in der Gesetzgebung. Aber es heißt dort eindeutig, daß eine Eingabe, ich zitiere, ›von jeder interessierten Partei‹ gemacht werden kann.«

»Könnten das wir sein?«

»Vielleicht. Es hängt davon ab, was wir in der Eingabe behaupten. Und das ist der knifflige Punkt – wir müssen behaupten, der Junge hätte etwas Unrechtes getan und auf irgendeine Weise gegen das Gesetz verstoßen. Und der einzige Verstoß, der ganz entfernt etwas mit dem Verhalten des Jungen zu tun hat, ist natürlich Behinderung der Justiz. Also müssen wir Dinge behaupten, deren wir uns keineswegs sicher sind, zum Beispiel, daß der Junge weiß, wo sich die Leiche befindet. Das könnte riskant sein, weil wir keine Gewißheit haben.«

»Der Junge weiß, wo sich die Leiche befindet«, erklärte Foltrigg rundheraus. Fink studierte einige Notizen und tat so, als höre er das nicht, aber die anderen sechs wiederholten lautlos diese Worte. Wußte Foltrigg Dinge, von denen er ihnen noch nichts gesagt hatte? Es trat eine Pause ein; diese offensichtliche Verkündung einer Tatsache mußte erst verdaut werden.

»Haben Sie uns alles gesagt?« fragte Bobby und ließ den Blick über seine Kohorten schweifen.

»Ja«, erwiderte Foltrigg. »Aber ich sage Ihnen, der Junge weiß es. Ich hab da so ein Gefühl im Bauch.«

Typisch Foltrigg. Schuf Fakten mit dem Bauch und erwartete, daß seine Untergebenen ihm blindlings folgten.

Bobby fuhr fort. »Das Jugendgericht läßt der Mutter des Kindes eine Vorladung zugehen, und binnen sieben Tagen findet eine Anhörung statt. Das Kind muß einen Anwalt haben; soweit ich informiert bin, wurde bereits jemand engagiert. Das Kind hat das Recht, bei der Anhörung anwesend zu sein, und kann aussagen, wenn es das möchte.« Bobby schrieb etwas auf seinen Notizblock. »Das ist meiner Meinung nach der schnellste Weg, um den Jungen zum Reden zu bringen.«

»Was ist, wenn er sich weigert, im Zeugenstand zu reden?«

»Eine sehr gute Frage«, sagte Bobby wie ein Professor, der über einen Jurastudenten im ersten Semester nachdenkt. »Das steht voll und ganz im Ermessen des Richters. Wenn wir einen guten Fall vorlegen und den Richter überzeugen, daß der Junge etwas weiß, dann steht es in seiner Macht, von dem Jungen zu verlangen, daß er redet. Wenn der Junge sich weigert, macht er sich der Mißachtung des Gerichts schuldig.«

»Nehmen wir an, daß er das tut. Was passiert dann?«

»Das ist von hier aus schwer zu sagen. Er ist erst elf Jahre alt, aber der Richter könnte, als letztes Mittel, den Jungen in ein Jugendgefängnis stekken, bis er sich vom Vorwurf der Mißachtung gereinigt hat.«

»Mit anderen Worten, bis er redet.«

Es war so leicht, Foltrigg etwas einzureden. »So ist es. Aber bedenken Sie, das wäre der drastischste Kurs, den der Richter einschlagen könnte. Bisher haben wir noch keinen Präzedenzfall für die Inhaftierung eines Elfjährigen wegen Mißachtung des Gerichts gefunden. Wir haben noch nicht alle fünfzig Staaten überprüft, aber immerhin die meisten von ihnen.«

»So weit wird es nicht kommen«, sagte Foltrigg gelassen. »Wenn wir eine Eingabe machen als interessierte Partei, der Mutter des Jungen eine Vorladung zustellen, seinen kleinen Arsch mit seiner Anwältin im Schlepptau vor Gericht zerren, dann wird er, davon bin ich fest überzeugt, eine solche Angst haben, daß er alles erzählt, was er weiß. Was denken Sie, Thomas?«

»Ja, ich denke, es wird funktionieren. Aber was

ist, wenn es nicht funktioniert? Was ist die Kehrseite der Medaille?«

»Das Risiko ist gering«, erklärte Bobby. »Alle Verhandlungen vor dem Jugendgericht finden unter Ausschluß der Öffentlichkeit statt. Wir können sogar verlangen, daß die Eingabe unter Verschluß gehalten wird. Wenn sie von vornherein als unbegründet oder aus irgendeinem anderen Grund abgewiesen wird, dann erfährt niemand etwas davon. Wenn es zur Anhörung kommt und a) der Junge redet, aber nichts weiß, oder b) der Richter es ablehnt, ihn zum Reden zu zwingen, dann haben wir nichts verloren. Und c) wenn der Junge redet, aus Angst oder wegen der Mißachtung-des-Gerichts-Geschichte, dann haben wir, was wir wollten. Immer vorausgesetzt, der Junge weiß über Boyette Bescheid.«

»Er weiß Bescheid«, sagte Foltrigg.

»Der Plan wäre nicht so gut, wenn das Verfahren öffentlich wäre. Wenn wir verlören, würde es so aussehen, als wären wir schwach und griffen nach jedem Strohhalm. Wenn wir es versuchen und scheitern und das irgendwie an die Öffentlichkeit gelangt, könnte das, glaube ich, unsere Chancen bei dem Prozeß hier in New Orleans stark beeinträchtigen.«

Die Tür wurde geöffnet, und Wally Boxx, der

gerade den Transporter erfolgreich geparkt hatte, trat ein und schien verärgert, daß man ohne ihn angefangen hatte. Er setzte sich neben Foltrigg.

»Aber Sie sind sicher, daß es unter Ausschluß der Öffentlichkeit geschehen kann?« fragte Fink.

»Das steht jedenfalls im Gesetz. Ich weiß nicht, wie die Dinge in Memphis gehandhabt werden, aber die Vertraulichkeit wird in einem Paragraphen des Gesetzes ausdrücklich erwähnt. Es sind sogar Strafen für Indiskretionen vorgesehen.«

»Wir brauchen einen Anwalt am Ort, jemanden aus Ords Büro«, sagte Foltrigg zu Fink, als wäre die Entscheidung bereits getroffen worden. Dann wendete er sich wieder an die Gruppe. »Das hört sich gut an. Im Augenblick denken der Junge und seine Anwältin vermutlich, es wäre alles vorüber. Dies wird ein Weckruf sein. Sie werden wissen, daß wir es ernst meinen. Sie werden wissen, daß ihnen ein Gerichtsverfahren bevorsteht. Wir werden seiner Anwältin klarmachen, daß wir keine Ruhe geben werden, bis uns der Junge die Wahrheit gesagt hat. Das gefällt mir. Das Risiko ist gering. Das Verfahren findet dreihundert Meilen von hier entfernt statt, weit weg von den Fernseh-Affen, die hier herumlungern. Wenn wir es versuchen, und es geht schief, dann macht uns das nicht viel aus. Niemand wird es erfahren. Mir gefällt diese Idee – keine Kameras und keine Reporter.« Er hielt inne, als wäre er tief in Gedanken versunken, der Feldmarschall, der die Ebene überschaut und entscheidet, wo er seine Panzer einsetzen soll.

Für jedermann außer Boxx und Foltrigg waren diese Worte ein köstlicher Witz. Die Vorstellung, daß der Reverend Strategien plante, bei denen Kameras keine Rolle spielten, war einfach absurd. Ihm natürlich war das nicht bewußt. Er biß sich auf die Lippe und nickte. Ja, das war der beste Kurs. Das würde funktionieren.

Bobby räusperte sich. »Es gibt noch eine zweite Möglichkeit, und sie gefällt mir nicht, aber ich sollte sie zumindest erwähnen. Die Chancen sind allerdings sehr gering. Wenn Sie davon ausgehen, daß der Junge Bescheid weiß ...«

»Er weiß Bescheid.«

»Danke. Das vorausgesetzt, und vorausgesetzt, er hat sich seiner Anwältin anvertraut, dann besteht die Möglichkeit einer Bundesanklage gegen sie wegen Behinderung der Justiz. Ich brauche Ihnen nicht zu sagen, wie schwierig es ist, die Vertraulichkeit der Gespräche zwischen Anwalt und Mandant außer Kraft zu setzen; es ist praktisch unmöglich. Die Anklage hätte natürlich den Zweck, ihr einen solchen Schrecken einzujagen, daß sie auf einen Handel eingeht. Aber ich weiß nicht recht. Wie ich bereits sagte, die Chancen sind sehr gering.«

»Eine Verurteilung könnte schwer zu erreichen sein«, sagte Fink.

»Ja«, pflichtete Bobby ihm bei. »Aber eine Verurteilung wäre auch nicht das Ziel. Sie würde hier angeklagt, weit weg von zu Hause, und ich glaube, das wäre ziemlich einschüchternd. Massenhaft schlechte Presse. Sie wäre gezwungen, einen Anwalt zu engagieren. Wir könnten es monatelang hinziehen, mit allem, was so dazugehört. Wir könnten sogar erwägen, eine Verurteilung zu erreichen, sie unter Verschluß halten, sie darüber informieren und einen Handel anbieten, als Gegenleistung dafür, daß wir die Anklage zurückziehen. Nur so ein Gedanke.«

»Er gefällt mir«, sagte Foltrigg zu niemandes Überraschung. Es stank nach dem Militärstiefel der Regierung, und solche Strategien gefielen ihm immer. »Und außerdem können wir, wenn wir wollen, die Anklage jederzeit zurückziehen.«

Ah ja! Das Roy-Foltrigg-Special. Erhebe Anklage, halte eine Pressekonferenz ab, schlag den Angeklagten mit allen möglichen Drohungen zu Boden, schließ den Handel ab und zieh dann ein Jahr später die Anklage in aller Stille zurück. Das hatte er im Verlauf von sieben Jahren hundertmal gemacht. Er war auch ein paarmal dabei aufs Kreuz gefallen, weil der Angeklagte und/oder sein Anwalt sich weigerten, auf einen Handel einzugehen, und auf einer Verhandlung bestanden. Aber wenn das passierte, war Foltrigg immer mit wichtigeren Verfahren überlastet gewesen, und die Akte wurde einem der jüngeren Assistenten zugeworfen, der unfehlbar einen Tritt in den Hintern einstecken mußte. Und ebenso unfehlbar gab Foltrigg dem Assistenten die Alleinschuld an der Niederlage. Er hatte einen sogar entlassen, weil er den mit einem Roy-Foltrigg-Special provozierten Prozeß verloren hatte.

»Dann ist Plan B fürs erste aufs Eis gelegt«, sagte er, ganz Herr der Lage. »Plan A besteht darin, gleich morgen früh eine Eingabe beim Jugendgericht zu machen. Wie lange dauert es, sie vorzubereiten?«

»Eine Stunde«, erwiderte Tank Mozingo, ein bulliger Assistent mit dem umständlichen Namen Thurston Alomar Mozingo, deshalb kurz Tank genannt. »Die Eingabe ist im Gesetz vorformuliert. Wir brauchen nur den Vordruck auszufüllen und die Beschuldigungen einzusetzen.«

»Tun Sie das.« Er wendete sich an Fink. »Thomas, das weitere übernehmen Sie. Rufen Sie Ord an und bitten Sie ihn, uns zu helfen. Fliegen Sie noch heute abend nach Memphis. Ich will, daß die Eingabe gleich morgen früh registriert wird, nachdem Sie mit dem Richter gesprochen haben. Sagen Sie ihm, wie eilig es ist.« Papiere raschelten auf dem Schreibtisch – die Rechercheure räumten auf. Ihre Arbeit war getan. Fink machte sich Notizen, und Boxx griff nach einem Block. Foltrigg spie Anweisungen heraus wie ein seinen Schreibern diktierender König Salomo. »Bitten Sie den Richter um möglichst schnelle Anhörung. Erklären Sie ihm, unter welchem Druck wir stehen. Bitten Sie um absolute Vertraulichkeit, einschließlich der Geheimhaltung der Eingabe und sämtlicher anderer Schriftsätze. Und zwar mit allem Nachdruck, Sie verstehen schon. Ich bleibe in der Nähe des Telefons für den Fall, daß ich gebraucht werde.«

Bobby knöpfte seine Manschetten zu. »Hören Sie, Roy, da ist noch etwas, das nicht unerwähnt bleiben sollte.«

»Und was?«

»Wir kommen dem Jungen auf die rauhe Tour. Aber wir sollten nicht vergessen, in welcher Gefahr er schwebt. Muldanno pfeift aus dem letzten Loch. Überall schwirren Reporter herum. Eine undichte Stelle hier und eine undichte Stelle dort, und die Mafia könnte den Jungen zum Schweigen bringen, bevor er redet. Da steht eine Menge auf dem Spiel.«

Roy bedachte ihn mit einem zuversichtlichen Lächeln. »Das weiß ich, Bobby. Muldanno hat sogar schon seine Leute nach Memphis geschickt. Die Leute vom dortigen FBI versuchen, sie aufzuspüren, außerdem überwachen sie den Jungen. Ich persönlich glaube nicht, daß Muldanno so blöd ist, etwas zu versuchen, aber wir gehen keinerlei Risiken ein.« Roy stand auf und lächelte in die Runde. »Gute Arbeit, Leute. Ich weiß es zu würdigen.«

Sie murmelten ihre Dankeschöns und verließen die Bibliothek.

Im vierten Stock des Radisson Hotels in der Innenstadt von Memphis, zwei Blocks vom Sterick Building und fünf Blocks vom St. Peter's entfernt, spielte Paul Gronke ein monotones Gin Rommé mit Mack Bono, einem von Muldannos Handlangern aus New Orleans. Auf dem Fußboden lag ein weggeworfenes Blatt mit einem Haufen Spielergebnissen. Anfangs hatten sie um einen Dollar gespielt, aber jetzt war es ihnen egal. Gronkes Schuhe lagen auf dem Bett. Sein Hemd war aufgeknöpft. Dichter Zigarettenrauch hing unter der Decke. Sie tranken Mineralwasser, weil es noch nicht fünf

Uhr war; wenn die magische Stunde schlug, würden sie den Zimmerservice anrufen. Gronke sah auf die Uhr. Er schaute durchs Fenster auf die Gebäude an der anderen Seite der Union Avenue. Er spielte eine Karte aus.

Gronke war ein Jugendfreund von Muldanno, ein vertrauenswürdiger Partner bei vielen seiner Geschäfte. Er besaß ein paar Lokale und einen T-Shirt-Laden für Touristen im French Quarter. Er hatte seinen Teil an Beinen gebrochen und dem Messer geholfen, dasselbe zu tun. Er wußte nicht, wo Boyd Boyette vergraben war, und er wollte auch nicht danach fragen, aber wenn er es darauf anlegte, würde sein Freund es ihm wahrscheinlich verraten. Sie standen sich sehr nahe.

Gronke war in Memphis, weil das Messer ihn darum gebeten hatte. Und er war zu Tode gelangweilt, weil er hier in diesem Hotelzimmer saß, Karten spielend, ohne Schuhe, Wasser trank und Sandwiches aß, Camels rauchte und darauf wartete, daß ein elfjähriger Junge den nächsten Schritt tat.

Auf der anderen Seite des Doppelbetts führte eine offene Tür ins Nebenzimmer. Auch in ihm gab es zwei Betten und eine Rauchwolke, die unter dem Deckenventilator herumwirbelte. Jack Nance stand am Fenster und beobachtete, wie der nachmittägliche Stoßverkehr in der Innenstadt abnahm. Ein Funkgerät und ein Digitaltelefon standen griffbereit auf einem Tisch. Jede Minute konnte Cal Sisson aus dem Krankenhaus anrufen mit den neuesten Nachrichten über Mark Sway. Ein dicker Aktenkoffer lag geöffnet auf einem der Betten. Vor lauter Langeweile hatte Nance den größten Teil des Nachmittags damit verbracht, mit seinen Abhörgeräten herumzuspielen.

Er hatte über die Chancen nachgedacht, in Zimmer 943 eine Wanze anzubringen. Er hatte das Büro der Anwältin gesehen, in dem es keine Spezialschlösser gab, keine Überwachungskameras, keine Sicherheitseinrichtungen. Typisch Anwalt. Das zu verwanzen würde ein Kinderspiel sein. Cal Sisson war in der Praxis des Doktors gewesen, und dort sah es fast genauso aus. Eine Helferin am Schreibtisch im Empfang. Sofas und Stühle für die Patienten, die auf ihren Seelenklempner warteten. Ein paar schäbige Büros, die vom Flur abgingen. Keinerlei spezielle Sicherheitsvorkehrungen. Der Kunde, dieser Typ, der es liebte, wenn man ihn das Messer nannte, war mit dem Anzapfen der Telefone in den Büros der Anwältin und des Arztes einverstanden. Außerdem wollte er die Akten kopiert haben. Kinderspiel. Endlich wollte er eine Wanze in Rickys Zimmer. Gleichfalls ein Kinderspiel, aber das Schwierige daran war, die Übertragung zu empfangen, wenn die Wanze erstmal an Ort und Stelle war. Nance arbeitete daran.

Soweit es Nance anging, war es lediglich ein Überwachungsjob, mehr oder weniger. Der Kunde zahlte gut und bar. Wenn er wollte, daß ein Kind beobachtet wurde, das war einfach. Wenn er lauschen wollte, kein Problem, solange er zahlte.

Aber Nance hatte die Zeitungen gelesen. Und er hatte das Geflüster im Nebenzimmer gehört. Da steckte mehr dahinter als simple Beobachtung. Beim Gin Rommé diskutierte man gewöhnlich nicht über gebrochene Arme und Beine. Diese Burschen waren tödlich, und Gronke hatte bereits angedeutet, daß er in New Orleans anrufen wollte, damit sie mehr Leute zur Unterstützung bekamen.

Cal Sisson war nahe daran, auszusteigen. Er hatte gerade eben seine Bewährungszeit beendet, und bei einer weiteren Verurteilung würde er für Jahrzehnte wieder hinter Gittern verschwinden. Eine Verurteilung wegen Beihilfe zum Mord würde ihm lebenslänglich einbringen. Nance hatte ihn überredet, noch einen Tag durchzuhalten.

Das Digitaltelefon läutete. Es war Sisson. Die Anwältin war gerade im Krankenhaus eingetroffen. Mark Sway befand sich in Zimmer 943, mit seiner Mutter und seiner Anwältin.

Nance legte das Telefon auf den Tisch und ging ins Nebenzimmer.

»Wer war das?« fragte Gronke mit einer Camel im Mund.

»Cal. Der Junge ist noch im Krankenhaus, jetzt zusammen mit seiner Mutter und seiner Anwältin.«

»Wo ist der Doktor?«

»Vor einer Stunde gegangen.« Nance ging zur Kommode und goß sich ein Glas Wasser ein.

»Irgendwelche Feds zu sehen?«

»Ja. Zwei. Sie hängen im Krankenhaus herum und tun vermutlich dasselbe wie wir. Das Krankenhaus hat zwei Wachmänner vor die Tür gestellt, ein weiterer hält sich in der Nähe auf.«

»Glauben Sie, der Junge hat ihnen erzählt, daß ich mich heute morgen an ihn rangemacht habe?« fragte Gronke zum hundertstenmal an diesem Tag.

»Irgend jemandem hat er es erzählt. Weshalb wäre das Zimmer sonst bewacht?«

»Ja, aber die Wachmänner gehören nicht zum FBI, oder? Wenn er es den Fibbies erzählt hätte, dann säßen die auf dem Flur, meinen Sie nicht?«

»Ja.« Diese Unterhaltung hatte sich den ganzen Tag über wiederholt. Wem hatte der Junge davon erzählt? Weshalb standen plötzlich Wachen vor der Tür? Und so weiter und so weiter. Gronke konnte davon einfach nicht genug bekommen.

Trotz seiner Arroganz und seinen Straßengangster-Manieren schien er ein geduldiger Mann zu sein. Nance vermutete, daß das zu seinem Job gehörte. Killer brauchen ruhig Blut und viel Geduld.

18

Sie verließen das Krankenhaus in ihrem Mazda RX-7, seine erste Fahrt in einem Sportwagen. Die Sitze waren mit Leder bezogen, doch der Boden war schmutzig. Der Wagen war nicht neu, aber Klasse, mit einem Schalthebel, mit dem sie hantierte wie jemand, der schon zahllose Rennen hinter sich hat. Sie sagte, sie führe gern schnell, und dagegen hatte Mark nichts einzuwenden. Sie schossen durch den Verkehr und verließen die Innenstadt in östlicher Richtung. Es war fast dunkel. Das Radio war eingeschaltet, aber kaum zu hören, irgendein auf leichte Musik spezialisierter Sender.

Ricky war wach gewesen, als sie gingen. Er hatte sich Cartoons angeschaut, aber kaum etwas gesagt. Ein trauriges kleines Tablett mit Krankenhausessen hatte auf dem Tisch gestanden, und weder Ricky noch Dianne hatten es angerührt. Mark hatte seine Mutter an diesen beiden Tagen noch keine drei Bissen essen sehen. Sie tat ihm leid, wie sie da auf dem Bett saß, Ricky ansah und sich selbst zu Tode quälte. Reggies Bericht über den Job und die Lohnerhöhung hatte sie zum Lächeln gebracht. Und danach zum Weinen.

Mark hatte das Weinen satt und die kalten Erbsen und das enge dunkle Zimmer, und er hatte ein schlechtes Gewissen, weil er es verlassen hatte. Aber er war glücklich darüber, hier in diesem Sportwagen zu sitzen, unterwegs, so hoffte er, zu einem Teller voll heißem, nahrhaftem Essen mit warmem Brot. Clint hatte Ravioli und Spinat-Lasagne erwähnt, und aus irgendeinem Grund hatten sich Visionen von diesen köstlichen Gerichten in seinem Kopf festgesetzt. Vielleicht würde es auch Kuchen und ein paar Kekse geben. Aber wenn Momma Love ihm grüne Götterspeise vorsetzte, würde er sie ihr womöglich an den Kopf werfen.

Er sinnierte über diese Dinge, während Reggie über die Möglichkeit nachdachte, daß sie vielleicht jemand verfolgte. Ihre Augen wanderten vom Verkehr zum Rückspiegel und wieder zurück. Sie fuhr viel zu schnell, zwängte sich zwischen anderen Wagen durch und wechselte immer wieder die Fahrspur, was Mark nicht im mindesten störte.

»Glauben Sie, daß Mom und Ricky in Sicherheit sind?« fragte er, während er die Wagen vor ihnen beobachtete.

»Ja. Mach dir ihretwegen keine Sorgen. Das Krankenhaus hat versprochen, daß ständig Wachen vor der Tür stehen.« Sie hatte mit George Ord gesprochen, ihrem neuen Freund, und ihm erklärt, daß sie um die Sicherheit der Familie Sway besorgt war. Sie hatte keine spezifischen Drohungen erwähnt, obwohl Ord danach gefragt hatte. Die Familie erregte unerwünschte Aufmerksamkeit, hatte sie erklärt. Massenhaft Gerüchte und Gerede, das meiste davon von den frustrierten Medien erzeugt. Ord hatte mit McThune gesprochen und dann zurückgerufen und gesagt, das FBI würde sich in der Nähe des Zimmers, aber außer Sichtweite aufhalten. Sie hatte ihm gedankt.

Ihr Anruf hatte Ord und McThune amüsiert. Das FBI hatte bereits Leute im Krankenhaus. Jetzt waren sie sogar eingeladen.

Sie bog an einer Kreuzung so plötzlich nach rechts ab, daß die Reifen quietschten. Mark kicherte, und sie lachte, als wäre das alles ein Spaß, aber ihr war flau im Magen. Sie befanden sich jetzt auf einer schmaleren Straße mit alten Häusern und großen Eichen.

»Das ist meine Gegend hier«, sagte sie. Sie war eindeutig hübscher als seine. Sie bogen abermals ab, in eine noch schmalere Straße. Hier waren die Häuser kleiner, aber dennoch zwei oder drei

Stockwerke hoch mit großen Rasenflächen und säuberlich beschnittenen Hecken.

»Weshalb bringen Sie Ihre Klienten mit nach Hause?« fragte er.

»Ich weiß es nicht. Die meisten sind Kinder, die aus kaputten Familien kommen. Wahrscheinlich tun sie mir leid. Irgendwie hänge ich an ihnen.«

»Tue ich Ihnen auch leid?«

»Ein bißchen. Aber du hast Glück, Mark, viel Glück. Du hast eine Mutter, die eine gute Frau ist und dich sehr liebt.«

»Ja, ich denke, das tut sie. Wie spät ist es?«

»Gleich sechs. Warum?«

Mark dachte einen Augenblick nach und zählte die Stunden. »Vor neunundvierzig Stunden hat Jerome Clifford sich erschossen. Ich wollte, wir wären einfach weggelaufen, als wir seinen Wagen sahen.«

»Weshalb habt ihr es nicht getan?«

»Ich weiß es nicht. Mir war einfach so, als müßte ich etwas unternehmen, nachdem mir klar geworden war, was er vorhatte. Ich konnte nicht weglaufen. Er wollte sich umbringen, und das konnte ich einfach nicht zulassen. Irgend etwas hat mich immer wieder zu seinem Wagen hingezogen. Ricky hat geweint und gesagt, ich sollte aufhören, aber ich konnte es einfach nicht. Es ist alles meine Schuld.«

»Vielleicht, aber daran läßt sich nun nichts mehr ändern, Mark. Was geschehen ist, ist geschehen.« Sie schaute in den Rückspiegel und sah nichts.

»Glauben Sie, daß alles wieder in Ordnung kommt? Ich meine, mit Ricky und Mom und mir? Wenn dies alles vorbei ist, wird alles dann wieder so sein wie vorher?«

Sie drosselte das Tempo und bog in eine schmale, von unbeschnittenen Hecken gesäumte Auffahrt ein. »Ricky wird wieder gesund. Es kann eine Weile dauern, aber dann wird er wieder okay sein. Kinder sind zäh, Mark. Ich erlebe es jeden Tag.«

»Was ist mit mir?«

»Es kommt alles wieder ins Lot, Mark. Verlaß dich auf mich.« Der Mazda hielt neben einem zweistöckigen Haus mit einer großen Veranda an der Vorderseite. Unter den Fenstern wuchsen Sträucher und Stauden. Das eine Ende der Veranda war von Efeu überwuchert.

»Ist das Ihr Haus?« fragte er fast ehrfürchtig.

»Meine Eltern haben es vor dreiundfünfzig Jahren gekauft, ein Jahr bevor ich geboren wurde. Mein Vater ist gestorben, als ich fünfzehn war, aber Momma Love ist Gott sei Dank immer noch da.«

»Sie nennen sie Momma Love?«

»Jeder nennt sie Momma Love. Sie ist fast achtzig und in besserer Verfassung als ich.« Sie deutete auf die direkt hinter dem Haus liegende Garage. »Siehst du die drei Fenster über der Garage? Da wohne ich.«

Wie beim Haus mußte auch an der Garage das Holz frisch gestrichen werden. Beide waren alt und hübsch, aber in den Blumenbeeten wucherte Unkraut und Gras in den Fugen der Einfahrt.

Sie betraten das Haus durch eine Seitentür, und der Duft aus der Küche traf Mark wie ein Schlag. Er hatte plötzlich das Gefühl, halb verhungert zu sein. Eine kleine Frau mit grauem, zu einem straffen Pferdeschwanz zusammengebundenem Haar und dunklen Augen kam ihnen entgegen und nahm Reggie in die Arme.

»Momma Love, das ist Mark Sway«, sagte Reggie. Er und Momma Love waren genau gleich groß, und sie umarmte ihn sanft und drückte ihm einen Kuß auf die Wange. Er stand steif da und wußte nicht recht, wie er eine ihm völlig fremde, achtzigjährige Frau begrüßen sollte.

»Schön, dich kennenzulernen, Mark«, sagte sie in sein Gesicht hinein. Ihre Stimme war kräftig und klang fast genau so wie die von Reggie. Sie nahm seinen Arm und führte ihn zum Küchentisch. »Setz dich, ich hol dir was zu trinken.«

Reggie grinste, als wollte sie sagen: Tu, was sie

verlangt, weil dir gar nichts anderes übrigbleibt. Sie hängte ihren Schirm an einen Haken hinter der Tür und stellte den Aktenkoffer auf den Boden.

Die Küche war klein und vollgestopft mit Schränken und Regalen an drei Wänden. Von einem Gasherd stieg Dampf auf. In der Mitte des Raums stand ein Holztisch mit vier Stühlen, von einem Balken darüber hingen Töpfe und Pfannen herab. Die Küche war warm und roch appetitanregend.

Mark ließ sich auf dem ihm am nächsten stehenden Stuhl nieder und beobachtete, wie Momma Love ein Glas aus dem Schrank holte, den Kühlschrank öffnete, das Glas mit Eis füllte, Tee aus einem Krug hineingoß.

Reggie streifte die Schuhe ab und rührte in einem Topf auf dem Herd. Sie und Momma Love unterhielten sich, die übliche Routine, wie der Tag gelaufen war und wer angerufen hatte. Eine Katze machte an Marks Stuhl halt und beäugte ihn.

»Das ist Axle«, sagte Momma Love, als sie ihm den Eistee mit einer Stoffserviette vorsetzte. »Sie ist siebzehn Jahre alt und ganz friedlich.«

Mark trank den Tee und ließ Axle in Ruhe. Er mochte keine Katzen.

»Wie geht es deinem kleinen Bruder?« fragte Momma Love.

»Schon viel besser«, sagte er und fragte sich

plötzlich, was Reggie ihrer Mutter wohl erzählt haben mochte. Dann entspannte er sich. Wenn Clint nur sehr wenig wußte, dann wußte Momma Love vermutlich noch viel weniger. Er nahm einen weiteren Schluck. Sie wartete auf eine längere Antwort. »Heute hat er angefangen zu reden.«

»Das ist ja wunderbar!« erklärte sie mit einem breiten Lächeln und tätschelte seine Schulter.

Reggie goß sich ihren Tee aus einem anderen Krug ein und gab Süßstoff und Zitrone hinzu. Sie setzte sich Mark gegenüber an den Tisch, und Axle sprang auf ihren Schoß. Sie trank Tee, streichelte die Katze und begann langsam ihren Schmuck abzulegen. Sie war müde.

»Hast du Hunger?« fragte Momma Love, die plötzlich wieder in der Küche herumschoß, den Backofen öffnete, den Topf umrührte, eine Schublade zuschob.

»Ja, Madam.«

»Es ist nett, einen jungen Mann mit guten Manieren hier zu haben«, sagte sie, hielt eine Sekunde inne und lächelte ihn an. »Die meisten von Reggies Kindern haben keine Manieren. Ich habe in diesem Haus seit Jahren niemanden mehr ›Ja, Madam‹ sagen hören.« Dann war sie wieder an der Arbeit, wischte eine Pfanne aus und legte sie in den Ausguß.

Reggie zwinkerte ihm zu. »Mark hat seit drei Tagen nur Krankenhausessen bekommen, Momma Love, und möchte wissen, was du da kochst.«

»Das ist eine Überraschung«, sagte sie, öffnete den Backofen und ließ einen köstlichen Duft nach Fleisch und Käse und Tomaten heraus. »Aber ich denke, es wird dir schmecken, Mark.«

Er war sicher, daß es ihm schmecken würde. Reggie zwinkerte ihm abermals zu, während sie den Kopf zur Seite drehte und ihre kleinen Brillantohrringe abnahm. Das Schmuckhäufchen vor ihr bestand jetzt aus einem halben Dutzend Armbändern, einer Kette, einer Uhr und den Ohrringen. Axle beobachtete sie. Momma Love hantierte plötzlich mit einem langen Messer auf einem Schneidebrett. Sie wirbelte herum und stellte einen Korb mit heißem, gebuttertem Brot vor ihn hin. »Ich backe jeden Mittwoch Brot«, sagte sie, tätschelte ihm abermals die Schulter und kehrte dann zum Herd zurück.

Mark griff sich das größte Stück und biß hinein. Es war weich und warm, ein Brot, wie er es noch nie gegessen hatte. Die Butter und der Knoblauch schmolzen ihm auf der Zunge.

»Momma Love ist eine reinblütige Italienerin«, sagte Reggie und streichelte Axle. »Ihre Eltern sind beide in Italien geboren und 1902 hier eingewandert. Ich bin Halbitalienerin.«

»Wer war Mr. Love?« fragte Mark kauend mit Butter auf den Lippen und an den Fingern.

»Ein Junge aus Memphis. Sie haben geheiratet, als sie sechzehn war …«

»Siebzehn«, korrigierte Momma Love, ohne sich umzudrehen.

Momma Love deckte den Tisch mit Tellern und Besteck. Reggie und ihr Schmuck waren im Weg, also raffte sie ihn zusammen und schob Axle von ihrem Schoß. »Wann essen wir, Momma Love?«

»In einer Minute.«

»Ich ziehe mich nur schnell um«, sagte sie. Axle setzte sich auf Marks Fuß und rieb den Hinterkopf an seinem Schienbein.

»Die Sache mit deinem kleinen Bruder tut mir sehr leid«, sagte Momma Love, nachdem sie sich mit einem Blick auf die Tür vergewissert hatte, daß Reggie wirklich verschwunden war.

Mark schluckte einen Mundvoll Brot und wischte sich den Mund mit der Serviette ab. »Er kommt wieder in Ordnung. Wir haben gute Ärzte.«

»Und außerdem habt ihr die beste Anwältin der Welt«, sagte sie ernst und ohne Lächeln. Sie wartete auf Bestätigung.

»Das stimmt«, sagte Mark langsam.

Sie nickte beifällig und machte sich auf den Weg zum Ausguß. »Was in aller Welt habt ihr beide da draußen gesehen?«

Mark nippte an seinem Tee und betrachtete den grauen Pferdeschwanz. Das konnte ein langer Abend mit vielen Fragen werden. Es war besser, dem gleich einen Riegel vorzuschieben. »Reggie hat gesagt, ich soll nicht darüber sprechen.« Er biß in ein weiteres Stück Brot.

»Ach, das sagt Reggie immer. Aber mit mir kannst du reden. Alle Kinder tun das.«

In den vergangenen neunundvierzig Stunden hatte er eine Menge über Verhöre gelernt. Halt den anderen auf Abstand. Wenn die Fragen lästig werden, tische ihm ein paar Gegenfragen auf. »Wie oft bringt sie Kinder mit nach Hause?«

Sie schob den Topf von der Flamme und dachte eine Sekunde lang nach. »Vielleicht zweimal im Monat. Sie will, daß sie etwas Anständiges zu essen bekommen, also bringt sie sie zu Momma Love. Manchmal bleiben sie über Nacht. Ein kleines Mädchen ist einmal einen Monat geblieben. Sie war zu bedauern. Hieß Andrea. Das Gericht hatte sie ihren Eltern weggenommen, weil sie Teufelsanbeter waren, sie brachten Tieropfer dar und lauter solche Schweinereien. Sie war so traurig. Sie wohnte oben in Reggies altem Schlafzimmer, und als sie fort mußte, hat sie geweint. Hat mir auch das Herz gebrochen. Danach habe ich zu Reggie gesagt: ›Keine Kinder mehr‹. Aber Reggie tut, was Reggie will. Sie hat dich wirklich gern, weißt du das?«

»Was ist mit Andrea passiert?«

»Ihre Eltern bekamen sie zurück. Ich bete jeden Tag für sie. Gehst du zur Kirche?«

»Manchmal.«

»Bist du ein guter Katholik?«

»Nein. Es ist eine kleine Kirche, ich weiß nicht, was für eine. Aber keine katholische. Baptistisch, glaube ich. Wir gehen manchmal hin.« Momma Love hörte sich das zutiefst betroffen an, fassungslos angesichts der Tatsache, daß er nicht sicher war, zu welcher Kirche er gehörte.

»Vielleicht sollte ich dich in meine Kirche mitnehmen. St. Luke's. Es ist eine wunderschöne Kirche. Katholiken wissen, wie man schöne Kirchen baut.«

Er nickte, aber eine Antwort darauf fiel ihm nicht ein. In Sekundenschnelle hatte sie das Thema Kirche vergessen und war wieder am Herd, öffnete den Backofen und musterte die Pfanne mit der gleichen Konzentration, wie er sie bei Dr. Greenway gesehen hatte. Sie murmelte etwas, und es war offensichtlich, daß sie zufrieden war.

»Geh und wasch dir die Hände, Mark, gleich da drüben auf dem Flur. Kinder waschen sich heutzutage nicht oft genug die Hände.« Mark stopfte sich den letzten Bissen Brot in den Mund und folgte Axle ins Badezimmer.

Als er zurückkam, saß Reggie am Tisch und sah einen Stapel Post durch. Der Brotkorb war wieder aufgefüllt worden. Momma Love öffnete den Backofen und zog eine tiefe, mit Aluminiumfolie abgedeckte Pfanne heraus. »Es ist Lasagne«, sagte Reggie mit einem Anflug von Vorfreude.

Momma Love stürzte sich in eine kurze Geschichte des Gerichts, während sie es in mehrere Teile zerschnitt und mit einem großen Löffel gewaltige Portionen herausgrub. Dampf stieg aus der Pfanne auf. »Das Rezept ist schon seit Jahrhunderten in meiner Familie«, sagte sie und starrte Mark an, als müßte er sich für den Stammbaum der Lasagne interessieren. Er wollte sie auf seinem Teller haben. »Stammt aus der alten Heimat. Ich konnte sie schon für meinen Daddy zubereiten, als ich zehn Jahre alt war.« Reggie verdrehte leicht die Augen und zwinkerte Mark zu. »Sie besteht aus vier Schichten, jede mit einer anderen Sorte Käse.« Sie bedeckte ihre Teller mit perfekten Rechtecken. Die vier verschiedenen Käsesorten rannen zusammen und sickerten aus der dicken Pasta.

Das Telefon auf der Anrichte läutete, und Reggie nahm das Gespräch an. »Fang schon an zu essen, Mark, wenn du möchtest«, sagte Momma Love und stellte majestätisch seinen Teller vor ihn hin. Sie nickte zu Reggies Rücken hinüber. »Das kann Stunden dauern.« Reggie hörte zu und sprach leise in den Hörer. Es war offensichtlich, daß sie nicht hören sollten, was gesprochen wurde.

Mark trennte mit seiner Gabel einen gewaltigen Bissen ab, blies gerade lange genug darauf, daß der Dampf verschwand, und hob ihn dann zum Mund. Er kaute langsam, genoß die köstliche Fleischsauce, den Käse und wer weiß was noch. Sogar der Spinat schmeckte ihm.

Momma Love sah zu und wartete. Sie hatte sich ein zweites Glas Wein eingegossen, hielt es auf halbem Wege zwischen dem Tisch und ihren Lippen und wartete auf eine Reaktion auf das Geheimrezept ihrer Urgroßmutter.

»Es ist großartig«, sagte er auf dem Weg zum zweiten Bissen. »Einfach großartig.« Seine einzige Erfahrung mit Lasagne lag ungefähr ein Jahr zurück, als seine Mutter eine Plastikschale aus der Mikrowelle geholt und zum Abendessen serviert hatte. Swanson's Tiefkühlkost oder so etwas Ähnliches. Er erinnerte sich an einen gummiartigen Geschmack, nicht mit dem hier zu vergleichen.

»Es schmeckt dir«, sagte Momma Love und trank einen Schluck von ihrem Wein.

Er nickte mit vollem Mund, und das gefiel ihr. Sie nahm selbst einen kleinen Bissen.

Reggie legte auf und kehrte zum Tisch zurück. »Ich muß wieder in die Innenstadt. Die Polizei hat gerade Ross Scott aufgegriffen, wieder wegen Ladendiebstahl. Er ist im Gefängnis und weint nach seiner Mutter, aber sie können sie nicht finden.«

»Wie lange werden Sie weg sein?« fragte Mark, und seine Gabel stand plötzlich still.

»Ein paar Stunden. Du ißt, bis du satt bist, und bleibst bei Momma Love. Ich bringe dich später ins Krankenhaus zurück.« Sie klopfte ihm auf die Schulter, dann war sie zur Tür hinaus.

Momma Love schwieg, bis sie das Anspringen von Reggies Wagen hörte, dann sagte sie: »Was in aller Welt habt ihr Jungen da draußen gesehen?«

Mark nahm einen Bissen, kaute eine Ewigkeit, während sie wartete, dann trank er einen großen Schluck Tee. »Nichts. Wie machen Sie diese Lasagne? Sie ist großartig.«

»Nun, es ist ein altes Rezept.«

Sie trank Wein und ließ sich zehn Minuten lang über die Sauce aus. Dann über die Käsesorten.

Mark hörte kein Wort davon.

Er aß die Pfirsichtorte mit Eiskrem auf, während sie den Tisch abräumte und den Geschirrspüler vollpackte. Er dankte ihr abermals, sagte zum zehntenmal, wie wunderbar es geschmeckt hätte, und stand mit schmerzendem Magen auf. Er hatte eine Stunde am Tisch gesessen. Das Abendessen im Wohnwagen war gewöhnlich eine Sache von zehn Minuten. Meist aßen sie Gerichte aus der Mikrowelle auf Tabletts vor dem Fernseher. Dianne war abends zu müde, um noch zu kochen.

Momma Love bewunderte seinen leeren Teller und schickte ihn ins Wohnzimmer, während sie die Küche aufräumte. Der Fernseher war ein Farbgerät, aber ohne Fernbedienung. Kein Kabel. Über dem Sofa hing ein großes Familienporträt. Er bemerkte es, dann trat er näher heran. Es war ein altes Foto der Familie Love, matt und in einem breiten, verschnörkelten Holzrahmen. Mr. und Mrs. Love saßen in einem kleinen Atelier auf einem Sofa, und neben ihnen standen zwei kleine Jungen mit engen Kragen. Momma Love hatte dunkles Haar und ein wunderschönes Lächeln. Mr. Love war einen Kopf größer als sie und saß starr da, ohne zu lächeln. Die Jungen waren steif und verlegen, offensichtlich nicht glücklich darüber, daß sie gestärkte Hemden und Krawatten tragen mußten. Reggie stand zwischen ihren Eltern, im Zentrum des Porträts. Sie hatte ein wundervolles, verschmitztes Lächeln, und es war offensichtlich, daß sie im Mittelpunkt der Familie stand und das gewaltig genoß. Sie war zehn oder elf, ungefähr in Marks Alter, und das Gesicht dieses hübschen Mädchens erregte seine Aufmerksamkeit und nahm ihm den Atem. Er schaute in ihr Gesicht, und sie schien ihn anzulachen. Sie steckte voller Übermut.

»Hübsche Kinder, nicht?« Es war Momna Love, die sich neben ihn schob und ihre Familie bewunderte.

»Wann war das?« fragte Mark, ohne den Blick abzuwenden.

»Vor vierzig Jahren«, sagte sie langsam, fast traurig. »Damals waren wir alle noch jung und glücklich.« Sie stand neben ihm, ihre Arme berührten sich, Schulter an Schulter.

»Wo sind die Jungen?«

»Joey, rechts, war der Älteste. Er war Testpilot bei der Air Force und ist 1964 bei einem Flugzeugabsturz ums Leben gekommen. Er ist ein Held.«

»Es tut mir sehr leid«, flüsterte Mark.

»Bennie, links, ist ein Jahr jünger als Joey. Er ist Meeresbiologe in Vancouver. Er kommt seine Mutter nie besuchen. Vor ungefähr zwei Jahren war er über Weihnachten hier, dann ist er wieder verschwunden. Er hat nie geheiratet, aber ich denke, er ist okay. Auch von ihm keine Enkelkinder. Reggie hat die einzigen Enkel.« Sie griff nach einem Rahmen, der neben einer Lampe auf einem Beistelltisch stand, und gab ihn Mark. Zwei Graduierungsfotos mit blauen Roben und Mützen. Das Mädchen war hübsch. Der Junge hatte strähniges Haar, einen Teenagerbart und einen haßerfüllten Ausdruck in den Augen.

»Das sind Reggies Kinder«, erklärte Momma Love ohne den geringsten Anflug von Stolz oder Liebe. »Als wir das letzte Mal von dem Jungen hörten, war er im Gefängnis. Hat mit Drogen gehandelt. Er war ein guter Junge, als er klein war, aber dann hat sein Vater ihn bekommen und ihn ruiniert. Das Mädchen ist in Kalifornien und versucht sich als Schauspielerin oder Sängerin oder so etwas, aber sie hat auch Drogenprobleme gehabt, und wir wissen nicht viel von ihr. Sie war auch ein reizendes Kind. Ich habe sie seit fast zehn Jahren nicht mehr gesehen. Kannst du dir das vorstellen? Meine einzige Enkelin. Es ist ein Jammer.«

Momma Love trank jetzt ihr drittes Glas Wein, und die Zunge hatte sich gelöst. Wenn sie lange genug über ihre Familie geredet hatte, würde sich das Gespräch schon auf seine lenken lassen. Und wenn sie mit den Familien fertig waren, würden sie vielleicht darüber reden, was in aller Welt die Jungen dort draußen gesehen hatten.

»Weshalb haben Sie sie seit zehn Jahren nicht mehr gesehen?« fragte Mark, aber nur, weil er irgend etwas sagen mußte. Es war wirklich eine blöde Frage; er wußte, daß die Antwort Stunden dauern konnte. Sein Magen schmerzte von der Schwelgerei, und er sehnte sich danach, sich einfach auf die Couch zu legen und in Ruhe gelassen zu werden.

»Regina – ich meine Reggie – hat sie genau so lange nicht mehr gesehen. Sie machte diesen Alptraum von einer Scheidung durch, er war hinter anderen Frauen her und hatte Freundinnen überall in der Stadt, sie erwischten ihn sogar mit einer hübschen kleinen Schwester im Krankenhaus, aber die Scheidung war ein grauenhafter Alptraum, und Reggie kam an einen Punkt, wo sie alledem nicht mehr gewachsen war. Joe, ihr Ex-Mann, war ein netter Kerl, als sie heirateten, aber dann scheffelte er einen Haufen Geld und spielte den großen Doktor. Er veränderte sich. Das Geld stieg ihm zu Kopf.« Sie hielt inne und trank einen Schluck. »Fürchterlich, einfach fürchterlich. Aber sie fehlen mir. Sie sind meine einzigen Enkelbabies.«

Sie sahen nicht aus wie Enkelbabys, vor allem der Junge nicht. Er war nur ein kleiner Ganove.

»Nun ja.« Sie seufzte, als müßte sie sich ernsthaft zum Reden überwinden. »Er war sechzehn, als sein Vater ihn bekam, schon damals wild und verdorben, ich meine, sein Vater war Frauenarzt und hatte nie Zeit für die Kinder, und ein Junge braucht seinen Vater, meinst du nicht auch? Und der Junge, Jeff heißt er, der war schon früh nicht mehr unter Kontrolle zu halten. Dann sorgte sein Vater, der das ganze Geld und all die Anwälte hatte, dafür, daß Regina fortgebracht wurde, und nahm die Kinder, und als das passierte, konnte Jeff praktisch tun und lassen, was er wollte. Mit dem Geld seines Vaters natürlich. Er schaffte mit knapper Not die High School, und sechs Monate später wurde er mit einer Ladung Drogen erwischt.« Sie brach plötzlich ab, und Mark dachte, daß sie gleich weinen würde. Sie trank einen Schluck. »Das letzte Mal habe ich ihn gesehen, als er seinen High-School-Abschluß machte. Ich habe sein Foto in der Zeitung gesehen, als er verhaftet worden war, aber er hat nie angerufen oder so etwas. Das ist jetzt zehn Jahre her. Ich weiß, ich werde sterben, ohne sie wiedergesehen zu haben.« Sie rieb sich rasch die Augen, und Mark suchte nach einem Loch, in das er sich verkriechen konnte.

Sie nahm seinen Arm. »Komm mit. Wir gehen auf die Veranda.«

Er folgte ihr durch eine schmale Diele und durch die Vordertür, und sie setzten sich auf die Schaukel auf der Veranda. Es war dunkel, und die Luft war kühl. Sie schaukelten sanft und schweigend. Momma Love trank ihren Wein.

Sie beschloß, mit der Geschichte fortzufahren. »Weißt du, Mark, sobald er die Kinder hatte, hat er sie restlos verdorben. Ließ seine Freundinnen im Haus wohnen. Gab ihnen massenhaft Geld. Schmiß es ihnen praktisch nach. Kaufte ihnen Wagen. Amanda wurde schwanger, als sie noch zur High School ging, und er arrangierte die Abtreibung.«

»Weshalb hat Reggie ihren Namen geändert?« fragte er höflich. Wenn sie antwortete, wäre die Geschichte vielleicht beendet.

»Mehrere Jahre lang lebte sie zeitweise in Anstalten. Das war nach der Scheidung, und sie war in einer erbärmlichen Verfassung, Mark. Ich habe mich aus Sorge um meine Tochter jede Nacht in den Schlaf geweint. Die meiste Zeit hat sie bei mir gewohnt. Es dauerte Jahre, aber schließlich hatte sie es überstanden. Massenhaft Therapie. Massenhaft Geld. Massenhaft Liebe. Und dann kam sie eines Tages zu dem Schluß, daß der Alptraum vorüber war und daß sie die Scherben aufsammeln und ein neues Leben anfangen würde. Deshalb hat sie ihren Namen geändert. Sie ging zum Gericht und ließ die Namensänderung vornehmen. Sie richtete sich die Wohnung über der Garage ein. Sie gab mir all diese Fotos – sie will sie nicht ansehen. Sie studierte Jura. Sie wurde ein neuer Mensch mit einer neuen Identität und einem neuen Namen.«

»Ist sie verbittert?«

»Sie kämpft dagegen an. Sie hat ihre Kinder verloren, und davon kann sich keine Mutter je erholen. Aber sie versucht, nicht an sie zu denken. Sie wurden von ihrem Vater erzogen und wollen deshalb nichts mehr von ihr wissen. Ihn haßt sie natürlich, und ich nehme an, das ist eine gesunde Reaktion.«

»Sie ist eine sehr gute Anwältin«, sagte er, als hätte er schon viele Anwälte engagiert und wieder entlassen.

Momma Love rückte näher an ihn heran, zu nahe für Marks Geschmack. Sie tätschelte ihm das Knie, und das irritierte ihn gewaltig, aber sie war eine reizende alte Dame und dachte sich nichts dabei. Sie hatte einen Sohn begraben und ihren einzigen Enkel verloren, also machte er Zugeständnisse. Es schien kein Mond. Ein sanfter Wind ließ die Blätter der großen Eichen zwischen der Veranda und der Straße rauschen. Er hatte es nicht eilig, ins Krankenhaus zurückzukehren, und fand deshalb, daß es hier doch sehr angenehm war. Er lächelte Momma Love an, aber sie schaute mit leerem Blick ins Dunkle, in ihre Gedanken versunken. Die Schaukel war mit einer dicken, zusammengelegten Steppdecke gepolstert.

Er vermutete, daß sie letzten Endes doch wieder auf ihre Frage nach Jerome Clifford zurückkommen würde, und das wollte er vermeiden.

»Weshalb hat Reggie so viele Kinder als Klienten?«

Sie fuhr fort, sein Knie zu tätscheln. »Weil manche Kinder einen Anwalt brauchen, auch wenn die meisten von ihnen es nicht wissen. Und die meisten Anwälte sind zu sehr damit beschäftigt, Geld zu verdienen, um sich mit Kindern abzugeben. Sie will helfen. Sie macht sich immer Vorwürfe, weil sie ihre Kinder verloren hat, und sie will einfach anderen helfen. Sie setzt sich sehr für ihre kleinen Klienten ein.«

»Ich habe ihr nicht viel Geld bezahlt.«

»Zerbrich dir deshalb nicht den Kopf, Mark. Jeden Monat nimmt Reggie mindestens zwei Fälle an, für die sie nichts bekommt. Sie werden *pro bono* genannt, was bedeutet, daß der Anwalt die Arbeit kostenlos tut. Wenn sie deinen Fall nicht hätte übernehmen wollen, dann hätte sie es nicht getan.«

Er wußte über *pro bono* Bescheid. Die Hälfte

der Anwälte im Fernsehen arbeitete an Fällen, die nichts für sie abwarfen. Die andere Hälfte schlief mit schönen Frauen und speiste in eleganten Restaurants.

»Reggie hat eine Seele, Mark, ein Gewissen«, fuhr sie fort, ihn immer noch sanft tätschelnd. Das Weinglas war leer, aber die Worte waren klar und ihr Verstand hellwach. »Sie arbeitet umsonst, wenn sie an ihren Klienten glaubt. Und einige ihrer armen Klienten können einem das Herz brechen, Mark. Einige dieser kleinen Burschen bringen mich ständig zum Weinen.«

»Sie sind sehr stolz auf Reggie, stimmt's?«

»Ja, das bin ich. Reggie wäre beinahe gestorben, Mark, vor ein paar Jahren, während die Scheidung lief. Ich hätte sie fast verloren. Dann machte ich beinahe bankrott, als ich versuchte, sie wieder auf die Beine zu stellen. Aber sieh sie dir jetzt an.«

»Wird sie wieder heiraten?«

»Vielleicht. Sie ist mit ein paar Männern ausgegangen, aber das war nichts Ernstes. Romanzen stehen nicht auf ihrer Liste. Ihre Arbeit hat Vorrang. Wie heute abend. Es ist fast acht, und sie ist im städtischen Gefängnis und unterhält sich mit einem kleinen Bengel, den man beim Ladendiebstahl erwischt hat. Ich frage mich, was morgen früh in der Zeitung stehen wird.«

Sport, Nachrufe, das Übliche. Mark rutschte verlegen hin und her und wartete. Es war offensichtlich, daß sie darauf wartete, daß er etwas sagte. »Wer weiß.«

»Was war das für ein Gefühl, als du dein Gesicht auf der Titelseite der Zeitung gesehen hast.«

»Kein schönes.«

»Wo hatten sie diese Fotos her?«

»Es sind Schulfotos.«

Es trat eine lange Pause ein. Die Ketten über ihnen quietschten, als die Schaukel langsam vor und zurück schwang. »Und wie war es, als ihr diesen toten Mann gesehen habt, der sich gerade erschossen hatte?«

»Ziemlich gräßlich. Mein Arzt hat gesagt, ich soll nicht darüber reden, weil mich das zu sehr belastet. Denken Sie an meinen kleinen Bruder. Und deshalb sage ich lieber gar nichts.«

Sie tätschelte kräftiger. »Natürlich. Natürlich.«

Mark drückte seine Zehen auf den Boden, und die Schaukel bewegte sich etwas schneller. Sein Magen war immer noch zu voll, und er fühlte sich plötzlich schläfrig. Momma Love summte jetzt vor sich hin. Die Brise wurde stärker, und er zitterte.

Reggie fand sie auf der dunklen Veranda, auf der sanft schwingenden Schaukel. Momma Love trank schwarzen Kaffee und tätschelte seine Schulter. Mark lag zusammengerollt neben ihr, mit dem Kopf auf ihrem Schoß und einer Decke über den Beinen.

»Seit wann schläft er schon?« flüsterte sie.

»Seit ungefähr einer Stunde. Ihm wurde kalt, dann wurde er schläfrig. Er ist ein netter Junge.«

»Das ist er. Ich rufe seine Mutter im Krankenhaus an und frage, ob er über Nacht hierbleiben kann.«

»Er hat gegessen, bis er nicht mehr konnte. Morgen früh werde ich ihm ein gutes Frühstück vorsetzen.«

19

Die Idee war Trumann gekommen, und es war eine wunderbare Idee, eine, die funktionieren und deshalb sofort von Foltrigg aufgegriffen und als seine eigene reklamiert werden würde. Das Leben mit Reverend Roy war eine Serie von gestohlenen Ideen und gestohlener Anerkennung. Wenn etwas funktionierte. Und wenn etwas schiefging, dann mußten Trumann und sein Büro die Schuld auf sich nehmen, zusammen mit Foltriggs Untergebenen, der Presse, den Geschworenen und den korrupten Anwälten der Gegenseite – sie alle waren schuld, nur der große Mann selbst war es nicht.

Aber Trumann hatte schon des öfteren die Egos von Primadonnen sanft gestreichelt, und er würde auch mit diesem Blödmann fertig werden.

Es war spät, und die Idee kam ihm, als er in der dunklen Ecke eines überfüllten Restaurants an dem Salat in seinem Shrimps-Cocktail knabberte. Er rief Foltriggs persönliche Büronummer an. Keine Antwort. Er wählte die Nummer der

Bibliothek, und Wally Boxx meldete sich. Es war halb zehn, und Wally teilte ihm mit, daß er und sein Boß nach wie vor tief in der juristischen Literatur steckten, zwei wahre Workaholics, die über den Details schufteten und es genossen. Ganz, wie es sich gehörte. Trumann sagte, er wäre in zehn Minuten bei ihnen.

Er verließ das laute Restaurant und eilte durch das Gedränge auf der Canal Street. Der September war in New Orleans ein heißer, stickiger Sommermonat. Nach zwei Blocks zog er sein Jackett aus und ging noch schneller. Nach weiteren zwei Blocks war sein Hemd feucht und klebte ihm an Brust und Rücken.

Er bahnte sich seinen Weg durch die Horden von Touristen, die mit ihren Kameras und bunten T-Shirts auf der Canal Street herumlungerten, und fragte sich zum tausendstenmal, weshalb die Leute in diese Stadt kamen und ihr schwer verdientes Geld für billige Unterhaltung und überteuertes Essen ausgaben. Der Durchschnittstourist auf der Canal trug schwarze Socken und weiße Turnschuhe und hatte zwanzig Kilo Übergewicht, und Trumann stellte sich vor, wie diese Leute nach Hause zurückkehrten und sich vor ihren weniger glücklichen Freunden mit der fantastischen Küche aufspielten, die sie in New Orleans entdeckt und in sich hineingeschlungen hatten. Er prallte gegen eine massige Frau mit einem kleinen schwarzen Kasten vor dem Gesicht. Sie stand doch tatsächlich am Bordstein und filmte das Schaufenster eines billigen Andenkenladens, in dem Imitationen von Straßenschildern ausgestellt waren. Wer würde sich das Video eines schäbigen Andenkenladens im French Quater ansehen wollen? Die Amerikaner erleben ihren Urlaub nicht mehr. Sie nehmen ihn einfach mit ihrer Sony auf, damit sie ihn für den Rest des Jahres ignorieren können.

Trumann sehnte sich nach einer Versetzung. Er hatte alles satt – die Touristen, den Verkehr, die Luftfeuchtigkeit, das Verbrechen und vor allem Roy Foltrigg. Er bog bei Rubinstein Brothers um die Ecke und strebte auf die Poydras zu.

Foltrigg fürchtete sich nicht vor harter Arbeit. Sie war für ihn etwas ganz Natürliches. Während des Studiums hatte er begriffen, daß er kein Genie war und daß er, um es zu schaffen, mehr Stunden investieren mußte. Er lernte Tag und Nacht und schloß irgendwo in der Mitte des Rudels ab. Aber er war zum Präsidenten der Studentenschaft gewählt worden, und an einer seiner Wände hing ein in Eiche gerahmtes Zertifikat, das diesen Ruhm verkündete. Es war eine Position gewesen, von der die meisten seiner Mitstudenten nicht wußten, daß sie existierte, und die ihnen völlig gleichgültig war. Stellenangebote waren dünn gesät für den jungen Roy. In letzter Minute ergriff er die Gelegenheit, als stellvertretender Ankläger für die Stadt New Orleans zu arbeiten. Fünfzehntausend Dollar pro Jahr, 1975. Nach zwei Jahren bearbeitete er mehr Fälle als alle anderen Ankläger der Stadt zusammen. Er arbeitete. Er investierte zahllose Stunden in einen Sackgassen-Job, weil er vorankommen wollte. Er war ein Star, aber niemand bemerkte es.

Er begann, politisch bei den Republikanern in der Stadt mitzumischen, ein einsames Hobby, und lernte, wie man das Spiel spielt. Er begegnete Leuten mit Geld und Einfluß und erhielt eine Stellung in einer Anwaltskanzlei. Er arbeitete praktisch Tag und Nacht und wurde Partner. Er heiratete eine Frau, die er nicht liebte, weil sie die richtigen Beziehungen hatte und ihm Respektabilität verschaffte. Roy war auf dem Weg nach oben. Er hatte große Pläne.

Er war immer noch mit ihr verheiratet, aber sie schliefen in getrennten Schlafzimmern. Die Kinder waren jetzt zwölf und zehn. Die Familie gab ein nettes Bild ab.

Er zog das Büro seinem Heim vor, was seiner

Frau nur recht war, denn sie mochte ihn nicht, wohl aber sein Gehalt.

Roys Konferenztisch war wieder einmal mit juristischen Büchern und Notizblöcken bedeckt. Wally hatte sich seines Jacketts und seiner Krawatte entledigt. Überall standen leere Kaffeetassen herum. Sie waren beide erschöpft.

Das Gesetz war ganz simpel. Jeder Bürger ist im Interesse der Gesellschaft verpflichtet, auszusagen und damit die Strafverfolgung zu unterstützen. Und ein Zeuge kann nicht von dieser Aussagepflicht entbunden werden, weil er sich vor Repressalien fürchtet, mit denen ihm und/oder seiner Familie gedroht wurde. Es war ein in schwarzen Lettern geschriebenes Gesetz, im Laufe der Jahre von Hunderten von Richtern in Stein gemeißelt. Keine Ausnahmen. Keine Freistellungen. Keine Schlupflöcher für verängstigte kleine Jungen. Roy und Wally hatten Dutzende von Fällen nachgelesen. Viele davon waren kopiert und angestrichen und auf dem Tisch verstreut worden. Der Junge würde reden müssen. Wenn die Sache mit dem Jugendgericht in Memphis nicht klappte, plante Foltrigg, eine Vorladung auszustellen, die Mark Sway zwang, vor der Anklagejury in New Orleans zu erscheinen. Das würde den Knirps zu Tode erschrecken und ihm die Zunge lösen.

Trumann kam durch die Tür und sagte: »Ihr macht Überstunden.« Wally Boxx schob seinen Stuhl vom Tisch zurück und reckte die Arme über den Kopf. »Ja, es war eine Menge Material durchzuarbeiten«, sagte er erschöpft und deutete stolz auf die Stapel von Büchern und Notizen.

»Setzen Sie sich«, sagte Foltrigg und wies auf einen Stuhl. »Wir sind gerade fertig.« Er reckte sich gleichfalls, dann ließ er seine Knöchel knacken. Er liebte seine Reputation als Workaholic, ein bedeutender Mann, der nicht vor langen Arbeitsstunden zurückscheute, ein Familienvater, dem die Arbeit wichtiger war als Frau und Kinder. Der Job hatte Vorrang. Sein Mandant waren die Vereinigten Staaten von Amerika.

Trumann hatte diesen Achtzehn-Stunden-pro-Tag-Scheiß jetzt sieben Jahre lang mit angehört. Es war Foltriggs Lieblingsthema – über sich selbst zu reden und über die Stunden im Büro und den Körper, der ohne Schlaf auskam. Anwälte tragen ihren Mangel an Schlaf wie eine Ehrenmedaille. Wahre Machomaschinen, die rund um die Uhr schuften.

»Mir ist da eine Idee gekommen«, sagte Trumann, nachdem er sich an der anderen Seite des Tisches niedergelassen hatte. »Sie haben mir von der Anhörung morgen in Memphis erzählt. Vor dem Jugendgericht.«

»Wir machen eine Eingabe«, korrigierte Roy. »Wann die Anhörung stattfindet, weiß ich nicht. Aber wir werden um eine schnelle Abwicklung ersuchen.«

»Ja, also, was halten Sie davon? Bevor ich heute nachmittag das Büro verließ, habe ich mit K. O. Lewis gesprochen, Mr. Voyles' Stellvertreter.«

»Ich kenne K. O.«, unterbrach Foltrigg. Trumann hatte gewußt, daß das kommen würde. Er hatte sogar einen Moment innegehalten, damit Foltrigg unterbrechen und ihn informieren konnte, auf wie gutem Fuße er mit K. O. stand, nicht Mr. Lewis, sondern einfach K. O.

»Gut. Also, er ist in St. Louis, wo er an einer Konferenz teilnimmt, und er hat sich nach dem Boyette-Fall und Jerome Clifford und dem Jungen erkundigt. Ich habe ihm gesagt, was wir wissen. Er hat gesagt, ich könnte ihn jederzeit anrufen, wenn sich etwas tut. Er hat gesagt, Mr. Voyles verlangt täglich Bericht.«

»Das weiß ich alles.«

»Gut. Also, ich habe mir folgendes überlegt. St. Louis ist nur eine Flugstunde von Memphis entfernt, stimmt's? Wie wäre es, wenn Mr. Lewis gleich morgen früh, wenn die Eingabe gemacht wird, vor dem Jugendgericht erschiene und ein kleines Gespräch mit dem Richter führen und ein bißchen

Druck machen würde? Wir reden vom zweithöchsten Mann beim FBI. Er erklärt dem Richter, was der Junge unserer Ansicht nach weiß.«

Foltrigg begann, beifällig zu nicken, und als Wally das sah, begann auch er zu nicken, nur schneller.

Trumann fuhr fort. »Und da ist noch etwas. Wir wissen, daß Gronke in Memphis ist, und wir können guten Gewissens davon ausgehen, daß er nicht dort ist, um das Grab von Elvis Presley zu besuchen. Richtig? Er ist von Muldanno hingeschickt worden. Also habe ich mir gedacht, wie wäre es, wenn wir darlegen, daß der Junge in Gefahr schwebt, und Mr. Lewis dem Richter am Jugendgericht erklärt, daß es im Interesse des Jungen ist, wenn er in Gewahrsam genommen wird? Zu seinem eigenen Schutz sozusagen?«

»Das gefällt mir«, sagte Foltrigg leise. Wally gefiel es auch.

»Der Junge wird unter dem Druck zusammenbrechen. Zuerst wird er auf Anweisung des Jugendgerichts in Gewahrsam genommen, genau wie in jedem anderen Fall, und das wird ihm eine Heidenangst einjagen. Wird vielleicht sogar seine Anwältin aufwecken. Wenn wir Glück haben, weist der Richter den Jungen an, zu reden. An diesem Punkt wird der Junge vermutlich klein beigeben. Wenn nicht, macht er sich der Mißachtung des Gerichts schuldig, vielleicht. Meinen Sie nicht auch?«

»Ja, dann liegt Mißachtung vor, aber wir können nicht vorhersagen, wie der Richter darauf reagieren wird.«

»Richtig. Also informiert Mr. Lewis den Richter über Gronke und seine Beziehungen zur Mafia und sagt ihm, daß wir glauben, er ist in Memphis, um dem Jungen etwas anzutun. So bekommen wir den Jungen auf jeden Fall in Gewahrsam, weit weg von seiner Anwältin. Diesem Luder.«

Foltrigg war jetzt richtig aufgedreht. Er kritzelte etwas auf einen Block. Wally stand auf und begann, nachdenklich in der Bibliothek herumzuwandern, tief in Gedanken versunken, als käme alles mögliche zusammen, und als wäre er gezwungen, eine weitreichende Entscheidung zu treffen.

Hier in der Abgeschiedenheit eines Büros in New Orleans konnte Trumann Reggie ein Luder nennen. Aber er dachte an die Tonbandaufnahme. Und er hatte nichts dagegen, in New Orleans zu bleiben, weit weg von ihr. Sollte doch McThune zusehen, wie er in Memphis mit Reggie zurechtkam.

»Können Sie K. O. ans Telefon bekommen?« fragte Foltrigg.

»Ich denke schon.« Trumann zog einen Zettel aus der Tasche und tippte am Telefon die Nummer ein.

Foltrigg winkte Wally in eine Ecke, ein gutes Stück von dem Agenten entfernt. »Das ist eine großartige Idee«, sagte Wally. »Ich bin sicher, dieser Richter am Jugendgericht ist nur ein kleines Licht, der sich anhört, was K. O. zu sagen hat, und dann genau das tut, was er will, meinen Sie nicht auch?«

Trumann hatte Mr. Lewis am Apparat. Foltrigg beobachtete ihn, während er Wally zuhörte. »Mag sein. Auf jeden Fall müssen wir den Jungen schnell vor Gericht bringen; dann, denke ich, wird er wohl den Mund aufmachen. Wenn nicht, befindet er sich in Gewahrsam, unter unserer Kontrolle und außer Reichweite seiner Anwältin. Das gefällt mir.«

Sie flüsterten eine Weile, während Trumann mit K. O. Lewis sprach. Trumann nickte ihnen zu, machte mit einem breiten Lächeln das Okay-Zeichen und legte dann auf. »Er tut es«, sagte er stolz. »Er nimmt eine Frühmaschine nach Memphis und trifft sich dort mit Fink. Dann kommen sie mit George Ord zusammen und stürzen sich auf den Richter.« Trumann ging auf sie zu, sehr stolz auf sich. »Stellen Sie sich das vor. Der Bundesanwalt auf der einen Seite, K. O. Lewis auf der anderen, und Fink in der Mitte, gleich als erstes morgen früh, wenn der Richter in seinem Büro eintrifft. Es wird keine fünf Minuten dauern, bis der Junge redet.«

Foltrigg lächelte boshaft. Er liebte diese Momente, in denen die Macht der Bundesregierung in einen hohen Gang schaltete und hart auf kleinen, nichts Böses ahnenden Leuten landete. Einfach so, mit nur einem Telefonanruf, hatte der zweithöchste Mann des FBI die Szene betreten. »Es könnte funktionieren«, sagte er zu seinen Leuten. »Es könnte funktionieren.«

In einer Ecke des kleinen Wohnzimmers über der Garage blätterte Reggie unter einer Lampe in einem juristischen Buch. Es war Mitternacht, aber sie konnte nicht schlafen, also hatte sie sich unter eine Decke gekuschelt, trank Tee und las in einem Buch mit dem Titel *Reluctant Witnesses,* das Clint für sie aufgetrieben hatte. Für ein juristisches Buch war es relativ dünn. Aber das Gesetz war völlig eindeutig: Jeder Zeuge hat die Pflicht, sich zu melden und den Behörden bei der Aufklärung eines Verbrechens zu helfen. Ein Zeuge kann die Aussage nicht mit der Begründung verweigern, daß er sich bedroht fühlt. Bei der überwiegenden Mehrheit der in diesem Buch zitierten Fälle ging es um das organisierte Verbrechen. Wie es schien, hatte die Mafia seit jeher etwas dagegen gehabt, wenn ihre Leute mit der Polizei redeten, und häufig Frauen und Kinder bedroht. Das Oberste Bundesgericht hatte mehr als einmal gesagt, zum Teufel mit Frauen und Kindern. Ein Zeuge muß reden.

Irgendwann in der allernächsten Zukunft würde auch Mark zum Reden gezwungen werden. Foltrigg konnte eine Vorladung ausstellen und sein Erscheinen vor der Anklagejury in New Orleans erzwingen. Sie selbst würde natürlich zugegen sein dürfen. Wenn Mark sich weigerte, vor der Anklagejury auszusagen, würde es zu einer schnellen Anhörung vor dem verhandlungsführenden Richter kommen, und der würde ihn zweifellos anweisen, Foltriggs Fragen zu beantworten. Wenn er sich dann immer noch weigerte, würde ihn der volle Zorn des Gerichts treffen. Kein Richter duldet, daß man ihm nicht gehorcht, aber Bundesrichter können ganz besonders gemein sein, wenn ihre Anweisungen auf taube Ohren stoßen.

Es gibt Orte, an denen man elfjährige Kinder unterbringen kann, die beim herrschenden System in Ungnade gefallen sind. Im Augenblick hatte sie nicht weniger als zwanzig Klienten in verschiedenen Erziehungsanstalten in ganz Tennessee. Der Älteste war sechzehn. Alle waren hinter Zäunen mit patrouillierenden Wachen untergebracht. Früher hatte man sie Reformschulen genannt; jetzt hießen sie Erziehungsanstalten.

Wenn Mark angewiesen wurde zu reden, würde er sich zweifellos an sie wenden. Und das war der Grund, weshalb sie nicht schlafen konnte. Wenn sie ihm riet, den Ort preiszugeben, an dem sich die Leiche des Senators befand, würde sie seine Sicherheit aufs Spiel setzen. Seine Mutter und sein Bruder wären gefährdet. Das waren keine Leute, die auf der Stelle ihre Zelte abbrechen konnten. Es konnte sein, daß Ricky noch wochenlang im Krankenhaus bleiben mußte. Jede Art von Zeugenschutzprogramm mußte aufgeschoben werden, bis er wieder gesund war. Falls Muldanno etwas gegen sie unternehmen wollte, saß Dianne gewissermaßen auf dem Präsentierteller.

Es wäre vernünftig und ethisch und moralisch richtig, wenn sie ihm raten würde, zu kooperieren, und das wäre der leichteste Ausweg. Aber was war, wenn man ihm etwas zuleide tat? Er würde mit dem Finger auf sie zeigen. Und wenn Ricky oder Dianne etwas passierte? Ihr, der Anwältin, würde man die Schuld dafür geben.

Kinder sind lausige Klienten. Der Anwalt wird zu viel mehr als nur einem Anwalt. Bei Erwachsenen kann man einfach das Pro und Kontra jeder Möglichkeit auf den Tisch legen. Man rät ihnen, dieses oder jenes zu tun. Man macht ein paar Vorhersagen, aber nicht viele. Dann sagt man dem Erwachsenen, er müsse zu einer Entscheidung gelangen, und verläßt für eine Weile das Zimmer. Wenn man wiederkommt, wird einem eine Entscheidung mitgeteilt, und man handelt entsprechend. Aber bei Kindern ist es anders. Sie verstehen anwaltliche Ratschläge nicht. Sie wollen in die Arme genommen werden und brauchen jemanden, der für sie die Entscheidungen trifft. Sie sind verängstigt und auf der Suche nach Freunden.

Sie hatte in Gerichtssälen schon viele kleine Hände gehalten und viele Tränen abgewischt.

Sie stellte sich die Szene vor: ein riesiger leerer Saal des Bundesgerichts in New Orleans mit verschlossenen Türen, die von zwei Marshals bewacht wurden; Mark im Zeugenstand; Foltrigg in seiner ganzen Herrlichkeit, der auf heimatlichem Terrain stolzierte, eine Schau abzog für seine Assistenten und vielleicht einen FBI-Agenten oder zwei; der Richter in einer schwarzen Robe. Er handhabt die Sache behutsam; vermutlich kann er Foltrigg nicht ausstehen, weil er ständig mit ihm zu tun hat. Er, der Richter, fragt Mark, ob er sich in der Tat geweigert hat, an diesem Morgen vor der Anklagejury in einem nur ein paar Türen weit entfernten Saal bestimmte Fragen zu beantworten. Mark schaut zu Seinen Ehren auf und antwortet mit Ja. Was war die erste Frage? erkundigt sich der Richter bei Foltrigg, der mit einem Block in der Hand herumstolziert, als wäre der Raum voller Kameras. Ich habe ihn gefragt, Euer Ehren, ob Jerome Clifford vor seinem Selbstmord irgend etwas über die Leiche von Senator Boyd Boyette gesagt hat. Und er hat sich geweigert, diese Frage zu beantworten, Euer Ehren. Dann habe ich ihn gefragt, ob Jerome Clifford ihm tatsächlich gesagt hat, wo die Leiche vergraben ist. Und auch diese Frage wollte er nicht beantworten, Euer Ehren. Und der Richter beugt sich noch weiter zu Mark vor. Er lächelt nicht. Mark schaut seine Anwältin an. Warum hast du diese Fragen nicht beantwortet? fragt der Richter. Weil ich nicht will, antwortet Mark, und es ist beinahe komisch. Aber niemand lächelt. Nun, sagt der Richter, ich befehle dir, diese Fragen vor der Anklagejury zu beantworten, hast du mich verstanden, Mark? Ich befehle dir, auf der Stelle in den Saal mit der Anklagejury zurückzukehren und sämtliche Fragen von Mr. Foltrigg zu beantworten, hast du verstanden? Mark sagt nichts und verzieht keine Miene. Er schaut nur seine zehn Meter entfernte Anwältin an, der er vertraut. Was ist, wenn ich die Fragen nicht beantworte? fragt er schließlich, und das irritiert den Richter. Du hast keine andere Wahl, mein Junge. Du mußt antworten, weil ich es befehle. Und wenn ich es nicht tue? fragt Mark verängstigt. Nun, dann machst du dich der Mißachtung des Gerichts schuldig, und ich werde dich wahrscheinlich ins Gefängnis stecken, bis du tust, was ich sage. Für eine sehr lange Zeit, knurrt der Richter.

Axle rieb sich an ihrem Stuhl und schreckte sie auf. Die Szene im Gerichtssaal verblaßte. Sie schlug das Buch zu und trat ans Fenster. Der beste Rat, den sie Mark geben konnte, war der, einfach zu lügen. Eine große Lüge vorzubringen. Im kritischen Moment erklärst du einfach, der verstorbene Jerome Clifford hätte nichts über Boyd Boyette gesagt. Er war verrückt und betrunken und hatte eine Menge Drogen genommen, und er hat nichts gesagt, überhaupt nichts. Wer in aller Welt konnte ihm das Gegenteil beweisen?

Mark war ein gewandter Lügner.

Er erwachte in einem fremden Bett zwischen einer weichen Matratze und einer schweren Schicht Decken. Eine trübe Lampe auf dem Flur warf einen schmalen Lichtstreifen durch den Türspalt.

Seine abgetragenen Nikes lagen auf einem Stuhl neben der Tür, aber den Rest seiner Kleidung hatte er noch an. Er schob die Decken bis zu den Knien hinunter, und das Bett quietschte. Er starrte an die Decke und erinnerte sich vage, daß Reggie und Momma Love ihn in dieses Zimmer gebracht hatten. Dann erinnerte er sich an die Schaukel auf der Veranda und daran, daß er sehr müde gewesen war.

Langsam schwang er die Füße aus dem Bett und setzte sich auf die Kante. Er erinnerte sich, wie er die Treppe hinaufgeführt worden war. Allmählich wurden die Dinge wieder klar. Er setzte sich auf den Stuhl und schnürte seine Turnschuhe zu. Der Fußboden war aus Holz und knarrte leise, als er zur Tür ging und sie öffnete. Die Angeln quietschten. Auf dem Flur war es still. Drei weitere Türen gingen davon ab, und sie waren alle geschlossen. Er schlich zur Treppe und ging auf Zehenspitzen hinunter, ganz gemächlich.

Das Licht aus der Küche erregte seine Aufmerksamkeit, und er ging schneller. Der Wanduhr zufolge war es zwanzig nach zwei. Jetzt erinnerte er sich, daß Reggie nicht hier wohnte; sie war über der Garage. Momma Love schlief vermutlich tief und fest im Obergeschoß, also hörte er auf zu schleichen, durchquerte die Diele, schloß die Haustür auf und fand seinen Platz auf der Schaukel. Die Luft war kühl und der Rasen pechschwarz.

Einen Moment lang war er wütend auf sich, weil er eingeschlafen und in diesem Haus zu Bett gebracht worden war. Er sollte im Krankenhaus sein bei seiner Mutter, auf demselben elenden Bett schlafen wie sie, darauf warten, daß Ricky wieder zu sich kam, damit sie nach Hause zurückkehren konnten. Er nahm an, daß Reggie Dianne angerufen hatte, also würde seine Mutter sich vermutlich keine Sorgen machen. Im Gegenteil, sie war wahrscheinlich froh, daß er hier war, gutes Essen bekam und gut schlief.

Seinen Berechnungen nach hatte er zwei Tage Schule versäumt. Heute mußte Donnerstag sein. Gestern war der Mann mit dem Messer im Fahrstuhl über ihn hergefallen. Der Mann mit dem Foto aus dem Wohnwagen. Und am Tag davor, am Dienstag, hatte er Reggie engagiert. Auch das schien bereits Monate her zu sein. Und noch einen Tag davor, am Montag, war er aufgewacht wie ein ganz gewöhnlicher Junge und zur Schule gegangen, ohne die geringste Ahnung, was passieren würde. In Memphis mußte es eine Million Kinder geben, und er würde nie verstehen, wieso und warum ausgerechnet er dazu bestimmt worden war,

Jerome Clifford kennenzulernen, nur Minuten bevor er sich die Waffe in den Mund steckte.

Rauchen. Das war die Antwort. Rauchen gefährdet die Gesundheit. Das konnte man laut sagen. Er war von Gott gestraft worden, weil er geraucht und seinem Körper geschadet hatte. Verdammt! Was wäre gewesen, wenn er mit einem Bier erwischt worden wäre?

Die Silhouette eines Mannes erschien auf dem Gehsteig und hielt eine Sekunde vor Momma Loves Haus inne. Die orangefarbene Glut einer Zigarette leuchtete vor seinem Gesicht auf, dann wanderte er sehr langsam außer Sichtweite. Ein bißchen spät für einen Abendspaziergang, dachte Mark.

Eine Minute verging, und er war wieder da. Derselbe Mann. Derselbe langsame Gang. Dasselbe Zögern zwischen den Baumstämmen, während er das Haus betrachtete. Mark hielt den Atem an. Er saß im Dunkeln und wußte, daß er nicht gesehen werden konnte. Aber dieser Mann war mehr als ein neugieriger Nachbar.

Um genau vier Uhr morgens erschien ein schlichter weißer Ford-Transporter ohne Nummernschilder in den Tucker Wheel Estates und bog in die East Street ein. Die Wohnwagen waren dunkel und still. Die Straßen waren verlassen. Die kleine Siedlung lag in friedlichem Schlaf, und das würde noch zwei weitere Stunden, bis Tagesanbruch, so bleiben.

Der Transporter hielt vor Nummer 17. Scheinwerfer und Motor wurden ausgeschaltet. Niemand bemerkte ihn. Nach einer Minute öffnete ein uniformierter Mann die Fahrertür und trat auf die Straße. Die Uniform ähnelte der eines Polizisten von Memphis – marineblaue Hose, marineblaues Hemd, breiter schwarzer Gürtel mit schwarzem Holster, eine Waffe an der Hüfte, schwarze Stiefel, aber keine Kopfbedeckung. Eine annehmbare Imitation, besonders um vier Uhr morgens, wenn niemand so genau hinsah. Er hatte einen rechteckigen Pappbehälter bei sich, ungefähr so groß wie zwei Schuhkartons. Er schaute sich um, dann richtete er seine Aufmerksamkeit auf den neben Nummer 17 stehenden Wohnwagen. Kein Laut. Nicht einmal das Bellen eines Hundes. Er lächelte und ging gelassen auf die Tür von Nummer 17 zu.

Wenn er in einem der Wohnwagen in der Nähe eine Bewegung wahrnahm, würde er einfach leise an die Tür klopfen und so tun, als wäre er ein frustrierter Bote auf der Suche nach Ms. Sway. Aber das war nicht nötig. Kein Mucks von den

Nachbarn. Also stellte er schnell den Karton vor die Tür, stieg in den Transporter und fuhr davon. Er war spurlos gekommen und wieder gegangen und hatte seine kleine Warnung hinterlassen.

Genau dreißig Minuten später explodierte der Karton. Es war eine leise Explosion, sorgfältig kontrolliert. Der Boden bebte nicht, und der Vorbau stürzte nicht ein. Die Tür wurde aufgesprengt, und die Flammen schossen ins Innere des Wohnwagens. Massen von roten und gelben Flammen und schwarzem Rauch, der sich durch die Zimmer wälzte. Die Streichholzschachtel-Konstruktion von Wänden und Fußböden war ein idealer Brennstoff für das Feuer.

Noch bevor Rufus Bibbs von nebenan 911 anrufen konnte, war der Wohnwagen der Sways bereits von Flammen eingehüllt und nicht mehr zu retten. Rufus legte den Hörer auf und machte sich auf die Suche nach seinem Gartenschlauch. Seine Frau und seine Kinder rannten wie verrückt herum, versuchten, etwas überzuziehen und aus dem Wohnwagen herauszukommen. Schreie und Rufe hallten über die Straße, als die Nachbarn in Pyjamas und Bademänteln auf das Feuer zurannten. Dutzende von ihnen beobachteten den Brand, aus allen Richtungen kamen Gartenschläuche, und Wasser wurde auf die benachbarten Wohnwagen gespritzt. Das Feuer wuchs, und die Menge wuchs, und in dem Wohnwagen der Bibbs zersprangen die Fensterscheiben. Der Domino-Effekt. Weitere Schreie, als weitere Scheiben zersprangen. Dann Sirenen und rote Lichter.

Die Menge wich zurück, als die Feuerwehrleute Schläuche auslegten und Wasser pumpten. Die anderen Wohnwagen wurden gerettet, aber das Heim der Sways war nur noch Schutt und Asche. Das Dach und der größte Teil des Fußbodens waren verschwunden. Einzig die hintere Wand stand noch, mit einem einsamen, nicht zersprungenen Fenster.

Noch mehr Leute trafen ein, während die Feuerwehrleute die Überreste bespritzten. Walter Deeble, ein Großmaul aus der South Street, begann sich darüber auszulassen, wie billig diese verdammten Wohnwagen gebaut waren, mit Aluminiumleitungen und dem ganzen Kroppzeug. Verdammt noch mal, wir leben alle in den reinsten Feuerfallen, sagte er im Ton eines Straßenpredigers, und was wir tun sollten, ist, diesen Mistkerl Tucker verklagen und ihn zwingen, uns sichere Behausungen hinzustellen. Durchaus möglich, daß er mal mit seinem Anwalt darüber sprechen würde. Was ihn anging, hatte er acht Rauch- und Wärmemelder in seinem Wohnwagen, wegen der billigen Aluminiumleitungen und dem ganzen Kroppzeug, und durchaus möglich, jawohl!, daß er mit seinem Anwalt darüber sprechen würde.

Neben dem Wohnwagen der Bibbs hatte sich eine kleine Menge versammelt und dankte Gott, daß das Feuer sich nicht weiter ausgebreitet hatte.

Diese armen Sways! Was konnte ihnen wohl sonst noch alles passieren?

20

Nach einem Frühstück mit Zimtbrötchen und Schokoladenmilch verließen sie das Haus und fuhren zum Krankenhaus. Es war halb acht, viel zu früh für Reggie, aber Dianne wartete. Ricky ging es viel besser.

»Was, meinen Sie, wird heute passieren?« fragte Mark.

Aus irgendeinem Grund fand sie das komisch. »Du armer Junge«, sagte sie, als sie mit dem Kichern aufgehört hatte. »Du hast diese Woche eine Menge durchgemacht.«

»Ja. Ich hasse die Schule, aber es wäre schön, wenn ich wieder hingehen könnte. Letzte Nacht hatte ich einen ganz verrückten Traum.«

»Was ist passiert?«

»Nichts. Ich habe geträumt, es wäre alles wieder normal, und ich hätte einen ganzen Tag hinter mich gebracht, ohne daß sich irgend etwas ereignete. Es war wunderbar.«

»Nun, Mark, ich habe ein paar unerfreuliche Neuigkeiten.«

»Ich hab's doch gewußt. Was ist es?«

»Clint hat vor ein paar Minuten angerufen. Du stehst wieder auf der Titelseite. Es ist ein Foto von uns beiden. Offenbar hat es gestern einer dieser Clowns aufgenommen, als wir aus dem Fahrstuhl kamen.«

»Großartig.«

»Da ist ein Reporter bei der *Memphis Press.* Er heißt Slick Moeller, aber alle nennen ihn den Maulwurf. Maulwurf Moeller. Er schreibt über alles, was mit Verbrechen zu tun hat, und ist eine Art Legende in der Stadt. Er ist ganz wild auf diesen Fall.«

»Er hat die Story gestern geschrieben.«

»Stimmt genau. Er hat eine Menge Kontakte bei der Polizei. Allem Anschein nach glaubt man dort, daß Mr. Clifford dir alles erzählt hat, bevor er starb, und daß du dich jetzt weigerst, mit ihr zusammenzuarbeiten.«

»Das trifft so ziemlich den Nagel auf den Kopf, finden Sie nicht?«

Sie schaute in den Rückspiegel. »Ja. Es ist beinahe unheimlich.«

»Woher weiß er das alles?«

»Die Polizisten reden mit ihm, inoffiziell natürlich, und er wühlt und wühlt, bis er die Stücke zusammenfügen kann. Und wenn die Stücke nicht restlos zusammenpassen, dann füllt er einfach die Lücken aus. Nach dem, was Clint mir sagte, basiert die Story auf Informationen, die er von der Polizei von Memphis erhalten hat, und da wird heftig spekuliert, wieviel du weißt. Die Theorie ist die: Weil du mich engagiert hast, mußt du etwas verheimlichen.«

»Lassen Sie uns anhalten und eine Zeitung kaufen.«

»Wir bekommen eine im Krankenhaus. Wir sind gleich da.

»Glauben Sie, daß die Reporter wieder auf uns warten?«

»Vermutlich. Ich habe Clint gebeten, einen Hintereingang ausfindig zu machen. Er wartet auf dem Parkplatz auf uns.«

»Ich habe das alles so satt. Restlos satt. Alle meine Freunde sind heute in der Schule, haben ihren Spaß, sind ganz normal, rangeln in den Pausen mit den Mädchen, spielen den Lehrern Streiche – Sie wissen schon, das Übliche. Und dann schauen Sie mich an. Ich fahre mit meiner Anwältin in der Stadt herum, lese über meine Abenteuer in der Zeitung, seh mir mein Gesicht auf der Titelseite an, verstecke mich vor Reportern, flüchte vor Killern mit Schnappmessern. Es ist wie in einem Film. Einem schlechten Film. Ich habe es einfach satt. Ich weiß nicht, ob ich noch mehr davon vertragen kann. Es ist einfach zuviel.«

Sie musterte ihn von der Seite, während sie immer wieder einen Blick auf die Straße und den Verkehr warf. Er hatte die Zähne fest zusammengepreßt und starrte geradeaus, sah aber nichts.

»Es tut mir leid, Mark.«

»Ja, mir auch. Soviel zu angenehmen Träumen.«

»Das könnte ein sehr langer Tag werden heute.«

»Was gibt es sonst noch Neues? Sie haben letzte Nacht das Haus beobachtet, wissen Sie das?«

»Wie bitte?«

»Ja, jemand hat das Haus beobachtet. Ich habe heute nacht um halb drei auf der Veranda gesessen, und da habe ich einen Mann gesehen, der den Gehsteig entlangging. Er tat, als wäre nichts dabei, rauchte einfach eine Zigarette und schaute zum Haus herüber.«

»Vielleicht ein Nachbar.«

»Bestimmt. Um halb drei Uhr nachts.«

»Vielleicht hat jemand einen Spaziergang gemacht.«

»Weshalb ist er dann innerhalb von einer Viertelstunde dreimal am Haus vorbeigekommen?«

Sie warf ihm wieder einen Blick zu und stieg

auf die Bremse, um einen Zusammenstoß mit einem Wagen vor ihnen zu vermeiden.

»Hast du Vertrauen zu mir, Mark?« fragte sie.

Er sah sie an, als hätte ihn die Frage überrascht. »Natürlich habe ich Vertrauen zu Ihnen, Reggie.«

Sie lächelte und tätschelte seinen Arm. »Dann halt dich an mich.«

Ein Vorteil eines architektonischen Horrorgebildes wie St. Peter's war die Existenz einer Unmenge von Türen und Ausgängen, die nur wenige Leute kannten. Mit Anbauten hier und nachträglich errichteten Abteilungen dort waren im Laufe der Zeit kleine Nischen und Flure entstanden, die selten gebraucht und von Wachleuten, die sich ohnehin nicht zurechtfanden, kaum jemals entdeckt wurden.

Als sie ankamen, war Clint bereits eine halbe Stunde erfolglos im Krankenhaus herumgelaufen und hatte sich dabei dreimal verirrt. Er war schweißgebadet und entschuldigte sich, als sie sich auf dem Parkplatz trafen.

»Ihr braucht mir nur zu folgen«, sagte Mark, und sie eilten über die Straße und betraten das Krankenhaus durch den Notausgang. Sie bahnten sich ihren Weg durch das dichte Gedränge im Foyer und fanden einen alten Fahrstuhl, der abwärts fuhr.

»Ich hoffe, du weißt, wohin du gehst«, sagte Reggie, offensichtlich voller Zweifel und halb rennend bei dem Versuch, mit ihm Schritt zu halten. Clint schwitzte sogar noch heftiger. »Kein Problem«, sagte Mark und öffnete eine Tür, die in die Küche führte.

»Wir sind in der Küche, Mark«, sagte Reggie und sah sich um.

»Ganz ruhig. Tun Sie einfach so, als gehörten Sie hierher.«

Er drückte auf einen Knopf neben dem Lastenaufzug, und die Tür glitt sofort auf. Innen drückte er auf einen weiteren Knopf, und sie ratterten aufwärts. Ihr Ziel war der zehnte Stock. »Der Haupttrakt hat achtzehn Stockwerke, aber dieser Fahrstuhl hält im zehnten an. Im neunten hält er nicht. Kapiert?« Er beobachtete die Nummern über der Tür und gab seine Erläuterungen wie ein gelangweilter Fremdenführer.

»Was passiert im zehnten?« fragte Clint ziemlich atemlos.

»Warten Sie's ab.«

Die Tür öffnete sich im zehnten Stock, und sie traten in eine große Kammer voller Regale, in denen Bettwäsche und Handtücher gestapelt waren. Mark war bereits wieder unterwegs, schoß zwischen den Regalen hindurch und öffnete eine schwere Metalltür, und plötzlich standen sie auf einem Flur mit Krankenzimmern rechts und links. Er deutete nach links, hastete weiter und blieb vor einem Notausgang mit einem Haufen von roten und gelben Alarmwarnungen stehen. Er ergriff den Riegel, mit dem sie verschlossen war, und Reggie und Clint standen da wie angewurzelt.

Er stieß die Tür auf, und nichts passierte. »Die Alarmanlage funktioniert nicht«, sagte er seelenruhig und eilte die Treppe zum neunten Stock hinunter. Er öffnete eine weitere Tür, und plötzlich standen sie auf einem menschenleeren, teppichbelegten Flur. Er wies wieder die Richtung, und sie waren unterwegs, vorbei an Krankenzimmern, um eine Kurve und vor dem Schwesternzimmer, wo sie einen anderen Flur entlangschauten und die bei den Fahrstühlen herumlungernden Reporter sahen.

»Guten Morgen, Mark«, rief Karen die Schöne heraus, als sie vorbeieilten. Aber sie sagte es ohne ein Lächeln.

»Hi, Karen«, sagte er, blieb aber nicht stehen.

Dianne saß auf einem Klappstuhl auf dem Flur, und vor ihr kniete ein Polizist. Sie weinte, und zwar schon seit einiger Zeit. Die beiden Wachmänner standen ein paar Meter entfernt beieinander. Mark sah den Polizisten und die Tränen und rannte auf seine Mutter zu. Sie riß ihn zu sich heran, und sie schlossen sich in die Arme.

»Was ist passiert, Mom?« fragte er, und sie weinte noch heftiger. »Mark, in eurem Wohnwagen hat es letzte Nacht gebrannt«, sagte der Polizist. »Vor ein paar Stunden.«

Mark sah ihn fassungslos an, dann drückte er seine Mutter an sich. Sie wischte sich die Tränen ab und versuchte, sich zu fassen.

»Wie schlimm?« fragte Mark.

»Ziemlich schlimm«, sagte der Polizist betrübt. Er hatte sich inzwischen erhoben und hielt seine Mütze mit beiden Händen. »Es ist nichts übriggeblieben.«

»Was hat den Brand verursacht?« fragte Reggie.

»Das wissen wir noch nicht. Der Brandexperte wird es sich heute morgen ansehen. Es könnte an den elektrischen Leitungen liegen.«

»Ich muß unbedingt mit dem Mann sprechen«, erklärte Reggie, und der Polizist musterte sie eindringlich.

»Und wer sind Sie?« fragte er.

»Reggie Love, die Anwältin der Familie.«

»Ah ja. Ich habe die Zeitung von heute gesehen.«

Sie gab ihm eine Karte. »Bitte sagen Sie dem Brandexperten, er möchte mich anrufen.«

»Wird gemacht, Lady.« Der Polizist setzte seine Mütze auf und schaute wieder auf Dianne herunter. Er war wieder betrübt. »Ms. Sway, das alles tut mir sehr leid.«

»Danke«, sagte sie und wischte sich das Gesicht ab. Er nickte Reggie und Clint zu, wich zurück und verschwand eilends. Eine Schwester erschien und blieb in der Nähe, für alle Fälle.

Dianne hatte plötzlich ein Publikum. Sie stand auf und hörte auf zu weinen, schaffte es sogar, Reggie anzulächeln.

»Das ist Clint Van Hooser. Er arbeitet für mich«, sagte Reggie.

Dianne lächelte Clint an. »Es tut mir sehr leid«, sagte er.

»Danke«, sagte Dianne leise. Es folgten ein paar Sekunden verlegenes Schweigen, während sie sich die letzten Tränen abwischte. Ihr Arm lag um Mark, der immer noch fassungslos war.

»Hat er sich anständig benommen?« fragte Dianne.

»Er war wunderbar. Er hat gegessen wie ein Scheunendrescher.«

»Das ist gut. Danke, daß er bei Ihnen sein durfte.«

»Wie geht es Ricky?« fragte Reggie.

»Er hatte eine gute Nacht. Dr. Greenway war heute morgen kurz hier, und Ricky war wach und hat geredet. Es scheint ihm viel besser zu gehen.«

»Weiß er von dem Feuer?« fragte Mark.

»Nein. Und wir werden es ihm auch nicht sagen, okay?«

»Okay, Mom. Können wir hineingehen und reden, nur du und ich?«

Dianne lächelte Reggie und Clint an und führte Mark in das Zimmer. Die Tür wurde geschlossen, und die winzige Familie Sway war unter sich mit ihrer gesamten weltlichen Habe.

Der Ehrenwerte Harry Roosevelt führte seit nunmehr zweiundzwanzig Jahren den Vorsitz beim Jugendgericht von Shelby County, und trotz der unerfreulichen und deprimierenden Natur der Gerichtsgeschäfte hatte er seine Arbeit immer mit einem beträchtlichen Maß an Würde getan. Er war der erste schwarze Richter an einem Jugendgericht in Tennessee, und als er Anfang der siebziger Jahre vom Gouverneur ernannt worden war, hatte er eine glänzende Zukunft, und viele Leute waren überzeugt, daß höhere Gerichte nur darauf warteten, von ihm erobert zu werden.

Die höheren Gerichte waren immer noch dort,

und Harry Roosevelt war immer noch hier, in dem baufälligen Gebäude, das einfach das Jugendgericht genannt wurde. Es gab wesentlich hübschere Gerichte in Memphis. Das Federal Building an der Main Street, noch immer das neueste in der Stadt, enthielt die elegantesten und imponierendsten Gerichtssäle. Die Leute vom Bundesgericht hatten immer das Beste – üppige Teppiche, dikke Ledersessel, schwere Eichentische, glanzvolle Beleuchtung, eine verläßliche Klimaanlage, Unmengen von gut bezahlten Gehilfen und Assistenten. Das ein paar Blocks entfernte Shelby County Courthouse war ein Bienenkorb juristischer Aktivitäten; Tausende von Anwälten eilten auf seinen gefliesten und mit Marmor verkleideten Fluren entlang und arbeiteten sich durch guterhaltene und sauber geschrubbte Gerichtssäle hindurch. Es war ein älteres Gebäude, aber ein sehr schönes mit Bildern an den Wänden und ein paar Statuen. Harry hätte dort einen Gerichtssaal haben können, aber er hatte nein gesagt. Und gleichfalls nicht weit entfernt war das Shelby County Justice Center mit einem Labyrinth aus hochmodernen neuen Gerichtssälen mit hellen Leuchtstoffröhren und Lautsprecheranlagen und gepolsterten Sitzen. Harry hätte auch von ihnen einen haben können, aber auch den hatte er abgelehnt.

Er blieb hier, im Juvenile Court Building, einer umgebauten High School, ziemlich weit von der Innenstadt entfernt, mit nur wenigen Parkplätzen und wenigen Hausmeistern und mehr Fällen pro Richter als auf jeder anderen Prozeßliste der Welt. Sein Gericht war das unerwünschte Stiefkind des juristischen Systems. Die meisten Anwälte machten einen großen Bogen darum. Die meisten Jurastudenten träumten von prächtigen Büros in hohen Gebäuden und reichen Mandanten mit dikken Brieftaschen. Davon, sich ihren Weg durch die von Schaben wimmelnden Flure des Jugendgerichts zu bahnen, träumten sie nie.

Harry hatte vier Berufungen abgelehnt, alle an Gerichte, in denen im Winter die Heizung funktionierte. Er war für diese Posten in Erwägung gezogen worden, weil er intelligent und schwarz war, und er hatte sie abgelehnt, weil er arm und schwarz war. Man zahlte ihm sechzigtausend Dollar im Jahr, das niedrigste Gehalt an sämtlichen Gerichten der Stadt, damit er seine Frau und seine vier halbwüchsigen Kinder ernähren und in einem hübschen Haus wohnen konnte. Aber als Kind hatte er den Hunger gekannt, und diese Erinnerungen verblaßten nicht. Er würde in sich immer den armen schwarzen Jungen sehen.

Und das war genau der Grund, weshalb der einst

so vielversprechende Harry Roosevelt ein simpler Richter am Jugendgericht geblieben war. Für ihn war es der allerwichtigste Job der Welt. Er besaß von Amts wegen die ausschließliche Entscheidungsbefugnis über straffällig gewordene, schwererziehbare, drogenabhängige und vernachlässigte Kinder. Er bestimmte die Vaterschaft von unehelich geborenen Kindern und verschaffte seinen eigenen Anweisungen für ihren Unterhalt und ihre Erziehung Geltung, und in einer Region, in der die Hälfte der Kinder von ledigen Müttern zur Welt gebracht wurde, machte dies den größten Teil seiner Fälle aus. Er sprach Eltern ihre Rechte ab und brachte mißbrauchte Kinder in neuen Heimen unter. Harry trug schwere Lasten.

Sein Gewicht lag zwischen hundertfünfzig und zweihundert Kilogramm, und er trug jeden Tag dieselbe Kleidung – schwarzen Anzug, weißes Baumwollhemd und Fliege, die er selbst band, und zwar ziemlich schlecht. Niemand wußte, ob Harry nur einen schwarzen Anzug besaß oder fünfzig. Er sah immer gleich aus. Er war eine imposante Gestalt am Richtertisch, von wo aus er über seine Lesebrille hinweg Väter anfunkelte, die sich davor drücken wollten, für ihre Kinder zu zahlen. Solche Väter, schwarze und weiße gleichermaßen, lebten in ständiger Angst vor Richter Roosevelt.

Er würde sie aufspüren und ins Gefängnis stecken. Er machte ihre Arbeitgeber ausfindig und ließ ihren Lohn pfänden. Wenn man sich gegen Harrys Kids, wie sie allgemein genannt wurden, etwas zuschulden kommen ließ, konnte es sehr schnell passieren, daß man in Handschellen und mit einem Gerichtsdiener an jeder Seite vor ihm stand.

Harry Roosevelt war eine Legende in Memphis. Die Stadtväter hatten es für angebracht gehalten, ihm zwei weitere Richter zur Seite zu stellen, aber er hatte trotzdem noch ein brutales Pensum zu erledigen. Er traf gewöhnlich schon vor sieben Uhr ein und machte sich selbst seinen Kaffee. Punkt neun begann er mit den Gerichtssitzungen, und Gott gnade dem Anwalt, der zu spät kam. Er hatte im Laufe der Jahre schon etliche von ihnen ins Gefängnis gesteckt.

Um halb neun brachte seine Sekretärin einen Kasten voller Post herein und teilte Harry mit, daß einige Herren draußen warteten, die ihn unbedingt sprechen wollten.

»Was liegt sonst noch an?« fragte er, während er den letzten Bissen eines Apfel-Kopenhageners verspeiste.

»Es könnte sein, daß Sie diese Herren empfangen wollen.«

»Ach, wirklich? Wer ist es?«

»Einer ist George Ord, unser ehrenwerter Bundesanwalt.«

»George war einer meiner Studenten.«

»Richtig. Das sagte er, zweimal. Außerdem ist da ein stellvertretender Bundesanwalt aus New Orleans, ein Mr. Thomas Fink. Und ein Mr. K. O. Lewis, stellvertretender Direktor des FBI. Und ein paar FBI-Agenten.«

Harry schaute von einer Akte auf und dachte darüber nach. »Ein beachtliches Grüppchen. Was wollen sie?«

»Das wollten sie nicht sagen.«

»Na schön, bringen Sie sie rein.«

Sie ging, und Sekunden später erschienen Ord, Fink, Lewis und McThune in dem engen und mit Papieren übersäten Büro und stellten sich Seinen Ehren vor. Harry und die Sekretärin räumten Akten von den Stühlen, und jedermann suchte sich einen Platz. Sie tauschten Höflichkeiten aus, und nach ein paar Minuten sah Harry auf die Uhr und sagte: »Meine Herren, auf meinem Terminplan stehen heute siebzehn Fälle. Was kann ich für Sie tun?«

Ord räusperte sich als erster. »Also, Richter, ich bin sicher, Sie haben gestern und heute morgen die Zeitungen gesehen, insbesondere die Stories auf der Titelseite über einen Jungen namens Mark Sway.«

»Sehr interessant.«

»Mr. Fink hier ist der Ankläger des Mannes, der des Mordes an Senator Boyette beschuldigt wird, und der Fall soll in ein paar Wochen in New Orleans verhandelt werden.«

»Das ist mir bekannt. Ich habe die Zeitungen gelesen.«

»Wir sind fast sicher, daß Mark Sway mehr weiß, als er sagt. Er hat die Polizei von Memphis einfach angelogen. Wir glauben, daß er sich eingehend mit Jerome Clifford unterhalten hat, vor dessen Selbstmord. Wir wissen ganz sicher, daß er in seinem Wagen war. Wir haben versucht, mit dem Jungen zu reden, aber er war sehr unkooperativ. Jetzt hat er eine Anwältin engagiert, und sie läßt uns nicht an den Jungen heran.«

»Reggie Love arbeitet fast ständig in meinem Gericht. Eine sehr kompetente Anwältin. Tritt gelegentlich ein bißchen zu intensiv für ihre Mandanten ein, aber dagegen ist nichts einzuwenden.«

»Ja, Sir. Der Junge erscheint uns sehr verdächtig, und wir sind ziemlich sicher, daß er wertvolle Informationen zurückhält.«

»Zum Beispiel?«

»Zum Beispiel den Ort, an dem sich die Leiche von Senator Boyette befindet.«

»Wie kommen Sie zu dieser Annahme?«

»Das ist eine lange Geschichte, Euer Ehren. Und es würde eine Weile dauern, sie zu erzählen.«

Harry befingerte seine Fliege und bedachte Ord mit einem seiner finsteren Blicke. Er dachte nach. »Sie wollen also, daß ich den Jungen herbringen lasse und ihm Fragen stelle?«

»So ungefähr. Mr. Fink hat eine Eingabe mitgebracht, die untermauert, daß der Junge sich strafbar gemacht hat.«

Das gefiel Harry ganz und gar nicht. Seine glänzende Stirn war plötzlich gefurcht. »Eine ziemlich schwerwiegende Behauptung. Welches Vergehens hat der Junge sich schuldig gemacht?«

»Behinderung der Justiz.«

»Haben Sie einen Präzedenzfall?«

Fink hatte eine Akte aufgeschlagen, stand auf und reichte ein schmales Dossier über den Schreibtisch. Harry nahm es und begann, langsam zu lesen. Im Zimmer herrschte Stille. K. O. Lewis war noch nicht zu Wort gekommen, und das ärgerte ihn, denn er war schließlich der zweite Mann im FBI. Und den Richter schien das überhaupt nicht zu beeindrucken.

Harry blätterte eine Seite um und schaute wieder auf die Uhr. »Ich höre«, sagte er in Finks Richtung.

»Wir sind der Ansicht, Euer Ehren, daß Mark Sway durch seine Falschaussagen die Untersuchungen in dieser Sache behindert hat.«

»Welcher Sache? Des Mordes oder des Selbstmordes?«

Hervorragende Frage, und sobald er sie gehört hatte, wußte Fink, daß Harry Roosevelt sich nicht über den Tisch ziehen ließ. Sie untersuchten einen Mord, keinen Selbstmord. Es gab kein Gesetz gegen Selbstmord und auch keines gegen das Beobachten eines solchen. »Nun, Euer Ehren, wir sind überzeugt, daß zwischen dem Selbstmord und dem Mord an Boyette ein direkter Zusammenhang besteht, und es ist wichtig, daß der Junge mit uns kooperiert.«

»Was ist, wenn er nichts weiß?«

»Wir können erst sicher sein, wenn wir ihn befragt haben. Bis jetzt behindert er die Untersuchung, und wie Sie wissen, hat jeder Bürger die Pflicht, die Behörden bei der Verfolgung von Straftaten zu unterstützen.«

»Das weiß ich. Es erscheint mir nur ziemlich hart, dem Jungen eine strafbare Handlung vorzuwerfen, ohne irgendwelche Beweise.«

»Die Beweise werden kommen, Euer Ehren,

wenn wir den Jungen in den Zeugenstand bekommen, unter Eid, in einer Anhörung unter Ausschluß der Öffentlichkeit, und ihm ein paar Fragen stellen. Das ist alles, worauf wir aus sind.«

Harry warf das Dossier auf einen Stapel Papiere, nahm die Brille ab und kaute auf einem Bügel.

Ord lehnte sich vor und sprach eindringlich. »Hören Sie, Richter, wenn wir den Jungen in Gewahrsam nehmen und dann eine beschleunigte Anhörung stattfindet, dürfte die Sache erledigt sein. Wenn er unter Eid aussagt, daß er über Boyd Boyette nichts weiß, dann wird die Eingabe zurückgezogen, der Junge geht nach Hause, und die Sache ist vorbei. Reine Routine. Kein Beweis, keine Feststellung einer strafbaren Handlung, kein Schaden. Aber wenn er über das Versteck der Leiche etwas weiß, dann haben wir das Recht, es zu erfahren, und wir sind überzeugt, daß der Junge es im Verlauf der Anhörung sagen wird.«

»Es gibt zwei Möglichkeiten, ihn zum Reden zu zwingen, Euer Ehren«, setzte Fink hinzu. »Wir können diese Eingabe bei Ihrem Gericht machen und eine Anhörung bekommen, oder wir können dem Jungen eine Vorladung zustellen, die ihn zwingt, in New Orleans vor der Anklagejury zu erscheinen. Wenn er hier bleibt, so wäre das unserer Ansicht nach der schnellste und beste Weg, besonders für den Jungen.«

»Ich will nicht, daß dieser Junge vor eine Anklagejury zitiert wird«, erklärte Harry entschieden. »Ist das klar?«

Alle nickten schnell, und alle wußten sehr gut, daß die Anklagejury eines Bundesgerichts Mark jederzeit vorladen konnte, ohne Rücksicht auf die Gefühle eines Richters. Das war typisch für Harry. Warf sofort seine schützende Decke über jedes Kind im Bereich seiner Jurisdiktion.

»Ich würde das viel lieber vor meinem eigenen Gericht verhandeln«, sagte er, fast zu sich selbst.

»Wir sind einverstanden, Euer Ehren«, sagte Fink. Sie waren alle einverstanden.

Harry griff nach seinem Terminkalender. Wie gewöhnlich war er für diesen Tag mit mehr Elend angefüllt, als er bewältigen konnte. »Diese Anschuldigungen wegen Behinderung der Justiz stehen meiner Meinung nach auf ziemlich wackligen Beinen. Aber ich kann Sie nicht daran hindern, Ihre Eingabe zu machen. Ich schlage vor, daß wir diese Sache so schnell wie möglich hinter uns bringen. Wenn der Junge tatsächlich nichts weiß, und ich vermute, daß das der Fall ist, dann will ich es erledigt haben. Schnell.«

Das war allen recht.

»Machen wir es gleich heute in der Mittagspause. Wo ist der Junge jetzt?«

»Im Krankenhaus«, sagte Ord. »Sein Bruder wird auf noch nicht absehbare Zeit dort bleiben. Die Mutter muß ständig bei ihm sein. Mark kann kommen und gehen. Die letzte Nacht hat er bei seiner Anwältin verbracht.«

»Das ist typisch für Reggie«, sagte Harry anerkennend. »Aber ich sehe keine Veranlassung, ihn in Gewahrsam zu nehmen.«

Gewahrsam war sehr wichtig für Fink und Foltrigg. Sie wollten, daß der Junge einkassiert, in einem Polizeiwagen abtransportiert und in eine Zelle gesteckt wurde, damit er so eingeschüchtert war, daß er redete.

»Euer Ehren, wenn Sie gestatten«, sagte K. O. schließlich. »Wir sind der Ansicht, daß Gewahrsam unerläßlich ist.«

»Ach, wirklich? Ich höre.«

McThune reichte Richter Roosevelt ein Hochglanzfoto. Lewis lieferte die Fakten. »Der Mann auf dem Foto ist Paul Gronke. Er ist ein Gangster aus New Orleans und ein enger Vertrauter von Barry Muldanno. Er ist seit Dienstagabend in Memphis. Dieses Foto wurde aufgenommen, als er den Flughafen von New Orleans betrat. Eine Stunde später war er in Memphis, und als er hier den Flughafen verließ, haben wir ihn leider aus den Augen verloren.« McThune präsentierte zwei kleinere Fotos. »Der Mann mit der dunklen Brille ist Mack Bono, ein überführter Mörder mit engen Verbindungen zur Mafia von New Orleans. Der Kerl in dem Anzug ist Gary Pirini, ein weiterer Mafia-Gangster, der für die Familie Sulari arbeitet. Bono und Pirini sind gestern abend in Memphis eingetroffen. Sie sind nicht gekommen, um gegrillte Rippchen zu essen.« Er hielt des dramatischen Effektes wegen kurz inne. »Der Junge schwebt in großer Gefahr, Euer Ehren. Das Heim der Familie ist ein Wohnwagen in Nord-Memphis, in einer Siedlung, die Tucker Wheel Estates heißt.«

»Die ist mir bestens bekannt«, sagte Harry.

»Vor ungefähr vier Stunden ist der Wohnwagen völlig abgebrannt. Der Brand sieht verdächtig aus. Wir halten es für Einschüchterung. Der Junge ist seit Montag nach Belieben herumgestromert. Es gibt keinen Vater, und die Mutter kann den jüngeren Sohn nicht alleinlassen. Es ist sehr traurig, und es ist sehr gefährlich.«

»Sie haben ihn also beobachtet.«

»Ja, Sir. Seine Anwältin hat das Krankenhaus gebeten, Wachmänner vor dem Zimmer des Jungen zu postieren.«

»Und sie hat mich angerufen«, setzte Ord hinzu. »Sie macht sich große Sorgen um die Sicherheit des Jungen und hat mich gebeten, für FBI-Schutz im Krankenhaus zu sorgen.«

»Und wir sind dieser Bitte nachgekommen«, erklärte McThune. »In den letzten achtundvierzig Stunden haben sich mindestens zwei FBI-Agenten ständig in der Nähe des Zimmers aufgehalten. Diese Typen sind Killer, Euer Ehren, und sie erhalten ihre Befehle von Muldanno. Und der Junge läuft einfach so herum und hat keine Ahnung von der Gefahr, in der er schwebt.«

Harry hörte aufmerksam zu. Sie hatten ihren Auftritt vor Gericht gründlich geprobt. Von Natur aus war er argwöhnisch gegenüber der Polizei und ähnlichen Personen, aber dies war kein Routinefall. »Unsere Gesetze sehen durchaus vor, daß ein Kind in Gewahrsam genommen wird, nachdem eine Eingabe gemacht worden ist«, sagte er zu niemandem im besonderen. »Was passiert mit dem Jungen, wenn die Anhörung nicht das von Ihnen gewünschte Ergebnis hat, wenn der Junge tatsächlich nicht die Justiz behindert?«

Lewis antwortete. »Daran haben wir auch gedacht, Euer Ehren, und wir würden nie etwas unternehmen, was gegen die Vertraulichkeit Ihrer Anhörung verstößt. Aber wir haben Mittel und Wege, diese Gangster wissen zu lassen, daß der

Junge nichts weiß. Wenn er die Sache hinter sich hat und nichts weiß, dann ist die Angelegenheit erledigt, und Muldannos Leute werden das Interesse an ihm verlieren. Weshalb sollten sie ihn bedrohen, wenn er nichts weiß?«

»Das leuchtet mir ein«, sagte Harry. »Aber was tun Sie, wenn der Junge Ihnen erzählt, was Sie hören wollen? Dann ist er ein gezeichneter kleiner Junge, glauben Sie nicht auch? Wenn diese Männer wirklich so gefährlich sind, wie Sie sagen, dann könnte unser kleiner Freund in großer Gefahr schweben.«

»Wir treffen bereits vorbereitende Maßnahmen, um ihn in das Zeugenschutzprogramm zu übernehmen. Alle drei, Mark, seine Mutter und seinen Bruder.«

»Haben Sie darüber schon mit seiner Anwältin gesprochen?«

»Nein, Sir«, antwortete Fink. »Als wir das letzte Mal in ihrem Büro waren, hat sie sich geweigert, uns zu empfangen. Sie macht uns gleichfalls Schwierigkeiten.«

»Lassen Sie mich Ihre Eingabe sehen.«

Fink brachte sie blitzschnell zum Vorschein und reichte sie ihm. Er setzte behutsam seine Lesebrille auf und studierte das Schreiben. Als er fertig war, gab er es Fink zurück.

»Das gefällt mir nicht, meine Herren. Das Ganze stinkt zum Himmel. Ich habe eine Million Fälle gesehen, aber nie einen, in dem ein Minderjähriger der Behinderung der Justiz beschuldigt wurde. Ich habe ein ungutes Gefühl.«

»Wir sind in einer schwierigen Lage, Euer Ehren«, gestand Lewis mit ungewohnter Aufrichtigkeit. »Wir müssen wissen, was der Junge weiß, und wir fürchten um seine Sicherheit. Das liegt alles auf dem Tisch. Wir halten nichts vor Ihnen geheim, und wir haben ganz und gar nicht die Absicht, Sie irrezuführen.«

»Das will ich hoffen.« Harry funkelte sie an. Dann kritzelte er etwas auf einen Zettel. Sie warteten und ließen sich keine seiner Bewegungen entgehen. Er schaute wieder auf die Uhr.

»Ich unterschreibe die Anweisung. Ich will, daß der Junge auf der Stelle in den Jugendtrakt des Gefängnisses gebracht wird und eine Einzelzelle bekommt. Er wird zu Tode verängstigt sein, und ich will, daß er mit Samthandschuhen angefaßt wird. Seine Anwältin werde ich nachher selbst anrufen.«

Sie standen alle gleichzeitig auf und dankten ihm. Er deutete auf die Tür, und sie gingen schnell, ohne Händeschütteln oder Abschiedsworte.

21

Karen klopfte leise an und betrat mit einem Korb voll Obst das dunkle Zimmer. Die Karte enthielt Genesungswünsche von der Gemeinde der Baptistenkirche von Little Creek. Die Äpfel, Bananen und Trauben waren in grünes Zellophan eingewickelt und sahen hübsch aus, wie sie da so neben einem ziemlich großen und teuren Blumenarrangement standen, das die anteilnehmenden Freunde von Ark-Lon Fixtures geschickt hatten.

Die Vorhänge waren zugezogen und der Fernseher abgestellt, und als Karen die Tür wieder hinter sich zumachte, hatte keiner der Sways sich gerührt. Ricky hatte seine Position verändert und lag jetzt mit den Füßen auf dem Kopfkissen und dem Kopf auf der Decke. Er war wach, hatte aber seit ungefähr einer Stunde nur die Decke angestarrt, ohne ein Wort zu sagen oder sich auch nur einen Zentimeter zu bewegen. Das war etwas Neues. Mark und Dianne saßen nebeneinander auf dem Klappbett, mit untergeschlagenen Beinen, und unterhielten sich flüsternd über Dinge wie Kleidung, Spielsachen und Geschirr. Es gab eine Feuerversicherung, aber Dianne wußte nicht, wieviel sie abdeckte.

Sie sprachen mit gedämpfter Stimme. Es würde Tage oder Wochen dauern, bis Ricky von dem Brand erfahren durfte.

Irgendwann im Laufe des Vormittags, ungefähr eine Stunde nachdem Reggie und Clint gegangen waren, legte sich der Schock über die Nachricht, und Mark fing wieder an zu denken. Das Nachdenken war einfach in diesem dunklen Zimmer, weil es sonst nichts zu tun gab. Der Fernseher konnte nur eingeschaltet werden, wenn Ricky es wollte. Die Vorhänge blieben zugezogen, wenn die Möglichkeit bestand, daß er schlief. Die Tür war immer geschlossen.

Mark hatte auf einem Stuhl unter dem Fernseher gesessen und Schokoladenkekse gegessen; dabei kam ihm der Gedanke, daß das Feuer vielleicht kein Zufall gewesen war. Der Mann mit dem Messer war schon früher in den Wohnwagen eingedrungen und hatte das Familienfoto gefunden. Seine Absicht war gewesen, das Messer und das Foto zu schwenken und damit den kleinen Mark Sway für immer zum Schweigen zu veranlassen. Und das war ihm vollauf gelungen. Was war, wenn das

Feuer nur eine weitere Mahnung von dem Mann mit dem Schnappmesser war? Wohnwagen waren leicht in Brand zu setzen. Um vier Uhr morgens war in der Nachbarschaft gewöhnlich nichts los. Das wußte er aus eigener Erfahrung.

Dieser Gedanke war ihm wie ein dicker Kloß in der Kehle steckengeblieben, und sein Mund war plötzlich trocken. Dianne bemerkte es nicht. Sie hatte Kaffee getrunken und Ricky gestreichelt.

Mark hatte sich eine Weile damit herumgeschlagen, dann hatte er einen kurzen Ausflug ins Schwesternzimmer gemacht, wo Karen ihm die Morgenzeitung zeigte.

Der Gedanke war so grauenhaft, daß er sich förmlich in seinen Kopf einbrannte, und nachdem er zwei Stunden darüber nachgedacht hatte, war er überzeugt, daß der Brand gelegt worden war.

»Was übernimmt die Versicherung?« fragte er.

»Ich muß den Agenten anrufen. Wenn ich mich recht erinnere, haben wir zwei Policen. Die eine wird von Mr. Tucker bezahlt, für den Wohnwagen, weil er ihm gehört, und die andere bezahlen wir für den Inhalt des Wagens. Ich glaube, die Prämie für die Hausratversicherung ist in der Miete enthalten.«

Das machte Mark erhebliche Sorgen. Er hatte viele fürchterliche Erinnerungen an die Scheidung, und er erinnerte sich an die Unfähigkeit seiner Mutter, irgendwelche Aussagen über die finanziellen Verhältnisse der Familie zu machen. Sie wußte nichts. Sein Ex-Vater hatte die Rechnungen bezahlt und das Scheckbuch behalten und die Steuererklärungen ausgefüllt. In den letzten beiden Jahren war ihnen zweimal das Telefon gesperrt worden, weil Dianne vergessen hatte, die Rechnung zu bezahlen. Behauptete sie jedenfalls. Er hatte beide Male geargwöhnt, daß sie nicht genug Geld gehabt hatte, um die Rechnungen zu bezahlen.

»Aber wofür wird die Versicherung aufkommen?« fragte er.

»Möbel, Kleidung, Küchenutensilien, nehme ich an. Das sind so die Sachen, die gewöhnlich versichert sind.«

Jemand klopfte an die Tür, aber sie wurde nicht geöffnet. Sie warteten, dann ein weiteres Klopfen. Mark öffnete vorsichtig und sah zwei unbekannte Gesichter, die durch den Spalt hereinschauten.

»Ja?« sagte er, auf Probleme gefaßt, weil die Schwestern und die Wachmänner eigentlich niemanden so nahe heranließen. Er öffnete die Tür ein Stückchen weiter.

»Wir suchen Dianne Sway«, sagte das eine der beiden Gesichter. Seine Stimme war ziemlich laut, und Dianne kam an die Tür.

»Wer sind Sie?« fragte Mark und trat auf den Flur hinaus. Die beiden Wachmänner standen auf der rechten Seite beieinander und drei Schwestern auf der linken Seite, und alle fünf schienen so erstarrt zu sein, als wären sie Zeugen eines grauenhaften Ereignisses. Mark wechselte einen Blick mit Karen und wußte sofort, daß etwas Schlimmes passieren würde.

»Detective Nassar, Polizei von Memphis. Das ist Detective Klickman.«

Nassar trug Jackett und Krawatte und Klickman einen Jogginganzug mit nagelneuen Nike Air Jordans. Sie waren beide jung, vermutlich Anfang Dreißig, und Mark mußte sofort an die alten »Starsky and Hutch«-Filme denken. Dianne trat hinter ihren Sohn. »Sind Sie Dianne Sway?« fragte Nassar.

»Ja«, erwiderte sie schnell.

Nassar zog Papiere aus seinem Jackett und reichte sie über Marks Kopf hinweg seiner Mutter. »Das ist vom Jugendgericht, Ms. Sway. Es ist eine Vorladung für eine Anhörung heute mittag.«

Ihre Hände zitterten heftig, und die Papiere raschelten, während sie vergeblich versuchte, zu begreifen, was vorging.

»Darf ich Ihre Ausweise sehen?« fragte Mark ziemlich gelassen unter den gegebenen Umständen. Sie griffen beide in die Tasche und hielten Mark ihre Ausweise unter die Nase. Er betrachtete sie eingehend und warf Nassar einen abschätzigen Blick zu. »Hübsche Schuhe«, sagte er zu Klickman.

Nassar versuchte zu lächeln. »Ms. Sway, die Vorladung macht es erforderlich, daß wir Mark Sway sofort in Gewahrsam nehmen.« Es folgte eine zwei oder drei Sekunden dauernde Pause, während der sich das Wort »Gewahrsam« einnistete.

»Was?« schrie Dianne Nassar an. Sie ließ die Papiere fallen. Das »Was?« hallte den Flur entlang. In ihrer Stimme lag mehr Zorn als Angst.

»Hier steht es, auf der ersten Seite«, sagte Nassar, nachdem er die Vorladung wieder aufgehoben hatte. »Anweisung des Richters.«

»Was?« schrie sie wieder, und es schoß durch die Luft wie ein Peitschenknall. »Sie können mir doch nicht meinen Sohn wegnehmen!« Diannes Gesicht war rot, und ihr Körper, die ganzen zweiundsechzig Kilo, war bis zum äußersten angespannt.

Großartig, dachte Mark. Noch eine Fahrt in einem Streifenwagen. Dann schrie seine Mutter: »Sie verdammter Mistkerl!« Mark versuchte, sie zu beruhigen.

»Nicht schreien, Mom. Ricky kann dich hören.«

»Nur über meine Leiche!« schrie sie Nassar an, der dicht vor ihr stand. Klickman wich einen Schritt zurück, als wollte er sagen, für diese Frau sei Nassar zuständig.

Aber Nassar war ein Profi. Er hatte schon Tausende verhaftet. »Hören Sie, Ms. Sway, ich weiß, wie Ihnen zumute ist. Aber ich habe meine Anweisungen.«

»Von wem?«

»Mom, bitte nicht so laut«, flehte Mark.

»Richter Harry Roosevelt hat die Anweisung vor ungefähr einer Stunde unterschrieben. Wir tun nur unsere Arbeit, Ms. Sway. Mark wird nichts passieren. Wir passen auf ihn auf.«

»Was hat er verbrochen? Sagen Sie mir, was er verbrochen hat?« Dianne wandte sich an die Schwestern. »Kann mir denn niemand helfen?« flehte sie, und es hörte sich unendlich jammervoll an. »Karen, bitte, tun Sie etwas! Rufen Sie Dr. Greenway an. Stehen Sie nicht einfach so herum.«

Aber Karen und die anderen Schwestern standen einfach so herum. Die Polizisten hatten sie bereits verwarnt.

Nassar versuchte zu lächeln. »Wenn Sie diese Papiere lesen, Ms. Sway, werden Sie sehen, daß beim Jugendgericht eine Eingabe gemacht worden ist, in der Mark strafbares Verhalten vorgeworfen wird, weil er sich weigert, mit der Polizei und dem FBI zusammenzuarbeiten. Und Richter Roosevelt hat für heute mittag eine Anhörung angesetzt. Das ist alles.«

»Das ist alles! Sie Arschloch! Sie erscheinen hier mit diesem Wisch und nehmen mir meinen Sohn weg und sagen ›Das ist alles‹!«

»Nicht so laut, Mom«, sagte Mark. Solche Ausdrücke hatte er seit der Scheidung nicht mehr von ihr gehört.

Nassar gab den Versuch zu lächeln auf und zupfte statt dessen an seinem Schnurrbart. Klickman starrte Mark an, als wäre er ein Massenmörder, den sie schon seit Jahren gesucht hatten. Es trat eine lange Pause ein. Dianne legte beide Hände auf Marks Schultern. »Sie bekommen ihn nicht!«

Jetzt endlich sprach Klickman seine ersten Worte. »Hören Sie, Ms. Sway, wir haben keine andere Wahl. Wir müssen Ihren Sohn mitnehmen.«

»Scheren Sie sich zum Teufel!« fauchte sie. »Wenn Sie ihn mitnehmen wollen, müssen Sie vorher mich niederschlagen.«

Klickman war ein ziemlicher Dummkopf, und für den Bruchteil einer Sekunde zuckten seine Schultern, als gedachte er, die Herausforderung anzunehmen. Doch dann entspannte er sich und lächelte.

»Es ist okay, Mom. Ich gehe mit. Ruf Reggie an und sag ihr, sie soll ins Gefängnis kommen. Sie wird diese Clowns vermutlich schon heute mittag verklagen und dafür sorgen, daß sie morgen ihren Job los sind.«

Die Polizisten grinsten sich an. Schlaues Kerlchen.

Dann beging Nassar den schweren Fehler, nach Marks Arm zu greifen. Dianne stürzte sich auf ihn wie eine Kobra. Sie versetzte ihm einen Schlag ins Gesicht und kreischte: »Rührt ihn nicht an! Rührt ihn nicht an!«

Nassar griff nach seinem Gesicht, und Klickman packte sofort ihren Arm. Sie wollte abermals zuschlagen, wurde aber plötzlich herumgewirbelt, bei alledem kamen sich ihre und Marks Füße ins Gehege, und sie stürzten beide hin. »Ihr Mistkerle!« kreischte sie. »Rührt ihn nicht an!«

Nassar bückte sich aus irgendeinem Grund, und Dianne trat ihm gegen das Bein. Aber sie war barfuß und richtete kaum Schaden an. Klickman bückte sich gleichfalls, und Mark versuchte, aufzustehen. Dianne trat und schlug um sich und kreischte: »Rührt ihn nicht an!« Die Schwestern eilten herbei und auch die Wachmänner, als Dianne wieder auf die Beine kam.

Mark wurde von Klickman aus dem Handgemenge herausgezogen. Die beiden Wachmänner hielten Dianne fest. Sie wand sich und weinte. Nassar rieb sich das Gesicht. Die Schwestern versuchten, sie zu beruhigen und zu trösten und alle voneinander zu trennen.

Die Tür ging auf, und Ricky stand da mit seinem Plüschkaninchen. Er starrte Mark an, dessen Handgelenke von Klickman umklammert wurden. Er starrte seine Mutter an, deren Handgelenke von den Wachmännern umklammert wurden. Alle erstarrten und schauten auf Ricky. Sein Gesicht war kreidebleich. Sein Haar stand in allen Richtungen vom Kopf ab. Sein Mund war offen, aber er sagte nichts.

Dann begann er mit dem leisen, jämmerlichen Stöhnen, das vorher nur Mark gehört hatte. Dianne riß sich los und hob ihn hoch. Die Schwestern folgten ihr ins Zimmer, und sie legten ihn ins Bett. Sie tätschelten seine Arme und Beine, aber das Stöhnen hörte nicht auf. Dann war der Daumen in seinem Mund, und er machte die Augen zu. Dianne legte sich neben ihn ins Bett und begann, leise zu summen und seinen Arm zu tätscheln.

»Gehen wir, Junge«, sagte Klickman.

»Wollen Sie mir keine Handschellen anlegen?«

»Nein. Das ist keine Verhaftung.«

»Was zum Teufel ist es dann?«

»Paß auf, was du sagst, Junge.«

»Lecken Sie mich am Arsch, Sie blöder Bulle.« Klickman blieb wie angewurzelt stehen und funkelte Mark an. »Sieh dich vor, Junge«, warnte Nassar.

»Sehen Sie sich Ihr Gesicht an, Sie Großkotz. Ich glaube, es wird schon blau. Mom hat's Ihnen gegeben. Ha, ha. Ich hoffe, sie hat Ihnen die Zähne eingeschlagen.«

Klickman bückte sich und stemmte die Hände auf die Knie. Er starrte Mark direkt in die Augen. »Kommst du jetzt mit, oder sollen wir dich hier rauszerren?«

Mark schnaubte und funkelte ihn an. »Glauben Sie etwa, ich hätte Angst vor Ihnen? Ich will Ihnen mal was sagen, Sie Blödmann. Ich habe eine Anwältin, die mich in zehn Minuten wieder draußen haben wird. Meine Anwältin ist so gut, daß Sie sich schon heute nachmittag nach einem neuen Job umsehen müssen.«

»Ich fürchte mich zu Tode. Und nun laß uns gehen.«

Sie machten sich auf den Weg, ein Polizist auf jeder Seite des Festgenommenen.

»Wo gehen wir hin?«

»Zur Jugendhaftanstalt.«

»Ist das eine Art Gefängnis?«

»Es könnte eines sein, wenn du nicht deine große Klappe hältst.«

»Sie haben meine Mutter niedergeschlagen, das wissen Sie recht gut. Das wird Sie den Job kosten.«

»Ich verzichte auf diesen Job«, sagte Klickman. »Es ist ein Scheißjob, wenn ich mich mit kleinen Gangstern wie dir herumärgern muß.«

»Ja, aber einen anderen bekommen Sie nicht, stimmt's? Blödmänner sind heutzutage nicht gefragt.«

Sie passierten eine kleine Gruppe von Pflegern und Schwestern, und plötzlich war Mark der Star. Das Zentrum der Aufmerksamkeit. Er war ein unschuldiges Lamm, das zur Schlachtbank geführt wurde. Er warf sich in die Brust. Sie bogen um die Ecke, und dann erinnerte er sich an die Reporter.

Und sie erinnerten sich an ihn. Ein Blitzlicht flammte auf, als sie die Fahrstühle erreichten, und zwei der Wartenden standen plötzlich mit Blocks und gezückten Bleistiften neben Klickman. Sie warteten auf den Fahrstuhl.

»Sind Sie Polizist?« fragte einer von ihnen und betrachtete die im Dunkeln leuchtenden Nikes.

»Kein Kommentar.«

»He, Mark, wo gehst du hin?« fragte ein anderer, der nur ein paar Schritte hinter ihnen stand. Ein weiteres Blitzlicht.

»Ins Gefängnis«, sagte er laut, ohne sich umzudrehen.

»Halt den Mund, Junge«, fuhr Nassar ihn an. Klickman legte ihm eine schwere Hand auf die Schulter. Der Fotograf stand neben ihnen, fast in der Fahrstuhltür. Nassar hob einen Arm, um ihm die Sicht zu versperren. »Verschwinden Sie«, knurrte er.

»Bist du verhaftet, Mark?« rief einer von ihnen.

»Nein«, fauchte Klickman, als die Tür aufglitt. Nassar schob Mark hinein, während Klickman die Tür blockierte, bis sie zuzugleiten begann.

Sie waren allein im Fahrstuhl. »Das war dumm von dir, das zu sagen, Junge. Ausgesprochen dumm.« Klickman schüttelte den Kopf.

»Dann verhaftet mich doch.«

»Ausgesprochen dumm.«

»Ist es gegen das Gesetz, mit den Reportern zu sprechen?«

»Halt endlich den Mund, okay?«

»Warum schlagen Sie mich nicht einfach zusammen, Sie Blödmann?«

»Das täte ich nur zu gern.«

»Ja, aber Sie können es nicht, stimmt's? Weil ich nur ein kleiner Junge bin, und Sie sind ein großer dicker Bulle, und wenn Sie mich anrühren, dann haben Sie eine Klage am Hals und fliegen auf die Straße. Sie haben meine Mutter niedergeschlagen, Sie blöder Bulle, und die Sache ist noch lange nicht erledigt.«

»Deine Mutter hat mich geschlagen«, sagte Nassar.

»Dazu hatte sie auch allen Grund. Ihr Clowns habt ja keine Ahnung, was sie durchgemacht hat. Ihr taucht einfach hier auf und tut so, als wäre das gar nichts Besonderes. Glaubt ihr etwa, nur weil ihr Polizisten seid und mit diesem Papierfetzen wedeln könnt, müßte meine Mutter glücklich sein und mich mit einem Kuß losschicken? Armleuchter seid ihr. Einfach große, dämliche Bullen.«

Der Fahrstuhl hielt an, die Tür ging auf, und zwei Ärzte kamen herein. Sie hörten auf zu reden und sahen Mark an. Die Tür schloß sich wieder, und sie fuhren weiter abwärts. »Können Sie sich vorstellen, daß diese Clowns mich verhaftet haben?« fragte er die Ärzte.

Sie bedachten Nassar und Klickman mit finsteren Blicken.

»Wir bringen ihn zum Jugendgericht«, erklärte Nassar. Weshalb konnte der verdammte Bengel nicht den Mund halten?

Mark deutete mit einem Kopfnicken auf Klickman. »Der da mit den tollen Schuhen hat vor ungefähr fünf Minuten meine Mutter niedergeschlagen. Können Sie sich das vorstellen?«

Beide Ärzte betrachteten die Schuhe.

»Halt den Mund, Mark«, sagte Klickman.

»Ist deine Mutter okay?« fragte einer der Ärzte.

»Oh, es geht ihr großartig. Mein kleiner Bruder ist in der Psychiatrischen Abteilung. Vor ein paar Stunden ist unser Wohnwagen abgebrannt. Und dann tauchen diese Kerle auf und verhaften mich vor den Augen meiner Mutter. Der Plattfuß hier schlägt sie zu Boden. Es geht ihr großartig.«

Die Ärzte starrten die Polizisten an. Nassar betrachtete seine Füße, und Klickman schloß die Augen. Der Fahrstuhl hielt, und mehrere Leute kamen herein. Klickman blieb dicht neben Mark.

Als alles ruhig war und der Fahrstuhl sich wieder in Bewegung gesetzt hatte, sagte Mark laut: »Meine Anwältin wird euch verklagen, das wißt ihr doch hoffentlich? Morgen früh um diese Zeit seid ihr eure Jobs los.« Acht Paar Augen schauten in die Ecke und richteten sich dann auf das gequälte Gesicht von Detective Klickman. Schweigen.

»Halt den Mund, Mark.«

»Und was ist, wenn ich es nicht tue? Dann schlagen Sie auf mich ein und treten mich ein bißchen, was? Genauso, wie Sie es bei meiner Mutter gemacht haben. Sie sind doch nur ein dummer Bulle, wissen Sie das, Klickman? Nur ein dicker Bulle mit einer Waffe. Warum nehmen Sie nicht ein paar Kilo ab?«

Auf Klickmans Stirn brachen säuberliche Reihen von Schweißtropfen aus. Er bemerkte die Blicke der Leute. Der Fahrstuhl schien sich kaum zu bewegen. Er hätte Mark erwürgen können.

Nassar war in die andere hintere Ecke gedrängt worden. Er konnte Mark nicht sehen, aber jedes seiner Worte hören.

»Ist mit deiner Mutter alles in Ordnung?« fragte eine Schwester. Sie stand neben Mark und schaute sehr besorgt auf ihn herab.

»Ja, es geht ihr fantastisch. Natürlich ginge es ihr noch besser, wenn diese Polizisten sie in Ruhe gelassen hätten. Sie bringen mich ins Gefängnis, wußten Sie das?«

»Weshalb?«

»Keine Ahnung. Sie wollen es mir nicht sagen. Ich hab mich nur um meine eigenen Angelegenheiten gekümmert, versucht, meine Mutter zu trösten, weil letzte Nacht unser Wohnwagen abgebrannt ist und wir alles verloren haben, was wir besitzen. Und da tauchen diese beiden ohne jede Vorwarnung auf, und jetzt bin ich hier auf dem Weg ins Gefängnis.«

»Wie alt bist du?«

»Erst elf. Aber das spielt für diese Kerle keine Rolle. Die würden auch einen Vierjährigen verhaften.«

Nassar stöhnte leise. Klickman hielt die Augen geschlossen.

»Das ist ja furchtbar«, sagte die Schwester.

»Sie hätten sehen müssen, wie sie mich und meine Mutter auf dem Boden hatten. Ist erst vor ein paar Minuten passiert, in der Psychiatrischen Abteilung. Es wird heute abend in den Nachrichten kommen. Achten Sie auf die Zeitungen. Diese Clowns werden morgen früh entlassen. Und dann werden sie vor Gericht gestellt.«

Sie hielten im Erdgeschoß an, und der Fahrstuhl leerte sich. Er bestand darauf, auf dem Rücksitz zu fahren wie ein richtiger Verbrecher. Der Wagen war ein nicht als Polizeifahrzeug gekennzeichneter Chrysler, aber er erkannte ihn schon auf hundert Meter Entfernung auf dem Parkplatz. Nassar und Klickman getrauten sich nicht, mit ihm zu reden. Sie saßen schweigend auf den Vordersitzen und hofften, daß auch er den Mund halten würde. Aber soviel Glück hatten sie nicht.

»Ihr habt vergessen, mich auf meine Rechte hinzuweisen«, sagte er, während Nassar versuchte, so schnell wie möglich zu fahren.

Keine Reaktion von den Vordersitzen.

»He, ihr Clowns da vorne. Ihr habt vergessen, mich auf meine Rechte hinzuweisen.«

Keine Reaktion. Nassar fuhr noch schneller.

»Wißt ihr überhaupt, *wie* ihr mich auf meine Rechte hinzuweisen habt?«

Keine Reaktion.

»He, Sie mit den Schuhen! Wissen Sie, wie Sie mich auf meine Rechte hinzuweisen haben?«

Klickmans Atem ging schwer, aber er war entschlossen, ihn zu ignorieren. Seltsamerweise lag auf Nassars Gesicht ein schiefes, unter dem Schnurrbart kaum wahrnehmbares Lächeln. Er hielt an einer roten Ampel, schaute in beide Richtungen, dann gab er wieder Gas.

»Dann hören Sie gut zu, Blödmann. Ich werde es selbst tun, okay. Ich habe das Recht zu schweigen. Kapiert? Und wenn ich etwas sage, dann könnt ihr es vor Gericht gegen mich verwenden. Kapiert? Natürlich, wenn ich etwas sagen würde, dann würdet ihr Clowns es sofort wieder vergessen. Dann war da noch etwas mit einem Recht auf einen Anwalt. Können Sie mir da weiterhelfen? He, Fettwanst! Wie war die Sache mit dem Anwalt? Ich habe es schon tausendmal im Fernsehen gehört.«

Fettwanst Klickman öffnete sein Fenster, um Luft zu schnappen. Nassar warf einen Blick auf seine Schuhe und hätte beinahe gelacht. Der Verbrecher saß mit übergeschlagenen Beinen auf dem Rücksitz.

»Armer Fettwanst. Kann mich nicht einmal auf meine Rechte hinweisen. Dieser Wagen stinkt, Fettwanst. Warum machen Sie ihn nicht mal sauber? Er stinkt nach Zigarettenrauch.«

»Ich habe gehört, du magst Zigarettenrauch«, sagte Klickman und fühlte sich danach gleich viel besser. Nassar kicherte, um seinem Kollegen zu helfen. Sie hatten genug einstecken müssen von diesem Bengel.

Mark sah einen überfüllten Parkplatz neben einem hohen Haus. Streifenwagen standen in Reihen neben dem Gebäude. Nassar bog auf den Parkplatz ein und hielt auf der Auffahrt an.

Sie führten ihn eilig durch die Eingangstür und einen langen Korridor entlang. Er hatte endlich aufgehört zu reden. Er befand sich auf ihrem Territorium. Schilder wiesen den Weg zu den Ausnüchterungszellen, dem Gefängnis, dem Besucherzimmer, dem Empfangsraum. Massenhaft Schilder und Räume. Sie machten vor einem Schreibtisch mit einer Reihe von Fernsehmonitoren halt, und Nassar unterschrieb einige Papiere. Mark betrachtete die Umgebung. Klickman tat er fast leid. Er wirkte noch kleiner als vorher.

Dann waren sie wieder unterwegs. Der Fahrstuhl brachte sie in den vierten Stock, und wieder blieben sie vor einem Schreibtisch stehen. Ein Schild an der Wand wies den Weg zur Jugendabteilung, und Mark vermutete, daß er seinen Bestimmungsort fast erreicht hatte.

Eine uniformierte Frau mit einem Clipboard und einem Plastikkärtchen, auf dem stand, daß sie Doreen hieß, trat ihnen entgegen. Sie betrachtete einige Papiere, dann warf sie einen Blick auf das Clipboard. »Hier steht, Richter Roosevelt wünscht, daß Mark in eine Einzelzelle kommt«, sagte sie.

»Mir ist egal, wo Sie ihn hinstecken«, sagte Nassar. »Hauptsache, Sie übernehmen ihn.«

Sie runzelte die Stirn und schaute wieder auf das Clipboard. »Roosevelt will immer, daß sie in Einzelzellen kommen. Glaubt, das hier wäre das Hilton.«

»Ist es das nicht?«

Sie ignorierte das und deutete auf ein Blatt Papier, das Nassar unterschreiben mußte. Er kritzelte hastig seinen Namen und sagte: »Er gehört voll und ganz Ihnen. Gott steh Ihnen bei.«

Klickman und Nassar verschwanden ohne ein weiteres Wort.

»Leer deine Taschen aus, Mark«, sagte die Frau

und stellte einen leeren Metallbehälter vor ihn hin. Er holte einen Dollarschein heraus, ein bißchen Kleingeld und ein Päckchen Kaugummi. Sie zählte das Geld und schrieb etwas auf eine Karte, die sie an einem Ende des Behälters einsteckte. In einer Ecke über dem Schreibtisch fingen zwei Kameras Mark ein, und er konnte sich selbst auf den Monitoren an der Wand sehen. Eine weitere uniformierte Frau stempelte Papiere.

»Ist das das Gefängnis?« fragte Mark und ließ seine Augen in alle Richtungen schweifen.

»Wir nennen es eine Haftanstalt«, sagte sie.

»Was ist der Unterschied?«

Das schien sie zu irritieren. »Hör zu, Mark, wir haben hier oben alle möglichen Arten von Schlaumeiern. Du wirst wesentlich besser mit uns auskommen, wenn du den Mund hältst, verstanden?« Sie beugte sich vor, um der Warnung Nachdruck zu verleihen, und ihr Atem roch nach Zigaretten und schwarzem Kaffee.

»Entschuldigung«, sagte er, und seine Augen wurden naß. Plötzlich traf es ihn wie ein Schlag. Er war im Begriff, in eine Zelle eingeschlossen zu werden, weit weg von seiner Mutter, weit weg von Reggie.

»Komm mit«, sagte Doreen, stolz auf sich, weil sie ein bißchen Autorität geltend gemacht hatte. Das Schlüsselbund an ihrem Gürtel klapperte. Sie öffnete eine schwere Holztür, dann gingen sie einen Flur mit grauen Metalltüren entlang, die in gleichmäßigen Abständen an beiden Seiten des Flurs eingelassen waren. Neben jeder der Türen war eine Nummer angebracht. Doreen hielt vor Nummer 16 an und schloß mit einem ihrer Schlüssel auf. »Hier hinein«, sagte sie.

Mark ging langsam hinein. Der Raum war ungefähr dreieinhalb Meter breit und sechs Meter lang. Das Licht war hell und der Teppich sauber. Zu seiner Rechten stand ein Etagenbett. Doreen klopfte auf das obere Bett. »Du kannst dir dein Bett aussuchen«, sagte sie, ganz die Gastgeberin. »Die Wände sind aus Zement und die Fensterscheiben unzerbrechlich, du brauchst also gar nicht erst auf dumme Gedanken zu kommen.« Es gab zwei Fenster – eines in der Tür und das andere über der Toilette, und keines war groß genug, daß er seinen Kopf hätte hindurchstecken können. »Die Toilette ist da drüben, Edelstahl. Porzellan verwenden wir nicht mehr. Ein Junge hat einmal ein Becken zerbrochen und sich mit den Scherben die Pulsadern aufgeschnitten. Aber das war im alten Gebäude. Hier ist es viel netter, findest du nicht?« Es ist großartig, hätte Mark beinahe gesagt. Aber ihn verließ schnell der Mut. Er setzte sich auf das untere Bett und stützte die Ellenbogen auf die Knie. Der Teppich war hellgrün, die gleiche Ware, die er auch im Krankenhaus schon gründlich angestarrt hatte.

»Alles in Ordnung, Mark?« fragte Doreen ohne die geringste Spur von Wärme. Dies war ihr Job.

»Kann ich meine Mutter anrufen?«

»Noch nicht. In ungefähr einer Stunde kannst du ein paar Anrufe machen.«

»Könnten Sie sie dann anrufen und ihr sagen, daß ich okay bin? Sie macht sich fürchterliche Sorgen.«

Doreen lächelte, und um ihre Augen herum zersprang das Make-up. »Das kann ich nicht. Vorschriften. Aber sie weiß, daß es dir gutgeht. Schließlich kommst du schon in ein paar Stunden vor Gericht.«

»Wie lange bleiben Kinder gewöhnlich hier?«

»Nicht lange. Gelegentlich ein paar Wochen, aber das hier ist eine Art Verwahrungsort, bis eine Gerichtsverhandlung stattfindet und die Kinder entweder zu ihren Eltern zurückgeschickt werden oder in eine Erziehungsanstalt.« Sie rasselte mit ihren Schlüsseln. »Und jetzt muß ich weiter. Die Tür verriegelt sich automatisch, wenn sie geschlossen wird, und wenn sie ohne meinen kleinen Schlüssel hier geöffnet wird, geht ein Alarm los; und es gibt großen Ärger. Also komm nicht auf dumme Ideen, Mark.«

»Nein, Madam.«

»Kann ich dir etwas besorgen?«

»Ein Telefon.«

»Das bringe ich dir nachher.«

Doreen machte die Tür hinter sich zu. Es gab ein lautes Klicken, dann Stille.

Er starrte lange Zeit auf den Türknauf. Das sah nicht aus wie ein Gefängnis. Es waren keine Gitter vor den Fenstern. Die Betten und der Fußboden waren sauber. Die Zementquader waren in einem angenehmen Gelbton gestrichen. In Filmen hatte er schon Schlimmeres gesehen.

Es gab soviel, worüber er sich Sorgen machen mußte. Ricky, der wieder so stöhnte, das Feuer, Dianne, die langsam die Kontrolle über sich verlor, Polizisten und Reporter, die sich an seine Fersen hefteten. Er wußte nicht, wo er anfangen sollte.

Er streckte sich auf dem oberen Bett aus und starrte an die Decke. Wo in aller Welt war Reggie?

22

Die Kapelle war kalt und feucht. Der Rundbau klebte an der Seite des Mausoleums wie ein Krebsgeschwür. Draußen regnete es, und zwei Fernsehteams aus New Orleans drängten sich neben ihren Wagen zusammen und versteckten sich unter Schirmen.

Die Menge war beachtlich, zumal für einen Mann ohne Angehörige. Cliffords Überreste waren geschmackvoll in eine auf einem Mahagonitisch stehende Porzellanurne verpackt worden. Verborgene Lautsprecher von irgendwo oben gaben eine Trauermelodie nach der anderen von sich, während die Anwälte und Richter und ein paar von Cliffords Klienten hereinkamen und sich im Hintergrund niederließen. Barry das Messer stolzierte mit zwei Gangstern im Schlepptau den Gang entlang. Er war angemessen gekleidet, in einen zweireihigen schwarzen Anzug mit schwarzem Hemd und schwarzer Krawatte. Schwarze Schuhe aus Echsenleder. Sein Pferdeschwanz war makellos. Er kam spät und genoß die Blicke der Trauergäste. Schließlich hatte er Jerome Clifford lange Zeit gekannt.

Vier Reihen weiter hinten saß Reverend Roy Foltrigg neben Wally Boxx und betrachtete mit finsterer Miene den Pferdeschwanz. Die Anwälte und Richter schauten auf Muldanno, dann auf Foltrigg und wieder auf Muldanno. Eigenartig, beide im selben Raum zu sehen.

Die Musik brach ab, und ein Prediger unbestimmter Konfession erschien auf der kleinen Kanzel hinter der Urne. Er begann mit einem ausführlichen Nachruf auf Walter Jerome Clifford und brachte alles darin unter bis auf die Namen der Haustiere, die er als Kind besessen hatte. Das kam nicht unerwartet, denn wenn der Nachruf erst vorbei war, würde kaum noch etwas zu sagen bleiben.

Es war eine kurze Andacht, genau wie Romey es in seinem Abschiedsbrief gewünscht hatte. Die Anwälte und Richter schauten auf ihre Uhren. Von oben kamen weitere Trauermelodien, und der Prediger entließ die Gäste.

Romeys letzter großer Auftritt war in fünfzehn Minuten vorüber. Es gab keine Tränen. Sogar seine Sekretärin blieb gefaßt. Seine Tochter war nicht anwesend. Sehr traurig. Er hatte vierundvierzig Jahre gelebt, und niemand weinte bei seiner Bestattung.

Foltrigg blieb sitzen und warf Muldanno finstere Blicke zu, als dieser durch den Gang und zur Tür hinausstolzierte. Foltrigg wartete, bis sich die Kapelle geleert hatte, dann ging er, von Wally begleitet, ebenfalls hinaus. Die Kameras waren da, und das war genau das, was er wollte. Eine Weile zuvor hatte Wally die interessante Nachricht durchsickern lassen, daß der große Roy Foltrigg an der Zeremonie teilnehmen würde und außerdem die Möglichkeit bestand, daß Barry das Messer Muldanno erschien. Weder Wally noch Roy hatten eine Ahnung gehabt, ob Muldanno erscheinen würde, aber da es nur eine scheinbare Indiskretion war, spielte es keine Rolle, ob sie zutraf oder nicht. Es hatte funktioniert.

Ein Reporter stellte ein paar Minuten lang Fragen, und Foltrigg tat, was er immer tat. Er schaute auf die Uhr, gab sich fürchterlich frustriert wegen der Störung und schickte Wally nach dem Transporter. Dann sagte er, was er immer sagte: »Okay, aber machen Sie's kurz. Ich muß in einer Viertelstunde beim Gericht sein.« Er war seit drei Wochen nicht mehr beim Gericht gewesen. Er trat ungefähr einmal im Monat vor Gericht in Erscheinung, aber wenn man ihn reden hörte, dann lebte er in Gerichtssälen, kämpfte gegen die Bösen, vertrat die Interessen der amerikanischen Steuerzahler. Ein unermüdlicher Kreuzritter gegen das Verbrechen.

Er drängte sich unter einen Schirm und schaute in den Mini-Camcorder. Der Reporter schwenkte ein Mikrofon vor seinem Gesicht. »Jerome Clifford war ein Rivale. Weshalb haben Sie an seinem Gedächtnisgottesdienst teilgenommen?«

Er war plötzlich betrübt. »Jerome Clifford war ein guter Anwalt und ein Freund von mir. Wir haben uns viele Male gegenübergestanden, uns aber immer respektiert.« Was für ein Mann! Großmütig selbst noch dem Toten gegenüber. Er hatte Jerome Clifford gehaßt, und Jerome Clifford hatte ihn gehaßt, aber die Kameras sahen nur den Kummer eines trauernden Freundes.

»Mr. Muldanno hat einen neuen Anwalt engagiert und einen Antrag auf Vertagung eingereicht. Was halten Sie davon?«

»Wie Sie wissen, hat Richter Lamond für morgen früh zehn Uhr eine Anhörung über den Vertagungsantrag angesetzt. Die Entscheidung liegt bei ihm. Die Vereinigten Staaten werden bereit sein für die Verhandlung, wann immer er sie ansetzt.«

»Rechnen Sie damit, die Leiche von Senator Boyette noch vor der Verhandlung zu finden?«

»Ja. Ich bin sicher, daß wir nahe daran sind.«

»Stimmt es, daß Sie nur Stunden nachdem Mr. Clifford sich erschossen hatte, in Memphis waren?«

»Ja.« Er zuckte die Achseln, als wäre das nicht der Rede wert.

»Den Zeitungen in Memphis zufolge weiß der Junge, der bei Mr. Clifford war, als er sich erschoß, möglicherweise etwas über den Boyette-Fall. Ist da etwas Wahres dran?«

Er lächelte verlegen, ein weiteres Markenzeichen. Wenn die Antwort ja lautete, er es jedoch nicht sagen konnte, aber die Botschaft trotzdem herüberbringen wollte, dann grinste er einfach die Reporter an und sagte: »Dazu kann ich mich nicht äußern.«

»Dazu kann ich mich nicht äußern«, sagte er und schaute sich um, als wäre die Zeit abgelaufen, und seine zahllosen Gerichtstermine drängten.

»Weiß der Junge, wo sich die Leiche befindet?«

»Kein Kommentar«, sagte er gereizt. Der Regen wurde heftiger und spritzte auf seine Schuhe. »Ich muß jetzt gehen.«

Nach einer Stunde im Gefängnis wäre Mark am liebsten ausgebrochen. Er inspizierte beide Fenster. Das über der Toilette hatte Drahtglas, aber das spielte keine Rolle. Unerfreulich dagegen war, daß jedes Objekt, das durch dieses Fenster den Raum verließ, und das galt natürlich auch für einen Jungen, mindestens fünfzehn Meter tief hinabstürzen und sein Fall von einem mit Maschengitter und Stacheldraht gesäumten Gehsteig aus Beton gestoppt werden würde. Außerdem waren beide Fenster zu klein, als daß man durch sie entkommen konnte.

Er würde gezwungen sein, auszubrechen, wenn sie ihn wegtransportierten, und vielleicht mußte er dabei eine Geisel nehmen oder zwei. Er hatte einige großartige Filme über Gefängnisausbrüche gesehen. Am besten war »Flucht aus Alcatraz« mit Clint Eastwood. Er würde sich etwas einfallen lassen.

Doreen klopfte an, rasselte mit ihren Schlüsseln und kam herein. Sie hatte ein Telefonbuch und einen schwarzen Apparat bei sich, den sie in die Wand stöpselte. »Es gehört dir für zehn Minuten. Keine Ferngespräche.« Dann war sie wieder verschwunden, die Tür klickte laut hinter ihr, das billige Parfüm hing schwer in der Luft und brannte in seinen Augen.

Er fand die Nummer von St. Peter's, verlangte Zimmer 943 und wurde informiert, daß in dieses Zimmer keine Anrufe durchgestellt würden. Rikky schläft, dachte er. Muß ziemlich schlimm sein. Er fand Reggies Nummer und hörte Clints Stimme vom Anrufbeantworter. Er rief Greenways Praxis an und erfuhr, daß der Doktor im Krankenhaus war. Mark erklärte genau, wer er war, und die Sekretärin sagte, sie glaubte, der Doktor wäre bei Ricky. Er rief noch einmal bei Reggie an. Dieselbe Aufzeichnung. Er hinterließ eine dringende Nachricht. »Holen Sie mich hier raus, Reggie!« Er rief in ihrer Wohnung an und hörte eine weitere Aufzeichnung.

Er starrte auf das Telefon. Da er noch ungefähr sieben Minuten hatte, mußte er etwas unternehmen. Er blätterte im Telefonbuch und fand die Nummer der Polizei von Memphis. Er suchte die vom Revier Nord heraus und wählte.

»Detective Klickman«, sagte er.

»Einen Moment, bitte«, sagte die Stimme am anderen Ende. Er wartete ein paar Sekunden, dann sagte eine andere Stimme: »Auf wen warten Sie?«

Er räusperte sich und versuchte, barsch zu klingen. »Detective Klickman.«

»Er ist dienstlich unterwegs.«

»Wann kommt er zurück.«

»Gegen Mittag.«

»Danke.« Mark legte schnell auf und fragte sich, ob die Leitung angezapft war. Wahrscheinlich nicht. Schließlich wurden die Telefone von Verbrechern und Leuten wie ihm dazu benutzt, ihre Anwälte anzurufen und mit ihnen zu reden. Solche Gespräche mußten vertraulich sein.

Er merkte sich die Telefonnummer und die Adresse des Reviers, dann schlug er im Branchenverzeichnis die Restaurants auf. Er wählte eine Nummer, und eine freundliche Stimme sagte: »Domino's Pizza. Darf ich Ihre Bestellung aufnehmen?«

Er räusperte sich und versuchte, mit rauher Stimme zu sprechen. »Ja, ich möchte vier von Ihren großen Supremes bestellen.«

»Ist das alles?«

»Ja. Ich brauche sie gegen zwölf.«

»Ihr Name?«

»Ich bestelle für Detective Klickman, Revier Nord.«

»Wohin sollen wir liefern?«

»Revier Nord – 3633 Allen Road. Fragen Sie einfach nach Klickman.«

»Da waren wir schon öfter, das können Sie mir glauben. Telefonnummer?«

»555-8989.«

Es folgte eine kurze Pause, während die Addiermaschine arbeitete. »Das macht achtundvierzig Dollar und zehn Cent.«

»In Ordnung. Ich brauche sie nicht vor zwölf.«

Mark legte auf. Sein Herz klopfte heftig. Aber er hatte es einmal getan, und er würde es wieder tun. Er fand die Nummern der Filialen von Pizza Hut, es gab siebzehn in Memphis, und machte sich daran, Bestellungen aufzugeben. Drei sagten, sie wären zu weit von der Innenstadt entfernt. Er legte schnell den Hörer wieder auf. Eine junge Frau war argwöhnisch, sagte, er hörte sich zu jung an, und er legte auch hier schnell den Hörer auf. Aber in den meisten Fällen war es bloße Routine – anrufen, die Bestellung aufgeben, Adresse und Telefonnummer nennen und alles übrige dem freien Unternehmertum überlassen.

Als Doreen zwanzig Minuten später anklopfte, bestellte er gerade für Klickman ein paar chinesische Gerichte von Wong Boys. Er legte schnell auf und setzte sich aufs Bett. Es bereitete ihr große Genugtuung, das Telefon wieder an sich zu nehmen, als wäre es ein Spielzeug, das einem ungezogenen Jungen weggenommen wird. Aber sie war nicht schnell genug gewesen. Detective Klickman hatte an die vierzig große De-luxe-Pizzas bestellt und ungefähr ein Dutzend chinesische Lunches, die alle um zwölf geliefert werden sollten, für einen Preis von ungefähr fünfhundert Dollar.

Um seinen Kater loszuwerden, nippte Gronke an seinem vierten Orangensaft an diesem Vormittag und spülte eine weitere Kopfschmerztablette hinunter. Er stand am Fenster seines Hotelzimmers, auf Strümpfen, mit offenem Gürtel und aufgeknöpftem Hemd, und hörte gequält zu, als Jack Nance ihm die unerfreuliche Neuigkeit mitteilte.

»Es ist vor weniger als einer halben Stunde passiert«, sagte Nance. Er hatte sich auf die Kommode gesetzt, schaute zur Wand und versuchte, den Gangster zu ignorieren, der am Fenster stand und ihm den Rücken zukehrte.

»Warum?« knurrte Gronke.

»Muß das Jugendgericht sein. Sie haben ihn geradewegs ins Gefängnis gebracht. Ich meine, sie können sich doch nicht einfach einen Jungen oder sonst jemanden schnappen und ins Gefängnis bringen. Da muß vorher irgend etwas beim Jugendgericht eingereicht worden sein. Cal ist gerade dort und geht der Sache nach. Vielleicht erfahren wir bald etwas, ich weiß es nicht. Die Unterlagen des Jugendgerichts werden unter Verschluß gehalten, glaube ich.«

»Besorgen Sie die verdammten Unterlagen, verstanden?« Nance schäumte, aber er hielt den Mund. Er haßte Gronke und seine kleine Bande von Halsabschneidern, und obwohl er die hundert Dollar pro Stunde brauchte, hatte er es satt, in diesem schmutzigen, verqualmten Zimmer herumzuhängen wie ein Lakai, der nur darauf wartet, angebrüllt zu werden. Er hatte andere Kunden. Cal war ein Nervenbündel.

»Wir versuchen es«, sagte er.

»Versuchen reicht nicht«, sagte Gronke zum Fenster. »Und jetzt muß ich Barry anrufen und ihm sagen, daß der Junge weggeschafft worden ist und wir keine Möglichkeit haben, an ihn heranzukommen. Sie haben ihn irgendwo eingesperrt, und vor der Tür hockt vermutlich ein Bulle.« Er trank den Orangensaft aus und warf die Dose in die ungefähre Richtung des Papierkorbs. Sie fiel daneben und klapperte an der Wand entlang. Er funkelte Nance an.

»Barry wird wissen wollen, ob es eine Möglichkeit gibt, an den Jungen ranzukommen. Was schlagen Sie vor?«

»Ich schlage vor, daß Sie den Jungen in Ruhe lassen. Das hier ist nicht New Orleans, und das ist kein Ganove, den Sie so mir nichts, dir nichts wegpusten können. Dieser Junge hat eine Menge Anhang. Er wird beobachtet. Wenn Sie irgendeine Dummheit machen, haben Sie hundert FBI-Agenten auf dem Hals. Sie würden keine Luft mehr kriegen, und Sie und Mr. Muldanno würden im Gefängnis verrotten. Hier, nicht in New Orleans.«

»Ja, ja.« Gronke winkte mit beiden Händen angewidert ab und kehrte ans Fenster zurück. »Ich will, daß ihr ihn weiter im Auge behaltet. Wenn sie ihn irgendwo hinbringen, will ich es sofort wissen. Wenn sie ihn vor Gericht bringen, will ich es wissen. Lassen Sie sich was einfallen, Nance. Das ist Ihre Stadt. Sie kennen sämtliche Straßen und Gassen. Sollten Sie jedenfalls. Schließlich werden Sie gut bezahlt.«

»Ja, Sir«, sagte Nance laut, dann verließ er das Zimmer.

23

Jeden Donnerstagmorgen saß Reggie für zwei Stunden in der Praxis von Dr. Elliot Levin, ihrem langjährigen Psychiater. Zehn Jahre über hatte Levin nun schon ihre Hand gehalten. Er war der Architekt, der die Teile zusammengeklaubt und ihr geholfen hatte, das Puzzle wieder zusammenzusetzen. Ihre Sitzungen wurden nie gestört.

Clint wanderte nervös in Levins Empfangszimmer herum. Dianne hatte bereits zweimal angerufen. Sie hatte ihm die Vorladung und die Eingabe am Telefon vorgelesen. Er hatte Richter Roosevelt und die Haftanstalt angerufen und Levins Praxis, und jetzt wartete er ungeduldig darauf, daß es elf Uhr wurde. Die Empfangsdame versuchte, ihn zu ignorieren.

Reggie lächelte, als Dr. Levin mit ihr fertig war. Sie küßte ihn leicht auf die Wange, und sie gingen Hand in Hand in sein elegantes Empfangszimmer, wo Clint wartete. Sie hörte auf zu lächeln. »Was ist los?« fragte sie, ganz sicher, daß etwas Schreckliches passiert war.

»Wir müssen gehen«, sagte Clint, ergriff ihren Arm und steuerte sie durch die Tür. Sie nickte Levin zum Abschied zu, der ihr interessiert und besorgt nachschaute.

Sie waren auf dem Gehsteig vor einem kleinen Parkplatz. »Sie haben Mark Sway abgeholt und in Gewahrsam genommen.«

»Was? Wer?«

»Polizisten. Heute morgen ist eine Eingabe gemacht worden, in der behauptet wird, Mark hätte sich strafbar gemacht, und Roosevelt hat Anweisung gegeben, ihn in Gewahrsam zu nehmen.« Clint deutete auf ein Auto. »Nehmen wir deinen Wagen. Ich fahre.«

»Wer hat die Eingabe gemacht?«

»Foltrigg. Dianne hat aus dem Krankenhaus angerufen, von dort haben sie ihn abgeholt. Sie hat sich mit den Polizisten angelegt und Rikky wieder verängstigt. Ich habe mit ihr gesprochen und ihr versichert, daß du Mark herausholen wirst.«

Sie stiegen in Reggies Wagen, schlugen die Türen zu und verließen eilig den Parkplatz. »Roosevelt hat für zwölf Uhr eine Anhörung angesetzt«, erklärte Clint.

»Für zwölf? Soll das ein Witz sein? Das ist in sechsundfünfzig Minuten!«

»Die Sache läuft im Schnellverfahren. Ich habe vor einer Stunde mit ihm gesprochen, und er wollte sich zu der Eingabe nicht äußern. Hatte im Grunde sehr wenig zu sagen. Wo fahren wir hin?«

Sie dachte einen Moment darüber nach. »Er ist in der Haftanstalt, und ich kann ihn nicht herausbekommen. Fahren wir zum Jugendgericht. Ich will die Eingabe sehen, und ich will mit Harry Roosevelt sprechen. Das ist absurd, eine Anhörung nur wenige Stunden nach Einreichen der Eingabe! Das Gesetz sagt zwischen drei und sieben Tagen, nicht Stunden.«

»Aber sieht das Gesetz nicht auch beschleunigte Anhörungen vor?«

»Ja, aber nur in Extremfällen. Die haben Harry Bockmist aufgetischt. Strafbar! Was hat der Junge verbrochen? Das ist Irrsinn. Sie versuchen, ihn zum Reden zu zwingen, Clint, darum geht es.«

»Du hast also nicht damit gerechnet?«

»Natürlich nicht. Nicht hier, nicht vor dem Jugendgericht. Ich habe an die Vorladung vor die Anklagejury in New Orleans gedacht, aber nicht an das Jugendgericht. Er hat keine strafbare Handlung begangen. Er hat es nicht verdient, in Gewahrsam genommen zu werden.«

»Nun, sie haben es getan.«

Jason McThune zog den Reißverschluß an seiner Hose zu und drückte dreimal auf den Knopf, bis die uralte Spülung funktionierte. Das Becken hatte braune Streifen, der Fußboden war naß, und er dankte Gott, daß er im Federal Building arbeitete, wo alles auf Hochglanz poliert und in bester Verfassung war. Er würde lieber Straßen teeren als im Jugendgericht arbeiten.

Aber ob es ihm gefiel oder nicht, er war jetzt hier und verschwendete Zeit auf den Boyette-Fall, weil K. O. Lewis es so wollte. Und K. O. erhielt seine Anweisungen von Mr. F. Denton Voyles, dem Direktor des FBI seit jetzt zweiundvierzig Jahren. In diesen zweiundvierzig Jahren war kein Mitglied des Kongresses und schon gar kein Senator der Vereinigten Staaten ermordet worden. Boyd Boyette war so gründlich versteckt worden, daß einem die Galle hochkommen konnte. Voyles war stocksauer, nicht wegen des Mordes an sich, sondern wegen der Unfähigkeit des FBI, den Fall endgültig aufzuklären.

McThune hatte den starken Verdacht, daß Ms. Reggie Love in Kürze eintreffen würde, weil man ihr ihren Klienten praktisch vor der Nase weggeschnappt hatte, und er rechnete damit, daß sie wütend sein würde, wenn sie sich begegneten. Vielleicht würde sie verstehen, daß diese juristischen Strategien in New Orleans ausgeheckt worden waren, nicht in Memphis und schon gar nicht in seinem Büro. Bestimmt würde sie verstehen, daß er nur ein bescheidener FBI-Agent war, der seine Befehle von oben erhielt und tat, was die Anwälte von ihm verlangten. Vielleicht konnte er ihr aus dem Wege gehen, bis sie alle im Gerichtssaal waren.

Aber vielleicht auch nicht. Als McThune die Toilettentür öffnete und auf den Flur hinaustrat, stand er plötzlich Reggie Love von Angesicht zu Angesicht gegenüber. Clint war einen Schritt hinter ihr. Sie sah ihn sofort, und binnen Sekunden stand er mit dem Rücken zur Wand und sie dicht vor ihm. Sie war aufgeregt.

»Guten Morgen, Ms. Love«, sagte er und zwang sich zu einem gelassenen Lächeln.

»Ich heiße Reggie, McThune.«

»Guten Morgen, Reggie.«

»Wer ist mit Ihnen gekommen?« fragte sie.

»Wie bitte?«

»Ihre Gang, Ihre kleine Bande von Regierungsverschwörern. Wer ist hier?«

Das war kein Geheimnis. Darüber konnte er mit ihr reden. »George Ord, Thomas Fink aus New Orleans. K. O. Lewis.«

»Wer ist K. O. Lewis?«

»Der stellvertretende Direktor des FBI. Aus Washington.«

»Was tut er hier?« Ihre Fragen waren kurz und kamen schnell, und sie zielten wie Pfeile auf McThunes Augen. Er stand an die Wand gedrückt da, getraute sich nicht, sich zu bewegen, und versuchte trotz allem tapfer einen gelassenen Eindruck zu machen. Wenn Fink oder Ord oder gar, was der Himmel verhüten möge, K. O. Lewis zufällig auf den Flur kamen und ihn so sahen, würde das sein Ende sein.

»Nun, ich, äh ...«

»Zwingen Sie mich nicht, das Tonband zu erwähnen, McThune«, sagte sie, womit sie das verdammte Ding trotzdem erwähnt hatte. »Sagen Sie mir einfach die Wahrheit.«

Clint stand hinter ihr, hielt ihren Aktenkoffer und beobachtete den Flur. Er schien ein wenig überrascht von dieser Konfrontation und von der Schnelligkeit, mit der sie sie herbeigeführt hatte. McThune zuckte die Achseln, als hätte er das Tonband schon ganz vergessen, und jetzt, da sie es erwähnte – na, wenn schon. »Ich nehme an, Foltriggs Büro hat Mr. Lewis angerufen und ihn gebeten, herzukommen. Das ist alles.«

»Das ist alles? Hattet ihr heute morgen ein kleines Gespräch mit Richter Roosevelt?«

»Ja.«

»Und Sie sind nicht auf die Idee gekommen, mich anzurufen, oder?«

»Der Richter hat gesagt, er würde Sie anrufen.«

»Ich verstehe. Und haben Sie vor, bei dieser kleinen Anhörung auszusagen?« Als sie das fragte, trat sie einen Schritt zurück, und McThune atmete etwas freier.

»Ich werde aussagen, wenn ich als Zeuge aufgerufen werde.«

Sie deutete mit einem Finger auf sein Gesicht. Der Nagel an seinem Ende war lang, gerundet, sorgsam manikürt und rot lackiert, und McThune betrachtete ihn ängstlich. »Sie halten sich an die Fakten, okay? Eine Lüge, und wäre sie noch so klein, oder irgendwelcher Mist, mit dem Sie sich beim Richter in ein gutes Licht zu setzen versuchen, oder eine abfällige Bemerkung, die meinem Klienten schadet, und ich schlitze Ihnen die Kehle auf. Haben Sie verstanden, McThune?«

Er lächelte weiter, schaute in beiden Richtungen den Flur entlang, als wäre sie eine gute Freundin und sie hätten gerade eine kleine Meinungsverschiedenheit. »Ich verstehe«, sagte er lächelnd.

Reggie machte kehrt und ging mit Clint an ihrer Seite davon. McThune machte gleichfalls kehrt und eilte zurück in die Toilette, obwohl er wußte, daß sie nicht zögern würde, ihm auch hierher zu folgen, wenn sie noch etwas von ihm wollte.

»Um was ging es überhaupt?« fragte Clint.

»Darum, daß er ehrlich bleibt.« Sie drängten sich durch Scharen von Prozeßparteien – Vaterschaftsbeklagten, straffällig gewordenen Vätern, in Schwierigkeiten geratenen Kindern und Jugendlichen – und ihren Anwälten, die in kleinen Grüppchen auf den Fluren warteten.

»Was hast du mit dem Tonband gemeint?«

»Habe ich dir nichts davon erzählt?«

»Nein.«

»Ich spiele es dir später vor. Es ist zum Totlachen.« Sie öffnete die Tür, auf der JUDGE HARRY M. ROOSEVELT stand, und sie betraten einen kleinen Raum, der vollgestopft war mit vier Schreibtischen und Reihen von Aktenschränken an den Wänden. Reggie steuerte direkt auf den ersten Schreibtisch an der linken Seite zu, an dem ein hübsches schwarzes Mädchen tippte. Dem Schild auf ihrem Schreibtisch zufolge hieß sie Marcia Riggle. Sie hörte auf zu tippen und lächelte. »Hallo, Reggie«, sagte sie.

»Hi, Marcia. Wo ist Seine Ehren?«

An ihren Geburtstagen bekam Marcia Blumen

aus der Kanzlei von Reggie Love und Pralinen zu Weihnachten. Sie war die rechte Hand von Harry Roosevelt, einem Mann, der viel zu überarbeitet war, um an solche Dinge wie Vortragsverpflichtungen, Verabredungen und Jubiläumsveranstaltungen zu denken. Aber Marcia vergaß so etwas nicht. Vor zwei Jahren hatte Reggie sie bei ihrer Scheidung vertreten. Momma Love hatte für sie Lasagne zubereitet.

»Er ist in einer Verhandlung. Sollte in ein paar Minuten fertig sein. Sie sind für zwölf Uhr angesetzt.«

»Das habe ich gehört.«

»Er hat den ganzen Vormittag versucht, Sie anzurufen.«

»Nun, er hat mich nicht erreicht. Ich warte in seinem Büro.«

»In Ordnung. Möchten Sie ein Sandwich? Ich bestelle gleich seinen Lunch.«

»Nein, danke.« Reggie nahm ihren Aktenkoffer und bat Clint, auf dem Flur zu warten und nach Mark Ausschau zu halten. Es war zwanzig vor zwölf, und er müßte bald eintreffen.

Marcia gab ihr eine Kopie der Eingabe, und Reggie betrat das Büro des Richters, als wäre es ihr eigenes. Sie machte die Tür hinter sich zu.

Harry und Irene Roosevelt hatten gleichfalls an Momma Loves Tisch gegessen. Kaum ein Anwalt verbrachte soviel Zeit am Jugendgericht wie Reggie Love, und im Laufe der letzten vier Jahre hatte sich ihr Anwalt-Richter-Verhältnis von gegenseitigem Respekt zu Freundschaft gewandelt. Ungefähr das einzige, was Reggie bei ihrer Scheidung von Joe Cardoni herausbekommen hatte, waren vier Baseball-Jahreskarten für Memphis State gewesen. Die drei – Harry, Irene und Reggie – hatten sich viele Spiele in der Pyramid angeschaut, manchmal in Gesellschaft von Elliot Levin oder einem anderen Freund von Reggie. An das Spiel schloß sich gewöhnlich ein Stück Käsekuchen im Café Espresso in The Peabody an oder, je nach Harrys Stimmung, ein spätes Abendessen bei Grisanti's. Harry war immer hungrig, dachte ständig an die nächste Mahlzeit. Irene machte ihm andauernd Vorhaltungen wegen seines Gewichts, also aß er noch mehr. Reggie zog ihn gelegentlich damit auf, und jedesmal, wenn sie Pfunde und Kalorien erwähnte, erkundigte er sich unverzüglich nach Momma Love und ihren Pastas und Käsen und Torten.

Richter sind auch nur Menschen. Sie brauchen Freunde. Er konnte mit Reggie Love oder irgendeinem anderen Anwalt essen und ausgehen, ohne daß es der Unabhängigkeit seiner Rechtsprechung irgendeinen Abbruch tat.

Sie bewunderte wieder einmal das organisierte Chaos in seinem Büro. Auf dem Boden lag ein alter, ausgeblichener Teppich, zum größten Teil bedeckt mit säuberlichen Stapeln von Dossiers und anderen juristischen Dokumenten, alle irgendwie auf eine Höhe von dreißig Zentimetern begrenzt. Durchgesackte Bücherregale säumten zwei Wände, aber die Bücher verschwanden hinter Akten und weiteren Stapeln von Dossiers sowie Memos, die an die Bücherrücken angeheftet waren und zentimeterlang von ihnen herabhingen. Jeder freie Winkel war mit Akten ausgefüllt. Vor dem Schreibtisch standen drei alte Holzstühle. Bei dem einen lagen Akten auf dem Sitz. Bei dem zweiten lagen Akten unter dem Sitz. Der dritte war im Moment noch leer, würde aber bis zum Ende des Tages sicherlich auch zur Unterbringung von irgend etwas benutzt werden. Sie setzte sich auf diesen Stuhl und betrachtete den Schreibtisch.

Obwohl er angeblich aus Holz bestand, war davon nichts zu sehen, außer der Front und den Seitenwänden. Die Platte konnte aus Leder oder Chrom bestehen – niemand würde es je erfahren. Nicht einmal Harry hätte noch sagen können, wie die Platte seines Schreibtisches aussah. Die oberste

Schicht bildeten weitere säuberliche Reihen von Marcias Stapeln, hier auf eine Höhe von zwanzig Zentimetern begrenzt. Dreißig Zentimeter für den Fußboden, zwanzig für den Schreibtisch. Darunter, in der nächsten Schicht, lag ein riesiger Kalender für 1986, den Harry einst dazu benutzt hatte, darauf herumzukritzeln, während Anwälte ihn mit ihren Argumenten langweilten. Unter dem Kalender war Niemandsland. Sogar Marcia scheute davor zurück, tiefer vorzudringen.

Sie hatte ein Dutzend Notizen auf gelben Klebezetteln an die Rückenlehne seines Stuhls geheftet. Offensichtlich waren das die dringlichsten Fälle dieses Vormittags.

Trotz des Chaos in seinem Büro war Harry Roosevelt der systematischste Richter, den Reggie in ihren vier Jahren als Anwältin kennengelernt hatte. Er hatte es nicht nötig, Zeit auf das Studium von Gesetzen zu verschwenden, weil er die meisten davon selbst geschrieben hatte. Er war berühmt für scine sparsame Ausdrucksweise, und dementsprechend waren seine Anweisungen und Dekrete für juristische Verhältnisse äußerst knapp. Er verabscheute das ausschweifende Juristenkauderwelsch, in dem Anwälte üblicherweise ihre Dossiers verfaßten, und hatte keinerlei Geduld mit Leuten, die sich gern selbst reden hörten. Er ging weise um mit seiner Zeit, und Marcia kümmerte sich um den Rest. Sein Schreibtisch und sein Büro genossen in den juristischen Kreisen von Memphis eine gewisse Berühmtheit, und Reggie vermutete, daß ihn das freute. Sie bewunderte ihn über alle Maßen, nicht nur wegen seiner Weisheit und Integrität, sondern auch wegen seiner Hingabe an sein Amt. Er hätte schon vor vielen Jahren zu einem weniger strapaziösen Richterposten aufrücken können, mit einem eleganten Schreibtisch und Assistenten und Gehilfen und einem sauberen Teppich und einer verläßlichen Klimaanlage.

Sie blätterte die Eingabe durch. Foltrigg und Fink waren die Antragsteller, ihre Unterschriften standen am Ende. Nichts Detailliertes, nur allgemein gehaltene Anschuldigungen gegen den Jugendlichen Mark Sway, der eine Bundesuntersuchung behinderte, weil er sich weigerte, mit dem FBI und dem Büro des Bundesanwalts für den Southern District of Louisiana zusammenzuarbeiten. Sie verachtete Foltrigg, sooft sie seinen Namen sah.

Aber es hätte schlimmer kommen können. Foltriggs Name hätte unter einer Vorladung vor die Anklagejury stehen können, mit der Mark Sway gezwungen wurde, vor dem Gericht in New Orleans zu erscheinen. Es wäre völlig legal und angemessen gewesen, wenn Foltrigg diesen Weg beschritten hätte, und sie war ein wenig überrascht, daß er sich für Memphis entschieden hatte. Wenn das nicht funktionierte, würde New Orleans der nächste Schritt sein.

Die Tür wurde geöffnet, und eine massige schwarze Robe stapfte herein mit Marcia im Gefolge, die eine Liste in der Hand hielt und Dinge herunterrasselte, die sofort erledigt werden mußten. Er hörte zu, ohne sie anzusehen, streifte die Robe ab und warf sie auf einen Stuhl, den mit den Akten darunter.

»Guten Morgen, Reggie«, sagte er mit einem Lächeln. Während er hinter ihr vorbeiging, schlug er ihr leicht auf die Schulter. »Das ist alles«, sagte er ruhig zu Marcia, die verschwand und die Tür zumachte. Er löste die kleinen gelben Notizzettel von der Rückenlehne seines Stuhls, dann ließ er sich auf ihm nieder.

»Wie geht's Momma Love?« fragte er.

»Gut. Und Ihnen?«

»Fantastisch. Nicht überrascht, Sie hier zu sehen.«

»Sie hätten keine Anweisung, ihn in Gewahrsam zu nehmen, zu unterschreiben brauchen. Ich hätte ihn hergebracht, Harry, das wissen Sie. Er ist gestern abend auf der Schaukel auf Momma Loves Veranda eingeschlafen. Er ist in guten Händen.«

Harry lächelte und rieb sich die Augen. Nur sehr wenige Anwälte nannten ihn Harry in seinem Büro. Aber er freute sich darüber, wenn es von ihr kam. »Reggie, Reggie. Sie sind nie der Ansicht, daß Ihre Mandanten in Gewahrsam genommen werden sollten.«

»Das stimmt nicht.«

»Sie glauben, alles ist in bester Ordnung, wenn Sie sie nur nach Hause mitnehmen und füttern können.«

»Es hilft.«

»Ja, das tut es. Aber nach Ansicht von Mr. Ord und dem FBI könnte der kleine Mark Sway in höchster Gefahr schweben.«

»Was haben sie Ihnen erzählt?«

»Das kommt bei der Anhörung zur Sprache.«

»Sie müssen ziemlich überzeugend gewesen sein, Harry. Ich habe nur eine Stunde vorher von der Anhörung erfahren. Das muß ein Rekord sein.«

»Ich dachte, Sie wären damit einverstanden. Wir können sie auf morgen verschieben, wenn Ihnen das lieber ist. Mir macht es nichts aus, Mr. Ord warten zu lassen.«

»Nicht, wenn Mark in Gewahrsam bleibt. Entlassen Sie ihn in meine Obhut, und wir halten die

Anhörung morgen ab. Ich brauche ein bißchen Zeit zum Nachdenken.«

»Ich habe schwere Bedenken, ihn zu entlassen, bevor ich das Beweismaterial gehört habe.«

»Weshalb?«

»Dem FBI zufolge halten sich ein paar ziemlich gefährliche Typen in der Stadt auf, die ihn möglicherweise umbringen wollen. Kennen Sie einen Mr. Gronke und seine Kumpanen Bono und Pirini? Haben Sie schon einmal von ihnen gehört?«

»Nein.«

»Ich auch nicht, bis heute morgen. Es sieht so aus, als wären diese Herren aus New Orleans in unsere schöne Stadt gekommen, und als wären sie enge Freunde von Mr. Barry Muldanno oder dem Messer, wie er meines Wissens dort unten genannt wird. Gott sei Dank hat sich das organisierte Verbrechen noch nicht in Memphis breitgemacht. Aber das macht mir Angst, Reggie, große Angst. Mit diesen Männern ist nicht zu spaßen.«

»Mir macht das auch Angst.«

»Ist er bedroht worden?«

»Ja. Gestern im Krankenhaus. Er hat mir davon erzählt, und seither habe ich ihn nicht aus den Augen gelassen.«

»Also sind Sie jetzt sein Leibwächter.«

»Nein, das bin ich nicht. Aber ich glaube nicht,

daß das Gesetz Sie autorisiert, Kinder in Gewahrsam zu nehmen, die sich möglicherweise in Gefahr befinden.«

»Liebste Reggie, ich habe das Gesetz geschrieben. Ich kann jedes Kind in Gewahrsam nehmen, dem eine strafbare Handlung vorgeworfen wird.«

Richtig, er hatte das Gesetz geschrieben. Und die Berufungsgerichte hatten seit langem aufgehört, Entscheidungen von Harry Roosevelt umzustoßen.

»Und was sind, Foltrigg und Fink zufolge, seine Vergehen?«

Harry holte zwei Papiertaschentücher aus einer Schublade und putzte sich die Nase. »Er kann nicht stumm bleiben, Reggie. Wenn er etwas weiß, muß er es sagen. Das wissen Sie.«

»Sie setzen voraus, daß er etwas weiß.«

»Ich setze überhaupt nichts voraus. In der Eingabe werden bestimmte Anschuldigungen vorgebracht, und diese Anschuldigungen beruhen zum Teil auf Tatsachen und zum Teil auf Annahmen. Wie vermutlich alle Eingaben, meinen Sie nicht auch? Die Wahrheit erfahren wir erst bei der Anhörung.«

»Wieviel von Slick Moellers Geschreibsel glauben Sie?«

»Ich glaube überhaupt nichts, Reggie, bis es mir

unter Eid in meinem Gerichtssaal mitgeteilt wird, und dann glaube ich ungefähr zehn Prozent davon.«

Es folgte eine lange Pause, in der der Richter überlegte, ob er die Frage stellen sollte. »Also, Reggie, was weiß der Junge?«

»Sie wissen, daß das vertraulich ist, Harry.«

Er lächelte. »Also weiß er mehr, als er wissen sollte?«

»So könnte man es ausdrücken.«

»Wenn es für die Untersuchung wichtig ist, muß er es sagen.«

»Und was ist, wenn er sich weigert?«

»Ich weiß es nicht. Darum kümmern wir uns, wenn es passiert. Wie gescheit ist dieser Junge?«

»Sehr gescheit. Zerbrochene Familie, kein Vater, berufstätige Mutter, auf den Straßen aufgewachsen. Das Übliche. Er geht in die fünfte Klasse, und ich habe gestern mit seiner Lehrerin gesprochen. Er hat lauter Einsen, ausgenommen in Mathematik. Er ist sehr intelligent und weiß sich nicht nur auf den Straßen zu helfen.«

»Noch nie mit dem Gesetz in Konflikt gekommen?«

»Nein. Er ist ein prächtiger Junge, Harry. Wirklich bemerkenswert.«

»Die meisten Ihrer Klienten sind bemerkenswert, Reggie.«

»Der hier ist etwas Besonderes. Er ist nicht durch eigene Schuld hier.«

»Ich hoffe, er wird von seiner Anwältin bestens beraten. Die Anhörung könnte hart werden.«

»Die meisten meiner Klienten werden bestens beraten.«

Es wurde kurz an die Tür geklopft, und Marcia steckte den Kopf herein. »Ihr Klient ist da, Reggie. Zeugenraum C.«

»Danke.« Sie stand auf und ging zur Tür. »Wir sehen uns in ein paar Minuten, Harry.«

»Ja. Noch etwas. Ich gehe hart vor gegen Kinder, die mir nicht gehorchen.«

»Ich weiß.«

Er saß auf einem gegen die Wand gekippten Stuhl, mit vor der Brust verschränkten Händen und einem frustrierten Ausdruck im Gesicht. Seit drei Stunden war er jetzt wie ein Strafgefangener behandelt worden und gewöhnte sich allmählich daran. Er fühlte sich sicher. Er war weder von den Bullen noch von seinen Mithäftlingen geschlagen worden.

Das Zimmer war winzig, fensterlos und schlecht beleuchtet. Reggie kam herein und zog einen

Klappstuhl in seine Nähe. Sie war schon viele Male unter solchen Umständen in diesem Zimmer gewesen. Er lächelte sie an, offensichtlich erleichtert.

»Wie ist's im Gefängnis?« fragte sie.

»Ich habe noch nichts zu essen bekommen. Können wir sie verklagen?«

»Vielleicht. Wie geht es Doreen, der Frau mit den Schlüsseln?«

»Eine widerliche Person. Woher kennen Sie sie?«

»Ich bin schon sehr oft dort gewesen, Mark. Das gehört zu meinem Job. Ihr Mann ist wegen Bankraubs zu dreißig Jahren verurteilt worden.«

»Gut. Ich frage sie nach ihm, wenn ich sie wiedersehe. Muß ich dahin zurück, Reggie? Ich würde gern wissen, was hier eigentlich vor sich geht.«

»Nun, es ist sehr einfach. In ein paar Minuten findet eine Anhörung vor Richter Roosevelt statt, in seinem Gerichtssaal. Die kann ein paar Stunden dauern. Der Bundesanwalt und das FBI behaupten, daß du über wichtige Informationen verfügst, und ich denke, wir können damit rechnen, daß sie den Richter bitten werden, dich zum Reden zu zwingen.«

»Kann der Richter mich zum Reden zwingen?«

Reggie sprach sehr langsam und überlegt. Er

war ein elfjähriger Junge, gescheit und lebenstüchtig, aber sie hatte schon mit vielen wie ihm zu tun gehabt und wußte, daß er in diesem Augenblick nicht mehr war als ein verängstigtes Kind. Vielleicht hörte er ihre Worte, vielleicht auch nicht. Vielleicht hörte er auch nur, was er hören wollte, und deshalb mußte sie behutsam vorgehen.

»Niemand kann dich zum Reden zwingen.«

»Gut.«

»Aber der Richter kann dich in denselben kleinen Raum zurückschicken, wenn du nicht redest.«

»Zurück ins Gefängnis?«

»So ist es.«

»Das verstehe ich nicht. Ich habe überhaupt nichts verbrochen, und man steckt mich ins Gefängnis. Das verstehe ich nicht.«

»Das ist ganz einfach. Falls – ich betone *falls* – Richter Roosevelt von dir verlangt, daß du besagte Fragen beantwortest, und *falls* du dich weigerst, dann kann er dir Mißachtung des Gerichts vorwerfen, weil du die Fragen nicht beantwortet und ihm nicht gehorcht hast. Nun, ich habe noch nie gehört, daß man einem Elfjährigen Mißachtung vorgeworfen hätte, aber wenn du ein Erwachsener wärst und dich weigern würdest, die Fragen des

Richters zu beantworten, dann müßtest du wegen Mißachtung ins Gefängnis.«

»Aber ich bin nicht erwachsen.«

»Nein, aber ich glaube nicht, daß er dich freilassen wird, wenn du dich weigerst, die Fragen zu beantworten. Siehst du, Mark, das Gesetz ist in dieser Sache völlig eindeutig. Eine Person, die über Informationen verfügt, die für die Aufklärung einer Straftat wichtig sind, darf diese Informationen nicht zurückhalten, weil sie sich bedroht fühlt. Mit anderen Worten, du darfst nicht schweigen, nur weil du Angst hast, daß dir oder deiner Familie etwas passieren könnte.«

»Das ist ein blödes Gesetz.«

»Mir gefällt es auch nicht, aber das spielt im Moment keine Rolle. So lautet das Gesetz, und es gibt keine Ausnahmen, nicht einmal für Kinder.«

»Also komme ich wegen Mißachtung ins Gefängnis?«

»Das ist durchaus möglich.«

»Können wir den Richter verklagen oder sonst etwas unternehmen, damit ich wieder rauskomme?«

»Nein. Einen Richter kann man nicht verklagen. Und Richter Roosevelt ist ein sehr guter und fairer Mann.«

»Ich kann's kaum abwarten, ihn kennenzulernen.«

»Das wirst du, in wenigen Minuten.«

Mark dachte über all das nach. Die Rückenlehne seines Stuhls schlug rhythmisch gegen die Wand. »Wie lange müßte ich im Gefängnis bleiben?«

»Vorausgesetzt natürlich, daß du dorthin zurückgeschickt wirst, wahrscheinlich so lange, bis du beschlossen hast, zu tun, was der Richter von dir verlangt. Bis du redest.«

»Und was ist, wenn ich beschließe, nicht zu reden? Wie lange muß ich dann im Gefängnis bleiben? Einen Monat? Ein Jahr? Zehn Jahre?«

»Die Frage kann ich nicht beantworten, Mark. Das weiß niemand.«

»Auch der Richter nicht?«

»Nein. Ich bezweifle, daß er eine Ahnung hat, wie lange du im Gefängnis bleiben mußt, wenn er dich wegen Mißachtung in Haft nimmt.«

Eine weitere lange Pause. Er hatte drei Stunden in Doreens kleinem Zimmer verbracht, und so schlecht war es dort nicht. Er hatte Filme gesehen über Gefängnisse, in denen Banden wüteten und miteinander kämpften und selbstgebastelte Waffen dazu benutzt wurden, Leute umzubringen, die den Mund zu weit aufgemacht hatten. Wachen folterten Insassen. Insassen fielen übereinander her. Bestes Hollywood-Kino. Aber bei Doreen war es gar nicht so schlecht.

Und die Alternative? Ohne einen Ort zu haben, den sie ihr Zuhause nennen konnte, lebte die Familie Sway jetzt in Zimmer 943 des Wohlfahrtskrankenhauses St. Peter's. Doch der Gedanke, daß Ricky und seine Mutter dann ganz allein waren und ohne ihn auskommen mußten, war unerträglich. »Haben Sie mit meiner Mutter gesprochen?« fragte er.

»Nein, noch nicht. Ich tue es nach der Anhörung.«

»Ich mache mir Sorgen um Ricky.«

»Willst du, daß deine Mutter bei der Anhörung dabei ist? Sie müßte eigentlich hier sein.«

»Nein. Sie hat auch so schon genug am Hals. Wir beide, Sie und ich, werden schon irgendwie aus dieser Klemme rauskommen.«

Sie berührte sein Knie und hätte am liebsten geweint. Jemand klopfte an die Tür, und sie sagte laut: »Nur noch eine Minute.«

»Der Richter wartet«, kam die Antwort.

Mark holte tief Luft und betrachtete ihre Hand auf seinem Knie. »Kann ich mich nicht einfach auf den Fünften Verfassungszusatz berufen?«

»Nein. Das funktioniert nicht, Mark. Ich habe

schon darüber nachgedacht. Die Fragen, die dir gestellt werden, haben nicht den Zweck, dich zu belasten. Sie haben nur den Zweck, an Informationen zu kommen, über die du möglicherweise verfügst.«

»Das verstehe ich nicht.«

»Daraus kann ich dir keinen Vorwurf machen. Hör mir genau zu, Mark. Ich werde versuchen, es dir zu erklären. Sie wollen wissen, was Jerome Clifford dir erzählt hat, bevor er starb. Sie werden dir ein paar ganz gezielte Fragen über die Ereignisse unmittelbar vor dem Selbstmord stellen. Sie werden dich fragen, was Clifford dir über Senator Boyette erzählt hat, falls er überhaupt etwas erzählt hat. Nichts, was du ihnen mit deinen Antworten sagst, kann dich auf irgendeine Weise mit dem Mord an Senator Boyette in Verbindung bringen. Verstehst du? Damit hattest du nichts zu tun. Und du hattest auch nichts mit dem Selbstmord von Jerome Clifford zu tun. Du hast kein Gesetz gebrochen, verstehst du? Niemand verdächtigt dich, an einem Verbrechen oder einer Straftat beteiligt zu sein. Deine Antworten können dich nicht belasten. Und deshalb kannst du dich nicht hinter dem Schutz des Fünften Verfassungszusatzes verstecken.« Sie hielt inne und beobachtete ihn genau. »Hast du das verstanden?«

»Nein. Wenn ich nichts verbrochen habe, warum haben mich dann die Polizisten abgeholt und ins Gefängnis gebracht? Warum sitze ich dann hier und warte auf eine Anhörung?«

»Du bist hier, weil sie glauben, daß du etwas Wichtiges weißt, und weil, wie ich schon sagte, jeder Mensch die Pflicht hat, die mit der Durchsetzung der Gesetze beauftragten Personen bei ihren Nachforschungen zu unterstützen.«

»Ich finde immer noch, daß das ein blödes Gesetz ist.«

»Mag sein. Aber wir können es nicht ändern.«

Er verlagerte sein Gewicht nach vorn und kippte den Stuhl auf alle vier Beine. »Ich muß etwas wissen, Reggie. Warum kann ich nicht einfach sagen, daß ich nichts weiß? Warum kann ich nicht sagen, daß ich und Romey über nichts anderes geredet haben als über Selbstmord und in den Himmel oder in die Hölle kommen, solche Sachen, Sie wissen schon?«

»Lügen erzählen?«

»Ja. Es wird funktionieren, ganz bestimmt. Niemand kennt die Wahrheit außer Romey, Ihnen und mir. Richtig? Und Romey kann nicht mehr reden.«

»Du darfst vor Gericht nicht lügen, Mark.« Sie sagte es mit soviel Überzeugung, wie sie gerade aufzubringen vermochte. Es hatte sie viele Stunden Schlaf gekostet, die Antwort auf diese unausweichliche Frage zu formulieren. Es verlangte sie so sehr danach, einfach zu sagen: Ja, das ist die Lösung! Lüge, Mark, lüge!

Ihr Magen krampfte sich zusammen, und ihre Hände zitterten beinahe, aber sie blieb fest. »Ich kann dir nicht erlauben, vor Gericht zu lügen. Du stehst unter Eid, und du mußt die Wahrheit sagen.«

»Dann war es also ein Fehler, Sie zu engagieren, oder?«

»Das glaube ich nicht.«

»Aber ich. Sie wollen, daß ich die Wahrheit sage, und in diesem Fall kann die Wahrheit bedeuten, daß ich umgebracht werde. Wenn es Sie nicht gäbe, würde ich hineingehen und das Blaue vom Himmel herunterlügen, und Mom und Ricky und ich wären in Sicherheit.«

»Du kannst mich entlassen, wenn du willst. Dann bestimmt das Gericht einen anderen Anwalt.«

Er stand auf und ging in die dunkelste Ecke des Zimmers und begann zu weinen. Sie sah zu, wie sein Kopf sank und seine Schultern absackten. Er bedeckte die Augen mit dem Rücken seiner rechten Hand und schluchzte laut.

Obwohl sie es viele Male erlebt hatte, war ihr der Anblick eines verängstigten und leidenden Kindes immer noch unerträglich. Sie konnte nicht anders, sie mußte gleichfalls weinen.

24

Zwei Deputies führten ihn durch eine Nebentür in den Gerichtssaal, abseits vom Hauptflur, auf dem die Neugierigen zu lauern pflegten, aber Slick Moeller hatte dieses kleine Manöver vorausgesehen und beobachtete alles, hinter einer Zeitung versteckt, aus kaum einem Meter Entfernung.

Reggie folgte ihrem Klienten und den Deputies. Clint wartete draußen. Es war fast ein Viertel nach zwölf, und im Gericht war eine Art Mittagsruhe eingetreten.

Einen Gerichtssaal wie diesen hatte Mark im Fernsehen noch nie gesehen. Er war so klein! Und leer. Es gab keine Bänke oder Stühle für Zuschauer. Der Richter saß auf einem Podest zwischen zwei Flaggen an der Rückwand. In der Mitte des Raums standen zwei Tische, und an einem saßen, mit dem Gesicht zum Richter, mehrere Männer in dunklen Anzügen. Rechts vom Richter gab es noch einen winzigen Tisch, an dem eine ältere Frau offensichtlich gelangweilt einen Stapel Papiere durchblätterte, bis er den Saal betrat. Eine aufregend hübsche junge Frau saß mit einer Stenographiermaschine direkt unterhalb des Richterpodiums. Sie trug einen kurzen Rock, und ihre Beine erregten eine Menge Aufmerksamkeit. Sie kann kaum älter sein als sechzehn, dachte Mark, als er Reggie zu ihrem Tisch folgte. Der letzte Akteur in diesem Drama war ein Gerichtsdiener mit einer Waffe an der Hüfte.

Mark setzte sich auf seinen Platz, er wußte, daß alle ihn anstarrten. Seine beiden Deputies verließen den Raum, und als sich die Tür hinter ihnen geschossen hatte, griff der Richter wieder nach den Akten und blätterte darin. Sie hatten auf den Jugendlichen und seine Anwältin gewartet, und nun wartete jedermann auf den Richter. Die Regeln des Verhaltens vor Gericht mußten befolgt werden.

Reggie holte einen Block aus ihrem Aktenkoffer und begann, sich Notizen zu machen. In der anderen Hand hatte sie ein Papiertaschentuch, mit dem sie sich die Augen betupfte. Mark starrte auf den Tisch, mit noch feuchten Augen, aber entschlossen, sich nicht kleinkriegen zu lassen und es durchzustehen. Er hatte Publikum.

Fink und Ord starrten auf die Beine der Protokollantin. Ihr Rock endete auf halbem Wege zwischen Knie und Hüfte. Er war sehr eng und schien ungefähr jede Minute einen Zentimeter weiter hochzurutschen. Den Dreifuß, auf dem ihre Maschine ruhte, hatte sie fest zwischen die Knie geklemmt. In der intimen Atmosphäre von Harrys Gerichtssaal war sie keine drei Meter entfernt, und das letzte, was sie brauchten, war eine Ablenkung. Aber sie starrten trotzdem. Da! Er war wieder ein paar Millimeter höher gerutscht.

Baxter L. McLemore, ein junger Anwalt, frisch von der Universität, saß nervös an einem Tisch mit Mr. Fink und Mr. Ord. Er war ein bescheidener Assistent in der County-Justizbehörde, und er war dazu ausersehen worden, an diesem Tag vor dem Jugendgericht als Vertreter der Anklage zu fungieren. Das war ganz eindeutig keine ruhmreiche Sache, aber neben George Ord zu sitzen war doch ziemlich aufregend. Er wußte nichts über den Fall Sway, und Mr. Ord hatte ihm nur wenige Minuten zuvor auf dem Flur erklärt, daß Mr. Fink bei der Anhörung der Wortführer sein würde. Das Einverständnis des Gerichts natürlich vorausgesetzt. Baxter sollte nur dasitzen, nett aussehen und den Mund halten.

»Ist die Tür geschlossen?« fragte der Richter endlich den Gerichtsdiener.

»Ja, Sir.«

»Also gut. Ich habe die Eingabe gelesen und bin bereit, mit dem Verfahren zu beginnen. Für das Protokoll stelle ich fest, daß das Kind und seine Anwältin anwesend sind und daß der Mutter des Kindes, die meines Wissens das Sorgerecht hat, heute morgen eine Kopie der Eingabe und des Gerichtsbeschlusses zugestellt wurde. Die Mutter des Kindes ist jedoch nicht im Gerichtssaal anwesend, und das gefällt mir nicht.« Harry hielt einen Moment inne und schien in der Akte zu lesen.

Fink gelangte zu dem Schluß, daß dies der geeignete Moment wäre, seine Position in dieser Sache klarzumachen, und er stand langsam auf, knöpfte sein Jackett zu und wendete sich an den Richter. »Euer Ehren, wenn Sie gestatten, für die Akten, ich bin Thomas Fink, stellvertretender Bundesanwalt für den Southern District of Louisiana.«

Harrys Blick verließ langsam die Akte und richtete sich auf Fink, der mit steifem Rücken dastand, sehr formell, beim Reden intelligent die Stirn runzelte und immer noch mit dem obersten Knopf seines Jacketts beschäftigt war.

Fink fuhr fort. »Ich bin einer der Antragsteller in dieser Sache, und wenn es gestattet ist, würde ich mich gern zu dem Thema der Abwesenheit der Mutter äußern.« Harry sagte nichts, sondern schaute nur drein, als könnte er es einfach nicht glauben. Reggie konnte nicht anders, sie mußte lächeln. Sie zwinkerte Baxter McLemore zu.

Fink hatte sein Publikum gefunden. »Euer Ehren, wir, die Antragsteller, sind der Überzeugung, daß diese Sache so dringlicher Natur ist, daß diese Anhörung unverzüglich stattfinden muß. Das Kind wird durch seine Anwältin vertreten, eine durchaus kompetente Anwältin, wie ich vielleicht hinzufügen darf, und keines der gesetzlichen Rechte des Kindes wird durch die Abwesenheit der Mutter beeinträchtigt. Soweit wir informiert sind, ist die Anwesenheit der Mutter am Krankenbett des jüngeren Kindes erforderlich, und deshalb ist nicht absehbar, wann sie in der Lage sein wird, bei einer Anhörung zugegen zu sein. Wir halten es aber für äußerst wichtig, Euer Ehren, daß sofort mit dieser Anhörung begonnen wird.«

»So, tun Sie das?« fragte Harry.

»Ja, Sir. Das ist unsere Position.«

»Ihre Position, Mr. Fink«, sagte Harry sehr langsam und sehr laut mit ausgestrecktem Finger, »ist auf diesem Stuhl dort. Bitte setzen Sie sich und hören Sie mir genau zu, denn ich werde dies nur einmal sagen. Falls ich es noch einmal sagen muß, werde ich es tun, während man Ihnen Handschellen anlegt und Sie für eine Nacht in unser wohleingerichtetes Gefängnis abführt.«

Fink fiel auf seinen Stuhl und blieb mit ungläubig offenstehendem Mund sitzen.

Harry funkelte über seine Lesebrille hinweg unverwandt auf Thomas Fink hinunter. »Hören Sie nur gut zu, Mr. Fink. Dies ist kein eleganter Gerichtssaal in New Orleans, und ich bin keiner Ihrer Bundesrichter. Dies ist mein kleiner, privater Gerichtssaal, und ich bestimme die Regeln, Mr. Fink. Regel Nummer eins ist, daß Sie in meinem Gerichtssaal nur dann reden, wenn Sie dazu aufgefordert werden. Regel Nummer zwei ist, daß Sie Seine Ehren nicht unaufgefordert mit Erklärungen, Kommentaren oder Bemerkungen beglükken. Regel Nummer drei ist, daß Seine Ehren äußerst ungern die Stimmen von Anwälten hört. Seine Ehren kennt diese Stimmen seit zwanzig Jahren, und Seine Ehren weiß, wie gern Anwälte sich selbst reden hören. Regel Nummer vier ist, daß man in meinem Gerichtssaal nicht aufsteht. Sie bleiben an Ihrem Tisch sitzen und sagen so wenig wie möglich. Haben Sie diese Regeln begriffen, Mr. Fink?«

Fink starrte fassungslos auf Harry und versuchte zu nicken.

Harry war noch nicht fertig. »Dies ist ein sehr kleiner Gerichtssaal, Mr. Fink, von mir selbst vor langer Zeit für private Anhörungen eingerichtet.

Wir alle können einander mühelos sehen und hören, also halten Sie einfach den Mund geschlossen und den Hintern auf Ihrem Sitz, dann ist alles in bester Ordnung.«

Fink versuchte immer noch zu nicken. Er umklammerte die Armlehnen des Stuhls, entschlossen, sich nie wieder von ihm zu erheben. Hinter ihm hatte McThune, der Anwalthasser, Mühe, ein Grinsen zu unterdrücken.

»Mr. McLemore, offensichtlich hat Mr. Fink vor, diesen Fall für die Anklage zu vertreten. Sind Sie damit einverstanden?«

»Keine Einwände, Euer Ehren.«

»Ich lasse es zu. Aber versuchen Sie, ihn auf seinem Sitz zu halten.« Mark war total verängstigt. Er hatte auf einen freundlichen, sanften alten Mann gehofft, von dem nur Liebe und Sympathie ausging. Mit so etwas hatte er nicht gerechnet. Er warf einen Blick auf Mr. Fink, dessen Genick rot angelaufen war und der laut und mühsam atmete, und er tat ihm fast leid.

»Ms. Love«, sagte der Richter, plötzlich sehr herzlich und voller Mitgefühl, »ich gehe davon aus, daß Sie einen Einwand zugunsten des Kindes vorzubringen haben.«

»Ja, Euer Ehren.« Sie beugte sich vor und sprach ganz gezielt in Richtung auf die Protokollantin.

»Wir haben mehrere Einwände, die wir gern zum jetzigen Zeitpunkt vorbringen würden, und ich möchte, daß sie zu Protokoll genommen werden.«

»In Ordnung«, sagte Harry, als könnte Reggie Love alles haben, was sie wollte. Fink sank noch tiefer und kam sich noch gedemütigter vor. Soviel zum Beeindrucken des Gerichts mit spontaner Beredsamkeit.

Reggie warf einen Blick auf ihre Notizen. »Euer Ehren, ich bitte darum, daß das Protokoll dieser Anhörung so schnell wie möglich ausgefertigt und verfügbar gemacht wird, damit notfalls sofort Revision eingelegt werden kann.«

»Stattgegeben.«

»Ich erhebe gegen diese Anhörung Einspruch aus verschiedenen Gründen. Erstens, das Kind, seine Mutter und seine Anwältin wurden praktisch überrumpelt. Ungefähr drei Stunden sind vergangen, seit der Mutter die Eingabe zugestellt wurde, und obwohl ich das Kind jetzt seit drei Tagen vertrete und jeder Beteiligte darüber informiert ist, wurde ich von dieser Anhörung erst vor fünfundsiebzig Minuten in Kenntnis gesetzt. Das ist unfair, absurd und ein Ermessensmißbrauch des Gerichts.«

»Wann möchten Sie die Anhörung haben, Ms.

Love?« fragte Harry. »Heute ist Donnerstag«, sagte sie. »Wie wäre es mit Dienstag oder Mittwoch nächster Woche?«

»Einverstanden. Sagen wir, Dienstag um neun.« Harry sah Fink an, der sich noch immer nicht gerührt hatte und nicht wagte, darauf zu reagieren. »Natürlich wird der Junge bis dahin in Gewahrsam bleiben, Ms. Love.«

»Der Junge gehört nicht in Gewahrsam, Euer Ehren.«

»Aber ich habe die Anweisung, ihn in Gewahrsam zu nehmen, unterschrieben, und ich werde sie nicht aufheben, solange wir auf eine Anhörung warten. Unsere Gesetze, Ms. Love, erlauben die sofortige Inhaftierung vermeintlicher Straftäter, und Ihr Mandant wird nicht anders behandelt als jeder andere auch. Außerdem gibt es im Fall Mark Sway weiterführende Erwägungen, die bestimmt bald zur Sprache kommen werden.«

»Wenn mein Mandant in Gewahrsam bleiben soll, kann ich einer Vertagung nicht zustimmen.«

»Also gut«, sagte Seine Ehren prompt. »Nehmen Sie zu Protokoll, daß das Gericht eine Vertagung angeboten hat, diese aber von dem Kind abgelehnt wurde.«

»Und nehmen Sie auch zu Protokoll, daß das Kind eine Vertagung abgelehnt hat, weil das Kind nicht länger in der Jugendhaftanstalt bleiben will, als unbedingt sein muß.«

»Stattgegeben«, sagte Harry mit dem Anflug eines Lächelns. »Bitte, fahren Sie fort, Ms. Love.«

»Wir erheben außerdem Einspruch gegen diese Anhörung, weil die Mutter des Kindes nicht anwesend ist. Extremer Umstände halber ist ihre Anwesenheit zur Zeit nicht möglich, und ich bitte Euer Ehren zu bedenken, daß die arme Frau erst vor drei Stunden informiert worden ist. Das Kind hier ist elf Jahre alt und braucht die Unterstützung durch seine Mutter. Wie Sie wissen, Euer Ehren, sprechen sich die Gesetze eindeutig für die Anwesenheit der Eltern bei solchen Anhörungen aus, und ein Vorgehen ohne Marks Mutter ist unfair.«

»Wann kann Ms. Sway zur Verfügung stehen?«

»Das weiß niemand, Euer Ehren. Sie ist buchstäblich an das Krankenhaus gebunden, da ihr Sohn an post-traumatischem Streß leidet. Ihr Arzt gestattet ihr das Verlassen seines Zimmer jeweils nur für ein paar Minuten. Es kann Wochen dauern, bis sie verfügbar ist.«

»Also wollen Sie diese Anhörung auf unbestimmte Zeit verschieben?«

»Ja, Sir.«

»Also gut. Einverstanden. Natürlich bleibt das Kind bis zur Anhörung in Gewahrsam.«

»Das Kind gehört nicht in Gewahrsam. Das Kind wird dem Gericht zu jedem gewünschten Zeitpunkt zur Verfügung stehen. Es wäre nichts damit gewonnen, wenn das Kind bis zu einer Anhörung eingeschlossen bliebe.«

»In diesem Fall gibt es Faktoren, die die Sache komplizieren, Ms. Love, und ich bin nicht gewillt, dieses Kind freizulassen, bevor die Anhörung stattgefunden hat und festgestellt wurde, wieviel es weiß. So einfach ist das. Ich wage nicht, es zum jetzigen Zeitpunkt freizulassen. Wenn ich es täte, und es passierte ihm etwas, dann würde ich bis zu meinem Tode an dieser Schuld tragen. Verstehen Sie das, Ms. Love?«

Sie verstand es, obwohl sie es nicht zugeben wollte. »Ich fürchte, Sie treffen diese Entscheidung aufgrund unbewiesener Fakten.«

»Das mag sein. Aber ich habe in dieser Sache einen breiten Ermessensspielraum, und solange ich die Beweise nicht gehört habe, bin ich nicht bereit, das Kind zu entlassen.«

»Das wird sich gut machen in einer Berufung«, fauchte sie, und Harry gefiel das nicht.

»Nehmen Sie ins Protokoll auf, daß eine Vertagung angeboten wurde, bis die Mutter des Kindes zugegen sein kann, und daß die Vertagung von dem Kind abgelehnt wurde.«

Worauf Reggie rasch reagierte. »Und nehmen Sie auch ins Protokoll auf, daß das Kind die Vertagung abgelehnt hat, weil es nicht länger in der Jugendhaftanstalt bleiben will, als unbedingt sein muß.«

»Stattgegeben, Ms. Love. Bitte, fahren Sie fort.«

»Das Kind ersucht dieses Gericht, die gegen es eingereichte Eingabe abzuweisen, und zwar mit der Begründung, daß die darin erhobenen Anschuldigungen gegenstandslos sind und die Eingabe nur deshalb gemacht wurde, um Dinge ans Licht zu bringen, die das Kind *vielleicht* weiß. Die Antragsteller Fink und Foltrigg benutzen diese Anhörung als Fischzug für ihre ins Stocken geratene Untersuchung eines Verbrechens. Ihre Eingabe ist ein hoffnungsloser Mischmasch aus Vielleichts und Was-ist-wenns und wurde unter Eid ohne die leiseste Andeutung der wahren Tatsachen eingereicht. Sie sind verzweifelt, Euer Ehren, und jetzt sind sie hier und schießen ins Dunkle in der Hoffnung, irgend etwas zu treffen. Die Eingabe sollte abgewiesen werden, und wir sollten alle nach Hause gehen.«

Harry funkelte auf Fink herab und sagte: »Ich

bin geneigt, ihr zuzustimmen, Mr. Fink. Was ist Ihre Ansicht?«

Fink hatte es sich auf seinem Stuhl bequem gemacht und mit Genugtuung beobachtet, wie Reggies erste Einwände von Seinen Ehren abgeschmettert wurden. Seine Atmung war wieder fast normal, und seine Gesichtsfarbe war von Scharlachrot zu Rosa zurückgekehrt, als der Richter ihr plötzlich zustimmte und ihn ansah.

Fink rutschte nach vorne und wäre fast aufgestanden, hielt sich aber in letzter Minute zurück und begann zu stottern. »Nun, äh, Euer Ehren, wir, äh, können unsere Anschuldigungen beweisen, wenn uns die Gelegenheit dazu gegeben wird. Wir, äh, sind überzeugt von dem, was wir in der Eingabe vorgebracht haben …«

»Das will ich hoffen«, warf Harry ein.

»Ja, Sir, und wir wissen, daß dieses Kind eine Untersuchung behindert. Ja, Sir, wir sind ganz sicher, daß wir beweisen können, was wir vorgebracht haben.«

»Und wenn Sie es nicht können?«

»Wir, äh, wir sind sicher, daß …«

»Ihnen ist doch wohl klar, Mr. Fink, daß ich, wenn ich die Beweise in diesem Fall höre und feststelle, daß Sie ein Spielchen spielen, Sie wegen Mißachtung belangen kann. Und wie ich Ms.

Love kenne, bin ich sicher, daß Sie mit Gegenmaßnahmen von seiten des Kindes zu rechnen haben.«

»Wir haben vor, gleich morgen früh Anklage zu erheben, Euer Ehren«, setzte Reggie hilfreich hinzu. »Sowohl gegen Mr. Fink als auch gegen Roy Foltrigg. Sie mißbrauchen dieses Gericht und die Jugendgesetzgebung des Staates Tennessee. Mein Personal arbeitet bereits an der Abfassung der Klage.«

Ihr Personal saß draußen auf dem Flur, aß ein Snickers und trank eine Diätcola. Aber die Drohung hörte sich im Gerichtssaal sehr unheilvoll an.

Fink warf einen Blick auf George Ord, seinen Mit-Anwalt, der neben ihm saß und sich eine Liste der Dinge machte, die er an diesem Nachmittag erledigen wollte, und nichts auf dieser Liste hatte etwas mit Mark Sway oder Roy Foltrigg zu tun. Ord war der Vorgesetzte von achtundzwanzig Anwälten, die an Tausenden von Fällen arbeiteten, und Barry Muldanno und die Leiche von Boyd Boyette interessierten ihn nicht im mindesten. Der Fall unterlag nicht seiner Jurisdiktion. Ord war ein vielbeschäftigter Mann, zu beschäftigt, um wertvolle Zeit damit zu verschwenden, für Roy Foltrigg den Laufburschen zu spielen.

Aber Fink war kein Federgewicht. Er hatte genug Erfahrung mit unerfreulichen Prozessen, feindseligen Richtern und skeptischen Jurys. Er rappelte sich recht gut zusammen. »Euer Ehren, die Eingabe hat sehr viel Ähnlichkeit mit einer Anklage. Die Wahrheit kann ohne Anhörung nicht bewiesen werden, und wenn wir die Anhörung bekommen, können wir unsere Anschuldigungen beweisen.«

Harry wandte sich an Reggie. »Ich werde diesen Antrag auf Abweisung in Erwägung ziehen und die Beweise der Antragsteller anhören. Wenn sie nicht ausreichen, gebe ich dem Antrag statt, und alles weitere findet sich dann.«

Reggie zuckte die Achseln, als hätte sie nichts anderes erwartet.

»Sonst noch etwas, Ms. Love?«

»Im Augenblick nicht.«

»Mr. Fink, rufen Sie Ihren ersten Zeugen auf«, sagte Harry. »Und machen Sie es kurz. Kommen Sie gleich zum Thema. Wenn Sie Zeit verschwenden, können Sie sich darauf verlassen, daß ich für Tempo sorgen werde.«

»Ja, Sir. Sergeant Milo Hardy von der Polizei von Memphis ist unser erster Zeuge.«

Während dieser Vorgeplänkel hatte Mark sich nicht bewegt. Er wußte nicht so recht, ob Reggie gewonnen oder verloren hatte, und aus irgendeinem Grund war es ihm auch gleich. Etwas war unfair an einem System, bei dem ein kleiner Junge in einem Gerichtssaal saß, umgeben von Anwälten, die unter den abschätzigen Blicken des Richters miteinander stritten und Schüsse aus dem Hinterhalt abgaben, und inmitten dieses Trommelfeuers von Gesetzen und Paragraphen und Anträgen und juristischen Ausdrücken wissen sollte, was um ihn herum ablief. Es war hoffnungslos unfair.

Und so saß er nur da und schaute auf den Fußboden in der Nähe der Protokollantin. Seine Augen waren immer noch naß, und er schaffte es nicht, sie trocken zu bekommen.

Während Sergeant Hardy geholt wurde, war es still im Saal. Seine Ehren entspannte sich in seinem Stuhl und nahm die Lesebrille ab. »Ich möchte, daß folgendes zu Protokoll genommen wird«, sagte er und funkelte abermals Fink an. »Dies ist eine vertrauliche Verhandlung. Die Anhörung findet aus guten Gründen unter Ausschluß der Öffentlichkeit statt. Keiner der Anwesenden darf ein Wort von dem wiederholen, was heute in diesem Saal gesprochen wird, oder mit jemandem über irgendeinen Aspekt dieses Verfahrens reden. Mir ist bewußt, daß Sie, Mr. Fink, dem Bundesanwalt in New Orleans Bericht erstatten müssen, und mir ist auch bewußt, daß Mr. Foltrigg einer der Antragsteller ist und ein Recht darauf hat, zu wissen, was hier vorgeht. Und wenn Sie mit ihm reden, machen Sie ihm bitte klar, daß ich über seine Abwesenheit sehr verärgert bin. Er hat die Eingabe unterschrieben und sollte deshalb hier sein. Sie erstatten ihm über dieses Verfahren Bericht, aber nur ihm. Und Sie sagen ihm, daß er seinen großen Mund halten soll, haben Sie verstanden, Mr. Fink?«

»Ja, Euer Ehren.«

»Werden Sie Mr. Foltrigg darauf hinweisen, daß ich, falls ich von irgendeinem Verstoß gegen die Vertraulichkeit dieses Verfahrens Wind bekomme, auf Mißachtung des Gerichts erkennen und versuchen werde, ihn ins Gefängnis zu bringen?«

»Ja, Euer Ehren.«

Plötzlich richtete er den Blick auf McThune und K. O. Lewis. Sie saßen unmittelbar hinter Fink und Ord.

»Mr. McThune und Mr. Lewis, Sie dürfen jetzt den Saal verlassen«, sagte Harry abrupt. Sie packten ihre Armlehnen und stemmten sich hoch. Fink drehte sich um und starrte sie an, dann blickte er zum Richter auf.

»Äh, Euer Ehren, wäre es möglich, daß diesen Herren gestattet wird, hier im Saal zu bleiben und …«

»Ich habe sie angewiesen, zu gehen, Mr. Fink«, sagte Harry laut. »Wenn sie als Zeugen benötigt werden, rufen wir sie später auf. Wenn sie keine Zeugen sind, haben sie hier nichts zu suchen und können wie alle anderen auf dem Flur warten. So, und nun verschwinden Sie, meine Herren.«

McThune joggte praktisch zur Tür, ohne das geringste Anzeichen verletzten Stolzes, aber K. O. Lewis war stocksauer. Er knöpfte sein Jackett zu und starrte Seine Ehren an, aber nur eine Sekunde lang. Niemand hatte je einen Wettkampf im Anstarren gegen Harry Roosevelt gewonnen, und K. O. Lewis gedachte nicht, es zu versuchen. Er setzte sich in Bewegung und verschwand durch die Tür, die McThune hinter sich offengelassen hatte.

Sekunden später trat Sergeant Hardy ein und ließ sich auf dem Zeugenstand nieder. Er war in Uniform. Er machte es sich mit seinem breiten Hintern auf dem gepolsterten Sitz bequem und wartete. Fink war wie erstarrt und traute sich nicht, anzufangen, bevor er dazu aufgefordert worden war.

Richter Roosevelt rollte seinen Stuhl an die Kante des Podiums und blickte auf Hardy herab. Etwas hatte seine Aufmerksamkeit erregt. Hardy saß wie eine fette Kröte auf seinem Stuhl, bis ihm klar wurde, daß der Richter nur Zentimeter von ihm entfernt war.

»Weshalb tragen Sie Ihre Waffe?« fragte Harry.

Hardy schaute verblüfft auf, dann wendete er ruckartig den Kopf herum und schaute auf seine rechte Hüfte, als wäre das Vorhandensein der Waffe auch für ihn eine totale Überraschung. Er starrte sie an, als wäre das verdammte Ding irgendwie an seinem Körper festgeklebt.

»Nun, ich ...«

»Sind Sie im Dienst oder dienstfrei, Sergeant Hardy?«

»Dienstfrei.«

»Weshalb tragen Sie dann Uniform, und weshalb in aller Welt erscheinen Sie bewaffnet in meinem Gerichtssaal?«

Mark lächelte zum ersten Mal seit Stunden.

Der Gerichtsdiener reagierte sofort und näherte sich schnell dem Zeugenstand. Hardy riß seinen Gürtel auf und nahm das Holster ab. Der Aufseher trug es davon, als wäre es eine Mordwaffe.

»Haben Sie schon einmal vor Gericht ausgesagt?« fragte Harry.

Hardy lächelte wie ein Kind und sagte: »Ja, Sir, schon oft.«

»Wirklich?«

»Ja, Sir, schon oft.«

»Und wie oft haben Sie ausgesagt und Ihre Waffe dabei getragen?«

»Es tut mir leid, Euer Ehren.«

Harry entspannte sich, sah Fink an und deutete auf Hardy, als wäre es jetzt gestattet, den Zeugen zu verhören. Fink hatte im Laufe der letzten zwanzig Jahre viele Stunden in Gerichtssälen verbracht und war überaus stolz auf seine Fähigkeiten. Die Liste seiner Erfolge war beeindruckend. Er war redegewandt und aalglatt, flink auf den Beinen.

Aber er war langsam auf dem Hintern, und ein Zeugenverhör im Sitzen war eine für ihn völlig ungewohnte Methode der Wahrheitsfindung. Er wäre fast wieder aufgestanden, hielt sich aber in letzter Sekunde zurück und griff nach seinem Notizblock. Seine Frustration war unübersehbar.

»Bitte nennen Sie Ihren Namen fürs Protokoll«, sagte er abrupt.

»Sergeant Milo Hardy, Memphis Police Department.«

»Und wo wohnen Sie?«

Harry hob eine Hand, um Hardy zu stoppen. »Mr. Fink, wozu müssen Sie wissen, wo dieser Mann wohnt?«

Fink starrte ihn fassungslos an. »Also, Euer Ehren, ich glaube, das war lediglich eine Routinefrage.«

»Wissen Sie, wie sehr ich Routinefragen hasse, Mr. Fink?«

»Ich fange an, es zu begreifen.«

»Routinefragen bringen uns nicht weiter, Mr. Fink. Mit Routinefragen werden Stunden um Stunden wertvoller Zeit vergeudet. Ich möchte keine weitere Routinefrage hören. Bitte.«

»Ja, Euer Ehren, ich werde es versuchen.«

»Ich weiß, daß Ihnen das schwerfällt.«

Fink sah Hardy an und versuchte verzweifelt, sich eine brillante und originelle Frage einfallen zu lassen. »Wurden Sie, Sergeant Hardy, letzten Montag zum Schauplatz einer Schießerei beordert?«

Harry hob wieder die Hand, und Fink sackte auf seinem Stuhl zusammen. »Mr. Fink, ich weiß ja nicht, wie Sie in New Orleans vorgehen, aber hier in Memphis lassen wir unsere Zeugen schwören, daß sie die Wahrheit sagen werden. Das wird ›unter Eid stellen‹ genannt. Kommt Ihnen das bekannt vor?«

Fink rieb sich die Schläfen und sagte: »Ja, Sir. Könnte der Zeuge bitte vereidigt werden?«

Die ältliche Frau an dem kleinen Tisch erwachte plötzlich zum Leben. Sie sprang auf und schrie

Hardy an, der kaum vier Meter von ihr entfernt war. »Heben Sie die rechte Hand!«

Hardy tat es und wurde eingeschworen, die Wahrheit zu sagen. Dann kehrte sie zu ihrem Sitz zurück.

»So, Mr. Fink, jetzt können Sie weitermachen«, sagte Harry mit einem bösen kleinen Lächeln, sehr befriedigt darüber, daß er Fink mit heruntergelassener Hose ertappt hatte. Er entspannte sich auf seinem massigen Stuhl und lauschte aufmerksam der nun folgenden Routine aus Fragen und Antworten.

Hardy war überaus redselig, hilfsbereit, lieferte zahllose kleine Details. Er beschrieb den Schauplatz des Selbstmordes, die Lage der Leiche, den Zustand des Wagens. Es gab Fotos, falls Seine Ehren sie zu sehen wünschte. Seine Ehren lehnte ab. Sie waren völlig irrelevant. Hardy legte einen Ausdruck von Marks Anruf unter der Nummer 911 vor und erbot sich, die Tonbandaufzeichnung abzuspielen, falls Seine Ehren sie hören wollte. Nein, sagte Seine Ehren.

Dann berichtete Hardy höchst erfreut darüber, wie er den kleinen Mark im Wald nahe dem Tatort ertappt hatte, und über ihre anschließende Unterhaltung in seinem Wagen, im Wohnwagen der Sways, unterwegs zum Krankenhaus und beim

Essen in der Cafeteria. Er beschrieb sein Empfinden, daß der kleine Mark nicht die volle Wahrheit sagte. Die Geschichte des Jungen war fadenscheinig, und bei geschickter Befragung mit genau dem richtigen Maß an Subtilität war er, Hardy, imstande gewesen, alle möglichen Löcher darin aufzudecken.

Marks Lügen waren erbärmlich. Der Junge sagte, er und sein Bruder wären zufällig auf den Wagen und den Toten gestoßen; sie hätten keine Schüsse gehört; sie wären nur zwei Jungen, die im Wald gespielt hatten, ganz mit sich selbst beschäftigt, und dann hätten sie irgendwie diese Leiche gefunden. Natürlich stimmte nichts an Marks Geschichte, und Hardy hatte das sofort erkannt.

Sehr detalliert beschrieb Hardy den Zustand von Marks Gesicht, das zugeschwollene Auge und die dicke Lippe, das Blut am Mund. Der Junge behauptete, das stammte von einer Prügelei in der Schule. Auch so eine erbärmliche kleine Lüge.

Nach einer halben Stunde wurde Harry unruhig, und Fink erkannte die Anzeichen. Reggie verzichtete auf ein Kreuzverhör, und als Hardy den Zeugenstand und den Raum verließ, gab es keinen Zweifel mehr daran, daß Mark ein Lügner war, der versucht hatte, die Polizisten zu täuschen.

Es sollte noch schlimmer kommen.

Als Seine Ehren Reggie gefragt hatte, ob sie irgendwelche Fragen an Sergeant Hardy hätte, sagte sie nur: »Ich hatte nicht die Zeit, mich auf diesen Zeugen vorzubereiten.«

Als nächster Zeuge wurde McThune aufgerufen. Er schwor, die Wahrheit zu sagen, und ließ sich auf dem Zeugenstuhl nieder. Reggie griff langsam in ihren Aktenkoffer und holte eine Tonbandkassette heraus. Sie behielt sie beiläufig in der Hand, und als McThune zu ihr herübersah, tippte sie damit leicht auf ihren Notizblock. Er machte die Augen zu.

Sie legte die Kassette auf ihren Block und begann ihren Umriß mit dem Kugelschreiber nachzuziehen.

Fink kam schnell zur Sache; inzwischen war er ziemlich geschickt darin, sämtliche Fragen zu vermeiden, die auch nur vage nach Routine aussahen. Es war eine neue Erfahrung für ihn, dieser effiziente Gebrauch von Worten, und je länger er es tat, desto besser gefiel es ihm.

McThune war so trocken wie Maismehl. Er verwies auf die Fingerabdrücke, die sie überall im Wagen gefunden hatten, auf der Waffe und auf der Flasche sowie auf der hinteren Stoßstange. Er äußerte seine Vermutungen über die Jungen und den Wasserschlauch und zeigte Harry die

Reste der Virginia-Slim-Zigaretten, die unter dem Baum gefunden worden waren. Außerdem zeigte er Harry den Abschiedsbrief, den Clifford hinterlassen hatte, und äußerte abermals seine Vermutungen über den mit einem anderen Stift geschriebenen Zusatz. Er zeigte Harry den Kugelschreiber, den man im Wagen gefunden hatte, und erklärte, es stehe außer Frage, daß Mr. Clifford diesen Stift benutzt hatte, um die letzten Worte zu kritzeln. Er sprach über den Blutfleck, den man an Cliffords Hand gefunden hatte. Das Blut stammte nicht von Clifford, aber es hatte dieselbe Blutgruppe wie das von Mark Sway, der eine aufgesprungene Lippe und mehrere andere Verletzungen davongetragen hatte.

»Sie glauben, daß Mr. Clifford den Jungen geschlagen hat?« fragte Harry.

»Ja, das glaube ich, Euer Ehren.«

Reggie hätte Einspruch erheben können gegen McThunes Gedanken und Ansichten und Vermutungen, aber sie hielt den Mund. Sie hatte schon viele derartige Anhörungen mit Harry erlebt und wußte, daß er alles zur Kenntnis nahm und selbst entscheiden würde, was er davon glauben sollte. Mit Einsprüchen hätte sie nichts erreicht.

Harry fragte, wie das FBI an Fingerabdrücke von dem Jungen gekommen war, um sie mit den im Wagen gefundenen vergleichen zu können. McThune holte tief Luft und berichtete über die Sprite-Dose im Krankenhaus, beeilte sich aber, darauf hinzuweisen, daß sie, als sie das taten, den Jungen nicht als Tatverdächtigen betrachteten, sondern lediglich als Zeugen, und es deshalb für rechtens gehalten hätten, die Fingerabdrücke abzunehmen. Das gefiel Harry überhaupt nicht, aber er sagte nichts. McThune betonte, wenn man den Jungen irgendeiner Tat verdächtigt hätte, hätten sie nicht einmal im Traum daran gedacht, seine Abdrücke zu stehlen. Niemals.

»Natürlich nicht«, sagte Harry mit soviel Sarkasmus, daß McThune errötete.

Fink führte ihn durch die Ereignisse am Dienstag, dem Tag nach dem Selbstmord, an dem der kleine Mark eine Anwältin engagiert hatte. Sie hatten alles versucht, mit ihm und dann mit seiner Anwältin zu reden, und seither waren sie nicht weitergekommen.

McThune benahm sich ordentlich und blieb bei den Tatsachen. Doch auch er hinterließ im Saal den unbestreitbaren Eindruck, daß Mark ein gerissener Lügner war.

Während Hardy und McThune ihre Aussagen machten, warf Harry von Zeit zu Zeit einen Blick auf Mark. Der Junge war teilnahmslos und schwer zu durchschauen. Er schien seine ganze Aufmerksamkeit einem unsichtbaren Fleck auf dem Fußboden zu widmen. Er saß zusammengesackt auf seinem Stuhl, und die meiste Zeit ignorierte er Reggie vollständig. Seine Augen waren feucht, aber er weinte nicht. Er wirkte müde und traurig, und gelegentlich warf er einen Blick auf den Zeugen, wenn seine Lügen dargelegt wurden.

Harry hatte Reggie schon viele Male unter diesen Umständen erlebt, und gewöhnlich saß sie sehr nahe bei ihren jungen Mandanten und flüsterte mit ihnen während des Verfahrens. Sie tätschelte sie, drückte ihnen den Arm, beruhigte sie, ermahnte sie, falls erforderlich. Normalerweise war sie ständig in Bewegung und schützte ihre Mandanten vor den brutalen Realitäten des von Erwachsenen bestimmten juristischen Systems. Aber nicht heute. Sie warf ihrem Mandanten gelegentlich einen Blick zu, als wartete sie auf ein Signal, aber er ignorierte sie.

»Rufen Sie Ihren nächsten Zeugen auf«, sagte Harry zu Fink, der die Ellenbogen aufgestützt hatte und versuchte, nicht aufzustehen. Er sah zuerst hilfesuchend Ord an, dann wendete er sich an Seine Ehren.

»Nun, Euer Ehren, es mag sich etwas merkwürdig anhören, aber als nächster würde ich gern selbst aussagen.«

Harry riß seine Lesebrille herunter und funkelte Fink an. »Sie bringen etwas durcheinander, Mr. Fink. Sie sind ein Anwalt, kein Zeuge.«

»Das weiß ich, Sir, aber ich bin zugleich einer der Antragsteller, und ich weiß, daß dies etwas ungewöhnlich ist, aber ich glaube, meine Aussage könnte wichtig sein.«

»Thomas Fink, Antragsteller, Anwalt, Zeuge. Möchten Sie vielleicht auch Gerichtsdiener sein, Mr. Fink? Oder ein bißchen Protokoll führen? Vielleicht sogar für eine Weile meine Robe tragen? Das ist kein Gerichtssaal, Mr. Fink, es ist ein Theater. Weshalb suchen Sie sich nicht die Rolle aus, die Ihnen gefällt?«

Fink hielt die Augen auf das Podium gerichtet, wobei er den Blicken Seiner Ehren lieber auswich. »Ich kann es erklären, Sir«, sagte er demütig.

»Sie brauchen mir nichts zu erklären, Mr. Fink. Ich bin nicht blind. Ihr habt euch ganz miserabel vorbereitet in diese Sache gestürzt. Mr. Foltrigg sollte hier sein, aber er ist es nicht, und jetzt brauchen Sie ihn. Sie haben gedacht, Sie könnten eine Eingabe zusammenschustern, ein paar hohe Tiere vom FBI dazuholen, Mr. Ord hier mit hineinziehen, und ich würde so beeindruckt sein, daß ich einfach klein beigebe und alles tue, was Sie wollen. Darf ich Ihnen etwas sagen, Mr. Fink?«

Fink nickte.

»Ich bin nicht beeindruckt. Ich habe bei gespielten Gerichtssitzungen an High Schools schon bessere Arbeit gesehen. Die Hälfte der Jurastudenten im ersten Semester an der Memphis State könnte Ihnen in den Hintern treten, und die andere Hälfte in den von Mr. Foltrigg.« Fink war nicht dieser Ansicht, nickte aber auch weiterhin. Ord rückte seinen Stuhl ein paar Zentimeter von dem von Fink weg.

»Was halten Sie davon, Ms. Love?« fragte Harry.

»Euer Ehren, unsere Verfahrensregeln sind völlig eindeutig. Ein in einem Verfahren tätiger Anwalt kann nicht in demselben Verfahren als Zeuge auftreten. So einfach ist das.« Sie hörte sich gelangweilt und frustriert an, als müßte das jedermann bekannt sein.

»Mr. Fink?«

Fink gewann seine Fassung zurück. »Euer Ehren, ich würde das Gericht gern unter Eid über bestimmte Fakten informieren, die Mr. Cliffords Aktionen vor seinem Selbstmord betreffen. Ich entschuldige mich für diese Bitte, aber unter den gegebenen Umständen geht es nicht anders.«

Es wurde an die Tür geklopft, und der Gerichtsdiener öffnete sie. Marcia kam herein mit einem Teller mit einem dicken Roastbeef-Sandwich und einem hohen Plastikbecher mit Eistee. Sie setzte beides vor Harry ab, der ihr dankte, dann verschwand sie wieder.

Es war fast ein Uhr, und plötzlich hatten alle Heißhunger. Von dem Roastbeef mit Meerrettich, Pickles und Zwiebelringen stieg ein appetitanregender Duft auf, der den Saal durchzog. Alle Augen waren auf das Baguettebrötchen gerichtet, und als Harry danach griff, um einen gewaltigen Bissen zu tun, sah er, wie Mark jede seiner Bewegungen verfolgte. Er stoppte das Sandwich auf halbem Wege und bemerkte, daß Fink und Ord, Reggie und sogar der Gerichtsdiener in hilfloser Erwartung daraufstarrten.

Harry legte das Sandwich wieder auf den Teller und schob es beiseite. »Mr. Fink«, sagte er, mit einem Finger auf ihn zeigend, »bleiben Sie, wo Sie sind. Schwören Sie, daß Sie die Wahrheit sagen werden?«

»Ich schwöre es.«

»Dann stehen Sie jetzt unter Eid. Sie haben fünf Minuten, um mir zu sagen, was Ihnen auf dem Herzen liegt.«

»Ja, danke, Euer Ehren.«

»Also, fangen Sie an.«

»Also, Jerome Clifford und ich waren Studienkollegen, und wir kannten uns schon sehr lange. Wir hatten viele gemeinsame Fälle, immer als Gegner natürlich.«

»Natürlich.«

»Nachdem Barry Muldanno angeklagt worden war, begann der Druck größer zu werden, und Jerome fing an, sich merkwürdig zu benehmen. In der Rückschau glaube ich, daß er allmählich durchdrehte, aber damals habe ich mir nicht viel dabei gedacht. Ich meine ... wissen Sie, Jerome war schon immer ein merkwürdiger Mensch.«

»Ich verstehe.«

»Ich arbeitete ununterbrochen an dem Fall, viele Stunden täglich, und ich habe mehrmals pro Woche mit Jerome Clifford gesprochen. Es mußten vorbereitende Anträge eingereicht werden und dergleichen, deshalb sah ich ihn auch gelegentlich vor Gericht. Er sah fürchterlich aus. Er hatte eine Menge Gewicht zugelegt, und er trank zuviel. Er kam immer zu spät zu den Sitzungen. Badete nur selten. Oft versäumte er es, Telefonanrufe zu beantworten, was ungewöhnlich war für Jerome. Ungefähr eine Woche vor seinem Tod rief er mich eines Abends zu Hause an, völlig betrunken, und schwadronierte fast eine Stunde lang. Er war völlig verrückt. Am nächsten Morgen rief er mich im Büro an und entschuldigte sich. Er druckste herum, als befürchte er, er hätte am Abend zuvor zuviel gesagt. Mindestens zweimal erwähnte er die Leiche von Boyette, und schließlich war ich überzeugt, daß Jerome wußte, wo sie sich befindet.«

Fink hielt inne, um das erst mal wirken zu lassen, aber Harry wartete ungeduldig.

»Nun, danach hat er mich noch mehrere Male angerufen, hat immer wieder die Leiche erwähnt. Ich habe ihn geblufft und angedeutet, daß er zuviel gesagt hätte, als er betrunken war. Ich sagte ihm, wir dächten daran, ihn wegen Behinderung der Justiz anzuklagen.«

»Scheint eine Ihrer Lieblingsanklagen zu sein«, bemerkte Harry trocken.

»Jedenfalls trank Jerome und benahm sich merkwürdig. Ich sagte ihm, daß das FBI ihn rund um die Uhr beschattete, was nicht zutraf; aber er schien es zu glauben. Er wurde regelrecht paranoid und rief mich mehrmals täglich an. Dann betrank er sich regelmäßig und rief am späten Abend wieder an. Er wollte über die Leiche reden, getraute sich aber nicht, alles zu erzählen. Bei unserem letzten Telefongespräch sagte ich ihm, daß wir vielleicht einen Handel abschließen könnten. Wenn er uns sagte, wo die Leiche ist, würden wir ihm helfen, aus der Sache herauszukommen, ohne daß es aktenkundig würde, ohne Anklage, ohne alles. Er hatte fürchterliche Angst vor seinem Mandanten und hat nicht ein einziges Mal abgestritten, daß er wußte, wo sich die Leiche befindet.«

»Euer Ehren«, unterbrach Reggie, »das ist natürlich pures Hörensagen und dient nur dem eigenen Nutzen. Nichts davon läßt sich verifizieren.«

»Sie glauben mir nicht?« fauchte Fink.

»Nein, das tue ich nicht.«

»Ich weiß auch nicht, ob ich Ihnen das glauben soll, Mr. Fink«, sagte Harry. »Außerdem bin ich nicht sicher, ob irgend etwas von alledem für diese Anhörung relevant ist.«

»Ich will damit sagen, Euer Ehren, daß Jerome Clifford über die Leiche Bescheid wußte und darüber redete. Außerdem begann er, den Verstand zu verlieren.«

»Das gestehe ich Ihnen gern zu, Mr. Fink. Er hat sich eine Waffe in den Mund gesteckt. Das tun nur Verrückte.«

Fink hing gewissermaßen in der Luft, mit offenem Mund, und wußte nicht, ob er sonst noch etwas sagen sollte.

»Noch weitere Zeugen, Mr. Fink?« fragte Harry.

»Nein, Sir. Wir sind jedoch, Euer Ehren, der

Ansicht, daß in Anbetracht der ungewöhnlichen Umstände dieses Falles das Kind jetzt in den Zeugenstand treten und aussagen sollte.«

Harry riß abermals seine Lesebrille herunter und neigte sich Fink entgegen. Wenn er ihn hätte erreichen können, wäre er ihm möglicherweise an die Gurgel gefahren.

»Was sind Sie?«

»Wir, äh, sind der Ansicht ...«

»Mr. Fink, haben Sie sich mit den für diesen Bezirk geltenden Jugendgesetzen vertraut gemacht?«

»Das habe ich.«

»Sehr schön. Würden Sie uns dann bitte sagen, unter welchem Paragraphen der Antragsteller das Recht hat, das Kind zur Aussage zu zwingen?«

»Ich habe lediglich unser Ansuchen vorgetragen.«

»Großartig. Welcher Paragraph gestattet es dem Antragsteller, ein derartiges Ansuchen vorzutragen?«

Fink ließ den Kopf ein paar Zentimeter sinken und fand etwas auf seinem Notizblock, das er betrachten konnte.

»Dies ist keine Wildwestgeschichte, Mr. Fink. Wir erschaffen nicht neue Gesetze, wenn es uns gerade in den Kram paßt. Das Kind kann nicht zur Aussage gezwungen werden. Das gilt für alle

Verfahren, ganz gleich, ob vor einem Straf- oder einem Jugendgericht. Das müßte Ihnen eigentlich bekannt sein.«

Fink betrachtete hingebungsvoll seinen Notizblock.

»Zehn Minuten Pause!« bellte Seine Ehren. »Alle aus dem Saal, außer Ms. Love. Gerichtsdiener, bringen Sie Mark in ein Zeugenzimmer.« Harry war aufgestanden, um diese Anweisungen zu erteilen.

Fink, der immer noch nicht aufzustehen wagte, aber dennoch entsprechende Anstalten machte, zögerte den Bruchteil einer Sekunde zu lange, und das ärgerte den Richter. »Raus mit Ihnen, Mr. Fink«, sagte er grob und deutete auf die Tür.

Fink und Ord stolperten übereinander, als sie zur Tür hasteten. Die Protokollführerin und die Kanzlistin folgten ihnen. Der Gerichtsdiener führte Mark hinaus, und als er die Tür hinter sich zugemacht hatte, zog Harry seine Robe aus und warf sie auf einen Tisch. Er nahm seinen Lunch und stellte ihn vor Reggie auf den Tisch.

»Essenszeit«, sagte er, riß das Sandwich auseinander und legte die eine Hälfte für sie auf eine Serviette. Die Zwiebelringe schob er neben ihren Notizblock. Sie nahm einen und knabberte daran.

»Werden Sie zulassen, daß der Junge aussagt?« fragte er mit dem Mund voll Roastbeef.

»Ich weiß es nicht, Harry. Was denken Sie?«

»Ich denke, Fink ist ein Dummkopf, das ist es, was ich denke.«

Reggie nahm einen kleinen Bissen von dem Sandwich und wischte sich den Mund ab.

»Wenn Sie es zulassen«, sagte Harry kauend, »dann wird Fink ihm ein paar ganz gezielte Fragen stellen über das, was in Cliffords Wagen passiert ist.«

»Ich weiß. Das ist es, was mir Sorgen macht.«

»Wie wird der Junge die Fragen beantworten?«

»Ich habe keine Ahnung. Ich habe ihn gründlich beraten. Wir haben ausführlich darüber gesprochen. Aber ich habe keine Ahnung, was er tun wird.«

Harry holte tief Atem, dann wurde ihm klar, daß der Eistee noch auf dem Podium stand. Er holte zwei Pappbecher von Finks Tisch und füllte beide mit Tee.

»Es ist offensichtlich, daß er etwas weiß, Reggie. Weshalb hat er so viele Lügen erzählt?«

»Er ist ein Kind, Harry. Er hatte fürchterliche Angst. Er hat mehr gehört, als er hätte hören sollen. Er sah, wie Clifford sich das Gehirn wegpustete. Er war total verängstigt. Sehen Sie sich seinen kleinen Bruder an. So etwas mitansehen zu müssen, ist furchtbar, und ich glaube, Mark hat anfangs befürchtet, er könnte in Schwierigkeiten geraten. Also hat er gelogen.«

»Das kann ich ihm nicht übelnehmen«, sagte Harry und griff nach einem Zwiebelring. Reggie biß in ein Gürkchen.

»Was denken Sie?« fragte sie.

Er wischte sich den Mund ab und dachte lange darüber nach. Dieser Junge gehörte jetzt ihm, er war eines von Harrys Kids, und von nun an mußte jede Entscheidung auf dem basieren, was für Mark Sway das beste war.

»Wenn ich einmal davon ausgehen kann, daß der Junge etwas weiß, was für die Untersuchung in New Orleans von Bedeutung ist, dann können mehrere Dinge passieren. Erstens, wenn Sie ihn in den Zeugenstand lassen und er die Informationen preisgibt, die Fink haben will, dann ist die Sache erledigt, soweit es meine Jurisdiktion betrifft. Der Junge verläßt das Gericht, aber er befindet sich in großer Gefahr. Zweitens, wenn Sie ihn in den Zeugenstand lassen und er weigert sich, Finks Fragen zu beantworten, dann bleibt mir nichts anderes übrig, als ihn zum Antworten zu zwingen. Wenn er sich weigert, macht er sich der Mißachtung des Gerichts schuldig. Er darf nicht schweigen, wenn er über wichtige Informationen verfügt. Auf alle Fälle wird Mr. Foltrigg, wenn diese Anhörung heute ohne befriedigende Antworten von seiten des Jungen zu Ende geht, vermutlich sehr schnell reagieren. Er wird Mark vor die Anklagejury zitieren, und ab geht's nach New Orleans. Wenn er sich weigert, vor der Anklagejury zu reden, dann wird er bestimmt vom Bundesrichter wegen Mißachtung belangt und vermutlich inhaftiert.«

Reggie nickte. Sie war voll und ganz seiner Meinung. »Also, was tun wir, Harry?«

»Wenn der Junge nach New Orleans geht, verliere ich die Kontrolle über ihn. Ich würde ihn viel lieber hierbehalten. Wenn ich Sie wäre, würde ich ihn in den Zeugenstand stellen und ihm raten, die entscheidenden Fragen nicht zu beantworten. Zumindest vorerst nicht. Er kann es später immer noch tun. Er kann es morgen tun oder übermorgen. Ich würde ihm raten, dem Druck des Richters nicht nachzugeben und den Mund zu halten, zumindest fürs erste. Er kehrt in die Jugendhaftanstalt zurück, wo er vermutlich wesentlich sicherer aufgehoben ist als irgendwo in New Orleans. Indem Sie das tun, schützen Sie den Jungen vor den Gangstern in New Orleans, die sogar mir Angst machen, bis das FBI irgend etwas Besseres arrangieren kann. Und Sie gewinnen etwas Zeit und können abwarten, was Mr. Foltrigg in New Orleans zu unternehmen gedenkt.«

»Sie glauben, daß er in großer Gefahr schwebt?«

»Ja, und selbst wenn das nicht der Fall wäre, würde ich keine Risiken eingehen. Wenn er jetzt mit der Sprache herausrückt, könnte ihm etwas passieren. Ich habe nicht die Absicht, ihn heute freizulassen, unter gar keinen Umständen.«

»Was ist, wenn Mark nicht reden will, und Foltrigg kommt mit einer Vorladung vor die Anklagejury an?«

»Ich werde nicht zulassen, daß er nach New Orleans fährt.«

Reggie war der Appetit vergangen. Sie trank etwas Tee aus dem Pappbecher und schloß die Augen. »Das ist alles so unfair dem Jungen gegenüber, Harry. Er hätte Besseres verdient von diesem System.«

»Zugegeben. Was schlagen Sie vor?«

»Was ist, wenn ich ihn nicht aussagen lasse?«

»Ich werde ihn nicht freilassen, Reggie. Jedenfalls nicht heute. Vielleicht morgen. Oder übermorgen. Das alles hier geht fürchterlich schnell, und ich schlage vor, daß wir uns für den sichersten Weg entscheiden und abwarten, was in New Orleans geschieht.«

»Sie haben meine Frage nicht beantwortet. Was ist, wenn ich ihn nicht aussagen lasse?«

»Nun, in Anbetracht der Beweise, die ich gehört habe, bliebe mir nichts anderes übrig, als ihn einer strafbaren Handlung zu bezichtigen und ihn zu Doreen zurückzuschicken. Natürlich kann ich das Urteil morgen wieder aufheben. Oder übermorgen.«

»Er hat keine strafbare Handlung begangen.«

»Vielleicht nicht. Aber wenn er etwas weiß und sich weigert, es uns mitzuteilen, dann behindert er die Justiz.« Es trat eine lange Pause ein. »Wieviel weiß er, Reggie? Wenn Sie es mir sagen würden, wäre ich in einer besseren Position, ihm zu helfen.«

»Das kann ich Ihnen nicht sagen, Harry. Es ist vertraulich.«

»Natürlich ist es das«, sagte er mit einem Lächeln. »Aber es ist ziemlich offenkundig, daß er eine Menge weiß.«

»Ja, das ist es wohl.«

Er beugte sich vor und berührte ihren Arm. »Hören Sie zu, mein Mädchen. Unser kleiner Freund steckt ganz schön in der Bredouille. Also sehen wir zu, daß wir ihn da herausholen. Ich würde sagen, wir gehen von Tag zu Tag vor, verwahren ihn an einem sicheren Ort, wo wir das Sagen haben, und in der Zwischenzeit reden wir mit den Leuten vom FBI über ihr Zeugenschutzprogramm. Wenn alles arrangiert ist für den Jungen und seine Angehörigen, dann kann er diese grauenhaften Geheimnisse gefahrlos preisgeben.«

»Ich rede mit ihm.«

25

Unter der strengen Aufsicht des Gerichtsdieners, eines Mannes namens Grinder, wurden sie wieder zusammengeholt und auf ihre Plätze gewiesen. Fink schaute sich besorgt um, nicht sicher, ob er sitzen, stehen, reden oder unter den Tisch kriechen sollte. Ord zupfte an der Nagelhaut seines Daumens. Baxter McLemore hatte seinen Stuhl so weit wie möglich von Fink abgerückt.

Seine Ehren trank den Rest seines Tees und wartete, bis alles still war. »Für das Protokoll«, sagte er dann. »Ms. Love, ich muß wissen, ob Mark aussagen wird.«

Sie saß ein Stückchen hinter ihrem Klienten und betrachtete die linke Seite seines Gesichts. Seine Augen waren immer noch feucht. »Unter den gegebenen Umständen«, sagte sie, »hat er wohl kaum eine Wahl.«

»Ist das ein Ja oder ein Nein?«

»Ich gestatte ihm auszusagen«, sagte sie, »aber ich werde nicht dulden, daß Mr. Fink ihm kränkende Fragen stellt.«

»Euer Ehren, bitte«, sagte Fink.

»Ruhe, Mr. Fink. Erinnern Sie sich an Regel Nummer eins? Nur reden, wenn Sie dazu aufgefordert werden.«

Fink funkelte Reggie an. »Ein billiges Manöver.«

»Kein Wort mehr, Mr. Fink«, sagte Harry. Alles war ruhig.

Seine Ehren war plötzlich ganz Herzlichkeit und Lächeln. »Mark, ich möchte, daß du auf deinem Platz bleibst, neben deiner Anwältin, während ich dir ein paar Fragen stelle.«

Fink zwinkerte Ord zu. Endlich würde der Junge reden. Das konnte der entscheidende Moment sein.

»Hebe die rechte Hand, Mark«, sagte Seine Ehren, und Mark gehorchte langsam. Seine rechte Hand zitterte, ebenso seine linke.

Die ältliche Dame baute sich vor Mark auf und vereidigte ihn. Er stand nicht auf, sondern rückte noch näher an Reggie heran.

»So, Mark, und jetzt werde ich dir ein paar Fragen stellen. Wenn du etwas nicht verstehst, kannst du jederzeit deine Anwältin fragen. Okay?«

»Ja, Sir.«

»Ich werde versuchen, die Fragen einfach und deutlich zu formulieren. Wenn du eine Unterbrechung brauchst, weil du hinausgehen und mit Reggie, Ms. Love, sprechen möchtest, dann laß es mich wissen. Okay?«

»Ja, Sir.«

Fink drehte seinen Stuhl so, daß er Mark ansehen konnte, und saß dann da wie ein hungriger Welpe, der auf sein Chappi wartet. Ord war mit seinen Fingernägeln fertig und hielt Block und Stift bereit.

Harry betrachtete eine Sekunde lang seine Notizen, dann lächelte er zu dem Zeugen herunter. »So, Mark, jetzt möchte ich, daß du mir genau erzählst, wie ihr beide, du und dein Bruder, am Montag Mr. Clifford gefunden habt.«

Mark umklammerte die Lehnen seines Stuhls und räusperte sich. Das war nicht, was er erwartet hatte. Er hatte noch nie einen Film gesehen, in dem der Richter die Fragen stellte.

»Wir sind in den Wald hinter der Wohnwagensiedlung gegangen, um eine Zigarette zu rauchen«, fing er an und kam dann ganz allmählich zu dem Punkt, an dem Romey zum ersten Mal den Schlauch in den Auspuff gesteckt hatte und wieder in seinen Wagen gestiegen war.

»Was hast du darauf getan?« fragte Seine Ehren interessiert.

»Ich habe ihn rausgezogen«, sagte er und erzählte die Story von seinen Ausflügen durch das hohe Gras, um Romeys Selbstmordabsichten zu vereiteln. Obwohl er das schon vorher erzählt hatte, ein- oder zweimal seiner Mutter und Dr. Greenway, war ihm das nie komisch vorgekommen. Doch als er es jetzt erzählte, begannen die Augen des Richters zu funkeln, und sein Lächeln wurde breiter. Er kicherte leise. Auch der Gerichtsaufseher fand es lustig. Die sonst so zurückhaltende Protokollantin genoß es. Sogar die ältliche Frau am Kanzlistentisch hörte zu, mit ihrem ersten Lächeln seit Beginn der Verhandlung.

Aber die Belustigung verflog schnell, als Mr. Clifford über ihn herfiel, ihn packte und in den Wagen warf. Mark durchlebte es abermals mit ausdrucksloser Miene; er schaute auf die braunen Pumps der Protokollantin.

»Du warst also bei Mr. Clifford im Wagen, bevor er starb?« Seine Ehren fragte behutsam, jetzt sehr ernst.

»Ja, Sir.«

»Und was tat er, nachdem er dich in den Wagen gezerrt hatte?«

»Er hat mich noch mehrmals geschlagen, mich ein paarmal angebrüllt, mir gedroht.« Mark erzählte alles, woran er sich erinnerte – die Waffe, die Whiskeyflasche, die Tabletten.

In dem kleinen Gerichtssaal herrschte Totenstille, und das Lächeln war längst verschwunden. Marks Worte waren bedächtig. Seine Augen wichen den anderen aus. Er sprach wie in Trance.

»Hat er die Waffe abgefeuert?« fragte Richter Roosevelt.

»Ja, Sir«, erwiderte er und berichtete alles, was es darüber zu berichten gab.

Als er mit diesem Teil seiner Geschichte fertig war, wartete er auf die nächste Frage. Harry dachte längere Zeit darüber nach.

»Wo war Ricky?«

»Im Gebüsch versteckt. Ich habe gesehen, wie er durchs Gras schlich, und war überzeugt, daß er den Schlauch wieder rausgezogen hatte. Später habe ich gesehen, daß er es tatsächlich getan hatte. Mr. Clifford sagte immer wieder, er könnte das Gas spüren, und fragte mich immer wieder, ob ich es auch spürte. Ich sagte ja, zweimal, glaube ich, aber ich wußte, daß Ricky es geschafft hatte.«

»Und er wußte nichts von Ricky?« Es war eine irrelevante Frage, aber Harry stellte sie, weil ihm im Moment keine bessere einfiel.

»Nein, Sir.«

Eine weitere lange Pause.

»Du hast dich also mit Mr. Clifford unterhalten, während du in seinem Wagen warst?«

Mark wußte, was jetzt kommen würde, genau wie alle anderen im Saal, also unternahm er blitzschnell den Versuch, davon abzulenken.

»Ja, Sir. Er war völlig verrückt, redete ständig davon, daß er davonschweben würde, ab zum großen Zauberer, ab ins La-La-Land, dann brüllte er mich an, weil ich weinte, und entschuldigte sich dafür, daß er mich geschlagen hatte.«

Wieder eine Pause, während Harry abwartete, ob er fertig war. »War das alles, was er gesagt hat?«

Mark warf einen Blick auf Reggie, die ihn unablässig beobachtete. Fink rückte näher heran. Die Protokollantin war erstarrt.

»Wie meinen Sie das?« fragte Mark, um Zeit zu gewinnen.

»Hat Mr. Clifford sonst noch etwas gesagt?«

Mark dachte eine Sekunde lang darüber nach und kam zu dem Schluß, daß er Reggie haßte. Er konnte einfach nein sagen, und das Spiel war vorüber. Nein, Sir, Mr. Clifford hat sonst nichts gesagt. Er hat noch weitere fünf Minuten sinnloses Zeug geredet, dann ist er eingeschlafen, und ich habe die Flucht ergriffen. Wenn er Reggie nie begegnet wäre und sie ihm keinen Vortrag darüber gehalten hätte, daß er unter Eid stünde und die Wahrheit sagen müßte, dann hätte er einfach

»Nein, Sir«, gesagt. Und wäre nach Hause gegangen, zurück ins Krankenhaus – oder wohin auch immer.

Oder etwa doch nicht? Als er in der vierten Klasse war, hatten Polizisten ihnen einiges über ihre Arbeit erzählt, und einer von ihnen hatte ihnen einen Lügendetektor vorgeführt. Er hatte Joey McDennant daran angeschlossen, den größten Lügner der Klasse, und sie hatten zugeschaut, wie die Nadel jedesmal hochschnellte, wenn Joey den Mund aufmachte. »Damit erwischen wir jeden Verbrecher, der lügt«, hatte der Polizist geprahlt.

Bei all den Polizisten und FBI-Agenten, die um ihn herumwuselten, konnte der Lügendetektor da weit entfernt sein? Er hatte soviel gelogen, seit Romey sich umgebracht hatte, und er hatte das Lügen restlos satt.

»Mark, ich habe gefragt, ob Mr. Clifford sonst noch etwas gesagt hat.«

»Was zum Beispiel?«

»Hat er zum Beispiel irgend etwas über Senator Boyd Boyette gesagt?«

»Über wen?«

Über Harrys Gesicht huschte ein kleines Lächeln, dann war es wieder verschwunden. »Mark, hat Mr. Clifford irgend etwas über einen seiner

Fälle in New Orleans gesagt, bei dem es um einen Mr. Barry Muldanno oder den verstorbenen Senator Boyd Boyette ging?«

Dicht neben den braunen Pumps der Protokollantin kroch eine winzige Spinne, und Mark beobachtete sie, bis sie unter dem Dreifuß verschwunden war. Er dachte abermals an den verdammten Lügendetektor. Reggie hatte gesagt, sie würde alles tun, um ihm das zu ersparen, aber was war, wenn der Richter es anordnete?

Die lange Pause vor seiner Antwort sagte alles. Finks Herz hämmerte, und sein Puls hatte sich verdreifacht. Aha! Der kleine Bastard weiß es tatsächlich!

»Ich glaube nicht, daß ich diese Frage beantworten will«, sagte er, starrte auf den Fußboden, wartete darauf, daß die Spinne wieder zum Vorschein kam.

Fink warf einen hoffnungsvollen Blick auf den Richter.

»Mark, sieh mich an«, sagte Harry wie ein gütiger Großvater. »Ich möchte, daß du die Frage beantwortest. Hat Mr. Clifford Barry Muldanno oder Boyd Boyette erwähnt?«

»Kann ich mich auf den Fünften Verfassungszusatz berufen?«

»Nein.«

»Warum nicht? Er gilt doch auch für Kinder, oder etwa nicht?«

»Das schon, aber nicht in dieser Situation. Du bist nicht in den Mord an Senator Boyette verwikkelt. Du bist in überhaupt kein Verbrechen verwickelt.«

»Weshalb haben Sie mich dann ins Gefängnis gesteckt?«

»Ich werde dich dahin zurückschicken, wenn du meine Fragen nicht beantwortest.«

»Ich berufe mich trotzdem auf den Fünften Verfassungszusatz.«

Sie starrten einander an, Zeuge und Richter, und der Zeuge blinzelte als erster. Seine Augen wurden feucht, und er schnüffelte zweimal. Er biß sich auf die Lippe, kämpfte gegen das Weinen an. Er umklammerte die Armlehnen und drückte zu, bis seine Knöchel weiß waren. Tränen rollten ihm über die Wangen, aber er starrte weiterhin in die dunklen Augen des Ehrenwerten Harry Roosevelt.

Die Tränen eines unschuldigen kleinen Jungen. Harry drehte sich zur Seite und holte aus einer Schublade unter dem Tisch ein Taschentuch heraus. Auch seine Augen waren feucht.

»Möchtest du mit deiner Anwältin sprechen, allein?« fragte er.

»Wir haben schon miteinander gesprochen«,

sagte Mark mit versagender Stimme. Er wischte sich das Gesicht mit einem Ärmel ab.

Fink war einem Herzstillstand nahe. Er hatte soviel zu sagen, so viele Fragen an diesen Bengel, so viele Vorschläge für das Gericht, wie diese Sache zu handhaben war. Der Junge wußte Bescheid, verdammt noch mal! Bringen wir ihn zum Reden!

»Mark, ich tue das nur ungern, aber du mußt meine Fragen beantworten. Wenn du dich weigerst, machst du dich der Mißachtung des Gerichts schuldig. Verstehst du das?«

»Ja, Sir. Reggie hat es mir erklärt.«

»Und hat sie dir auch erklärt, daß ich dich, wenn du dich der Mißachtung des Gerichts schuldig machst, in die Jugendhaftanstalt zurückschikken kann?«

»Ja, Sir. Sie können es ein Gefängnis nennen, wenn Sie wollen, das macht mir nichts aus.«

»Danke. Willst du zurück ins Gefängnis?«

»Eigentlich nicht, aber ich weiß nicht, wo ich sonst hin soll.« Seine Stimme war kräftiger, und die Tränen flossen nicht mehr. Der Gedanke an das Gefängnis war jetzt, da er es kennengelernt hatte, gar nicht mehr so beängstigend. Er würde es ein paar Tage durchstehen. Möglicherweise würde er sogar länger durchhalten als der Richter. Er war sicher, daß in allernächster Zukunft sein Name wieder in der Zeitung stehen würde. Und die Reporter würden zweifellos herausbekommen, daß Harry Roosevelt ihn hinter Schloß und Riegel gebracht hatte, weil er nicht redete. Und bestimmt würden sie dem Richter die Hölle heiß machen, weil er einen kleinen Jungen einsperrte, der nichts verbrochen hatte.

Reggie hatte ihm gesagt, er könnte es sich jederzeit anders überlegen, wenn er das Gefängnis satt hatte.

»Hat Mr. Clifford dir gegenüber den Namen Barry Muldanno erwähnt?«

»Ich berufe mich auf den Fünften.«

»Hat Mr. Clifford dir gegenüber den Namen Boyd Boyette erwähnt?«

»Ich berufe mich auf den Fünften.«

»Hat Mr. Clifford irgend etwas über den Mord an Boyd Boyette gesagt?«

»Ich berufe mich auf den Fünften.«

»Hat Mr. Clifford irgend etwas über den gegenwärtigen Ort der Leiche von Boyd Boyette gesagt?«

»Ich berufe mich auf den Fünften.«

Harry nahm zum zehnten Mal seine Lesebrille ab und rieb sich das Gesicht. »Du kannst dich nicht auf den Fünften Verfassungszusatz berufen, Mark.«

»Ich habe es gerade getan.«

»Ich befehle dir, diese Fragen zu beantworten.«

»Ja, Sir. Es tut mir leid.«

Harry ergriff einen Stift und begann zu schreiben.

»Euer Ehren«, sagte Mark. »Ich respektiere Sie und das, was Sie zu tun versuchen. Aber ich kann diese Fragen nicht beantworten, weil ich mich vor dem fürchte, was mit mir oder meinen Angehörigen passieren könnte.«

»Das verstehe ich, Mark, aber das Gesetz gestattet Privatpersonen nicht, Informationen zurückzuhalten, die für die Aufklärung eines Verbrechens wichtig sein könnten. Ich will dich nicht schikanieren, aber ich muß mich an das Gesetz halten. Ich erkenne auf Mißachtung des Gerichts. Ich bin nicht wütend auf dich, aber du läßt mir keine andere Wahl. Ich ordne an, daß du in die Jugendhaftanstalt zurückgebracht wirst und dort bleibst, solange die Mißachtung besteht.«

»Wie lange wird das sein?«

»Das liegt bei dir, Mark.«

»Was ist, wenn ich beschließe, die Fragen niemals zu beantworten?«

»Das weiß ich nicht. Fürs erste gehen wir von einem Tag zum nächsten vor.« Harry blätterte in seinem Terminkalender, fand eine leere Stelle und machte sich eine Notiz. »Wir kommen morgen um zwölf wieder zusammen, sofern alle Beteiligten einverstanden sind.« Fink war am Boden zerstört. Er stand auf und war im Begriff zu sprechen, als Ord seinen Arm packte und ihn wieder herunterzog. »Euer Ehren, ich glaube nicht, daß ich morgen noch hier sein kann«, sagte Fink. »Wie Sie wissen, ist mein Büro in New Orleans, und…«

»Oh, Sie werden morgen hier sein, Mr. Fink. Sie und Mr. Foltrigg auch. Sie haben sich nun einmal entschieden, Ihre Eingabe hier in Memphis zu machen, bei meinem Gericht, und jetzt unterstehen Sie meiner Jurisdiktion. Ich schlage vor, daß Sie gleich nach Verlassen dieses Saals Mr. Foltrigg anrufen und ihm mitteilen, daß ich ihn morgen um zwölf hier sehen will. Ich will, daß beide Antragsteller, Fink und Foltrigg, morgen Punkt zwölf hier im Saal sind. Wenn Sie nicht da sind, erkenne ich auf Mißachtung des Gerichts, und dann werden Sie und Ihr Boß es sein, die ins Gefängnis kommen.«

Finks Mund stand offen, aber es kam nichts heraus. Ord ergriff zum ersten Mal das Wort. »Euer Ehren, soviel ich weiß, muß Mr. Foltrigg morgen früh vor dem Bundesgericht erscheinen. Mr. Muldanno hat einen neuen Anwalt engagiert, der eine Vertagung fordert, und der Richter dort hat für morgen früh eine Anhörung angesetzt.«

»Stimmt das, Mr. Fink?«

»Ja, Sir.«

»Also gut. Sagen Sie Mr. Foltrigg, er soll mir eine Kopie der Ansetzung der morgigen Anhörung faxen. Dann werde ich sein Fernbleiben entschuldigen. Aber solange Mark wegen Mißachtung im Gefängnis sitzt, habe ich vor, ihn jeden zweiten Tag hierher bringen zu lassen, um zu sehen, ob er reden will. Und ich erwarte, daß beide Antragsteller zugegen sind.«

»Das ist ziemlich hart, Euer Ehren.«

»Nicht so hart, wie es sein wird, wenn Sie nicht aufkreuzen. Sie haben dieses Forum gewählt, Mr. Fink. Jetzt müssen Sie damit leben.«

Fink war sechs Stunden zuvor nach Memphis geflogen, ohne Zahnbürste oder Wäsche zum Wechseln. Jetzt hatte es den Anschein, als müsse er für sich und Foltrigg ein Apartment mit Schlafzimmern mieten.

Der Gerichtsdiener war inzwischen hinter Reggie und Mark getreten. Er stand an der Wand, beobachtete Seine Ehren und wartete auf einen Wink.

»Mark, ich werde dich jetzt entlassen«, sagte Harry, während er ein Formular ausfüllte, »und wir sehen uns morgen wieder. Wenn du in der Haftanstalt irgendwelche Probleme hast, dann sagst du es mir morgen, und ich kümmere mich darum. Okay?«

Mark nickte. Reggie drückte seinen Arm und sagte: »Ich spreche mit deiner Mutter, und morgen früh komme ich und besuche dich.«

»Sagen Sie Mom, daß es mir gutgeht«, flüsterte er ihr ins Ohr. »Ich werde versuchen, sie heute abend anzurufen.« Er stand auf und verließ mit dem Aufseher den Saal.

»Schicken Sie diese FBI-Leute herein«, wies Harry Roosevelt den Aufseher an, bevor er die Tür schloß.

»Sind wir entlassen, Euer Ehren?« fragte Fink. Auf seiner Stirn standen Schweißtropfen. Es drängte ihn, diesen Saal zu verlassen und Foltrigg die fürchterliche Botschaft zu übermitteln.

»Weshalb die Eile, Mr. Fink?«

»Oh, ich habe es durchaus nicht eilig, Euer Ehren.«

»Dann entspannen Sie sich. Ich möchte mit Ihnen und den FBI-Leuten sprechen, inoffiziell. Dauert nur eine Minute.« Harry entließ die Protokollantin und die ältliche Frau. McThune und Lewis kamen herein und nahmen ihre Plätze hinter den Anwälten ein.

Harry öffnete seine Robe, legte sie aber nicht ab. Er wischte sich mit einem Papiertaschentuch über das Gesicht und trank den Rest seines Tees. Sie beobachteten ihn und warteten.

»Ich habe nicht vor, diesen Jungen im Gefängnis zu lassen«, sagte er mit Blick auf Reggie. »Vielleicht ein paar Tage, aber nicht lange. Es liegt auf der Hand, daß er über wichtige Informationen verfügt, und es ist seine Pflicht, sie preiszugeben.«

Fink begann zu nicken.

»Er hat Angst, und das können wir alle verstehen. Vielleicht läßt er sich zur Aussage überreden, wenn wir ihm und seiner Mutter und seinem Bruder Sicherheit garantieren können. Vielleicht kann Mr. Lewis uns da weiterhelfen. Ich bitte um Vorschläge.«

K. O. Lewis war bereit. »Euer Ehren, wir haben vorbereitende Schritte unternommen, um ihn in unser Zeugenschutzprogramm aufzunehmen.«

»Ich habe davon gehört, Mr. Lewis, aber die Details sind mir unbekannt.«

»Es ist ziemlich einfach. Wir bringen die Familie in eine andere Stadt. Wir verschaffen ihr eine neue Identität. Wir finden einen guten Job für die Mutter und besorgen ihnen eine anständige Unterkunft. Keinen Wohnwagen oder eine Mietwohnung, sondern ein eigenes Haus. Wir sorgen dafür, daß die Jungen eine gute Schule besuchen können. Es gibt ein bißchen Bargeld auf die Hand. Und wir bleiben immer in der Nähe.«

»Hört sich verlockend an, Ms. Love«, sagte Harry.

Das tat es allerdings. Im Augenblick hatten die Sways kein Heim. Dianne arbeitete in einer Ausbeuterfirma. Sie hatten keine Verwandten in Memphis.

»Zur Zeit sind sie hier angebunden«, sagte sie. »Ricky muß im Krankenhaus bleiben.«

»Wir haben bereits eine kinderpsychiatrische Klinik in Portland ausfindig gemacht, die ihn sofort aufnehmen kann«, erklärte Lewis. »Es ist eine Privatklinik, kein Wohlfahrtskrankenhaus wie St. Peter's hier, und außerdem eine der besten im Lande. Sie nehmen ihn auf, wann immer wir darum bitten, und natürlich kommen wir für die Kosten auf. Wenn er entlassen ist, bringen wir die Familie in eine andere Stadt.«

»Wie lange wird es dauern, die Familie in das Programm aufzunehmen?«

»Weniger als eine Woche«, erwiderte Lewis. »Für Direktor Voyles hat diese Sache absolute Priorität. Der Papierkram dauert ein paar Tage, neuer Führerschein, neue Sozialversicherungsnummer, Geburtsurkunden, Kreditkarten und dergleichen. Die Familie muß sich entscheiden, ob sie es tun will, und die Mutter muß uns sagen, wohin sie will. Danach übernehmen wir.«

»Was meinen Sie, Ms. Love?« fragte Harry. »Wird Ms. Sway das akzeptieren?«

»Ich werde mit ihr reden. Im Augenblick steht sie unter enormem Streß. Das eine Kind liegt im Koma, das andere ist im Gefängnis, und sie hat bei dem Brand vergangene Nacht alles verloren. Der Gedanke, mitten in der Nacht davonzulaufen, wird ihr gar nicht behagen, zumindest im Moment nicht.«

»Aber Sie werden es versuchen?«

»Das werde ich.«

»Meinen Sie, daß sie morgen hier sein könnte? Ich würde gern mit ihr sprechen.«

»Ich werde den Arzt fragen.«

»Gut. Die Sitzung ist vertagt. Wir sehen uns morgen mittag um zwölf wieder.«

Der Gerichtsdiener übergab Mark zwei Polizisten in Zivil, die ihn durch eine Seitentür zum Parkplatz führten. Als sie verschwunden waren, stieg der Aufseher die Treppe zum zweiten Stock empor und betrat eine leere Toilette. Leer bis auf Slick Moeller.

Sie standen vor den Becken, Seite an Seite, und betrachteten die Graffiti.

»Sind wir allein?« fragte der Aufseher.

»Ja. Was ist passiert?« Slick hatte den Reißverschluß seiner Hose geöffnet, beide Hände lagen auf den Hüften. »Machen Sie schnell.«

»Der Junge wollte nicht reden, also geht er wieder ins Gefängnis. Mißachtung.«

»Was weiß er?«

»Ich würde sagen, er weiß alles. Das ist ziemlich offensichtlich. Er hat gesagt, er wäre in Cliffords Wagen gewesen, sie hätten über dieses und jenes geredet, und als Harry ihm Fragen über die Sache in New Orleans stellte, hat er sich auf den Fünften Verfassungszusatz berufen. Zäher kleiner Bengel.«

»Aber er weiß Bescheid?«

»Ganz bestimmt. Aber er verrät es nicht. Der Richter läßt ihn morgen mittag um zwölf wieder vorführen, um zu sehen, ob er es sich nach einer Nacht im Knast anders überlegt hat.«

Slick zog seinen Reißverschluß zu und trat vom Becken zurück. Er zog einen zusammengefalteten Hundert-Dollar-Schein aus der Tasche und gab ihn dem Aufseher.

»Von mir haben Sie das nicht erfahren«, sagte der Aufseher.

»Sie vertrauen mir doch, oder?«

»Natürlich.« Und das tat er. Maulwurf Moeller gab nie seine Informanten preis.

Moeller hatte drei Fotografen an verschiedenen Stellen in der Nähe des Jugendgerichts postiert. Er kannte die Routine besser als die Polizisten selbst, und er rechnete damit, daß sie, um schnell wegzukommen, die Seitentür in der Nähe der Laderampe benutzen würden. Genau das taten sie auch, und sie hatten es fast bis zu ihrem unauffälligen Wagen geschafft, als eine massige Frau in einem Trainingsanzug aus einem geparkten Transporter sprang und ihre Nikon auf sie richtete. Die Polizisten schrien sie an und versuchten, den Jungen hinter sich zu verdecken, aber es war zu spät. Sie rannten mit ihm zu ihrem Wagen und stießen ihn auf den Rücksitz.

Großartig, dachte Mark. Es war noch nicht einmal zwei Uhr nachmittag, und bisher hatte dieser Tag das Abbrennen des Wohnwagens gebracht, seine Verhaftung im Krankenhaus, sein neues Heim im Gefängnis, eine Anhörung vor Richter Roosevelt, und nun auch noch so eine verdammte Fotografin, deren Aufnahmen von ihm bestimmt wieder eine Titelseitenstory illustrieren würden.

Als der Wagen mit quietschenden Reifen anfuhr und davonraste, sackte er auf dem Rücksitz zusammen. Sein Magen tat weh, nicht vor Hunger, sondern vor Angst. Er war wieder allein.

26

Foltrigg beobachtete den Verkehr auf der Poydras Street und wartete auf den Anruf aus Memphis. Er hatte es satt, herumzuwandern und immer wieder auf die Uhr zu sehen. Er hatte versucht, Routineanrufe zu erledigen und Briefe zu diktieren, aber es war hoffnungslos. Seine Fantasie kam nicht los von dem ermutigenden Bild von Mark Sway, der irgendwo in Memphis im Zeugenstand saß und all seine prachtvollen Geheimnisse preisgab. Zwei Stunden waren vergangen, seit die Anhörung hatte beginnen sollen, und bestimmt würde es irgendwann eine Unterbrechung geben, so daß Fink ans Telefon stürzen und ihn anrufen konnte.

Larry Trumann stand bereit und wartete gleichfalls auf den Anruf, um danach sofort mit einer Rotte Leichenjäger in Aktion zu treten. Im Laufe der letzten acht Monate hatten sie ziemlich viel Erfahrung im Graben nach Leichen gesammelt. Sie hatten nur keine gefunden.

Aber heute würde es anders sein. Roy würde den

Anruf entgegennehmen und in Trumanns Büro kommen, und dann würden sie losziehen und den verblichenen Boyd Boyette finden. Foltrigg führte ein Selbstgespräch, kein Flüstern oder Murmeln, sondern eine ausgewachsene Rede, mit der er den Medien die sensationelle Neuigkeit verkündete, daß sie, jawohl, in der Tat den Senator gefunden hatten und daß er, jawohl, an sechs Schüssen in den Kopf gestorben war. Die Waffe war eine .22er, und die Geschoßfragmente stammten definitiv und ohne jeden Zweifel aus der Handfeuerwaffe, deren Spur so gewissenhaft bis zu dem Angeklagten, Mr. Barry Muldanno, zurückverfolgt worden war.

Es würde ein wundervoller Moment sein, diese Pressekonferenz. Jemand klopfte leise an, und die Tür ging auf, bevor Roy sich umdrehen konnte. Es war Wally Boxx, die einzige Person, der ein derart formloses Eintreten erlaubt war.

»Schon etwas gehört?« fragte Wally, ging zum Fenster und trat neben seinen Boß.

»Nein. Kein Wort. Ich wollte, Fink würde sich an ein Telefon bequemen. Er hat eindeutige Anweisungen.«

Sie standen schweigend da und beobachteten den Verkehr.

»Was tut sich vor der Anklagejury?«

»Das Übliche. Routineverfahren.«

»Wer ist drinnen?«

»Hoover. Er schließt die Drogensache in Gretna ab. Sollte eigentlich heute nachmittag fertig werden.«

»Ist vorgesehen, daß sie morgen arbeiten?«

»Nein. Sie hatten eine harte Woche. Wir haben ihnen gestern versprochen, daß sie morgen frei haben können. Woran denken Sie?«

Foltrigg verlagerte sein Gewicht und kratzte sich am Kinn. Sein Blick wirkte abwesend, und er beobachtete die Wagen unten, sah sie aber nicht. Angestrengtes Denken fiel ihm manchmal überaus schwer. »Überlegen Sie mal. Wenn der Junge aus irgendeinem Grund nicht redet, und wenn Fink mit der Anhörung eine trockene Bohrung niederbringt, was tun wir dann? Ich würde sagen, wir gehen vor die Anklagejury, lassen sowohl für den Jungen als auch für seine Anwältin Vorladungen ausstellen und beordern sie hierher. Der Junge hat bestimmt schon jetzt die Hosen voll, und dabei ist er noch in Memphis. Er wird völlig eingeschüchtert sein, wenn er hierher kommen muß.«

»Weshalb wollen Sie seine Anwältin vorladen?«

»Um sie einzuschüchtern. Pure Schikane. Sie müssen beide aufgerüttelt werden. Wir lassen die Vorladungen heute ausstellen, halten sie morgen bis zum späten Nachmittag zurück, wenn alles übers Wochenende geschlossen ist, und dann stellen wir sie dem Jungen und seiner Anwältin zu. Die Vorladungen werden ihr Erscheinen vor unserer Anklagejury um zehn Uhr am Montagmorgen fordern. Sie haben keine Chance, zum Gericht zu rennen und die Vorladungen für nichtig erklären zu lassen, weil es Wochenende ist und sämtliche Richter die Stadt verlassen haben. Sie werden sich nicht trauen, am Montagmorgen nicht hier aufzukreuzen. In unserem Revier, Wally. Ein Stück den Gang hinunter, hier, in unserem Gebäude.«

»Was ist, wenn der Junge nichts weiß?«

Roy schüttelte frustriert den Kopf. Dieses Gespräch hatten sie in den vergangenen achtundvierzig Stunden ein dutzendmal geführt. »Ich dachte, das stünde fest.«

»Vielleicht. Und vielleicht redet der Junge gerade jetzt.«

»Anzunehmen.«

Eine Sekretärin meldete sich über die Gegensprechanlage und meldete, Mr. Fink warte auf Leitung eins. Foltrigg ging zu seinem Schreibtisch und nahm den Hörer ab. »Ja?«

»Die Anhörung ist vorbei, Roy«, berichtete Fink. Er hörte sich erleichtert und erschöpft an.

Foltrigg drückte auf den Knopf für die Lautsprecheranlage und ließ sich in seinen Sessel sinken. Wally postierte seinen Hintern auf die Schreibtischecke. »Wally ist bei mir, Tom. Erzählen Sie, was passiert ist.«

»Nicht viel. Der Junge ist wieder im Gefängnis. Er wollte nicht reden, deshalb erkannte der Richter auf Mißachtung.«

»Wie meinen Sie das, er wollte nicht reden?«

»Er wollte nicht reden. Der Richter selbst führte sowohl das direkte als auch das Kreuzverhör, und der Junge gab zu, daß er in dem Wagen war und mit Clifford gesprochen hat. Aber als der Richter ihm Fragen über Boyette und Muldanno stellte, hat er sich auf den Fünften Verfassungszusatz berufen.«

»Den Fünften Verfassungszusatz?«

»So ist es. Er wollte nicht mit der Sprache heraus. Sagte, im Gefängnis wäre es gar nicht so schlecht, und er wüßte nicht, wo er sonst hin sollte.«

»Aber er weiß Bescheid, stimmt's, Tom? Der kleine Gauner weiß Bescheid.«

»Oh, daran besteht nicht der geringste Zweifel. Clifford hat ihm alles erzählt.«

Foltrigg klatschte in die Hände. »Ich wußte es! Ich wußte es! Ich wußte es! Das habe ich euch seit drei Tagen klarzumachen versucht.« Er sprang auf und rieb sich die Hände. »Ich wußte es!«

Fink fuhr fort. »Der Richter hat für morgen

zwölf Uhr eine weitere Anhörung angesetzt. Er will den Jungen noch mal vorführen lassen, für den Fall, daß er es sich anders überlegt hat. Ich bin nicht sonderlich optimistisch.«

»Ich möchte, daß Sie bei der Anhörung anwesend sind, Tom.«

»Ja, und der Richter will auch Sie dabei haben, Roy. Ich habe ihm erklärt, daß Sie morgen eine Anhörung wegen des Vertagungsantrags haben, und er hat darauf bestanden, daß Sie ihm per Fax eine Kopie der richterlichen Anordnung zukommen lassen.«

»Ist der Mann ein Spinner?«

»Nein, er ist kein Spinner. Er hat gesagt, er wollte diese Anhörungen in der nächsten Woche ziemlich oft abhalten, und er erwartet, daß wir als Antragsteller beide anwesend sind.«

»Dann ist er ein Spinner.«

Wally verdrehte die Augen und schüttelte den Kopf. Diese Bezirksrichter konnten wirklich ausgemachte Idioten sein.

»Nach der Anhörung hat der Richter mit uns darüber gesprochen, den Jungen und seine Familie in das Zeugenschutzprogramm aufzunehmen. Er glaubt, er könnte den Jungen zum Reden bringen, wenn wir seine Sicherheit garantieren.«

»Das kann Wochen dauern.«

»Der Ansicht bin ich auch, aber K. O. hat dem Richter gesagt, das könnte in ein paar Tagen über die Bühne gehen. Offengestanden, Roy, ich glaube nicht, daß der Junge reden wird, bevor wir ihm ein paar Garantien geben können. Er ist ein zäher kleiner Bursche.«

»Was ist mit seiner Anwältin?«

»Sie gab sich ganz cool, sagte nicht viel, aber sie und der Richter sind ziemlich dicke miteinander. Ich hatte den Eindruck, daß der Junge eine Menge gute Ratschläge bekommt. Sie ist ganz und gar nicht dumm.«

Wally mußte einfach etwas sagen. »Tom, ich bin's, Wally. Was, meinen Sie, wird übers Wochenende passieren?«

»Wer weiß? Wie ich schon sagte, ich glaube nicht, daß der Junge es sich über Nacht anders überlegen wird, und ich glaube auch nicht, daß der Richter vorhat, ihn freizulassen. Der Richter weiß Bescheid über Gronke und Muldannos Killer, und ich hatte den Eindruck, daß er den Jungen zu seinem eigenen Schutz hinter Schloß und Riegel haben will. Morgen ist Freitag, also sieht es so aus, als würde der Junge übers Wochenende dort bleiben, wo er jetzt ist. Und ich bin sicher, der Richter wird uns am Montag zu einem weiteren Plauderstündchen zu sich bitten.«

»Kommen Sie hierher zurück, Tom?« fragte Roy.

»Ja, ich nehme eine Maschine, die in zwei Stunden abgeht, und fliege morgen früh wieder retour.« Finks Stimme klang jetzt sehr erschöpft.

»Ich werde heute abend hier auf Sie warten, Tom. Gute Arbeit.«

»Ja.«

Fink legte auf, und Roy drückte auf den Schalter.

»Gehen Sie zur Anklagejury«, fuhr er Wally an, der vom Schreibtisch heruntersprang und zur Tür eilte. »Sagen Sie Hoover, er soll eine kurze Pause machen. Es dauert nur eine Minute. Besorgen Sie mir die Mark-Sway-Akte. Informieren Sie den Leiter der Gerichtskanzlei, daß die Vorladungen bis zu ihrer Zustellung morgen am späten Nachmittag versiegelt werden sollen.«

Wally war zur Tür hinaus und verschwunden. Foltrigg kehrte ans Fenster zurück und murmelte: »Ich wußte es! Ich wußte es einfach!«

Der Polizist in Zivil unterschrieb auf Doreens Clipboard und verschwand mit seinem Partner. »Komm mit«, sagte sie zu Mark, als hätte er abermals gesündigt und als wäre sie mit ihrer Geduld am Ende. Er folgte ihr und beobachtete, wie ihr geräumiges Hinterteil in einer engen schwarzen Polyesterhose von einer Seite zur anderen schaukelte. Ein breiter, glänzender Gürtel zwängte ihre schmale Taille ein und hielt eine Kollektion Schlüssel, zwei schwarze Kästen, von denen er annahm, daß es Pieper waren, und ein paar Handschellen. Keine Waffe. Ihre Bluse war amtlich weiß mit Abzeichen auf den Ärmeln und einer goldenen Kragenumrandung.

Der Flur war leer, als sie seine Tür öffnete und ihn mit einer Handbewegung anwies, in seine enge Zelle zurückzukehren. Sie folgte ihm hinein und schob sich an den Wänden entlang wie ein am Flughafen schnüffelnder Rauschgifthund. »Bin ein bißchen überrascht, dich wieder hier zu sehen«, sagte sie, während sie die Toilette inspizierte.

Darauf fiel ihm keine Erwiderung ein, und für eine Unterhaltung war er nicht in der rechten Stimmung. Während er zuschaute, wie sie sich niederbückte, dachte er an ihren Mann, der dreißig Jahre für Bankraub absitzen mußte; wenn sie unbedingt weiterreden wollte, würde er es vielleicht erwähnen. Das würde ihr die Sprache verschlagen und sie hinausbefördern.

»Du mußt Richter Roosevelt geärgert haben«, sagte sie, durch die Fenster hinausschauend.

»Vermutlich.«

»Wie lange mußt du hier bleiben?«

»Das hat er nicht gesagt. Ich muß morgen wieder hin.«

Sie trat vor die Betten und klopfte auf die Dekken. »Ich habe über dich und deinen kleinen Bruder gelesen. Ziemlich unerfreulich. Wie geht es ihm?«

Mark stand an der Tür und hoffte, sie würde endlich gehen. »Er wird wahrscheinlich sterben«, sagte er betrübt.

»Nein!«

»Ja, es ist furchtbar. Er liegt im Koma, lutscht am Daumen, und hin und wieder grunzt und sabbert er. Seine Augen sind in den Kopf zurückgesunken. Will nicht essen.«

»Tut mir leid, daß ich gefragt habe.« Ihre stark geschminkten Augen waren weit aufgerissen, und sie hatte aufgehört, alles zu betasten.

Ja, ich wette, daß es dir leid tut, daß du gefragt hast, dachte Mark. »Ich müßte eigentlich bei ihm sein«, sagte Mark. »Meine Mom ist da, aber sie ist völlig am Ende. Nimmt eine Menge Tabletten.«

»Es tut mir ja so leid.«

»Es ist grauenhaft. Und ich bin auch ziemlich benommen. Wer weiß, vielleicht ende ich auch noch so wie mein Bruder.«

»Kann ich dir irgend etwas bringen?«

»Nein. Ich muß mich nur hinlegen.« Er ging zum unteren Bett und ließ sich darauffallen. Doreen kniete neben ihm nieder, jetzt zutiefst besorgt.

»Wenn ich irgend etwas für dich tun kann, Junge, dann laß es mich wissen, okay?«

»Okay. Eine Pizza wäre nicht schlecht.«

Sie stand auf und dachte eine Sekunde darüber nach. Er schloß die Augen, wie von Schmerzen gequält.

»Ich werde sehen, was ich tun kann.«

»Ich habe nämlich noch keinen Lunch bekommen.«

»Bin gleich wieder da«, sagte sie und verschwand. Die Tür klickte laut hinter ihr. Mark sprang auf und lauschte.

27

Das Zimmer war dunkel, wie gewöhnlich; das Licht aus, die Tür geschlossen, die Vorhänge zugezogen, die einzige Beleuchtung die flimmernden blauen Schatten des ganz leise eingestellten Fernsehers hoch oben an der Wand. Dianne war seelisch erschöpft und körperlich erschlagen nach acht Stunden im Bett mit Ricky, streichelnd und tätschelnd und leise auf ihn einredend, und dem Versuch, stark zu sein in dieser feuchten, dunklen kleinen Zelle.

Reggie war vor zwei Stunden erschienen, und sie hatten auf der Kante des Klappbettes gesessen und sich eine halbe Stunde unterhalten. Sie hatte von der Anhörung berichtet, ihr versichert, daß Mark zu essen bekam und in keiner körperlichen Gefahr war; sie hatte seine Zelle in der Jugendhaftanstalt beschrieben und ihr gesagt, daß er dort sicherer aufgehoben war als hier; und dann hatte sie über Richter Roosevelt und das FBI und sein Zeugenschutzprogramm gesprochen. Anfangs und unter den gegebenen Umständen war der Gedanke reizvoll gewesen – sie würden einfach in eine neue Stadt ziehen, mit neuen Namen und einem neuen Job und einer anständigen Unterkunft. Sie konnten vor dieser unerfreulichen Situation davonlaufen und noch einmal von vorn anfangen. Sie konnten sich für eine große Stadt entscheiden mit großen Schulen, und die Jungen würden sich in der Menge verlieren. Aber je länger sie zusammengerollt dalag und über Rickys kleinen Kopf hinweg die Wand anstarrte, desto weniger gefiel ihr der Gedanke. In Wirklichkeit war es ein gräßlicher Gedanke – ständig auf der Flucht leben, immer voller Angst vor einem unvermuteten Klopfen an der Tür, immer in Panik, wenn einer der Jungen nicht rechtzeitig nach Hause kam, immer bereit, über ihre Vergangenheit zu lügen.

Dieser kleine Plan war endgültig. Was war, begann sie sich selbst zu fragen, wenn eines Tages, vielleicht in fünf oder zehn Jahren, lange nach der Verhandlung in New Orleans, irgendeine Person, die sie nie kennengelernt hatte, eine dumme Bemerkung machte und sie den falschen Leuten zu Ohren kam? Und wenn Mark, sagen wir, im letzten Jahr der High School ist, und jemand wartet auf ihn nach einem Ballspiel und hält ihm eine

Pistole an den Kopf? Sein Name wäre nicht mehr Mark, aber tot wäre er trotzdem.

Sie war fast entschlossen, das Zeugenschutzprogramm abzulehnen, als Mark sie aus dem Gefängnis anrief. Er sagte, er hätte gerade eine große Pizza vertilgt, fühlte sich wirklich großartig, netter Ort und so weiter, es gefiele ihm hier besser als im Krankenhaus, das Essen wäre besser, und er redete so munter drauflos, daß sie wußte, daß er log. Er sagte, er plante bereits seine Flucht und würde bald wieder draußen sein. Sie sprachen über Rikky und den Wohnwagen und die Anhörung heute und die Anhörung morgen. Er sagte, er hielte sich an Reggies Ratschläge, und Dianne stimmte zu, das wäre vernünftig. Er entschuldigte sich, daß er nicht da sein konnte, um ihr mit Ricky zu helfen, und sie mußte gegen Tränen ankämpfen, als er versuchte, sich so erwachsen zu geben. Er entschuldigte sich abermals für all das Durcheinander.

Ihr Gespräch war kurz gewesen. Es fiel ihr schwer, mit ihm zu reden. Sie hatte kaum mütterlichen Rat zu bieten und empfand sich als Versager, weil ihr elfjähriger Sohn im Gefängnis saß und sie ihn nicht herausholen konnte. Sie konnte ihn nicht besuchen. Sie konnte nicht mit dem Richter sprechen. Sie konnte ihm nicht raten, zu reden oder den Mund zu halten, weil auch sie Angst hatte. Sie konnte nicht das geringste tun, außer hier auf diesem schmalen Bett zu liegen, die Wände anzustarren und zu beten, daß, wenn sie aufwachte, der Alptraum vorüber war.

Es war sechs Uhr, Zeit für die Lokalnachrichten. Sie betrachtete das flüsternde Gesicht der Moderatorin und hoffte, daß es nicht passieren würde. Aber es dauerte nicht lange. Nachdem zwei Tote aus einer Mülldeponie herausgetragen worden waren, erschien plötzlich ein schwarzweißes Standfoto von Mark und dem Polizisten, den sie geschlagen hatte, auf dem Bildschirm. Sie stellte den Ton etwas lauter ein.

Die Moderatorin lieferte die grundlegenden Fakten über die Festnahme von Mark Sway, sehr darauf bedacht, sie nicht als Verhaftung zu bezeichnen. Dann erschien ein Reporter, der vor dem Jugendgericht stand. Er redete ein paar Sekunden über eine Anhörung, von der er nichts wußte, verkündete atemlos, daß der Junge, Mark Sway, in die Jugendhaftanstalt zurückgebracht worden war und daß morgen in Richter Roosevelts Gerichtssaal eine weitere Anhörung stattfinden würde. Zurück ins Studio, und die Moderatorin brachte die Zuschauer, was Mark und den tragischen Selbstmord von Jerome Clifford betraf, auf den neuesten Stand der Dinge. Sie zeigten einen kurzen Clip der Trauergäste beim Verlassen der Kapelle in New Orleans am Morgen, dann folgten ein oder zwei Sekunden mit Roy Foltrigg, der unter einem Regenschirm mit einem Reporter sprach. Schnell wieder zurück zu der Moderatorin, die dazu überging, Slick Moellers Stories zu zitieren, und der Argwohn wuchs. Kein Kommentar von der Polizei von Memphis, dem FBI, dem Büro des Bundesanwalts oder dem Jugendgericht von Shelby County. Das Eis wurde dünner, als sie in die grenzenlose, düstere Welt ungenannter Informanten schlitterte, die alle kaum Fakten, dafür aber massenhaft Spekulationen anzubieten hatten. Als sie endlich fertig war und für einen Werbeblock unterbrach, konnte jeder Uniformierte mühelos glauben, daß Mark Sway nicht nur Jerome Clifford erschossen hatte, sondern auch Boyd Boyette.

Diannes Magen schmerzte, und sie schaltete den Fernseher aus. Das Zimmer wurde noch dunkler. Sie hatte seit zehn Stunden keinen Bissen Nahrung zu sich genommen. Ricky zuckte und grunzte, und das irritierte sie. Sie glitt vorsichtig aus dem Bett, frustriert von ihm, frustriert von Greenway, weil er keine Fortschritte erzielte, angeekelt von diesem Krankenhaus, das ihr mit seinem Dekor und seiner Beleuchtung vorkam wie ein Verlies, bestürzt über ein System, das zuließ, daß Kinder ins Gefängnis geworfen wurden, weil sie Kinder waren, und vor allem total verängstigt wegen dieser lauernden Schatten, die Mark bedroht und den Wohnwagen niedergebrannt hatten und offensichtlich willens waren, noch mehr zu tun. Sie machte die Badezimmertür hinter sich zu, setzte sich auf den Rand der Badewanne und rauchte eine Virginia Slim. Ihre Hände zitterten, und ihre Gedanken verwirrten sich. In ihrem Kopf braute sich eine Migräne zusammen, und um Mitternacht würde sie sich vor Schmerzen nicht mehr rühren können. Vielleicht würden die Tabletten helfen.

Sie spülte den Zigarettenstummel weg und setzte sich auf die Kante von Rickys Bett. Sie hatte sich geschworen, diese Prüfung einen Tag um den anderen durchzustehen, aber jeder Tag schien schlimmer zu werden. Viel mehr konnte sie nicht verkraften.

Barry das Messer hatte sich für dieses schäbige kleine Restaurant entschieden, weil es still und dunkel war und er es von seiner Teenagerzeit als junger, vielversprechender Ganove auf den Straßen von New Orleans her kannte. Es war kein Lokal, das er regelmäßig besuchte, aber es lag mitten im French Quarter, was bedeutete, daß er in der Nähe der Canal Street parken und dann zwischen den Touristen auf der Bourbon und der Royal untertauchen konnte und die Kerle vom FBI keine Möglichkeit hatten, ihm zu folgen.

Er fand einen kleinen Tisch im Hintergrund und nippte an einem Wodka-Gimlet, während er auf Gronke wartete.

Er wäre gern selbst in Memphis gewesen, aber er war auf Kaution freigelassen, und seine Bewegungsfreiheit war eingeschränkt. Er mußte um Erlaubnis nachsuchen, wenn er den Staat verlassen wollte, und er war nicht so dumm, das zu tun. Die Kommunikation mit Gronke war schwierig gewesen. Der ständige Argwohn fraß ihn bei lebendigem Leibe auf. Seit nunmehr acht Monaten vermutete er hinter jedem neugierigen Blick einen weiteren Polizisten, der jeden seiner Schritte überwachte. Ein Fremder hinter ihm auf dem Gehsteig war nur noch so ein Fibbie, der sich in der Dunkelheit verbarg. Seine Telefone waren angezapft. Sein Wagen und sein Haus waren verwanzt. Er getraute sich kaum noch, etwas zu sagen, weil er die Sensoren und die versteckten Mikrofone geradezu fühlen konnte.

Er trank den Gimlet aus und bestellte noch einen. Einen doppelten. Gronke erschien mit zwanzig Minuten Verspätung und zwängte seinen massigen Körper in einen Stuhl an der Ecke. Die Dekke war zwei Meter über ihnen.

»Netter Laden«, sagte Gronke. »Wie geht's dir?«

»Okay.« Barry schnappte mit den Fingern, und der Kellner kam.

»Bier. Grolsch«, sagte Gronke.

»Sind sie dir gefolgt?« fragte Barry.

»Ich glaube nicht. Ich bin im Zickzack durchs halbe Quarter gelaufen.«

»Was tut sich da oben?«

»In Memphis?«

»Nein, in Milwaukee, du Blödmann«, sagte Barry grinsend. »Was ist mit dem Jungen?«

»Er ist im Gefängnis, und er redet nicht. Sie haben ihn heute vormittag geholt, um die Mittagszeit hat so eine Art Anhörung vor dem Jugendgericht stattgefunden, und dann haben sie ihn ins Gefängnis zurückgebracht.«

Der Barmann trug ein schweres Tablett mit schmutzigen Biergläsern durch die Schwingtür in die schmutzige Küche, und als er die Tür passiert hatte, bauten sich zwei FBI-Agenten in Jeans vor ihm auf. Der eine hielt ihm einen Ausweis vor die Nase, während der andere ihm das Tablett abnahm.

»Was soll das?« fragte der Barmann, wich an die Wand zurück und starrte auf den nur Zentimeter von seiner breiten Nase entfernten Ausweis.

»FBI. Sie müssen uns einen Gefallen tun«, sagte Special Agent Scherff gelassen, ganz geschäftsmäßig. Der Barmann hatte schon zweimal wegen schwerer Verbrechen im Gefängnis gesessen und erfreute sich erst seit knapp sechs Monaten seiner Freiheit. Er wurde eifrig.

»Klar. Was Sie wollen.«

»Wie heißen Sie?« fragte Scherff.

»Äh, Dole. Link Dole.« Er hatte im Laufe der Jahre so viele Namen benutzt, daß es ihm schwerfiel, sie nicht durcheinanderzubringen.

Die Agenten rückten noch näher an ihn heran, und Link begann eine Attacke zu befürchten. »Okay, Link. Wollen Sie uns helfen?« Link nickte eifrig. Der Koch, dem eine brennende Zigarette zwischen den Lippen hing, rührte in einem Topf mit Reis. Er schaute einmal kurz in ihre Richtung, hatte aber andere Dinge im Kopf.

»Da draußen sitzen zwei Männer bei einem Drink, in der hinteren Ecke, an der rechten Seite, wo die Decke niedrig ist. «

»Ja, okay, natürlich. Das hat doch nichts mit mir zu tun, oder?«

»Nein, Link. Hören Sie nur gut zu.« Scherff zog

eine Garnitur Salz- und Pfefferstreuer aus der Tasche. »Stellen Sie die auf ein Tablett, zusammen mit einer Flasche Ketchup. Gehen Sie zu diesem Tisch, bloße Routine, und tauschen Sie sie gegen die aus, die jetzt dort stehen. Fragen Sie die Männer, ob sie etwas zu essen wollen oder noch einen Drink. Haben Sie verstanden?«

Link nickte, aber verstanden hatte er nichts. »Äh, was ist da drin?«

»Salz und Pfeffer«, sagte Scherff. »Und eine kleine Wanze, mit der wir hören können, was die Kerle sagen. Sie sind Verbrecher, Link, und wir beobachten sie.«

»Ich will da aber nicht mit hineingezogen werden«, sagte Link, der ganz genau wußte, daß er, wenn sie ihn auch nur ein ganz klein wenig bedrohten, sich den Arsch aufreißen würde, um hineingezogen zu werden.

»Machen Sie mich nicht böse«, sagte Scherff und schwenkte die Streuer.

»Okay, okay.«

Ein Kellner stieß die Schwingtür auf und schlurfte mit einem Stapel schmutziger Teller hinter ihnen vorbei. »Aber verraten Sie es niemandem«, sagte er zitternd.

»Geht in Ordnung, Link. Das bleibt unser kleines Geheimnis. Gibt es hier irgendwo einen leeren

Wandschrank?« fragte Scherff und sah sich in der vollgestopften, unordentlichen Küche um. Die Antwort lag auf der Hand. In diesem Loch hatte es seit fünfzig Jahren keinen Quadratmeter freien Raum mehr gegeben.

Link dachte ein oder zwei Sekunden nach, sehr bemüht, seinen neuen Freunden zu helfen. »Nein, aber da ist ein kleines Büro direkt über der Bar.«

»Großartig, Link. Sie gehen und tauschen diese Dinger hier aus, und wir bauen unsere Geräte im Büro auf.« Link ergriff sie vorsichtig, als könnten sie explodieren, dann kehrte er an die Bar zurück.

Ein Kellner stellte eine schwere grüne Flasche mit Grolsch vor Gronke und verschwand wieder.

»Der kleine Bastard weiß etwas, stimmt's?« sagte das Messer.

»Natürlich. Sonst würden die Dinge anders laufen. Weshalb hat er sich sonst eine Anwältin genommen? Und weshalb rückt er nicht mit der Sprache heraus?« Gronke leerte die halbe Flasche mit einem einzigen, durstigen Zug.

Link näherte sich ihnen mit einem Tablett, auf dem ein Dutzend Salz- und Pfefferstreuer und Flaschen mit Ketchup und Senf standen. »Wollen die Herren essen?« fragte er ganz geschäftsmäßig, während er die Streuer und Flaschen auf ihrem Tisch auswechselte.

Barry winkte ab, und Gronke sagte: »Nein.« Und Link verschwand. Weniger als zehn Meter entfernt drängten sich Scherff und drei weitere Agenten um einen kleinen Schreibtisch und öffneten schwere Aktenkoffer. Einer der Agenten griff sich Kopfhörer und setzte sie auf. Er lächelte.

»Dieser Junge macht mir angst, Mann«, sagte Barry. »Er hat es seiner Anwältin erzählt, und damit gibt es zwei Leute mehr, die Bescheid wissen.«

»Ja, aber er redet nicht, Barry. Überleg doch mal. Wir haben uns an ihn herangemacht. Ich habe ihm das Foto gezeigt. Wir haben uns um den Wohnwagen gekümmert. Der Junge hat eine Mordsangst.«

»Ich weiß nicht recht. Gibt es eine Möglichkeit, an ihn heranzukommen?«

»Im Augenblick nicht. Ich meine, zum Teufel, die Bullen haben ihn. Er ist hinter Schloß und Riegel.«

»Es gibt Mittel und Wege, das weißt du. Ich glaube nicht, daß die Sicherheitsvorkehrungen in einem Gefängnis für Kids besonders gut sind.«

»Ja, aber die Bullen haben auch Angst. Sie schwärmen überall im Krankenhaus herum. Wachmänner sitzen auf dem Flur. Fibbies, die wie Ärzte angezogen sind, rennen durchs ganze Haus. Diese Leute haben Angst vor uns.«

»Aber sie können ihn zum Reden zwingen. Sie können ihn in das Mäuseprogramm stecken, seiner Mutter einen Haufen Geld nachwerfen. Ihnen einen schicken neuen Wohnwagen kaufen, vielleicht sogar einen extragroßen oder so etwas. Ich bin verdammt nervös, Paul. Wenn der Junge sauber wäre, hätten wir nie etwas von ihm gehört.«

»Wir können den Jungen nicht umlegen, Barry.«

»Warum nicht?«

»Weil er ein Kind ist. Weil ihn jetzt niemand aus den Augen läßt. Weil, wenn wir es tun, eine Million Bullen uns zu Tode hetzen werden. Es geht nicht.«

»Was ist mit seiner Mutter oder seinem Bruder?«

Gronke trank einen weiteren Schluck Bier und schüttelte frustriert den Kopf. Er war ein harter Ganove, der es im Drohen mit den Besten aufnehmen konnte, aber im Gegensatz zu seinem Freund war er kein Killer. Diese willkürliche Suche nach Opfern machte ihm angst. Er sagte nichts.

»Was ist mit seiner Anwältin?« fragte Barry.

»Weshalb solltest du sie umbringen lassen?«

»Vielleicht hasse ich Anwälte. Vielleicht macht das dem Jungen solche Angst, daß er ins Koma fällt wie sein Bruder. Ich weiß es nicht.«

»Und vielleicht ist das Umbringen unschuldi ger Leute in Memphis keine sonderlich gute Idee. Der Junge könnte sich einen anderen Anwalt nehmen.«

»Dann legen wir den eben auch um. Denk mal drüber nach, Paul. Das könnte Wunder wirken bei den Rechtsverdrehern«, sagte Barry mit einem lauten Auflachen. Dann beugte er sich vor, als wäre ihm ein wunderbar unanständiger Gedanke gekommen. Sein Kinn war nur Zentimeter von dem Salzstreuer entfernt. »Denk mal darüber nach, Paul. Wenn wir die Anwältin des Jungen umlegen, dann würde kein Anwalt, der bei klarem Verstand ist, ihn noch vertreten. Kapiert?«

»Du baust ab, Barry. Du bist dabei, den Verstand zu verlieren.«

»Ja, ich weiß. Aber es ist doch ein großartiger Gedanke, oder etwa nicht? Wir legen sie um, und der Junge redet nicht einmal mehr mit seiner eigenen Mutter. Wie heißt sie, Rollie oder Ralplie?«

»Reggie Love.«

»Wie kommt ein Weibsbild zu so einem Namen?«

»Das darfst du mich nicht fragen.«

Barry leerte sein Glas und schnippte wieder nach dem Kellner. »Was sagt sie am Telefon?« fragte er, wieder dicht über den Streuer gebeugt.

»Keine Ahnung. Letzte Nacht sind wir nicht reingekommen.«

Das Messer war plötzlich wütend. »Was?« Die bösartigen Augen funkelten.

»Unser Mann tut es heute nacht, wenn alles gutgeht.«

»Was für einen Laden hat sie?«

»Ein kleines Büro in einem Hochhaus in der Innenstadt. Dürfte kein Problem sein.«

Scherff drückte den Kopfhörer fester an seine Ohren. Zwei seiner Kollegen taten dasselbe. Das einzige Geräusch in dem Raum war das leise Klikken des Bandgeräts.

»Taugen diese Kerle etwas?«

»Nance ist ziemlich gerissen und bleibt cool, auch wenn's brenzlig wird. Sein Partner, Cal Sisson, ist ein Nervenbündel. Fürchtet sich vor seinem eigenen Schatten.«

»Ich will, daß die Telefone heute nacht angezapft werden.«

»Wird erledigt.«

Barry zündete sich eine filterlose Camel an und blies Rauch zur Decke. »Wird die Anwältin beschützt?« Als er diese Frage stellte, verengten sich seine Augen. Gronke schaute weg.

»Ich glaube nicht.«

»Wo wohnt sie? Was für ein Bau?«

»Sie hat eine nette kleine Wohnung hinter dem Haus ihrer Mutter.«

»Sie lebt allein?«

»Ich glaube, ja.«

»Dann wäre es doch ganz einfach. Ihr brecht ein, legt sie um, nehmt ein paar Sachen mit. Nur ein gewöhnlicher Einbruch, der schiefgegangen ist. Was meinst du?«

Gronke schüttelte den Kopf und musterte eine junge Blondine an der Bar.

»Was meinst du?« wiederholte Barry.

»Ja, es wäre einfach.«

»Dann laß es uns tun. Hörst du mir überhaupt zu, Paul?«

Paul hörte zu, wich aber den bösartigen Augen aus. »Mir ist nicht danach, irgend jemanden umzulegen«, sagte er, immer noch die Blondine anstarrend.

»Na schön. Dann soll Pirini es tun.«

Etliche Jahre zuvor war einer der Insassen der Jugendhaftanstalt, ein zwölfjähriger Junge, in der Zelle neben der von Mark an einem epileptischen Anfall gestorben. Tonnenweise schlechte Presse und ein unerfreulicher Prozeß waren die Folge gewesen, und obwohl Doreen keinen Dienst gehabt hatte, als es passierte, hatte es sie trotzdem sehr mitgenommen. Es hatte eine Untersuchung gegeben. Zwei Leute mußten den Dienst quittieren. Und eine Unmenge neuer Bestimmungen waren erlassen worden.

Doreens Schicht war um fünf zu Ende, und das letzte, was sie tat, war, nach Mark zu sehen. Den ganzen Nachmittag hatte sie stündlich zu ihm hereingeschaut und mit wachsender Besorgnis zugesehen, wie sein Zustand sich verschlechterte. Er zog sich vor ihren Augen in sich zurück, sprach bei jedem Besuch weniger, lag nur auf dem Bett und starrte die Decke an. Um fünf brachte sie einen Amtsarzt mit, der Mark kurz untersuchte und feststellte, daß er gesund und lebendig war. Alle vitalen Funktionen waren völlig in Ordnung. Als sie ging, rieb sie ihm die Schläfen wie eine liebe Großmutter und versprach ihm, daß sie morgen, Freitag, ganz früh froh und munter wiederkommen würde. Und sie ließ ihm noch eine Pizza bringen.

Mark sagte, er glaube, daß er wohl so lange durchhalten könnte. Er würde versuchen, die Nacht zu überleben. Offensichtlich hatte sie Anweisungen hinterlassen, denn die Frau, die Doreen abgelöst hatte, eine dickliche kleine Person namens Thekla, klopfte sofort bei ihm an und stellte sich vor. In den nächsten vier Stunden klopfte Thekla regelmäßig an, kam in seine Zelle und schaute ihm nervös in die Augen, als wäre er verrückt und könnte jeden Moment durchdrehen.

Mark sah fern, kein Kabel, bis um zehn die Nachrichten begannen, dann putzte er sich die Zähne und schaltete das Licht aus. Das Bett war recht bequem, und er dachte an seine Mutter, die versuchte, auf diesem klapprigen Faltbett zu schlafen, das die Schwestern in Rickys Zimmer aufgestellt hatten.

Die Pizza war von Domino's, keine ledrige Scheibe Käse, die jemand in die Mikrowelle geworfen hatte, sondern eine richtige Pizza, die Doreen wahrscheinlich aus eigener Tasche bezahlt hatte. Das Bett war warm, die Pizza war echt, und die Tür war verschlossen. Er fühlte sich sicher, nicht nur vor den anderen Insassen und den Banden und der Gewalttätigkeit, die es bestimmt in diesem Gebäude gab, sondern auch vor dem Mann mit dem Schnappmesser, der seinen Namen kannte und das Foto hatte. Dem Mann, der den Wohnwagen niedergebrannt hatte. An diesen Mann hatte er jede einzelne Minute denken müssen, seit er gestern morgen aus dem Fahrstuhl geflüchtet war. Er hatte letzte Nacht auf Momma Loves Veranda an ihn gedacht und am Mittag im Gerichtssaal, während er Hardy und McThune zuhörte. Er machte sich

Sorgen, daß er womöglich im Krankenhaus lauerte, wo Dianne nichts Böses ahnte.

Um Mitternacht in einem parkenden Wagen auf der Third Street in der Innenstadt von Memphis zu sitzen, war nicht das, was Cal Sisson für einen Spaß hielt, aber die Türen waren verriegelt, und unter seinem Sitz lag eine Waffe. In Anbetracht seiner früheren Verurteilungen war es ihm verboten, eine Waffe zu besitzen oder bei sich zu tragen, aber dies war der Wagen von Jack Nance. Er parkte hinter einem Lieferwagen in der Nähe der Madison, ein paar Blocks vom Sterick Building entfernt. An dem Wagen war nichts Verdächtiges. Es war nur sehr wenig Verkehr auf der Straße.

Zwei uniformierte Polizisten zu Fuß kamen den Gehsteig entlang und blieben kaum einen Meter von Cal entfernt stehen, um ihn zu mustern. Er warf einen Blick in den Spiegel und sah zwei weitere Cops. Vier Bullen! Einer von ihnen setzte sich auf den Kofferraum, und der Wagen schaukelte. War etwa die Parkuhr abgelaufen? Nein, er hatte für eine Stunde bezahlt und war erst seit knapp zehn Minuten hier. Nance hatte gesagt, es wäre eine Sache von einer halben Stunde.

Zwei weitere Polizisten gesellten sich zu denen auf dem Gehsteig, und Cal begann zu schwitzen.

Die Waffe machte ihm Sorgen, aber ein guter Anwalt konnte seinen Bewährungshelfer überzeugen, daß die Pistole nicht ihm gehörte. Er fungierte nur als Fahrer für Nance.

Ein ungekennzeichnetes Polizeifahrzeug hielt hinter ihm an, und zwei Polizisten in Zivil traten zu den anderen. Acht Bullen!

Einer in Jeans und Sweatshirt bückte sich und hielt seinen Ausweis vor Cals Fenster. Auf dem Sitz neben seinem Bein lag ein Funkgerät, und dreißig Sekunden zuvor hätte er auf den blauen Knopf drücken und Nance warnen müssen. Aber jetzt war es zu spät. Die Polizisten waren aus dem Nirgendwo aufgetaucht.

Er kurbelte langsam sein Fenster herunter. Der Polizist beugte sich vor, und ihre Gesichter waren nur ein paar Zentimeter voneinander entfernt. »Guten Abend, Cal. Ich bin Lieutenant Byrd, Polizei Memphis.«

Die Tatsache, daß er ihn Cal genannt hatte, ließ ihn schaudern. Er versuchte, gelassen zu bleiben. »Was kann ich für Sie tun, Officer?«

»Wo ist Jack?«

Cals Herz setzte aus, und auf seiner Haut brach Schweiß aus. »Welcher Jack?«

Welcher Jack. Byrd warf einen Blick über die Schulter und lächelte seinen Partner an. Die uniformierten Polizisten hatten den Wagen umstellt. »Jack Nance. Ihr guter Freund. Wo steckt er?«

»Ich habe ihn nicht gesehen.«

»Na, so ein Zufall. Ich habe ihn nämlich auch nicht gesehen. Jedenfalls nicht in der letzten Viertelstunde. Das letzte Mal, daß ich ihn gesehen habe, war an der Ecke von Union und Second Street, vor weniger als einer halben Stunde, und dort ist er aus diesem Wagen ausgestiegen. Und Sie sind davongefahren, und, Überraschung, jetzt sind Sie hier.«

Cal atmete, aber es war mühsam. »Ich weiß nicht, wovon Sie reden.«

Byrd entriegelte die Tür und öffnete sie. »Steigen Sie aus, Cal«, befahl er, und Cal gehorchte. Byrd schlug die Tür zu und drängte ihn dagegen. Vier Polizisten umringten ihn. Die anderen drei schauten unverwandt zum Sterick Building hinüber. Byrd hatte sich ganz dicht vor ihm aufgebaut.

»Hören Sie mir gut zu, Cal. Komplizenschaft bei Einbruch und unbefugtem Eindringen bringt sieben Jahre. Sie sind schon dreimal verurteilt worden, also gelten Sie als Gewohnheitsverbrecher. Und nun raten Sie mal, wieviel Zeit Sie absitzen müssen?«

Seine Zähne klapperten, und sein Körper zitterte. Er schüttelte den Kopf, als hätte er keine Ahnung und wollte, daß Byrd es ihm mitteilte.

»Dreißig Jahre, ohne Bewährung.«

Er schloß die Augen und sackte in sich zusammen. Sein Atem ging schwer.

»Also«, fuhr Byrd fort, sehr cool, sehr grausam. »Jack Nance macht uns keine Sorgen. Wenn er mit Ms. Loves Telefonen fertig ist, warten vor dem Gebäude ein paar von unseren Leuten auf ihn. Er wird verhaftet, vor Gericht gestellt und zu gegebener Zeit verurteilt. Aber wir sind ziemlich sicher, daß er nicht viel sagen wird. Kapiert?«

Cal nickte.

»Aber Sie, Cal, sind vielleicht an einem kleinen Handel interessiert. Indem Sie uns ein bißchen helfen. Sie verstehen, was ich meine?«

Er nickte immer noch, aber jetzt rascher.

»Sie erzählen uns, was wir wissen wollen, und als Gegenleistung dafür lassen wir Sie laufen.«

Cal starrte ihn verzweifelt an. Sein Mund stand offen, sein Herz hämmerte.

Byrd deutete auf den Gehsteig auf der anderen Seite der Madison. »Sehen Sie diesen Gehsteig, Cal?«

Cal warf einen langen, hoffnungsvollen Blick auf den leeren Gehsteig. »Ja«, sagte er eifrig.

»Nun, er gehört ganz Ihnen. Sie sagen mir, was

ich wissen will, und Sie gehen davon. Okay? Ich biete Ihnen dreißig Jahre Freiheit an, Cal. Seien Sie nicht dumm.«

»Okay.«

»Wann kommt Gronke aus New Orleans zurück?«

»Morgen früh, gegen zehn.«

»Wo ist er abgestiegen?«

»Holiday Inn Crowne Plaza.«

»Zimmernummer?«

»782.«

»Wo sind Bono und Pirini?«

»Das weiß ich nicht.«

»Bitte, Cal, wir sind keine Idioten. Wo sind sie?«

»Sie sind in 783 und 784.«

»Wer aus New Orleans ist sonst noch hier?«

»Sonst niemand. Jedenfalls nicht, soviel ich weiß.«

»Müssen wir mit weiteren Leuten aus New Orleans rechnen?«

»Ich schwöre, daß ich das nicht weiß.«

»Haben sie irgendwelche Pläne, den Jungen umzubringen, seine Angehörigen oder seine Anwältin?«

»Es ist darüber gesprochen worden, aber es gibt keine definitiven Pläne. Aber bei so etwas würde ich nicht mitmachen, das wissen Sie.«

»Ich weiß es, Cal. Sollen noch weitere Telefone angezapft werden?«

»Nein, ich glaube nicht. Nur das von der Anwältin.«

»Was ist mit ihrem Haus?«

»Nein, soweit ich weiß, nicht.«

»Keine weiteren Wanzen oder Drähte oder angezapfte Telefone?«

»Soweit ich weiß, nicht.«

»Keine Pläne, irgend jemanden umzulegen?«

»Nein.«

»Wenn Sie mich anlügen, Cal, dann komme ich und hole Sie, und dann sind es dreißig Jahre.«

»Ich schwöre es.«

Plötzlich versetzte Byrd ihm einen Schlag auf die linke Gesichtshälfte, dann packte er seinen Kragen und drückte ihn zusammen. Cals Mund stand offen, und in seinen Augen stand das schiere Entsetzen. »Wer hat den Wohnwagen verbrannt?« fuhr Byrd ihn an und drückte ihn gleichzeitig noch heftiger gegen den Wagen.

»Bono und Pirini«, sagte er ohne das geringste Zögern.

»Waren Sie dabei, Cal?«

»Nein. Ich schwöre es.«

»Sind weitere Feuerchen geplant?«

»Soweit ich weiß, nicht.«

»Was zum Teufel tun Sie dann hier, Cal?«

»Sie warten einfach ab, hören sich um, Sie wissen schon, nur für den Fall, daß sie für irgendwas gebraucht werden. Hängt davon ab, was der Junge tut.«

Byrd drückte noch stärker zu. Er zeigte ihm die Zähne und verdrehte den Kragen. »Eine Lüge, Cal, und Sie haben mich auf dem Hals, verstanden?«

»Ich habe nicht gelogen. Ich schwöre es«, sagte Cal mit schriller Stimme.

Byrd ließ ihn los und deutete mit einem Kopfnicken auf den Gehsteig. »Verschwinden Sie, und bleiben Sie in Zukunft sauber.« Die Mauer aus Polizisten öffnete sich, und Cal ging zwischen ihnen hindurch und auf die Straße. Er erreichte in Rekordzeit den Gehsteig und ward zuletzt gesehen, wie er in die Dunkelheit sprintete.

28

Am Freitagmorgen trank Reggie Love vor Anbruch der Dämmerung starken schwarzen Kaffee und wartete auf einen weiteren unvorhersehbaren Tag als Anwältin von Mark Sway. Es war ein kühler, klarer Morgen, der erste von vielen im September, und der erste Hinweis darauf, daß die heißen, stickigen Tage des Sommers in Memphis sich ihrem Ende näherten. Sie saß in einem Korbschaukelstuhl auf dem kleinen Balkon am hinteren Ende ihrer Wohnung und versuchte, Klarheit in die letzten fünf Stunden ihres Lebens zu bringen.

Die Polizisten hatten sie um halb zwei angerufen, hatten gesagt, in ihrem Büro wäre etwas passiert, und sie gebeten, gleich zu kommen. Sie hatte Clint angerufen, und zusammen waren sie zu ihrem Büro gefahren, wo ein halbes Dutzend Polizisten wartete. Sie hatten zugelassen, daß Jack Nance seine schmutzige Arbeit abschloß und das Gebäude verließ, bevor sie ihn sich griffen. Sie zeigten Reggie und Clint die drei Telefone und die winzigen, in die Hörmuscheln geklebten Sender, und sie sagten, Nance hätte recht gute Arbeit geleistet.

Während sie zuschauten, montierten die Polizisten vorsichtig die Sender ab und verwahrten sie als Beweismaterial. Sie erklärten, wie Nance eingedrungen war, und äußerten sich mehr als einmal tadelnd über die mangelhaften Sicherheitsvorkehrungen. Sie sagte, so etwas interessiere sie nicht besonders. In ihrem Büro gäbe es ohnehin kaum etwas, das das Stehlen lohne.

Sie hatte ihre Akten überprüft, und alles schien in Ordnung zu sein. Die Mark-Sway-Akte befand sich im Aktenkoffer in ihrer Wohnung. Clint untersuchte seinen Schreibtisch und sagte, es wäre möglich, daß Nance seine Akten durchwühlt hätte. Aber auf Clints Schreibtisch herrschte immer ein ziemliches Durcheinander, und deshalb konnte er nicht sicher sein.

Die Polizisten hatten gewußt, daß Nance kommen würde, erklärte man ihnen, aber woher sie das wußten, wollten sie nicht sagen. Sie hatten ihm das Eindringen in das Gebäude leichtgemacht – unverschlossene Türen, abwesende Wachmänner und so weiter –, und ein Dutzend Männer hatten ihn beobachtet. Er war verhaftet worden, hatte aber bisher noch nichts ausgesagt. Einer der Polizisten hatte Reggie beiseite genommen und ihr vertraulich und mit gedämpfter Stimme von Nance' Verbindung zu Gronke und zu Bono und Pirini berichtet. Es war ihnen nicht gelungen, die beiden letzteren zu finden; ihre Hotelzimmer waren leer gewesen. Gronke hielt sich in New Orleans auf und wurde überwacht.

Nance würde zwei Jahre bekommen, vielleicht auch mehr. Einen Augenblick lang hatte sie für ihn die Todesstrafe gewünscht.

Die Polizisten waren schließlich gegangen, und gegen drei waren sie und Clint allein gewesen mit dem leeren Büro und dem bestürzenden Wissen, daß ein Profi eingedrungen war und seine Fallen ausgelegt hatte. Ein von Killern angeheuerter Mann war hier gewesen, um an Informationen zu gelangen, damit, falls erforderlich, weitere Morde begangen werden konnten. Das Büro machte sie nervös, und sie hatten es kurz nach den Polizisten verlassen und waren in ein Café in der Nähe gegangen.

Und so saß sie nun da, nach drei Stunden Schlaf und mit einem nervenaufreibenden Tag vor sich, trank ihren Kaffee und beobachtete, wie sich der Himmel im Osten orangerot verfärbte. Sie dachte an Mark und daran, wie er am Mittwoch, vor nicht einmal zwei Tagen, in ihrem Büro aufgetaucht war und ihr erzählt hatte, daß er von einem Mann mit einem Schnappmesser bedroht worden war. Der Mann war groß und häßlich gewesen, und er hatte mit dem Messer herumgefuchtelt und ihm ein Foto der Familie Sway vor die Nase gehalten. Sie hatte fassungslos zugehört, wie dieser kleine, zitternde Junge das Messer beschrieb. Es war schon bestürzend, nur davon zu hören, aber jemand anderem war es passiert. Sie selber war nicht direkt betroffen, auf sie war die Klinge schließlich nicht gerichtet gewesen.

Aber das war am Mittwoch gewesen, und jetzt war Freitag, und die gleichen Gangster hatten jetzt auch sie bedroht. Die Lage war wesentlich gefährlicher geworden. Ihr kleiner Klient war sicher aufgehoben in einem hübschen Gefängnis mit Wachmännern in Rufweite, und sie saß allein hier in der Dunkelheit und dachte über Bono und Pirini nach und alle, die sonst vielleicht noch da draußen lauerten.

Obwohl von Momma Loves Haus aus nicht zu sehen, parkte ein ziviles Polizeifahrzeug nicht weit entfernt auf der Straße. Zwei FBI-Agenten hielten Wache, nur für alle Fälle. Reggie hatte sich damit einverstanden erklärt.

Sie stellte sich ein Hotelzimmer vor, mit Wolken von Zigarettenrauch unter der Decke, leeren Bierflaschen auf dem Fußboden, zugezogenen

Vorhängen und einer Rotte von schlechtgekleideten Gangstern, die sich um einen kleinen Tisch drängten und einem Tonbandgerät lauschten. Aus dem Gerät kam ihre Stimme, mit Mandanten sprechend, mit Dr. Levin, mit Momma Love, einfach darauf losredend, als wäre alles in bester Ordnung. Die Gangster würden die meiste Zeit gelangweilt sein, aber hin und wieder würde einer von ihnen kichern und grunzen.

Mark hatte die Telefone in ihrem Büro nicht benutzt, und die Idee, sie anzuzapfen, war lächerlich. Diese Leute glaubten offensichtlich, daß Mark über Boyette Bescheid wußte und daß er und seine Anwältin blöd genug waren, dieses Wissen am Telefon zu erörtern.

Das Telefon in der Küche läutete, und Reggie sprang auf. Sie sah auf die Uhr – zwanzig nach sechs. Es mußte noch mehr Probleme bedeuten, denn um diese Zeit rief niemand an. Sie eilte nach drinnen und nahm nach dem vierten Läuten ab. »Hallo?«

Es war Harry Roosevelt. »Guten Morgen, Reggie. Entschuldigen Sie, daß ich Sie geweckt habe.«

»Ich war wach.«

»Haben Sie die Zeitung gesehen?«

Sie schluckte hart. »Nein. Was ist damit?«

»Eine Titelseite mit zwei großen Fotos von Mark, einem, wie er das Krankenhaus verläßt, verhaftet, wie es dort heißt, und das andere beim Verlassen des Gerichtsgebäudes, flankiert von Polizisten. Slick Moeller hat die Story geschrieben. Er weiß alles über die Anhörung. Die Fakten stimmen ausnahmsweise. Er sagt, Mark hätte sich geweigert, meine Fragen hinsichtlich seiner Kenntnisse über Boyette zu beantworten, und ich hätte deshalb auf Mißachtung erkannt und ihn ins Gefängnis zurückgeschickt. Das Ganze klingt, als wäre ich Hitler.«

»Aber woher weiß er das?«

»Er beruft sich auf ungenannte Informanten.«

Sie ging in Gedanken die Leute durch, die bei der Anhörung zugegen gewesen waren. »Fink?«

»Ich glaube nicht. Fink hätte nichts zu gewinnen gehabt, wenn er das hätte durchsickern lassen, und die Risiken sind zu groß. Es muß jemand gewesen sein, der nicht sonderlich intelligent ist.«

»Deshalb bin ich ja auf Fink gekommen.«

»Gute Schlußfolgerung, aber ich bezweifle, daß es ein Anwalt war. Ich habe vor, Mr. Moeller eine Vorladung zustellen zu lassen, die ihn zwingt, heute mittag in meinem Gericht zu erscheinen. Ich werde ihn auffordern, seinen Informanten zu nennen, sonst stecke ich ihn wegen Mißachtung ins Gefängnis.«

»Wunderbare Idee.«

»Das sollte nicht lange dauern. Wir halten Marks kleine Anhörung gleich danach ab. Okay?«

»Natürlich, Harry. Da ist noch etwas, das Sie wissen sollten. Es war eine lange Nacht.«

»Ich höre«, sagte er. Reggie gab ihm einen knappen Bericht über das Anzapfen ihrer Telefone, mit besonderem Nachdruck auf Bono und Pirini und die Tatsache, daß sie bisher noch nicht gefunden worden waren.

»Großer Gott«, sagte er. »Diese Leute sind wahnsinnig.«

»Und gefährlich.«

»Haben Sie Angst?«

»Natürlich habe ich Angst. Sie sind in mein Büro eingedrungen, Harry, und der Gedanke, daß sie mich ständig beobachtet haben, ist bestürzend.«

Es folgte eine lange Pause am anderen Ende. »Reggie, ich werde Mark unter gar keinen Umständen freilassen, jedenfalls nicht heute. Warten wir ab, was übers Wochenende passiert. Er ist viel sicherer dort, wo er jetzt ist.«

»Da stimme ich Ihnen zu.«

»Haben Sie mit seiner Mutter gesprochen?«

»Gestern. Sie hat auf die Idee des Zeugenschutzprogramms sehr lauwarm reagiert. Es könnte einige Zeit dauern. Das arme Ding ist nur noch ein Nervenbündel.«

»Bearbeiten Sie sie. Kann sie heute ins Gericht kommen? Mir wäre es sehr lieb, wenn ich mit ihr sprechen könnte.«

»Ich werde es versuchen.«

»Wir sehen uns um zwölf.«

Sie goß sich noch eine weitere Tasse Kaffee ein und kehrte auf den Balkon zurück. Axle schlief unter dem Schaukelstuhl. Zwischen den Bäumen erschien das erste Licht der Dämmerung. Sie hielt den warmen Becher mit beiden Händen umfaßt und zog ihre nackten Füße unter den dicken Bademantel. Sie schnupperte das Aroma des Kaffees und dachte daran, wie widerwärtig ihr die Presse war. Alle Welt würde also über die Anhörung Bescheid wissen. Soviel zum Thema Vertraulichkeit. Ihr kleiner Mandant war plötzlich in noch viel größerer Gefahr. Jetzt war offenkundig, daß er etwas wußte, was er eigentlich nicht wissen sollte. Sonst hätte er einfach die Fragen beantwortet, die der Richter ihm gestellt hatte.

Diese Sache wurde von Stunde zu Stunde gefährlicher. Und von ihr, Reggie Love, Rechtsanwältin, wurde erwartet, daß sie alle Antworten parat hatte und ideale Ratschläge erteilte. Mark würde sie ansehen mit seinen verängstigten blauen Augen und sie fragen, wie es weiterging. Wie zum Teufel sollte sie das wissen?

Sie waren auch hinter ihr her.

Doreen weckte Mark zeitig. Sie hatte ihm Heidelbeerplätzchen mitgebracht, und sie verzehrte eines davon, während sie ihn sehr besorgt musterte. Mark saß auf einem Stuhl, hielt ein Plätzchen in der Hand, aß aber nicht, sondern schaute nur leeren Blickes auf den Fußboden. Dann schob er das Plätzchen langsam zum Mund, nahm einen winzigen Bissen, dann ließ er es in seinen Schoß sinken. Doreen beobachtete jede seiner Bewegungen.

»Bist du okay, Junge?« fragte sie ihn.

Mark nickte langsam. »Oh, es geht mir gut«, sagte er mit hohler, heiserer Stimme.

Doreen tätschelte ihm das Knie, dann die Schulter. Ihre Augen waren schmal, und sie war sehr beunruhigt. »Ich bin den ganzen Tag über hier«, sagte sie, stand auf und ging zur Tür. »Und ich schaue von Zeit zu Zeit herein.«

Mark ignorierte sie und biß ein weiteres kleines Stückchen von seinem Plätzchen ab. Die Tür schlug zu und klickte, und plötzlich stopfte er sich den Rest des Plätzchens in den Mund und griff nach einem weiteren. Er stellte den Fernseher an, aber ohne Kabel war er gezwungen, sich Bryant Gumbel anzusehen. Keine Comics. Keine alten Filme. Nur Willard mit einem Hut auf dem Kopf, der Maiskolben aß und Süßkartoffel-Stäbchen.

Zwanzig Minuten später kam Doreen wieder. Die Schlüssel klirrten, die Verriegelung sprang zurück, und die Tür ging auf. »Komm mit, Mark«, sagte sie. »Du hast Besuch.«

Plötzlich war er wieder still, abwesend, in einer anderen Welt versunken. Er bewegte sich langsam. »Wer?« fragte er mit dieser hohlen Stimme.

»Deine Anwältin.«

Er stand auf und folgte ihr auf den Flur. »Geht es dir wirklich gut?« fragte sie und hockte sich vor ihm nieder. Er nickte langsam, und sie gingen zur Treppe.

Reggie wartete im einem kleinen Konferenzraum ein Stockwerk tiefer. Sie und Doreen, alte Bekannte, tauschten Höflichkeiten aus, dann wurde die Tür abgeschlossen. Sie ließen sich an einem kleinen runden Tisch nieder.

»Sind wir noch Freunde?« fragte sie mit einem Lächeln.

»Ja. Tut mir leid wegen gestern.«

»Du brauchst dich nicht zu entschuldigen, Mark. Glaube mir, ich verstehe dich. Hast du gut geschlafen?«

»Ja. Viel besser als im Krankenhaus.«

»Doreen sagt, sie macht sich Sorgen um dich.«

»Mir geht es gut. Wesentlich besser als Doreen.«

»Gut.« Reggie holte eine Zeitung aus ihrem Aktenkoffer und legte sie mit der Titelseite nach oben auf den Tisch. Er las den Artikel sehr langsam.

»Drei Tage hintereinander auf der Titelseite, das ist schon was«, sagte sie in dem Versuch, ihm ein Lächeln zu entlocken.

»Es wird allmählich langweilig. Ich dachte, die Anhörung wäre vertraulich.«

»Das sollte sie auch sein. Richter Roosevelt hat mich heute früh angerufen. Er ist sehr wütend wegen dieser Story. Er hat vor, den Reporter vorzuladen und ihn in die Mangel zu nehmen.«

»Dazu ist es zu spät. Die Story steht nun mal in der Zeitung. Alle Leute können sie lesen. Es ist ziemlich klar, daß ich der Junge bin, der zuviel weiß.«

»So ist es.« Sie wartete, während er sie noch einmal las und die Fotos von sich selbst betrachtete.

»Hast du mit deiner Mutter gesprochen?« fragte sie. »Gestern nachmittag. Sie hörte sich ziemlich erschöpft an.«

»Das ist sie auch. Ich war bei ihr, bevor du angerufen hast, und sie versucht, irgendwie durchzuhalten. Ricky hatte einen schlechten Tag.«

»Ja, und schuld daran sind nur diese dämlichen Bullen. Wir sollten sie verklagen.«

»Vielleicht später. Jetzt müssen wir über etwas anderes sprechen. Gestern, nachdem du den Gerichtssaal verlassen hattest, hat Richter Roosevelt mit den Anwälten und den Leuten vom FBI gesprochen. Er will, daß ihr alle, du, deine Mutter und Ricky, in das nationale Zeugenschutzprogramm aufgenommen werdet. Er ist überzeugt, daß das die beste Methode ist, euch zu schützen, und ich neige zu derselben Ansicht.«

»Wie sieht das aus?«

»Das FBI bringt euch an einen neuen Ort, ganz im geheimen, weit fort von hier, und ihr bekommt neue Namen, neue Schulen, alles neu. Deine Mutter bekommt einen neuen Job, einen, der mehr einbringt als nur sechs Dollar die Stunde. Kann sein, daß sie euch nach ein paar Jahren wieder woanders hinbringen, sicherheitshalber. Sie bringen Ricky in einem wesentlich besseren Krankenhaus unter, bis es ihm wieder gut geht. Die Regierung übernimmt natürlich alle Kosten.«

»Kriege ich ein neues Fahrrad?«

»Natürlich.«

»War nur ein Witz. Ich habe das einmal in einem Film gesehen. Einem Mafia-Film. Da war ein Mann, der hatte gegen die Mafia ausgesagt, und das FBI hat ihm geholfen, zu verschwinden. Er bekam eine Gesichtsoperation. Sie beschafften ihm eine neue Frau und alles, was dazugehört. Schickten ihn nach Brasilien oder sonstwohin.«

»Und was ist passiert?«

»Sie brauchten ungefähr ein Jahr, um ihn zu finden. Seine Frau haben sie auch umgebracht.«

»Das war nur ein Film, Mark. Dir bleibt im Grunde nichts anderes übrig. Es ist der sicherste Weg.«

»Natürlich muß ich ihnen alles erzählen, bevor sie all diese wundervollen Dinge für uns tun.«

»Das gehört zu dem Handel.«

»Die Mafia vergißt nie was, Reggie.«

»Du hast zu viele Filme gesehen, Mark.«

»Kann sein. Aber hat das FBI je einen Zeugen in diesem Programm verloren?«

Die Antwort war ja, aber sie konnte kein spezielles Beispiel für einen solchen Fall zitieren. »Ich weiß es nicht, aber wir werden uns mit ihnen treffen, und dann kannst du sie nach allem fragen, was du wissen willst.«

»Was ist, wenn ich mich nicht mit ihnen treffen will? Was ist, wenn ich hier in meiner kleinen Zelle bleiben will, bis ich zwanzig Jahre alt bin und

Richter Roosevelt schließlich stirbt? Und ich dann freigelassen werde?«

»Gut. Aber was ist mit deiner Mutter und Rikky? Was passiert mit ihnen, wenn er aus dem Krankenhaus entlassen wird und sie nicht wissen, wo sie hinsollen?«

»Sie können bei mir einziehen. Doreen sorgt für uns.«

Verdammt, er schaltete schnell für einen Elfjährigen. Sie schwieg einen Moment und lächelte ihn an. Er musterte sie. »Mark, vertraust du mir?«

»Ja, Reggie. Ich vertraue Ihnen. Sie sind im Augenblick der einzige Mensch auf der Welt, dem ich vertraue. Also bitte, helfen Sie mir.«

»Es gibt keinen einfachen Ausweg.«

»Das weiß ich.«

»Mir geht es nur um eure Sicherheit. Die Sicherheit von dir, deiner Mutter und Ricky. Für Richter Roosevelt gilt das gleiche. Nun, es wird ein paar Tage dauern, die Einzelheiten des Zeugenschutzprogramms zu arrangieren. Der Richter hat das FBI gestern angewiesen, sofort mit den Vorbereitungen anzufangen, und ich glaube, es ist die beste Lösung.«

»Haben Sie mit meiner Mutter darüber gesprochen?«

»Ja. Sie will noch mehr darüber erfahren. Ich glaube, die Idee sagt ihr zu.«

»Aber woher wissen Sie, daß es funktionieren wird, Reggie? Ist es vollkommen sicher?«

»Nichts ist vollkommen sicher, Mark. Dafür gibt es keine Garantien.«

»Wunderbar. Vielleicht finden sie uns, vielleicht auch nicht. Das wird das Leben aufregend machen, meinen Sie nicht?«

»Hast du eine bessere Idee?«

»Natürlich. Es ist ganz einfach. Wir kassieren die Versicherung für den Wohnwagen. Wir suchen uns einen anderen und ziehen dort ein. Ich halte den Mund, und wir leben glücklich bis ans Ende unserer Tage. Mir ist es wirklich völlig egal, ob sie diese Leiche finden, Reggie. Es interessiert mich einfach nicht.«

»Tut mir leid, Mark, aber so geht es nicht.«

»Warum nicht?«

»Weil du zufällig großes Pech gehabt hast. Du verfügst über wichtige Informationen, und man wird dich nicht in Ruhe lassen, bis du sie preisgegeben hast.«

»Und danach können sie mich umbringen.«

»Das glaube ich nicht, Mark.«

Er verschränkte die Arme vor der Brust und schloß die Augen. Hoch oben auf seiner linken Wange war eine leichte Prellung, die sich braun verfärbt hatte. Heute war Freitag. Am Montag hatte Clifford ihn geschlagen, und obwohl das bereits Wochen zurückzuliegen schien, erinnerte die Stelle sie daran, daß das alles viel zu schnell ging. Der arme Junge trug noch immer die Wunden der Attacke.

»Wo würden wir hingehen?« fragte er leise mit immer noch geschlossenen Augen.

»Weit weg. Mr. Lewis vom FBI erwähnte eine kinderpsychiatrische Klinik in Portland, die eine der besten sein soll. Ricky wird es dort an nichts fehlen.«

»Können sie uns nicht folgen?«

»Das FBI kann das verhindern.«

Er sah sie an. »Weshalb trauen Sie plötzlich dem FBI?«

»Weil sonst niemand da ist, dem man trauen könnte.«

»Wie lange wird all das dauern.«

»Da gibt es zwei Probleme. Das erste sind der Papierkram und die Einzelheiten des Arrangements. Mr. Lewis sagte, das könnte binnen einer Woche erledigt werden. Das zweite ist Ricky. Es könnte ein paar Tage dauern, bis Dr. Greenway einer Verlegung zustimmt.«

»Also verbringe ich noch eine Woche im Gefängnis?«

»Sieht so aus. Tut mir leid.«

»Das braucht Ihnen nicht leid zu tun, Reggie. Ich komme hier schon zurecht. Ich könnte es sogar lange Zeit hier aushalten, wenn man mich in Ruhe läßt.«

»Aber man wird dich nicht in Ruhe lassen.«

»Ich muß mit meiner Mutter sprechen.«

»Vielleicht ist sie heute bei der Anhörung dabei. Richter Roosevelt möchte, daß sie kommt. Ich nehme an, er wird sich wieder mit den FBI-Leuten zusammensetzen und mit ihnen über das Zeugenschutzprogramm reden.«

»Wenn ich doch im Gefängnis bleiben muß, wozu dann die Anhörung?«

»In Fällen von Mißachtung muß der Richter dich in regelmäßigen Abständen immer wieder vorführen lassen, um dir Gelegenheit zu geben, dich von der Mißachtung zu befreien, mit anderen Worten, zu tun, was er von dir verlangt.«

»Das System stinkt, Reggie. Die Gesetze sind saublöde, finden Sie nicht?«

»Ja, oft.«

»Letzte Nacht, als ich zu schlafen versuchte, hatte ich einen ganz verrückten Gedanken. Ich dachte – was ist, wenn die Leiche gar nicht da ist, wo sie nach Cliffords Angabe sein soll? Was ist, wenn Clifford sich einfach etwas zusammengesponnen hat? Ist Ihnen dieser Gedanke schon einmal gekommen, Reggie?«

»Ja. Viele Male.«

»Was ist, wenn das alles nur ein großer Witz ist?«

»Darauf würde ich mich nicht verlassen, Mark.«

Er rieb sich die Augen und schob seinen Stuhl zurück. Dann begann er, in dem kleinen Raum umherzuwandern, plötzlich sehr nervös. »Also packen wir einfach unsere Sachen und lassen unser bisheriges Leben hinter uns, richtig? Sie haben gut reden, Reggie. Sie sind nicht diejenige, die die Alpträume haben wird. Sie machen weiter, als wäre nie etwas passiert. Sie und Clint. Momma Love. Hübsche kleine Kanzlei. Massenhaft Klienten. Aber nicht wir. Wir verbringen den Rest unseres Lebens in Angst.«

»Das glaube ich nicht.«

»Aber Sie wissen es nicht, Reggie. Es ist leicht, hier zu sitzen und zu sagen, alles wäre in bester Ordnung. Es ist nicht Ihr Hals, um den es hier geht.«

»Du hast keine andere Wahl, Mark.«

»Doch, die habe ich. Ich könnte lügen.«

Es war nur ein Antrag auf Vertagung, normalerweise ein ziemlich langweiliges juristisches Routinescharmützel, aber nichts war langweilig, wenn Barry das Messer Muldanno der Angeklagte und Willis Upchurch das Sprachrohr war. Und wenn dann noch das enorme Selbstbewußtsein von Reverend Roy Foltrigg und das geschickte Manipulieren der Presse durch Wally Boxx hinzukamen, dann herrschte bei so einer harmlosen kleinen Anhörung die Atmosphäre einer Exekution. Der Gerichtssaal des Ehrenwerten James Lamond war voll bis auf den letzten Platz; von Neugierigen, der Presse und einem kleinen Heer von eifersüchtigen Anwälten, die wichtigere Dinge zu erledigen hatten, aber zufällig in der Nähe gewesen waren. Sie wanderten herum, unterhielten sich mit ernster Miene und warfen ständig gespannte Blicke auf die Vertreter der Medien. Kameras und Reporter locken Anwälte an wie Blut die Haie.

Hinter der Barriere, die die Akteure von den Zuschauern trennte, stand Foltrigg im Zentrum eines engen Kreises seiner Mitarbeiter und unterhielt sich im Flüsterton und mit gerunzelter Stirn mit ihnen, als planten sie eine Invasion. Er trug seinen Sonntagsstaat – dunkler, dreiteiliger Anzug, weißes Hemd, rot und blau gemusterte Seidenkrawatte, Frisur perfekt, Schuhe auf Hochglanz poliert. Sein Gesicht war dem Publikum zugewendet, aber natürlich war er zu sehr in Gedanken versunken, um jemanden zur Kenntnis zu nehmen. Auf der anderen Seite des Ganges wendete Muldanno dem Geschnatter der Zuschauer den Rücken zu und gab vor, jedermann zu ignorieren. Er trug Schwarz. Der Pferdeschwanz wölbte sich über dem Kragen seines Jacketts. Willis Upchurch saß auf der Kante des Tisches der Verteidigung, gleichfalls mit dem Gesicht zur Presse und in ein angeregtes Gespräch mit einem Mitarbeiter vertieft. Upchurch liebte Aufsehen sogar noch mehr als Foltrigg, falls das überhaupt möglich war.

Muldanno wußte noch nichts von der Verhaftung von Jack Nance acht Stunden zuvor in Memphis. Er wußte nicht, daß Cal Sisson geredet hatte. Er hatte weder von Bono noch von Pirini gehört, und er hatte Gronke am Morgen in völliger Unkenntnis der nächtlichen Ereignisse nach Memphis zurückgeschickt.

Foltrigg dagegen war mit sich und der Welt zufrieden. Anhand der mit Hilfe des Salzstreuers aufgezeichneten Unterhaltung würde er am Montag Anklage gegen Muldanno und Gronke wegen Behinderung der Justiz erheben. Die Verurteilungen würden ein Kinderspiel sein. Er hatte sie in der Tasche. Muldanno mußte sich auf fünf Jahre gefaßt machen.

Aber Roy hatte die Leiche nicht. Und eine Verhandlung gegen Barry das Messer wegen Behinderung der Justiz würde ihm bei weitem nicht die Publicity verschaffen wie ein toller Mordprozeß, komplett mit Hochglanz-Farbfotos der verwesten Leiche und Aussagen der Pathologen über Eintritt, Laufbahn und Austritt der Geschosse. Ein solcher Prozeß würde sich über Wochen hinziehen, und Roy würde jeden Abend in den Nachrichten glänzen. Er sah es förmlich vor sich.

Er hatte Fink am frühen Morgen mit den Vorladungen vor die Anklagejury für den Jungen und seine Anwältin nach Memphis zurückgeschickt. Das würde ein bißchen Leben in die Bude bringen. Bis Montagnachmittag würde er den Jungen zum Reden gebracht haben, und vielleicht würden sie, mit ein wenig Glück, am Montag abend die Überreste von Boyette haben. Der Gedanke hatte ihn bis drei Uhr nachts im Büro festgehalten. Er stolzierte ohne bestimmten Anlaß zum Tisch des Kanzlisten, dann stolzierte er zurück und funkelte Muldanno an, der ihn schlicht übersah.

Der Gerichts-Deputy baute sich vor dem Richterpodium auf und forderte lautstark alle zum Platznehmen auf. Das Gericht tagte, den Vorsitz hatte der Ehrenwerte James Lamond. Lamond erschien durch eine Seitentür und wurde zum Podium eskortiert von einem Assistenten, der einen dicken Stapel Akten trug. Mit Anfang Fünfzig war Lamond ein Baby unter den Bundesrichtern. Er war typisch für die zwanglosen, von Reagan ernannten Leute – ganz Geschäftigkeit, kein Lächeln, laßt den Unsinn und kommt zur Sache. Er war unmittelbar vor Foltrigg Bundesanwalt für den Southern District of Louisiana gewesen und haßte seinen Nachfolger wie niemanden sonst. Sechs Monate nach seiner Amtsübernahme hatte Foltrigg eine Vortragsreise durch den Bezirk unternommen, bei der er den Rotariern und Civitanern Tabellen und Diagramme vorgelegt und mit statistischen Beweisen demonstriert hatte, daß sein Büro jetzt viel effizienter war als in den vorangegangenen Jahren. Die Anklagen hatten zugenommen. Rauschgifthändler saßen hinter Gittern. Leute in öffentlichen Ämtern hatten die Hosen voll. Das Verbrechen hatte es schwer, und *die* Interessen der Öffentlichkeit wurden kraftvoll geschützt, weil jetzt er, Roy Foltrigg, der leitende Bundesanwalt in diesem Bezirk war.

Das war eine Dummheit, weil er damit Lamond beleidigte und die anderen Richter gegen sich aufbrachte. Sie hatten wenig Verwendung für Roy Foltrigg.

Lamond ließ den Blick über den überfüllten Saal

schweifen. Alle hatten sich hingesetzt. »Donnerwetter«, begann er, »ich bin entzückt über das Interesse, das dieser Verhandlung entgegengebracht wird, aber um ehrlich zu sein, es ist nur eine Anhörung wegen eines simplen Antrags.« Er warf einen Blick auf Foltrigg, der sechs Assistenten um sich versammelt hatte. Upchurch wurde von zwei lokalen Anwälten flankiert, und hinter ihm saßen zwei Anwaltsgehilfen.

»Das Gericht ist bereit zur Verhandlung über den Antrag des Angeklagten Barry Muldanno auf Vertagung. Das Gericht stellt fest, daß der Prozeßbeginn auf Montag in drei Wochen angesetzt ist. Mr. Upchurch, Sie haben den Antrag gestellt, also begründen Sie ihn. Fassen Sie sich bitte kurz.«

Zur Überraschung aller Anwesenden faßte Upchurch sich tatsächlich kurz. Er wies lediglich auf die allgemein bekannten Tatsachen hinsichtlich des Todes von Jerome Clifford hin und erklärte dem Gericht, daß er Montag in drei Wochen einen Prozeß vor einem Bundesgericht in St. Louis hatte. Er war glattzüngig, entspannt und völlig zu Hause in diesem fremden Gerichtssaal. Eine Vertagung war unerläßlich, erklärte er mit bemerkenswertem Geschick, weil er Zeit brauchte zur Vorbereitung der Verteidigung für einen zweifellos sehr langwierigen Prozeß. Nach zehn Minuten war er fertig.

»Wieviel Zeit brauchen Sie?« fragte Lamond.

»Euer Ehren, ich habe einen sehr vollen Terminkalender, den ich gern vorlegen werde. In aller Fairneß würde ich sechs Monate für eine vernünftige Zeitspanne halten.«

»Danke. Sonst noch etwas?«

»Nein, Sir. Danke, Euer Ehren.« Upchurch kehrte zu seinem Platz zurück, während Foltrigg seinen verließ und auf das Podium mit dem Richtertisch zustrebte. Er warf einen Blick auf seine Notizen und war im Begriff zu reden, doch Lamond kam ihm zuvor.

»Mr. Foltrigg, Sie wollen doch sicher nicht bestreiten, daß die Verteidigung in Anbetracht der Umstände ein Anrecht auf mehr Zeit hat?«

»Nein, Euer Ehren, das bestreite ich nicht. Aber ich finde, sechs Monate sind eine entschieden zu lange Zeit.«

»Was schlagen Sie vor?«

»Einen Monat oder zwei. Sehen Sie, Euer Ehren, ich ...«

»Ich denke nicht daran, hier zu sitzen und mir eine Diskussion über zwei Monate oder sechs oder drei oder vier anzuhören. Mr. Foltrigg, wenn Sie einräumen, daß der Angeklagte Anspruch auf eine

Vertagung hat, dann werde ich mir die Entscheidung vorbehalten und diesen Fall zur Verhandlung ansetzen, wann mein Terminkalender es zuläßt.«

Lamond wußte, daß Foltrigg eine Vertagung noch dringender brauchte als Muldanno. Er konnte nur nicht darum bitten. Die Gerechtigkeit mußte zum Angriff bereit sein. Ankläger waren außerstande, mehr Zeit zu verlangen.

»Ja, Euer Ehren«, sagte Foltrigg laut. »Aber wir sind der Ansicht, daß eine unnötige Verzögerung vermieden werden sollte. Diese Sache hat sich schon lange genug hingezogen.«

»Wollen Sie damit andeuten, daß dieses Gericht den Fall verschleppt, Mr. Foltrigg?«

»Nein, Eurer Ehren, aber der Angeklagte tut es. Er hat jeden unbegründeten Antrag gestellt, der in der amerikanischen Rechtsprechung möglich ist, um den Prozeß hinauszuzögern. Er hat es mit jeder Taktik versucht, mit jedem ...«

»Mr. Foltrigg, Mr. Clifford ist tot. Er kann keine Anträge mehr stellen. Und jetzt hat der Angeklagte einen neuen Verteidiger, der meines Wissens bisher nur einen einzigen Antrag gestellt hat.«

Foltrigg betrachtete seine Notizen, und sein Gesicht rötete sich. Er hatte nicht damit gerechnet, in dieser kleinen Sache die Oberhand zu gewinnen, aber auch nicht damit, einen Tritt in den Hintern zu bekommen.

»Haben Sie irgend etwas Relevantes zu sagen?« fragte Seine Ehren, als hätte Foltrigg bisher noch nichts von Bedeutung von sich gegeben.

Er umklammerte seinen Block und zog sich auf seinen Platz zurück: Eine ziemlich jämmerliche Vorstellung. Er hätte einen Untergebenen schikken sollen.

»Sonst noch etwas, Mr. Upchurch?« fragte Lamond.

»Nein, Sir.«

»Gut. Ich danke Ihnen allen für Ihr Interesse an dieser Sache. Tut mir leid, daß es so kurz war. Vielleicht können wir beim nächsten Mal mehr erreichen. Einen neuen Termin für den Prozeßbeginn werde ich rechtzeitig bekanntgeben.«

Lamond stand auf und verschwand. Die Reporter wanderten hinaus, und natürlich folgten ihnen Foltrigg und Upchurch, um an entgegengesetzten Enden des Flurs improvisierte Pressekonferenzen abzuhalten.

29

Zwar hatte Slick Moeller schon oft über Revolten, Vergewaltigungen und Schlägereien in Gefängnissen berichtet und dabei immer auf der sicheren Seite der Türen und Gitter gestanden; aber er war noch nie in einer Gefängniszelle gewesen. Und obwohl ihm dieser Gedanke schwer auf der Seele lag, gab er sich ganz cool und strahlte die Aura des unbeirrbaren Reporters aus, der felsenfest auf den Ersten Verfassungszusatz vertraut. Er hatte je einen Anwalt zur Rechten und zur Linken, hochbezahlte Typen aus einer Hundert-Mann-Kanzlei, die die *Memphis Press* seit Jahrzehnten vertrat, und sie hatten ihm in den vorausgegangenen zwei Stunden ein dutzendmal versichert, daß die Verfassung der Vereinigten Staaten von Amerika an diesem Tag sein Schild sein würde. Slick trug Jeans, eine Safarijacke und Trekkingstiefel, ganz der wettergegerbte Reporter.

Harry war nicht beeindruckt von der Aura, die dieser Kriecher ausstrahlte. Ebensowenig war er beeindruckt von den Seidensocken tragenden, blaublütigen republikanischen Anwälten, die noch nie die Türen seines Gerichtssaals verdunkelt hatten. Harry war wütend. Er saß auf seinem Podium und las zum zehnten Mal Slicks Story in der Morgenausgabe. Er hatte außerdem etliche den Ersten Verfassungszusatz betreffende Fälle nachgelesen, bei denen es um Reporter und ihre geheimen Informanten ging. Und er ließ sich Zeit, damit Slick ins Schwitzen geriet.

Die Türen waren geschlossen. Der Gerichtsdiener, Slicks Freund Grinder, stand ziemlich nervös neben dem Podium. Auf Anweisung des Richters hatten zwei uniformierte Deputies unmittelbar hinter Slick und seinen Anwälten Platz genommen, sichtlich bereit, jeden Moment zur Tat zu schreiten. Das machte Slick und seine Anwälte nervös, aber sie versuchten, es sich nicht anmerken zu lassen.

Die Protokollantin, diesmal in einem noch kürzeren Rock, feilte ihre Nägel und wartete darauf, daß die Worte zu strömen begannen. Die verdrießliche ältere Frau saß an ihrem Tisch und blätterte im *National Enquirer.* Sie warteten und warteten. Es war fast halb eins. Wie gewöhnlich war der Sitzungskalender randvoll, und die Termine mußten bereits verschoben werden. Marcia hielt für Harry ein Clubsandwich für die Pause zwischen den Anhörungen bereit. Die Sway-Anhörung war die nächste.

Er beugte sich mit aufgestützten Ellenbogen vor und funkelte auf Slick herab, der mit seinen fünfundsechzig Kilo ungefähr ein Drittel von Harrys Gewicht hatte. »Zu Protokoll«, bellte er die Protokollantin an, die sofort zu tippen begann.

Obwohl äußerlich ganz cool, fuhr Slick bei diesen ersten Worten zusammen und setzte sich gerader hin.

»Mr. Moeller, ich habe Sie vorladen lassen, weil Sie gegen einen die Vertraulichkeit meiner Anhörung betreffenden Paragraphen der Gesetze von Tennessee verstoßen haben. Das ist eine sehr schwerwiegende Sache, weil es hier um die Sicherheit und das Wohlergehen eines Kindes geht. Leider ist im Gesetz keine Strafverfolgung vorgesehen, und ich kann Sie nur wegen Mißachtung des Gerichts belangen.«

Er nahm seine Lesebrille ab und machte sich daran, die Gläser mit einem Taschentuch zu putzen. »Also, Mr. Moeller«, sagte er wie ein frustrierter Großvater, »sosehr ich mich auch über Sie und Ihre Story ärgere, macht mir doch die Tatsache, daß jemand Ihnen diese Information hat zukommen lassen, wesentlich größere Sorgen. Jemand, der während der gestrigen Anhörung in diesem Gerichtssaal zugegen war. Ihr Informant beunruhigt mich sehr.«

Grinder lehnte an der Wand und drückte die Waden dagegen, um zu verhindern, daß seine Knie zitterten. Er traute sich nicht, Slick anzusehen. Sein erster Herzinfarkt lag erst sechs Jahre zurück, und wenn er sich nicht beherrschte, konnte nun der tödliche kommen.

»Bitte nehmen Sie im Zeugenstand Platz, Mr. Moeller«, wies Harry ihn mit einer Handbewegung an.

Slick wurde von der verdrießlichen Alten vereidigt. Er deponierte einen Trekkingstiefel auf seinem Knie und warf einen Beruhigung heischenden Blick auf seine Anwälte. Sie sahen ihn nicht an. Grinder betrachtete die Fliesen an der Decke.

»Sie stehen unter Eid, Mr. Moeller«, erinnerte ihn Harry, nur Sekunden nachdem er ihn geleistet hatte.

»Ja, Sir«, sagte er und versuchte schwächlich, diesen gewaltigen Mann anzulächeln, der hoch über ihm saß und über das Geländer des Podiums hinweg auf ihn herabschaute.

»Haben Sie die Story in der heutigen Zeitung, die Ihren Namen trägt, tatsächlich geschrieben?«

»Ja, Sir.«

»Haben Sie sie allein geschrieben, oder hat Ihnen jemand geholfen?«

»Nun, Euer Ehren, ich habe jedes Wort selbst geschrieben, wenn es das ist, was Sie meinen.«

»Das meine ich. Nun, im vierten Absatz dieser Story schreiben Sie, ich zitiere, ›Mark Sway weigerte sich, Fragen über Barry Muldanno und Boyd Boyette zu beantworten.‹ Ende des Zitats. Haben Sie das geschrieben, Mr. Moeller?«

»Ja, Sir.«

»Und waren Sie gestern, als der Junge aussagte, hier im Saal anwesend?«

»Nein, Sir.«

»Waren Sie in diesem Gebäude?«

»Äh, ja, Sir. Dagegen ist doch nichts einzuwenden, oder?«

»Keine überflüssigen Bemerkungen, Mr. Moeller. Ich stelle die Fragen, und Sie beantworten sie. Haben Sie verstanden, wie das hier läuft?«

»Ja. Sir.« Slick flehte mit den Augen zu seinen Anwälten, aber beide waren in diesem Moment tief in die Lektüre irgendwelcher Papiere versunken. Er fühlte sich allein und ohne Zuflucht.

»Sie waren also nicht anwesend. Nun, Mr. Moeller, wie haben Sie erfahren, daß der Junge sich weigerte, meine Fragen über Barry Muldanno und Boyd Boyette zu beantworten?«

»Ich hatte eine Quelle.«

Die Idee, daß er eine Quelle war, war Grinder noch nie gekommen. Er war nur ein schlechtbezahlter Gerichtsdiener mit einer Uniform und einer Waffe und Rechnungen, die beglichen werden mußten. Ihm stand eine Klage von Sears wegen der Kreditkarte seiner Frau ins Haus. Er hätte sich gern den Schweiß von der Stirn gewischt, wagte aber nicht, sich zu bewegen.

»Soso, eine Quelle«, sagte Harry höhnisch. »Natürlich hatten Sie eine Quelle, Mr. Moeller. Etwas anderes war auch nicht zu erwarten. Sie waren nicht hier. Jemand hat es Ihnen erzählt. Also, wer war Ihre Quelle?«

Der Anwalt mit dem am gründlichsten angegrauten Haar stand schnell auf, um das Wort zu ergreifen. Er trug die Standardkleidung der Herren aus den großen Kanzleien – anthrazitfarbener Anzug, weißes Hemd, rote Krawatte mit einem gewagten gelben Streifen darauf und schwarze Schuhe. Sein Name war Alliphant. Er war ein Partner, der normalerweise Gerichtssäle mied. »Euer Ehren, wenn Sie gestatten.«

Harry verzog das Gesicht und wendete den Blick langsam, von dem Zeugen ab. Sein Mund stand offen, als wäre er geradezu schockiert über diese kühne Unterbrechung. Er funkelte Alliphant an, der noch einmal wiederholte: »Wenn Sie gestatten, Euer Ehren.«

Harry ließ ihn eine Ewigkeit hängen, dann sagte er: »Sie waren noch nie in meinem Gerichtssaal, nicht wahr, Mr. Alliphant?«

»Nein, Sir«, erwiderte er, immer noch stehend.

»Den Eindruck habe ich auch. Keiner Ihrer üblichen Auftrittsorte. Wie viele Anwälte arbeiten in Ihrer Kanzlei, Mr. Alliphant?«

»Hundertundsieben, nach dem neuesten Stand.«

Harry pfiff durch die Zähne und schüttelte den Kopf. »Ganz schöne Mannschaft. Ist auch irgendeiner darunter, der vor dem Jugendgericht auftritt?«

»Nun, ich bin sicher, einige, Euer Ehren.«

»Und wer?«

Alliphant schob die eine Hand in die Tasche und strich mit einem Finger an der Kante seines Notizblocks entlang. Er gehörte hier nicht her. Seine juristische Welt war die der Sitzungssäle und dikken Dokumente, der großen Vorschüsse und eleganten Lunches. Er war reich, weil er dreihundert Dollar pro Stunde in Rechnung stellte und dreißig Partner hatte, die dasselbe taten. Seine Kanzlei prosperierte, weil sie siebzig angestellten Anwälten fünfzigtausend pro Jahr zahlte und von ihnen erwartete, daß sie das Fünffache berechneten. Vorgeblich war er hier, weil er der Hauptanwalt der Zeitung war, in Wirklichkeit aber, weil sonst niemand in der Prozeßabteilung der Kanzlei es hatte einrichten können, mit nur zwei Stunden Vorankündigung an der Anhörung teilzunehmen.

Harry verachtete ihn, seine Kanzlei und seine ganze Gattung. Er mißtraute diesen Firmentypen, die nur aus ihren Chefetagen herabstiegen, wenn es sich absolut nicht vermeiden ließ, sich unter das niedere Volk zu mischen. Sie waren arrogant und hatten Angst, sich die Hände schmutzig zu machen.

»Setzen Sie sich, Mr. Alliphant«, sagte er. »In meinem Gerichtssaal wird nicht aufgestanden. Setzen Sie sich.«

Alliphant sank wieder auf seinen Stuhl.

»So, und was wollten Sie sagen, Mr. Alliphant?«

»Also, Euer Ehren, wir erheben Einspruch gegen diese Fragen, und wir erheben Einspruch gegen dieses Verhör von Mr. Moeller mit der Begründung, daß seine Story als freie Meinungsäußerung geschützt ist unter dem Ersten Zusatz der Verfassung. Und deshalb ...«

»Mr. Alliphant, haben Sie den die vertrauliche Anhörung vor einem Jugendgericht betreffenden

Abschnitt des Gesetzes gelesen? Bestimmt haben Sie das getan.«

»Ja, Sir, das habe ich. Und offengestanden, Euer Ehren, mit diesem Abschnitt habe ich einige sehr schwerwiegende Probleme.«

»Ach, wirklich? Fahren Sie fort.«

»Ja, Sir. Ich bin der Ansicht, daß dieser Abschnitt, so wie er geschrieben wurde, verfassungswidrig ist. Ich habe hier einige Fälle von anderen ...«

»Verfassungswidrig?« fragte Harry mit hochgezogenen Brauen.

»Ja, Sir«, erwiderte Alliphant fest.

»Wissen Sie, wer diesen Abschnitt geschrieben hat, Mr. Alliphant?«

Alliphant wendete sich seinem Kollegen zu, als wüßte der alles. Aber der schüttelte den Kopf

»Ich habe ihn geschrieben, Mr. Alliphant«, sagte Harry laut. »Ich. Moi. Stets zu Diensten. Und wenn Sie eine Ahnung hätten von den Jugendgesetzen in diesem Staat, dann wüßten Sie auch, daß ich der Experte bin, weil ich das Gesetz geschrieben habe. Also, was haben Sie dazu zu sagen?«

Slick sackte auf seinem Stuhl zusammen. Er hatte über tausend Verhandlungen beobachtet. Er hatte erlebt, wie wütende Richter Kleinholz aus Anwälten machten, und er wußte, daß gewöhnlich ihre Mandanten darunter zu leiden hatten.

»Ich halte ihn für verfassungswidrig, Euer Ehren«, sagte Alliphant tapfer.

»Und das letzte, woran mir liegt, Mr. Alliphant, ist, mich mit Ihnen auf eine lange und wortreiche Diskussion über den Ersten Verfassungszusatz einzulassen. Wenn Ihnen das Gesetz nicht gefällt, dann legen Sie Widerspruch dagegen ein. Meinen Segen haben Sie. Aber jetzt, in diesem Augenblick, während ich nicht zu meinem Mittagessen komme, will ich, daß Ihr Mandant die Frage beantwortet.« Er wandte sich wieder an Slick, der in Angst und Schrecken auf seinem Stuhl saß und wartete. »Also, Mr. Moeller, wer war Ihre Quelle?«

Grinder war nahe daran, sich zu übergeben. Er schob die Daumen in seinen Gürtel und drückte sie gegen den Magen. Slick stand in dem Ruf, immer sein Wort zu halten. Er nannte nie seine Informanten.

»Ich kann meine Quelle nicht preisgeben«, sagte Slick in dem Versuch, dem ganzen einen dramatischen Anstrich zu geben: er, der Märtyrer, der furchtlos dem Tode entgegenblickt. Grinder holte tief Luft. Was für herrliche Worte.

Harry winkte sofort den beiden Deputies. »Ich

erkenne auf Mißachtung des Gerichts, Mr. Moeller. Sie sind festgenommen.« Die Deputies standen neben Slick, der sich verstört nach Hilfe umschaute.

»Euer Ehren«, sagte Alliphant, der, ohne nachzudenken, wieder aufgestanden war. »Wir erheben Einspruch! Sie können nicht ...«

Harry ignorierte Alliphant. Er sprach zu den Deputies. »Bringen Sie ihn ins Stadtgefängnis. Keine Sonderbehandlung. Keine Vergünstigungen. Ich lasse ihn Montag für einen weiteren Versuch wieder vorführen.«

Sie zogen Slick hoch und legten ihm Handschellen an. »Tun Sie etwas!« schrie er Alliphant an, der gerade sagte: »Mein Mandant hat ein Recht auf Meinungsäußerung, Euer Ehren. Das können Sie nicht tun.«

»Ich tue es, Mr. Alliphant«, brüllte Harry. »Und wenn Sie sich nicht sofort wieder hinsetzen, kommen Sie in dieselbe Zelle wie Ihr geschätzter Mandant.«

Alliphant sackte auf seinen Stuhl.

Sie zerrten Slick zur Tür, und als sie sie öffneten, hatte Harry noch eine letzte Bemerkung zu machen. »Mr. Moeller, wenn ich in Ihrer Zeitung auch nur ein Wort lese, das Sie im Gefängnis geschrieben haben, dann lasse ich Sie dort einen Monat schmoren, bevor ich Sie wieder vorführen lasse. Haben Sie das verstanden?«

Slick konnte nicht sprechen. »Wir legen Berufung ein, Slick«, versprach Alliphant, als sie ihn hinausschoben und die Tür zumachten. »Wir legen Berufung ein.«

Dianne Sway saß auf einem schweren Holzstuhl, hielt ihren älteren Sohn in den Armen und betrachtete das Sonnenlicht, das durch die staubige, defekte Jalousie in den Zeugenraum B einfiel. Die Tränen waren versiegt, sprechen konnten sie nicht.

Nach fünf Tagen und vier Nächten unfreiwilliger Gefangenschaft in der Psychiatrischen Abteilung war sie zuerst glücklich gewesen, sie verlassen zu können. Aber in diesen Tagen kam das Glück in sehr geringen Dosen, und nun sehnte sie sich danach, an Rickys Bett zurückkehren zu können. Jetzt, da sie Mark gesehen, ihn in den Armen gehalten und mit ihm geweint hatte, wußte sie, daß er in Sicherheit war. Und das war unter den gegebenen Umständen alles, was eine Mutter verlangen konnte.

Sie traute weder ihrem Instinkt noch ihrem Urteilsvermögen. Fünf Tage in einer Höhle nehmen einem jeden Sinn für die Realität. Die endlose Serie, in der ein Schock auf den anderen folgte, hatte sie erschöpft und betäubt. Die Medikamente – Tabletten zum Schlafen und Tabletten zum Aufwachen und Tabletten, um die Tage durchzustehen – stumpften den Verstand so ab, daß ihr Leben zu einer Folge von Schnappschüssen geworden war, die einzeln vor ihren Augen erschienen. Das Gehirn funktionierte, aber in Zeitlupe.

»Sie wollen, daß wir nach Portland gehen«, sagte sie, seinen Arm reibend.

»Reggie hat mit dir darüber gesprochen.«

»Ja, wir hatten ein langes Gespräch. Es gibt da eine gute Klinik für Ricky, und wir können von vorn anfangen.«

»Klingt gut, aber der Gedanke macht mir Angst.«

»Mir auch, Mark. Ich will mich nicht die nächsten vierzig Jahre ständig umsehen müssen. Ich habe einmal in irgendeiner Zeitschrift über einen Mafia-Informanten gelesen, der dem FBI geholfen hat, und der dann versteckt worden ist. Genau so, wie sie es mit uns vorhaben. Ich glaube, es hat zwei Jahre gedauert, bis die Mafia ihn gefunden und seinen Wagen in die Luft gesprengt hat.«

»Ich glaube, ich habe den Film gesehen.«

»Ich kann so nicht leben, Mark.«

»Können wir einen anderen Wohnwagen bekommen?«

»Ich glaube schon. Ich habe heute morgen mit Mr. Tucker gesprochen, und er hat gesagt, der Wohnwagen wäre voll versichert gewesen. Er hat gesagt, er hätte einen anderen für uns. Und ich habe immer noch meinen Job. Sie haben sogar heute morgen den Lohnscheck im Krankenhaus abgeliefert.«

Mark lächelte bei dem Gedanken, in die Wohnwagensiedlung zurückkehren und mit den anderen Jungen herumhängen zu können. Er vermißte sogar die Schule.

»Diese Leute sind gefährlich, Mark.«

»Ich weiß. Ich habe sie kennengelernt.«

Sie dachte eine Sekunde nach, dann fragte sie: »Was hast du?«

»Das ist vermutlich auch etwas, was ich zu erzählen vergessen habe.«

»Erzähl.«

»Es ist vor ein paar Tagen im Krankenhaus passiert. Ich weiß nicht, an welchem Tag. Sie verschwimmen alle.« Er holte tief Luft und erzählte ihr von seiner Begegnung mit dem Mann mit dem Schnappmesser und ihrem Familienfoto. Normalerweise wäre sie oder jede andere Mutter entsetzt gewesen. Aber für Dianne war es nur ein weiteres Ereignis in einer grauenhaften Woche.

»Warum hast du mir das nicht gesagt?«

»Weil ich dich nicht beunruhigen wollte.«

»Vielleicht wären wir nicht in dieser Lage, wenn du mir von Anfang an alles erzählt hättest.«

»Mach mir keine Vorwürfe, Mom. Ich kann es nicht verkraften.« Sie konnte es auch nicht, also ließ sie das Thema fallen. Reggie klopfte an und öffnete die Tür. »Wir müssen gehen«, sagte sie. »Der Richter wartet.«

Sie folgten ihr den Flur entlang und dann um eine Ecke herum. Zwei Deputies folgten ihnen. »Bist du nervös?« flüsterte Dianne.

»Nein. Es ist keine große Sache, Mom.«

Als sie den Gerichtssaal betraten, verzehrte Harry gerade sein Sandwich und blätterte in der Akte. Fink, Ord und Baxter McLemore, die heutigen Vertreter der Anklage vor dem Jugendgericht, saßen zusammen an ihrem Tisch, alle stumm und zahm, alle gelangweilt, und warteten auf das, was zweifellos ein kurzer Auftritt des Jungen sein würde. Fink und Ord waren fasziniert von den Beinen und dem Rock der Protokollantin. Die Figur war hinreißend – ganz schmale Taille, straffe Brüste, schlanke Beine. Sie war das einzige erfreuliche Element in diesem schäbigen Gerichtssaal, und Fink mußte sich eingestehen, daß er während des gestrigen Flugs nach New Orleans an sie gedacht hatte. Und er hatte auch auf dem Weg zurück nach Memphis an sie gedacht. Sie enttäuschte ihn nicht. Ihr Rock endete auf halber Höhe der Oberschenkel und wanderte zusehends weiter aufwärts.

Harry sah Dianne an und bedachte sie mit seinem besten Lächeln. Seine großen Zähne waren makellos und seine Augen freundlich. »Hallo, Ms. Sway«, sagte er liebenswürdig. Sie nickte und versuchte zu lächeln.

»Ich freue mich, Sie kennenzulernen, und es tut mir leid, daß es unter diesen Umständen geschieht.«

»Danke, Euer Ehren«, sagt sie leise zu dem Mann, der ihren Sohn ins Gefängnis geschickt hatte.

Harry warf einen verächtlichen Blick auf Fink. »Ich gehe davon aus, daß Sie alle die heutige Ausgabe der *Memphis Press* gelesen haben. Sie enthält eine faszinierende Story über die gestrige Verhandlung, und der Mann, der diese Story geschrieben hat, sitzt jetzt im Gefängnis. Ich habe vor, dieser Angelegenheit weiter nachzugehen, und ich bin sicher, daß ich die undichte Stelle finden werde.«

Grinder, neben der Tür, fühlte sich plötzlich wieder sehr elend.

»Und wenn ich sie gefunden habe, werde ich mit einem Mißachtungs-Beschluß darauf reagieren. Also, meine Damen und Herren, halten Sie den Mund. Kein Wort zu irgend jemandem.« Er griff nach der Akte. »Also, Mr. Fink, wo ist Mr. Foltrigg?«

Fink antwortete, ohne sich von seinem Platz zu rühren. »Er ist in New Orleans, Eurer Ehren. Ich habe die Kopie des Gerichtsbeschlusses, die Sie haben wollten.«

»Gut. Ihr Wort genügt mir. Kanzlistin, vereidigen Sie den Zeugen.« Die Kanzlistin warf die Hand in die Luft und bellte Mark an: »Heb die rechte Hand.« Mark stand verlegen auf und wurde vereidigt.

»Du kannst an deinem Platz bleiben«, sagte Harry. Reggie saß rechts von ihm, Dianne zu seiner Linken.

»Mark, ich werde dir einige Fragen stellen, okay?«

»Ja, Sir.«

»Hat Mr. Clifford vor seinem Tode irgend etwas über Mr. Barry Muldanno gesagt?«

»Darauf will ich nicht antworten.«

»Hat Mr. Clifford den Namen Boyd Boyette erwähnt?«

»Darauf will ich nicht antworten.«

»Hat Mr. Clifford irgend etwas über den Mord an Boyd Boyette gesagt?«

»Darauf will ich nicht antworten.«

»Hat Mr. Clifford irgend etwas darüber gesagt, wo sich die Leiche von Boyd Boyette gegenwärtig befindet?«

»Darauf will ich nicht antworten.«

Harry hielt inne und betrachtete seine Notizen. Dianne hatte aufgehört zu atmen und starrte Mark fassungslos an. »Es ist okay, Mom«, flüsterte er ihr zu.

»Euer Ehren«, sagte er mit kräftiger, selbstsicherer Stimme. »Ich möchte, daß Sie verstehen, daß ich diese Fragen aus demselben Grund nicht beantworte, den ich gestern angegeben habe. Ich habe Angst, das ist alles.«

Harry nickte, verzog aber keine Miene. Er war weder wütend noch erfreut. »Gerichtsdiener, bringen Sie Mark zurück in den Zeugenraum und lassen Sie ihn dort, bis wir fertig sind. Er darf mit seiner Mutter sprechen, bevor er in die Haftanstalt zurückgebracht wird.«

Grinders Knie waren butterweich, aber er schaffte es, Mark aus dem Gerichtssaal hinauszuführen.

Harry öffnete seine Robe. »Alles Weitere ist inoffiziell. Die Kanzlistin und Sie, Ms. Gregg, können zum Lunch gehen.« Es war kein Angebot, sondern ein Befehl. Harry wollte weniger Ohren im Saal.

Ms. Gregg schwenkte ihre Beine in Richtung

Fink, und sein Herz blieb stehen. Er und Ord beobachteten mit offenem Mund, wie sie aufstand, ihre Handtasche nahm und aus dem Gerichtssaal tänzelte.

»Holen Sie das FBI, Mr. Fink«, befahl Harry.

McThune und ein verdrießlicher K. O. Lewis wurden hereingeholt und nahmen ihre Plätze hinter Ord ein. Lewis war ein vielbeschäftigter Mann, auf dessen Schreibtisch in Washington sich tausend wichtige Angelegenheiten stapelten, und in den vergangenen vierundzwanzig Stunden hatte er sich hundertmal gefragt, warum er nach Memphis gekommen war. Natürlich hatte Direktor Voyles es so angeordnet, was immerhin nicht den geringsten Zweifel an seinen Prioritäten zuließ.

»Mr. Fink, vor der Anhörung haben Sie angedeutet, daß es etwas Wichtiges gibt, das ich wissen sollte.«

»Ja, Sir. Mr. Lewis möchte Sie darüber informieren.«

»Mr. Lewis. Bitte fassen Sie sich kurz.«

»Ja, Euer Ehren. Wir überwachen Barry Muldanno seit Monaten, und gestern ist es uns gelungen, mit elektronischen Mitteln ein Gespräch zwischen Muldanno und Paul Gronke aufzuzeichnen. Es fand in einem Lokal im French Quarter statt, und ich glaube, Sie sollten es hören.«

»Sie haben das Band?«

»Ja, Sir.«

»Dann spielen Sie es ab.« Plötzlich spielte die Zeit für Harry keine Rolle mehr.

McThune baute auf dem Tisch vor Fink schnell einen Recorder und einen Lautsprecher auf, und Lewis legte eine Mikrokassette ein. »Die erste Stimme, die Sie hören, ist die von Muldanno«, erklärte er wie ein Chemiker, der eine Demonstration vorbereitet. »Dann kommt Gronke.«

Im Gerichtssaal herrschte absolute Stille, als die kratzigen, aber sehr deutlichen Stimmen aus dem Lautsprecher kamen. Die gesamte Unterhaltung war aufgezeichnet; Muldannos Vorschlag, den Jungen umzulegen, und Gronkes Zweifel, daß man an ihn herankam; die Idee, die Mutter oder den Bruder des Jungen umzubringen, und Gronkes Protest gegen das Töten unschuldiger Leute; Muldannos Gerede über das Umlegen der Anwältin und sein Gelächter über die Wunder, die das in der Welt der Anwälte bewirken würde; Gronkes Hinweis auf das Niederbrennen des Wohnwagens; und schließlich der Plan, in der kommenden Nacht die Telefone der Anwältin anzuzapfen.

Es war erschreckend. Fink und Ord hatten es bereits zehnmal gehört und verzogen keine Miene. Reggie schloß die Augen, als so beiläufig über ihre Ermordung gewitzelt wurde. Dianne war starr vor Angst. Harry starrte auf den Lautsprecher, als könnte er ihre Gesichter sehen, und als das Band abgelaufen war und Lewis auf die Knöpfe drückte, sagte er lediglich: »Spielen Sie es noch einmal ab.«

Sie hörten es sich ein zweites Mal an, und der Schock ließ nach. Dianne zitterte. Reggie hielt ihren Arm und versuchte, tapfer zu sein, aber das leichtfertige Gerede über das Umbringen der Anwältin des Jungen ließ ihr Blut erstarren. Dianne bekam eine Gänsehaut, und aus ihren Augen quollen Tränen. Sie dachte an Ricky, der in diesem Moment von Greenway und einer Schwester bewacht wurde, und betete, daß er in Sicherheit war.

»Ich habe genug gehört«, sagte Harry, als das Band abgelaufen war. Lewis kehrte auf seinen Platz zurück und wartete darauf, daß Seine Ehren seine Anweisungen erteilte. Harry wischte sich die Augen mit einem Taschentuch, dann nahm er einen großen Schluck Eistee. Er lächelte Dianne an. »Verstehen Sie jetzt, Ms. Sway, warum wir Mark in die Haftanstalt gebracht haben?«

»Ich glaube, ja.«

»Zwei Gründe. Der erste ist, daß er sich geweigert hat, meine Fragen zu beantworten, aber der ist im Moment bei weitem nicht so wichtig wie der zweite. Er ist in großer Gefahr, wie Sie eben gehört haben. Was möchten Sie, daß ich als nächstes tue?«

Es war eine unfaire Frage an eine verängstigte, zutiefst besorgte Frau und Mutter, und sie wußte nichts mit ihr anzufangen. Sie schüttelte lediglich den Kopf. »Ich weiß es nicht«, murmelte sie.

Harry sprach langsam, und es konnte keinerlei Zweifel daran bestehen, daß er genau wußte, was er als nächstes tun sollte. »Reggie hat mir gesagt, daß sie mit Ihnen über das Zeugenschutzprogramm gesprochen hat. Sagen Sie nur, was Sie davon halten.«

Dianne hob den Kopf und biß sich auf die Lippe. Sie dachte ein paar Sekunden lang nach und versuchte, den Blick auf den Recorder zu heften. »Ich will nicht«, sagte sie entschlossen, mit einem Kopfnicken auf den Recorder deutend, »daß diese Leute mich und meine Kinder verfolgen, solange wir leben. Und ich habe Angst, daß genau das passieren wird, wenn Mark Ihnen sagt, was Sie wissen wollen.«

»Sie werden unter dem Schutz des FBI und jeder einschlägigen Behörde der Regierung der Vereinigten Staaten stehen.«

»Aber niemand kann uns unsere Sicherheit hundertprozentig garantieren. Das sind meine Kinder, Euer Ehren, und ich bin eine alleinstehende Mutter. Es gibt niemanden sonst. Wenn ich etwas falsch mache, könnte ich sie verlieren – ich mag gar nicht daran denken.«

»Ich glaube nicht, daß ihnen etwas passieren wird, Ms. Sway. Es gibt Tausende von Zeugen, die von der Regierung geschützt werden.«

»Aber einige von ihnen sind gefunden worden, stimmt's?«

Es war eine leise Frage, aber sie traf genau den wunden Punkt. Weder McThune noch Lewis konnten die Tatsache bestreiten, daß schon Zeugen umgebracht worden waren. Es folgte ein langes Schweigen.

»Also, Ms. Sway«, sagte Harry schließlich mit sehr viel Mitgefühl, »was ist die Alternative?«

»Warum können Sie diese Leute nicht verhaften? Sie irgendwo einsperren. Ich meine, es sieht so aus, als liefen sie einfach frei herum und terrorisieren mich und meine Familie und Reggie auch. Was unternimmt die Polizei?«

»Soweit ich informiert bin, Ms. Sway, wurde letzte Nacht bereits jemand verhaftet. Die hiesige Polizei sucht nach den beiden Männern, die Ihren Wohnwagen in Brand gesetzt haben, zwei Gangster aus New Orleans namens Bono und Pirini, aber sie hat sie noch nicht gefunden. Stimmt das, Mr. Lewis?«

»Ja, Sir. Wir glauben, daß sie noch in der Stadt sind. Und ich möchte hinzufügen, Euer Ehren, daß der Bundesanwalt in New Orleans vorhat, Muldanno und Gronke Anfang nächster Woche wegen Behinderung der Justiz vor Gericht zu stellen. Sie werden also schon bald hinter Schloß und Riegel sitzen.«

»Aber das ist die Mafia, nicht wahr?« fragte Dianne.

Jeder Idiot, der die Zeitung lesen konnte, wußte, daß es die Mafia war. Es war ein Mafia-Mord, begangen von einem Mafia-Killer, dessen Angehörige seit vier Jahrzehnten Mafia-Gangster in New Orleans waren. Ihre Frage war so simpel, dennoch verwies sie auf das Offensichtliche. Die Mafia ist eine unsichtbare Armee mit zahllosen Soldaten.

Lewis wollte die Frage nicht beantworten, also wartete er auf Seine Ehren, der gleichfalls wünschte, sie würde sich einfach in Luft auflösen. Wieder trat ein langes, verlegenes Schweigen ein.

Dianne räusperte sich und sprach mit wesentlich kraftvollerer Stimme. »Euer Ehren, wenn Sie oder diese Herren mir einen Weg zeigen, der meinen Kindern absolute Sicherheit garantiert, dann werde ich Ihnen helfen. Aber vorher nicht.«

»Sie wollen also, daß er im Gefängnis bleibt«, platzte Fink heraus.

Sie drehte sich um und musterte Fink, der keine drei Meter von ihr entfernt saß. »Sir, die Haftanstalt ist mir wesentlich lieber als ein Grab.«

Fink sackte auf seinem Stuhl zusammen und starrte auf den Fußboden. Es vergingen endlose Sekunden. Dann sah Harry auf die Uhr und schloß seine Robe. »Ich schlage vor, daß wir am Montag um zwölf Uhr wieder zusammenkommen. Lassen Sie uns jeweils von Tag zu Tag entscheiden.«

30

Paul Gronke beendete seine unvorhergesehene Reise nach Minneapolis, als die Northwest 727 von der Startbahn abhob und ihren Flug nach Atlanta begann. Von Atlanta aus hoffte er einen Direktflug nach New Orleans zu bekommen, und einmal dort angekommen, gedachte er die Stadt lange Zeit nicht wieder zu verlassen. Vielleicht jahrelang nicht. Ungeachtet seiner Freundschaft mit Muldanno hatte er diese Geschichte gründlich satt. Er konnte notfalls einen Daumen oder ein Bein brechen und fast jeden terrorisieren und ihm Angst einjagen. Aber es machte ihm überhaupt keinen Spaß, kleinen Jungen aufzulauern und ihnen mit einem Schnappmesser unter der Nase herumzufuchteln. Er verdiente gut mit seinen Clubs und Bierkneipen, und wenn Barry Hilfe brauchte, dann sollte er sich an seine Familie wenden. Gronke gehörte nicht zur Familie. Er war kein Mafioso. Und er dachte auch nicht daran, für Barry Muldanno irgend jemanden umzubringen.

Sobald seine Maschine am Morgen auf dem Flughafen von Memphis gelandet war, hatte er zwei Anrufe gemacht. Der erste beunruhigte ihn, weil sich niemand meldete. Daraufhin wählte er eine Ersatznummer, unter der er eine aufgezeichnete Nachricht erwartete, und erhielt auch hier keine Antwort. Er ging schnell zum Northwest-Schalter und bezahlte bar für einen einfachen Flug nach Minneapolis. Dann suchte er den Delta-Schalter auf und bezahlte bar für einen einfachen Flug nach Dallas-Fort Worth. Dann kaufte er bei United ein Ticket nach Chicago. Er wanderte eine Stunde lang in der Abfertigungshalle herum, hielt ständig Ausschau, sah nichts und ging in der letzten Sekunde an Bord der Northwest-Maschine.

Bono und Pirini hatten strikte Anweisungen. Die beiden Anrufe bedeuteten eines von zwei Dingen. Entweder hatten die Bullen sie geschnappt, oder sie waren gezwungen gewesen, ihre Zelte abzubrechen und sich in Luft aufzulösen. Keiner der beiden Gedanken war erfreulich.

Die Stewardeß brachte zwei Bier. Es war ein paar Minuten nach eins, zu früh, um mit dem Trinken anzufangen, aber er war nervös, also, und wenn schon. Irgendwo auf der Welt war es fünf Uhr nachmittags.

Muldanno würde ausflippen und mit allem um

sich werfen, was ihm in die Quere kam. Er würde zu seinem Onkel rennen und noch ein paar Typen ausleihen. Sie würden über Memphis herfallen und anfangen, Leuten weh zu tun. Feingefühl war nicht gerade Barrys Stärke.

Ihre Freundschaft hatte in der High School begonnen, in der zehnten Klasse, ihrem letzten Schuljahr, bevor sie beide ausstiegen und anfingen, die Straßen von New Orleans unsicher zu machen. Barrys Weg ins Verbrechen war von der Familie vorgezeichnet. Gronkes Weg war etwas komplizierter. Ihr erstes Geschäft war ein Hehlerei-Unternehmen gewesen, das zu einem Riesenerfolg wurde. Aber die Profite wurden von Barry abgeschöpft und der Familie ausgehändigt. Sie hatten ein bißchen mit Drogen gedealt, ein paar Lotterien aufgezogen, ein Bordell gemanagt, alles überaus einträgliche Geschäfte. Aber Gronke bekam von dem Geld nur wenig zu sehen. Nach zehn Jahren dieser ungleichen Partnerschaft hatte er Barry erklärt, daß er einen eigenen Laden wollte. Barry half ihm, eine Oben-ohne-Bar zu kaufen, dann eine Pornoproduktion. Gronke machte Geld und konnte es behalten. Ungefähr um diese Zeit fing Barry mit dem Morden an, und Gronke sorgte für mehr Distanz zwischen ihnen.

Aber sie blieben Freunde. Ungefähr einen Mohat nach Boyettes Verschwinden verbrachten beide mit zwei Stripperinnen ein verlängertes Wochenende in Johnny Sularis Haus in Acapulco. Eines Nachts, nachdem die Mädchen weggesackt waren, unternahmen sie einen langen Spaziergang am Strand. Barry trank Tequila und redete mehr als gewöhnlich. Er war gerade erst unter Verdacht geraten und prahlte seinem Freund gegenüber mit dem Mord.

Die Deponie in Lafourche Parish war für die Familie Sulari Millionen wert. Johnny hatte vor, eines Tages den größten Teil des Mülls von New Orleans dort abzukippen. Senator Boyette war ein unvermuteter Gegner gewesen. Seine Kapriolen hatten einen Haufen schlechte Presse für die Deponie mit sich gebracht, und je mehr Druckerschwärze Boyette bekam, desto irrer wurde er. Er setzte eine nationale Untersuchung in Gang. Er zog Dutzende von Bürokraten von der Umweltschutzbehörde hinzu, die Bände von Gutachten erstellten, von denen die meisten die Deponie verdammten. In Washington hatte er das Justizministerium bekniet, bis es eine eigene Untersuchung wegen vermutlicher Mafia-Beteiligung in die Wege geleitet hatte. Senator Boyette war zum größten Hindernis für Johnnys Goldmine geworden.

Man hatte beschlossen, Boyette zu beseitigen.

Aus einer Flasche Cuervo Gold trinkend, hatte Barry über den Mord gelacht. Er hatte Boyette sechs Monate lang verfolgt und war angenehm überrascht gewesen, als sich herausstellte, daß der Senator, der geschieden war, eine Schwäche für junge Frauen hatte. Billige junge Frauen, die Sorte, die man in einem Bordell fand und für fünfzig Dollar kaufen konnte. Seine Lieblingsabsteige war ein Rasthaus auf halbem Wege zwischen New Orleans und Houma, dem für die Deponie vorgesehenen Ort. Es lag in einer Ölgegend, und seine Gäste waren Offshore-Arbeiter und die gerissenen kleinen Huren, die sie anzogen. Offenbar kannte der Senator den Besitzer und hatte ein Spezialarrangement. Er parkte immer hinter einem Müllauto, weit weg von dem Kiesparkplatz voll großer Pickups und Harleys. Er benutzte immer den Hintereingang neben der Küche.

Die Fahrten des Senators nach Houma wurden häufiger. Er führte das große Wort in Bürgerversammlungen und hielt jede Woche eine Pressekonferenz ab. Und er genoß seine Rückfahrten nach New Orleans mit den schnellen Nummern im Rasthaus.

Der Auftrag war ein Kinderspiel, sagte Barry, als sie am Strand saßen und schaumiges Salzwasser sie umspülte. Er war Boyette nach einer lautstarken

Deponie-Versammlung in Houma zwanzig Meilen weit gefolgt und hatte geduldig in der Dunkelheit hinter dem Rasthaus gewartet. Als Boyette nach seiner kleinen Affäre auftauchte, hatte er ihm mit einem Schlagstock einen Hieb auf den Kopf versetzt und ihn auf den Rücksitz geworfen. Ein paar Meilen weiter hatte er angehalten und ihm vier Kugeln in den Kopf gejagt. Dann hatte er die Leiche in Müllsäcke eingewickelt und im Kofferraum verstaut.

Man stelle sich das vor, staunte Barry, ein US-Senator, den man sich in der Dunkelheit eines drittklassigen Bordells greifen kann. Er hatte einundzwanzig Amtsjahre hinter sich, hatte den Vorsitz in mächtigen Komitees geführt, war um den ganzen Globus gereist und hatte nach Mitteln und Wegen gesucht, das Geld der Steuerzahler auszugeben, hatte achtzehn Assistenten und Laufburschen, die für ihn arbeiteten, und peng! einfach so, wird er dann mit heruntergelassener Hose erwischt. Barry fand das zum Totlachen. Einer seiner einfachsten Jobs, sagte er, als hätte es Hunderte gegeben.

Ein Staatspolizist hatte Barry zehn Meilen vor New Orleans wegen zu schnellen Fahrens angehalten. Stell dir das vor, sagte er, da unterhält man sich mit einem Bullen mit einer warmen Leiche im Kofferraum. Er redete über Football und blieb von einem Strafzettel verschont. Aber dann wurde er nervös und beschloß, die Leiche an einem anderen Ort zu verstecken.

Gronke war versucht zu fragen, wo, aber dann ließ er es lieber bleiben.

Die Anklage gegen Barry stand auf wackligen Beinen. Der Aussage des Staatspolizisten zufolge war Barry um die Zeit des Verschwindens in der Nähe gewesen. Aber ohne die Leiche gab es keinen Beweis für die Todeszeit. Eine der Prostituierten hatte, während der Senator unterhalten wurde, auf dem verschatteten Parkplatz einen Mann gesehen, der Barry ähnelte. Sie stand jetzt unter dem Schutz der Regierung, aber man rechnete nicht damit, daß sie eine gute Zeugin abgab. Barrys Wagen war gereinigt und alle Spuren beseitigt worden. Keine Blutspuren, keine Fasern oder Haare. Der Star der Anklage war ein Mafia-Informant, ein Mann, der zwanzig seiner vierzig Jahre im Gefängnis verbracht hatte, und man rechnete nicht damit, daß er lange genug am Leben blieb, um aussagen zu können. In der Wohnung von einer von Barrys Freundinnen hatte man eine .22er Ruger sichergestellt, aber auch hier war es ohne Leiche unmöglich, sie als die Tatwaffe zu identifizieren. Barrys Fingerabdrücke waren auf der Waffe. Er hat sie mir geschenkt, sagte die Freundin.

Jurys verurteilen nur ungern, wenn sie nicht ganz sicher sein können, daß das Opfer wirklich tot ist. Und Boyette war ein derart exzentrischer Mann, daß Gerüchte und Klatsch alle möglichen Spekulationen über sein Verschwinden ausgelöst hatten. Einer der Berichte, die veröffentlicht worden waren, hatte Details über psychische Probleme geliefert, unter denen er in jüngster Zeit gelitten hatte, und auf diese Weise war eine populäre Theorie aufgekommen, derzufolge er den Verstand verloren hatte und mit einer blutjungen Nutte abgehauen war. Er hatte Spielschulden. Er trank zuviel. Seine Ex-Frau hatte ihn bei der Scheidung wegen Betruges verklagt. Und so weiter und so weiter.

Boyette hatte massenhaft Gründe, zu verschwinden.

Und nun wußte ein elfjähriger Junge in Memphis, wo er begraben war. Gronke machte das zweite Bier auf.

Doreen hielt Marks Arm und führte ihn in seine Zelle. Sein Gang war schlurfend, und er schaute auf den Fußboden, als hätte er gerade die Explosion einer Autobombe auf einem belebten Platz miterlebt.

»Bist du okay, Junge?« fragte sie, und die Falten um ihre Augen verrieten tiefe Besorgnis.

Er nickte und trottete weiter. Sie schloß schnell die Tür auf und führte ihn zu dem unteren Bett.

»Leg dich lang, Kleiner«, sagte sie, schlug die Decke zurück und schwenkte seine Beine aufs Bett. Sie kniete vor ihm nieder und suchte in seinen Augen nach Antworten. »Bist du wirklich okay?«

Er nickte, konnte aber nichts sagen.

»Möchtest du, daß ich einen Arzt kommen lasse?«

»Nein«, brachte er mühsam und mit hohler Stimme heraus. »Mir geht's gut.«

»Ich glaube, ich hole doch lieber einen Arzt«, sagte sie. Er ergriff ihren Arm und drückte ihn fest.

»Ich brauche nur ein bißchen Ruhe«, murmelte er. »Sonst nichts.«

Sie schloß die Tür auf und ging langsam hinaus, ohne Mark aus den Augen zu lassen. Als die Tür ins Schloß gefallen war, schwang er die Beine auf den Boden.

Um drei Uhr am Freitag nachmittag war Harry Roosevelts legendäre Geduld aufgebraucht. Das Wochenende würde er in den Ozark-Bergen verbringen, beim Angeln mit seinen beiden Söhnen.

Und während er noch auf dem Podium saß und in den Gerichtssaal hinabblickte, in dem es noch immer von Vätern wimmelte, die darauf warteten, verurteilt zu werden, weil sie ihren Zahlungspflichten nicht nachgekommen waren, waren seine Gedanken bereits bei langem Ausschlafen und kühlen Bergbächen. Mindestens zwei Dutzend weitere Männer füllten die Bänke des Hauptgerichtssaals, und neben den meisten von ihnen saß nervös die gegenwärtige Ehefrau oder die gegenwärtige Freundin. Ein paar hatten ihre Anwälte mitgebracht, obwohl ihnen juristischer Beistand im Moment nicht das geringste nützte. Sie alle würden wegen Nichtzahlung von Alimenten bald Wochenendstrafen im Zuchthaus von Shelby County abbüßen müssen.

Harry hoffte, um vier vertagen zu können, aber es sah nicht danach aus. Seine beiden Söhne warteten in der hintersten Reihe. Draußen stand der gepackte Jeep, und wenn der Hammer endlich zum letzten Mal niederfuhr, würden sie Seine Ehren so schnell wie möglich aus dem Gebäude herausbefördern und zum Buffalo River fahren. So jedenfalls war es geplant. Sie waren gelangweilt, aber sie hatten schon oft hier gesessen.

Trotz des Chaos, das vor dem Gerichtssaal herrschte – Angestellte, die mit Aktenbündeln kamen und gingen, Anwälte, die sich flüsternd unterhielten, Deputies, die auf Abruf bereitstanden, Angeklagte, die vor das Richterpodium und wieder aus dem Saal herausgeführt wurden –, funktionierte Harrys Fließband reibungslos. Er funkelte jeden säumigen Zahler an, schalt ein wenig, las manchen kurz die Leviten, dann unterschrieb er einen Beschluß und ging zum nächsten Fall über.

Reggie betrat den Gerichtssaal und bahnte sich ihren Weg zu der neben dem Podium sitzenden Kanzlistin. Sie flüsterten eine Minute miteinander, wobei Reggie auf ein Dokument deutete, das sie mitgebracht hatte. Sie lachten über etwas, das vermutlich nicht sonderlich komisch war, aber Harry hörte sie und winkte sie zu sich heran.

»Ist etwas passiert?« fragte er mit der Hand über dem Mikrofon.

»Nein. Mark geht es gut, nehme ich an. Ich wollte Sie um einen Gefallen bitten. Es handelt sich um einen anderen Fall.«

Harry lächelte und stellte das Mikrofon ab. Typisch Reggie. Ihre Fälle waren immer die allerwichtigsten und mußten sofort erledigt werden. »Um was geht es?« fragte er.

Die Kanzlistin reichte Harry die Akte, während Reggie ihm einen Beschluß übergab. »Die Wohlfahrtsbehörde hat schon wieder zugeschlagen«, sagte sie leise. Niemand hörte zu, niemanden kümmerte es.

»Wer ist das Kind?« fragte er, während er in der Akte blätterte.

»Ronald Allan Thomas der Dritte. Auch Trip Thomas genannt. Er wurde gestern abend von der Wohlfahrtsbehörde abgeholt und zu Pflegeeltern gebracht. Seine Mutter hat mich vor einer Stunde um Vertretung gebeten.«

»Hier steht, er wäre alleingelassen und vernachlässigt worden.«

»Stimmt nicht, Harry. Es ist eine lange Geschichte, aber ich versichere Ihnen, der Junge hat gute Eltern und ein ordentliches Zuhause.«

»Und Sie wollen, daß er freigelassen wird.«

»Auf der Stelle. Ich hole ihn selbst ab und nehme ihn notfalls mit zu Momma Love.«

»Und sie füttert ihn mit Lasagne.«

»Natürlich.«

Harry überflog den Beschluß und unterschrieb ihn. »Ich muß mich auf Sie verlassen, Reggie.«

»Das tun Sie immer. Ich habe Damon und Al da hinten gesehen. Sie scheinen sich zu langweilen.«

Harry reichte den Beschluß an die Kanzlistin weiter, die ihn abstempelte. »Das tue ich auch. Sobald ich dieses Gesindel los bin, fahren wir zum Angeln.«

»Viel Spaß. Wir sehen uns am Montag.«

»Schönes Wochenende, Reggie. Sie kümmern sich doch um Mark, nicht wahr?«

»Natürlich.«

»Versuchen Sie, seiner Mutter gut zuzureden. Je mehr ich darüber nachdenke, desto überzeugter bin ich, daß diese Leute mit dem FBI zusammenarbeiten und das Zeugenschutzprogramm akzeptieren sollten. Schließlich haben sie nichts zu verlieren bei einem Neuanfang. Versuchen Sie ihr klarzumachen, daß sie beschützt werden.«

»Das werde ich tun. Ich habe vor, übers Wochenende einige Zeit mit ihr zu verbringen. Vielleicht können wir die Sache am Montag abschließen.«

»Wir sehen uns dann.«

Reggie nickte und ließ sich von der Kanzlistin eine Kopie des Beschlusses aushändigen. Dann verließ sie den Saal.

31

Thomas Fink, gerade von einem weiteren aufregenden Flug aus Memphis zurückgekehrt, betrat am Freitagnachmittag um halb fünf Foltriggs Büro. Wally Boxx saß wie ein getreuer Wachhund auf der Couch und schrieb etwas. Fink vermutete, daß es sich entweder um eine weitere Rede für ihren Boß handelte oder um Presseverlautbarungen, die anstehende Fälle betrafen. Roys Füße lagen auf seinem Schreibtisch, und er hatte den Telefonhörer am Ohr. Er hörte mit geschlossenen Augen zu. Der Tag war eine Katastrophe gewesen. Lamond hatte ihn in einem überfüllten Gerichtssaal bloßgestellt. Roosevelt hatte es nicht geschafft, den Jungen zum Reden zu bringen. Die Richter hingen ihm zum Hals heraus.

Fink zog sein Jackett aus und setzte sich. Foltrigg beendete sein Telefongespräch und legte auf. »Wo sind die Vorladungen vor die Anklagejury?« fragte er.

»Ich habe sie persönlich dem US-Marshal in

Memphis übergeben, mit der strikten Anweisung, sie erst zuzustellen, wenn er von Ihnen gehört hat.«

Boxx verließ die Couch und setzte sich neben Fink. Es war undenkbar, daß er an einer Unterhaltung nicht teilnahm.

Roy rieb sich die Augen und fuhr sich mit den Fingern durchs Haar. Frustrierend, überaus frustrierend. »Also, was wird der Junge tun, Thomas? Sie waren dort. Sie haben seine Mutter gesehen. Sie haben ihre Stimme gehört. Wie geht es weiter?«

»Ich weiß es nicht. Der Junge hat ganz offensichtlich nicht die Absicht, in nächster Zeit den Mund aufzumachen. Sowohl er als auch seine Mutter sind verängstigt. Sie haben offenbar zu viele Filme gesehen, in denen Mafia-Informanten in die Luft gesprengt wurden. Sie ist überzeugt, daß das Zeugenschutzprogramm ihnen keine Sicherheit bietet. Sie ist wirklich verrückt vor Angst. Diese Woche war für sie die Hölle.«

»Wirklich rührend«, murmelte Boxx.

»Dann bleibt mir nichts anderes übrig, als die Vorladungen zu benutzen«, sagte Foltrigg ernst; er tat so, als wäre ihm das zutiefst zuwider. »Wir haben keine andere Wahl. Wir waren fair und vernünftig. Wir haben das Jugendgericht in Memphis gebeten, uns bei dem Jungen weiterzuhelfen, und es hat einfach nicht funktioniert. Es wird Zeit, daß wir diese Leute hierherbeordern, in unser Revier, vor unser Gericht, vor unsere Leute, und sie zum Reden zwingen. Sind Sie nicht auch dieser Ansicht, Thomas?«

Fink war nicht ganz dieser Ansicht. »Die Jurisdiktion macht mir zu schaffen. Der Junge steht unter der Jurisdiktion des Jugendgerichts in Memphis, und ich bin nicht sicher, was passiert, wenn ihm die Vorladung zugestellt wird.«

Roy lächelte. »Das stimmt, aber das Gericht ist übers Wochenende geschlossen. Wir haben ein bißchen recherchiert, und ich bin der Ansicht, daß in so einem Fall Bundesrecht vor Staatenrecht geht. Sie nicht auch, Wally?«

»Das meine ich auch. Ja«, sagte Wally.

»Und ich habe mit dem Büro des Marshals hier gesprochen. Ich will, daß die Leute in Memphis den Jungen morgen abholen und hierherbringen, damit er am Montag vor die Anklagejury gestellt werden kann. Ich glaube nicht, daß die Leute in Memphis sich mit dem Büro des US-Marshals anlegen werden. Wir haben veranlaßt, daß er im Jugendtrakt des hiesigen Stadtgefängnisses untergebracht wird. Das sollte ein Kinderspiel sein.«

»Was ist mit der Anwältin?« fragte Fink. »Sie

können sie nicht zur Aussage zwingen. Wenn sie etwas weiß, dann hat sie es als Repräsentantin des Jungen erfahren. Das braucht sie nicht preiszugeben.«

»Reine Schikane«, gab Foltrigg mit einem Lächeln zu. »Sie und der Junge werden am Montag eine Heidenangst haben. Dann geben wir den Ton an, Thomas.«

»Da wir gerade von Montag sprechen – Richter Roosevelt will uns um zwölf in seinem Gerichtssaal haben.«

Roy und Wally lachten laut heraus. »Da wird er wohl allein auf weiter Flur sein«, sagte Foltrigg kichernd. »Sie, ich, der Junge und seine Anwältin, alle werden hier sein. Der wird ein dummes Gesicht machen.«

Fink stimmte nicht in ihr Gelächter ein.

Um fünf klopfte Doreen an die Tür und ließ ihr Schlüsselbund klappern, bis sie aufgeschlossen hatte. Mark hockte auf dem Fußboden und spielte Dame mit sich selbst. Er wurde auf der Stelle zum Zombie, setzte sich auf seine Füße und starrte das Damebrett an wie in Trance.

»Bist du okay, Mark?«

Mark antwortete nicht.

»Mark, ich mache mir wirklich Sorgen um dich.

Ich glaube, ich rufe den Arzt. Vielleicht verfällst du in Schock, genau wie dein kleiner Bruder.«

Er schüttelte den Kopf und sah sie mit einem kläglichen Blick an. »Nein, ich bin okay. Ich brauch nur ein bißchen Ruhe.«

»Glaubst du, daß du etwas essen kannst?«

»Vielleicht eine Pizza.«

»Natürlich, Baby. Ich bestell dir eine. Hör zu, ich habe in fünf Minuten Feierabend, aber ich habe Telda gesagt, sie soll gut auf dich aufpassen. Bist du ganz sicher, daß du zurechtkommst, bis ich morgen früh zurückkomme?«

»Vielleicht«, stöhnte er.

»Armer Junge. Du gehörst einfach nicht hierher.«

»Ich werde es durchstehen.«

Telda war weit weniger beunruhigt als Doreen. Sie schaute zweimal nach Mark. Bei ihrem dritten Besuch in seinem Zimmer, gegen acht Uhr, brachte sie Besucher mit. Sie klopfte an und öffnete langsam die Tür, und Mark war im Begriff, in seine Trance-Routine zu verfallen, als er zwei große Männer in unauffälligen Zivilanzügen vor sich sah.

»Mark, diese Männer sind US-Marshals«, sagte Telda nervös. Mark stand neben der Toilette. Der Raum war plötzlich winzig.

»Hi, Mark«, sagte der erste. »Ich bin Vern Duboski, Deputy US-Marshal.« Seine Worte waren knapp und präzise. Ein Yankee. Aber das war alles, was Mark zur Kenntnis nahm. Der Mann hielt einige Papiere in der Hand.

»Du bist Mark Sway?«

Er nickte, außerstande, etwas zu sagen.

»Du brauchst keine Angst zu haben, Mark. Wir sollen dir nur diese Papiere übergeben.«

Er warf einen hilfesuchenden Blick auf Telda, aber sie wußte von nichts. »Was für Papiere?« fragte er nervös.

»Das ist eine Vorladung, und sie bedeutet, daß du am Montag in New Orleans vor der Anklagejury des Bundesgerichts erscheinen mußt. Aber mach dir deshalb keine Sorgen – wir holen dich morgen nachmittag ab und bringen dich hin.«

Ein nervöser Schmerz schoß durch seinen Magen, und ihm wurde flau. Sein Mund war trocken. »Warum?« fragte er.

»Das können wir dir nicht sagen, Mark. Das ist nicht unsere Sache. Wir befolgen nur Anweisungen.«

Mark starrte auf die Papiere, die Vern ihm unter die Nase hielt. New Orleans! »Haben Sie es meiner Mutter gesagt?«

»Also, siehst du, Mark, wir sind verpflichtet,

ihr eine Kopie dieser Papiere auszuhändigen. Wir werden ihr alles erklären und ihr sagen, daß dir nichts passieren wird. Wenn sie will, kann sie dich sogar begleiten.«

»Das kann sie nicht. Sie kann Ricky nicht allein lassen.« Die Marshals sahen sich an. »Nun, wir werden ihr jedenfalls alles erklären.«

»Ich habe eine Anwältin. Haben Sie es ihr gesagt?«

»Nein. Wir sind nicht verpflichtet, die Anwälte zu informieren, aber wenn du willst, kannst du sie ja anrufen.«

»Hat er Zugang zu einem Telefon?« fragte der zweite Telda.

»Nur, wenn ich ihm eines bringe«, sagte sie.

»Können Sie damit eine halbe Stunde warten?«

»Wenn Sie es so wollen«, sagte Telda.

»Also, Mark, in ungefähr einer halben Stunde kannst du deine Anwältin anrufen.« Duboski hielt inne und warf seinem Partner einen Blick zu. »Also, viel Glück, Mark. Tut uns leid, wenn wir dir Angst eingejagt haben.«

Sie ließen ihn neben der Toilette stehen, wo er sich haltsuchend an die Wand lehnte, verwirrter als je zuvor, total verängstigt. Und wütend. Das System war eine Pest. Er hatte alles restlos satt, Gesetze und Anwälte und Gerichte, Polizisten,

FBI-Agenten und Marshals, Reporter und Richter und Gefängniswärterinnen. Verdammt noch mal!

Er riß ein Papierhandtuch von der Wand und wischte sich die Augen ab, dann setzte er sich auf die Toilette.

Er schwor den Wänden, daß er nicht nach New Orleans gehen würde.

Zwei weitere Deputy Marshals würden Dianne die Papiere aushändigen, und noch zwei weitere sollten dies bei Ms. Reggie Love zu Hause tun, und dieses Aushändigen von Vorladungen war sorgfältig so koordiniert worden, daß es fast gleichzeitig geschah. Im Grunde hätte ein einziger Deputy Marshal oder sogar ein arbeitsloser Bauarbeiter alle drei Vorladungen ganz gemächlich überreichen und den Job in einer Stunde erledigen können. Aber es machte viel mehr Spaß, sechs bewaffnete Männer in drei Wagen mit Funkgeräten und Telefonen einzusetzen und im Schutze der Dunkelheit so schnell zuschlagen zu lassen wie ein Sondereinsatzkommando.

Sie klopften an Momma Loves Küchentür und warteten, bis das Licht auf der Veranda anging und sie hinter dem Fliegengitter erschien. Momma wußte sofort, daß sie Ärger bedeuteten. Während des Alptraums von Reggies Scheidung, den Einweisungen und dem juristischen Krieg mit Joe Cardoni war es des öfteren vorgekommen, daß Deputies und Männer in dunklen Anzügen zu ausgefallenen Zeiten vor der Tür standen. Diese Leute brachten immer Unerfreuliches.

»Kann ich etwas für Sie tun?« fragte sie mit einem erzwungenen Lächeln.

»Ja, Madam. Wir suchen nach einer gewissen Reggie Love.«

Sie redeten sogar wie Polizisten. »Und wer sind Sie?«

»Ich bin Mike Hedley, und das ist Terry Flagg. Wir sind US-Marshals.«

»US-Marshals, oder Deputy US-Marshals? Ich möchte Ihre Ausweise sehen.«

Das verblüffte sie, und wie eingeübt griffen sie gleichzeitig in die Taschen und holten ihre Ausweise heraus. »Wir sind Deputy US-Marshals, Madam.«

»Warum haben Sie das nicht gleich gesagt?« sagte sie und studierte die vor die Fliegentür gehaltenen Ausweise.

Reggie trank Kaffee auf dem winzigen Balkon ihrer Wohnung, als sie das Zuschlagen der Wagentüren hörte. Jetzt lugte sie um die Ecke und schaute auf die beiden Männer hinunter, die unter der

Lampe standen. Sie konnte ihre Stimmen hören, aber nicht verstehen, was sie sagten.

»Entschuldigung, Madam«, sagte Hedley.

»Was wollen Sie von einer gewissen Reggie Love?« fragte Momma Love mit argwöhnischem Stirnrunzeln.

»Wohnt sie hier?«

»Vielleicht ja, vielleicht auch nicht. Was wollen Sie von ihr?«

Hedley und Flagg sahen sich an. »Wir sollen ihr eine Vorladung aushändigen.«

»Was für eine Vorladung?«

»Darf ich fragen, wer Sie sind?« sagte Flagg.

»Ich bin ihre Mutter. Also, was für eine Vorladung?«

»Es ist eine Vorladung vor die Anklagejury. Sie soll am Montag in New Orleans vor der Anklagejury erscheinen. Wir können sie Ihnen aushändigen, wenn Ihnen das recht ist.«

»Ich nehme sie nicht entgegen«, sagte sie, als hätte sie es jede Woche mit Zustellungsbeamten zu tun. »Wenn ich recht informiert bin, müssen Sie ihr die Vorladung persönlich aushändigen.«

»Wo ist sie?«

»Sie wohnt nicht hier.«

Das irritierte sie. »Das ist ihr Wagen«, sagte Hedley und deutete auf Reggies Mazda.

»Sie wohnt nicht hier«, wiederholte Momma Love.

»Okay, aber ist sie jetzt hier?«

»Nein.«

»Wissen Sie, wo sie ist?«

»Haben Sie es in ihrem Büro versucht?«

»Aber wieso steht dann ihr Wagen hier?«

»Manchmal fährt sie mit ihrem Mitarbeiter. Vielleicht sind sie irgendwo essen gegangen.«

Sie warfen sich einen frustrierten Blick zu. »Ich glaube, sie ist hier«, sagte Hedley plötzlich aggressiv.

»Fürs Glauben werden Sie nicht bezahlt, junger Mann. Sie werden dafür bezahlt, daß Sie diese verdammten Papiere zustellen, und ich sage Ihnen, sie ist nicht hier.« Momma Love hob ihre Stimme, als sie das sagte, und Reggie hörte es.

»Dürfen wir das Haus durchsuchen?« fragte Flagg.

»Wenn Sie einen Durchsuchungsbefehl haben, dann dürfen Sie es. Wenn Sie keinen Durchsuchungsbefehl haben, sollten Sie zusehen, daß Sie von meinem Grundstück verschwinden.«

Beide traten einen Schritt zurück. »Ich hoffe, Sie haben nicht vor, die Zustellung einer bundesgerichtlichen Vorladung zu behindern«, sagte Hedley ernst. Es sollte einschüchternd und bedrohlich klingen, aber Hedley scheiterte kläglich.

»Und ich hoffe, Sie versuchen nicht, eine alte Frau zu bedrohen.« Ihre Hände lagen auf den Hüften, und sie war bereit zum Kampf.

Sie gaben auf und wichen zurück. »Wir kommen wieder«, versprach Hedley, während er seine Wagentür öffnete.

»Ich werde hier sein«, rief sie wütend und machte die Vordertür auf. Sie trat auf die kleine Veranda und sah zu, wie sie auf die Straße zurücksetzten. Sie wartete fünf Minuten, und als sie sicher war, daß sie abgefahren waren, ging sie zu Reggies Wohnung über der Garage.

Dianne nahm die Vorladung von dem höflichen, sich entschuldigenden Gentleman kommentarlos entgegen. Sie las sie im Licht der schwachen Lampe neben Rickys Bett. Sie enthielt keine Instruktionen; Mark wurde lediglich angewiesen, am Montag um zehn Uhr unter der unten angegebenen Adresse vor der Anklagejury zu erscheinen. Es stand nicht da, wie er dorthin kommen sollte; keine Hinweise, wann er zurückkehren würde; keine Warnung, was passieren würde, wenn er nicht tat, was sie wollten, oder wenn er die Aussage verweigerte.

Sie rief Reggie an, aber Reggie meldete sich nicht.

Obwohl Clints Wohnung nur eine Viertelstunde entfernt war, dauerte die Fahrt fast eine Stunde. Sie fuhr im Zickzackkurs durch die Straßen der Innenstadt, dann raste sie ziellos über einen Teil der Interstate, und erst als sie sicher war, daß sie nicht verfolgt wurde, stellte sie ihren Wagen auf einer Straße zwischen vielen anderen geparkten Autos ab. Sie ging vier Blocks weit zu seiner Wohnung.

Er hatte seine für neun Uhr getroffene Verabredung plötzlich absagen müssen, und es war eine vielversprechende Verabredung gewesen. »Tut mir leid«, sagte Reggie, als er die Tür öffnete und sie eintrat.

»Das ist schon okay. Was ist passiert?« Er nahm ihre Reisetasche und deutete auf die Couch. »Setz dich.«

Reggie kannte sich in seiner Wohnung aus. Sie holte sich eine Diätcola aus dem Kühlschrank und setzte sich auf einen Barhocker. »Es war das Büro des US-Marshals mit einer Vorladung vor die Anklagejury. Für Montagmorgen zehn Uhr in New Orleans.«

»Aber sie haben sie dir nicht übergeben?«

»Nein. Momma Love hat sie abgewimmelt.«

»Dann bist du aus dem Schneider.«

»Ja, es sei denn, sie finden mich. Es gibt kein

Gesetz, das das Ausweichen vor Vorladungen verbietet. Ich muß Dianne anrufen.«

Clint reichte ihr ein Telefon, und sie gab die Nummer aus dem Gedächtnis ein. »Entspann dich, Reggie«, sagte er und küßte sie sanft auf die Wange. Er sammelte herumliegende Zeitschriften auf und schaltete die Stereoanlage ein. Dianne war am Apparat, und Reggie brachte kaum drei Worte heraus, bevor ihr nichts anderes übrigblieb, als zuzuhören. Es wimmelte nur so von Vorladungen. Eine für Reggie, eine für Dianne und eine für Mark. Reggie versuchte, sie zu beruhigen. Dianne hatte in der Haftanstalt angerufen, Mark aber nicht erreicht. Telefone wären zu dieser Tageszeit nicht verfügbar, hatte man ihr gesagt. Sie unterhielten sich fünf Minuten. Reggie, selbst schwer erschüttert, versuchte Dianne zu überzeugen, daß alles in bester Ordnung war. Sie, Reggie, würde sich um alles kümmern. Sie versprach, am Morgen wieder anzurufen, dann legte sie auf.

»Sie können Mark nicht abholen«, sagte Clint. »Er untersteht der Jurisdiktion unseres Jugendgerichts.«

»Ich muß mit Harry reden. Aber er ist nicht in der Stadt.«

»Wo ist er?«

»Beim Angeln. Irgendwo mit seinen Söhnen.«

»Das hier ist wichtiger als Angeln, Reggie. Wir müssen ihn finden. Er kann dem allen doch einen Riegel vorschieben, oder?«

Sie dachte an hundert Dinge gleichzeitig. »Das ist ziemlich schlau eingefädelt, Clint. Stell dir das vor. Foltrigg wartet bis Freitagabend, um Vorladungen für Montag früh zustellen zu lassen.«

»Wie kann er das tun?«

»Ganz einfach. Er hat es gerade getan. In Strafsachen wie dieser kann eine Anklagejury eines Bundesgerichts jeden beliebigen Zeugen von überallher vorladen, ohne Rücksicht auf Zeit und Entfernung. Und der Zeuge muß erscheinen, es sei denn, er kann die Vorladung annullieren lassen.«

»Und wie annulliert man eine Vorladung?«

»Man stellt vor einem Bundesgericht den Antrag, die Vorladung aufzuheben.«

»Laß mich raten. Vor dem Bundesgericht in New Orleans?«

»So ist es. Wir sind gezwungen, Montagmorgen in aller Frühe den zuständigen Richter in New Orleans ausfindig zu machen und ihn um eine Dringlichkeitsanhörung und die Annullierung der Vorladung zu bitten.«

»Das wird nicht funktionieren, Reggie.«

»Natürlich wird es nicht funktionieren. Genau das hat Foltrigg gewollt.« Sie trank einen großen Schluck Diätcola. »Hast du einen Kaffee für mich?«

»Natürlich.« Er begann, Schubladen zu öffnen.

Reggie dachte laut nach. »Wenn ich mich der Vorladung bis Montag entziehen kann, ist Foltrigg gezwungen, eine neue auszustellen. Dann habe ich vielleicht die Zeit, sie annullieren zu lassen. Das Problem ist Mark. Sie sind nicht hinter mir her, weil sie wissen, daß sie mich nicht zum Reden zwingen können.«

»Weißt du, wo diese verdammte Leiche ist, Reggie?«

»Nein.«

»Weiß Mark es?«

»Ja.«

Er erstarrte für einen Moment, dann ließ er Wasser in den Kessel laufen.

»Wir müssen einen Weg finden, Mark hierzubehalten, Clint. Wir dürfen nicht zulassen, daß er nach New Orleans gebracht wird.«

»Ruf Harry an.«

»Harry angelt in den Bergen.«

»Dann ruf Harrys Frau an. Finde heraus, wo er angelt. Wenn nötig, fahre ich hin und hole ihn.«

»Du hast recht.« Sie griff nach dem Telefon und wählte.

32

Die letzte Zellenkontrolle in der Jugendhaftanstalt fand um zehn Uhr abends statt; es wurde nachgesehen, ob alle Lichter und Fernsehgeräte ausgeschaltet waren. Mark hörte, wie Teldas Schlüssel klirrten und sie auf dem Flur Anweisungen erteilte. Sein Hemd war durchweicht und aufgeknöpft, Schweiß rann ihm in den Nabel und staute sich am Reißverschluß seiner Jeans. Der Fernseher war aus. Sein Atem ging schwer. Sein dichtes Haar war naß, Schweißperlen rannen in seine Augenbrauen und tropften von seiner Nasenspitze herab. Telda war nebenan. Sein Gesicht war scharlachrot und heiß.

Telda klopfte, dann schloß sie Marks Tür auf. Das Licht brannte noch, und das kam ihr sofort merkwürdig vor. Sie tat einen Schritt ins Zimmer, warf einen Blick auf die Betten, aber er war nicht da.

Dann sah sie seine Füße neben der Toilette. Er lag zusammengerollt da, mit den Knien an der

Brust, reglos bis auf sein hastiges, schweres Atmen.

Seine Augen waren geschlossen, und sein linker Daumen steckte in seinem Mund.

»Mark!« rief sie, plötzlich entsetzt. »Mark! Oh, mein Gott!« Sie rannte aus der Zelle, um Hilfe zu holen, und war Sekunden später mit ihrem Partner Denny zurück, der einen raschen Blick auf ihn warf.

»Doreen hat sich deshalb Sorgen gemacht«, sagte Denny und berührte den Schweiß auf Marks Bauch. »Verdammt, er ist klatschnaß.«

Telda umfaßte sein Handgelenk. »Sein Puls rast. Sieh nur, wie er atmet! Ruf einen Krankenwagen!«

»Der Junge steht unter Schock, stimmt's?«

»Ruf einen Krankenwagen!«

Denny stapfte aus dem Zimmer, und der Fußboden bebte. Telda hob Mark auf und legte ihn behutsam auf das untere Bett, wo er sich wieder zusammenrollte und die Knie an die Brust zog. Der Daumen blieb in seinem Mund. Denny kam mit einem Clipboard zurück. »Das muß Doreens Schrift sein. Hier steht, alle halbe Stunde nach ihm sehen, und wenn irgendwelche Zweifel bestehen, ihn sofort nach St. Peter's bringen und Dr. Greenway anrufen.«

»Das ist alles meine Schuld«, sagte Telda. »Ich hätte diese verdammten Marshals nicht zu ihm lassen dürfen. Die haben den armen Jungen zu Tode erschreckt.«

Denny kniete neben ihr nieder und hob mit seinem dicken Daumen das rechte Augenlid an. »Verdammt! Seine Augen sind verdreht. Sieht gar nicht gut aus für den Jungen«, sagte er mit der ganzen Gewichtigkeit eines Hirnchirurgen.

»Gib mir einen von den Waschlappen da drüben«, sagte Telda, und Denny gehorchte. »Doreen hat mir gesagt, daß genau dasselbe mit seinem kleinen Bruder passiert ist. Sie haben gesehen, wie sich dieser Mann am Montag erschossen hat, alle beide, und der Kleine steht seither unter Schock.« Denny gab ihr den Waschlappen, und sie wischte Marks Stirn ab.

»Verdammt, sein Herz muß bald explodieren«, sagte Denny, wieder neben Telda auf den Knien. »Er atmet wie verrückt.«

»Armer Junge. Ich hätte diese Marshals wegschicken sollen.«

»Ich hätte es getan. Sie haben nicht das Recht, in dieses Stockwerk zu kommen.« Er stieß noch einmal mit dem Daumen in das linke Auge, und Mark zuckte zusammen. Dann begann er mit dem Stöhnen, genau wie Ricky, und das machte ihnen noch mehr Angst. Leise, dumpfe Laute, die von irgendwo ganz tief in seiner Kehle kamen. Er lutschte heftig am Daumen.

Ein Sanitäter aus dem Hauptgefängnis drei Stockwerke tiefer kam hereingestürzt, gefolgt von einem weiteren Wärter. »Was ist los?« fragte er, als Telda und Denny sich umdrehten.

»Ich glaube, man nennt es traumatischen Schock oder Streß oder so ähnlich«, sagte Telda. »Er hat sich den ganzen Tag schon merkwürdig benommen, und dann waren vor ungefähr einer Stunde zwei US-Marshals hier, um ihm eine Vorladung zu übergeben.« Der Sanitäter hörte nicht zu. Ei- ergriff ein Handgelenk und fand den Puls. Telda redete weiter. »Sie haben ihn zu Tode geängstigt, und ich glaube, das hat ihn in Schock versetzt. Ich hätte nach ihm sehen müssen, aber ich hatte zuviel zu tun.«

»Ich hätte diese verdammten Marshals weggeschickt«, sagte Denny. Sie standen Seite an Seite hinter dem Sanitäter.

»Das ist genau das, was mit seinem kleinen Bruder passiert ist, Sie wissen schon, dem, von dem die Zeitungen die ganze Woche berichtet haben. Die Schießerei und all das.«

»Er muß von hier weg«, sagte der Sanitäter stirnrunzelnd und sprach in sein Funkgerät. »Beeilt euch und bringt eine Trage in den vierten Stock«, bellte er hinein. »Ich hab hier einen Jungen in ziemlich schlechter Verfassung.«

Denny hielt dem Sanitäter das Clipboard unter die Nase. »Hier steht, er soll nach St. Peter's gebracht werden. Dr. Greenway.«

»Da ist sein Bruder«, setzte Telda hinzu. »Doreen hat mich über alles informiert. Sie hatte Angst, daß so was passieren könnte. Hat gesagt, sie hätte beinahe schon heute nachmittag einen Krankenwagen kommen lassen, es wäre ihm den ganzen Tag nicht gut gegangen. Ich hätte besser auf ihn aufpassen müssen.«

Zwei weitere Sanitäter erschienen mit der Tragbahre. Mark wurde schnell darauf gelegt und mit einer Decke zugedeckt. Ein Riemen wurde über seine Oberschenkel geschnallt und ein weiterer über seine Brust. Seine Augen blieben geschlossen, aber er schaffte es, den Daumen im Mund zu behalten.

Und er schaffte es auch, weiter dieses gequälte, monotone Stöhnen von sich zu geben, das den Sanitätern Angst einjagte und die Tragbahre immer schneller dahingleiten ließ. Sie rollte in Höchstgeschwindigkeit am Dienstzimmer vorbei und in einen Fahrstuhl.

»Hast du so was schon mal gesehen?« fragte der eine Sanitäter fast lautlos den anderen.

»Kann mich nicht erinnern.«

»Er ist glühend heiß.«

»Normalerweise ist die Haut bei Schock feucht und kalt. Das hab ich noch nie erlebt.«

»Ja. Aber vielleicht ist es bei traumatischem Schock anders. Sieh dir den Daumen an.«

»Ist das der Junge, hinter dem die Mafia her ist?«

»Ja. Stand gestern und heute auf der Titelseite.«

»War wohl einfach zuviel für ihn.«

Der Fahrstuhl hielt, und sie schoben die Bahre schnell durch eine Reihe von kurzen Fluren. In allen herrschte Gedränge und die übliche Hektik eines Freitagabends im Stadtgefängnis. Eine Doppeltür flog auf, und sie hatten den Krankenwagen erreicht.

Die Fahrt zum Krankenhaus dauerte keine zehn Minuten, halb so lange wie das Warten, nachdem sie angekommen waren. Drei weitere Krankenwagen waren dabei, ihre menschliche Fracht auszuladen. In St. Peter's landete der weitaus größte Teil der Opfer von Messerstechereien und Schießereien, der geschlagenen Ehefrauen und Verletzten von den Verkehrsunfällen des Wochenendes. Das Tempo war immer hektisch, vierundzwanzig Stunden am Tag, aber von Sonnenuntergang am

Freitag bis zum späten Sonntagabend herrschte das totale Chaos.

Sie rollten ihn über die Rampe und auf den weißgekachelten Boden, wo die Bahre anhielt und die Sanitäter warteten und Formulare ausfüllten. Ein kleines Heer von Schwestern und Ärzten bemühte sich um einen neuen Patienten, wobei sich alle gegenseitig anschrien. Leute eilten in alle Richtungen. Ein halbes Dutzend Polizisten wimmelte herum. Noch drei weitere Tragbahren wurden in die große Halle geschoben.

Eine Schwester kam vorbei, machte für eine Sekunde halt und fragte die Sanitäter: »Was ist mit ihm?« Einer von ihnen reichte ihr ein Formular.

»Also blutet er nicht«, sagte sie, als spielte nichts eine Rolle außer fließendem Blut.

»Nein. Sieht aus wie Streß oder Schock oder so etwas. Liegt in der Familie.«

»Er kann warten. Bringt ihn in die Aufnahme. Bin gleich wieder da.« Und fort war sie.

Sie manövrierten die Bahre durch das Gewimmel und erreichten einen kleinen Raum außerhalb der Haupthalle. Die Formulare wurden einer anderen Schwester vorgelegt, die etwas kritzelte, ohne einen Blick auf Mark zu werfen. »Wo ist Dr. Greenway?« fragte sie die Sanitäter.

Sie sahen sich an, dann zuckten sie mit den Achseln. »Habt ihr ihn denn nicht angerufen?« fragte sie.

»Äh – nein.«

»Äh – nein«, wiederholte sie und verdrehte die Augen. Wie konnte jemand nur so dämlich sein? »Also, das hier ist der reinste Kriegsschauplatz. Wir reden über Blut und Eingeweide. In der letzten halben Stunde sind uns zwei Leute draußen in der Halle weggestorben. Psychiatrische Notfälle stehen bei uns nicht obenan auf der Liste.«

»Wollen Sie, daß wir auf ihn schießen?« fragte einer von ihnen, mit einem Kopfnicken auf Mark deutend, und das machte sie wütend.

»Nein. Ich will, daß ihr verschwindet. Ich kümmere mich um ihn, aber ihr seht zu, daß ihr rauskommt.«

»Sie haben die Formulare unterschrieben, Lady. Er gehört Ihnen.« Sie lächelten sie an und machten sich auf den Weg zur Tür.

»Ist ein Polizist dabei?« fragte sie.

»Nein. Er ist schließlich nur ein Kind.« Sie waren verschwunden.

Mark schaffte es, sich auf die linke Seite zu drehen und die Knie zur Brust hochzuziehen. Die Riemen waren nicht allzu straff. Er öffnete die Lider einen winzigen Spaltbreit. In einer Ecke des Raums lag ein Schwarzer auf drei Stühlen. Eine leere Trage mit Blut auf den Laken stand neben einer grünen Tür in der Nähe eines Wasserspenders. Die Schwester nahm einen Anruf entgegen, sprach ein paar Worte und verließ den Raum. Mark löste schnell die Riemen und sprang auf den Boden. Es war kein Verbrechen, wenn er herumlief. Er war jetzt ein psychiatrischer Fall, also was machte es schon, wenn man ihn dabei erwischte.

Die Formulare, die sie abgezeichnet hatte, lagen auf dem Tresen. Er nahm sie an sich und schob die Trage durch die grüne Tür, die zu einem engen Korridor mit kleinen Zimmern an beiden Seiten führte. Dort ließ er die Trage stehen und warf die Formulare in einen Mülleimer. Die Ausgangsbeschilderung führte zu einer Tür mit einem Fenster darin. Dahinter lag die Notaufnahme. Ein Irrenhaus.

Mark lächelte. Hier kannte er sich aus. Er betrachtete das Chaos durch das Fenster und suchte die Stelle, an der er und Hardy gestanden hatten, nachdem Greenway und Dianne mit Ricky verschwunden waren. Er öffnete die Tür und bahnte sich seinen Weg durch das Gedränge von Kranken und Verletzten, die versuchten, endlich aufgenommen zu werden. Rennen und zwischen ihnen hindurchschießen konnte Aufmerksamkeit erregen, also gab er sich ganz gelassen. Er fuhr mit seinem Lieblingsfahrstuhl in den Keller und fand an der Treppe einen leeren Rollstuhl. Es war einer für Erwachsene, aber er packte die Räder und rollte sich selbst an der Cafeteria vorbei in die Leichenhalle.

Clint war auf der Couch eingeschlafen. Die Nachrichten im Fernsehen waren fast vorbei, als das Telefon läutete. Reggie griff nach dem Hörer. »Hallo?«

»Hi, Reggie. Ich bin's, Mark.«

»Mark! Wie geht es dir?«

»Großartig, Reggie. Einfach wunderbar.«

»Wie hast du mich gefunden?« fragte sie und stellte den Fernseher ab.

»Ich habe Momma Love angerufen und sie aufgeweckt. Sie hat mir diese Nummer gegeben. Es ist Clints Wohnung, stimmt's?«

»Stimmt. Wie bist du an ein Telefon gekommen? Es ist ziemlich spät.«

»Also, ich bin nicht mehr im Gefängnis.«

Sie stand auf und ging quer durchs Zimmer. »Und wo bist du jetzt?«

»Im Krankenhaus. St. Peter's.«

»Ah ja. Und wie bist du dahin gekommen?«

»Mit einem Krankenwagen.«

»Bist du okay?«

»Alles bestens.«

»Weshalb haben sie dich dann in einen Krankenwagen verfrachtet?«

»Ich hatte einen Anfall von post-traumatischem Streß-Syndrom, und sie haben mich ganz schnell hergebracht.«

»Soll ich zu dir kommen?«

»Vielleicht. Was hat es mit diesem Anklagejury-Kram auf sich?«

»Das ist nur ein Versuch, dich so einzuschüchtern, daß du redest.«

»Nun, es hat funktioniert. Ich habe mehr Angst als je zuvor.«

»Du hörst dich völlig okay an.«

»Mut der Verzweiflung, Reggie. Ich hab wirklich fürchterliche Angst.«

»Ich meine, du hörst dich nicht an, als stündest du unter Schock oder so etwas.«

»Ich habe mich ganz schnell wieder erholt. Ich habe sie reingelegt. Ich habe in meiner Zelle eine halbe Stunde gejoggt, und als sie mich fanden, war ich schweißgebadet und in sehr schlechter Verfassung, wie sie sagten.«

Clint setzte sich auf der Couch auf und hörte interessiert zu. »Hat ein Arzt dich gesehen?« fragte sie mit einem Stirnrunzeln zu Clint.

»Nicht direkt.«

»Was bedeutet das?«

»Es bedeutet, daß ich aus der Notaufnahme rausspaziert bin. Es bedeutet, daß ich entkommen bin, Reggie. Es war ganz einfach.«

»Oh, mein Gott!«

»Nicht nervös werden. Mir geht es gut. Ich gehe nicht wieder ins Gefängnis, Reggie. Und ich werde auch nicht vor der Anklagejury in New Orleans erscheinen. Da werde ich doch gleich wieder eingelocht.«

»Hör gut zu, Mark, das kannst du nicht machen. Du kannst nicht einfach ausbrechen. Du mußt ...«

»Ich bin bereits ausgebrochen. Und wissen Sie was?«

»Ja?«

»Ich glaube nicht, daß es schon jemand gemerkt hat. In dem ganzen Chaos hier ist bestimmt überhaupt noch niemandem aufgefallen, daß ich verschwunden bin.«

»Was ist mit der Polizei?«

»Was für Polizei?«

»Ist denn kein Polizist mit dir ins Krankenhaus gefahren?«

»Nein. Ich bin ja nur ein kleiner Junge, Reggie. Ich hatte zwei riesige Sanitäter, aber ich bin nur ein kleiner Junge, und zu der Zeit lag ich im Koma, habe am Daumen gelutscht und geächzt und gestöhnt, genau wie Ricky. Ich war wirklich toll. Wie in einem Film. Sobald sie mich hergebracht hatten, sind sie verschwunden, und ich bin einfach aufgestanden und weggegangen.«

»Das kannst du nicht tun, Mark.«

»Ich habe es getan, okay? Und ich gehe nicht zurück.«

»Was ist mit deiner Mutter?«

»Mit ihr habe ich vor ungefähr einer Stunde gesprochen, übers Telefon natürlich. Sie ist ausgeflippt, aber ich konnte sie überzeugen, daß es mir gut geht. Es hat ihr nicht gefallen, sie wollte, daß ich in Rickys Zimmer komme. Wir haben uns am Telefon furchtbar gestritten, aber schließlich hat sie sich wieder beruhigt. Ich glaube, sie schluckt wieder Tabletten.«

»Aber du bist im Krankenhaus.«

»Ja.«

»Wo? In welchem Zimmer?«

»Sind Sie immer noch meine Anwältin?«

»Natürlich bin ich deine Anwältin.«

»Gut. Wenn ich Ihnen also etwas verrate, dürfen Sie es nicht weitersagen, stimmt's?«

»Stimmt.«

»Sind Sie meine Freundin, Reggie?«

»Natürlich bin ich deine Freundin.«

»Das ist gut, denn außer Ihnen habe ich im Moment keinen einzigen Freund. Wollen Sie mir helfen, Reggie? Ich habe wirklich eine Heidenangst.«

»Ich werde alles für dich tun, Mark. Wo bist du?«

»In der Leichenhalle. Da ist ein kleines Büro in der Ecke, und ich verstecke mich unter dem Schreibtisch. Die Lichter sind aus. Wenn ich plötzlich auflege, ist jemand hereingekommen. Sie haben zwei Leichen gebracht, seit ich hier bin, aber bisher ist noch niemand hier ins Büro gekommen.«

»In der Leichenhalle?«

Clint sprang auf und trat neben sie.

»Ja. Ich bin früher schon einmal hier gewesen. Sie wissen ja, ich kenne diesen Bau ziemlich gut.«

»Ja, ich weiß.«

»Wer ist in der Leichenhalle?« flüsterte Clint. Sie sah ihn stirnrunzelnd an und schüttelte den Kopf.

»Mom hat gesagt, Sie wären auch vorgeladen worden, Reggie. Ist das wahr?«

»Ja, aber die Vorladung konnte mir noch nicht zugestellt werden. Deshalb bin ich hier bei Clint. Wenn mir die Vorladung nicht ausgehändigt wird, brauche ich nicht zu erscheinen.«

»Also verstecken Sie sich auch?«

»So könnte man es ausdrücken.«

Plötzlich klickte es am anderen Ende, und es folgte das Leerzeichen. Sie starrte auf den Hörer, dann legte sie schnell auf. »Er hat eingehängt«, sagte sie.

»Was zum Teufel geht da vor?«

»Das war Mark. Er ist aus dem Gefängnis ausgebrochen.«

»Wie bitte?«

»Er versteckt sich in der Leichenhalle vom St. Peter's.«

Sie sagte das, als könnte sie es nicht glauben. Das Telefon läutete wieder, und sie riß den Hörer hoch. »Hallo?«

»Tut mir leid. Die Tür zur Leichenhalle wurde auf- und dann wieder zugemacht. Ich dachte, sie würden noch eine Leiche reinbringen.«

»Bist du in Sicherheit, Mark?«

»Also nein, in Sicherheit bin ich bestimmt nicht. Aber ich bin eben nur ein kleiner Junge, oder? Und jetzt bin ich außerdem auch noch ein psychiatrischer Fall. Aber wenn sie mich erwischen, verfalle ich einfach wieder in meinen Schockzustand, und sie bringen mich in ein Zimmer. Dann lasse ich mir was anderes einfallen, wenn es geht.«

»Du kannst dich nicht ewig verstecken.«

»Sie auch nicht.«

Sie staunte abermals über seinen raschen Verstand. »Du hast recht, Mark. Also, was unternehmen wir?«

»Ich weiß nicht. Am liebsten würde ich aus Memphis verschwinden. Ich habe die Polizisten und die Gefängnisse restlos satt.«

»Und wo willst du hin?«

»Also, lassen Sie mich vorher etwas fragen. Wenn Sie kommen und mich holen und wir verlassen zusammen die Stadt, dann könnten Sie Ärger bekommen, weil Sie mir bei der Flucht helfen. Richtig?«

»Ja. Ich wäre dann ein Komplize.«

»Was würde Ihnen passieren?«

»Darüber machen wir uns später Gedanken. Ich habe schon schlimmere Dinge getan.«

»Sie helfen mir also?«

»Ja, Mark, ich helfe dir.«

»Und Sie sagen es niemandem?«

»Es kann sein, daß wir Clint brauchen.«

»Okay, Clint können Sie es sagen. Aber sonst niemandem, okay?«

»Ich verspreche es.«

»Und Sie versuchen nicht, mich zu überreden, daß ich wieder ins Gefängnis zurückgehe?«

»Ich verspreche es.«

Es folgte eine lange Pause. Clint wurde immer

nervöser. »Okay, Reggie. Sie kennen doch den Parkplatz, den neben dem großen grünen Gebäude?«

»Ja.«

»Fahren Sie dahin, und tun Sie so, als suchten Sie einen Platz zum Parken. Fahren Sie ganz langsam. Ich verstecke mich irgendwo zwischen den Autos.«

»Dieser Parkplatz ist dunkel und gefährlich, Mark.«

»Es ist Freitagabend, Reggie. Alles hier in dieser Gegend ist dunkel und gefährlich.«

»Aber in dem Häuschen am Ausgang sitzt ein Wärter.«

»Der schläft die meiste Zeit. Er ist Parkplatzwärter, kein Polizist. Ich weiß, was ich tue, okay?«

»Bist du sicher?«

»Nein. Aber Sie haben gesagt, Sie wollen mir helfen.«

»Das werde ich auch. Wann soll ich dort sein?«

»So schnell wie möglich.«

»Ich komme mit Clints Wagen. Es ist ein schwarzer Honda Accord.«

»Gut. Beeilen Sie sich.«

»Bin schon unterwegs. Sei vorsichtig, Mark.«

»Nicht nervös werden, Reggie. Alles wie im Film.« Sie legte auf und holte tief Luft.

»Mit meinem Wagen?« fragte Clint.

»Nach mir suchen sie auch.«

»Du bist verrückt, Reggie. Das ist Wahnsinn. Du kannst nicht mit jemandem verschwinden, der aus dem Gefängnis ausgebrochen ist. Man wird dich wegen Beihilfe belangen. Du kommst vor Gericht. Du wirst deine Lizenz verlieren.«

»Wo ist meine Reisetasche?«

»Im Schlafzimmer.«

»Ich brauche deine Wagenschlüssel und deine Kreditkarten.«

»Meine Kreditkarten? Also, Reggie, ich liebe dich, aber mein Wagen und mein Plastikgeld?«

»Wieviel hast du in bar?«

»Vierzig Dollar.«

»Gib sie mir. Du bekommst sie zurück.« Sie eilte ins Schlafzimmer.

»Du hast den Verstand verloren.«

»Es wäre nicht das erste Mal, wie du weißt.«

»Reggie …«

»Reg dich ab, Clint. Wir haben nicht vor, irgendwas in die Luft zu sprengen. Ich muß Mark helfen. Er sitzt in einem dunklen Büro in der Leichenhalle von St. Peter's und bittet um Hilfe. Was soll ich denn sonst tun?«

»Ich finde, du solltest mit einer Schrotflinte losstürmen und reihenweise Leute umlegen. Alles für Mark Sway.«

Sie warf ihre Zahnbürste in die Reisetasche. »Gib mir die Kreditkarten und das Geld, Clint. Ich hab's eilig.«

Er griff in seine Taschen. »Du bist verrückt. Das ist doch alles völlig absurd.«

»Bleib beim Telefon. Und verlaß die Wohnung nicht, okay? Ich ruf dich später an.« Sie nahm seine Schlüssel, das Bargeld und zwei Kreditkarten – Visa und Texaco.

Er folgte ihr zur Tür. »Sei vorsichtig mit der Visa Card. Das Limit ist fast ausgeschöpft.«

»Weshalb überrascht mich das nicht?« Sie küßte ihn auf die Wange. »Danke, Clint. Kümmere dich um Momma Love.«

»Ruf mich an«, sagte er, restlos geschlagen.

Sie ging durch die Tür und verschwand in der Dunkelheit.

33

Von dem Moment an, in dem Mark in den Wagen sprang und sich auf dem Boden versteckte, war Reggie eine Komplizin bei seiner Flucht. Aber solange er nicht jemanden umbrachte, bevor man sie erwischte, war fraglich, ob ihr Verbrechen mit Gefängnis bestraft werden konnte. Sie dachte eher an so etwas wie gemeinnützige Arbeit, vielleicht eine kleine Geldstrafe und vierzig Jahre Bewährung. Verdammt, sie würde ihnen so viel Bewährung geben, wie sie verlangten. Es würde ihre erste Straftat sein. Sie und ihr Anwalt konnten nachdrücklich darauf verweisen, daß der Junge von der Mafia gejagt wurde und ganz allein dastand, also, verdammt noch mal, irgend jemand hatte doch etwas unternehmen müssen! Sie konnte sich nicht mit juristischen Haarspaltereien aufhalten, wenn ihr Klient da draußen war und um Hilfe bat. Vielleicht gelang es ihr sogar, ihre Anwaltslizenz zu behalten.

Sie hatte dem Parkplatzwächter fünfzig Cents

gezahlt und den Blickkontakt gemieden. Sie hatte eine Runde über den Platz gedreht. Der Wächter war in einer anderen Welt. Mark lag eng zusammengerollt im Dunkeln unter dem Armaturenbrett und blieb dort, bis sie in die Union Avenue einbog und auf den Fluß zusteuerte.

»Ist es jetzt sicher?« fragte er nervös.

»Ich denke schon.«

Er glitt auf den Sitz und ließ den Blick über die Landschaft schweifen. Die Digitaluhr gab die Zeit mit zehn vor eins an. Die sechs Fahrspuren der Union Avenue waren leer. Sie fuhr drei Blocks, mußte an jeder Kreuzung vor einer roten Ampel halten und wartete ständig darauf, daß Mark etwas sagte.

»Also, wo fahren wir hin?« fragte sie schließlich.

»Zum Alamo.«

»Zum Alamo?« wiederholte sie, ohne die Spur eines Lächelns.

Er schüttelte den Kopf. Erwachsene konnten manchmal so schwer von Begriff sein. »Das war ein Witz, Reggie.«

»Entschuldigung.«

»Sie haben *Pee-Wee's Big Adventure* nicht gesehen, oder?«

»Ist das ein Film?«

»Vergessen Sie's. Vergessen Sie's einfach.« Sie standen schon wieder vor einer roten Ampel.

»Ihr Wagen gefällt mir besser«, sagte er, strich mit der Hand über das Armaturenbrett des Accord und interessierte sich plötzlich für das Radio.

»Das freut mich, Mark. Diese Straße endet am Fluß, und ich glaube, wir sollten darüber reden, wo du hinwillst.«

»Also, im Augenblick will ich nur aus Memphis raus, okay? Mir ist es gleich, wohin wir fahren. Hauptsache, wir verlassen die Stadt.«

»Und sobald wir aus Memphis raus sind, wohin fahren wir dann? Ich wüßte gern wenigstens die Richtung.«

»Fahren wir über die Brücke bei der Pyramide, okay?«

»Also gut. Du willst nach Arkansas?«

»Warum nicht? Ja, fahren wir nach Arkansas.«

»Na schön.«

Nachdem diese Entscheidung getroffen war, beugte er sich vor und inspizierte eingehend das Radio. Er drückte auf einen Schalter, drehte an einem Knopf, und Reggie machte sich auf einen lauten Ausbruch von Rap oder Heavy Metal gefaßt. Er hantierte mit beiden Händen an dem Radio herum. Genau wie ein Kind mit einem neuen Spielzeug. Er sollte zu Hause sein und in einem warmen Bett liegen, und er sollte ausschlafen können, weil Samstag war. Und nach dem Aufstehen sollte er sich Cartoons anschauen und dann, immer noch im Pyjama, Nintendo spielen mit all seinen Knöpfen und Raffinessen, genau so, wie er es jetzt mit dem Radio tat. Die Four Tops beendeten gerade einen Song.

»Du hörst dir Oldies an?« fragte sie, ehrlich überrascht.

»Manchmal. Ich dachte, sie würden Ihnen gefallen. Es ist fast ein Uhr, nicht gerade die beste Zeit für das laute Zeug.«

»Wie kommst du auf die Idee, daß ich Oldies mag?«

»Also, Reggie, um ganz ehrlich zu sein, ich kann Sie mir nicht bei einem Rap-Konzert vorstellen. Und außerdem war Ihr Radio auf diese Station eingestellt, als ich das letzte Mal mit Ihnen gefahren bin.« Die Union Avenue endete am Fluß, und sie warteten vor einer weiteren roten Ampel. Ein Streifenwagen hielt neben ihnen an, und der Polizist am Steuer musterte Mark.

»Sieh ihn nicht an«, befahl Reggie.

Die Ampel sprang um, und sie bog nach rechts auf den Riverside Drive ab. Der Polizist folgte ihnen. »Dreh dich nicht um«, sagte sie leise. »Benimm dich ganz normal.«

»Verdammt, Reggie, weshalb folgt er uns?«

»Ich habe keine Ahnung. Nicht nervös werden.«

»Er hat mich erkannt. Mein Gesicht war die ganze Woche auf den Titelseiten der Zeitungen, und der Polizist hat mich erkannt. Das ist wirklich großartig, Reggie. Wir unternehmen unsere große Flucht, und zehn Minuten später schnappen uns die Bullen.«

»Sei ruhig, Mark. Ich versuche, zu fahren und ihn gleichzeitig im Auge zu behalten.«

Er rutschte vorwärts, bis sein Hinterteil die Kante des Sitzes erreicht hatte und sein Kopf auf der Höhe des Türgriffs war. »Was macht er?« flüsterte er.

Ihr Blick war abwechselnd auf den Rückspiegel und die Straße gerichtet. »Fährt einfach hinter uns her. Nein, warte. Jetzt kommt er.« Der Streifenwagen überholte sie, dann schoß er davon. »Er ist weg«, sagte sie, und Mark atmete wieder.

Sie bogen auf die Zufahrt zur Interstate 40 ab und befanden sich auf der Brücke über dem Mississippi. Er betrachtete die hell erleuchtete Pyramide rechts von ihnen, dann drehte er den Kopf, um die in der Ferne verschwindende Skyline von Memphis zu bewundern, voller Ehrfurcht, als hätte er sie noch nie zuvor gesehen. Reggie fragte sich, ob der arme Junge schon jemals aus Memphis herausgekommen war.

Ein Elvis-Song begann. »Mögen Sie Elvis?« fragte er.

»Mark, ob du es glaubst oder nicht, als ich ein Teenager war und in Memphis aufwuchs, da bin ich mit ein paar anderen Mädchen sonntags zu Elvis' Haus gefahren, und wir haben zugeschaut, wie er Touch-Football spielte. Das war, bevor er wirklich berühmt war. Er lebte damals noch bei seinen Eltern in einem hübschen kleinen Haus und ging in die Humes High School, die jetzt Northside heißt.«

»Ich wohne im Norden von Memphis. Das heißt, ich habe dort gewohnt. Wo ich jetzt wohne, weiß ich nicht.«

»Wir gingen zu seinen Konzerten, und wir sahen, wie er sich in der Stadt herumtrieb. Er war ein ganz gewöhnlicher Junge, anfangs, dann wurde alles anders. Er wurde so berühmt, daß er kein normales Leben mehr führen konnte.«

»Genau wie ich, Reggie«, sagte er mit einem plötzlichen Lächeln. »Stellen Sie sich das vor! Ich und Elvis. Fotos auf den Titelseiten. Fotografen überall. Alle möglichen Leute, die nach uns Ausschau halten. Es ist schwierig, berühmt zu sein.«

»Ja, und stell dir die Sonntagszeitungen vor.

Ich sehe schon die Schlagzeilen vor mir – MARK SWAY ENTKOMMEN.«

»Großartig! Und sie werden mein Gesicht wieder auf der Titelseite bringen, wieder von Polizisten umgeben, als wäre ich eine Art Massenmörder. Und genau diese Polizisten werden sich so blöd anhören, wenn sie zu erklären versuchen, wie ein elfjähriger Junge es geschafft hat, aus dem Gefängnis zu entkommen. Ich frage mich, ob ich der jüngste bin, der je aus dem Gefängnis ausgebrochen ist.«

»Vermutlich.«

»Aber Doreen tut mir leid. Glauben Sie, daß sie Ärger bekommen wird?«

»Hatte sie Dienst?«

»Nein. Das waren Telda und Denny. Es würde mir nichts ausmachen, wenn sie Ärger bekämen.«

»Doreen wird wahrscheinlich nichts passieren. Sie ist schon sehr lange dort.«

»Wissen Sie, ich habe ihr etwas vorgemacht. Ich habe so getan, als verfiele ich in Schock, so als geriete ich ganz allmählich ins La-La-Land, wie Romey es genannt hat. Jedesmal, wenn sie nach mir sah, benahm ich mich merkwürdiger; hörte auf, mit ihr zu reden, starrte nur auf den Boden und stöhnte. Sie wußte über Ricky Bescheid, und schließlich war sie überzeugt, daß mir dasselbe passierte. Gestern hat sie einen Gefängnisarzt geholt, und der hat mich untersucht und gesagt, mir fehlte nichts. Aber Doreen machte sich Sorgen. Vermutlich habe ich sie ausgenutzt.«

»Wie bist du herausgekommen?«

»Ich tat so, als stünde ich unter Schock. Ich sorgte dafür, daß ich schweißgebadet war, indem ich in meiner kleinen Zelle herumrannte, dann rollte ich mich zusammen und steckte den Daumen in den Mund. Ich habe ihnen einen solchen Schrekken eingejagt, daß sie einen Krankenwagen riefen. Ich wußte, wenn ich es schaffte, im St. Peter's zu landen, war alles in Ordnung. Dieser Laden ist ein Irrenhaus.«

»Und du bist einfach verschwunden?«

»Sie hatten mich auf der Trage, und als sie mir den Rücken zudrehten, bin ich aufgestanden und einfach verschwunden. Rings um mich herum starben Leute, niemand hatte Zeit, sich um mich zu kümmern. Es war ganz einfach.«

Sie hatten die Brücke überquert und waren in Arkansas. Der Highway war flach und an beiden Seiten von Raststätten und Motels gesäumt. Er drehte den Kopf, um noch einmal die Skyline von Memphis zu bewundern, aber sie war verschwunden.

»Was suchst du?« fragte sie.

»Memphis. Ich schaue mir gern die Hochhäuser in der Innenstadt an. Ein Lehrer hat mir mal erzählt, daß in diesen Hochhäusern tatsächlich Leute wohnen. Das ist kaum zu glauben.«

»Weshalb ist das kaum zu glauben?«

»Ich habe einmal einen Film gesehen über einen reichen kleinen Jungen, der in einem Hochhaus in einer Innenstadt wohnte, und er streifte durch die Straßen, nur weil es ihm Spaß machte. Er kannte die Polizisten und redete sie mit dem Vornamen an. Wenn er irgendwo hinwollte, hielt er ein Taxi an. Und abends saß er auf dem Balkon und beobachtete die Straßen unten. Ich habe immer gedacht, das müßte ein wundervolles Leben sein. Keine billigen Wohnwagen. Keine gräßlichen Nachbarn. Keine Pickups, die auf der Straße vor dem Haus parken.«

»Das kannst du haben, Mark. Es gehört dir, wenn du es willst.«

Er warf ihr einen langen Blick zu. »Wie?«

»Im Augenblick ist das FBI bereit, dir zu geben, was immer du haben willst. Du kannst in einem Hochhaus in einer großen Stadt wohnen oder in einer Blockhütte in den Bergen. Du kannst dir aussuchen, wohin du willst.«

»Ich habe darüber nachgedacht.«

»Du kannst am Strand leben und im Meer baden, oder du kannst in Orlando wohnen und dich jeden Tag in Disneyworld herumtreiben.«

»Das wäre okay für Ricky. Ich bin dazu zu alt. Ich habe gehört, die Eintrittskarten wären unverschämt teuer.«

»Du bekämst wahrscheinlich eine Dauerkarte auf Lebenszeit, wenn du sie verlangen würdest. Im Augenblick könnt ihr, du und deine Mom, so ziemlich alles bekommen, was ihr wollt.«

»Ja, aber, Reggie, wer will das haben, wenn er ständig Angst vor seinem eigenen Schatten haben muß? In den letzten drei Nächten hatte ich Alpträume. Ich will nicht den Rest meines Lebens Angst haben müssen. Eines Tages werden sie mich finden. Ich weiß, daß das passieren wird.«

»Also, was willst du tun, Mark?«

»Weiß ich auch nicht, aber ich habe unheimlich viel über etwas nachgedacht.«

»Ich höre.«

»Das Gute an einem Gefängnis ist, daß man viel Zeit zum Nachdenken hat.« Er legte einen Fuß auf ein Knie und umfaßte ihn mit den Fingern. »Denken Sie einmal nach, Reggie. Was ist, wenn Romey gelogen hat? Er war betrunken, steckte voller Medikamente, war nicht mehr klar im Kopf. Vielleicht hat er nur geredet, um sich selbst reden zu hören. Und ich habe neben ihm gesessen, klar? Der Mann war verrückt. Redete allen möglichen Unsinn, und zu Anfang habe ich alles geglaubt. Ich hatte fürchterliche Angst, und ich konnte nicht klar denken. Mein Kopf tat weh, weil er mich geschlagen hatte. Aber jetzt bin ich nicht mehr so sicher. Ich hab die ganze Woche über das verrückte Zeug nachgedacht, das er gesagt und getan hat. Vielleicht war ich zu begierig, das alles zu glauben.«

Sie fuhr genau fünfundfünfzig Meilen pro Stunde und ließ sich kein Wort entgehen. Sie hatte keine Ahnung, worauf er hinauswollte, und sie hatte auch keine Ahnung, wohin der Wagen fuhr.

»Aber ich konnte kein Risiko eingehen, stimmt's? Ich meine, wenn ich den Polizisten alles erzählt hätte, und sie hätten die Leiche genau da gefunden, wo Romey es gesagt hat? Jeder wäre glücklich gewesen, außer der Mafia, und wer weiß, was dann mit mir passiert wäre. Und wenn ich den Polizisten alles erzählt hätte, Romey aber gelogen hat und sie keine Leiche finden? Ich wäre aus dem Schneider, weil ich in Wirklichkeit überhaupt nichts gewußt habe. Aber das Risiko war entschieden zu groß.« Er schwieg eine halbe Meile lang. Die Beach Boys sangen »California Girls«. »Und da ist mir eine Idee gekommen.«

Inzwischen konnte sie diese Idee fast fühlen. Ihr

Herz setzte aus, und sie schaffte es gerade, die Räder zwischen den weißen Lilien der rechten Fahrspur zu halten. »Und was für eine Idee ist das?« fragte sie nervös.

»Ich meine, wir sollten herausfinden, ob Romey gelogen hat oder nicht.«

Sie räusperte sich. »Du meinst, die Leiche finden?«

»Genau das.«

Sie wollte lachen über diesen unschuldigen Humor eines überdrehten Verstandes, aber im Moment fehlte ihr dazu die Kraft. »Das kann doch nicht dein Ernst sein.«

»Lassen Sie uns darüber reden. Sie und ich, wir sollen beide am Montagmorgen in New Orleans sein, richtig?«

»Vermutlich. Ich habe die Vorladung noch nicht gesehen.«

»Aber ich bin Ihr Klient, und ich habe eine Vorladung bekommen. Also, selbst wenn Sie keine gekriegt haben, würden Sie doch mitkommen müssen, stimmt's?«

»Das ist richtig.«

»Und jetzt sind wir auf der Flucht, stimmt's? Nur Sie und ich. Bonnie und Clyde, die vor den Bullen flüchten.«

»Ja, so könnte man es vielleicht ausdrücken.«

»Welches ist der letzte Ort, an dem sie nach uns suchen würden? Denken Sie nach, Reggie. Welches ist der letzte Ort auf der ganzen Welt, an dem man uns vermuten würde?«

»New Orleans.«

»Richtig. Also, ich weiß nicht viel darüber, wie man sich versteckt, aber da Sie einer Vorladung aus dem Wege gehen und Anwältin sind und immer mit Verbrechern zu tun haben, nehme ich an, daß Sie uns nach New Orleans bringen könnten, ohne daß jemand es mitbekommt. Stimmt's?«

»Ich denke schon.« Sie fing an, sich seiner Meinung anzuschließen und war bestürzt über ihre eigenen Worte.

»Und wenn Sie uns nach New Orleans bringen können, dann finden wir auch Romeys Haus.«

»Weshalb Romeys Haus?«

»Weil dort die Leiche sein soll.«

Das war das allerletzte, was sie wissen wollte. Sie nahm langsam die Brille ab und rieb sich die Augen. Zwischen ihren Schläfen bildete sich ein leichter Kopfschmerz, der nur schlimmer werden konnte.

Romeys Haus? Das Heim des dahingeschiedenen Jerome Clifford? Er hatte das ganz langsam gesagt, und sie hatte es ganz langsam gehört. Sie konzentrierte sich auf die Schlußlichter vor ihnen, aber sie waren nichts als verschwommene rote Flecke. Romeys Haus? Das Opfer des Mörders war im Hause des Anwalts des Angeklagten vergraben? Das war doch mehr als abartig! Ihr Verstand raste im Kreise herum, stellte sich Hunderte von Fragen und beantwortete keine von ihnen. Sie schaute in den Spiegel und wurde sich plötzlich bewußt, daß er sie mit einem seltsamen Lächeln betrachtete.

»Jetzt wissen Sie es, Reggie«, sagte er.

»Aber wie, warum …«

»Fragen Sie mich nicht, denn ich weiß es nicht. Es ist verrückt, nicht wahr? Deshalb glaube ich, Romey könnte gesponnen haben. Ein kaputter Verstand, der sich diese irre Geschichte über die Leiche in seinem Haus ausgedacht hat.«

»Du glaubst also nicht, daß sie wirklich dort ist?« fragte sie, Bestätigung suchend.

»Das wissen wir erst, wenn wir nachgeschaut haben. Wenn sie nicht da ist, bin ich aus dem Schneider und kann wieder ganz normal leben.«

»Aber was ist, wenn sie da ist?«

»Darüber zerbrechen wir uns den Kopf, wenn wir sie finden sollten.«

»Mir gefällt deine Idee nicht.«

»Weshalb nicht?«

»Also hör mal, Mark, mein Sohn, Klient,

Freund, wenn du glaubst, ich führe nach New Orleans, um einen Toten auszugraben, dann bist du verrückt.«

»Natürlich bin ich verrückt. Ricky und ich, wir sind beide Fälle für die Klapsmühle.«

»Ich werde es nicht tun.«

»Warum nicht, Reggie?«

»Es ist viel zu gefährlich, Mark. Es ist Wahnsinn. Wir könnten umgebracht werden. Ich mache nicht mit, und ich lasse auch nicht zu, daß du es tust.«

»Warum ist es gefährlich?«

»Es ist einfach gefährlich. Warum, weiß ich nicht.«

»Denken Sie darüber nach, Reggie. Wir stellen fest, ob die Leiche da ist, okay? Und wenn sie nicht da ist, wo Romey es gesagt hat, dann bin ich aus der Sache raus. Wir sagen der Polizei, sie soll alles fallenlassen, was sie gegen uns hat, und dafür sage ich ihr, was ich weiß. Und da ich nicht weiß, wo die Leiche tatsächlich ist, bin ich auch für die Mafia uninteressant. Wir kommen ungeschoren davon.«

»Und was ist, wenn wir die Leiche finden?«

»Gute Frage. Überlegen Sie mal ganz langsam, Reggie. So in meinem Kindertempo. Wenn wir die Leiche finden und Sie dann die Typen vom

FBI anrufen und ihnen sagen, daß Sie genau wissen, wo sie ist, weil Sie sie mit eigenen Augen gesehen haben, dann werden sie uns alles geben, was wir haben wollen.«

»Und wo genau willst du hin?«

»Wahrscheinlich nach Australien. Ein hübsches Haus, massenhaft Geld für meine Mutter. Einen neuen Wagen. Vielleicht ein bißchen plastische Chirurgie. Das habe ich einmal in einem Film gesehen. Ursprünglich war der Mann potthäßlich, und er hat ein paar Drogenhändler verpfiffen, nur um ein neues Gesicht zu bekommen. Sah aus wie ein Filmstar, als sie mit ihm fertig waren. Ungefähr zwei Jahre später haben ihm die Drogenhändler dann noch mal ein neues Gesicht verpaßt.«

»Ist das dein Ernst?«

»Mit dem Film?«

»Nein, mit Australien.«

»Vielleicht.« Er hielt inne und sah aus dem Fenster. »Vielleicht.«

Mehrere Meilen lang hörten sie Radio und schwiegen. Es herrschte nur wenig Verkehr. Sie waren schon ziemlich weit außerhalb von Memphis.

»Können wir einen Handel abschließen?«

»Was für einen?«

»Lassen Sie uns nach New Orleans fahren.«

»Ich denke nicht daran, nach einer Leiche zu graben.«

»Okay, okay. Aber lassen Sie uns dorthin fahren. Niemand rechnet damit. Über die Leiche reden wir, wenn wir dort sind.«

»Wir haben schon darüber geredet.«

»Fahren Sie einfach nach New Orleans, okay?«

Der Highway kreuzte einen anderen, und sie befanden sich auf einer Überführung. Sie deutete nach rechts. Zehn Meilen entfernt leuchtete und flackerte die Skyline von Memphis unter einem Halbmond. »Wow«, sagte er beeindruckt. »Das ist wunderschön.«

Sie konnten beide nicht wissen, daß dies sein letzter Blick auf Memphis sein sollte.

In Forrest City, Arkansas, machten sie halt, um zu tanken und sich etwas zu essen zu besorgen. Reggie bezahlte für kleine Napfkuchen, einen großen Becher Kaffee und eine Dose Sprite, während Mark sich auf dem Wagenboden versteckte. Minuten später waren sie wieder auf der Interstate in Richtung Little Rock.

Dampf stieg aus dem Plastikbecher auf, während sie fuhr und zusah, wie er vier von den Napfkuchen vertilgte. Er aß wie ein Kind – Krümel auf der Hose und auf dem Sitz, Schlagsahne an den Fingern, die er ableckte, als hätte er seit einem Monat nichts mehr zu essen bekommen. Es war fast halb drei. Die Straße war leer bis auf ganze Konvois von Sattelschleppern.

»Glauben Sie, daß sie schon hinter uns her sind?« fragte er, nachdem er den letzten Kuchen aufgegessen und die Sprite-Dose geöffnet hatte. Seine Stimme klang ein wenig aufgeregt.

»Das bezweifle ich. Ich bin sicher, daß die Polizei das Krankenhaus absucht. Aber wie sollte sie auf die Idee kommen, daß wir zusammen sind?«

»Ich mache mir Sorgen wegen Mom. Ich habe sie angerufen, bevor ich mit Ihnen gesprochen habe. Habe ihr von meiner Flucht erzählt und ihr gesagt, daß ich mich im Krankenhaus verstecke. Sie war stinksauer. Aber ich glaube, ich konnte sie überzeugen, daß ich in Sicherheit bin. Ich hoffe nur, sie lassen es sie nicht ausbaden.«

»Das werden sie nicht. Aber sie wird sich fürchterliche Sorgen machen.«

»Ich weiß. Ich wollte ihr nicht weh tun, aber ich glaube, sie wird damit fertig. Sie hat schon eine Menge durchgestanden. Meine Mom ist ziemlich zäh.«

»Ich werde Clint sagen, daß er sie im Laufe des Tages anrufen soll.«

»Werden Sie Clint verraten, wo wir hinfahren?«

»Ich weiß ja selbst noch nicht genau, wo wir hinfahren.« Er dachte darüber nach, während zwei Laster vorbeidonnerten und der Honda nach rechts ausschwenkte.

»Was würden Sie tun, Reggie?«

»Zuerst einmal wäre ich nicht aus dem Gefängnis geflüchtet.«

»Das ist eine Lüge.«

»Wie bitte?«

»Natürlich ist es eine. Sie entziehen sich einer Vorladung, oder etwa nicht? Ich tue genau dasselbe. Worin liegt der Unterschied? Sie wollen nicht vor der Anklagejury erscheinen. Ich will nicht vor der Anklagejury erscheinen, und deshalb sind wir beide auf der Flucht. Wir sitzen im selben Boot, Reggie.«

»Da ist nur ein Unterschied. Du warst im Gefängnis, und du bist geflüchtet. Das ist ein Verbrechen.«

»Ich war in einem Jugendgefängnis, und Minderjährige begehen keine Verbrechen. Waren nicht Sie es, die mir das erklärt hat? Minderjährige können Rowdys sein und sich strafbar machen und unter Aufsicht gestellt werden, aber Minderjährige begehen keine Verbrechen, stimmt's?«

»Wenn du es sagst. Aber du hättest trotzdem nicht flüchten dürfen.«

»Ich habe es getan. Daran läßt sich jetzt nichts mehr ändern. Sie dürfen doch auch nicht vor dem Gesetz flüchten, oder?«

»Doch. Es ist kein Verbrechen, sich einer Vorladung zu entziehen. Mir konnte niemand etwas vorwerfen, bis ich dich abgeholt habe.«

»Dann halten Sie an und lassen Sie mich aussteigen.«

»Klar doch. Bitte, keine Witze, Mark.«

»Das ist kein Witz.«

»Okay. Und was tust du, nachdem du ausgestiegen bist?«

»Oh, das weiß ich noch nicht. Ich laufe, so weit ich kann, und wenn man mich erwischt, dann verfalle ich einfach in Schock, und dann bringen sie mich zurück nach Memphis. Ich behaupte, ich wäre verrückt, und niemand wird je erfahren, daß Sie etwas damit zu tun hatten. Sie können jederzeit anhalten, und dann steige ich aus.« Er beugte sich vor und drehte an den Knöpfen des Radios. Fünf Meilen lang hörten sie Conway Twitty und Tammy Wynette zu.

»Ich hasse Country-Musik«, sagte sie, und er schaltete das Radio aus.

»Darf ich dich etwas fragen?« sagte sie.

»Natürlich.«

»Angenommen, wir fahren nach New Orleans und finden die Leiche. Und deinem Plan zufolge schließen wir dann einen Handel mit dem FBI ab, und du wirst in das Zeugenschutzprogramm aufgenommen. Und dann fliegt ihr alle drei, du, Rikky und deine Mom, in den Sonnenuntergang hinein, nach Australien oder sonstwohin. Richtig?«

»Vermutlich.«

»Warum schließen wir den Handel dann nicht gleich ab und sagen, was wir wissen?«

»Jetzt fangen Sie an zu denken, Reggie«, sagte er gönnerhaft, als wäre sie endlich aufgewacht und finge an, das Licht zu sehen.

»Vielen Dank«, sagte sie.

»Ich habe eine Weile gebraucht, um mir darüber klarzuwerden. Die Antwort ist einfach. Ich traue dem FBI nicht hundertprozentig. Sie etwa?«

»Nicht hundertprozentig.«

»Und ich bin nicht bereit, ihnen zu geben, was sie haben wollen, bevor wir alle drei nicht schon weit fort sind. Sie sind eine gute Anwältin, Reggie, und Sie würden doch nicht zulassen, daß Ihr Mandant irgendein Risiko eingeht, oder?«

»Sprich weiter.«

»Bevor ich diesen Typen irgendwas erzähle, will ich sicher sein, daß wir in Sicherheit sind. Es kann einige Zeit dauern, bis Ricky transportiert werden kann. Wenn ich es ihnen jetzt sagen würde, dann könnten die bösen Buben es erfahren, bevor wir den Abgang gemacht haben. Das ist zu riskant.«

»Aber was ist, wenn du es ihnen jetzt sagst, und sie finden die Leiche nicht? Was ist, wenn Clifford tatsächlich gesponnen hat?«

»Ich würde es nie erfahren, oder? Ich würde irgendwo untergetaucht sein, hätte mir eine neue Nase machen lassen, hätte meinen Namen in Tommy oder sonstwas geändert, und alles wäre umsonst gewesen. Es wäre viel vernünftiger, wenn wir jetzt herausfinden würden, ob Romey die Wahrheit gesagt hat.«

Sie schüttelte ihren verwirrten Kopf. »Ich bin nicht sicher, ob ich das verstehe.«

»Ich bin nicht einmal sicher, ob ich mich selbst verstehe. Aber eins ist klar. Ich fahre nicht mit den US-Marshals nach New Orleans. Ich werde am Montag nicht vor der Anklagejury erscheinen und mich weigern, ihre Fragen zu beantworten, damit sie meinen kleinen Arsch dort in ein Gefängnis stecken können.«

»Das leuchtet mir ein. Also, wie verbringen wir unser Wochenende?«

»Wie weit ist es bis nach New Orleans?«

»Fünf bis sechs Stunden.«

»Fahren wir. Wir können immer noch einen Rückzieher machen, wenn wir dort sind.«

»Wie mühsam wird es sein, die Leiche zu finden?«

»Vermutlich nicht sehr mühsam.«

»Darf ich fragen, wo in Cliffords Haus sie ist?«

»Nun, sie hängt nicht an einem Baum und liegt auch nicht im Gebüsch. Es wird ein bißchen Arbeit kosten.«

»Das alles ist total verrückt, Mark.«

»Ich weiß. Es war eine schlimme Woche.«

34

Soviel zu einem ruhigen Samstagmorgen mit den Kindern. Jason McThune betrachtete seine Füße auf dem Bettvorleger und versuchte, die Uhr an der Wand neben der Badezimmertür zu erkennen. Es war kurz vor sechs, draußen war es noch dunkel, und die Spinnweben von einer spätabendlichen Flasche Wein trübten seinen Blick. Seine Frau drehte sich auf die andere Seite und murmelte etwas, das er nicht verstehen konnte.

Zwanzig Minuten später fand er sie tief unter der Bettdecke und gab ihr einen Abschiedskuß. Es könnte sein, daß er eine Woche lang nicht nach Hause kam, sagte er, bezweifelte aber, daß sie es hörte. Samstagsarbeit und Tage außerhalb der Stadt waren die Norm. Nichts Ungewöhnliches.

Aber der heutige Tag würde ungewöhnlich sein. Er machte die Tür auf, und der Hund rannte in den Garten hinaus. Wie konnte ein elfjähriger Junge einfach verschwinden? Die Polizei von

Memphis hatte keine Ahnung. Er war einfach verschwunden, hatte der Lieutenant gesagt.

Auf den Straßen war wenig los um diese frühe Morgenstunde, was nicht verwunderlich war. Er fuhr zum Federal Building in der Innenstadt und gab ein paar Nummern in sein Autotelefon ein. Die Agenten Brenner, Latchee und Durston wurden aus dem Schlaf geholt und angewiesen, sofort zu ihm zu kommen. Er blätterte in seinem schwarzen Buch und fand die Nummer von K. O. Lewis in Alexandria.

K. O. Lewis schlief nicht, war aber auch nicht in der rechten Stimmung für eine Störung. Er aß seine Haferflocken, genoß seinen Kaffee, plauderte mit seiner Frau, und wie zum Teufel konnte ein elfjähriger Junge verschwinden, während er sich in Polizeigewahrsam befand? McThune sagte ihm, was er wußte, und bat ihn, nach Memphis zu kommen. Es würde ein langes Wochenende werden. K. O. Lewis sagte, er würde ein paar Anrufe erledigen, den Jet ausfindig machen und ihn im Büro zurückrufen.

Im Büro rief McThune Larry Trumann in New Orleans an und war entzückt, als er sich desorientiert und offensichtlich aus dem Schlaf gerissen meldete. Aber schließlich war dies Trumanns Fall, auch wenn McThune die ganze Woche daran gearbeitet hatte. Nur des Spaßes halber rief er auch George Ord an und bat ihn, mit den übrigen Leuten zu erscheinen. McThune erklärte, daß er hungrig sei, und konnte George ihm vielleicht ein paar Egg McMuffins mitbringen?

Um sieben saßen Brenner, Latchee und Durston in seinem Büro, tranken Kaffee und ergingen sich in wilden Spekulationen. Als nächster erschien Ord ohne das Essen, dann klopften zwei uniformierte Polizisten an die Tür des äußeren Büros. Bei ihnen befand sich Ray Trimble, stellvertretender Polizeichef und eine Legende unter den Gesetzeshütern von Memphis.

Sie versammelten sich in McThunes Büro, und Trimble kam in fließendem Polizeijargon sofort zur Sache. »Subjekt wurde gestern abend gegen zehn Uhr dreißig von der Haftanstalt im Krankenwagen zum St. Peter's gebracht. Subjekt wurde von den Sanitätern der Notaufnahme von St. Peter's übergeben, wonach die Sanitäter gingen. Subjekt wurde nicht von Polizeibeamten oder Gefängnispersonal begleitet. Sanitäter sind sicher, daß eine Schwester, eine gewisse Gloria Watts, Subjekt aufnahm, aber Aufnahmepapiere sind unauffindbar. Ms. Watts hat ausgesagt, daß sie Subjekt in der Anmeldung der Notaufnahme hatte und dann aus irgendeinem Grund aus dem Zimmer gerufen wurde. Sie war nicht länger als zehn Minuten abwesend, und bei ihrer Rückkehr war Subjekt verschwunden. Auch die Papiere waren verschwunden, und Ms. Watts nahm an, daß Subjekt zur Untersuchung und Behandlung in die Notaufnahme gebracht worden war.« Trimble wurde etwas langsamer und räusperte sich, als wäre ihm dies alles ziemlich unangenehm. »Gegen fünf heute morgen bereitete sich Ms. Watts offenbar auf das Ende ihrer Schicht vor, und sie prüfte die Aufnahmeunterlagen. Subjekt fiel ihr wieder ein, und sie begann, Fragen zu stellen. Subjekt war unauffindbar in der Notaufnahme, und nirgendwo waren irgendwelche Aufnahmeunterlagen zu finden. Darauf wurde der Sicherheitsdienst des Krankenhauses informiert und danach die Polizei von Memphis. Zur Zeit ist eine gründliche Durchsuchung des Krankenhauses im Gange.«

»Sechs Stunden«, sagte McThune ungläubig.

»Wie bitte?« sagte Trimble.

»Es hat sechs Stunden gedauert, bis jemandem auffiel, daß der Junge verschwunden war.«

»Ja, Sir, aber für das Krankenhaus sind schließlich nicht wir zuständig.«

»Weshalb wurde der Junge ohne Bewachung ins Krankenhaus gebracht?«

»Die Frage kann ich nicht beantworten. Es wird

eine Untersuchung stattfinden. Es sieht aus wie ein Versehen.«

»Weshalb wurde der Junge überhaupt ins Krankenhaus gebracht?«

Trimble holte eine Akte aus seinem Koffer und gab McThune eine Kopie von Teldas Bericht. Er las sie sorgfältig. »Hier heißt es, er verfiel in Schock, nachdem die US-Marshals gegangen waren. Was zum Teufel hatten die Marshals dort zu suchen?«

Trimble schlug abermals die Akte auf und händigte McThune die Vorladung aus. Er studierte sie, dann gab er sie George Ord.

»Sonst noch etwas, Chief?« sagte er zu Trimble, der sich nicht gesetzt und auch nicht aufgehört hatte, im Zimmer herumzuwandern. Er wollte so schnell wie möglich wieder verschwinden.

»Nein, Sir. Wir werden die Durchsuchung weiterführen und Sie sofort anrufen, wenn wir etwas finden. Im Augenblick sind dort vier Dutzend Männer an der Arbeit, und wir suchen erst seit gut einer Stunde.«

»Haben Sie mit der Mutter des Jungen gesprochen?«

»Nein, Sir. Noch nicht. Sie schläft noch. Wir beobachten das Zimmer für den Fall, daß er versuchen sollte, zu ihr zu kommen.«

»Ich will als erster mit ihr reden, Chief. Ich werde in ungefähr einer Stunde dort sein. Sorgen Sie dafür, daß vor mir niemand mit ihr spricht.«

»Kein Problem.«

»Danke, Chief.« Trimble schlug die Hacken zusammen, und einen Augenblick lang sah es so aus, als wollte er salutieren. Dann war er verschwunden, gefolgt von seinen Leuten.

McThune wandte sich an Brenner und Latchee. »Ihr beide trommelt alle verfügbaren Agenten zusammen. Beordert sie her. Sofort.« Sie schossen aus dem Zimmer.

»Was ist mit der Vorladung?« fragte er Ord, der sie immer noch in der Hand hielt.

»Ich kann es einfach nicht glauben. Foltrigg hat den Verstand verloren.«

»Sie haben nichts davon gewußt?«

»Natürlich nicht. Der Junge untersteht der Jurisdiktion des Jugendgerichts. Ich käme niemals auf die Idee, mich an ihn heranmachen zu wollen. Würden Sie gern Harry Roosevelt gegen sich aufbringen?«

»Ich glaube nicht. Aber wir müssen ihn informieren. Ich werde es tun, und Sie rufen Reggie Love an. Ich würde ungern selbst mit ihr sprechen.«

Ord verließ das Zimmer. McThune wandte

sich an Durston. »Rufen Sie den US-Marshal an«, befahl er ihm. »Ich will wissen, was es mit dieser Vorladung auf sich hat.«

Durston ging, und plötzlich war McThune allein. Er blätterte eilig in einem Telefonbuch, um Roosevelts Nummer zu finden. Aber da war kein Harry. Wenn er eine Nummer hatte, dann war sie geheim, und das war durchaus verständlich – angesichts von mindestens fünfzigtausend ledigen Müttern, die versuchten, ungezahlte Alimente einzutreiben. McThune machte drei kurze Anrufe bei Anwälten, die er kannte, und der dritte sagte ihm, daß Harry in der Kensington Street wohnte. McThune würde einen Agenten hinschicken, sobald er einen entbehren konnte.

Ord kehrte zurück und schüttelte den Kopf. »Ich habe mit Reggie Loves Mutter gesprochen, aber sie hat mir mehr Fragen gestellt als ich ihr. Ich glaube nicht, daß sie dort ist.«

»Ich werde so bald wie möglich zwei Leute hinschicken. Und jetzt sollten Sie vielleicht besser diesen Schwachkopf Foltrigg anrufen.«

»Ja, das muß ich wohl.« Ord machte kehrt und verließ abermals das Büro.

Um acht trat McThune, dichtauf gefolgt von Brenner und Durston, im neunten Stock von St. Peter's aus dem Fahrstuhl. Drei weitere Agenten, angetan mit einer prachtvollen Kollektion von Krankenpflegerkleidung, erwarteten ihn am Fahrstuhl und begleiteten ihn zu Zimmer 943. Drei massige Wachmänner standen in der Nähe der Tür. McThune klopfte leise an und bedeutete seinem kleinen Schwadron, ein paar Schritte zurückzutreten. Er wollte der armen Frau keine Angst einjagen.

Die Tür ging einen Spaltbreit auf. »Ja?« kam eine schwache Stimme aus der Dunkelheit.

»Ms. Sway, ich bin Jason McThune, Special Agent, FBI. Wir sind uns gestern im Gericht begegnet.«

Die Tür öffnete sich etwas weiter, und Dianne trat in den Spalt. Sie sagte nichts, sondern wartete nur auf seine nächsten Worte.

»Kann ich unter vier Augen mit Ihnen sprechen?«

Sie schaute nach links – drei Wachmänner, zwei Agenten und drei Männer in Overalls und Arztkitteln. »Unter vier Augen?« sagte sie.

»Wir können dorthin gehen«, sagte er, mit einem Kopfnicken auf das Ende des Flurs deutend.

»Ist etwas passiert?« fragte sie, als gäbe es nichts, das sonst noch schiefgehen konnte.

»Ja, Madam.«

Sie holte tief Luft und verschwand. Sekunden

später kam sie mit ihren Zigaretten durch die Tür und machte sie leise hinter sich zu. Sie gingen langsam in der Mitte des leeren Flurs entlang.

»Ich nehme an, Sie haben nicht mit Mark gesprochen«, sagte McThune.

»Er hat mich gestern nachmittag aus dem Gefängnis angerufen«, sagte sie und steckte sich eine Zigarette zwischen die Lippen. Es war keine Lüge; Mark hatte sie tatsächlich vom Gefängnis aus angerufen.

»Seither?«

»Nein«, log sie. »Warum?«

»Er ist verschwunden.« Sie zögerte einen Schritt, dann ging sie weiter. »Was meinen Sie damit, er ist verschwunden?« Sie war überraschend gelassen. Wahrscheinlich dringt das alles gar nicht richtig zu ihr durch, dachte McThune. Er berichtete ihr kurz über Marks Verschwinden. Sie blieben am Fenster stehen und schauten hinaus.

»Mein Gott, glauben Sie, die Mafia hat ihn?« fragte sie, und ihre Augen füllten sich mit Tränen. Sie hielt ihre Zigarette mit zitternder Hand, nicht imstande, sie anzuzünden.

McThune schüttelte zuversichtlich den Kopf. »Nein. Sie weiß es nicht einmal. Wir halten das geheim. Ich glaube, er hat sich einfach aus dem Staub gemacht. Hier, im Krankenhaus. Wir dachten, er hätte vielleicht versucht, mit Ihnen Verbindung aufzunehmen.«

»Haben Sie den ganzen Bau durchsucht? Er kennt sich hier nämlich sehr gut aus.«

»Unsere Leute suchen jetzt seit drei Stunden, aber bisher ohne Ergebnis. Wo würde er hingehen?«

Sie zündete sich endlich die Zigarette an und tat einen langen Zug, dann stieß sie eine kleine Wolke aus. »Ich habe keine Ahnung.«

»Lassen Sie mich etwas anderes fragen. Was wissen Sie über Reggie Love? Ist sie übers Wochenende in der Stadt? Hatte sie vor, einen Ausflug zu unternehmen?«

»Weshalb?«

»Wir können sie gleichfalls nicht finden. Sie ist nicht zu Hause. Ihre Mutter sagt nicht viel. Sie haben gestern abend eine Vorladung bekommen, stimmt das?«

»Ja, das stimmt.«

»Nun, Mark hat ebenfalls eine bekommen, und sie haben versucht, auch Reggie Love eine auszuhändigen, aber sie haben sie bisher nicht angetroffen. Halten Sie es für möglich, daß Mark bei ihr ist?«

Das hoffe ich, dachte Dianne. Darüber hatte sie noch nicht nachgedacht. Trotz der Tabletten hatte sie keine Viertelstunde geschlafen, seit er sie angerufen hatte. Aber Mark in Freiheit mit Reggie – das war eine neue Idee. Und zwar eine viel erfreulichere.

»Ich weiß es nicht. Aber möglich ist es.«

»Wo könnten sie sein, falls die beiden zusammen sind?«

»Woher zum Teufel soll ich das wissen? Sie sind das FBI. Bis vor fünf Sekunden ist mir diese Idee überhaupt nicht gekommen, und jetzt fragen Sie mich, wo sie stecken. Das ist doch absurd.«

McThune kam sich blöd vor. Es war keine intelligente Frage gewesen, und sie war nicht so zerbrechlich, wie er geglaubt hatte.

Dianne rauchte ihre Zigarette und beobachtete die Wagen, die auf der Straße unten entlangkrochen. So, wie sie Mark kannte, wechselte er vermutlich Windeln in der Säuglingsstation oder assistierte bei Operationen in der Orthopädie oder machte vielleicht Rührei in der Küche. St. Peter's war das größte Krankenhaus im Staat. Unter seinen zahlreichen Dächern hielten sich Tausende von Leuten auf. Er war überall herumgestromert und hatte sich Dutzende von Freunden gemacht, und sie würden Tage brauchen, um ihn zu finden. Sie rechnete jede Minute mit einem Anruf von ihm.

»Ich muß zurück«, sagte sie und steckte den Filter in einen Aschenbecher.

»Wenn er sich bei Ihnen meldet, muß ich es wissen.«

»Natürlich.«

»Und falls Sie von Reggie Love hören sollten, wäre ich für einen Anruf dankbar. Ich lasse zwei Männer hier auf diesem Flur, für den Fall, daß Sie sie brauchen sollten.«

Sie ging davon.

Um halb neun hatte Foltrigg seine übliche Mannschaft versammelt, bestehend aus Wally Boxx, Thomas Fink und Larry Trumann, der mit noch feuchtem Haar nach einer schnellen Dusche als letzter erschienen war.

Mit gebügelter Drellhose, gestärktem Baumwollhemd und auf Hochglanz polierten Mokassins sah Foltrigg aus, als wollte er in eine Studentenverbindung aufgenommen werden. Trumann trug einen Jogginganzug. »Die Anwältin ist auch verschwunden«, verkündete er, während er sich Kaffee aus einer Thermoskanne einschenkte.

»Wann haben Sie das erfahren?« fragte Foltrigg.

»Vor fünf Minuten, über mein Autotelefon. McThune hat mich angerufen. Sie waren gegen acht bei ihrem Haus, um ihr die Vorladung auszuhändigen, konnten sie aber nicht finden. Sie ist verschwunden.«

»Was hat McThune sonst noch gesagt?«

»Sie sind immer noch dabei, das Krankenhaus zu durchsuchen. Der Junge hat drei Tage dort verbracht und kennt jeden Winkel.«

»Ich bezweifle, daß er dort ist«, sagte Foltrigg. Wieder eine seiner üblichen schnellen Unterstellungen unbewiesener Tatsachen.

»Glaubt McThune, daß der Junge mit seiner Anwältin zusammen ist?« fragte Boxx.

»Wer zum Teufel soll das wissen? Es wäre doch ausgesprochen dumm von ihr, dem Jungen bei der Flucht zu helfen.«

»Sonderlich intelligent ist sie nicht«, sagte Foltrigg verärgert.

Und du auch nicht, dachte Trumann. Du bist der Idiot, der die Vorladung ausgestellt hat, die zu diesem Schlamassel geführt hat. »McThune hat heute morgen zweimal mit K. O. Lewis gesprochen. Er steht auf Abruf bereit. Sie haben vor, die Suche im Krankenhaus bis Mittag fortzusetzen und dann aufzugeben. Wenn der Junge bis dahin nicht gefunden wurde, kommt Lewis nach Memphis.«

»Glauben Sie, daß Muldanno dahintersteckt?« fragte Fink.

»Das bezweifle ich. Sieht eher so aus, als hätte der Junge eine Schau abgezogen, bis sie ihn ins Krankenhaus brachten; und da kannte er sich aus. Ich wette, er hat seine Anwältin angerufen, und jetzt verstecken sie sich irgendwo in Memphis.«

»Ich frage mich, ob Muldanno Bescheid weiß«, sagte Fink mit einem Blick auf Foltrigg.

»Seine Leute sind nach wie vor in Memphis«, sagte Trumann. »Gronke ist hier, aber Bono und Pirini haben wir noch nicht wieder zu Gesicht bekommen. Durchaus möglich, daß er inzwischen ein Dutzend von seinen Männern dort hat.«

»Hat McThune sämtliche Hilfsmannschaften zusammengetrommelt?« fragte Foltrigg.

»Ja. Alle Leute in seinem Büro arbeiten daran. Sie beobachten ihr Haus, die Wohnung ihres Sekretärs, sie haben sogar zwei Männer losgeschickt, die Richter Roosevelt ausfindig machen sollen, der irgendwo in den Bergen beim Angeln ist. Die Polizei von Memphis hat das Krankenhaus abgeriegelt.«

»Was ist mit dem Telefon?«

»Welchem Telefon?«

»Dem in dem Krankenzimmer. Er ist ein Kind, Larry, vielleicht versucht er, seine Mutter anzurufen.«

»Das muß vom Krankenhaus genehmigt werden. McThune sagte, sie arbeiten daran. Aber heute ist Samstag, und die zuständigen Leute haben frei.«

Foltrigg stand von seinem Schreibtisch auf und trat ans Fenster. »Der Junge hatte sechs Stunden, bevor irgend jemand merkte, daß er verschwunden war, stimmt's?«

»So hat man es mir gesagt.«

»Hat man den Wagen der Anwältin schon gefunden?«

»Nein. Sie suchen noch danach.«

»Ich wette, sie werden ihn in Memphis nicht finden. Ich wette, der Junge und Ms. Love sitzen in dem Wagen.«

»Ach, wirklich?«

»Ja. Machen sich aus dem Staub.«

»Und wohin machen sie sich Ihrer Meinung nach aus dem Staub?«

»Irgendwohin, ganz weit weg.«

Um halb zehn gab ein Polizist in Memphis die Nummer eines vorschriftswidrig geparkten Mazda durch. Er gehörte einer gewissen Reggie Love. Die Nachricht wurde rasch an Jason McThune in seinem Büro im Federal Building weitergeleitet.

Zehn Minuten später klopften zwei FBI-Agenten an die Tür der Wohnung Nummer 28 in Bellevue Gardens. Sie warteten und klopften abermals. Clint versteckte sich im Schlafzimmer. Wenn sie die Tür eintraten, dann würde er einfach friedlich schlafen an diesem herrlichen, stillen Samstagmorgen. Sie klopften ein drittes Mal, und das Telefon begann zu läuten. Es erschreckte ihn, und er wäre fast hingestürzt. Aber sein Anrufbeantworter war eingeschaltet. Wenn die Polizisten in seine Wohnung kommen wollten, würden sie bestimmt nicht zögern, bei ihm anzurufen. Nach dem Piepton hörte er Reggies Stimme. Er nahm den Hörer ab und flüsterte schnell: »Reggie, ruf später wieder an.« Er legte auf.

Sie klopften ein viertes Mal, dann gingen sie. Das Licht war ausgeschaltet und die Vorhänge an allen Fenstern zugezogen. Er starrte fünf Minuten auf das Telefon, dann läutete es endlich. Der Anrufbeantworter quäkte seine Meldung, dann kam der Piepton. Wieder war es Reggie.

»Hallo«, sagte er schnell.

»Guten Morgen, Clint«, sagte sie schnell. »Wie stehen die Dinge in Memphis?«

»Ach, das übliche, du weißt schon. Polizisten bewachen meine Wohnung, klopfen an die Tür. Ein Samstag wie jeder andere.«

»Polizisten?«

»Ja. In der letzten Stunde habe ich hier in meiner Kammer gesessen und auf meinen kleinen Fernseher geschaut. Es ist von nichts anderem die Rede. Dich haben sie bisher noch nicht erwähnt, aber Mark ist auf jedem Kanal. Bis jetzt ist es nur ein Verschwinden, keine Flucht.«

»Hast du mit Dianne gesprochen?«

»Ich habe sie vor ungefähr einer Stunde angerufen. Das FBI hatte ihr gerade mitgeteilt, daß er verschwunden ist. Ich habe ihr gesagt, daß ihr beide zusammen seid, und daraufhin hat sie sich ein wenig beruhigt. Offen gestanden, Reggie, sie hat in letzter Zeit so viel durchgemacht, daß ich glaube, sie hat es gar nicht richtig mitbekommen. Wo seid ihr?«

»In einem Motel in Metairie.«

»Habe ich richtig verstanden? Hast du Metairie gesagt? Metairie in Louisiana? Direkt außerhalb von New Orleans?«

»Genau dort. Wir sind die Nacht durchgefahren.«

»Was zum Teufel tut ihr dort, Reggie? Weshalb habt ihr euch ausgerechnet einen Vorort von New Orleans ausgesucht? Weshalb nicht Alaska?«

»Weil kein Mensch auf die Idee kommen dürfte, daß wir hier sind. Wir sind in Sicherheit, Clint. Ich habe bar bezahlt und uns unter einem falschen

Namen eingetragen. Wir schlafen eine Weile, dann sehen wir uns die Stadt an.«

»Die Stadt ansehen? Reggie, was geht da vor?«

»Ich erkläre es dir später. Hast du mit Momma Love gesprochen?«

»Nein, aber ich tue es gleich.«

»Tu das. Ich rufe dich am Nachmittag wieder an.«

»Du bist verrückt, Reggie. Weißt du das? Du hast den Verstand verloren.«

»Ich weiß. Aber ich bin früher schon mal verrückt gewesen. Mach's gut.«

Clint legte den Hörer auf und streckte sich auf dem ungemachten Bett aus. Sie war in der Tat früher schon mal verrückt gewesen.

35

Barry das Messer betrat das Lagerhaus allein. Verschwunden war das großspurige Auftreten des schnellsten Revolvermanns der Stadt. Verschwunden war das überlegene Grinsen des arroganten Straßengangsters. Verschwunden waren der elegante Anzug und die italienischen Schuhe. Die Ohrringe steckten in seiner Tasche. Den Pferdeschwanz hatte er unter dem Kragen versteckt. Er hatte sich erst eine Stunde zuvor rasiert.

Er stieg die verrostete Treppe zum zweiten Stock empor und dachte daran, wie er als Kind auf dieser Treppe gespielt hatte. Sein Vater hatte damals noch gelebt, und nach der Schule hatte er sich hier herumgetrieben, bis es dunkel wurde, hatte zugeschaut, wie Kisten kamen und gingen, hatte den Stauern zugehört, ihre Sprache gelernt, ihre Zigaretten geraucht, ihre Zeitschriften betrachtet. Es war ein wundervoller Ort zum Aufwachsen gewesen, zumal für einen Jungen, der nichts anderes werden wollte als ein Gangster.

Jetzt war in dem Lagerhaus nicht mehr soviel Betrieb. Er ging auf der Laufplanke entlang zu den schmutzigen Fenstern mit Ausblick auf den Fluß. Ein paar staubige Container standen herum, sie waren seit Jahren nicht bewegt worden. Die schwarzen Cadillacs seines Onkels parkten nebeneinander in der Nähe des Docks. Tito, der getreue Chauffeur, polierte eine Stoßstange. Als er die Schritte hörte, schaute er auf und winkte Barry zu.

Obwohl er ziemlich nervös war, ging er bedächtig und versuchte dabei, seine gewohnten anmaßenden Bewegungen zu unterdrücken. Beide Hände steckten tief in den Taschen. Er blickte durch die alten Fenster hindurch auf den Fluß. Ein vorgeblicher Schaufelraddampfer beförderte Touristen auf einer atemberaubenden Fahrt zu weiteren Lagerhäusern und vielleicht ein oder zwei Lastkähnen stromabwärts. Die Laufplanke endete vor einer Metalltür. Er drückte auf einen Knopf und schaute in die Kamera über seinem Kopf. Ein lautes Klicken, und die Tür schwang auf. Mo, ein ehemaliger Stauer, von dem er sein erstes Bier bekommen hatte, als er zwölf war, stand vor ihm, in einem fürchterlichen Anzug. Mo hatte mindestens vier Waffen, entweder bei sich oder in Reichweite. Er nickte Barry zu und winkte ihn herein. Mo war ein netter Kerl gewesen, aber dann hatte er angefangen, Anzüge zu tragen, was ungefähr um dieselbe Zeit passierte, als er *Der Pate* gesehen hatte, und seither hatte er kein einziges Mal mehr gelächelt.

Barry durchquerte einen Raum mit zwei leeren Schreibtischen und klopfte an eine Tür. Er holte tief Luft. »Herein«, sagte eine leise Summe, und er betrat das Büro seines Onkels.

Johnny Sulari alterte gut. Er war in den Siebzigern, ein massiger Mann mit aufrechter Haltung und flinken Bewegungen. Sein Haar funkelte grau, und der Haaransatz war nicht einen Millimeter zurückgewichen. Er hatte eine schmale Stirn, und das Haar, das fünf Zentimeter über den Brauen begann, lag in glänzenden Wellen auf seinem Schädel. Wie gewöhnlich trug er einen dunklen Anzug, dessen Jackett an einem Bügel am Fenster hing. Die Krawatte war marineblau und fürchterlich langweilig. Die roten Hosenträger waren sein Markenzeichen.

Johnny war ein Gentleman, einer der letzten in einem untergehenden Geschäft, das schnell von jüngeren Männern überrannt wurde, die habgieriger und skrupelloser waren. Männern wie seinem Neffen hier.

Er lächelte Barry an und deutete auf einen abgenutzten Ledersessel, den Barry schon aus seinen Kindertagen kannte.

Aber es war ein gezwungenes Lächeln. Dies war kein Freundschaftsbesuch. Sie hatten in den letzten drei Tagen öfter miteinander geredet als in den letzten drei Jahren.

»Schlechte Neuigkeiten, Barry?« fragte Johnny, obwohl er die Antwort bereits kannte.

»Kann man wohl sagen. Der Junge in Memphis ist verschwunden.« Johnny starrte Barry eisig an, der, was in seinem Leben bisher nur ganz selten vorgekommen war, den Blick nicht erwiderte. Die legendären, gefürchteten Augen von Barry dem Messer Muldanno blinzelten und richteten sich auf den Fußboden.

»Wie konntest du nur so blöd sein?« fragte Johnny ruhig. »So blöd, die Leiche hier zurückzulassen. So blöd, es deinem Anwalt zu sagen. Blöd, blöd, blöd.«

Die Augen blinzelten schneller, und Barry rutschte unbehaglich in seinem Sessel herum. Er nickte zustimmend, jetzt reumütig. »Ich brauche Hilfe, okay.«

»Natürlich brauchst du Hilfe. Du hast dich denkbar blöd angestellt, und jetzt brauchst du jemanden, der dir aus der Patsche hilft.«

»Es geht uns alle an, denke ich.«

Aus Johnnys Augen blitzte purer Zorn, aber er beherrschte sich. Er hatte sich immer unter Kontrolle. »Ach, wirklich? Soll das eine Drohung sein, Barry? Du kommst in mein Büro, um mich um Hilfe zu bitten, und du drohst mir? Hast du vor, den Mund aufzumachen? Also, mein Junge, wenn du verurteilt wirst, nimmst du das, was du weißt, mit ins Grab.«

»Das werde ich, aber weißt du, mir wäre es lieber, wenn ich nicht verurteilt würde. Noch ist Zeit.«

»Du bist ein Esel, Barry. Habe ich dir das schon mal gesagt?«

»Ich glaube, ja.«

»Du hast den Mann wochenlang beschattet. Du hast ihn erwischt, wie er sich aus einem drekkigen Hurenhaus herausgeschlichen hat. Du hättest nichts weiter zu tun brauchen, als ihm eins auf den Kopf zu geben, und ein paar Kugeln zu verpassen, seine Taschen auszuleeren und die Leiche liegenzulassen, damit die Huren darüber stolpern, und die Bullen hätten es für einen ganz gewöhnlichen Raubmord gehalten. Sie hätten niemanden verdächtigt. Aber nein, du warst zu blöde, um die Sache einfach zu machen.«

Barry rutschte abermals in seinem Sessel und betrachtete den Fußboden.

Johnny funkelte ihn an und wickelte eine Zigarre aus. »Beantworte meine Fragen ganz langsam, okay? Ich will nicht zuviel wissen, verstehst du?«

»Ja.«

»Ist die Leiche hier in der Stadt?«

»Ja.«

Johnny schnitt von seiner Zigarre die Spitze ab und leckte langsam daran. Er schüttelte angewidert den Kopf. »So was Dämliches. Kann man leicht an sie herankommen?«

»Ja.«

»Waren die Feds schon dicht dran?«

»Ich glaube nicht.«

»Liegt sie unter der Erde?«

»Ja.«

»Wie lange würde es dauern, sie auszugraben oder was immer man tun muß?«

»Eine Stunde, vielleicht auch zwei.«

»Also liegt sie nicht in der Erde?«

»Nein, in Beton.«

Johnny zündete mit einem Streichholz seine Zigarre an, und die Fältchen um seine Augen entspannten sich. »In Beton«, wiederholte er. Vielleicht war der Junge doch nicht ganz so dämlich, wie er glaubte. Vergiß es. Er war ziemlich dämlich.

»Wie viele Leute?«

»Zwei oder drei. Ich kann es nicht machen. Sie beobachten mich auf Schritt und Tritt. Wenn ich es versuche, führe ich sie regelrecht hin.«

In der Tat, ziemlich dämlich. Johnny blies einen Rauchring. »Ein Parkplatz? Ein Gehsteig?«

»Eine Garage.« Barry verlagerte abermals sein Gewicht, und seine Augen waren immer noch auf den Boden gerichtet.

»Eine Garage? Eine für Autos?«

»Eine Garage hinter einem Haus.«

Er betrachtete die dünne Aschenschicht an der Spitze seiner Zigarre, dann steckte er sie langsam zwischen die Zähne. Barry war nicht nur dämlich, er war saublöde. Er paffte zweimal. »Wenn du Haus sagst, meinst du dann ein Haus an einer Straße, an der noch andere Häuser stehen?«

»Ja.« Zur Zeit seiner Beisetzung hatte Boyd Boyette bereits fünfundzwanzig Stunden in seinem Kofferraum gelegen. Die Möglichkeiten waren beschränkt. Er war einer Panik nahe gewesen und hatte sich nicht getraut, die Stadt zu verlassen. Damals war es gar keine so schlechte Idee gewesen.

»Und in diesen anderen Häusern wohnen Leute, stimmt's? Leute mit Augen und Ohren?«

»Ich habe sie nicht kennengelernt, aber ich nehme es an.«

»Paß auf, was du sagst.«

Barry sackte gänzlich in seinem Sessel zusammen. »Entschuldigung.«

Johnny stand auf und trat vor die getönten Fenster. Er schüttelte ungläubig den Kopf und paffte frustriert an seiner Zigarre. Dann machte er kehrt und kehrte zu seinem Sessel zurück. Er legte die Zigarre in den Aschenbecher und lehnte sich, auf die Ellenbogen gestützt, vor. »Wessen Haus?« fragte er mit ausdrucksloser Miene und bereit zu explodieren.

Barry schluckte. »Das von Jerome Clifford.«

Es gab keine Explosion. Johnny war dafür berühmt, daß er Eiswasser in den Adern hatte, und er war stolz darauf, daß er immer gelassen blieb. Er war eine Rarität in seiner Profession, aber sein kühler Kopf hatte ihm Unmengen von Geld eingebracht. Und ihn am Leben erhalten. Er bedeckte seinen Mund mit der linken Hand, als könnte er das Gesagte einfach nicht glauben. »Jerome Cliffords Haus«, wiederholte er.

Barry nickte. Damals war Clifford zum Skilaufen in Colorado gewesen, und Barry wußte das, weil Clifford ihn eingeladen hatte, ihn zu begleiten. Er wohnte allein in einem großen Haus, das von großen Bäumen umstanden wurde. Die Garage war ein separates Gebäude im Hinterhof. Sie war ein ideales Versteck, hatte er gedacht, weil nie jemand dort danach suchen würde.

Und er hatte recht gehabt – sie war ein ideales Versteck. Die Feds waren nie auch nur in die Nähe gekommen. Es war kein Fehler gewesen. Er hatte vorgehabt, sie später irgendwo anders hinzubringen. Der Fehler war nur gewesen, daß er es Clifford gesagt hatte.

»Und du willst, daß ich drei Männer losschicke, die sie ausgraben, ohne das geringste Geräusch zu machen, und sie dann richtig beseitigen?«

»Ja, Sir. Das könnte meinen Hals retten.«

»Wie kommst du darauf?«

»Weil ich fürchte, daß der Junge weiß, wo sie ist. Und er ist verschwunden. Wer weiß, was er unternimmt? Es ist einfach zu riskant. Wir müssen die Leiche fortschaffen, Johnny. Ich bitte dich darum.«

»Ich hasse Bittsteller, Barry. Was ist, wenn wir erwischt werden? Was ist, wenn ein Nachbar etwas hört und die Bullen ruft, und sie erscheinen, auf der Suche nach einem Einbrecher, du weißt schon, und hoppla! da sind drei Männer, die eine Leiche ausgraben.«

»Man wird sie nicht erwischen.«

»Woher willst du das wissen? Wie hast du es geschafft, ihn in Beton zu vergraben, ohne dabei erwischt zu werden?«

»Das habe ich schon öfter getan.«

»Ich will es wissen!«

Barry richtete sich ein wenig auf und kreuzte die Beine. »An dem Tag, nachdem ich ihn erledigt hatte, habe ich sechs Säcke Fertigbeton bei der Garage abgeladen. Ich saß in einem Laster mit gefälschter Aufschrift und war angezogen wie ein Transportarbeiter. Niemand hat sich für mich interessiert. Das nächste Haus ist gut dreißig Meter entfernt, und überall stehen Bäume. Um Mitternacht bin ich mit demselben Laster wiedergekommen und habe die Leiche in die Garage gepackt. Dann bin ich weggefahren. Hinter der Garage ist ein Graben und auf der anderen Seite des Grabens ein Park. Ich bin einfach durch den Park gegangen, durch den Graben gestiegen und in die Garage geschlichen. Brauchte ungefähr eine halbe Stunde, um ein flaches Grab auszuheben, die Leiche hineinzulegen und den Beton anzumischen. Der Garagenboden besteht aus Kies. Am nächsten Abend bin ich noch einmal hingegangen, nachdem der Beton getrocknet war, und habe ihn mit Kies abgedeckt. Er hat da ein altes Boot, und das habe ich darübergerollt. Als ich ging, war alles perfekt. Clifford hatte nicht die geringste Ahnung.«

»Bis du es ihm erzählt hast, natürlich.«

»Ja, bis ich es ihm erzählt habe. Das war ein Fehler, das gebe ich zu.«

»Hört sich an wie eine Menge harte Arbeit.«

»Das habe ich schon öfter so gemacht. Es war kinderleicht. Ich hatte vor, sie später woanders hinzubringen, aber dann kamen die Feds ins Spiel, und seit acht Monaten sind sie mir auf Schritt und Tritt gefolgt.« Jetzt war Johnny nervös. Er zündete die Zigarre wieder an und kehrte ans Fenster zurück. »Weißt du, Barry«, sagte er, das Wasser betrachtend, »du hast gewisse Talente, mein Junge, aber wenn es darum geht, Beweismaterial zu beseitigen, bist du ein Idiot. Wir haben immer den Golf da draußen benutzt. Was ist mit den Fässern und Ketten und Gewichten passiert?«

»Ich verspreche dir, es wird nicht wieder vorkommen. Bitte, hilf mir jetzt, und ich werde so einen Fehler nie wieder machen.«

»Es wird kein nächstes Mal geben, Barry. Wenn du diese Sache irgendwie überlebst, werde ich dich eine Zeitlang einen Laster fahren lassen; danach kannst du dann vielleicht ein oder zwei Jahre bei der Warenverteilung arbeiten. Ich weiß es noch nicht. Vielleicht kannst du auch nach Vegas fahren und eine Weile mit Rock zusammenarbeiten.«

Barry starrte auf den grauen Hinterkopf. Fürs

erste konnte er lügen, aber er würde weder einen Laster fahren, noch Stoff durch die Straßen schleppen, noch Rock in den Hintern kriechen. »Was immer du willst, Johnny. Nur hilf mir.«

Johnny kehrte zu seinem Schreibtischsessel zurück. Er kniff sich in den Nasenrücken. »Ich nehme an, es eilt.«

»Heute nacht. Der Junge hat sich verdrückt. Er hat Angst, und es ist nur eine Frage der Zeit, bis er es jemandem sagt.«

Johnny machte die Augen zu und schüttelte den Kopf.

Barry fuhr fort. »Gib mir drei Leute. Ich sage ihnen genau, was sie tun müssen, und ich verspreche, daß niemand sie erwischen wird. Es wird ganz einfach sein.«

Johnny nickte, langsam und gequält. »Okay, okay.« Er starrte Barry an. »Und nun mach, daß du wegkommst.«

Nach siebenstündiger Suche erklärte Chief Trimble St. Peter's frei von Mark Sway. Er stand, von seinen Beamten umgeben, in der Nähe der Aufnahme und verkündete das Ende der Suchaktion. Sie würden fortfahren, in den Tunneln und Gängen und auf den Fluren zu patrouillieren und die Fahrstühle und Treppenhäuser zu überwachen, aber alle waren jetzt überzeugt, daß der Junge ihnen entwischt war. Trimble rief McThune in seinem Büro an und informierte ihn über das Ergebnis der Suche.

McThune war nicht überrascht. Er war im Laufe des Vormittags, während die Suche im Sande verlief, regelmäßig über den Stand der Dinge unterrichtet worden. Und es gab keine Spur von Reggie. Momma Love war zweimal aufgesucht worden, und danach weigerte sie sich, an die Tür zu kommen. Sie hatte ihnen gesagt, sie sollten ihr entweder einen Durchsuchungsbefehl vorweisen oder sich von ihrem Grundstück scheren. Für einen Durchsuchungsbefehl gab es keinen stichhaltigen Grund, und er argwöhnte, daß Momma Love das wußte. Das Krankenhaus hatte das Anzapfen des Telefons in Zimmer 943 genehmigt. Eine knappe halbe Stunde zuvor hatten zwei als Pfleger verkleidete Agenten das Zimmer betreten, während Dianne unten in der Halle war und mit der Polizei von Memphis sprach. Anstatt eine Wanze anzubringen, hatten sie einfach das Telefon ausgetauscht. Sie waren nicht einmal eine Minute lang in dem Zimmer gewesen. Das Kind, berichteten sie, schlief und hatte sich nicht gerührt. Der Apparat hatte einen direkten Anschluß nach draußen, und das Anzapfen über die Krankenhaus-Vermittlung hätte mindestens zwei Stunden gedauert und andere Leute einbezogen.

Clint war nicht gefunden worden, aber auch für einen Durchsuchungsbefehl für seine Wohnung gab es keinen stichhaltigen Grund, also beobachteten sie sie lediglich.

Harry Roosevelt war in einem gemieteten Boot irgendwo auf dem Buffalo River in Arkansas ausfindig gemacht worden. McThune hatte gegen elf mit ihm gesprochen. Harry war, gelinde ausgedrückt, stocksauer und befand sich jetzt auf der Rückfahrt in die Stadt.

Ord hatte Foltrigg im Laufe des Vormittags zweimal angerufen, aber der große Mann hatte, was für ihn sehr ungewöhnlich war, nur wenig zu sagen. Die brillante Strategie eines Angriffs aus dem Hinterhalt mit den Vorladungen war gründlich in die Binsen gegangen, und jetzt war er vollauf damit beschäftigt, eine wirksame Schadensbegrenzung zu planen.

K. O. Lewis befand sich bereits an Bord von Direktor Voyles' Jet, und zwei Agenten waren losgeschickt worden, um ihn am Flughafen in Empfang zu nehmen. Er würde gegen zwei Uhr eintreffen.

Seit dem frühen Morgen wurde über das nationale Radio eine Fahndung nach Mark Sway ausgestrahlt. McThune widerstrebte es, auch Reggie Love einzubeziehen. Obwohl er Anwälte nicht ausstehen konnte, fiel es ihm schwer, zu glauben, daß eine Anwältin tatsächlich einem Kind bei der Flucht helfen würde. Aber als sich der Vormittag hinschleppte und keine Spur von ihr zu entdekken war, fing er doch langsam an zu glauben, daß beider Verschwinden mehr als nur ein Zufall war. Um elf setzte er ihren Namen auf die Fahndungsmeldung, zusammen mit einer Beschreibung und dem Hinweis, daß sie vermutlich mit Mark Sway zusammen unterwegs war. Falls sie tatsächlich zusammen waren, und falls sie eine Staatsgrenze überquert hatten, wäre das Vergehen eine Bundesangelegenheit, und er würde freie Hand haben, sie festzunehmen.

Inzwischen konnten sie nicht viel mehr tun als warten. Er und George Ord nahmen einen Lunch aus kalten Sandwiches und Kaffee zu sich. Ein weiterer Anruf. Ein weiterer Reporter, der Fragen stellte. Kein Kommentar.

Noch ein Anruf, und Agent Durston kam ins Büro und hob drei Finger. »Apparat drei«, sagte er. »Es ist Brenner im Krankenhaus.« McThune drückte auf den Knopf. »Ja?« bellte er in den Apparat.

Brenner war in Zimmer 945, neben dem von

Ricky. Er sprach mit gedämpfter Stimme. »Jason, wir haben gerade einen Anruf von Clint Van Hooser bei Dianne Sway mitgehört. Er erzählte ihr, er hätte gerade mit Reggie gesprochen, sie und Mark wären in New Orleans, und es ginge ihnen gut.«

»In New Orleans!«

»Das jedenfalls hat er gesagt. Keinerlei Hinweis darauf, wo genau, nur New Orleans. Dianne hat fast nichts gesagt, und das ganze Gespräch hat keine zwei Minuten gedauert. Er hat gesagt, er riefe aus der Wohnung seiner Freundin in East Memphis an und würde sich später wieder melden.«

»Wo in East Memphis?«

»Das können wir nicht feststellen, und er hat es nicht gesagt. Wir werden beim nächsten Anruf versuchen, es herauszufinden. Er hat zu schnell wieder aufgelegt. Ich schicke Ihnen das Band.«

»Tun Sie das.« McThune drückte auf einen anderen Knopf, und Brenner war aus der Leitung. Danach rief er Larry Trumann in New Orleans an.

36

Das Haus lag an der Biegung einer alten, schattigen Straße, und als sie sich ihm näherten, glitt Mark instinktiv auf seinem Sitz nach unten, bis durch das Fenster nur noch seine Augen und sein Scheitel zu sehen waren. Er trug eine schwarz-goldene Saints-Kappe, die Reggie ihm zusammen mit einem Paar Jeans und zwei Sweatshirts in einem WalMart gekauft hatte. Neben der Handbremse steckte ein achtlos zusammengefalteter Stadtplan.

»Es ist ein großes Haus«, sagte er unter der Kappe hervor, als sie, ohne das Tempo auch nur im geringsten zu verlangsamen, durch die Biegung fuhren. Reggie versuchte zu sehen, soviel sie nur konnte, aber sie fuhr auf einer ihr unbekannten Straße und versuchte verzweifelt, nicht auffällig zu wirken. Es war drei Uhr nachmittags, Stunden vor dem Dunkelwerden, und sie konnten, wenn sie wollten, den ganzen Nachmittag herumfahren und Ausschau halten. Auch sie trug eine Saints-Kappe, einfarbig schwarz, die ihr kurzes graues

Haar verdeckte. Ihre Augen waren hinter einer großen Sonnenbrille verborgen.

Sie hielt den Atem an, als sie den Briefkasten passierten, der an der Seite in kleinen, aufgeklebten Goldbuchstaben den Namen Clifford trug. Es war in der Tat ein großes Haus, aber nichts Besonderes für diese Gegend. Es war im englischen Tudor-Stil erbaut, aus dunklem Holz und dunklen Ziegelsteinen, und eine ganze Seite und der größte Teil der Vorderfront waren von Efeu überwachsen. Kein besonders hübsches Haus, dachte sie und erinnerte sich an den Zeitungsartikel, in dem gestanden hatte, daß Clifford der geschiedene Vater eines Kindes war. Es war offensichtlich, zumindest für sie, daß in diesem Haus keine Frau wohnte. Obwohl sie nur einen flüchtigen Blick darauf werfen konnte, während sie die Biegung durchfuhr und ihre Augen in alle Richtungen schweifen ließ, gleichzeitig Ausschau haltend nach Nachbarn, Polizisten, Gangstern, der Garage und dem Haus, fiel ihr doch auf, daß auf den Beeten keine Blumen wuchsen und die Hecken dringend geschnitten werden mußten. Hinter den Fenstern hingen öde, dunkle Vorhänge.

Es war nicht hübsch, aber auf jeden Fall friedlich. Es stand im Zentrum eines großen Grundstücks, umgeben von Dutzenden von massigen Eichen. Die Einfahrt führte an einer dicken Hecke entlang und verschwand irgendwo dahinter. Obwohl Clifford seit fünf Tagen tot war, war der Rasen frisch gemäht. Es gab keinerlei Hinweise darauf, daß das Haus jetzt unbewohnt war. Nichts an diesem ganzen Grundstück war irgendwie verdächtig. Vielleicht war es der ideale Ort, um eine Leiche zu verstecken.

»Da ist die Garage«, sagte Mark, der jetzt auch herausspähte. Sie war ein separates Gebäude, ungefähr fünfzehn Meter vom Haus entfernt und offenbar erheblich später errichtet. Neben der Garage war ein roter Triumph Spitfire aufgebockt.

Mark betrachtete das Haus durch das Rückfenster, während Reggie weiter die Straße entlang fuhr. »Was meinen Sie, Reggie?«

»Sieht ausgesprochen ruhig aus, nicht wahr?«

»Ja.«

»Ist es das, womit du gerechnet hast?« fragte sie.

»Ich weiß nicht. Ich sehe mir all diese Polizeiserien an, und irgendwie habe ich erwartet, daß Romeys Haus von der Polizei ringsum mit gelbem Band abgesperrt sein müßte.«

»Warum? Schließlich ist hier kein Verbrechen geschehen. Es ist einfach das Haus eines Mannes, der Selbstmord begangen hat. Weshalb sollte sich die Polizei dafür interessieren?«

Das Haus war außer Sichtweite, und Mark drehte sich um, und setzte sich gerade hin. »Was meinen Sie, ob sie es durchsucht haben?« fragte er.

»Vermutlich. Ich bin sicher, daß sie einen Durchsuchungsbefehl für das Haus und sein Büro hatten, aber was konnten sie schon finden? Er hat sein kleines Geheimnis mitgenommen.«

Sie hielten an einer Kreuzung an, dann setzten sie ihre Tour durch das Viertel fort.

»Was passiert mit seinem Haus?«

»Er hat bestimmt ein Testament gemacht. Seine Erben werden das Haus und sein sonstiges Vermögen bekommen.«

»Ja. Wissen Sie, Reggie, ich glaube, ich brauche auch ein Testament. Wo doch alle möglichen Leute hinter mir her sind und so. Was meinen Sie?«

»Und was genau hast du zu vererben?«

»Nun, jetzt, wo ich berühmt bin, werden womöglich die Leute aus Hollywood an meine Tür klopfen. Mir ist klar, daß wir im Moment keine Tür haben, aber irgend etwas dergleichen wird doch bestimmt geschehen, glauben Sie nicht, Reggie? Ich meine, wir werden doch irgendwann wieder so etwas wie eine Tür haben? Auf jeden Fall werden sie einen Film drehen wollen über den Jungen, der zuviel wußte. Ich sage es ja nicht gern, aber wenn diese Gangster mich um die Ecke bringen, dann wird der Film ein Riesenerfolg, und Mom und Ricky werden in Geld schwimmen. Verstehen Sie?«

»Ich glaube schon. Du willst ein Testament, damit deine Mutter und Ricky die Filmrechte für deine Lebensgeschichte bekommen?«

»Genau das.«

»Du brauchst keines.«

»Warum nicht?«

»Sie bekommen das Geld ohnehin.«

»Um so besser. Dann spare ich die Anwaltskosten.«

»Können wir nicht über etwas anderes reden als über Tod und Testamente?«

Er verstummte und musterte die Häuser auf seiner Seite der Straße. Er hatte fast die ganze Nacht auf dem Rücksitz geschlafen und anschließend noch fünf Stunden in dem Motelzimmer. Sie dagegen war die ganze Nacht gefahren und hatte kaum zwei Stunden geschlafen. Sie war übermüdet und nervös und fing an, ihn anzufahren.

Sie durchquerten in gemächlichem Tempo die baumgesäumten Straßen. Das Wetter war warm und klar. Bei jedem Haus mähten Leute den Rasen, jäteten Unkraut oder strichen Fensterläden. Von den stattlichen Eichen hing Louisianamoos herunter. Reggie war zum ersten Mal in New Orleans, und sie wünschte sich, die Umstände wären besser.

»Haben Sie die Nase voll von mir, Reggie?« fragte er, ohne sie anzusehen.

»Natürlich nicht. Hast du die Nase voll von mir?«

»Nein, Reggie. Im Augenblick sind Sie mein einziger Freund auf der ganzen Welt. Ich hoffe nur, ich gehe Ihnen nicht auf die Nerven.«

»Das tust du nicht.«

Reggie hatte zwei Stunden lang den Stadtplan studiert. Sie machte eine große Schleife, und schon befanden sie sich wieder in Cliffords Straße. Sie fuhren an dem Haus vorbei, ohne das Tempo zu verringern, und betrachteten beide die Doppelgarage mit dem steilen Giebel über den Schwingtüren. Sie mußte dringend neu gestrichen werden. Die betonierte Zufahrt endete sechs Meter vor den Türen und bog dann zur Rückfront des Hauses ab. An einer Seite der Garage wuchs eine ungeschnittene, fast zwei Meter hohe Hecke; sie versperrte die Sicht auf das Nebenhaus, das mindestens dreißig Meter entfernt war. Hinter der Garage wurde die kleine Rasenfläche von einem Maschendrahtzaun begrenzt, und hinter dem Zaun lag eine dicht bewaldete Fläche.

Sie sprachen nicht miteinander während dieser zweiten Besichtigung von Romeys Haus. Der schwarze Accord rollte ziellos durch das Viertel und hielt dann in der Nähe eines Tennisplatzes in einer unbebauten, West Park genannten Gegend an. Reggie entfaltete den Stadtplan und drehte und wendete ihn, bis er fast den ganzen Vordersitz bedeckte. Mark beobachtete zwei Hausfrauen, die ein wirklich grauenhaftes Tennismatch austrugen. Aber sie sahen gut aus mit ihren rosa und grünen Socken und dazu passenden Sonnenblenden. Auf einem schmalen Asphaltweg erschien ein Radfahrer, dann verschwand er zwischen den Bäumen.

Wieder einmal versuchte Reggie, den Stadtplan richtig zusammenzufalten. »Wir sind angekommen«, sagte sie.

»Wollen Sie einen Rückzieher machen?« fragte er. »Ich täte es gern. Wie steht's mit dir?«

»Ich weiß nicht. Wir sind nun schon so weit gekommen. Es käme mir irgendwie albern vor, jetzt davonzulaufen. Die Garage macht einen harmlosen Eindruck.«

Sie war immer noch dabei, den Stadtplan zu falten. »Wir können es ja versuchen, und wenn wir es irgendwie mit der Angst zu tun bekommen, laufen wir einfach hierher zurück.«

»Wo sind wir jetzt?«

Sie öffnete die Tür. »Machen wir einen Spaziergang.«

Der Radweg verlief neben einem Fußballfeld und führte dann durch einen dicht bewaldeten Abschnitt des Parks. Die Äste der Bäume stießen über dem Weg zusammen und tauchten ihn in eine tunnelähnliche Düsternis. Nur stellenweise drang der helle Sonnenschein durch. Hin und wieder zwang sie ein Radfahrer, für einige Sekunden von dem Asphalt herunterzugehen.

Der Spaziergang war erfrischend. Nach drei Tagen im Krankenhaus, zwei Tagen im Gefängnis, sieben Stunden im Auto und sechs Stunden im Motel konnte Mark sich auf diesem Streifzug durch den Wald kaum zurückhalten. Er vermißte sein Fahrrad, und er stellte sich vor, wie schön es wäre, mit Ricky zusammen auf diesem Weg ohne irgendwelche Sorgen durch den Wald zu radeln. Er vermißte die belebten Straßen in der Wohnwagensiedlung, wo überall Kinder herumrannten und ständig ganz spontan alle möglichen Spiele in Gang kamen. Er vermißte seine eigenen kleinen Pfade in den Wäldern rund um die Tucker Wheel Estates und die langen, einsamen Spaziergänge, die er immer genossen hatte. Und, so seltsam es auch erscheinen mochte, er vermißte seine Verstecke unter seinen ureigenen Bäumen und neben Bächen, die ihm gehörten, wo er sich niederlassen und nachdenken und, ja, eine oder zwei Zigaretten rauchen konnte. Seit Montag hatte er keine mehr angerührt.

»Was tue ich hier?« fragte er kaum hörbar.

»Es war deine Idee«, sagte sie. Ihre Hände steckten tief in den Taschen ihrer Jeans, gleichfalls aus dem Wal-Mart.

»Das war die ganze Woche über meine Lieblingsfrage. ›Was tue ich hier?‹ Ich habe sie mir überall gestellt, im Krankenhaus, im Gefängnis, im Gerichtssaal. Überall.«

»Willst du wieder nach Hause, Mark?«

»Was ist Zuhause?«

»Memphis. Ich könnte dich zu deiner Mutter zurückbringen.«

»Ja, aber ich würde nicht bei ihr bleiben können, stimmt's? Wir würden wahrscheinlich nicht einmal bis zu Rickys Zimmer kommen, bevor sie mich erwischen, und dann geht's zurück ins Gefängnis, zurück vor Gericht, zurück zu Harry. Harry hat bestimmt eine Stinkwut auf mich.«

»Ja, aber Harry kann ich besänftigen.«

Mark war zu dem Schluß gekommen, daß niemand Harry besänftigen konnte. Er konnte sich selbst vor Gericht sehen, wie er zu erklären versuchte, weshalb er geflüchtet war. Harry würde ihn in die Haftanstalt zurückschicken, wo die liebe Doreen wie ausgewechselt sein würde. Keine Pizzas. Kein Fernsehen. Sie würden ihm wahrscheinlich Fußketten anlegen und ihn in Einzelhaft stecken.

»Ich kann nicht zurück, Reggie. Nicht jetzt.«

Sie hatten ihre verschiedenen Möglichkeiten immer wieder durchdiskutiert, und beide hatten das Thema satt. Nichts war geklärt. Jede neue Idee warf ein Dutzend Probleme auf. Was sie auch taten, konnte in alle möglichen Richtungen führen und schließlich in einer Katastrophe enden. Sie waren beide, auf unterschiedlichen Wegen, zu dem Schluß gelangt, daß es eine einfache Lösung nicht gab. Es gab keinen vernünftigen Weg. Es gab keinen Plan, der auch nur entfernt erfolgversprechend war.

Aber sie glaubten beide nicht, daß sie tatsächlich nach der Leiche von Boyd Boyette graben würden. Irgend etwas würde passieren, das ihnen Angst einjagte, und sie würden nach Memphis zurückrennen. Aber das hatten sich beide bisher noch nicht eingestanden.

Reggie hielt an der Halbmeilen-Marke an. Zu ihrer Linken lag eine offene, grasbewachsene Fläche mit einem Pavillon für Picknicks. Rechts führte ein schmaler Fußpfad noch tiefer in den Wald hinein. »Versuchen wir's mit dem«, sagte sie, und sie verließen den Radweg.

Er hielt sich dicht hinter ihr. »Wissen Sie, wohin dieser Weg führt?«

»Nein. Aber komm trotzdem mit.«

Der Pfad verbreiterte sich ein wenig, dann endete er plötzlich und war verschwunden. Der Boden war mit leeren Bierdosen und Chipstüten übersät. Sie suchten sich ihren Weg zwischen Bäumen und Gestrüpp hindurch, bis sie auf eine kleine Lichtung kamen. Die Sonne schien plötzlich ganz hell. Reggie schirmte ihre Augen mit der Hand ab und betrachtete die gerade Baumreihe, die sich vor ihnen hinzog.

»Ich glaube, das ist der Bach«, sagte sie.

»Welcher Bach?«

»Dem Stadtplan zufolge grenzt Cliffords Straße an den West Park, und da ist eine grüne Linie, die einen hinter seinem Haus verlaufenden Bach oder so etwas Ähnliches anzeigt.«

»Hier ist nichts außer Bäumen.«

Sie tat ein paar Schritte zur Seite, dann blieb sie stehen und streckte die Hand aus. »Siehst du, da, hinter den Bäumen, da sind Dächer. Das ist bestimmt Cliffords Straße.«

Mark trat neben sie und stellte sich auf die Zehenspitzen. »Ich sehe sie.«

»Komm mit«, sagte sie und ging auf die Baumreihe zu.

Es war ein herrlicher Tag. Sie unternahmen einen Spaziergang durch den Park. Dies war öffentlicher Grund und Boden. Sie hatten nichts zu befürchten.

Der Bach war nur ein ausgetrocknetes, von Abfall übersätes Sandbett. Sie bahnten sich ihren Weg hinunter durch Ranken und Gestrüpp und standen dann da, wo vor vielen Jahren einmal Wasser gewesen war. Sogar der Schlamm war ausgetrocknet. Sie erklommen die gegenüberliegende Böschung, die viel steiler war, an der es jedoch auch mehr Ranken und junge Bäumchen gab, an denen sie sich festhalten konnten.

Reggie atmete schwer, als sie die andere Seite des Bachbettes erreicht hatten. »Hast du Angst?« fragte sie.

»Nein. Und Sie?«

»Natürlich, und du hast auch Angst. Willst du immer noch weiter?«

»Klar, und ich habe keine Angst. Wir machen nur einen Spaziergang, das ist alles.« Er hatte fürchterliche Angst und wäre am liebsten zurückgerannt, aber bisher hatte es noch keine Zwischenfälle gegeben. Und es war irgendwie aufregend, so durch den Dschungel zu schleichen. Das hatte er in der Umgebung der Wohnwagensiedlung tausendmal getan. Er wußte, wie man sich vor Schlangen in acht nahm. Er hatte gelernt, jeweils drei Bäume vor sich im Auge zu behalten, um sich nicht zu verirren. Er hatte schon in rauherem Terrain als diesem hier Verstecken gespielt. Plötzlich duckte er sich und schoß los. »Kommen Sie mit.«

»Das ist kein Spiel«, sagte sie.

»Folgen Sie mir einfach, es sei denn, Sie haben Angst.«

»Ich habe fürchterliche Angst. Mark, ich bin zweiundfünfzig. Nicht so schnell.«

Der erste Zaun, den sie sahen, bestand aus Rotzeder, und sie blieben zwischen den Bäumen und bewegten sich hinter den Häusern entlang. Ein Hund bellte in ihre ungefähre Richtung, aber vom Haus aus konnten sie nicht gesehen werden. Dann ein Maschendrahtzaun, aber nicht der von Clifford. Die Bäume und das Unterholz wurden dichter, aber aus dem Nirgendwo kam ein schmaler Pfad, der parallel zu den Zäunen verlief.

Dann sahen sie es. Auf der anderen Seite eines Maschendrahtzauns stand der rote Triumph Spitfire einsam und verlassen neben Romeys Garage. Der Waldrand war kaum sechs Meter von dem Zaun entfernt, und zwischen ihm und der Rückfront der Garage beschattete ein rundes Dutzend

Eichen und Ulmen mit Louisianamoos den Hintergarten.

Romey war, was Mark nicht überraschte, ein Schludrian. Er hatte hinter der Garage und außer Sichtweite von der Straße her Bretter und Ziegelsteine, Eimer und Harken und allen möglichen Müll abgeladen.

In dem Maschendrahtzaun gab es eine kleine Pforte. Die Garage hatte ein Fenster und eine Tür an der Rückfront. Säcke mit unbenutztem und verdorbenem Dünger waren an ihr aufgestapelt. Neben der Tür stand ein alter Rasenmäher ohne Griffe. Der ganze Hinterhof war ungepflegt, und das schon seit langer Zeit. Das Unkraut am Zaun sproßte kniehoch.

Sie hockten sich zwischen den Bäumen nieder und starrten auf die Garage. Näher kamen sie nicht heran. Die Terrasse und der Grillplatz der Nachbarn waren nur einen Steinwurf entfernt.

Reggie versuchte vergeblich, wieder zu Atem zu kommen. Sie umklammerte Marks Hand und konnte einfach nicht glauben, daß die Leiche eines Senators der Vereinigten Staaten weniger als dreißig Meter von der Stelle, an der sie sich jetzt versteckten, vergraben sein sollte.

»Gehen wir hinein?« fragte Mark. Es war fast eine Herausforderung, obwohl sie einen Anflug von

Furcht entdeckte. Gut, dachte sie, wenigstens hat er auch Angst.

Sie bekam genügend Luft, um flüstern zu können. »Nein. Wir sind weit genug gekommen.«

Er zögerte lange, dann sagte er: »Es wäre ganz einfach.«

»Es ist eine große Garage«, sagte sie.

»Ich weiß genau, wo sie ist.«

»Also, ich habe dich nicht gedrängt, aber meinst du nicht, es wäre Zeit, daß du mich einweihst?«

»Sie ist unter dem Boot.«

»Das hat er dir gesagt?«

»Ja. Er hat sich ganz präzise ausgedrückt. Sie ist unter dem Boot vergraben.«

»Was ist, wenn da überhaupt kein Boot ist?«

»Dann hauen wir ganz schnell wieder ab.«

Jetzt endlich schwitzte er und atmete schwer. Sie hatte genug gesehen. Sie begann, geduckt zurückzuweichen. »Ich verschwinde jetzt von hier«, sagte sie.

K. O. Lewis stieg gar nicht erst aus dem Flugzeug. McThune und seine Leute warteten, als es landete, und während es aufgetankt wurde, gingen sie an Bord. Eine halbe Stunde später starteten sie nach New Orleans, wo Larry Trumann sie nervös erwartete.

Lewis gefiel das alles nicht. Was zum Teufel sollte er in New Orleans? Es war eine sehr große Stadt. Sie hatten keine Ahnung, was für einen Wagen sie fuhr. Sie wußten nicht einmal, ob Reggie und Mark gefahren oder geflogen waren, ob sie einen Bus oder einen Zug genommen hatten. Es war eine Touristen- und Kongreßstadt mit Tausenden von Hotelzimmern und Straßen, die von Menschen wimmelten. Sofern sie nicht einen Fehler machten, würde es unmöglich sein, sie zu finden.

Aber Direktor Voyles wollte ihn an Ort und Stelle haben, also war er unterwegs nach New Orleans. Finden Sie den Jungen und bringen Sie ihn zum Reden – so lauteten seine Anweisungen. Versprechen Sie ihm das Blaue vom Himmel.

37

Zwei der drei, Leo und Ionucci, waren altbewährte Knochenbrecher im Dienste der Familie Sulari und sogar blutsverwandt mit Barry dem Messer, obwohl sie es häufig abstritten. Der dritte, ein Riesenbaby mit massigem Bizeps, Stiernacken und dicker Taille, wurde aus naheliegenden Gründen einfach der Bulle genannt. Er war zu diesem ungewöhnlichen Auftrag abkommandiert worden, um den größten Teil der Knochenarbeit zu erledigen. Barry versicherte ihnen, es würde nicht schwierig sein. Der Beton war dünn. Die Leiche war klein. Hier ein bißchen hämmern und dort ein bißchen hämmern, und bevor sie recht wußten, wie ihnen geschah, würden sie auf einen schwarzen Müllsack stoßen.

Barry hatte eine Skizze vom Fußboden der Garage angefertigt und darauf die genaue Position des Grabes markiert. Er hatte eine Karte gezeichnet mit einer Linie, die vom Parkplatz beim West Park ausging und zwischen den Tennisplätzen verlief, quer über das Fußballfeld, durch eine baumbestandene Fläche, dann über ein weiteres Feld mit einem Picknickpavillon, dann eine Weile auf dem Fahrradweg entlang bis zu einem Fußpfad, der zu dem Graben führte. Es würde ganz einfach sein, hatte er ihnen den ganzen Nachmittag versichert.

Der Fahrradweg war völlig leer, und das aus gutem Grund. Es war zehn Minuten nach elf, Samstagabend. Die Luft war schwül, und als sie den Pfad erreichten, schwitzten sie und atmeten schwer. Der Bulle, wesentlich jünger und besser in Form, folgte den anderen beiden und grinste vor sich hin, als sie in der Dunkelheit leise über die Schwüle fluchten. Seiner Schätzung nach waren sie Ende Dreißig, natürlich Kettenraucher, maßlose Trinker, gefräßige Esser. Sie stöhnten und schwitzten, und dabei waren sie noch nicht einmal eine Meile gelaufen.

Leo war der Boß der Expedition, und er trug die Taschenlampe. Sie waren von Kopf bis Fuß in Schwarz gekleidet. Ionucci folgte ihm wie ein Bluthund mit Lungenwürmern, mit gesenktem Kopf, schwer atmend, lethargisch, wütend auf die Welt, weil er hier sein mußte. »Vorsichtig«, sagte Leo, als sie durch dichtes Unkraut die Grabenböschung hinunterkletterten. Sie waren nicht gerade die typischen Waldläufer. Die Gegend war schon beängstigend genug gewesen, als sie sie um sechs Uhr nachmittags erkundet hatten. Jetzt war sie ein Graus. Der Bulle rechnete jeden Augenblick damit, auf eine dicke, sich windende Schlange zu treten. Natürlich, wenn er gebissen wurde, konnte er mit einem guten Grund umdrehen und, wie er hoffte, zum Wagen zurückkehren. Seine beiden Kumpane wären dann gezwungen, allein weiterzumachen. Er stolperte über einen dicken Ast, konnte sich aber auf den Beinen halten. Fast wünschte er sich eine Schlange.

»Vorsichtig«, sagte Leo zum zehnten Mal, als machte das Aussprechen der Warnung die Sache sicherer. Sie schlichen ungefähr zweihundert Meter weit in dem dunklen, von Unkraut überwucherten Bachbett voran, dann erklommen sie die gegenüberliegende Böschung. Die Taschenlampe erlosch, und sie krochen durch das Gestrüpp, bis sie sich hinter Cliffords Maschendrahtzaun befanden. Dann ruhten sie auf den Knien aus.

»So ein Blödsinn«, sagte Ionucci zwischen lauten Atemzügen. »Seit wann graben wir Leichen aus?«

Leo ließ den Blick durch die Dunkelheit von Cliffords Hintergarten schweifen. Kein einziges Licht. Sie waren nur Minuten zuvor vorbeigefahren und hatten gesehen, daß in einer Kugel neben der Haustür ein kleines Licht brannte, aber der hintere Teil des Grundstücks lag in völliger Dunkelheit. »Halt die Klappe«, sagte er, ohne den Kopf zu bewegen.

»Ja, ja«, murmelte Ionucci. »Was für ein Blödsinn.« Seine Lungen kreischten, daß man es fast hören konnte. Schweiß tropfte ihm vom Kinn. Der Bulle kniete hinter ihnen und schüttelte den Kopf über ihre schlechte Kondition. Sie arbeiteten in erster Linie als Leibwächter und Fahrer, Beschäftigungen, die nur wenig körperliche Anstrengung erforderten. Der Legende zufolge hatte Leo seinen ersten Mord begangen, als er siebzehn war, mußte aber ein paar Jahre später damit aufhören, weil er im Knast saß. Der Bulle hatte gehört, daß Ionucci im Laufe der Jahre zweimal angeschossen worden war, aber das war unbestätigt. Die Leute, die diese Geschichten verbreiteten, waren dafür bekannt, daß sie nicht immer die Wahrheit sagten.

»Also los«, sagte Leo wie ein Feldmarschall. Sie flitzten durch das Gras zu der Pforte in Cliffords Zaun, dann durch sie hindurch. Sie eilten unter den Bäumen entlang, bis sie an der Rückfront der Garage angekommen waren. Ionucci fiel völlig erledigt auf alle viere und rang nach Atem.

Leo kroch zu einer Ecke und sah nach, ob sich nebenan irgend etwas bewegte. Nichts. Nichts außer den Geräuschen von Ionuccis drohendem Herzinfarkt. Der Bulle lugte um die andere Ecke und musterte die Rückfront von Cliffords Haus.

Die Nachbarschaft schlief. Sogar die Hunde hatten sich zur Ruhe begeben.

Leo stand auf und versuchte, die Hintertür zu öffnen. Sie war abgeschlossen. »Bleibt hier«, sagte er und schlich geduckt um die Garage herum, bis er die Vordertür erreicht hatte. Auch sie war abgeschlossen. Wieder hinten angekommen, sagte er: »Wir müssen ein bißchen Glas zerbrechen. Vorn ist auch zu.«

Ionucci holte aus einem Beutel an seinem Gürtel einen Hammer hervor, und Leo begann, direkt oberhalb des Türknaufs leicht gegen die schmutzige Scheibe zu schlagen. »Paß an der Ecke auf«, sagte er zu dem Bullen, der hinter ihm vorbeikroch, um das Ballantine-Haus nebenan zu beobachten.

Leo fuhr fort, die Scheibe leicht anzuschlagen, bis sie zerbrochen war. Er entfernte vorsichtig ein paar Scherben und legte sie beiseite. Als das ausgezackte Loch groß genug war, schob er den linken Arm hindurch und entriegelte die Tür. Er ließ die Taschenlampe aufleuchten, und die drei schlüpften hinein.

Barry hatte gesagt, er erinnerte sich, daß die Garage voller Gerümpel war, und Clifford war vor seinem Tode offenbar zu beschäftigt gewesen, um ein bißchen aufzuräumen. Das erste, was ihnen auffiel, war, daß der Fußboden aus Kies bestand, nicht aus Beton. Leo kickte die weißen Steinchen unter seinen Füßen weg. Barry mochte ihnen etwas über den Kiesbelag gesagt haben, aber er konnte sich nicht daran erinnern.

Das Boot stand in der Mitte der Garage. Es war ein fünf Meter langer Kahn zum Wasserskilaufen, mit einem Außenbordmotor und einer dikken Staubschicht darauf. Drei der vier Reifen des Anhängers waren platt. Dieses Boot war seit Jahren nicht mehr mit Wasser in Berührung gekommen. Unmengen von Gerümpel waren drumherum aufgeschichtet. Gartenwerkzeug, Säcke voller Blechdosen, Stapel von Zeitungspapier, verrostete Terrassenmöbel. Romey brauchte keine Müllabfuhr. Wozu hatte er eine Garage? In sämtlichen Ecken spannten sich dicke Spinnennetze. Unbenutztes Werkzeug hing an den Wänden.

Aus irgendeinem unerfindlichen Grund war Clifford ein begeisterter Sammler von Drahtkleiderbügeln gewesen. Tausende von ihnen baumelten an Drähten über dem Boot. Reihen um Reihen von Kleiderbügeln. Irgendwann hatte er es satt gehabt, Drähte zu spannen, also hatte er einfach lange Nägel in die Wandbalken geschlagen und weitere Hunderte von Kleiderbügeln an ihnen aufgehängt. Romey, der Umweltschützer, hatte außerdem Dosen und Plastikbehälter gesammelt, offensichtlich in der lobenswerten Absicht, sie dem Recycling zuzuführen. Aber er war ein vielbeschäftigter Mann gewesen, und so war die Garage zur Hälfte mit einem kleinen Berg aus grünen Müllsäcken voller Dosen und Kanister ausgefüllt. Einige der Säcke hatte er sogar in das Boot geworfen.

Leo richtete das kleine Licht auf einen Punkt unter der Mittelstrebe des Bootsanhängers. Er winkte den Bullen herbei, der sich auf alle viere niederließ und begann, den weißen Kies beiseitezuräumen. Ionucci förderte aus der Tasche an seinem Gürtel eine kleine Kelle zutage. Der Bulle nahm sie und schob weiteren Kies beiseite. Seine beiden Partner schauten ihm über die Schultern.

In einer Tiefe von etwa fünf Zentimeter änderte sich das Schabegeräusch. Er war auf Beton gestoßen. Der Bulle stand auf, hob langsam die Deichsel an und schob das Vorderteil des Anhängers mit einer gewaltigen Kraftanstrengung einen guten Meter zur Seite. Der Anhänger stieß gegen den Berg von Blechdosen, und es gab ein fürchterliches Getöse. Die Männer erstarrten und lauschten.

»Ihr müßt vorsichtig sein«, flüsterte Leo, als ob sie das nicht selber wüßten. »Bleibt hier und rührt euch nicht.« Er ließ sie in der Dunkelheit neben dem Boot stehen und schlich durch die Hintertür hinaus. Er trat neben einen Baum hinter der Garage und schaute hinüber zu dem Ballantine-Haus nebenan. Es war dunkel und ruhig. Eine Lampe auf der Terrasse warf einen schwachen Lichtschein auf den Grillplatz und die Blumenbeete, aber nichts rührte sich. Leo beobachtete und wartete. Er bezweifelte, daß die Nachbarn ein Stemmeisen hören würden. Er schlich wieder zurück in die Garage und richtete die Taschenlampe auf den Beton unter dem Kies. »Sehen wir zu, daß wir ihn wegbekommen«, sagte er, und der Bulle ließ sich wieder auf die Knie nieder.

Barry hatte ihnen erklärt, daß er zuerst ein flaches Grab ausgehoben hatte, ungefähr einsachtzig mal sechzig und nicht mehr als fünfundvierzig Zentimeter tief. Dann hatte er den in schwarze Müllsäcke eingewickelten Toten hineingestopft. Danach hatte er die Betonmischung um die Leiche herum verteilt und seinem kleinen Fertiggericht Wasser zugesetzt. Am nächsten Tag war er wiedergekommen, um alles mit Kies abzudecken und das Boot darüberzuschieben.

Er hatte gute Arbeit geleistet. Angesichts von

Cliffords Organisationstalent hätten wohl noch fünf Jahre vergehen müssen, bevor das Boot bewegt wurde. Barry hatte erklärt, daß dies nur ein provisorisches Grab war. Er hatte vorgehabt, ihn woanders hinzubringen, aber dann hatten sich die Feds an ihn gehängt. Leo und Ionucci hatten schon etliche Leichen beiseite geschafft, gewöhnlich in beschwerten Fässern unter Wasser, aber sie waren beeindruckt von Barrys provisorischem Versteck.

Der Bulle kratzte und fegte, und bald lag die gesamte Betonfläche frei. Ionucci kniete sich auf der anderen Seite davon nieder, und er und der Bulle fingen an, den Beton mit Hämmern und Meißeln zu bearbeiten. Leo legte die Taschenlampe auf den Kies neben ihnen und schlich abermals zur Hintertür hinaus. Er duckte sich tief und bewegte sich zur Vorderfront der Garage. Alles war ruhig. Das Meißeln war nicht zu überhören. Er ging rasch zur Rückfront von Cliffords Haus, eine Strecke von vielleicht fünfzehn Metern, und das Geräusch war kaum noch zu vernehmen. Er lächelte. Selbst wenn die Ballantines wach gewesen wären, hätten sie es nicht hören können.

Er schlich zur Garage zurück und ließ sich in der Dunkelheit zwischen einer Ecke und dem Spitfire nieder. Er konnte die leere Straße sehen. Ein kleiner schwarzer Wagen fuhr um die Biegung vor dem Haus und verschwand. Sonst kein Verkehr. Durch die Hecke hindurch konnte er den Umriß des Ballantine-Hauses sehen. Nichts regte sich. Das einzige Geräusch war das gedämpfte Aufmeißeln des Betons über dem Grab von Boyd Boyette.

Clints Accord hielt bei den Tennisplätzen. An der Straße parkte ein roter Cadillac. Reggie schaltete das Licht und den Motor aus.

Sie saßen schweigend da und starrten durch die Windschutzscheibe auf das Fußballfeld. Genau die richtige Gegend, um überfallen zu werden, dachte sie, sprach es aber nicht aus. Sie hatten genug zu befürchten, auch ohne den Gedanken an einen Überfall.

Mark hatte nicht viel gesagt, seit es dunkel geworden war. Nachdem die Pizza in ihr Motelzimmer geliefert worden war, hatten sie, zusammen auf einem Bett, eine Stunde geschlafen. Sie hatten ferngesehen. Er hatte sie mehrfach nach der Zeit gefragt, als hätte er eine Verabredung mit einem Erschießungskommando. Um zehn war sie überzeugt, daß er einen Rückzieher machen würde. Um elf war er im Zimmer herumgewandert und immer wieder auf die Toilette gegangen.

Aber jetzt, vierzig Minuten nach elf, saßen sie

hier in einem heißen Wagen an einem dunklen Abend und planten eine unmögliche Mission, die keiner von ihnen durchführen wollte.

»Was glauben Sie – ob jemand weiß, daß wir hier sind?« fragte er leise.

Sie sah ihn an. »Du meinst, hier in New Orleans?«

»Ja. Glauben Sie, daß jemand weiß, daß wir in New Orleans sind?«

»Nein. Das glaube ich nicht.«

Das schien ihn zu befriedigen. Sie hatte gegen sieben mit Clint telefoniert. Ein Fernsehsender in Memphis hatte berichtet, daß sie gleichfalls vermißt würde, aber sonst schien alles ruhig zu sein. Clint hatte sein Schlafzimmer seit zwölf Stunden nicht mehr verlassen, hatte er gesagt, deshalb wäre er ihnen dankbar, wenn sie sich beeilen und tun würden, was immer sie vorhatten. Er hatte mit Momma Love gesprochen. Sie machte sich Sorgen, hielt sich aber gut unter den gegebenen Umständen.

Sie stiegen aus und gingen den Fahrradweg entlang.

»Bist du sicher, daß du das tun willst?« fragte sie und sah sich nervös um. Der Weg war stockfinster, und stellenweise verhinderte nur der Asphalt unter ihren Füßen, daß sie zwischen die Bäume gerieten. Sie gingen langsam, Seite an Seite, und hielten sich bei den Händen.

Während sie einen unsicheren Schritt nach dem anderen tat, fragte Reggie sich, was sie hier tat, auf diesem Weg, in diesem Wald, in dieser Stadt, in diesem Moment, mit diesem Jungen, den sie sehr gern hatte, aber für den sie nicht sterben wollte. Sie umklammerte seine Hand und versuchte, tapfer zu sein. Bestimmt, betete sie, würde sehr bald etwas passieren, und dann würden sie zum Wagen zurückrennen und aus New Orleans verschwinden.

»Ich habe nachgedacht«, sagte Mark.

»Warum bin ich nicht überrascht?«

»Es könnte vielleicht zu schwierig sein, die Leiche zu finden. Also habe ich folgendes beschlossen: Sie bleiben zwischen den Bäumen in der Nähe des Grabens, und ich schleiche mich durch den Garten und in die Garage. Ich sehe unter dem Boot nach, nur um sicher zu sein, daß er wirklich da ist, und dann verschwinden wir von hier.«

»Du meinst, es genügt, wenn du einfach unter dem Boot nachschaust?«

»Vielleicht kann ich sehen, wo die Leiche liegt, verstehen Sie?«

Sie drückte seine Hand fester. »Hör zu, Mark. Wir bleiben zusammen, hast du verstanden? Wenn du in die Garage gehst, dann komme ich mit.« Ihre Stimme war erstaunlich fest. Natürlich würden sie gar nicht erst bis zur Garage kommen.

Sie kamen zu einer Lichtung zwischen den Bäumen. Eine Lampe auf einem Pfosten erhellte den Picknickpavillon zu ihrer Linken. Rechts zweigte der Fußpfad ab. Mark drückte auf einen Schalter, und der Lichtstrahl einer kleinen Taschenlampe fiel auf den Boden vor ihnen. »Kommen Sie«, sagte er. »Hier draußen kann uns niemand sehen.«

Er bewegte sich gewandt und lautlos zwischen den Bäumen hindurch. In ihrem Motelzimmer hatte er sich zwanglose Geschichten von seinen nächtlichen Spaziergängen durch den Wald in der Umgebung der Wohnwagensiedlung wieder ins Gedächtnis gerufen und die Spiele, die die Jungen im Dunkeln gespielt hatten. Dschungelspiele nannte er sie. Mit der Taschenlampe in der Hand bewegte er sich jetzt schneller voran, schob Zweige beiseite und wich Schößlingen aus.

»Nicht so schnell, Mark«, sagte sie mehr als einmal.

Er hielt ihre Hand und half ihr die Grabenböschung hinunter. Sie kletterten an der anderen Seite wieder hinauf und schlichen durch den Wald und das Gestrüpp, bis sie den mysteriösen Weg gefunden hatten, der sie Stunden zuvor verblüfft hatte. Hier standen die ersten Zäune. Sie bewegten sich langsam und lautlos, und Mark schaltete die Taschenlampe aus.

Sie befanden sich zwischen den dicht beieinander stehenden Bäumen direkt hinter Cliffords Haus. Sie sanken auf die Knie und hielten den Atem an. Durch das Gestrüpp und das Unkraut hindurch konnten sie den Umriß der Rückfront der Garage sehen.

»Was ist, wenn wir den Toten nicht sehen?« fragte sie. »Was dann?«

»Darüber zerbrechen wir uns den Kopf, wenn es soweit ist.«

Dies war nicht der rechte Moment für eine weitere lange Diskussion über Alternativen. Auf allen vieren kroch er an den Rand des dichten Unterholzes. Sie folgte ihm. Sechs Meter von der Pforte entfernt machten sie in dichtem, feuchtem Gestrüpp halt. Der Garten war still und dunkel. Kein Licht, kein Geräusch, keine Bewegung. Die ganze Straße lag in tiefem Schlaf.

»Reggie, ich möchte, daß Sie hierbleiben. Halten Sie den Kopf unten. Ich bin in einer Minute wieder da.«

»Nein«, flüsterte sie laut. »Das kannst du nicht machen, Mark!«

Er hatte sich bereits in Bewegung gesetzt. Dies

war nur ein Spiel für ihn, eines seiner Dschungelspiele, bei dem seine Freunde ihn jagten und Pistolen mit gefärbtem Wasser auf ihn abfeuerten. Er glitt durchs Gras wie eine Eidechse und öffnete die Pforte gerade so weit, daß er hindurchschlüpfen konnte.

Reggie folgte ihm auf allen vieren durch das Gestrüpp, dann hielt sie an. Er war bereits außer Sicht. Er blieb hinter dem ersten Baum stehen und lauschte. Er kroch zum nächsten und hörte etwas. Ping! Ping! Er erstarrte auf Händen und Knien. Die Geräusche kamen aus der Garage. Ping! Ping! Ganz langsam lugte er um den Baum herum und starrte auf die Hintertür. Ping! Ping! Er warf einen Blick zurück auf Reggie, aber der Wald und das Unterholz waren schwarz. Sie war nirgends zu sehen. Er schaute wieder zu der Tür. Irgendwas war anders. Er kroch zum nächsten Baum, drei Meter näher heran. Die Geräusche wurden lauter. Die Tür stand einen Spaltbreit offen, und eine Fensterscheibe fehlte.

Jemand war da drinnen! Ping! Ping! Ping! Jemand versteckte sich, da drinnen, ohne Licht, und dieser jemand grub! Mark atmete tief ein und kroch hinter einen kaum drei Meter von der Hintertür entfernten Haufen Müll. Er hatte kein Geräusch gemacht, und er wußte es. Das Gras war höher um den Müll herum, und er kroch hindurch wie ein Wiesel, flink, aber vorsichtig. Ping! Ping!

Er duckte sich tief ins Gras und machte sich auf den Weg zur Hintertür. Er stieß mit dem Knöchel gegen das Ende eines halbverfaulten Balkens und stolperte. Der Müllhaufen rasselte, und eine leere Farbdose fiel herunter.

Leo sprang auf und rannte zur Rückwand der Garage. Er riß einen .38er mit Schalldämpfer aus dem Gürtel und stolperte in die Dunkelheit, bis er die Ecke erreicht hatte, wo er in die Hocke ging und lauschte. Drinnen hatte das Meißeln aufgehört. Ionucci lugte durch die Hintertür.

Reggie hörte das Getöse hinter der Garage und ließ sich in dem nassen Gras auf den Bauch fallen. Sie schloß die Augen und sprach ein Gebet. Was zum Teufel tat sie hier?

Leo schlich zu dem Müllhaufen, dann mit gezogener Waffe um ihn herum, bereit, sie abzufeuern. Er hockte sich wieder nieder und durchforschte geduldig die Dunkelheit. Der Zaun war kaum zu sehen. Nichts rührte sich. Er glitt zu einem knapp fünf Meter hinter der Garage stehenden Baum und wartete. Ionucci ließ ihn nicht aus den Augen. Lange Sekunden vergingen ohne irgendein Geräusch. Leo stand auf und schlich langsam auf die Pforte zu. Ein Ast knackte unter seinen Füßen und ließ ihn eine Sekunde lang erstarren.

Er bewegte sich durch den Hintergarten, jetzt kühner, aber immer noch mit schußbereiter Waffe, und lehnte sich gegen einen Baum, eine dicke Eiche, deren Äste bis dicht an die Grenze des Ballantine-Grundstücks heranreichten. In der unbeschnittenen Hecke, keine vier Meter von ihm entfernt, kauerte Mark auf allen vieren und hielt den Atem an. Er beobachtete die dunkle Gestalt, die sich in der Finsternis zwischen den Bäumen bewegte, und wußte, daß er nicht entdeckt werden konnte, wenn er sich nur still verhielt. Er atmete langsam aus und hielt den Blick unverwandt auf die Silhouette des Mannes neben dem Baum gerichtet.

»Was ist los?« fragte eine tiefe Stimme aus der Garage. Leo schob die Waffe in den Hosenbund und schlich zurück. Ionucci stand außerhalb der Tür. »Was ist los?« wiederholte er.

»Ich weiß es nicht«, sagte Leo laut flüsternd. »Vielleicht nur eine Katze oder so was. Macht euch wieder an die Arbeit.«

Die Tür wurde leise geschlossen, und Leo wanderte fünf Minuten lang lautlos hinter der Garage auf und ab. Fünf Minuten, aber Mark kamen sie vor wie eine Stunde.

Dann bog die dunkle Gestalt um die Ecke und war verschwunden. Mark beobachtete jede Bewegung. Er zählte langsam bis hundert, dann kroch er an der Hecke entlang, bis sie am Zaun endete. Er hielt an der Pforte an und zählte bis dreißig. Alles war still, bis auf das gedämpfte Meißeln. Dann schoß er zum Rand des Unterholzes, wo Reggie tief geduckt und voller Angst auf ihn wartete. Sie griff nach ihm, und gemeinsam krochen sie in das dichtere Unterholz hinein.

»Sie sind da drinnen!« sagte er außer Atem.

»Wer?«

»Das weiß ich nicht! Sie graben die Leiche aus!«

»Was ist passiert?«

Er atmete hastig. Sein Kopf ging ruckartig auf und ab, als er schluckte und zu reden versuchte. »Ich bin über etwas gestolpert, und dieser eine Kerl, ich glaube, er hatte eine Waffe, hätte mich beinahe entdeckt. Gott, hatte ich eine Angst!«

»Du hast immer noch Angst. Und ich auch! Laß uns von hier verschwinden!«

»Warten Sie eine Minute, Reggie. Können Sie es hören?«

»Nein! Was soll ich hören?«

»Dieses Klopfen. Ich kann es auch nicht hören. Wir sind zu weit davon entfernt.«

»Und ich sage, wir sollen zusehen, daß wir noch weiter wegkommen. Also los.«

»Warten Sie doch bloß eine Minute, Reggie. Bitte!«

»Das sind Killer, Mark. Leute von der Mafia. Laß uns so schnell wie möglich verschwinden.«

Er atmete durch die Zähne und funkelte sie an. »Ganz ruhig, Reggie. Ganz ruhig, okay? Niemand kann uns hier sehen. Von der Garage aus kann man nicht einmal diese Bäume sehen. Ich habe es versucht. Und nun beruhigen Sie sich.«

Sie ließ sich auf die Knie fallen, und sie starrten zur Garage hinüber. Er legte einen Finger auf die Lippen. »Hier sind wir sicher«, flüsterte er. »Hören Sie genau hin.«

Sie hörten genau hin, aber die Geräusche waren nicht zu vernehmen.

»Mark, das sind Muldannos Leute. Sie wissen, daß du geflüchtet bist. Sie sind in Panik geraten. Sie haben Pistolen und Messer und wer weiß, was sonst noch alles. Laß uns verschwinden. Sie sind uns zuvorgekommen. Es ist alles vorbei. Sie haben gewonnen.«

»Reggie, wir können nicht zulassen, daß sie die Leiche da wegholen. Wenn sie sie fortschaffen, wird sie nie gefunden werden.«

»Gut. Dann bist du aus dem Schneider, und die

Mafia interessiert sich nicht mehr für dich. Und nun laß uns verschwinden.«

»Nein, Reggie. Wir müssen etwas unternehmen.«

»Was! Willst du dich etwa auf einen Kampf mit Mafiagangstern einlassen? Das ist doch Wahnsinn, Mark.«

»Nun warten Sie doch wenigstens eine Minute.«

»Okay. Ich warte genau eine Minute, dann bin ich fort.«

Er drehte den Kopf und lächelte sie an. »Sie lassen mich nicht im Stich, Reggie. Dazu kenne ich Sie zu gut.«

»Setz mir nicht das Messer auf die Brust, Mark. Jetzt weiß ich, wie Ricky zumute war, als du mit Clifford und seinem Gartenschlauch herumgespielt hast.«

»Bitte, seien Sie still. Ich denke nach.«

»Genau das ist es, was mir Angst macht.«

Sie saß mit gekreuzten Beinen auf ihrem Hinterteil. Blätter und Ranken wischten ihr über Gesicht und Hals. Er wiegte sich sanft auf allen vieren wie ein sprungbereiter Löwe, und schließlich sagte er: »Ich habe eine Idee.«

»Natürlich.«

»Bleiben Sie hier.«

Sie packte ihn ganz plötzlich beim Genick und zog sein Gesicht dicht an ihres heran. »Hör zu, mein Junge, das ist nicht eines von deinen kleinen Dschungelspielen, wo ihr euch mit Gummipfeilen beschießt und euch mit Dreckklumpen bewerft. Das sind nicht deine kleinen Freunde dort drüben, die mit dir Verstecken oder GI Joe oder was auch immer spielen. Hier geht es um Leben und Tod, Mark. Du hast gerade einen Fehler gemacht und Glück gehabt. Noch ein Fehler, und du bist tot. Und jetzt laß uns schleunigst von hier verschwinden! Sofort!«

Er hielt ein paar Sekunden still, während sie auf ihn einredete, dann riß er sich heftig los. »Bleiben Sie lieber, und rühren Sie sich nicht von der Stelle«, sagte er mit zusammengebissenen Zähnen. Er kroch aus dem Unterholz heraus, durch das Gras zum Zaun.

Gleich hinter der Pforte lag ein verwahrlostes, mit abgesunkenen Balken eingefaßtes und von Unkraut überwuchertes Blumenbeet. Er kroch darauf zu und suchte sich mit der Pedanterie eines Küchenchefs, der auf dem Markt Tomaten auswählt, drei große Steine. Er beobachtete beide Ekken der Garage, dann zog er sich lautlos wieder in die Dunkelheit zurück.

Reggie wartete, und sie hatte keinen Muskel bewegt. Er wußte, daß sie nicht zum Wagen zurückfinden würde. Er wußte, daß sie ihn brauchte. Sie duckte sich wieder ins Unterholz.

»Mark, das ist Wahnsinn«, flehte sie. »Bitte. Mit diesen Leuten ist nicht zu spaßen.«

»Sie sind viel zu beschäftigt, um sich um uns zu kümmern. Wir sind hier sicher, Reggie. Selbst wenn sie jetzt durch diese Tür herausgestürmt kämen, würden sie uns nie finden. Wir sind hier sicher, Reggie. Vertrauen Sie mir.«

»Dir vertrauen! Sie werden dich umbringen.«

»Warten Sie hier.«

»Was? Bitte, Mark! Keine Spiele mehr!«

Er ignorierte sie und deutete auf eine Stelle neben drei Bäumen, ungefähr zehn Meter entfernt. »Ich bin gleich wieder da«, sagte er und verschwand.

Er kroch durch das Gestrüpp, bis er sich hinter dem Haus der Ballantines befand. Die Ecke von Romeys Garage war kaum noch zu sehen. Reggie war unsichtbar in dem dichten Unterholz.

Die Terrasse war klein und schwach beleuchtet. Auf ihr standen drei weiße Korbstühle und ein Holzkohlengrill. Ein großes Fenster schloß sie zum Haus hin an, und es war dieses Fenster, das Marks Aufmerksamkeit auf sich zog. Er stand hinter einem Baum und schätzte die Entfernung ab, die ungefahr der Länge von zwei Wohnwagen entsprach. Der Stein mußte so tief fliegen, daß er nicht von den Ästen angehalten wurde, und gleichzeitig so hoch, daß er nicht in der Hecke hängenblieb. Er holte tief Luft und warf ihn so kräftig, wie er konnte.

Bei dem Geräusch nebenan sprang Leo auf. Er schlich zur Vorderseite der Garage und lugte durch die Hecke. Auf der Terrasse war es völlig still. Es hatte sich angehört, als wäre ein Stein auf Holzplanken gelandet und dann an eine Mauer gerollt. Vielleicht war es nur ein Hund gewesen. Er paßte lange Zeit auf, und nichts passierte. Sie waren sicher. Wieder nur falscher Alarm.

Mr. Ballantine drehte sich auf den Rücken und starrte an die Decke. Er war Anfang sechzig, und das Schlafen fiel ihm schwer seit der Bandscheibenoperation vor anderthalb Jahren. Er war gerade eingedöst, und ein Geräusch hatte ihn geweckt. War es ein Geräusch gewesen? In New Orleans war man nirgends mehr sicher, und er hatte vor sechs Monaten zweitausend Dollar für eine Alarmanlage bezahlt. Überall Verbrechen. Sie dachten daran, woanders hinzuziehen.

Er wälzte sich auf die Seite und hatte gerade die Augen wieder zugemacht, als die Fensterscheibe zersplitterte. Er sprang auf, schaltete das Licht ein und schrie: »Steh auf, Wanda! Steh auf!« Wanda griff nach ihrem Morgenrock, und Mr. Ballantine griff nach der Schrotflinte im Schrank. Die Alarmsirene heulte auf. Sie rasten den Flur entlang, brüllten sich gegenseitig an und machten überall Licht. Das Wohnzimmer war mit Glasscherben übersät, und Mr. Ballantine richtete die Schrotflinte auf das Fenster, als wollte er eine weitere Attacke abwehren. »Ruf die Polizei an«, brüllte er sie an. »911!«

»Ich weiß die Nummer!«

»Beeil dich!« Er wich in seinen Hausschuhen auf Zehenspitzen den Glassplittern aus und ging mit der Waffe in der Hand in Deckung, als wäre ein Einbrecher im Begriff, durch das Fenster ins Haus einzudringen. Er erkämpfte sich seinen Weg zur Küche, wo er auf die Tasten einer Schalttafel drückte, und die Sirene verstummte.

Leo hatte sich gerade wieder auf seinem Wachtposten neben dem Spitfire niedergelassen, als das Klirren die Stille zerriß. Er biß sich vor Schreck in die Zunge, sprang auf und rannte abermals zur Hecke. Eine Sirene heulte schrill, dann wurde sie abgeschaltet. Ein Mann in einem roten, bis zu den Knien reichenden Nachthemd rannte mit einer Schrotflinte auf die Terrasse.

Leo schlich leise zurück zur Hintertür der Garage. Ionucci und der Bulle kauerten zu Tode erschrocken neben dem Boot. Leo trat auf eine Harke, und der Stiel landete auf einem Sack voller Blechdosen. Alle drei hielten den Atem an. Von nebenan hörten sie Stimmen.

»Was zum Teufel war das?« zischte Ionucci durch die Zähne. Er und der Bulle glänzten vor Schweiß. Die Hemden klebten ihnen am Körper. Ihre Köpfe waren klatschnaß.

»Keine Ahnung«, fauchte Leo blutspuckend und schlich sich an das Fenster, durch das er die Hecke sehen konnte, die das Ballantine-Grundstück begrenzte. »Etwas ist durchs Fenster geflogen, glaube ich. Ich weiß es nicht. Der Irre da drüben hat eine Schrotflinte!«

»Was hat er?« Ionucci kreischte beinahe. Er und der Bulle hoben langsam die Köpfe und schauten wie Leo aus dem Fenster. Der Irre mit der Schrotflinte stapfte in seinem Garten herum und brüllte die Bäume an.

Mr. Ballantine hatte die Nase voll von New Orleans, von Drogen und von Gaunern, die versuchten, zu rauben und zu plündern, und er hatte die Nase voll von Verbrechen und einem Leben in ständiger Angst, und er hatte von Verbrechen die Nase dermaßen voll, daß er die Schrotflinte hob und auf gut Glück einmal auf die Bäume feuerte. Das würde die Schweinehunde lehren, daß er es ernst meinte. Kommt nur in dieses Haus, und ihr werdet es in einem Sarg wieder verlassen. WUMM!

Mrs. Ballantine stand in ihrem rosa Morgenmantel auf der Schwelle und schrie, als er schoß und die Bäume verwundete.

Die drei Köpfe in der Garage schlugen auf den Boden, als die Schießerei begann. »Der Kerl ist verrückt!« kreischte Leo. Langsam hoben sie in perfekter Übereinstimmung abermals die Köpfe, und in genau diesem Moment bog der erste Streifenwagen mit flackerndem Rot- und Blaulicht in die Auffahrt der Ballantines ein.

Ionucci war als erster zur Tür hinaus, gefolgt von dem Bullen und dann von Leo. Sie hatten es ungeheuer eilig, versuchten aber gleichzeitig, nicht die Aufmerksamkeit des Idioten nebenan auf sich zu lenken. Sie stürmten los, dicht am Boden, von einem Baum zum anderen, und versuchten verzweifelt, in den Wald zu entkommen, bevor weitere Schüsse fielen. Der Rückzug verlief geordnet.

Mark und Reggie kauerten sich tiefer ins Gestrüpp. »Du bist verrückt«, murmelte sie immer wieder, und es war kein leeres Gerede. Sie war ehrlich überzeugt, daß ihr Klient leicht geistesgestört war. Aber sie umarmte ihn trotzdem, und sie kauerten dicht zusammengedrückt beieinander. Die drei hastenden Silhouetten sahen sie erst, als sie durch die Zaunpforte kamen.

»Da sind sie«, flüsterte Mark. Keine dreißig Sekunden zuvor hatte er zu ihr gesagt, sie sollte auf die Pforte achten.

»Es sind drei«, flüsterte er. Die drei stürmten ins Unterholz, keine sechs Meter von der Stelle entfernt, an der sie sich versteckten, und verschwanden im Wald.

Sie drängten sich enger aneinander. »Du bist verrückt«, sagte sie abermals.

»Kann sein. Aber es funktioniert.«

Der Schuß aus der Schrotflinte hätte Reggie beinahe den Rest gegeben. Sie hatte gezittert, als sie hier angekommen waren. Ihre Knie hatten geschlottert, als er mit der Nachricht zurückkam, daß jemand in der Garage war. Sie hätte fast laut aufgeschrien, als er den Stein durch die Fensterscheibe warf. Aber der Schuß hatte allem die Krone aufgesetzt. Ihr Herz hämmerte, und ihre Hände zitterten.

Und seltsamerweise wurde ihr genau in diesem Augenblick bewußt, daß sie nicht fortlaufen konnten. Die drei Grabräuber befanden sich jetzt zwischen ihnen und ihrem Wagen. Es gab kein Entkommen.

Der Schuß aus der Schrotflinte hatte die ganze Nachbarschaft aufgeweckt. Flutlichter erhellten die Gärten, Männer und Frauen in Bademänteln erschienen auf ihren Terrassen und schauten in die Richtung des Ballantine-Hauses. Stimmen schrien Fragen über den Zaun. Hunde erwachten zum Leben. Mark und Reggie wichen tiefer ins Unterholz zurück.

Mr. Ballantine und einer der Polizisten gingen den Zaun ab, vielleicht auf der Suche nach weiteren verbrecherischen Steinewerfern. Es war hoffnungslos. Reggie und Mark konnten Stimmen hören, aber nicht verstehen, was gesprochen wurde. Mr. Ballantine brüllte ziemlich viel.

Die Polizisten beruhigten ihn, dann halfen sie, das Fenster mit Plastikfolie zu verkleben. Die roten und blauen Lichter wurden ausgeschaltet, und nach zwanzig Minuten verschwand die Polizei wieder.

Reggie und Mark warteten, zitternd und einander bei den Händen haltend. Käfer krabbelten über ihre Haut. Die Moskitos waren brutal. An ihren dunklen Sweatshirts klebten Unkraut und Kletten. Endlich gingen die Lichter im Ballantine-Haus wieder aus, und sie warteten noch eine Weile.

38

Ein paar Minuten nach eins rissen die Wolken auf, und für einen Augenblick beleuchtete der Halbmond Romeys Hintergarten und Garage. Reggie warf einen Blick auf die Uhr. Ihre Beine waren taub, und ihr Rücken schmerzte vom langen Sitzen.

Merkwürdigerweise hatte sie sich an ihren kleinen Platz im Dschungel gewöhnt, und nachdem sie die Gangster, die Polizisten und den Idioten mit der Schrotflinte überlebt hatten, fühlte sie sich bemerkenswert sicher. Ihre Atmung und ihr Puls waren normal. Sie schwitzte nicht, obwohl ihre Jeans und ihr Sweatshirt immer noch naß waren vom Marsch und von der Luftfeuchtigkeit. Mark schlug auf Moskitos ein und sagte kaum etwas. Er war unheimlich gelassen. Er kaute auf einem Grashalm, beobachtete die Zäune und verhielt sich so, als wüßte er, und zwar nur er, ganz genau, wann der nächste Schritt getan werden mußte.

»Machen wir einen kleinen Spaziergang«, sagte er, von den Knien hochkommend.

»Wohin? Zu unserem Wagen?«

»Nein. Nur ein Stück den Pfad entlang. Ich bekomme einen Krampf im Bein.«

Ihr rechtes Bein war unterhalb des Knies taub. Ihr linkes Bein war unterhalb der Hüfte abgestorben, und sie stand mit großer Mühe auf. Sie folgte ihm durch das Gestrüpp, bis sie den kleinen Pfad erreicht hatten, der parallel zum Bachbett verlief. Er bewegte sich geschickt durch die Dunkelheit, ohne von der Taschenlampe Gebrauch zu machen, schlug auf Moskitos ein und streckte die Beine.

Sie machten tief im Wald halt, außer Sichtweite der Zäune von Romeys Nachbarn.

»Ich finde wirklich, wir sollten jetzt verschwinden«, sagte sie, ein wenig lauter, da die Häuser nicht mehr zu sehen waren. »Ich fürchte mich vor Schlangen, weißt du, und ich möchte nicht auf eine treten.«

Er sah sie nicht an, sondern starrte zum Graben hinüber. »Ich glaube nicht, daß es eine gute Idee ist, jetzt zu verschwinden«, flüsterte er.

Sie wußte, daß er einen Grund hatte, das zu sagen. In den letzten sechs Stunden hatte sie kein einziges Mal die Oberhand gewonnen. »Weshalb?«

»Weil diese Männer sich immer noch hier herumtreiben könnten. Sie könnten sogar ganz in der Nähe lauern und darauf warten, bis sich alles wieder beruhigt hat und sie zurückkommen können. Wenn wir uns auf den Weg zu unserem Wagen machen, könnten wir ihnen begegnen.«

»Mark, mir reicht es jetzt endgültig. Für dich mag das ein Riesenspaß und ein Spiel sein, aber ich bin zweiundfünfzig Jahre alt, und mir reicht es. Ich kann einfach nicht glauben, daß ich mich um ein Uhr nachts in diesem Dschungel verstecke.«

Er legte einen Zeigefinger auf seine Lippen. »Pst. Sie reden zu laut. Und das ist kein Spiel.«

»Verdammt, ich weiß, daß das kein Spiel ist. Versuch nicht, mir Vorträge zu halten.«

»Ganz ruhig, Reggie. Wir sind jetzt in Sicherheit.«

»Schöne Sicherheit! Ich fühle mich erst dann in Sicherheit, wenn ich die Tür zu unserem Motelzimmer hinter uns abgeschlossen habe.«

»Dann gehen Sie. Nur los. Suchen Sie sich Ihren Weg zurück zum Wagen und fahren Sie los.«

»Natürlich, und laß mich raten. Du bleibst hier, stimmt's?«

Das Mondlicht verschwand, und plötzlich war es im Wald viel dunkler. Er drehte ihr den Rükken zu und machte sich auf den Rückweg zu ihrem Versteck. Sie folgte ihm instinktiv, und das irritierte sie, denn im Moment verließ sie sich voll und ganz auf einen elfjährigen Jungen. Aber sie folgte ihm trotzdem, auf einem für sie unsichtbaren Pfad, durch den dichten Wald ins Unterholz, zu ungefähr derselben Stelle, an der sie zuvor gewartet hatten. Die Garage war so gerade eben zu erkennen.

Das Blut war in ihre Beine zurückgekehrt, aber steif waren sie immer noch. Ihr Rücken pochte. Sie konnte mit der Hand über den Unterarm streifen und die Beulen der Moskitostiche fühlen. Auf dem Rücken ihrer linken Hand war etwas Blut, vermutlich von einem Dorn im Unterholz oder vielleicht einem Unkraut. Sie schwor sich, falls sie je wieder nach Memphis zurückkehren sollte, würde sie in einen Fitneß-Club eintreten und sich in Form bringen. Nicht, daß sie vorgehabt hätte, sich auf weitere Unternehmungen dieser Art einzulassen, aber sie hatte es satt, daß ihr alles weh tat und sie nach Atem keuchte.

Mark ließ sich auf ein Knie nieder, steckte einen Grashalm in den Mund und beobachtete die Garage.

Sie warteten, fast stumm, eine Stunde lang. Als sie den Punkt erreicht hatte, wo sie ihn alleinlassen und hektisch durch den Wald zurückrennen wollte, sagte Reggie: »Okay, Mark, ich gehe jetzt. Tu, was du für richtig hältst, weil ich jetzt verschwinde.« Aber sie rührte sich nicht.

Sie kauerten nebeneinander, und er deutete auf die Garage, als wüßte sie nicht, wo sie sich befand. »Ich krieche jetzt dorthin, mit der Taschenlampe, und sehe mir den Toten an oder das Grab oder was immer es war, an dem sie da herumgepickt haben, okay?«

»Nein.«

»Es dauert vielleicht nur eine Sekunde. Wenn ich Glück habe, bin ich gleich wieder da.«

»Ich komme mit«, sagte sie.

»Nein. Ich will, daß Sie hierbleiben. Durchaus möglich, daß diese Kerle auch warten, irgendwo zwischen den Bäumen. Wenn sie hinter mir her sind, dann will ich, daß Sie schreien und weglaufen.«

»Nein. Kommt nicht in Frage, mein Junge. Wenn du einen Blick auf den Toten werfen willst, dann will ich es auch, und keine Widerrede. Das ist mein letztes Wort.«

Er schaute in ihre Augen und beschloß, keine Einwände zu erheben. Ihr Kopf bebte, und ihre Zähne waren zusammengebissen. Sie blickte entschlossen unter der Kappe hervor.

»Dann kommen Sie mit, Reggie. Bleiben Sie in Deckung und lauschen Sie. Immer lauschen, okay?«

»Okay, okay. Ich bin nicht völlig hilflos. Mittlerweile bin ich schon so etwas wie ein Experte im Kriechen.«

Sie griffen abermals auf allen vieren vom Unterholz aus an, zwei Gestalten, die durch die lautlose Dunkelheit glitten. Das Gras war feucht und kühl. Die Pforte, noch offen vom hastigen Rückzug der Grabräuber, quietschte leise, als Reggie mit einem Fuß daran hängenblieb. Mark funkelte sie an. Sie hielten hinter dem ersten Baum inne, dann schlichen sie zum nächsten. Von nirgendwoher kamen irgendwelche Geräusche. Es war zwei Uhr nachts, und die Nachbarschaft war still. Mark machte sich Sorgen wegen des Spinners mit der Schrotflinte nebenan. Er bezweifelte, daß der Mann gut schlafen würde mit einer dünnen Plastikfolie vor seinem Fenster, und er konnte sich vorstellen, wie er in der Küche saß, die Terrasse beobachtete und nur darauf wartete, daß ein Zweig knackte, bevor er wieder losballerte. Sie hielten beim nächsten Baum an, dann krochen sie zu dem Müllhaufen.

Sie nickte einmal, atmete in kurzen schnellen Zügen. Sie duckten sich und sprinteten zur Hintertür der Garage, die einen Spaltbreit offenstand. Mark steckte den Kopf hinein. Er schaltete die Taschenlampe an und richtete sie auf den Boden. Reggie folgte ihm.

Der Geruch war stark und durchdringend, wie von einem toten Tier, das in der Sonne verrottet. Reggie hielt sich instinktiv Mund und Nase zu. Mark holte tief Luft, dann hielt er den Atem an.

Die einzige offene Fläche in dem vollgestopften Raum war in der Mitte, wo das Boot gestanden hatte. Sie hockten sich neben die Betonplatte.

»Mir wird schlecht«, sagte Reggie, fast ohne den Mund zu öffnen.

Noch zehn Minuten, und die Leiche wäre draußen gewesen. Sie hatten in der Mitte angefangen, irgendwo in der Gegend des Rumpfes, und sich dann nach beiden Enden vorgearbeitet. Die schwarzen Müllsäcke, von dem Beton teilweise zersetzt, waren weggerissen worden. Zu den Füßen und Knien hin hatten sie einen schartigen kleinen Graben ausgemeißelt.

Mark hatte genug gesehen. Er griff nach dem Meißel, den sie zurückgelassen hatten, und stieß ihn in das schwarze Plastik.

»Nicht!« flüsterte Reggie laut, wich zurück und sah trotzdem alles.

Er riß den Müllsack mit dem Meißel auf und ließ ihm das Licht der Taschenlampe folgen. Er machte eine langsame Drehung, dann zerrte er mit der Hand an dem Plastik. Er fuhr entsetzt hoch, dann richtete er das Licht langsam genau auf das verweste Gesicht des verstorbenen Senators Boyd Boyette.

Reggie tat einen weiteren Schritt zurück und fiel auf einen Haufen mit Blechdosen gefüllter Säcke. Der Lärm war ohrenbetäubend in der stillen Luft. Sie strampelte und versuchte, in der Dunkelheit wieder auf die Beine zu kommen, aber ihre hektischen Bewegungen verursachten noch mehr Lärm. Mark griff ihre Hand und zog sie auf das Boot zu. »Tut mir leid«, flüsterte sie, nur zwei Schritte von dem Toten entfernt, ohne an ihn zu denken.

»Pst«, sagte Mark, stieg auf eine Kiste und schaute durchs Fenster. Nebenan ging ein Licht an. Die Schrotflinte konnte nicht weit davon entfernt sein.

»Gehen wir«, sagte er. »In Deckung bleiben.«

Sie schlichen zur Hintertür hinaus, und Mark machte sie hinter ihnen zu. Im Nachbarhaus wurde eine Tür zugeknallt. Er fiel auf Hände und Knie und glitt um den Müllhaufen herum, an den Bäumen vorbei und durch die Pforte. Reggie blieb dicht hinter ihm. Sie hörten erst auf zu kriechen, als sie das Gestrüpp erreicht hatten. Geduckt eilten sie weiter, wie die Eichhörnchen, bis sie den Pfad gefunden hatten. Mark schaltete die Taschenlampe ein, und sie wurden erst langsamer, als sie das

Bachbett erreicht hatten. Er duckte sich ins Gestrüpp und schaltete die Lampe aus.

»Was ist?« fragte sie, schwer atmend, verängstigt und auf keinen Fall willens, auf dieser Flucht noch irgendwelche Pausen einzulegen.

»Haben Sie sein Gesicht gesehen?« fragte Mark, zutiefst beeindruckt von dem, was sie gerade getan hatten.

»Natürlich habe ich sein Gesicht gesehen. Und nun laß uns verschwinden.«

»Ich möchte es noch einmal sehen.«

Sie hätte ihm fast ins Gesicht geschlagen. Dann richtete sie sich auf, mit den Händen auf den Hüften, und begann, auf das Bachbett zuzugehen.

Mark lief mit der Taschenlampe neben ihr her. »Ich habe doch nur Spaß gemacht.« Sie blieb stehen und funkelte ihn an, dann ergriff er ihre Hand und half ihr die Böschung hinunter.

Beim Superdome bogen sie auf die Schnellstraße ein und fuhren in Richtung Metairie. Der Verkehr war schwach, aber dichter als in den meisten anderen Großstädten um halb drei an einem Sonntagmorgen. Seit sie am West Park in ihren Wagen gesprungen waren und die Gegend verlassen hatten, war kein Wort mehr gefallen. Und das Schweigen machte ihnen beiden nichts aus.

Reggie dachte darüber nach, wie nahe sie dem Tod gewesen war. Mafia-Gangster, Schlangen, verrückte Nachbarn, Polizei, Schießeisen, Schock, Herzinfarkt – es hätte kaum einen Unterschied gemacht. Sie konnte sich in der Tat glücklich schätzen, hier zu sein, auf der Schnellstraße entlangrasend, schweißgebadet, bedeckt von Insektenstichen, blutig von den Wunden der Natur und schmutzig von einer Nacht im Dschungel. Es hätte wesentlich schlimmer kommen können. Sie würde im Motel eine heiße Dusche nehmen, vielleicht ein bißchen schlafen und sich anschließend den Kopf zerbrechen über den nächsten Schritt. Sie war erschöpft vom Angsthaben und von den plötzlichen Schocks. Alles tat ihr weh von dem Kriechen und Ducken. Sie war zu alt für diesen Unsinn. Merkwürdig, was Anwälte manchmal fertigbrachten.

Mark kratzte sanft an den Stichen auf seinem linken Unterarm und beobachtete, wie die Lichter von New Orleans schwächer wurden, als sie das Stadtgebiet verließen. »Haben Sie das braune Zeug auf seinem Gesicht gesehen?« fragte er, ohne sie anzusehen.

Obwohl sich das Gesicht auf ewig in ihre Erinnerung eingebrannt hatte, konnte sie sich in diesem Moment nicht an irgendwelches braune Zeug erinnern. Es war ein kleines, geschrumpftes, teilweise verrottetes Gesicht gewesen, eines, von dem sie sich wünschte, daß sie es vergessen könnte.

»Ich hab nur die Würmer gesehen«, sagte sie.

»Das braune Zeug war Blut«, sagte er mit der Autorität eines Gerichtsmediziners.

Sie wollte das Gespräch nicht fortsetzen. Jetzt, da das Schweigen gebrochen war, gab es Wichtigeres zu besprechen.

»Ich finde, nachdem diese kleine Eskapade hinter uns liegt, sollten wir uns über deine Pläne unterhalten«, sagte sie und warf ihm einen Blick zu.

»Wir müssen schnell handeln, Reggie. Diese Kerle werden zurückkommen, um ihn zu holen, glauben Sie nicht?«

»Ja. Da bin ich ausnahmsweise einmal deiner Meinung. Durchaus möglich, daß sie schon jetzt wieder zurückgekehrt sind.«

Er kratzte sich am anderen Unterarm. »Ich habe nachgedacht.«

»Ich bin sicher, daß du das getan hast.«

»Es gibt zwei Dinge, die mir an Memphis nicht gefallen. Die Hitze und das flache Land. Es gibt dort keine Anhöhen oder Berge – Sie wissen, was ich meine? Ich habe immer gedacht, wie schön es sein würde, in den Bergen zu leben, wo die Luft kühl ist und im Winter hoher Schnee liegt. Wäre das nicht herrlich, Reggie?«

Sie lächelte und wechselte die Spur. »Hört sich wundervoll an. Irgendwelche bestimmten Berge?«

»Irgendwo draußen im Westen. Ich habe mir immer gern die Wiederholungen dieser alten ›Bonanza‹-Filme angesehen, mit Hoss und Little Joe. Adam war okay, aber ich war stocksauer, als er verschwand. Ich habe alle Folgen gesehen, seit ich ein kleiner Junge war, und dabei immer gedacht, wie schön es wäre, da zu leben.«

»Was ist aus den Hochhäusern und der von Menschen wimmelnden Großstadt geworden?«

»Das war gestern. Heute denke ich über Berge nach.«

»Ist es das, wo du hinwillst, Mark?«

»Ich glaube, ja. Kann ich?«

»Es läßt sich arrangieren. Im Augenblick werden sie sich mit fast allem einverstanden erklären.«

Er hörte auf, sich zu kratzen, und verschränkte die Finger um sein Knie. Seine Stimme klang erschöpft. »Ich kann nicht nach Memphis zurück, nicht wahr, Reggie?«

»Nein«, sagte sie leise.

»Das dachte ich mir.« Er dachte ein paar Sekunden darüber nach. »Aber vermutlich spielt das auch keine große Rolle. Da ist nicht mehr viel übriggeblieben.«

»Stell es dir als ein weiteres Abenteuer vor, Mark. Ein neues Heim, eine neue Schule, ein neuer Job für deine Mutter. Ihr werdet ein viel netteres Zuhause haben, neue Freunde, Berge ringsum, wenn es das ist, was du möchtest.«

»Seien Sie ehrlich, Reggie. Glauben Sie, daß sie uns niemals finden werden?«

Sie mußte nein sagen. In diesem Moment hatte er keine andere Wahl. Sie würde nicht länger mit ihm flüchten und sich verstecken. Sie mußten entweder das FBI anrufen und einen Handel abschließen oder das FBI anrufen und sich stellen. Dieser kleine Ausflug näherte sich allmählich seinem Ende.

»Nein, Mark. Sie werden dich niemals finden. Du mußt dem FBI trauen.«

»Ich traue den Fibbies nicht, und Sie tun es auch nicht.«

»Ich mißtraue ihnen nicht vollständig. Aber im Augenblick sind sie es, die bei diesem Spiel sagen, wo's langgeht.«

»Und ich muß mitspielen?«

»Wenn du keine bessere Idee hast.«

Mark duschte. Reggie wählte Clints Nummer und

hörte, wie das Telefon ein dutzendmal läutete, bevor er den Hörer abnahm. Es war fast drei Uhr morgens.

»Clint, ich bin's.«

Seine Stimme war pelzig und langsam. »Reggie?«

»Ja, ich, Reggie. Hör zu, Clint. Schalte das Licht ein, stell deine Füße auf den Boden und hör zu.«

»Ich höre.«

»Die Nummer von Jason McThune steht im Telefonverzeichnis. Ich möchte, daß du ihn anrufst und ihm sagst, daß du die Privatnummer von Larry Trumann in New Orleans brauchst. Verstanden?«

»Weshalb schlägst du nicht im Verzeichnis von New Orleans nach?«

»Stell keine Fragen, Clint, sondern tu, was ich dir sage. Trumanns Nummer steht nicht im Telefonbuch.«

»Was geht bei euch vor, Reggie?« Seine Worte kamen jetzt rascher. »Ich rufe dich in einer Viertelstunde wieder an. Mach dir ein Kanne Kaffee. Es könnte ein langer Tag werden.« Sie legte auf und löste die Schnürsenkel ihrer schmutzigen Laufschuhe.

Mark beendete eine kurze Dusche und riß ein

neues Paket Unterwäsche auf. Er war verlegen gewesen, als Reggie sie ihm kaufte, aber das kam ihm jetzt ganz unwichtig vor. Er streifte ein neues, gelbes T-Shirt über und zog seine neuen, aber schmutzigen Wal-Mart-Jeans an. Keine Socken. Für eine Zeitlang würde er nirgendwohin gehen, hatte seine Anwältin gesagt.

Er verließ das winzige Bad. Reggie lag auf dem Bett, ohne Schuhe, mit Gras und Unkraut an den Aufschlägen ihrer Jeans. Er setzte sich auf die Kante ihres Bettes und starrte die Wand an.

»Ist dir jetzt besser?« fragte sie.

Er nickte wortlos, dann legte er sich neben sie. Sie zog ihn eng an sich und legte einen Arm unter seinen nassen Kopf. »Ich bin völlig durcheinander, Reggie«, sagte er leise. »Ich weiß einfach nicht mehr, wie es weitergehen soll.«

Der zähe kleine Junge, der Steine durch Fensterscheiben warf und Killer und Polizisten austrickste und furchtlos durch dunkle Wälder rannte, begann zu weinen. Er biß sich auf die Lippe und kniff die Augen zusammen, aber das hielt die Tränen nicht zurück. Sie drückte ihn fester an sich. Dann brach er endlich zusammen und schluchzte laut, versuchte nicht, die Tränen zurückzuhalten, bemühte sich nicht, immer noch zäh zu sein. Er weinte hemmungslos und ohne eine Spur von

Verlegenheit. Sein Körper bebte, und er umklammerte ihren Arm.

»Es ist okay, Mark«, flüsterte sie ihm ins Ohr. »Alles ist okay.« Mit ihrer freien Hand wischte sie Tränen von ihren Wangen und drückte ihn sogar noch fester an sich. Jetzt lag alles bei ihr. Sie mußte wieder die Anwältin sein, entschlossen handeln und den Ton angeben. Sein Leben lag wieder in ihren Händen.

Der Fernseher lief, aber der Ton war ausgeschaltet. Seine grauen und blauen Schatten warfen ein schwaches Licht über das kleine Zimmer mit dem Doppelbett und den billigen Möbeln.

Jo Trumann griff nach dem Hörer und suchte in der Dunkelheit nach der Uhr. Zehn Minuten vor vier. Sie reichte ihn ihrem Mann, der ihn nahm und sich im Bett aufsetzte. »Hallo?« grunzte er.

»Hi, Larry. Ich bin's, Reggie Love. Sie erinnern sich?«

»Ja. Wo sind Sie?«

»Hier in New Orleans. Wir müssen miteinander reden, je schneller, desto besser.«

Er hätte fast eine geistreiche Bemerkung über die Tageszeit gemacht, ließ es aber bleiben. Es war wichtig, sonst hätte sie nicht angerufen. »Okay. Was liegt an, Reggie?«

»Nun, zuerst einmal haben wir die Leiche gefunden.« Trumann war plötzlich auf den Beinen und schlüpfte in seine Hausschuhe. »Ich höre.«

»Ich habe den Toten gesehen, Larry. Vor ungefähr zwei Stunden. Ich habe ihn mit eigenen Augen gesehen. Und gerochen.«

»Wo sind Sie?« Trumann drückte auf den Knopf des Recorders neben dem Telefon.

»In einer Telefonzelle, also keine Mätzchen, okay?«

»Okay.«

»Die Leute, die den Toten vergraben haben, haben letzte Nacht versucht, ihn fortzuschaffen, aber sie wurden daran gehindert. Lange Geschichte, Larry. Ich erzähle sie Ihnen später. Ich wette, daß sie es sehr bald wieder versuchen werden.«

»Ist der Junge bei Ihnen?«

»Ja. Er wußte, wo die Leiche war, und wir kamen, wir sahen, und wir siegten. Sie werden sie heute mittag haben, wenn Sie tun, was ich sage.«

»Was Sie wollen.«

»So ist's richtig, Larry. Der Junge will einen Handel abschließen. Deshalb müssen wir miteinander reden.«

»Wann und wo?«

»Kommen Sie ins Raintree Inn am Veterans Boulevard in Metairie. Das ist ein Lokal, das die ganze Nacht geöffnet hat. Wie lange werden Sie brauchen?«

»Geben Sie mir fünfundvierzig Minuten.«

»Je früher Sie hier sind, desto schneller bekommen Sie die Leiche.«

»Darf ich jemanden mitbringen?«

»Wen?«

»K. O. Lewis.«

»Er ist in der Stadt?«

»Ja. Wir wußten, daß Sie hier sind, also ist Mr. Lewis vor ein paar Stunden hergeflogen.«

Ein kurzes Schweigen an ihrem Ende. »Woher wußten Sie, daß wir hier sind?«

»Wir haben Mittel und Wege.«

»Wen haben Sie angezapft, Trumann? Reden Sie. Ich will eine ehrliche Antwort.« Ihre Stimme war fest, dennoch lag ein Anflug von Panik darin.

»Kann ich das erklären, wenn wir uns treffen?« fragte er und versetzte sich in Gedanken einen Tritt in den Hintern, weil er dieses heikle Thema aufs Tapet gebracht hatte.

»Erklären Sie es jetzt«, befahl sie.

»Ich werde es Ihnen gern erklären, wenn wir …«

»Hören Sie zu, Mann. Das Treffen findet nicht statt, sofern Sie mir nicht auf der Stelle sagen, wen Sie angezapft haben. Reden Sie, Trumann.«

»Okay. Wir haben das Telefon der Mutter des Jungen im Krankenhaus angezapft. Es war ein Fehler. Ich war es nicht, die Leute in Memphis haben es getan.«

»Was haben sie gehört?«

»Nicht viel. Ihr Freund Clint hat gestern nachmittag angerufen und ihr gesagt, Sie beide wären in New Orleans. Das ist alles, ich schwöre es.«

»Würden Sie mich anlügen, Trumann?« fragte sie, an die Bandaufnahme von ihrer ersten Begegnung denkend.

»Ich lüge nicht, Reggie«, erklärte Trumann und dachte an dieselbe verdammte Aufnahme.

Es folgte eine lange Pause, in der er nichts hörte außer ihren Atem. »Nur Sie und K. O. Lewis«, sagte sie. »Niemand sonst. Wenn Foltrigg aufkreuzt, ist der Ofen aus.«

»Ich schwöre es.«

Sie legte auf. Trumann rief sofort K. O. Lewis im Hilton an und anschließend McThune in Memphis.

39

Genau fünfundvierzig Minuten später betraten Trumann und Lewis nervös den fast leeren Grillroom des Raintree Inn. Reggie wartete an einem Tisch in der Ecke, weit abseits von allen anderen Leuten. Ihr Haar war feucht, und sie trug kein Make-up. Ein fülliges T-Shirt mit LSU TIGERS in purpurroten Buchstaben steckte in den verblichenen Jeans. Sie trank schwarzen Kaffee und stand nicht auf und lächelte auch nicht, als sie herankamen und sich ihr gegenüber niederließen.

»Guten Morgen, Ms. Love«, sagte Lewis in dem Versuch, nett zu sein.

»Ich heiße Reggie, okay, und für Höflichkeiten ist es zu früh. Sind wir allein?«

»Natürlich«, sagte Lewis. In diesem Moment überwachten acht FBI-Agenten den Parkplatz, und weitere waren unterwegs.

»Keine Wanzen, Drähte, versteckte Mikrofone, Salzstreuer oder Ketchupflaschen?«

»Keine.«

Ein Kellner erschien, und sie bestellten Kaffee.

»Wo ist der Junge?« fragte Trumann.

»In der Nähe. Sie werden ihn bald genug zu sehen bekommen.«

»Ist er in Sicherheit?«

»Natürlich ist er in Sicherheit. Ihre Leute würden ihn nicht einmal erwischen, wenn er auf den Straßen herumlaufen und um Essen betteln würde.«

Sie reichte Lewis ein Blatt Papier. »Das sind die Namen von drei psychiatrischen Kliniken, die auf Kinder spezialisiert sind. Battenwood in Rockford, Illinois. Ridgewood in Tallahassee. Und Grant's in Phoenix. Jede dieser drei käme in Frage.«

Ihre Augen wanderten langsam von ihrem Gesicht zu der Liste. Sie studierten sie. »Aber wir haben bereits bei der Klinik in Portland angefragt«, sagte Lewis verblüfft.

»Es interessiert mich nicht, bei wem Sie bereits angefragt haben, Mr. Lewis. Nehmen Sie diese Liste und fragen Sie noch einmal an. Und ich schlage vor, daß Sie es schnell tun. Rufen Sie in Washington an und holen Sie die Leute aus dem Bett, damit sie sich gleich ans Telefon hängen können.«

Er faltete die Liste zusammen und legte sie unter seinen Ellenbogen. »Sie – äh, Sie haben gesagt, Sie hätten die Leiche gesehen?« fragte er, wobei er versuchte, seiner Stimme einen amtlichen Ton zu geben, was ihm jedoch jämmerlich mißlang.

Sie lächelte. »Ja, das habe ich. Vor noch nicht einmal drei Stunden. Muldannos Leute versuchten, sie wegzuschaffen, aber wir haben sie in die Flucht geschlagen.«

»Wir?«

»Mark und ich.«

Beide musterten sie eingehend und warteten auf die kostbaren Details dieser unglaublichen Geschichte. Der Kaffee kam, und sie ignorierten sowohl ihn als auch den Kellner.

»Wir wollen nichts essen«, sagte Reggie grob, und der Kellner verschwand.

»Also, hier ist der Handel«, sagte sie. »Er enthält einige Klauseln, von denen keine einzige zur Diskussion steht. Sie tun es auf meine Weise, Sie tun es sofort, und Sie haben die besten Aussichten, die Leiche zu bekommen, bevor Muldanno sie wegschleppt und ins Meer wirft. Wenn Sie Mist bauen, meine Herren, dann bezweifle ich, daß Sie jemals wieder so nah an sie herankommen werden.«

Sie nickten eilfertig.

»Sind Sie mit einem Privatjet hierhergeflogen?« fragte sie Lewis.

»Ja. Er gehört dem Direktor.«

»Wie viele Personen kann er befördern?«

»Ungefähr zwanzig.«

»Gut. Schicken Sie ihn sofort zurück nach Memphis. Ich möchte, daß Sie Dianne und Ricky Sway abholen, zusammen mit seinem Arzt und Clint. Fliegen Sie sie sofort hierher. McThune kann gern mitkommen. Wir treffen sie am Flughafen, und wenn Mark sicher an Bord und die Maschine gestartet ist, dann sage ich Ihnen, wo sich die Leiche befindet. Sind Sie soweit einverstanden?«

»Kein Problem«, sagte Lewis. Trumann war sprachlos.

»Die ganze Familie wird in das Zeugenschutzprogramm aufgenommen. Als erstes sucht sie sich die Klinik aus, und wenn Ricky soweit ist, daß er reisen kann, entscheiden sie sich für eine Stadt.«

»Kein Problem.«

»Komplette Auswechslung sämtlicher Dokumente, neue Identität, hübsches kleines Haus, alles, was dazugehört. Diese Frau muß eine Weile im Haus bleiben und sich um ihre Kinder kümmern, also schlage ich ein monatliches Unterhaltsgeld in Höhe von viertausend Dollar vor, garantiert für drei Jahre. Und dazu die sofortige, einmalige Zahlung von fünfundzwanzigtausend. Sie haben bei dem Brand alles verloren, Sie erinnern sich?«

»Natürlich. Diese Dinge sind einfach.« Lewis war so willfährig, daß sie bedauerte, nicht mehr verlangt zu haben.

»Wenn sie irgendwann einmal wieder arbeiten möchte, dann schlage ich einen hübschen, bequemen Regierungsjob vor, ohne Verantwortlichkeiten, mit kurzer Arbeitszeit und einem dicken Gehalt.«

»Solche Jobs haben wir massenhaft.«

»Sollte sie irgendwann den Wunsch verspüren, an einen anderen Ort umzuziehen, dann wird ihr das gestattet. Auf Ihre Kosten natürlich.«

»So was machen wir alle Tage.«

Jetzt lächelte Trumann, obwohl er versuchte, es nicht zu tun. »Sie wird einen Wagen brauchen.«

»Kein Problem.«

»Es kann sein, daß Ricky lange Zeit in Behandlung bleiben muß.«

»Wir kommen für die Kosten auf.«

»Ich möchte, daß Mark von einem Psychiater untersucht wird, obwohl ich vermute, daß er in besserer Verfassung ist als wir alle.«

»Geht in Ordnung.«

»Da sind noch ein paar kleinere Dinge, und sie werden in der Vereinbarung stehen.«

»Welcher Vereinbarung?«

»Der Vereinbarung, die jetzt gerade getippt wird.

Sie wird unterschrieben werden von mir selbst, Dianne Sway, Richter Harry Roosevelt und Ihnen, Mr. Lewis, im Namen von Direktor Voyles.«

»Was steht außerdem noch in dieser Vereinbarung?«

»Ich möchte eine Versicherung, daß Sie alles tun werden, was in Ihrer Macht steht, um das Erscheinen von Roy Foltrigg vor dem Jugendgericht von Shelby County, Tennessee, zu erzwingen. Richter Roosevelt wird sehr daran gelegen sein, sich über einige Dinge mit ihm zu unterhalten, und ich bin sicher, daß Foltrigg sich sträuben wird. Wenn eine Vorladung ausgestellt wird, dann möchte ich, daß Sie, Mr. Trumann, sie ihm zustellen.«

»Mit dem größten Vergnügen«, sagte Trumann mit einem boshaften Lächeln.

»Wir werden tun, was wir können«, setzte Lewis ein wenig verwirrt hinzu.

»Gut. Erledigen Sie Ihre Anrufe. Bringen Sie den Jet in die Luft. Rufen sie McThune an und sagen Sie ihm, er soll Clint Van Hooser abholen und ins Krankenhaus bringen. Und nehmen Sie die verdammte Wanze aus ihrem Apparat, weil ich mit ihr reden muß.«

»Kein Problem.« Sie sprangen auf.

»Wir treffen uns in einer halben Stunde genau hier wieder.«

Clint hämmerte auf seine alte Royal Portable ein. Der Kaffee in seiner dritten Tasse schwappte jedesmal, wenn er auf den Zeilenschalter hieb und der Küchentisch erbebte. Er versuchte, sein Gekritzel auf der Rückseite eines *Esquire* zu entziffern und sich an jede Klausel zu erinnern, die sie am Telefon hervorgesprudelt hatte. Wenn er damit fertig war, würde es zweifellos das schlampigste juristische Dokument sein, das je verfaßt worden war. Er fluchte und griff nach dem Tipp-Ex.

Ein Klopfen an der Tür ließ ihn zusammenfahren. Er fuhr sich mit den Fingern durch sein ungewaschenes und ungekämmtes Haar und ging zur Tür. »Wer ist da?«

»FBI.«

Nicht so laut, hätte er fast gesagt. Er konnte bereits hören, wie seine Nachbarn über ihn und seine Verhaftung vor Tagesanbruch klatschten. Wahrscheinlich Drogen, würden sie sagen.

Er öffnete die Tür einen Spaltbreit und lugte bei vorgelegter Kette hinaus. In der Dunkelheit standen zwei Agenten mit verquollenen Augen. »Wir wurden angewiesen, Sie abzuholen«, sagte der eine.

»Zeigen Sie mir einen Ausweis.«

Sie hielten ihre Ausweise vor den Türspalt. »FBI«, sagte der erste noch einmal.

Clint öffnete die Tür weiter und winkte sie herein. »Es dauert noch ein paar Minuten. Setzen Sie sich.«

Sie blieben verlegen in der Mitte des Zimmers stehen, während er zum Tisch und zu seiner Schreibmaschine zurückkehrte. Er tippte langsam. Das Gekritzel war nicht zu entziffern, und er schrieb den Rest nach Gutdünken. Die wichtigsten Punkte standen drin, hoffte er. Wenn er etwas im Büro tippte, fand sie immer etwas zu ändern, aber das mußte genügen. Er zog das Blatt langsam aus der Royal und packte die Vereinbarung in seinen Aktenkoffer.

»Gehen wir«, sagte er.

Zwanzig Minuten nach fünf kehrte Trumann allein an den Tisch zurück, an dem Reggie wartete. Er brachte zwei Funktelefone mit. »Dachte, die könnten wir brauchen«, sagte er.

»Wo haben Sie die her?« fragte Reggie.

»Sie wurden uns hergebracht.«

»Von einigen ihrer Leute?«

»Ja.«

»Nur spaßeshalber – wie viele Männer haben Sie im Moment im Umkreis von fünfhundert Metern von diesem Lokal?«

»Ich weiß es nicht genau. Zwölf oder dreizehn. Reine Routine, Reggie. Es könnte sein, daß sie gebraucht werden. Wir könnten ein paar von ihnen losschicken, damit sie den Jungen beschützen, wenn Sie mir sagen, wo er ist. Ich nehme an, er ist allein.«

»Er ist allein, und es geht ihm gut. Haben Sie mit McThune gesprochen?«

»Ja. Sie haben Clint bereits abgeholt.«

»Das ging aber schnell.«

»Also, um ehrlich zu sein, unsere Leute haben seine Wohnung seit vierundzwanzig Stunden überwacht. Wir haben sie einfach telefonisch geweckt und ihnen gesagt, sie sollten an seine Tür klopfen. Übrigens haben wir Ihren Wagen gefunden, Reggie, nicht aber den von Clint.«

»Den habe ich.«

»Das dachte ich mir. Ziemlich schlau, aber binnen vierundzwanzig Stunden hätten wir Sie gefunden.«

»Seien Sie nicht so überheblich, Trumann. Nach Boyette haben Sie acht Monate gesucht.«

»Stimmt. Wie ist der Junge entkommen?«

»Das ist eine lange Geschichte. Ich hebe sie mir für später auf.«

»Sie könnten wegen Beihilfe belangt werden. Aber das wissen Sie vermutlich.«

»Nicht, wenn Sie unsere kleine Vereinbarung unterschreiben.«

»Wir unterschreiben sie, keine Sorge.« Eines der Telefone läutete, und Trumann griff danach. Während er zuhörte, eilte K. O. Lewis auf den Tisch zu; er brachte sein eigenes Funktelefon mit. Er ließ sich auf den Stuhl fallen und beugte sich mit vor Erregung funkelnden Augen über den Tisch. »Habe mit Washington gesprochen. Wir sind gerade dabei, in den Kliniken nachzufragen. Sieht alles bestens aus. Direktor Voyles wird in einer Minute hier anrufen. Wahrscheinlich wird er mit Ihnen sprechen wollen.«

»Was ist mit dem Flugzeug?«

Lewis sah auf die Uhr. »Es startet gerade und sollte um halb sieben in Memphis sein.«

Trumann legte eine Hand über die Sprechmuschel. »Das ist McThune. Er ist im Krankenhaus und wartet auf Dr. Greenway und den Verwaltungsdirektor. Sie haben sich mit Richter Roosevelt in Verbindung gesetzt, und er ist auf dem Weg dorthin.«

»Haben sie die Wanze aus dem Telefon genommen?« fragte Reggie.

»Ja.«

»Den Salzstreuer entfernt?«

»Keine Salzstreuer. Alles ist sauber.«

»Gut. Sagen Sie ihm, er soll in zwanzig Minuten wieder anrufen«, sagte sie.

Trumann murmelte etwas in den Hörer und legte einen Schalter um. Sekunden später läutete K. O.s Telefon. Er hielt es sich ans Ohr, und auf seinem Gesicht erschien ein breites Lächeln. »Ja, Sir«, sagte er überaus respektvoll. »Einen Augenblick.«

Er hielt Reggie den Apparat hin. »Es ist Direktor Voyles. Er möchte mit Ihnen sprechen.«

Reggie nahm das Gerät langsam entgegen und sagte dann: »Hier ist Reggie Love.« Lewis und Trumann beobachteten sie wie zwei Kinder, die auf Eiskrem warten.

Vom anderen Ende kam eine tiefe und sehr klare Stimme. Obwohl Denton Voyles während seiner zweiundvierzig Jahre als Direktor des FBI nie viel von den Medien gehalten hatte, hatten sie doch gelegentlich ein kurzes Statement von ihm bekommen. Die Stimme klang vertraut. »Ms. Love, ich bin Denton Voyles. Wie geht es Ihnen?«

»Bestens. Und ich heiße Reggie, okay?«

»Natürlich, Reggie. Bitte, hören Sie zu. K. O. hat mich gerade über den Stand der Dinge informiert, und ich möchte Ihnen versichern, daß das FBI alles Erdenkliche tun wird, um den Jungen und seine Angehörigen zu schützen. K. O. ist autorisiert, an meiner Stelle zu handeln. Wir werden auch Sie beschützen, wenn Sie es wünschen.«

»Mir geht es in erster Linie um den Jungen, Denton.« Trumann und Lewis sahen sich an. Sie hatte ihn Denton genannt, und das hatte zuvor noch nie jemand gewagt. Und dabei war sie nicht im mindesten respektlos.

»Wenn Sie wollen, können Sie mir die Vereinbarung faxen, und ich unterschreibe Sie selbst«, sagte er.

»Das wird nicht nötig sein, aber trotzdem vielen Dank.«

»Und mein Flugzeug steht Ihnen zur Verfügung.«

»Danke.«

»Und ich verspreche Ihnen, wir werden dafür sorgen, daß Mr. Foltrigg in Memphis sein Fett bekommt. Mit dieser Vorladung vor die Anklagejury hatten wir nichts zu tun.«

»Ja, das weiß ich.«

»Viel Glück für Sie, Reggie. Die Details können Sie an Ort und Stelle ausarbeiten. Lewis kann Berge versetzen. Rufen Sie mich an, wenn Sie mich brauchen. Ich bin den ganzen Tag im Büro.«

»Danke«, sagte sie und gab das Telefon an K. O. Lewis, den Bergeversetzer, zurück.

Der stellvertretende Nacht-Geschäftsführer des Lokals, ein junger Mann, nicht älter als neunzehn, mit einem Pfirsichflaum-Schnurrbart und von seiner Wichtigkeit überzeugt, kam an ihren Tisch. Diese Leute saßen seit Stunden hier herum, und allem Anschein nach hatten sie sich häuslich eingerichtet. Auf dem Tisch lagen drei Telefone und etliche Papiere. Die Frau trug ein Sweatshirt und Jeans. Einer der Männer trug eine Kappe und keine Socken. »Entschuldigen Sie«, sagte er kurz angebunden, »kann ich Ihnen behilflich sein?«

Trumann warf einen Blick über die Schulter und fauchte: »Nein.«

Er zögerte, dann trat er einen Schritt näher heran. »Ich bin der stellvertretende Nacht-Geschäftsführer, und ich möchte wissen, was Sie hier tun.«

Trumann schnippte laut mit den Fingern, und zwei Herren, die an einem nicht weit entfernten Tisch in der Sonntagszeitung gelesen hatten, sprangen auf, zogen Ausweise aus ihren Taschen und hielten sie dem stellvertretenden Nacht-Geschäftsführer unter die Nase. »FBI«, sagten sie gleichzeitig, ergriffen jeder einen Arm und führten ihn fort. Er kam nicht zurück. Das Lokal war immer noch leer.

Eines der Telefone läutete, und Lewis nahm es. Er hörte aufmerksam zu. Reggie griff nach der Sonntagszeitung von New Orleans. Unten auf der Titelseite war ihr Gesicht. Das Foto stammte aus dem Anwaltsregister und stand neben Marks Klassenfoto aus dem vierten Schuljahr. Seite an Seite. Geflüchtet. Verschwunden. Untergetaucht. Boyette und alles, was dazugehörte.

»Das war Washington«, berichtete Lewis, nachdem er das Telefon wieder auf den Tisch gelegt hatte. »Die Klinik in Rockford ist voll belegt. Jetzt versuchen sie es bei den anderen beiden.«

Reggie nickte und trank einen Schluck Kaffee. Die Sonne unternahm die ersten Anstrengungen des Tages. Ihre Augen waren rot, und sie hatte Kopfschmerzen, aber das Adrenalin tat seine Wirkung. Mit ein bißchen Glück würde sie kurz nach Anbruch der Dunkelheit zu Hause sein.

»Reggie, könnten Sie uns ungefähr sagen, wie lange wir brauchen werden, um an die Leiche heranzukommen?« fragte Trumann mit größter Vorsicht. Er wollte nicht drängen; wollte sie nicht gegen sich aufbringen. Aber er mußte mit der Planung beginnen. »Muldanno ist immer noch auf freiem Fuß, und wenn er uns zuvorkommt, sitzen wir alle in der Tinte.« Er hielt inne und wartete darauf, daß sie etwas sagte. »Sie ist hier in der Stadt, stimmt's?«

»Wenn Sie sich nicht verirren, sollten Sie in der Lage sein, sie in einer Viertelstunde zu finden.«

»In einer Viertelstunde«, wiederholte er langsam, als wäre das zu schön, um wahr zu sein. Eine Viertelstunde.

40

Clint hatte seit vier Jahren keine Zigarette mehr geraucht, aber jetzt paffte er nervös eine Virginia Slim. Dianne rauchte auch eine, und sie standen zusammen am Ende des Flurs und sahen zu, wie die Morgendämmerung über Memphis aufstieg. Greenway war bei Ricky im Zimmer. Nebenan warteten Jason McThune, der Verwaltungsdirektor des Krankenhauses und eine kleine Kollektion von FBI-Agenten. Sowohl Clint als auch Dianne hatten in der letzten halben Stunde mit Reggie gesprochen.

»Der Direktor hat sein Wort gegeben«, sagte Clint und zog heftig an der dünnen Zigarette. »Eine andere Möglichkeit gibt es nicht.«

Sie schaute durchs Fenster. Ein Arm lag auf ihrer Brust, die andere Hand hielt die Zigarette. »Wir reisen einfach ab, stimmt's? Wir steigen ins Flugzeug und fliegen in den Sonnenuntergang, und danach leben alle glücklich bis ans Ende ihrer Tage?«

»So ungefähr.«

»Was ist, wenn ich das nicht will, Clint?«

»Sie können nicht nein sagen.«

»Warum nicht?«

»Ganz einfach. Ihr Sohn hat beschlossen zu reden. Er hat außerdem beschlossen, das Zeugenschutzprogramm in Anspruch zu nehmen. Also müssen Sie gehen, ob Sie es wollen oder nicht. Sie und Ricky.«

»Ich möchte mit meinem Sohn reden.«

»Sie können in New Orleans mit ihm reden. Wenn Sie ihn dazu bringen können, daß er seine Meinung ändert, dann ist der Handel hinfällig. Reggie rückt erst mit der Sprache heraus, wenn Sie alle drei im Flugzeug und in der Luft sind.«

Clint bemühte sich um Entschlossenheit, war aber gleichzeitig voller Mitleid. Sie war verängstigt, schwach und verletzlich. Ihre Hand zitterte, als sie den Filter zwischen die Lippen steckte.

»Ms. Sway«, sagte eine tiefe Stimme hinter ihnen. Sie drehten sich um und sahen den Ehrenwerten Harry M. Roosevelt hinter sich stehen, in einem gewaltigen, leuchtendblauen Jogginganzug mit dem Emblem der Memphis State Tigers auf der Brust. Er mußte die Größe Triple Extra Large haben, und er endete immer noch fünfzehn Zentimeter oberhalb der Knöchel. Ein Paar uralter, aber selten benutzter Laufschuhe bedeckte die großen Füße. In der Hand hielt Roosevelt die zweiseitige Vereinbarung, die Clint geschrieben hatte.

Sie nahm seine Anwesenheit zur Kenntnis, sagte aber nichts.

»Hallo, Euer Ehren«, sagte Clint leise.

»Ich habe gerade mit Reggie gesprochen«, sagte er zu Dianne. »Ich muß schon sagen, sie hat eine ziemlich aufregende Reise hinter sich.« Er trat zwischen sie und ignorierte Clint. »Ich habe diese Vereinbarung gelesen, und ich bin bereit, sie zu unterschreiben. Ich glaube, es wäre im besten Interesse von Mark, wenn Sie es gleichfalls täten.«

»Ist das eine Anweisung?« fragte sie.

»Nein. Es steht nicht in meiner Macht, Sie zum unterschreiben dieser Vereinbarung zu zwingen«, sagte er, dann bedachte er sie mit einem breiten, freundlichen Lächeln. »Aber wenn ich es könnte, würde ich es tun.«

Sie legte die Zigarette in einen Aschenbecher auf der Fensterbank und schob beide Hände tief in die Taschen ihrer Jeans. »Und wenn ich es nicht tue?«

»Dann wird Mark hierher zurückgebracht und wieder in Gewahrsam genommen, und was danach kommt, wer weiß? Irgendwann wird er zum

Reden gezwungen werden. Die Situation ist jetzt wesentlich prekärer.«

»Warum?«

»Weil jetzt kein Zweifel mehr darüber besteht, daß Mark weiß, wo sich die Leiche befindet. Reggie weiß es auch. Sie könnten in großer Gefahr schweben. Sie sind an dem Punkt angekommen, Ms. Sway, wo Sie anderen Leuten vertrauen müssen.«

»Sie haben gut reden.«

»Ja, das habe ich. Aber wenn ich Sie wäre, würde ich das hier unterschreiben und ins Flugzeug steigen.«

Dianne nahm langsam die Vereinbarung von Seinen Ehren entgegen. »Gehen wir und reden wir mit Dr. Greenway.«

Sie folgten ihr den Flur entlang in das Zimmer neben dem von Ricky.

Zwanzig Minuten später wurde der neunte Stock des St. Peter's von einem Dutzend FBI-Agenten abgeriegelt. Das Wartezimmer wurde evakuiert. Die Schwestern wurden angewiesen, auf ihren Stationen zu bleiben. Drei der Fahrstühle wurden im Erdgeschoß gestoppt. Der vierte wurde im neunten Stock von einem Agenten festgehalten.

Die Tür zu Zimmer 943 öffnete sich, und der

kleine Ricky Sway, betäubt und tief schlafend, wurde auf einer von Jason McThune und Clint Van Hooser geschobenen Trage auf den Flur gerollt. An diesem, seinem sechsten Krankenhaustag, war er in keiner besseren Verfassung als bei seiner Einlieferung. Greenway ging an der einen Seite der Trage, Dianne an der anderen. Harry folgte ihnen ein paar Schritte, dann blieb er zurück.

Die Trage wurde in den wartenden Fahrstuhl geschoben, und sie fuhren zum vierten Stock hinunter, der gleichfalls von FBI-Agenten gesichert wurde. In aller Eile wurde die Trage über eine kurze Strecke zu einem Lastenaufzug befördert, dessen Tür Agent Durston offenhielt, und dann in den gleichfalls gesicherten zweiten Stock. Ricky rührte sich nicht. Dianne hielt seine Hand und rannte neben der Bahre her.

Sie manövrierten sich durch eine Reihe von kurzen Fluren und Metalltüren hindurch und befanden sich plötzlich auf einem Flachdach. Ein Hubschrauber wartete. Ricky wurde schnell verladen, und Dianne, Clint und McThune gingen an Bord.

Minuten später landete der Hubschrauber auf dem Memphis International Airport in der Nähe eines Hangars. Ein halbes Dutzend FBI-Agenten bewachte das Flugfeld, während Ricky zu einem in der Nähe stehenden Jet gerollt wurde.

Zehn Minuten vor sieben läutete auf dem Ecktisch im Raintree Inn eines der Funktelefone, und Trumann ergriff es. Er hörte zu und sah auf die Uhr. »Sie sind in der Luft«, verkündete er und legte das Telefon wieder hin. Lewis sprach abermals mit Washington.

Reggie holte tief Luft und lächelte Trumann an. »Die Leiche steckt in Beton. Sie werden ein paar Hämmer und Meißel brauchen.«

Trumann verschluckte sich an seinem Orangensaft. »Okay. Sonst noch was?«

»Ja. Postieren Sie ein paar von Ihren Leuten in der Nähe der Kreuzung von St. Joseph und Carondelet.«

»Nicht weit davon entfernt?«

»Tun Sie's einfach, okay.«

»Wird erledigt. Sonst noch was?«

»Ich bin gleich wieder da.« Reggie ging zur Kasse und bat den Kassierer, beim Faxgerät nachzusehen. Der Kassierer kehrte mit einer Kopie der zweiseitigen Vereinbarung zurück. Reggie las sie sorgfältig durch. Sie war grauenhaft getippt, aber der Wortlaut war perfekt. Sie kehrte zum Tisch zurück. »Jetzt können wir Mark abholen«, sagte sie.

Mark putzte sich zum drittenmal die Zähne und setzte sich dann auf die Bettkante. Seine schwarz-goldene Saints-Tasche war mit schmutzigen Kleidern und neuer Unterwäsche vollgestopft. Im Fernsehen liefen Zeichentrickfilme, aber er war nicht interessiert.

Er hörte das Zuschlagen einer Wagentür, dann Schritte, dann ein Klopfen. »Mark, ich bin's«, sagte Reggie.

Er öffnete die Tür, aber sie kam nicht herein. »Können wir gehen?«

»Ich denke schon.« Die Sonne war aufgegangen, und der Parkplatz lag schon im Licht. Hinter ihr zeigte sich ein vertrautes Gesicht. Es war einer der FBI-Agenten von der ersten Zusammenkunft im Krankenhaus. Mark griff nach seiner Tasche und trat auf den Parkplatz hinaus. Drei Wagen warteten. Ein Mann öffnete die hintere Tür des mittleren, und Mark und seine Anwältin stiegen ein.

Die kleine Kavalkade jagte los.

»Alles läuft bestens«, sagte Reggie und ergriff seine Hand. Die beiden Männer auf den Vordersitzen schauten starr geradeaus. »Ricky und deine Mutter sitzen im Flugzeug. Sie werden in ungefähr einer Stunde hier sein. Bist du okay?«

»Ich glaube schon. Haben Sie es ihnen gesagt?« flüsterte er.

»Noch nicht«, erwiderte sie. »Nicht, bevor du im Flugzeug sitzt und in der Luft bist.«

»Sind all diese Männer FBI-Agenten?«

Sie nickte und tätschelte seinen Kopf. Er kam sich plötzlich sehr wichtig vor. Er saß auf dem Rücksitz seines eigenen schwarzen Wagens, wurde zum Flughafen befördert, um dort einen Privatjet zu besteigen, umringt von Polizisten, die nur dazu da waren, ihn zu beschützen. Er schlug die Beine übereinander und setzte sich etwas aufrechter hin.

Er war noch nie geflogen.

41

Barry wanderte nervös vor den getönten Fensterscheiben von Johnnys Büro hin und her und betrachtete die Schlepper und Lastkähne auf dem Fluß. Seine Augen waren rot, aber nicht vom Trinken oder anderen Ausschweifungen. Er hatte nicht geschlafen. Er hatte hier im Lagerhaus darauf gewartet, daß ihm die Leiche gebracht würde, und als Leo und Genossen gegen eins ohne sie eintrafen, hatte er seinen Onkel angerufen.

Johnny trug an diesem schönen Sonntagmorgen weder Krawatte noch Hosenträger. Er ging langsam hinter seinem Schreibtisch auf und ab und paffte blauen Rauch aus der dritten Zigarre dieses Tages. Eine Wolke hing über seinem Kopf.

Das Anschreien und die Wutausbrüche hatten Stunden zuvor geendet. Barry hatte Leo und Ionucci und den Bullen beschimpft, und Leo hatte zurückgeschimpft. Aber im Laufe der Zeit hatte die Panik sich gelegt. Die ganze Nacht hindurch war Leo immer wieder an Cliffords Haus vorübergefahren, stets in einem anderen Wagen, und hatte nichts Ungewöhnliches gesehen. Die Leiche war immer noch da.

Johnny beschloß, vierundzwanzig Stunden zu warten und es dann noch einmal zu versuchen. Sie würden das Grundstück den Tag über im Auge behalten und nach Einbruch der Dunkelheit massiv angreifen. Der Bulle versicherte ihm, daß er den Toten binnen zehn Minuten aus dem Beton herausholen könnte.

Ihr müßt nur cool bleiben, hatte Johnny zu allen gesagt. Ganz cool.

Roy Foltrigg beendete die Lektüre der Sonntagszeitung auf der Terrasse seines Vorstadthauses und ging mit einer Tasse kaltem Kaffee mit bloßen Füßen über den nassen Rasen. Er hatte nur wenig geschlafen und im Dunkeln auf seiner Veranda auf das Eintreffen der Zeitung gewartet. Dann war er in Schlafanzug und Morgenmantel hingelaufen und hatte sie geholt. Er hatte Trumann angerufen, aber seltsamerweise wußte Mrs. Trumann nicht, wo ihr Mann hingegangen war.

Er inspizierte die Rosensträucher seiner Frau am rückwärtigen Zaun und fragte sich zum hundertstenmal, wo Mark Sway sein mochte. Es war ganz eindeutig, zumindest für ihn, daß Reggie ihm bei der Flucht geholfen hatte. Sie hatte offensichtlich wieder den Verstand verloren und war mit dem Jungen abgehauen. Er lächelte. Er würde das besondere Vergnügen haben, ihr dafür vor Gericht den Arsch aufzureißen.

Der Hangar war ungefähr fünfhundert Meter vom Hauptterminal entfernt und stand in einer Reihe von gleichartigen Gebäuden, die alle in einem tristen Grau gestrichen waren. Über dem hohen Doppeltor, das aufging, als die drei Wagen vor dem Hangar anhielten, waren mit orangefarbenen Buchstaben die Worte *Gulf Air* aufgemalt. Der Betonboden war grün gestrichen und makellos sauber und leer bis auf zwei Privatjets in einer der hinteren Ecken. Ein paar Lampen waren eingeschaltet, und ihr Licht wurde von dem grünen Beton reflektiert. Das Gebäude war groß genug für ein Autorennen, dachte Mark, als er den Hals reckte, um einen Blick auf die beiden Jets werfen zu können.

Jetzt, da das Tor aufgegangen war, lag die gesamte Vorderfront des Hangars offen da. Drei Männer eilten an der Rückwand entlang, als suchten sie nach etwas. Zwei weitere stellten sich neben das Tor. Ein weiteres halbes Dutzend wanderte draußen langsam herum, in einigem Abstand von den gerade angekommenen Wagen.

»Was sind das für Leute?« fragte Mark.

»Sie gehören zu uns«, sagte Trumann.

»Es sind FBI-Agenten«, verdeutlichte Reggie.

»Warum so viele?«

»Nur eine Vorsichtsmaßnahme«, sagte sie. »Was meinen Sie, wie lange wird es noch dauern?« fragte sie Trumann. Er sah auf die Uhr. »Wahrscheinlich eine halbe Stunde.«

»Laufen wir ein bißchen herum«, sagte sie und öffnete ihre Tür. Wie auf Kommando öffneten sich auch die anderen elf Türen des kleinen Konvois, und die Wagen leerten sich. Mark sah sich um, betrachtete die anderen Hangars, den Terminal und eine auf der Rollbahn vor ihnen landende Maschine. Das alles war inzwischen mächtig aufregend geworden. Vor noch nicht einmal drei Wochen war er über einen Mitschüler hergefallen, weil der ihn damit aufgezogen hatte, daß er noch nie geflogen war. Wenn der ihn jetzt sehen könnte! Wie er mit einem Privatwagen zum Flughafen gebracht worden war und jetzt darauf wartete, daß sein Privatjet ihn dahin flog, wo immer er hinwollte. Keine Wohnwagen mehr. Keine Prügeleien mit Mitschülern. Keine Zettel mehr für Mom, denn nun würde sie zu Hause sein. Als er allein in dem Motelzimmer gesessen hatte, war er zu dem Schluß gekommen, daß dies eine wunderbare Idee war. Er war nach New Orleans gekommen und hatte die Mafia in ihrem eigenen Hinterhof aufs Kreuz gelegt, und er konnte es abermals tun.

Er merkte, daß die Agenten am Tor ihn anschauten. Sie warfen kurze Blicke auf ihn, dann sahen sie woanders hin. Wollten nur einen Eindruck von ihm gewinnen. Vielleicht würde er später ein paar Autogramme geben.

Er folgte Reggie in den riesigen Hangar, und die beiden Privatjets erregten seine Aufmerksamkeit. Sie glichen glänzenden Spielsachen, die unter dem Weihnachtsbaum darauf warten, daß man mit ihnen spielt. Der eine war schwarz, der andere silberfarben, und Mark konnte den Blick nicht von ihnen abwenden.

Ein Mann in einem orangefarbenen Hemd mit *Gulf Air* auf einem Etikett über der Tasche schloß die Tür zu einem kleinen Büro innerhalb des Hangars und kam auf sie zu. K. O. Lewis ging ihm entgegen, und sie unterhielten sich leise. Der Mann deutete auf das Büro und sagte etwas von Kaffee.

Larry Trumann kniete neben Mark nieder, der immer noch die Jets betrachtete. »Kennst du mich noch, Mark?« fragte er mit einem Lächeln.

»Ja, Sir. Ich habe Sie im Krankenhaus getroffen.«

»Das ist richtig. Ich heiße Larry Trumann.« Er

streckte ihm die Hand hin, und Mark ergriff sie langsam. Im allgemeinen schütteln Erwachsene nicht die Hände von Kindern. »Ich bin FBI-Agent hier in New Orleans.«

Mark nickte und betrachtete weiterhin die Jets.

»Würdest du sie dir gern aus der Nähe ansehen?« fragte Trumann.

»Darf ich?« fragte Mark, Trumann plötzlich freundlich gesonnen.

»Natürlich.« Trumann stand auf und legte Mark eine Hand auf die Schulter. Sie gingen langsam über den glänzenden Beton, und Trumanns Schritte hallten. Sie blieben vor dem schwarzen Jet stehen. »Also, das ist ein Lear Jet«, begann Trumann.

Reggie und K. O. Lewis verließen das kleine Büro mit großen Bechern voll dampfendem Kaffee. Die Agenten, mit denen sie gekommen waren, hatten sich in die Schatten des Hangars zurückgezogen. Sie tranken ihren vermutlich zehnten Kaffee an diesem langen Morgen und schauten zu, wie Trumann und der Junge die Jets inspizierten. »Er ist ein tapferer Junge«, sagte Lewis.

»Er ist erstaunlich«, sagte Reggie. »Manchmal denkt er wie ein Terrorist, und ein andermal weint er wie ein kleines Kind.«

»Er ist ein Kind.«

»Ich weiß. Aber sagen Sie ihm das nicht. Es könnte ihn ärgern, und wer weiß, was er dann tun würde.« Sie trank einen großen Schluck Kaffee. »Wirklich erstaunlich.«

K. O. blies in seinen Kaffee, dann nippte er daran. »Wir haben getan, was wir konnten. Für Ricky steht ein Zimmer in der Grant's Klinik in Phoenix bereit. Wir müssen wissen, ob das der Zielflughafen ist. Der Pilot hat vor fünf Minuten angerufen. Er muß einen Flugplan vorlegen und die Genehmigung einholen.«

»Phoenix ist in Ordnung. Aber höchste Geheimhaltung, okay? Lassen Sie den Kleinen unter einem anderen Namen aufnehmen, ebenso Mark und seine Mutter. Postieren Sie ein paar von Ihren Leuten in der Nähe. Ich möchte, daß Sie seinen Arzt für den Flug dort und ein paar Tage Arbeit bezahlen.«

»Kein Problem. Die Leute in Phoenix haben keine Ahnung, was auf sie zukommt. Haben Sie mit den Leuten schon über einen Dauer-Wohnsitz gesprochen?«

»Ein bißchen, nicht ausführlich. Mark hat gesagt, er würde gern in den Bergen leben.«

»Vancouver ist hübsch. Wir haben dort letzten Sommer Urlaub gemacht. Einfach grandios.«

»Außerhalb der USA?«

»Kein Problem. Direktor Voyles hat gesagt, sie können überallhin. Wir haben ein paar Zeugen außerhalb der Staaten untergebracht, und ich meine, die Sways sind perfekte Kandidaten. Für diese Leute wird gesorgt werden, Reggie. Sie haben mein Wort.«

Der Mann in dem orangefarbenen Hemd gesellte sich zu Mark, und Trumann übernahm jetzt die Führung der Besichtigungstour. Er ließ die Treppe des schwarzen Jets herunter, und die drei verschwanden im Innern.

»Ich muß gestehen«, sagte Lewis, nachdem er einen weiteren Schluck kochendheißen Kaffee zu sich genommen hatte, »ich war nie davon überzeugt, daß der Junge Bescheid wußte.«

»Clifford hat ihm alles erzählt. Er wußte genau, wo die Leiche war.«

»Haben Sie es gewußt?«

»Nein. Nicht bis gestern. Als er das erste Mal in mein Büro kam, hat er gesagt, er wüßte es, aber er hat es mir nicht verraten. Gott sei Dank. Er hat es für sich behalten, bis wir gestern nachmittag in die Nähe des Toten kamen.«

»Warum sind Sie hierhergekommen? Damit sind Sie doch ein gewaltiges Risiko eingegangen.«

Reggie deutete mit einem Kopfnicken auf die Jets. »Da müssen Sie ihn fragen. Er hat darauf bestanden, daß wir die Leiche finden. Er war der Meinung, wenn Clifford ihn angelogen hätte, wäre er aus dem Schneider.«

»Und Sie sind einfach hierhergefahren und haben nach der Leiche gesucht? Einfach so?«

»Ein bißchen komplizierter war es schon. Es ist eine sehr lange Geschichte, K. O., und ich werde Ihnen die Details bei einem langen Dinner liefern.«

»Ich kann es kaum erwarten.«

Marks kleiner Kopf war jetzt im Cockpit zu sehen, und Reggie erwartete fast, daß die Triebwerke gestartet wurden, die Maschine langsam aus dem Hangar auf die Startbahn rollte und Mark sie mit einem perfekten Start verblüffte. Sie wußte, daß er dazu imstande war.

»Haben Sie Befürchtungen hinsichtlich Ihrer eigenen Sicherheit?« fragte Lewis.

»Eigentlich nicht. Ich bin nur eine bescheidene Anwältin. Was hätten sie davon, wenn sie hinter mir her wären?«

»Rache. Sie kennen die Denkweise dieser Leute nicht.«

»Das tue ich wirklich nicht.«

»Direktor Voyles möchte, daß wir Sie ein paar Monate lang bewachen, zumindest so lange, bis der Prozeß vorbei ist.«

»Mir ist es gleich, was Sie tun, ich will nur niemanden sehen, der mich bewacht, okay?«

»In Ordnung. Das läßt sich einrichten.«

Die Inspektionstour bewegte sich zu dem zweiten Jet, einer silberfarbenen Citation, und im Augenblick hatte Mark alles vergessen, was mit Leichen und bösen, im Schatten lauernden Buben zu tun hatte. Die Leiter kam herunter, und er kletterte mit Trumann im Gefolge an Bord.

Ein Agent mit einem Funkgerät trat zu Reggie und Lewis und sagte: »Sie sind im Landeanflug.« Sie folgten ihm zur offenen Seite des Hangars, wo die Wagen standen. Eine Minute später gesellten sich Mark und Trumann zu ihnen, und als sie den Himmel im Norden absuchten, kam ein winziges Flugzeug in Sicht.

»Das sind sie«, sagte Lewis, und Mark rückte näher an Reggie heran und ergriff ihre Hand. Das Flugzeug wurde größer, als es sich der Rollbahn näherte. Es war gleichfalls schwarz, aber viel größer als die Jets im Hangar. Agenten, teils in Anzügen, teils in Jeans, setzten sich in Bewegung, als die Maschine auf sie zurollte. Sie hielt in ungefähr dreißig Meter Entfernung an, und die Triebwerke verstummten. Eine volle Minute verging, bevor die Tür geöffnet und die Leiter ausgeklappt wurde.

Jason McThune stieg als erster aus, und als er auf die Rollbahn trat, hatte ein Dutzend FBI-Agenten die Maschine umringt. Dianne und Clint waren die nächsten. Sie gesellten sich zu McThune, und die drei eilten auf den Hangar zu.

Mark ließ Reggies Hand los und rannte auf seine Mutter zu. Dianne packte ihn und drückte ihn an sich, und für ein oder zwei peinliche Sekunden schauten alle zu oder richteten den Blick auf den Terminal in der Ferne.

Sie sagten nichts, während sie sich umarmten. Er umklammerte ihren Hals, und schließlich sagte er unter Tränen: »Es tut mir leid, Mom. Es tut mir so leid.« Sie packte seinen Kopf und drückte ihn an ihre Schulter und dachte gleichzeitig daran, ihn zu erwürgen und ihn nie wieder loszulassen.

Reggie führte sie in das kleine Büro und bot Dianne Kaffee an. Sie lehnte ab. Trumann, McThune, Lewis und die anderen FBI-Leute warteten nervös vor der Tür. Vor allem Trumann machte sich Sorgen. Was war, wenn sie es sich anders überlegten? Was war, wenn Muldanno die Leiche bekam? Was dann? Er konnte nicht stillstehen, schaute immer wieder auf die geschlossene Tür, stellte Lewis hundert Fragen. Lewis trank Kaffee und versuchte, ruhig zu bleiben. Es war jetzt zwanzig vor acht. Die Sonne strahlte hell, die Luft war feucht.

Mark saß auf dem Schoß seiner Mutter, und Reggie, die Anwältin, hatte sich hinter dem Schreibtisch niedergelassen. Clint stand an der Tür.

»Ich bin froh, daß Sie gekommen sind«, sagte Reggie zu Dianne.

»Ich hatte kaum eine andere Wahl.«

»Jetzt haben Sie sie. Wenn Sie wollen, können Sie es sich immer noch anders überlegen. Und mich alles mögliche fragen.«

»Ist Ihnen klar, wie schnell das alles geht, Reggie? Vor sechs Tagen kam ich nach Hause und fand Ricky zusammengerollt und am Daumen lutschend im Bett. Dann tauchten Mark und der Polizist auf. Und jetzt soll ich jemand anders werden und davonrennen in eine andere Welt. Mein Gott.«

»Das verstehe ich«, sagte Reggie. »Aber wir können die Dinge nicht aufhalten.«

»Bist du wütend auf mich, Mom?« fragte er.

»Ja. Eine Woche lang keine Kekse.« Sie strich ihm übers Haar. Es trat eine lange Pause ein.

»Wie geht es Ricky?« fragte Reggie.

»Ziemlich unverändert. Dr. Greenway versucht, ihn zu sich zu bringen, damit er den Flug genießen kann. Aber sie mußten ihn leicht betäuben, als wir das Krankenhaus verließen.«

»Ich gehe nicht nach Memphis zurück, Mom«, sagte Mark.

»Das FBI hat sich mit einer Kinderklinik in Phoenix in Verbindung gesetzt, und dort werden Sie jetzt erwartet«, erklärte Reggie. »Es ist eine gute Klinik. Clint hat das am Freitag geprüft. Sie hat den allerbesten Ruf.«

»Also werden wir in Phoenix leben?« fragte Dianne.

»Nur so lange, bis Ricky entlassen ist. Dann gehen Sie hin, wo immer Sie wollen. Kanada. Australien. Neuseeland. Das liegt bei Ihnen. Sie können auch in Phoenix bleiben.«

»Laß uns nach Australien gehen. Dort gibt es immer noch richtige Cowboys. Das hab ich mal in einem Film gesehen.«

»Mit den Filmen ist Schluß, Mark«, sagte Dianne, immer noch seinen Kopf streichelnd. »Wir wären nicht hier, wenn du nicht so viele Filme gesehen hättest.«

»Was ist mit Fernsehen?«

»Nein. Von jetzt ab wirst du nur noch Bücher lesen.«

In dem Büro herrschte lange Zeit Schweigen. Reggie hatte nichts mehr zu sagen. Clint war todmüde und nahe daran, im Stehen einzuschlafen. Diannes Verstand war jetzt klar, zum erstenmal seit einer Woche. Sie war zwar verängstigt, aber sie war den Verliesen des St. Peter's entkommen. Sie hatte Sonnenschein gesehen und echte Luft gerochen. Sie hielt ihren verlorenen Sohn in den Armen, und dem anderen würde es bald besser gehen. Die Lampenfabrik war Geschichte. Arbeiten zu müssen gehörte der Vergangenheit an. Keine billigen Wohnwagen mehr. Keine Sorgen mehr wegen überfälliger Alimente und unbezahlter Rechnungen. Sie konnte erleben, wie die Jungen heranwuchsen. Sie konnte in die Parent-Teacher Association eintreten. Sie konnte sich etwas zum Anziehen kaufen und ihre Nägel pflegen. Himmel, schließlich war sie erst dreißig Jahre alt. Mit ein bißchen Mühe und ein bißchen Geld konnte sie wieder attraktiv sein. Da draußen gab es Männer.

So dunkel und ungewiß ihr die Zukunft auch erschien, sie konnte nicht so grauenhaft sein wie die letzten sechs Tage. So konnte es nicht weitergehen. Sie mußte die Chance nutzen. Hab ein bißchen Zuversicht, Baby.

»Ich meine, wir sollten nach Phoenix fliegen«, sagte sie.

Reggie grinste vor Erleichterung. Sie holte die Vereinbarung aus dem Aktenkoffer, den Clint mitgebracht hatte. Sie war bereits von Harry und Mc-

Thune unterschrieben. Reggie setzte ihre Unterschrift darunter und gab Dianne den Stift. Mark, der jetzt genug hatte von Umarmungen und Tränen, ging zur Wand und bewunderte eine Reihe gerahmter Farbfotos von Jets. »Vielleicht könnte ich auch Pilot werden«, sagte er zu Clint.

Reggie nahm die Vereinbarung an sich. »Bin gleich wieder da«, sagte sie, öffnete die Tür und machte sie hinter sich wieder zu.

Trumann fuhr zusammen, als sie aufging. Heißer Kaffee schwappte aus seinem Becher und verbrannte ihm die rechte Hand. Er fluchte und wischte sie an seiner Hose ab.

»Nicht nervös werden, Larry«, sagte Reggie. »Alles in bester Ordnung. Unterschreiben Sie hier.« Sie hielt ihm die Vereinbarung unter die Nase, und Trumann setzte seinen Namen darauf. K. O. Lewis tat dasselbe.

»Lassen Sie die Maschine startklar machen«, sagte Reggie. »Sie fliegen nach Phoenix.«

K. O. drehte sich um und gab den Agenten am Eingang des Hangars ein Handzeichen. McThune joggte mit weiteren Instruktionen auf sie zu. Reggie kehrte in das Büro zurück und schloß die Tür. »Was kommt als nächstes?« murmelte Trumann.

»Sie ist Anwältin«, sagte K. O. »Mit Anwälten ist es nie einfach.« McThune kam auf Trumann zu und händigte ihm einen Umschlag aus. »Das ist eine Vorladung für Mr. Roy Foltrigg«, sagte er mit einem Lächeln. »Richter Roosevelt hat sie heute morgen ausgestellt.«

»Am Sonntagmorgen?« fragte Trumann und nahm den Umschlag entgegen.

»Ja. Er hat seine Kanzlistin angerufen, und sie haben sich in seinem Büro getroffen. Er freut sich schon mächtig darauf, Foltrigg wieder in Memphis zu sehen.«

Das brachte die drei zum Kichern. »Sie wird ihm gleich heute morgen zugestellt«, sagte Trumann.

Nach einer Minute wurde die Tür geöffnet. Clint, Dianne, Mark und dann Reggie kamen heraus und steuerten auf die Rollbahn zu. Die Triebwerke heulten auf, Agenten flitzten herum. Trumann und Lewis begleiteten sie bis zum Ausgang des Hangars und blieben dann stehen.

K. O., ganz der Diplomat, streckte Dianne die Hand entgegen und sagte: »Viel Glück, Ms. Sway. Jason McThune wird Sie nach Phoenix begleiten und sich dann, wenn Sie dort sind, um alles kümmern. Sie sind völlig sicher. Und wenn wir Ihnen irgendwie behilflich sein können, dann lassen Sie es uns wissen.«

Dianne lächelte und ergriff seine Hand. Mark

streckte ihm seinerseits die Hand entgegen und sagte: »Danke, K. O. Sie waren eine Pest.« Aber er lächelte, und alle fanden es lustig.

K. O. lachte. »Viel Glück für dich, Mark, und ich versichere dir, mein Sohn, du warst eine noch größere Pest.«

»Ja, ich weiß. Tut mir leid, die ganze Geschichte.« Er reichte auch Trumann die Hand und ging mit seiner Mutter und McThune davon. Reggie und Clint blieben beim Hangartor stehen.

Ungefähr auf halbem Wege zu dem Jet machte Mark plötzlich halt. Als hätte er es plötzlich mit der Angst zu tun bekommen, erstarrte er und schaute zu, wie Dianne die Leiter zur Maschine hinaufstieg. In den letzten vierundzwanzig Stunden war ihm kein einziges Mal der Gedanke gekommen, daß Reggie nicht mitkommen würde. Er war, aus welchem Grund auch immer, einfach davon ausgegangen, daß sie bei ihm bleiben würde, bis die ganze Sache ausgestanden war. Sie würde mit ihnen davonfliegen und in der Nähe des neuen Krankenhauses bleiben, bis sie in Sicherheit waren. Und während er so dastand, eine winzige Gestalt auf der riesigen Rollbahn, regungslos und wie betäubt, begriff er, daß sie nicht bei ihm war. Sie war da hinten mit Clint und dem FBI.

Er drehte sich langsam um und starrte sie fassungslos an, als ihm diese Tatsache bewußt wurde. Er machte zwei Schritte auf sie zu, dann blieb er stehen. Reggie verließ ihre kleine Gruppe und ging auf ihn zu. Sie kniete auf der Rollbahn nieder und sah ihm in die von Panik erfüllten Augen.

Er biß sich auf die Lippe. »Sie können nicht mitkommen, nicht wahr?« fragte er langsam mit verängstigter Stimme. Obwohl sie stundenlang miteinander geredet hatten, war dieses Thema nie zur Sprache gekommen.

Sie schüttelte den Kopf, und ihre Augen wurden feucht.

Er wischte sich die Tränen mit dem Handrücken ab. Die FBI-Agenten waren in der Nähe, schauten aber nicht her. Ausnahmsweise schämte er sich nicht, in der Öffentlichkeit zu weinen. »Aber ich möchte, daß Sie mitkommen«, sagte er.

»Das kann ich nicht, Mark.« Sie beugte sich vor, ergriff seine Schultern und drückte ihn sanft an sich. »Ich kann es nicht.«

Tränen strömten über seine Wangen. »Das alles tut mir so leid. Das haben Sie nicht verdient.«

»Aber wenn es nicht passiert wäre, Mark, dann hätte ich dich nie kennengelernt.« Sie küßte ihn auf die Wange und hielt seine Schultern umklammert. »Ich liebe dich, Mark. Ich werde dich vermissen.«

»Ich werde Sie nie wiedersehen, stimmt's?« Seine Lippen bebten, und Tränen tropften von seinem Kinn. Seine Stimme war zittrig.

Sie biß die Zähne zusammen und schüttelte den Kopf. »Nein, Mark.«

Reggie holte tief Luft und stand auf. Sie wollte ihn packen und ihn mitnehmen zu Momma Love. Er konnte das Schlafzimmer im Obergeschoß haben und soviel Lasagne und Eiskrem, wie er essen konnte.

Statt dessen deutete sie mit einem Kopfnicken auf das Flugzeug, wo Dianne am Einstieg stand und geduldig wartete. Er wischte sich abermals das Gesicht ab. »Ich werde Sie nie wiedersehen«, sagte er, fast zu sich selbst. Er drehte sich um und unternahm einen schwachen Versuch, sich aufzurichten, aber er konnte es nicht. Er stieg langsam die Leiter hoch und schaute zurück, um noch einen letzten Blick auf sie zu werfen.

42

Minuten später, als die Maschine auf das Ende der Startbahn zurollte, erschien Clint neben ihr und ergriff ihre Hand. Sie schauten stumm zu, wie sie startete und schließlich in den Wolken verschwand.

Sie wischte sich Tränen von beiden Wangen. »Ich glaube, ich sattle auf Immobilien um«, sagte sie. »Noch mehr von dieser Art ertrage ich nicht.«

»Er ist ein toller Bursche«, sagte Clint.

»Es tut weh, Clint.«

Er drückte ihre Hand kräftiger. »Ich weiß.«

Trumann trat leise neben sie, und alle drei schauten zum Himmel. Sie bemerkte ihn und zog das Tonband aus ihrer Tasche. »Es gehört Ihnen.« Er nahm es.

»Die Leiche ist in der Garage hinter Jerome Cliffords Haus«, sagte sie, immer noch Tränen abwischend. »886 East Brookline.«

Trumann drehte sich nach links und hob ein Mikrofon an den Mund. Die Agenten stürzten zu ihren Wagen. Reggie und Clint bewegten sich nicht.

»Danke, Reggie«, sagte Trumann, der es jetzt plötzlich eilig hatte, zu verschwinden.

Sie deutete mit einem Kopfnicken auf die fernen Wolken. »Danken Sie nicht mir«, sagte sie. »Danken Sie Mark.«

Der Autor

John Grisham, Jahrgang 1955, praktizierte als Rechtsanwalt in Oxford und war dort Abgeordneter des Staatsparlaments von Mississippi. Mit seinen internationalen Bestsellern *Die Jury, Die Firma* und *Die Akte* wurde Grisham innerhalb weniger Jahre zum meistgelesenen Autor der Welt.

Genussvoll lesen

Bücher in großer Schrift

Lieferbare Titel in Großdruck

Wahre Liebe und große Gefühle

JANET EVANOVICH, Kussfest
416 S., ISBN 978-3-8000-9265-9

JULIE GARWOOD, Auf Befehl des Königs
496 S., ISBN 978-3-8000-9238-3

JULIE GARWOOD, Geliebter Barbar
616 S., ISBN 978-3-8000-9266-6

CHARLOTTE LINK, Sturmzeit
848 S., ISBN 978-3-8000-9212-3

CHARLOTTE LINK, Wilde Lupinen
928 S., ISBN 978-3-8000-9239-0

CHARLOTTE LINK, Die Stunde der Erben
880 S., ISBN 978-3-8000-9267-3

SUSAN E. PHILLIPS, Bleib nicht zum Frühstück! 640 S., ISBN 978-3-8000-9213-0

AMANDA QUICK, Geheimnis der Nacht
584 S., ISBN 978-3-8000-9268-0

UEBERREUTER

AMANDA QUICK, Liebe um Mitternacht
528 S., ISBN 978-3-8000-9214-7

NORA ROBERTS, Töchter des Feuers
624 S., ISBN 978-3-8000-9223-9

NORA ROBERTS, Töchter des Windes
720 S., ISBN 978-3-8000-9240-6

NORA ROBERTS, Töchter der See
608 S., ISBN 978-3-8000-9269-7

NICHOLAS SPARKS, Weit wie das Meer
448 S., ISBN 978-3-8000-9241-3

NICHOLAS SPARKS, Wie ein einziger Tag
272 S., ISBN 978-3-8000-9229-1

NICHOLAS SPARKS, Zeit im Wind
256 S., ISBN 978-3-8000-9270-3

DANIELLE STEEL, Die Liebe eines Sommers
512 S., ISBN 978-3-8000-9228-4

DANIELLE STEEL, Fünf Tage in Paris
384 S., ISBN 978-3-8000-9242-0

ROBERT JAMES WALLER, Die Brücken am Fluss. 224 S., ISBN 978-3-8000-9215-4

BARBARA WOOD, Lockruf der Vergangenheit
432 S., ISBN 978-3-8000-9216-1

BARBARA WOOD, Himmelsfeuer
704 S., ISBN 978-3-8000-9243-7

BARBARA WOOD, Spur der Flammen
720 S., ISBN 978-3-8000-9271-0

Spannung pur!

DAVID BALDACCI, Das Labyrinth
1008 S., ISBN 978-3-8000-9272-7

DAVID BALDACCI, Der Präsident
896 S., ISBN 978-3-8000-9217-8

SANDRA BROWN, Betrogen
816 S., ISBN 978-3-8000-9244-4

SANDRA BROWN, Ein Hauch von Skandal
816 S., ISBN 978-3-8000-9273-4

MICHAEL CONNELLY, Der Poet
864 S., ISBN 978-3-8000-9224-6

MICHAEL CONNELLY, Die Rückkehr des Poeten. 640 S., ISBN 978-3-8000-9245-1

MICHAEL CONNELLY, Schwarzes Eis
600 S., ISBN 978-3-8000-9274-1

KEN FOLLETT, Die Brücken der Freiheit
832 S., ISBN 978-3-8000-9222-2

UEBERREUTER

KEN FOLLETT, Die Pfeiler der Macht
1040 S., ISBN 978-3-8000-9246-8

ELIZABETH GEORGE, Auf Ehre und Gewissen. 680 S., ISBN 978-3-8000-9275-8

ELIZABETH GEORGE, Gott schütze dieses Haus. 592 S., ISBN 978-3-8000-9218-5

JOHN GRISHAM, Der Klient
872 S., ISBN 978-3-8000-9276-5

JOHN GRISHAM, Die Akte
704 S., ISBN 978-3-8000-9227-7

JOHN GRISHAM, Die Firma
832 S., ISBN 978-3-8000-9247-5

LINDA HOWARD, Mister Perfekt
592 S., ISBN 978-3-8000-9248-2

P. D. JAMES, Ein Spiel zu viel
416 S., ISBN 978-3-8000-9225-3

STEPHEN KING, Atlantis
1072 S., ISBN 978-3-8000-9219-2

JAMES PATTERSON, Der 1. Mord
512 S., ISBN 978-3-8000-9220-8

UEBERREUTER

IAN RANKIN, So soll er sterben
816 S., ISBN 978-3-8000-9253-6

JOANNE K. ROWLING, Harry Potter und der Stein der Weisen
472 S., ISBN 978-3-8000-9249-9

JOANNE K. ROWLING, Harry Potter und die Kammer des Schreckens
512 S., ISBN 978-3-8000-9277-2

MINETTE WALTERS, Die Bildhauerin
592 S., ISBN 978-3-8000-9278-9

MINETTE WALTERS, Die Schandmaske
624 S., ISBN 978-3-8000-9250-5

MINETTE WALTERS, Im Eishaus
512 S., ISBN 978-3-8000-9221-5

Aufmunterndes und Motivierendes

DIE BIBEL – Das Neue Testament
1048 S., ISBN 978-3-8000-9202-4

JACK CANFIELD & MARK V. HANSEN, Hühnersuppe für die Seele
336 S., ISBN 978-3-8000-9231-4

UEBERREUTER

JACK CANFIELD & MARK V. HANSEN,
Noch mehr Hühnersuppe für die Seele
392 S., ISBN 978-3-8000-9259-8

DALE CARNEGIE, Sorge dich nicht – lebe!
608 S., ISBN 978-3-8000-9200-0

DALE CARNEGIE, Wie man Freunde gewinnt
448 S., ISBN 978-3-8000-9258-1

ERICH FROMM, Haben oder Sein
400 S., ISBN 978-3-8000-9226-0

KHALIL GIBRAN, Der Prophet
96 S., ISBN 978-3-8000-9201-7

LAOTSE , Tao Te King
96 S., ISBN 978-3-8000-9232-1

SENECA, Vom glücklichen Leben
416 S., ISBN 978-3-8000-9203-1

NEALE DONALD WALSCH, Gespräche mit Gott. Bd. I
400 S., ISBN 978-3-8000-9204-8

NEALE DONALD WALSCH, Gespräche mit Gott. Bd. II
496 S., ISBN 978-3-8000-9233-8

UEBERREUTER

Bestseller & Klassiker

JANE AUSTEN, Stolz und Vorurteil
640 S., ISBN 978-3-8000-9205-5

DONNA W. CROSS, Die Päpstin
1040 S., ISBN 978-3-8000-9251-2

ARTHUR CONAN DOYLE, Die vergessene Welt. 416 S., ISBN 978-3-8000-9206-2

ALEXANDRE DUMAS, Der Graf von Monte Christo. 480 S., ISBN 978-3-8000-9236-9

UMBERTO ECO, Der Name der Rose
1120 S., ISBN 978-3-8000-9207-9

JOSTEIN GAARDER, Sofies Welt
992 S., ISBN 978-3-8000-9252-9

ARNO GEIGER, Es geht uns gut
592 S., ISBN 978-3-8000-9261-1

NOAH GORDON, Der Medicus
1280 S., ISBN 978-3-8000-9208-6

ROBERT HARRIS, Pompeji
544 S., ISBN 978-3-8000-9254-3

MILAN KUNDERA, Die unerträgliche Leichtigkeit des Seins
488 S., ISBN 978-3-8000-9234-5

FRANK McCOURT, Die Asche meiner Mutter
800 S., ISBN 978-3-8000-9209-3

ANNIE PROULX, Schiffsmeldungen
640 S., ISBN 978-3-8000-9210-9

ARUNDHATI ROY, Der Gott der kleinen Dinge. 592 S., ISBN 978-3-8000-9263-5

JOSÉ LUIS SAMPEDRO, Das etruskische Lächeln. 480 S., ISBN 978-3-8000-9211-6

RAFIK SCHAMI, Die Sehnsucht der Schwalbe
488 S., ISBN 978-3-8000-9235-2

ZERUYA SHALEV, Späte Familie
848 S., ISBN 978-3-8000-9264-2

BRAM STOKER, Dracula
576 S., ISBN 978-3-8000-9256-7

ANTONIO TABUCCHI, Erklärt Pereira
256 S., ISBN 978-3-8000-9237-6

Bestellen Sie die Bücher in großer Schrift beim Buchhändler in Ihrer Nähe oder besuchen Sie unseren Shop im Internet unter **shop.ueberreuter.at** und bestellen Sie ein Großdruck-Abo Ihrer Wahl. ÜBRIGENS: Großdruck-Abos kann man auch verschenken!

UEBERREUTER